《诗经》解读

申利◎编著

中山大学出版社

·广州·

图书在版编目（CIP）数据

《诗经》解读／申利编著. -- 广州：中山大学出
版社，2024.10. -- ISBN 978 - 7 - 306 - 08131 - 5

Ⅰ. I207.222

中国国家版本馆 CIP 数据核字第 2024KQ9369 号

出　版　人： 王天琪
策划编辑： 廖丽玲
责任编辑： 罗雪梅
封面设计： 林绵华
责任校对： 邓诗漫
责任技编： 靳晓虹
出版发行： 中山大学出版社
电　　话： 编辑部 020 - 84110283，84113349，84111997，84110779，84110776
　　　　　　 发行部 020 - 84111998，84111981，84111160
地　　址： 广州市新港西路 135 号
邮　　编： 510275　　**传　　真：** 020 - 84036565
网　　址： http：//www. zsup. com. cn　E - mail：zdcbs@ mail. sysu. edu. cn
印　刷　者： 广州方迪数字印刷有限公司
规　　格： 787mm×1092mm　1/16　25.625 印张　550 千字
版次印次： 2024 年 10 月第 1 版　2024 年 10 月第 1 次印刷
定　　价： 65.00 元

目　　录

第三部分　《诗经》诗歌分主题解读

《诗经》解读

《诗经》解读

最美的 《诗经》

听！那两三千年前的黄河流域，周代先民的吟唱汇成了诗的海洋，他们在远古的天空下吟唱着心中的歌：

那久戍不归的征夫向往着"执子之手，与子偕老"的相守

那郑国东门的男子面对美女如云，吟唱着"虽则如云，匪我思存"的专情

那恩爱的猎人夫妇，用责任和温情倾诉着"琴瑟在御，莫不静好"的幸福

春天，恋爱的季节

那企慕佳偶的男子吟唱着"窈窕淑女，君子好逑"

那渴望爱情的女子吟唱着"求我庶士，迨其吉兮"

那幸运的男子在春草碧连天的清晨邂逅"有美一人，清扬婉兮"

那溱水洧水河畔"赠之以勺药"以花结情的士与女

那"搔首踟蹰"的男子焦急地等待恋人的到来

那恋爱中的女子吟唱着"青青子衿，悠悠我心"的相思

那"自伯之东，首如飞蓬"无心妆扮的思妇

那"我姑酌彼金罍，维以不永怀"借酒浇愁的游子

那"所谓伊人，在水一方"可望难即的爱而不得

那"汉之广矣，不可泳思。江之永矣，不可方思"的企望难及的怅惘

那"绿兮丝兮，女所治兮"睹物思亡妻的男子

那期待着"百岁之后，归于其居"的思念亡夫的女子

那遭遇不幸婚姻呼吁"女之耽兮，不可说也"的弃妇

那"我心匪石，不可转也。我心匪席，不可卷也"的痛苦婚姻中的怨妇

那对新娘"宜其室家"的美好祝福

那对新郎"福禄绥之"的美好祝愿
那吟唱着"俟我于著乎而，充耳以素乎而"的甜蜜而羞涩的新娘
那赞美新娘"高山仰止，景行行止"的心情欢畅的新郎
那洞房之夜幸福得不知"今夕何夕？见此良人"的新郎

那"巧笑倩兮，美目盼兮"的高贵美女庄姜
那迷人月色下的男子思念着"月出皎兮，佼人僚兮"的心上人
那多情男子思慕着同车的"颜如舜华，将翱将翔，佩玉琼琚"的女子
那美如天仙的"胡然而天也！胡然而帝也"的宣姜

那燕子双飞的春日，"瞻望弗及，泣涕如雨"的送别女子
那"拊我畜我，长我育我。顾我复我，出入腹我"的父母
还有那"我有嘉宾，鼓瑟吹笙""厌厌夜饮，不醉无归"的君臣宴饮
那"凡今之人，莫如兄弟""兄弟既翕，和乐且湛"的兄弟宴饮
那从"温温其恭"到醉酒后"屡舞仙仙"的饮酒无节

那感时伤世的士大夫的黍离之悲
那愤恨进谗者"巧言如簧，颜之厚矣"的士大夫
那久役归来的征夫吟唱着"昔我往矣，杨柳依依；今我来思，雨雪霏霏"的
岁月空逝的悲凉
那久役思乡的征人吟唱着"我徂东山，慆慆不归"的厌战思乡
那秦国将士共御外敌时"修我戈矛，与子同仇"的战斗豪情

那对君子"如切如磋，如琢如磨"的颂美
那呼喊着"哀我征夫，独为匪民""不能蓺黍稷，父母何食？"的对征战不息
的怨愤
那"燕婉之求，得此戚施"的对统治阶层人伦废丧的讽刺
还有那"八月剥枣，十月获稻"的快乐而辛劳的农夫
那"他山之石，可以攻玉"的人生哲理
……

跨越近三千年的历史长河
混奏在周先民充满活泼泼生活气息的声声吟唱里

走进《诗经》，春色如许

聆听情切切的声声吟唱
感受活泼泼的人生百态
朴拙的语言
却怦然打动我们的心灵

最美的《诗经》

第一部分

《诗经》及其价值解读

第一章　《诗经》概况

> 　　2010 年 6 月，"中华经典系列咏诵"之一东方神韵——《诗经·风》咏诵会在北京大学一百周年纪念讲堂成功举办，朗诵家徐涛朗诵表演了《美哉！诗经》，展现了《诗经》的纯粹与魅力：
>
> 　　有一种美，无须修饰，那是从心里流出来的长歌。河畔滩头，关关雎鸠的鸣唱声里，我们听见了"窈窕淑女，君子好逑"的爱情箴言；山野林地，坎坎伐檀声里，我们看见一群袒露的脊背上迸发出的"不稼不穑，胡取禾三百亿兮"的悲怆；旌旗飞扬处，我们听见了出征将士"岂曰无衣，与子同袍"的怒吼。……无论放浪，还是婉约；无论高歌引吭，还是踱步吟哦，听来都是那样自然、真切、活脱、透明。纯粹得就像远古的天空，无邪得宛如源头的活水。这，便是《诗经》！
> 　　……
> 　　在一个古老的国度里，我们没有留下姓氏的先民，将生活、爱情、劳动揉进琴瑟，……让散布在山间田野里的飞歌流韵，漫延成一条生生不息的文化长河。①

第一节　《诗经》及其社会背景

　　《诗经》本名《诗》，是我国最早的一部诗歌总集。《诗经》收录的是西周（公元前 1046 年—公元前 771 年）初期至春秋中叶（公元前 770 年—约公元前 623 年）大约 500 年间的诗歌，距今 3000 ~ 2500 年。《诗经》共 305 篇，故又称《诗三百》。至西汉，被列为儒家经典"五经"之一，才开始称为《诗经》。历经近

---

　　① 张吉义：《美哉！诗经》，2023 年 8 月 9 日，https://www.langsong.site/45060.html。徐涛朗诵视频，2023 年 8 月 9 日，https://haokan.baidu.com/v?vid=12947764456552711372。

3000 年时光的洗礼，《诗经》至今仍润物无声地浸润滋养着我们的心灵。

一、西周时期

西周（公元前 1046 年—公元前 771 年），由周文王姬昌、周武王姬发奠基，至周成王姬诵、周康王姬钊达到繁盛，周昭王姬瑕、周穆王姬满以后，国势渐衰。

西周历史时间①

序号	周王	在位时间（年）	登基时间
1	周武王姬发	4	公元前 1046 年
2	周成王姬诵	22	公元前 1042 年
3	周康王姬钊	25	公元前 1020 年
4	周昭王姬瑕	19	公元前 995 年
5	周穆王姬满	55	公元前 976 年
6	周共王姬繄（yī）扈	23	公元前 922 年
7	周懿王姬囏（jiān）	8	公元前 899 年
8	周孝王姬辟方	6	公元前 891 年
9	周夷王姬燮	8	公元前 885 年
10	周厉王姬胡	37	公元前 877 年
11	共和	16	公元前 841 年
12	周宣王姬静	44	公元前 827 年
13	周幽王姬宫涅	11	公元前 781 年

周武王灭商后，追封父亲姬昌为文王。为了巩固新建的周王朝，周武王在政治上采取了许多政策和措施。首先，制定封邦建国方略。把全国分成若干个侯国，分封给姬姓亲族和有功之臣，允许封侯世代承袭，并可在封国内分封卿、大夫。其次，以殷治殷。封纣王之子武庚为殷侯，安抚殷商遗民。

周武王去世之后，姬诵被立为成王。由于成王年幼，叔父周公姬旦摄政，引起了管叔、蔡叔等弟兄的怀疑，于是管、蔡联合武庚发动叛乱，史称"三监之乱"。《史记·周本纪》曰："成王少，周初定天下，周公恐诸侯畔周，公乃摄行政当国。管叔、蔡叔群弟疑周公，与武庚作乱叛周。"②周公平复叛乱，诛杀了武庚、管叔，

---

① 参见姜正成主编：《一次阅读知周朝》，北京：当代世界出版社，2015 年，第 240 页。
② ［汉］司马迁：《史记·周本纪》，北京：中华书局，1982 年，第 132 页。

流放了蔡叔；让微子启统率殷族，奉其先祀，在宋地建国。因武王之弟康叔参与平定三监之乱有功，故改封于殷商故都朝歌（今河南淇县），建立卫国。周公摄政六年，制礼作乐，颁度量，天下大服。周公在摄政的第七年，还政于成王。成王亲政后，营造新都洛邑，大封诸侯，还命周公东征、制礼，加强了西周王朝的统治。成王以周公治理天下有功，将周公分封到曲阜，并命后世鲁公可以天子礼仪祭祀周公。周成王35岁驾崩，命召公、毕公辅佐太子姬钊登位，即周康王。周成王、康王之际，天下安宁，史称"成康之治"。

《诗经》解读

周昭王名姬瑕，在位期间对东夷和南方荆楚进行征伐。周昭王三次南征楚蛮，前两次都大胜而归，第三次征伐的结果是宗周六师全军覆没，周昭王淹死于汉水，沉重地打击了周朝的统治。

周昭王50岁的长子姬满继位为穆王，就是传说中的穆天子。周穆王活到了105岁，是周朝在位时间最长的君王。他喜欢云游四方，征战南北，是中国历史上最传奇的君王之一。传说其曾西游至昆仑山和西王母相恋。周穆王常年征讨云游，不在朝堂，导致朝政松弛，周王朝开始由盛而衰。

周穆王子姬繄扈继位为共王，是西周第六代天子。穆王远游，耗费了大量财富，导致周王朝财政匮乏，为了赏赐有功的诸侯、大夫，周共王不得不将都城附近的土地陆续分封出去，使周王直接支配的地域日益减少。周懿王姬囏，为西周第七代天子，周共王之子。周懿王继位后，政治日趋腐败，国势不断衰落，戎狄交侵，暴虐中国，周懿王被迫将都城迁犬丘（陕西兴平东南），但不久又重新迁回了镐京。周懿王死后，周王朝嫡长子继位的宗法制度被打破，周共王的弟弟姬辟方即位，是为周孝王，西周第八代天子。周孝王逝世后，在诸侯的干涉下，周懿王的长子姬燮登上了王位，即周夷王，西周第九代天子。周夷王时王室衰微，有的诸侯不朝周天子。西周自共王、懿王、孝王、夷王四朝开始，由于犬戎等少数民族的入侵，王朝陷入长期的战争之中，国力日渐消耗。

周夷王逝世后，其子姬胡即位，即周厉王，西周第十代天子。周厉王重用荣夷公，任其敛财，垄断山泽之利，不许中小贵族利用，也不准国人进入森林采樵渔猎，引起了广泛的不满。周厉王面对国人的愤懑采取了高压手段，让卫国的巫师监视那些对他的政策有所议论批评的人，一旦发现，立即处死。公元前841年，即周厉王三十七年，周王畿内的国人发动暴动，防民之口甚于防川的周厉王被驱逐到彘地。周厉王的长子姬静被召穆公藏在了家里，愤怒的国人知道后，包围了召穆公的家，召穆公用自己的儿子代替了姬静，保存了周朝血脉。据《史记》载，此后朝政由召公和周公等人共同代管，所以史称"共和执政"。

公元前828年，周厉王之子姬静继位，即周宣王。周宣王在政治上任用仲山甫、程伯休父、虢文公、申伯等贤臣辅佐朝政；军事上任用南仲、召穆公、尹吉甫、方叔陆续讨伐猃狁、西戎、淮夷、徐国和楚国，使西周的国力得到恢复，史称

"宣王中兴"。

公元前 782 年，周宣王逝世，周幽王即位，任用虢石父，朝政腐败，加之自然灾害严重，少数民族入侵，诸侯方国割据，西周王朝摇摇欲坠。周幽王不仅不恤国之危亡，反而宠幸褒姒，废嫡立庶，荒淫腐化。

公元前 770 年，犬戎攻破镐京，宠爱褒姒、烽火戏诸侯的周幽王及太子伯服被杀。申侯、缯侯及许文公拥立原太子姬宜臼为周天子，即周平王。而虢公翰则拥立周幽王的弟弟姬余臣为周天子，即周携王，形成"二王并立"的局面。直至晋文侯袭杀周携王，二王并立二十年的局面才结束。

二、东周春秋时期

公元前 770 年，为避犬戎之难，在秦国军队的护送下，周平王姬宜臼自镐京（今陕西西安西南）东迁洛邑（今河南洛阳东北），周朝进入东周时期（公元前 770 年—公元前 256 年）。东周分为春秋和战国，历任君王共 25 位。从公元前 770 年平王迁都到公元前 476 年为春秋时期，从公元前 475 年到公元前 221 年为战国时期，"三家分晋"是春秋与战国这两个时期的分界点。

东周历史时间①

序号	周王	在位时间（年）	登基时间
1	周平王姬宜臼	51	公元前 770 年
2	周桓王姬林	23	公元前 719 年
3	周庄王姬佗	15	公元前 696 年
4	周釐王姬胡齐	5	公元前 681 年
5	周惠王姬阆	25	公元前 676 年
6	周襄王姬郑	33	公元前 651 年
7	周顷王姬壬臣	6	公元前 618 年
8	周匡王姬班	6	公元前 612 年
9	周定王姬瑜	21	公元前 606 年
10	周简王姬夷	14	公元前 585 年
11	周灵王姬泄心	27	公元前 571 年
12	周景王姬贵	25	公元前 544 年

① 参见姜正成主编：《一次阅读知周朝》，北京：当代世界出版社，2015 年，第 241 页。

序号	周王	在位时间（年）	登基时间
13	周悼王姬猛	1	公元前 520 年
14	周敬王姬匄	44	公元前 519 年
15	周元王姬仁	7	公元前 475 年
16	周贞定王姬介	28	公元前 468 年
17	周哀王姬去疾	1	公元前 441 年
18	周思王姬叔	1	公元前 441 年
19	周考王姬嵬	15	公元前 440 年
20	周威烈王姬午	24	公元前 425 年
21	周安王姬骄	26	公元前 401 年
22	周烈王姬喜	7	公元前 375 年
23	周显王姬扁	48	公元前 368 年
24	周慎靓王姬定	6	公元前 320 年
25	周赧王姬延	59	公元前 314 年

　　春秋时期王室衰微，周王室统治范围方圆不足六百里，各诸侯国不再朝见周王。诸侯国之间互相征伐，齐桓公、晋文公、宋襄公、秦穆公、楚庄王相继称霸，史称"春秋五霸"。后又有吴王阖闾、越王勾践称霸，兼以夷狄交侵，社会动荡不安。

　　郑武公因护送周平王东迁有功，成为周王室的执政卿士。周桓王十二年（公元前 708 年），由于边境问题与郑国争执，周桓王率军讨伐郑国，郑武公之子郑庄公领兵抗拒，战于繻葛（今河南长葛东北），打败了王师，周天子威信扫地。郑国成为当时最强盛的国家，史称"春秋小霸"。

　　公元前 704 年，楚君熊通向周天子讨要更高的爵位，遭拒后自号为武王。

　　公元前 685 年，齐桓公吕小白继位，以管仲为相，励精图治，改革内政，齐国成为最富强的诸侯国。随后齐桓公打着"尊王攘夷"的旗号，多次帮助或干涉其他诸侯国。公元前 650 年，齐桓公带领 8 个诸侯国的联军，九合诸侯，陈兵楚国边境，质询楚国为何不向周王室朝贡，迫使楚国签订"召陵之盟"，齐桓公成为春秋首霸。

　　宋襄公试图效法齐桓公成为霸主，以抵抗楚国进攻为名，再次大会诸侯。公元前 638 年，宋楚两军交战于泓水，宋军大败，宋襄公伤重而死。

　　公元前 636 年，晋献公之子重耳在秦穆公的护卫下继承晋国君位，是为晋文公。公元前 635 年，周王室发生子带之乱，周襄王不能平，求救于晋文公，晋文公诛子带。公元前 632 年初，晋文公率部在城濮之战中大败楚军，会盟于践土，成为中原霸主。

秦穆公任用百里奚、蹇叔、由余，吞并了西方 12 个戎狄部族，扩地千里，称霸西戎。

公元前 606 年春，楚庄王率领大军北上，攻打陆浑之戎，直抵周天子都城洛邑附近，在周王室边境阅兵示威。周定王惶恐不安，派大夫王孙满慰劳楚庄王。楚庄王问王孙满九鼎之大小轻重。九鼎是天子权力的标志，楚庄王问九鼎，意在取天下而代之。公元前 597 年，楚国围攻郑国，晋国派兵救郑国，楚晋两军会战于邲（今河南荥阳东北），晋军大败，楚庄王称霸中原。

公元前 506 年，吴王阖闾统兵伐楚，攻进楚都郢。公元前 496 年，吴军伐越，越王勾践率兵迎战，吴王阖闾因伤去世。公元前 494 年，吴王夫差为父报仇，兴兵攻越。勾践求和，向夫差赠送珍宝，自己为夫差牵马，又赠送美女西施、郑旦。吴王夫差又率兵大败齐军，成为霸主。

公元前 473 年，越王勾践经过 20 余年的卧薪尝胆，率兵消灭吴国，夫差羞愤自杀。勾践北上与齐、晋会盟于徐，成为又一霸主。

公元前 453 年，晋国卿大夫韩、赵、魏三家分晋，只给晋幽公留绛城、曲沃两地。公元前 403 年，周威烈王册立韩、赵、魏三家为诸侯国。

公元前 379 年，齐国田氏取代姜姓成为齐侯，是为"田齐"。

齐、楚、燕、韩、赵、魏、秦七大诸侯国连年战争，战国后成为这个特定历史时期的名称，凸显了此期战争的普遍性。

第二节　《诗经》六义

一、风、雅、颂、赋、比、兴诸家之说

风、雅、颂、赋、比、兴有"六诗"说和"六义"说两种说法。"六诗"说源自《周礼》，是基于礼乐教化的语境；"六义"说源自《毛诗正义》，是基于对《诗经》文本解读的语境。二者分属不同的解读范畴。

（一）"六诗"之说

《周礼·春官·大师》称风、雅、颂、赋、比、兴为"六诗"："（大师）教六

诗：曰风，曰赋，曰比，曰兴，曰雅，曰颂。"① 郑玄注《周礼》强调诗歌的政治教化性，认为风、雅、颂主要是根据诗歌的内容而分，风是"言贤圣治道之遗化"，雅是"言今之正"，颂是"诵今之德"；赋、比、兴则既根据内容又根据艺术手法来区分，赋是"铺陈""今之政教善恶"，比是"取比类"言"今之失"，兴是"取善事以喻劝""今之美"。"风，言贤圣治道之遗化也。赋之言铺，直铺陈今之政教善恶。比，见今之失，不敢斥言，取比类以言之。兴，见今之美，嫌于媚谀，取善事以喻劝之。雅，正也，言今之正者，以为后世法。颂之言诵也，容也，诵今之德，广以美之。"②

王小盾经研究提出《大师》所称的"六诗"风、赋、比、兴、雅、颂是《大师》"对瞽蒙进行语言与音乐训练的项目"③。"六诗"是诗的六种传述方式，"六诗之分便是诗的传述方式之分，乃指用'风、赋、比、兴、雅、颂'六法歌诗"。六种传述方式中，风和赋是"诵诗"，比和兴是"歌诗"，雅是"弦诗"，颂是"舞诗"④，如《汉书·艺文志》云："不歌而诵谓之赋，登高能赋可以为大夫。"⑤具体而言，这六种传述方式分别是：

> "风"和"赋"的对比是方音诵与雅言诵的对比，"比"和"兴"的对比是赓歌与和歌的对比，那么，六诗时代的"雅"、"颂"之别便可以理解为乐歌（配器乐之诗）与舞歌（配舞容之诗）之别。也就是说，在"六诗"中，风与赋是用言语来传述诗的方式，比与兴是用歌唱来传述诗的方式，雅和颂则是加入"乐"的因素来传述诗的方式。⑥

"风"和"赋"分别指用方言讽读和用雅言朗诵。雅言是与夷俗方言相区别的标准语言。"兴"是和唱，"相和形式的连续歌唱——乐调呈连续关系而非比次重叠关系的倡和"⑦。兴指起唱引出和唱，如《周南·关雎》首章："关关雎鸠，在河之洲（兴句，起唱），窈窕淑女，君子好逑（对句，和唱）。""比"为重唱，指"依次倡和、更叠相代，亦即所谓'赓歌'"，是"相同形式的连续歌唱"⑧。《诗经》

① ［汉］郑玄注，［唐］贾公彦疏，赵伯雄整理：《周礼注疏》卷第二十三《大师》，李学勤主编：《十三经注疏》，北京：北京大学出版社，1999 年，第 610 页。

② ［汉］郑玄注，［唐］贾公彦疏，赵伯雄整理：《周礼注疏》卷第二十三《大师》，李学勤主编：《十三经注疏》，北京：北京大学出版社，1999 年，第 610 页。

③ 王小盾：《诗六义原始》，《中国早期艺术与宗教》，北京：东方出版中心，1998 年，第 221 页。

④ 王小盾：《诗六义原始》，《中国早期艺术与宗教》，北京：东方出版中心，1998 年，第 242 页。

⑤ ［汉］班固撰，［唐］颜师古注：《汉书》，北京：中华书局，1999 年，第 1383 页。

⑥ 王小盾：《诗六义原始》，《中国早期艺术与宗教》，北京：东方出版中心，1998 年，第 240 页。

⑦ 王小盾：《诗六义原始》，《中国早期艺术与宗教》，北京：东方出版中心，1998 年，第 230 页。

⑧ 王小盾：《诗六义原始》，《中国早期艺术与宗教》，北京：东方出版中心，1998 年，第 229 页。

中重章复唱的结构形式即是由比歌铸造的，如《周南·桃夭》三章。雅是弦歌，在器乐伴奏之下的歌诗。颂是舞歌，是歌舞之乐。①

汤化《"六诗"本义辨》（1988年）、刘丽文《〈周礼〉"六诗"本义探》（1998年）等认为风、雅、颂、赋、比、兴的本义是用诗方法。以"比"为例，二人认为"比"是引《诗》言志的委婉讽谏方法。汤化认为"比"是："周人讽谏或言谈，除了以'赋'直陈其事外，有时不便直言，便借言他事之诗暗指其所欲言之事，原则上不论善恶，都可相譬。这类被借用之诗，皆曰'比'。"②刘丽文认为："'比'是比喻，引诗论事、讽谏君上都常用之。……即依据需要，用已有诗篇的全篇或个别章句，予以比附，以增强说服力；或使语言含蓄，刺者不失激切，美者不失媚谀。"③鲁洪生《从赋、比、兴产生的时代背景看其本义》认为赋、比、兴是用诗方法："在《诗》中寻求与礼义存在某种'象似'关系的诗句并以之感发志意（起），这就是'六诗'之兴法的本义。"比，就是"用事理相似的《诗》中之古事类比、讽刺今之事"。赋，"即运用古《诗》'赋诗言志'"④。

章太炎《六诗说》（1909年）、郭绍虞《六义说考辨》（1978年）、张志岳《赋比兴本义说——兼论赋体的发展》（1983年）、黄挺《〈诗经〉赋比兴新释》（1986年）、郑志强《〈诗经〉"六诗"新考》（2006年）都认为风、雅、颂、赋、比、兴是六种诗体。郑志强认为：

> 风体诗是一种以"讽刺"为主旨和主要特点的诗体，其中"讽"作"劝导"解，"刺"作"批评"解；赋体诗是一种以"叙述"为主旨和主要特点的诗体，所谓"赋陈其事而直言之"，因此这类诗多数较长……；比体诗是一种以"比喻"为主旨和主要特点的诗体，……多数较短；兴体诗是一种以抒发愉快或怨愤情绪为主旨和主要特色的诗体；雅体诗是一种以"赞美"为主旨和特色的诗体，……但多不赞美已死者；颂体诗是一种以歌颂"先祖"为主旨和主要特色的诗体，多是宗庙里的"祭歌"，一般并不歌颂活着的人。⑤

（二）"六义"之说

《毛诗大序》称风、雅、颂、赋、比、兴为"六义"："故诗有六义焉：一曰

---

① 王小盾：《诗六义原始》，《中国早期艺术与宗教》，北京：东方出版中心，1998年，第243页。

② 汤化：《"六诗"本义辨》，《福建师范大学学报》1988年第3期，第58～64页。

③ 刘丽文：《〈周礼〉"六诗"本义探》，《北方论丛》1998年第6期，第42页。

④ 鲁洪生：《从赋、比、兴产生的时代背景看其本义》，《中国社会科学》1993年第3期，第213～223页。

⑤ 郑志强：《〈诗经〉"六诗"新考》，《中州学刊》2006年第6期，第173页。

风，二曰赋，三曰比，四曰兴，五曰雅，六曰颂。"① 唐孔颖达《毛诗正义》认为风、雅、颂为诗体，赋、比、兴为诗歌创作手法："风、雅、颂者，诗篇之异体；赋、比、兴者，诗文之异辞耳。……赋、比、兴是诗之所用，风、雅、颂是诗之成形。用彼三事，成此三事，是故同称为义。"②

南宋朱熹认为风、雅、颂是"乐章之腔调"，赋、比、兴是"作诗之法度"："所谓六义者，风雅颂乃是乐章之腔调"，"至比、兴、赋，又别。直指其名，直叙其事者，赋也；本要言其事，而虚用两句钓起，因而接续去者，兴也；引物为况者，比也。立此六义，非特使人知其声音之所当，又欲使歌者知作诗之法度也"。③ "'三经'是赋、比、兴，是做诗底骨子，无诗不有，才无，则不成诗。盖不是赋，便是比；不是比，便是兴。如风雅颂却是里面横串底，都有赋、比、兴，故谓之'三纬'。"④

元人杨载认为风、雅、颂是诗体，赋、比、兴是诗法："诗之六义，而实则三体。风、雅、颂者，诗之体；赋、比、兴者，诗之法。故赋、比、兴者，又所以制乎风、雅、颂者也。"⑤

（三）风、雅、颂诸家之说

郑樵《通志》提出风、雅、颂是从音乐之分得名："风土之音曰风，朝廷之音曰雅，宗庙之音曰颂。"⑥ 这种说法与朱熹相同，也是当前接受度最广的说法。风是地方乐调，"国风"就是各国土乐的意思。雅是正的意思，正声为雅乐，正如周人的官话叫作雅言，雅主要是西周镐京周边，即周王朝统治地区的乐歌。颂就是宗庙祭祀和颂圣的舞曲。

傅斯年认为："《风》为民间之乐章，《小雅》为周室大夫士阶级之乐章，《大雅》为朝廷之乐章，《颂》为宗庙之乐章。"⑦

综上，关于风、雅、颂，有以下观点：一是认为风、雅、颂是根据内容的不同来区分的，代表人物是郑玄；二是认为风、雅、颂是根据音乐的不同来区分的，代表人物是朱熹、郑樵、傅斯年；三是认为风、雅、颂是三种诗体，代表人物是孔颖达和杨载等；四是认为风、雅、颂是三种诗歌传述方式，代表人物是王小盾；五是

① ［汉］毛亨传，［汉］郑玄笺，［唐］孔颖达疏：《毛诗正义》卷第一（一之一），李学勤主编：《十三经注疏》，北京：北京大学出版社，2000年，第13页。
② ［汉］毛亨传，［汉］郑玄笺，［唐］孔颖达疏：《毛诗正义》卷第一（一之一），李学勤主编：《十三经注疏》，北京：北京大学出版社，2000年，第14～15页。
③ ［宋］黎靖德编：《朱子语类》卷八十，北京：中华书局，1986年，第2067页。
④ ［宋］黎靖德编：《朱子语类》卷八十，北京：中华书局，1986年，第2070页。
⑤ ［元］杨载：《诗法家数》，何文焕辑：《历代诗话》，北京：中华书局，1981年，第726页。
⑥ ［宋］郑樵撰：《通志二十略·通志总序》，北京：中华书局，1995年，第7页。
⑦ 傅斯年：《〈诗经〉讲义稿》，上海：上海古籍出版社，2012年，第62页。

认为风、雅、颂是三种用诗方法，代表人物是汤化等。风、雅、颂根据音乐不同而分是当前的主流观点，本书即基于此进行解读。

（四）赋、比、兴诸家之说

汉代郑众说："比者，比方于物也。兴者，托事于物。"① "比者，比方于物，诸言如者，皆比辞也。"② "兴者，托事于物。则兴者，起也。取譬引类，起发己心，诗文诸举草木鸟兽以见意者，皆兴辞也。"③

南朝梁文学批评家钟嵘《诗品序》认为赋、比、兴是诗之所用：

> 故诗有三义焉：一曰兴，二曰比，三曰赋。文已尽而意有余，兴也；因物喻志，比也；直书其事，寓言写物，赋也。宏斯三义，酌而用之，干之以风力，润之以丹彩，使味之者无极，闻之者动心，是诗之至也。若专用比兴，患在意深，意深则词踬。若但用赋体，患在意浮，意浮则文散，嬉成流移，文无止泊，有芜漫之累矣。④

朱熹《诗经集传》："赋者，敷陈其事而直言之也。"⑤ "比者，以彼物比此物也。"⑥ "兴者，先言他物以引起所咏之辞也。"⑦

南宋李仲蒙从诗歌中情与外物的关系阐释赋、比、兴为：

> 叙物以言情谓之赋，情尽物者也；索物以托情谓之比，情附物者也；触物以起情谓之兴，物动情者也。⑧

叶嘉莹从物象与人心之间的感发关系角度提出赋、比、兴是三种作诗方法："'赋、比、兴'乃《诗经》和中国古代诗歌借物象与事象传达感动并引起读者感动的三种表达方式，赋、比、兴是心物之间互动关系的反映。兴是由物及心，比是

---

① ［汉］郑玄注，［唐］贾公彦疏，赵伯雄整理：《周礼注疏》卷第二十三《大师》，李学勤主编：《十三经注疏》，北京：北京大学出版社，1999 年，第 610 页。

② ［汉］毛亨传，［汉］郑玄笺，［唐］孔颖达疏：《毛诗正义》卷第一（一之一），李学勤主编：《十三经注疏》，北京：北京大学出版社，1999 年，第 14 页。

③ ［汉］毛亨传，［汉］郑玄笺，［唐］孔颖达疏：《毛诗正义》卷第一（一之一），李学勤主编：《十三经注疏》，北京：北京大学出版社，2000 年，第 14 页。

④ ［南朝梁］钟嵘著，徐正英注译：《诗品》，郑州：中州古籍出版社，2017 年，第 39 页。

⑤ ［宋］朱熹注：《诗经集传》，上海：上海古籍出版社，1987 年，第 2 页。

⑥ ［宋］朱熹注：《诗经集传》，上海：上海古籍出版社，1987 年，第 3 页。

⑦ ［宋］朱熹注：《诗经集传》，上海：上海古籍出版社，1987 年，第 1 页。

⑧ 转引自［宋］胡寅：《与李叔易书》，《斐然集》卷十八，《四库全书》本，第 1137 册，第 534 页。

由心及物，赋是即物即心。""《诗经》就把'赋、比、兴'作为诗人如何感发情志、发言为诗的三种方法。所谓'赋'，就是'直陈其事'，直接把事情说出来；所谓'比'，就是'以此例彼'，'例'就是'比'，用这件事情来比喻那一件事情；所谓'兴'，就是见物起兴，你看到一个东西，引起你内心的一种感动。"①

综上，关于赋、比、兴有以下观点：一是赋、比、兴既根据内容又根据艺术手法来区分，代表人物是郑玄；二是认为赋、比、兴是诗歌创作手法，代表人物是孔颖达、钟嵘、朱熹、李仲蒙、杨载、叶嘉莹；三是认为赋、比、兴是三种诗歌传述方式，代表人物是王小盾；四是认为赋、比、兴是三种用诗方法，代表人物是汤化、鲁洪生等；五是认为赋、比、兴是三种诗体，代表人物是章太炎、郑志强等。从各种观点的代表人物的数量及权威性来看，赋、比、兴是诗法为主流观点，本书即基于赋、比、兴为诗法的观点进行深入阐释。

赋、比、兴在第二部分"《诗经》艺术解读"中分别专章研究，此节单论风、雅、颂。《诗经》有三颂、二雅、十五国风。三颂即周颂、鲁颂、商颂。二雅指大雅和小雅。十五国风包括周南、召南、邶、鄘、卫、王、郑、齐、魏、唐、秦、陈、桧、曹、豳十五个诸侯国的风诗。

二、风

《诗经》共有十五国风，160篇。周武王姬发分封姬姓宗室子弟和功臣为诸侯，将他们分为五等：公、侯、伯、子、男，不及五等的则为附庸。这就是中国封土地、建诸侯的"封建"的由来。

周南：周是地名，在雍州岐山之南，南指周以南之地，周南是周公姬旦的封地，就是现在的河南西南部及湖北西北部一带。鲁洪生研究认为：《周南》《召南》是因周公姬旦、召公姬奭（shì）分郏（今河南郏县）而治，划分出的两个地区的诗歌，其创作直接受到周朝礼乐文化的影响。②

召南：召是地名，在雍州岐山之南，是召公姬奭的封地，就是现在的陕西岐山县西南。

邶（bèi）、鄘、卫风：实际都是卫国的地方乐歌。邶、鄘、卫三国都是殷商故地，在朝（zhāo）歌（今河南淇县）一带。周武王灭殷以后，封纣王之子武庚为殷侯，继续治理殷民。三分殷商王畿内之地，朝歌之北是邶，即现在的河南省汤阴县东南，由商纣王之子武庚监管；其东是鄘，即现在的河南卫辉北，由蔡叔监管；

① 叶嘉莹：《中西文论视域中的"赋、比、兴"》，《河北学刊》2004年第3期。
② 鲁洪生：《〈诗经〉婚恋诗创作的文化背景》，《河北师范大学学报（哲学社会科学版）》2006年第6期。

其南是卫，今天的河南淇县，由管叔监管：号称"三监"。周武王死后，因周成王年少，周公摄政，发生"三监之乱"。因武王之弟康叔参与平定"三监之乱"有功，故平乱后，改封于殷商故都朝歌，建立卫国。《汉书·地理志第八下》："河内本殷之旧都，周既灭殷，分其畿内为三国，《诗·风》邶、庸、卫国是也。邶，以封纣子武庚；庸，管叔尹之；卫，蔡叔尹之：以监殷民，谓之三监。故《书·序》曰'武王崩，三监畔'，周公诛之，尽以其地封弟康叔，号曰孟侯，以夹辅周室；迁邶、庸之民于雒邑，故邶、庸、卫三国之诗相与同风。"①

王风：就是平王东迁后周天子直接统治的区域，即洛阳周边的诗歌。犬戎灭幽王，周平王自镐京迁居东都洛邑，从此周室衰微，无力统御诸侯，但名义上还是中国之王，故称"王风"。《汉书·地理志第八下》："周地，柳、七星、张之分野也。今之河南雒阳、穀成、平阴、偃师、巩、缑氏，是其分也。昔周公营雒邑，以为在于土中，诸侯蕃屏四方，故立京师。至幽王淫褒姒，以灭宗周，子平王东居雒邑。"②"周人之失，巧伪趋利，贵财贱义，高富下贫，憙为商贾，不好仕宦。"③

郑风：郑国的地方乐歌。《汉书·地理志第八下》："郑国，今河南之新郑，本高辛氏火正祝融之虚也。及成皋、荥阳，颍川之崇高、阳城，皆郑分也。本周宣王弟友为周司徒，食采于宗周畿内，是为郑。"④ 周宣王二十二年封其弟姬友于郑，就是郑桓公，封地是现在的陕西省华县以东。周幽王时，郑桓公为周司徒，为避西戎之祸，将其家族财产迁至虢（guó）国（今河南三门峡）、邻（或桧）国（今河南新密）之间。后周幽王、郑桓公都被西戎所杀，郑桓公之子掘突辅佐周平王东迁，消灭邻，把郑国搬迁到邻，继位称郑武公。《汉书·地理志第八下》："幽王败，桓公死，其子武公与平王东迁，卒定虢、会之地，右雒左泲，食溱、洧焉。土陋而险，山居谷汲，男女亟聚会，故其俗淫。《郑诗》曰：'出其东门，有女如云。'又曰：'溱与洧方灌灌兮，士与女方秉菅兮。''恂盱且乐，惟士与女，伊其相谑。'"⑤

齐风：齐国的地方乐歌。周武王灭商后，封功臣姜太公于齐，建都于营丘（今山东临淄）。齐国国土在现在的山东淄博一带。《汉书·地理志第八下》："齐地，虚、危之分野也。东有甾川、东莱、琅邪、高密、胶东，南有泰山、城阳，北有千乘，清河以南，勃海之高乐、高城、重合、阳信，西有济南、平原，皆齐分也。……至周成王时，薄姑氏与四国共作乱，成王灭之，以封师尚父，是为太公。《诗·风》齐国是也。临甾名营丘，故《齐诗》曰：'子之营兮，遭我虖峱之间

---

① ［汉］班固撰，［唐］颜师古注：《汉书》，北京：中华书局，1999年，第1314页。
② ［汉］班固撰，［唐］颜师古注：《汉书》，北京：中华书局，1999年，第1316页。
③ ［汉］班固撰，［唐］颜师古注：《汉书》，北京：中华书局，1999年，第1317页。
④ ［汉］班固撰，［唐］颜师古注：《汉书》，北京：中华书局，1999年，第1317页。
⑤ ［汉］班固撰，［唐］颜师古注：《汉书》，北京：中华书局，1999年，第1318页。

兮。'又曰:'俟我于著乎而。'"①

魏风:魏国的地方乐歌。周初封同姓于魏,公元前 661 年为晋献公所灭。魏国国土在现在的山西芮城东北。《汉书·地理志第八下》:"魏地,觜觿、参之分野也。其界自高陵以东,尽河东、河内,南有陈留及汝南之召陵、滠彊、新汲、西华、长平,颍川之舞阳、郾、许、傿陵,河南之开封、中牟、阳武、酸枣、卷,皆魏分也。"②《汉书·地理志第八下》:"魏国,亦姬姓也,在晋之南河曲,故其诗曰'彼汾一曲','寘诸河之侧'。自唐叔十六世至献公,灭魏以封大夫毕万,灭耿以封大夫赵夙,及大夫韩武子食采于韩原,晋于是始大。至于文公,伯诸侯,尊周室,始有河内之土。吴札闻魏之歌,曰:'美哉沨沨(音冯)乎!以德辅此,则明主也。'文公后十六世为韩、魏、赵所灭,三家皆自立为诸侯,是为三晋。"③

唐风:唐国的地方乐歌。周成王封其弟姬叔虞于唐,都城在现在的山西翼城县南。唐地有晋水,后改国号为"晋"。《汉书·地理志第八下》:"河东土地平易,有盐铁之饶,本唐尧所居,《诗·风》唐、魏之国也。周武王子唐叔在母未生,武王梦帝谓己曰:'余名而子曰虞,将与之唐,属之参。'及生,名之曰虞。至成王灭唐,而封叔虞。唐有晋水,及叔虞子燮为晋侯云,故参为晋星。其民有先王遗教,君子深思,小人俭陋。故唐诗蟋蟀、山枢、葛生之篇曰'今我不乐,日月其迈';'宛其死矣,它人是媮';'百岁之后,归于其居'。皆思奢俭之中,念死生之虑。吴札闻唐之歌,曰:'思深哉!其有陶唐氏之遗民乎?'"④

秦风:秦国的地方乐歌。秦原来是周的附庸。周平王东迁,秦襄公护送有功,被封为诸侯。后迁至雍,就是现在的陕西凤翔。国土包括现在的陕西中部和甘肃东南部。《汉书·地理志第八下》:"秦地,于天官东井、舆鬼之分壄也。其界自弘农故关以西,京兆、扶风、冯翊、北地、上郡、西河、安定、天水、陇西,南有巴、蜀、广汉、犍为、武都,西有金城、武威、张掖、酒泉、敦煌,又西南有牂柯、越嶲、益州,皆宜属焉。"⑤"天水、陇西,山多林木,民以板为室屋。及安定、北地、上郡、西河,皆迫近戎狄,修习战备,高上气力,以射猎为先。故《秦诗》曰'在其板屋';又曰'王于兴师,修我甲兵,与子偕行'。及《车辚》《四载》《小戎》之篇,皆言车马田狩之事。"⑥

陈风:陈国的地方乐歌。周武王灭商后,将帝舜的后人妫满封于此地。陈国在现在的河南淮阳、柘城和安徽亳州一带。

---

① 〔汉〕班固撰,〔唐〕颜师古注:《汉书》,北京:中华书局,1999 年,第 1322～1323 页。

② 〔汉〕班固撰,〔唐〕颜师古注:《汉书》,北京:中华书局,1999 年,第 1314 页。

③ 〔汉〕班固撰,〔唐〕颜师古注:《汉书》,北京:中华书局,1999 年,第 1316 页。

④ 〔汉〕班固撰,〔唐〕颜师古注:《汉书》,北京:中华书局,1999 年,第 1315 页。

⑤ 〔汉〕班固撰,〔唐〕颜师古注:《汉书》,北京:中华书局,1999 年,第 1310 页。

⑥ 〔汉〕班固撰,〔唐〕颜师古注:《汉书》,北京:中华书局,1999 年,第 1312 页。

桧（kuài）风：桧国的地方乐歌。祝融的后人封于此地。桧地在现在的河南郑州新郑、荥阳、密县一带。周平王初，被郑武公灭国，其地为郑所有。

曹风：曹国的地方乐歌。周武王灭商后，封其弟叔振铎于此，后被宋国灭国。其国土在现在的山东菏泽、定陶、曹州一带。

豳风：豳国的地方乐歌。豳地是周朝的先人公刘开发的地方，就是现在的陕西彬县、旬邑一带。周平王东迁，豳地为秦所有。故"豳风"全部产生于西周。《汉书·地理志第八下》："昔后稷封釐（读作邰），公刘处豳，大王徙郑，文王作酆，武王治镐，其民有先王遗风，好稼穑，务本业，故《豳诗》言农桑衣食之本甚备。"①

全部的风诗产生的区域不出陕西、山西、河南、河北、山东及湖北北部。十五国风中，周南、邶、鄘、卫、王、郑、陈、桧八国国风在河南境内，河南大地是《诗经》诗歌产生传唱的重要区域。

三、雅

雅乐105篇，分为大雅和小雅，多为贵族所作，也有镐京周边的庶民所作的，所以部分诗歌风格近"风"。

小雅74篇，多贵族宴饮时的乐歌及政治抒怀、颂美、祝颂之作。《诗经》中的宴饮诗如《鹿鸣》《湛露》《彤弓》写宴饮之乐，表现宾主关系的和谐融洽；《常棣》写兄弟宴饮之乐；《伐木》写宴请亲朋故旧。颂美诗如《六月》《采芑》颂美周宣王的武功战绩，历述周宣王及其辅臣讨平"四夷"、开拓疆土的功绩，赞扬周宣王的武略文治。《六月》记叙周宣王时期所进行的北伐，《采芑》记叙周宣王命令方叔南征蛮荆之国并取得胜利的过程。祝颂之作如《天保》祝颂君王万寿无疆、国家强盛，《斯干》祝颂宫室落成，《蓼萧》是宴饮场合上的祝颂诗。部分诗篇写政治混乱和社会动荡，如《巷伯》是一首被谗抒愤诗；《巧言》是讽刺统治者信谗误国的诗作；《四月》写信而见疑、忠而被谤之怨；《正月》《小弁》以周幽王、褒姒为指斥对象，讥刺进谗信谗，表达忧世和愤懑；《节南山》是周幽王大夫斥责执政者尹氏，控诉了尹氏的暴虐，希望追究尹氏的罪恶，任用贤人的诗作；《十月之交》写周幽王时期自然灾害频发、王国日益不堪的状态，揭露当政者在其位不谋其政，不管社稷安危，只顾中饱私囊的行为。也有反映周朝流民现象的《鸿雁》《黄鸟》，悼亲诗《蓼莪》等。

大雅31篇，多为周民族史诗和对周先祖、周王的颂美之作，以及颂美武功战绩的战争诗，也有出自王公大臣之手，刺周王无道的怨刺诗，以及写政治乱象、天

---

① ［汉］班固撰，［唐］颜师古注：《汉书》，北京：中华书局，1999年，第1311页。

灾人祸的丧乱诗等。周民族史诗共五首，包括《生民》《公刘》《绵》《皇矣》《大明》，其中多有对周先祖的颂美之意。对周先王先公的颂美之作，如《文王》《思齐》《下武》《文王有声》。其中，《思齐》对周初"周室三母"：文王祖母——周姜（太姜）、文王生母——大任（太任）和文王妻子——大姒（太姒）的美貌、才华和功德加以追忆、赞美，歌颂了三位女性祖先治家以和、敦睦宗族、事神以敬的贤德业绩。《棫朴》《旱麓》《灵台》《行苇》《既醉》《凫鹥》《假乐》《泂酌》《卷阿》九篇皆属颂美诗。其中，《行苇》歌颂周王睦亲敬老，仁及草木，《卷阿》借周王出游而表颂美之意。称颂周王及大臣讨伐"四夷"，颂美武功战绩之作，包括《崧高》《烝民》《韩奕》《江汉》《常武》。如《烝民》《崧高》是周宣王重臣尹吉甫送别征讨四夷时所作。《烝民》是送别"城彼东方"的仲山甫，颂美仲山甫之德才的诗作。《崧高》歌颂申伯辅佐周室、镇抚南蛮荆楚、屏卫周室的功劳。《常武》《江汉》是颂美周宣王武功战绩的篇章，历述周宣王及其辅臣讨平"四夷"、开拓疆土的功绩，赞扬宣王的武略文治。刺周王无道的诗以《大雅》中的《民劳》《板》《荡》为代表。周厉王时期，徭役繁重，横征暴敛，政治黑暗，奸佞横行，《民劳》写平民百姓极度困苦疲劳之状，劝诫周厉王体恤百姓，改弦更张。《板》《荡》也均是刺周厉王无道之作。《召旻》《瞻卬》《桑柔》《云汉》四篇，皆丧乱之音：《召旻》写周王东迁后的窘蹙，《瞻卬》写幽王时的政治乱象，《桑柔》写幽王末的政治乱象，《云汉》写周王忧旱灾。

四、颂

颂共40篇，分为《周颂》《鲁颂》《商颂》。

《周颂》31篇，是西周初年祭祀宗庙的舞曲歌辞，产生在镐京。如《武》《桓》《酌》都是祭祀并颂美周武王丰功伟业的诗篇。《武》歌颂周武王克商，《桓》《酌》歌颂周武王的武功治绩，赞美在其治下，天下安定，王朝稳固。

《鲁颂》4篇，是鲁国贵族祭祀宗庙的乐歌，产生地在现在的山东曲阜。周公东征后，周公长子伯禽被周成王封为鲁公。如《泮水》《閟宫》都是祭祀并颂美鲁僖公的。《泮水》称颂鲁僖公征服淮夷的功德，以及叙述在泮宫前举行的庆功大宴会。《閟宫》歌颂和赞美鲁僖公能恢复周公时曾拥有的广大土地和众多城池。

《商颂》5篇，是宋国贵族祭祀其祖先商王的颂歌，产生地在现在的河南商丘。周公平定武庚叛乱后，把宋地封给商纣王的庶兄微子启，建立宋国，以维持商祀。《玄鸟》《殷武》和《长发》是颂美商朝贤王的诗篇。《长发》是歌颂商朝缔造者成汤的颂美诗。商汤能征善战，智勇双全，拓展四方疆域，执政贤明，励精图治，选贤举能，开创商王朝基业。殷高宗武丁是继开国君王成汤之后殷商王朝最具雄才大略的国君。《殷武》叙述了武丁伐楚的历史，颂美了武丁复兴殷道的中兴业绩。

《玄鸟》叙述了商民族的起源神话，即简狄吞食燕卵而生契，契传十四代而至汤，由是繁衍出伟大的商民族。至殷高宗武丁任用傅说为相，使国家大治，八方来朝，四海归服，开创武丁盛世。

第三节　《诗经》成集和研究

《诗经》是怎样编纂成集的呢？在没有纸张，没有印刷术的时代，这些分散于不同地域，由不同作者创作的诗歌为什么会被有意识地收集起来？是谁完成收集工作的？是谁编定目次，去粗取精，最终将《诗经》的面貌基本定型的？后世研究《诗经》的代表性著作有哪些？各有什么侧重？

一、《诗经》成集

《诗经》的成集有三种途径：献诗说、采诗说、孔子删诗说。

（一）献诗说

周代有公卿、列士献诗、陈诗，以资政事的传统。《国语·周语上》记载：

> 故天子听政，使公卿至于列士献诗，瞽献曲，史献书，……亲戚补察，瞽、史教诲，耆、艾修之，而后王斟酌焉。①

可见，《诗经》诗歌的第一个来源是公卿、列士献诗，以资政事。

（二）采诗说

周代设采诗官到民间采诗，以了解民情。《汉书·艺文志》记载：

> 古有采诗之官，王者所以观风俗，知得失，自考正也。②

可见，《诗经》的第二个来源是民间，采集人是采诗官，目的是让周王了解天下的风土人情，知道为政的得失，以资政事。

---

① ［三国吴］韦昭著，徐元诰集解，王树民、沈长云点校：《国语集解》，北京：中华书局，2019 年，第 11 页。

② ［汉］班固撰，［唐］颜师古注：《汉书》，北京：中华书局，1999 年，第 1355 页。

周代有初春派行人到民间采诗的传统。《汉书·食货志上》载：

> 孟春之月，群居者将散，行人振木铎徇于路以采诗，献之太师，比其音律，以闻于天子。故曰，王者不窥牖户而知天下。①

由上可见，《诗经》的来源是民间，采集时间是初春，采集人是行人、献给管音乐的太师。采集的目的是让周王了解天下世事。

周天子派人到各地收集的诗歌便是"风"。《春秋公羊传注疏·宣公十五年》何休注释说：

> 男女有所怨恨，相从而歌。饥者歌其食，劳者歌其事。男年六十、女年五十无子者，官衣食之，使之民间求诗。乡移于邑，邑移于国，国以闻以天子。故王者不出牖户，尽知天下所苦，不下堂而知四方。②

由上可见，诗歌反映现实，是百姓的心声，采集诗歌能使周王了解民生疾苦。采集人是 60 岁无子的男人和 50 岁无子的女人，这可能就是上文所说的行人。而上文所说的采诗官则可能是负责管理采诗的行人的官员。

（三）孔子删诗说

《诗经》远不止三百篇，是由孔子去粗取精，编次而成。司马迁《史记·孔子世家》记载：

> 古者诗三千余篇，及至孔子去其重，取可施于礼义……三百五篇，孔子皆弦歌之，以求合《韶》《武》《雅》《颂》之音。礼乐自此可得而述，以备王道，成六艺。③

孔子去掉重复的，选择合乎礼义标准的，最后总共是 305 篇，且都能配乐歌唱。

综上可知，《诗经》之所以能被收集起来，是因为执政者重视通过诗歌了解天下的世事、风土人情，了解天下人的心声，从而知道为政的得失，以资政事。《诗经》中诗歌的作者有公卿、列士、平民百姓。诗歌的采集人是行人。行人的标准

———————————

① ［汉］班固撰，［唐］颜师古注：《汉书》，北京：中华书局，1999 年，第 947 页。

② ［魏］何休等注，［宋］邢昺疏：《春秋公羊传注疏·宣公十五年》，北京：北京大学出版社，1999 年，第 361 页。

③ ［汉］司马迁：《史记》，北京：中华书局，1982 年，第 1936 页。

当是 60 岁无子的男人和 50 岁无子的女人，由采诗官负责管理。采集时间是初春。"风"的来源是采，采集自各诸侯国。雅的来源主要是献，作者主要是贵族。

二、《诗经》研究

《诗经》的传授和研究，自汉以下，主要用于经学。经学是开始于汉代、绵延至清代的一门专攻儒家经典的学问。大致说来，汉学重"美刺"，宋学重"义理"，清代"朴学"重"考据"。汉人以《诗》为美刺，重视诗歌的政治讽谏、经世治用价值。朱熹则将理学的涵泳道德、修身齐家作为读《诗》的最终目的。但他将爱情诗解为淫奔之诗，表现出浓郁的封建道学观点。正如闻一多所言："汉人功利观念太深，把《三百篇》做了政治的课本；宋人稍好点，又拉着道学不放手——一股头巾气；清人较为客观，但训诂学不是诗；近人囊中满是科学方法，真厉害。无奈历史——唯物史观的与非唯物史观的，离《诗》还是很远。明明一部歌谣集，为什么没人认真的把它当文艺看呢！"[①]

《诗经》研究按朝代大致可以分为四个阶段。

（一）汉唐经学派研究

秦始皇焚书坑儒，《诗经》以其口耳相传、易于记诵的特点，得以保存，在汉代流传甚广，出现了鲁、齐、韩三家诗。三家诗在西汉被立为博士，成为官学。"鲁诗"出于鲁人申公，"齐诗"出于齐人辕固生，"韩诗"出于燕人韩婴。鲁、齐、韩三家传今文《诗》，是用汉初通行的隶书书写。鲁人毛亨和赵人毛苌的古文《诗》晚出，称为"毛诗"，是用先秦使用的籀（zhòu）文书写。毛亨作《诗诂训传》，后世称为毛《传》，传授给了毛苌。毛诗在民间广泛流行，最终压倒了三家诗。东汉以后，毛诗盛行，鲁、齐、韩三家诗逐渐衰亡。

《诗谱》是一部《诗经》研究著作，单行本已失传。东汉郑玄撰《诗谱序》。唐代孔颖达撰《毛诗正义》，将《诗谱》文字分列于书中各部分之首。

《毛诗序》是最早的诗歌理论专论文章。关于其作者，众说纷纭，尚无定论，一说孔丘弟子子夏所作，一说为汉人卫宏所作。《毛诗序》分为大序和小序。《毛诗小序》指"毛诗"各篇的题解，一般称为《毛诗序》。《毛诗大序》指第一篇《关雎》题解后所作的《诗经》的总序，总论《诗经》，对诗歌的性质、内容、分类、审美特征、表现方法、社会作用等方面都做了系统的阐述。

很多学者为毛《传》作注，最有名的是汉代经学大师郑玄作的《毛诗传笺》，后世称郑《笺》。到唐代，孔颖达对毛《传》、郑《笺》进行疏解，作《毛诗正

---

① 闻一多撰，李定凯编校：《诗经研究·匡斋尺牍》，成都：巴蜀书社，2002 年，第 54 页。

义），又称《毛诗注疏》，后世称孔《疏》，是经学派研究的集大成之作。

汉唐经学派关注《诗经》的政治功能，在千百年的传承沿袭过程中，对建构中华民族的民族精神和文化品格产生了积极和重大的影响。

（二）宋代理学派研究

宋学不满汉学只讲美刺的毛、郑《诗》学，集中批判《毛诗序》。代表性的是朱熹的《诗集传》，重解《诗》义，简化注释，使《诗经》研究突破了汉学的藩篱，形成了以宋学为主导的局面。《诗集传》兼取毛、郑以及齐、鲁、韩三家诗之说，说解方法兼顾训诂与剖析义理，而尤以剖析义理为主，主性情、主义理。朱熹在每首诗每一章下都增标赋、比、兴，更好地揭示了《诗经》的艺术手法，简明扼要，平实雅致，《诗集传》成为后来士子考取功名的必读之作。

（三）清代研究

到了清代，汉学复兴，宗汉而攻宋。考据的盛行，对《诗经》训诂贡献良多。《诗经》研究著作主要有陈启源的《毛诗稽古编》、胡承珙（gǒng）的《毛诗后笺》等。马瑞辰的《毛诗传笺通释》吸取清代考据学成果，着重纠正毛《传》、郑《笺》、孔《疏》的错误，也吸取今文三家诗可取的疏解。陈奂的《诗毛氏传疏》力主古文《毛诗》，是清代研究《毛诗》的集大成之作；王先谦的《诗三家义集疏》是搜辑三家诗遗说的集大成著作；魏源的《诗古微》是清代今文学派的代表作。

方玉润的《诗经原始》很有特色，注意到了《诗经》的文学意义，就诗论诗，突破了经学藩篱，解说文字文采斐然。从诗歌的角度解说《诗经》的还有崔述的《读风偶识》、姚际恒的《诗经通论》等。

（四）近当代研究

将《诗经》作为一部诗歌总集，从文学的艺术性、审美性角度加以研究和解读，是近代以来的普遍做法。近代郭沫若是《诗经》今译的第一人。民国林光义的《诗经通解》、吴闿（kǎi）生的《诗义会通》、闻一多的《诗经新义》《诗经通义》等，对《诗经》的探讨突破了穿凿附会的旧说，提出不少新见。

当代不少学者基于诗学的角度，对《诗经》的篇章进行鉴赏，并对《诗经》进行今注今译，以余冠英的《诗经选》、高亨的《诗经今注》、陈子展的《诗经直解》、程俊英和蒋见元的《诗经注析》、屈万里的《诗经诠释》、程俊英译注的《诗经》、王秀梅译注的《诗经》等为代表。

第二章　《诗经》价值解读

> 　　孔子的"兴、观、群、怨"说是关于诗歌作用最知名的表述。《诗经》的价值是多方面的，汉唐经学派侧重于《诗经》的经学价值，强调其政治作用。宋代理学派强调以《诗经》作为修身养性的经典，强调《诗经》的道德教化作用，希望借《诗经》达到修身、齐家、治国、平天下的目的。自清代起，学人开始明确关注《诗经》的文学价值。此外，《诗经》还有语言价值、音乐价值、思想价值、文史价值等。

第一节　诗歌的作用

　　诗歌有什么作用？关于诗歌的作用，最著名的表述是孔子的"兴、观、群、怨"说。在《论语·阳货篇》中，孔子训诫他的弟子和儿子时说：

　　　　小子何莫学夫诗？诗，可以兴，可以观，可以群，可以怨。迩之事父，远之事君，多识于鸟兽草木之名。①

这句话的意思是：后生们，为什么不学诗呀？诗可以感发情感，引起感情共鸣，可以观察社会，可以交流切磋，可以怨刺政事之失。近可以运用其中的道理侍奉父母，远可以服事君王，还可以多多认识鸟兽草木的名称。

一、兴

　　从诗歌的作用而言，"兴"指诗歌的感发情感功能。孔安国注"兴"云"引譬

---

① 杨伯骏译注：《论语译注·阳货篇第十七》，北京：中华书局，1980 年，第 185 页。

连类"①，朱熹注"兴"云"感发志意"②，就是指诗歌能引起读者的情感共鸣或同情共振。我们可能有过这样的体会，当我们离家在外时，读着马致远的《天净沙·秋思》："枯藤老树昏鸦，小桥流水人家，古道西风瘦马。夕阳西下，断肠人在天涯。"心中的思乡之情喷涌而出，难以抑制。这就是文学作品的同情共振、情感共鸣作用。

　　诗歌的感发情感功用使道德教化成为可能。日本学者中井积善提出，正是因为诗歌具有感发情感的作用，涵泳之时，能引起读者的情感共鸣、同情共振，从而潜移默化、润物无声地影响人的思想意识，形成自觉的道德标准："兴，起也。诗本人情，其言易晓，而讽咏之间，优柔浸渍，又有以感人而入于其心，故诵而习正，则其或邪或下，或劝或惩，皆有以使人志意油然兴起于善而不能已也。"③ 如怨刺诗《小雅·何草不黄》中"匪兕匪虎，率彼旷野。哀我征夫，朝夕不暇"的征人之惨状与怨愤，感发关注民生疾苦的悲悯情怀。《邶风·凯风》是一首儿子歌颂母亲的诗，感发孝敬母亲的天伦之情：

《诗经》解读

　　　　凯风自南，吹彼棘心。棘心夭夭，母氏劬劳。

此诗以凯风吹拂棘心开篇，把母亲的抚育比作温暖的南风，把小时候的自己比作酸枣树的嫩芽，自己之所以能够健康成长，全是母亲辛勤哺育的功劳。

　　二、观

　　什么是"观"呢？"观"指诗的认识功能。郑玄注"观"曰："观风俗之盛衰。"④ 朱熹注"观"曰："考见得失。"⑤ 即通过诗歌可以认识社会政治、民生、民俗、民情状况，从而达到辨风知政、补察民情的政治目的。《春秋公羊传注疏·宣公十五年》何休注说："饥者歌其食，劳者歌其事。……故王者不出牖户，尽知天下所苦，不下堂而知四方。"⑥ 《诗经》是音乐文学，是现实政治的反映。《礼记·乐记第十九》："治世之音安以乐，其政和；乱世之音怨以怒，其政乖；亡国

　　① ［三国］何晏注，［宋］邢昺疏：《论语注疏》，北京：中国致公出版社，2016年，第279页。
　　② ［宋］朱熹注：《四书集注》之《论语集注·阳货第十七》，南京：凤凰出版社，2016年，第174页。
　　③ ［日］中井积善：《诗雕题》，大阪大学怀德堂文库，吉川弘文馆，1995年，第9页。转引自孙立：《"兴皆兼比"论——兼及日本学者论"兴"》，《复旦学报（社会科学版）》2015年第5期。
　　④ ［三国］何晏注，［宋］邢昺疏：《论语注疏》，北京：中国致公出版社，2016年，第279页。
　　⑤ ［宋］朱熹注：《四书集注》之《论语集注·阳货第十七》，南京：凤凰出版社，2016年，第174页。
　　⑥ ［魏］何休等注，［宋］邢昺疏：《春秋公羊传注疏·宣公十五年》，北京：北京大学出版社，1999年，第361页。

之音哀以思，其民困。声音之道，与政通矣。"① 《毛诗大序》云："言天下之事，形四方之风，谓之雅。"② 意思是说诗歌可以反映天下世事，形成天下的世风。

比如《唐风·鸨羽》是一首反映征役之苦的诗作。农民长期服役，不能耕种养活父母，作诗表示怨愤和抗争："肃肃鸨羽，集于苞栩。王事靡盬，不能蓺稷黍。父母何怙？"反映了百姓久从征役，不能耕田供养父母的社会现实。

《郑风·溱洧》展现了郑国的民俗风情：

> 溱与洧，方涣涣兮。士与女，方秉蕑兮。
> 女曰："观乎？"士曰："既且。""且往观乎！"
> 洧之外，洵讦且乐。维士与女，伊其相谑，赠之以勺药。

诗篇描写郑国三月上巳日青年男女在溱水和洧水岸边游春，在潺潺的春水中洗去宿垢，被除不祥，祈求幸福和安宁。男女青年也借此机会表达爱意，自由相会，彼此喜欢就"赠之以勺药"，以花结情意。

"观"对应以反映现实为主的诗歌，如汉乐府诗，以及曹操被称为"汉末实录"的以乐府古题写时事的诗歌，如《蒿里行》《薤露》等；杜甫即事名篇的乐府诗，如"三吏""三别"、《兵车行》《丽人行》等。

三、群

孔子说诗"可以群"。"群"指诗的交流功能，孔安国注"群"曰："群居相切磋。"③ 朱熹注"群"曰"和而不流"④。孔子又说："不学《诗》，无以言。"⑤ 由于先秦时期《诗经》的流行，《诗经》中的诗句被普遍运用来赋诗言志，或外交应对，或引诗立说。

（一）外交雅言

春秋时期，列国聘问时通行赋诗言志，《诗》是当时通行的外交雅言。《汉书·艺文志》："古者诸侯卿大夫交接邻国，以微言相感，当揖让时，必称诗以谕

---

① ［汉］郑玄注，［唐］孔颖达正义，吕友仁整理：《礼记正义》（中册），上海：上海古籍出版社，2008 年，第 1456～1457 页。

② ［汉］毛亨传，［汉］郑玄笺，［唐］孔颖达疏：《毛诗正义》卷第一（一之一），李学勤主编：《十三经注疏》，北京：北京大学出版社，1999 年，第 19 页。

③ ［三国］何晏注，［宋］邢昺疏：《论语注疏》，北京：中国致公出版社，2016 年，第 279 页。

④ ［宋］朱熹：《四书集注》之《论语集注·阳货第十七》，南京：凤凰出版社，2016 年，第 174 页。

⑤ 杨伯峻译注：《论语译注·季氏第十六章》，北京：中华书局，2015 年，第 206 页。

其志，盖以别贤不肖而观盛衰焉。故孔子曰'不学诗，无以言'也。"① 外交情景的赋诗言志即通过赋一首《诗经》中的诗，从诗里断章取义，也就是不管上下文的意义，只将一章中的几句拿出来，来表明自己的态度、意愿。朱自清阐释"赋诗言志"说："赋诗却往往断章取义……断章取义只是借用诗句作自己的话，所取的只是句子的文义，就是字面的意思；而不管全诗用意，就是上下文的意思。"②

外交场合赋诗言志的例子在《左传》中有很多。申包胥是春秋后期楚国的大夫，此人品行高尚，重信义，他和伍子胥是好朋友，当年伍子胥因父遭谗被害而出逃至吴国，并于楚昭王十五年（公元前 506 年）用计助吴攻破楚国。申包胥赴秦国求救，秦哀公推辞说："寡人闻命矣，子姑就馆，将图而告。"申包胥"立，依于庭墙而哭，日夜不绝声，勺饮不入口，七日。秦哀公为之赋《无衣》。九顿首而坐。秦师乃出"③。秦哀公被申包胥感动，为他吟诵《无衣》："岂曰无衣，与子同袍！王于兴师，修我戈矛，与子同仇！"赋诗言志，断章取义，以后两句"修我戈矛，与子同仇"，表明同意出兵救楚之意。

《左传·襄公二十七年》载，郑伯在垂陇宴请晋国使者赵孟，赵孟请大家赋诗，子太叔赋《野有蔓草》。诗云："野有蔓草，零露溥兮。有美一人，清扬婉兮。邂逅相遇，适我愿兮。"子太叔其实是断章取义，只取末两句"邂逅相遇，适我愿兮"，借以表达郑国对赵孟的欢迎之意，意即"能见到您，我很高兴"。印段赋《蟋蟀》④："无以大康，职思其居。好乐无荒，良士瞿瞿。"表达要自警自醒，喜欢玩乐但不过度行乐，要做好本职工作，不荒废正业之意。

《左传·成公八年》载：

> 八年春，晋侯使韩穿来言汶阳之田，归之于齐。季文子饯之。私焉，曰："大国制义，以为盟主，是以诸侯怀德畏讨，无有贰心。谓汶阳之田，敝邑之旧也，而用师于齐，使归诸敝邑。今有二命，曰：'归诸齐。'信以行义，义以成命，小国所望而怀也。信不可知，义无所立，四方诸侯，其谁不解体？诗曰：'女也不爽，士贰其行。''士也罔极，二三其德。'七年之中，一与一夺，二三孰甚焉！士之二三，犹丧妃耦，而况霸主！霸主将德是以，而二三之，其何以长有诸侯乎？"⑤

这是关于汶阳之田归属的一段对话。汶阳之田本属鲁国，后被齐国占领，晋国对齐

① ［汉］班固撰，［唐］颜师古注：《汉书》，北京：中华书局，1999 年，第 1383 页。
② 朱自清：《诗言志辨·诗言志》，上海：开明书店，民国三十六年（1947），第 18 ～ 19 页。
③ 郭丹等译注：《左传·定公四年》（下册），北京：中华书局，2012 年，第 2122 页。
④ 郭丹等译注：《左传·襄公二十七年》（中册），北京：中华书局，2012 年，第 1418 页。
⑤ 郭丹等译注：《左传·成公八年》（中册），北京：中华书局，2012 年，第 937 页。

国用兵获胜后，便以霸主的身份命齐国将汶阳之田归还鲁国。然而，时隔不久，晋国出于自身利益的考虑，又命鲁国把汶阳之田交给齐国。对于晋国这种依仗大国地位、不守信义、出尔反尔的举动，鲁国大夫季文子颇为不满，遂引《氓》诗"女也不爽，士贰其行""士也罔极，二三其德"诸语以斥之。

又如《左传·定公十年》：

> 侯犯以郈叛。……叔孙谓郈工师驷赤曰："郈非唯叔孙氏之忧，社稷之患也！将若之何？"对曰："臣之业在《扬水》卒章之四言矣！"叔孙稽首。①

《唐风·扬之水》的最后一章是："扬之水，白石粼粼。我闻有命，不敢以告人！"驷赤打算除去侯犯，所以就以此章最后两句"我闻有命，不敢以告人"断章取义地表达自己的意思：我已有打算，但准备秘密去做，不欲告诉别人。叔孙也明白了驷赤的意思，所以就对他稽首为礼。

《左传·襄公二十六年》记晋平公把卫献公囚了起来，齐景公、郑简公到晋国去为他说情：

> 齐侯郑伯为卫侯故如晋，晋侯兼享之。……国景子相齐侯，……子展相郑伯，……晋侯言卫侯之罪，使叔向告二君。……子展赋《将仲子兮》。晋侯乃许归卫侯。②

《郑风·将仲子》："将仲子兮，无逾我园，无折我树檀。岂敢爱之？畏人之多言。仲可怀也，人之多言，亦可畏也。"关键在"人之多言，亦可畏也"，断章取义，表明人言可畏之意。晋侯明白了子展的意思，就答应放了卫献公。

（二）引诗立说

先秦时期，文人交流学说观点时也常常借助《诗》中的语句。《史记·滑稽列传》说"诗以达意"，《庄子·天下》说"诗以道志"③。"志""意"就是想要表达的观点、思想、抱负、理想等。如《论语·学而第一》：

> 子贡曰："贫而无谄，富而无骄，何如？"子曰："可也。未若贫而乐，富而好礼者也。"子贡曰："《诗》云，'如切如磋！如琢如磨'，其斯之谓与？"

---

① 郭丹等译注：《左传·定公十年》（下册），北京：中华书局，2012 年，第 2178 页。
② 郭丹等译注：《左传·襄公二十六年》（中册），北京：中华书局，2012 年，第 1382～1383 页。
③ 参见王文生：《释"志"——"诗言志"诠之一》，《文艺理论研究》2009 年第 3 期。

子曰："赐也！始可与言《诗》已矣，告诸往而知来者。"

子贡认为对待贫富的态度是贫穷而不奴颜媚骨，富贵也不骄纵。孔子认为"贫而无谄，富而不骄"可以，但还应有更高的境界：贫穷而能安贫乐道，不断修身；富有而能保持谦虚，不断提升自我。《四书集注》中，朱熹阐释子贡引用《诗经》中的诗句之意云："言治骨角者，既切之而复磋之；治玉石者，既琢之而复磨之：治之已精，而益求其精也。子贡自以无谄无骄为至矣，闻夫子之言，又知义理之无穷；虽有得焉，而未可遽自足也。"① 说明无论贫富，都要砥砺自我，不断完善自我之意。

又如《论语·泰伯第八》：

> 曾子有疾，召门弟子曰："启予足！启予手！《诗》云：'战战兢兢，如临深渊，如履薄冰。'而今而后，吾知免夫，小子！"

"曾子平日以为身体受于父母，不敢毁伤，故于此使弟子开其衾而视之。"引用《诗经·小旻》中的诗句说明保全身体之难："而言其所以保之之难如此；至于将死，而后知其得免于毁伤也。"又引用尹氏的话："父母全而生之，子全而归之。曾子临终而启手足，为是故也。非有得于道，能如是乎？"②

"群"以诗歌的交际功能为主，对应后世唱和诗，或称酬唱诗。如中唐时期元稹、白居易的元白唱和。特别是宋代，次韵唱和成为一种交际风气，唱和诗被大量创作出来。

四、怨

什么是"怨"呢？"怨"指诗的"怨刺上政"③ 功能。《毛诗大序》说："故正得失，动天地，感鬼神，莫近于诗。"④ 强调诗歌可以纠正为政之失。又说："雅者，正也，言王政之所由废兴也。"⑤ 意思是诗歌能够反映政治之失，揭示国家政治衰亡的缘由。

---

① ［宋］朱熹注，王华宝整理：《四书集注》之《论语集注》，南京：凤凰出版社，2016 年，第 50 页。
② ［宋］朱熹注，王华宝整理：《四书集注》之《论语集注》，南京：凤凰出版社，2016 年，第 100 页。
③ ［三国］何晏注，［宋］邢昺疏：《论语注疏》，北京：中国致公出版社，2016 年，第 279 页。
④ ［汉］毛亨传，［汉］郑玄笺，［唐］孔颖达疏：《毛诗正义》卷第一（一之一），李学勤主编：《十三经注疏》，北京：北京大学出版社，1999 年，第 11 页。
⑤ ［汉］毛亨传，［汉］郑玄笺，［唐］孔颖达疏：《毛诗正义》卷第一（一之一），李学勤主编：《十三经注疏》，北京：北京大学出版社，1999 年，第 19～20 页。

《诗经》解读

西周中叶以后，出现了大量反映王道衰落、礼崩乐坏、政教不行、人伦废丧的怨刺诗。怨刺诗就是所谓的"变风""变雅"，是世道衰落、世风败坏的产物。《毛诗大序》："至于王道衰，礼义废，政教失，国异政，家殊俗，而变风、变雅作矣。国史明乎得失之迹，伤人伦之废，哀刑政之苛，吟咏情性，以风其上，达于事变而怀其旧俗也。"①《汉书·礼乐志》载："周道始缺，怨刺之诗起。"②怨刺诗主要保存在《风》和《小雅》中。如《小雅》中的《节南山》《雨无正》等，《风》中的《魏风·伐檀》《魏风·硕鼠》《邶风·新台》《鄘风·墙有茨》《鄘风·相鼠》《齐风·南山》《陈风·株林》等。怨刺诗借助诗歌讽刺朝廷的过失，目的是希望朝廷匡正补救。郑玄《诗谱序》云："刺过讥失，所以匡救其恶。"③

《鄘风·相（xiāng）鼠》讥刺道德败坏之人：

> 相鼠有齿，人而无止。人而无止，不死何俟？

以鼠之有齿反衬人的无节止，行为不合乎礼，痛快淋漓地表达了憎恶之意。

《小雅·何草不黄》描写行役在外的征夫生活艰险辛劳，"哀我征夫，独为匪民"。可悲我们征夫啊，偏偏不被当人看！表达了对遭受非人待遇的抗议和控诉。《小雅·北山》是周朝一位底层官吏因怨恨劳逸不均而发出的不平之鸣："大夫不均，我从事独贤。"大夫派差不公允，我的差事最繁重！揭露了统治阶级上层的腐朽和下层的怨愤。

"怨"对应后世乐府诗，以反映现实、怨刺政治为主。中唐大诗人白居易的讽喻诗即属于怨刺诗，他在《与元九书》中提出"文章合为时而著，歌诗合为事而作"④。其讽喻诗主要指《新乐府》五十首和《秦中吟》十首，这类诗反映人民疾苦，对各种弊政进行揭露。

综上，诗歌具有"兴""观""群""怨"四种作用。"兴"就是诗歌的感发情感作用，诗歌能与读者产生感情共鸣，引起读者的同情共振，潜移默化地影响人的思想意识，从而产生道德教化功能；"观"就是诗歌的认识作用，诗歌能够反映现实生活，通过诗歌可以认识社会政治、民生、民俗、民情状况，从而辨风知政，补察民情；"群"就是诗歌的交际作用，《诗经》中的诗歌是当时通行的雅言，通行赋诗以言志；"怨"就是诗歌的政治讽谏作用，诗歌能够反映政治的得失，反映国

---

① ［汉］毛亨传，［汉］郑玄笺，［唐］孔颖达疏：《毛诗正义》卷第一（一之一），李学勤主编：《十三经注疏》，北京：北京大学出版社，1999年，第16～18页。

② ［汉］班固撰，［唐］颜师古注：《汉书》，北京：中华书局，1999年，第891页。

③ ［汉］毛亨传，［汉］郑玄笺，［唐］孔颖达疏：《毛诗正义·诗谱序》，李学勤主编：《十三经注疏》，北京：北京大学出版社，1999年，第6页。

④ ［唐］白居易著，谢思炜校注：《白居易文集校注》，北京：中华书局，2011年，第324页。

家政治兴衰的缘由。以上四种作用使孔子所云"迩之事父，远之事君"成为可能。

第二节　《诗经》的教化价值

我国古代的诗歌理论很早就与教化相联系。《毛诗大序》阐述《诗经》的诗教价值说："故正得失，动天地，感鬼神，莫近于诗。先王以是经夫妇，成孝敬，厚人伦，美教化，移风俗。"① 诗教价值，一是对国家的政治价值，二是对个人的道德教化价值，即发挥《诗经》修身、齐家、治国、平天下的作用。

一、政治价值

《诗经》具有"补于治道"的政治价值。李营营在总结汉唐经学家《诗经》研究的侧重时说：《毛诗序》以礼说诗，褒贬美刺，推重君王后妃之德；郑《笺》重在阐释君子之教、圣人之化；唐代孔颖达《毛诗正义》解说诗的功用，旨在匡正世风，使人向善。②《诗经》的政治价值具体体现在如下两个方面。

（一）辨风知政，补于治道

孔子说《诗》"可以观""可以怨"③，"观"指诗的认识社会功能，即通过诗歌可以达到辨风知政、补察民情的政治作用。"怨"指诗的"怨刺上政"功能，即诗歌可以揭示政治之失。怨刺诗借助诗歌揭示朝政之失，希冀朝廷能匡正补救。郑玄《诗谱序》云："刺过讥失，所以匡救其恶。"④ 宋代袁燮认为《诗经》："诗人作之以风其上，太师采之以献诸朝。以警君心，以观民风，以察世变。一言一句，皆有补于治道。人君笃信力行，则可以立天下风化之本；公卿大夫精思熟讲，则可以感人君心术之微。诗之功用如此。"⑤

西周晚期，王室衰微，戎狄交侵，征战不休，人民苦难深重。《唐风·鸨羽》是一首反映当时征役压迫的诗作："王事靡盬，不能蓺黍稷，父母何食？"揭示了

---

① ［汉］毛亨传，［汉］郑玄笺，［唐］孔颖达疏：《毛诗正义》卷第一（一之一），李学勤主编：《十三经注疏》，北京：北京大学出版社，1999 年，第 12 页。

② 李营营：《〈诗论〉的伦理性》，《光明日报》2019 年 4 月 20 日，第 11 版。

③ 杨伯峻译注：《论语译注·阳货篇第九章》，北京：中华书局，2015 年，第 213 页。

④ ［汉］毛亨传，［汉］郑玄笺，［唐］孔颖达疏：《毛诗正义·诗谱序》，李学勤主编：《十三经注疏》，北京：北京大学出版社，1999 年，第 6 页。

⑤ ［宋］袁燮：《絜斋毛诗经筵讲义·卷一诗序》，《文渊阁四库全书》第 74 册，台北：台湾商务印书馆，1986 年影印本，第 5 页。

征役繁重、父母失养的社会现实。农民长期服役，不能耕种养活父母，以诗表示怨愤和抗争。

《邶风·新台》揭露了卫国统治者的人伦废丧，反映了礼崩乐坏的社会现实："鱼网之设，鸿则离之。燕婉之求，得此戚施！"卫宣公上烝父妾，下霸子妻。他与其父的姬妾夷姜乱伦，生子名伋。为伋聘娶齐女姜氏，因新娘子是个美人，便霸为己有。

《魏风·硕鼠》将贪婪的剥削者比为贪婪可憎的大老鼠，揭示了奴隶主的贪婪寡恩："硕鼠硕鼠，无食我黍！三岁贯女，莫我肯顾。逝将去女，适彼乐土。"《毛诗序》注《魏风·硕鼠》云："刺重敛也。国人刺其君重敛，蚕食于民，不修其政，贪而畏人，若大鼠也。"①

（二）微言大义，通经致用

《诗经》的政治教化价值一定程度上源于汉儒阐释其微言大义，借《诗经》阐发儒学义理。汉儒注释《诗经》侧重于其政治意义的挖掘，如《小雅·白华》为周幽王王后申后自伤被黜所作。《毛诗序》强调以妾为妻、以庶代嫡的危害："白华，周人刺幽后也。幽王娶申女以为后，又得褒姒而黜申后，故下国化之，以妾为妻，以孽代宗，而王弗能治，周人为之作是诗也。"②《小雅·伐木》为家人宴饮诗。《毛诗序》阐释其亲亲以睦、民德归厚的儒家思想："《伐木》，燕朋友故旧也。自天子至于庶人，未有不须友以成者。亲亲以睦，友贤不弃，不遗故旧，则民德归厚矣。"③《大雅·荡》是刺周厉王无道之作。《毛诗序》强调朝廷无纲纪文章之害："召穆公伤周室大坏也。厉王无道，天下荡荡，无纲纪文章，故作是诗也。"④

《周南·关雎》是写一位君子对窈窕淑女的思慕的婚恋诗，《毛诗大序》则从以资政治的角度阐释为后妃之德："《关雎》，后妃之德也。风之始也，所以风天下而正夫妇也，故用之乡人焉，用之邦国焉。"⑤孔《疏》则强调文王之化，"夫妇正则父子亲，父子亲则君臣敬"的政治价值："此篇言后妃性行和谐，贞专化下，寤寐求贤，供奉职事，是后妃之德也。二《南》之风，实文王之化，而美后妃之

① ［汉］毛亨传，［汉］郑玄笺，［唐］孔颖达疏：《毛诗正义》卷第五（五之三），李学勤主编：《十三经注疏》，北京：北京大学出版社，1999年，第436页。

② ［汉］毛亨传，［汉］郑玄笺，［唐］孔颖达疏：《毛诗正义》卷第十五（十五之二），李学勤主编：《十三经注疏》，北京：北京大学出版社，1999年，第1083～1084页。

③ ［汉］毛亨传，［汉］郑玄笺，［唐］孔颖达疏：《毛诗正义》卷第九（九之三），李学勤主编：《十三经注疏》，北京：北京大学出版社，1999年，第673页。

④ ［汉］毛亨传，［汉］郑玄笺，［唐］孔颖达疏：《毛诗正义》卷第十八（十八之一），李学勤主编：《十三经注疏》，北京：北京大学出版社，1999年，第1356页。

⑤ ［汉］毛亨传，［汉］郑玄笺，［唐］孔颖达疏：《毛诗正义》卷第一（一之一），李学勤主编：《十三经注疏》，北京：北京大学出版社，1999年，第5～6页。

德者，以夫妇之性，人伦之重，故夫妇正则父子亲，父子亲则君臣敬，是以《诗》者，歌其性情，阴阳为重，是以《诗》之为体，多序男女之事。不言美后妃者，此诗之作，直是感其德泽，歌其性行，欲以发扬圣化，示语未知，非是褒扬后妃能为此行也。"①

《郑风·风雨》是一首女子的风雨怀人之作。诗本意是写在一个"风雨如晦，鸡鸣不已"的早晨，一位苦苦怀人的女子乍见夫君之时的喜出望外之情：

> 风雨凄凄，鸡鸣喈喈。既见君子，云胡不夷？
> 风雨潇潇，鸡鸣胶胶。既见君子，云胡不瘳？
> 风雨如晦，鸡鸣不已。既见君子，云胡不喜？

汉唐经学派儒者赋予了此诗政治教化意义的阐释。"风雨如晦"具有了象征险恶的人生处境或动荡的社会环境之意，"鸡鸣不已"则具有了君子不改其度之意。《毛诗序》曰："《风雨》，思君子也。乱世则思君子，不改其度焉。"② 郑《笺》阐释"风雨凄凄，鸡鸣喈喈"："兴者，喻君子虽居乱世，不变改其节度。"阐释"风雨如晦，鸡鸣不已"："鸡不为如晦而止不鸣。"③

《周南·芣苢》是一首劳动的欢歌：

> 采采芣苢，薄言采之。采采芣苢，薄言有之。
> 采采芣苢，薄言掇之。采采芣苢，薄言捋之。
> 采采芣苢，薄言袺之。采采芣苢，薄言襭之。

王夫之认为此诗是治世和平之音，是民力得以休养生息的体现。君子的乾德能像天地一样广大，体万物而不遗，使物尽其性，人尽其才，百姓方能安居乐业，安于自己所做的事情并感到快乐，劳作从容不迫，专心、静心而喜悦。文王能勤心勤政，谦卑随顺，所以田家妇子才能行歌拾草，自在喜乐："芣苢之诗，力之息也。'文王卑服，即康功田功'，'自旦至于日中昃，不遑暇食'，田家妇子，乃行歌拾草，一若忘其所有事而弗爱其日。……静而专，坤之德也，阴礼也。阴礼成而天下之物已成。故曰芣苢，后妃之美也。……故君子观于芣苢而知德焉。专者，静之能也。

① ［汉］毛亨传，［汉］郑玄笺，［唐］孔颖达疏：《毛诗正义》卷第一（一之一），李学勤主编：《十三经注疏》，北京：北京大学出版社，1999 年，第 5 页。
② ［汉］毛亨传，［汉］郑玄笺，［唐］孔颖达疏：《毛诗正义》卷第四（四之四），李学勤主编：《十三经注疏》，北京：北京大学出版社，1999 年，第 366 页。
③ ［汉］毛亨传，［汉］郑玄笺，［唐］孔颖达疏：《毛诗正义》卷第四（四之四），李学勤主编：《十三经注疏》，北京：北京大学出版社，1999 年，第 366 页。

静之能，物之干也。斯所以崇德而广业也。"①

《大雅·行苇》是写周代贵族家宴的诗歌："敦彼行苇，牛羊勿践履。方苞方体，维叶泥泥。戚戚兄弟，莫远具尔。"《毛诗序》挖掘其中仁及草木、成其福禄的政治意蕴："《行苇》，忠厚也。周家忠厚，仁及草木，故能内睦九族，外尊事黄耇，养老乞言，以成其福禄焉。"孔《疏》则进一步阐释儒家义理，认为周成王忠厚，仁爱百姓，内睦宗族，外敬养老人，因而使周祚绵延："《行苇》诗者，言忠诚而笃厚也。言周家积世能为忠诚笃厚之行，其仁恩及于草木。以草木之微尚加爱惜，况在于人，爱之必甚。以此仁爱之深，故能内则亲睦九族之亲，外则尊事其黄发之耇。以礼恭敬养此老人，就乞善言，所以为政，以成其周之王室之福禄焉。此是成王之时，则美成王之忠厚矣。"②

二、道德教化价值

周代以礼乐教化百姓，《诗经》是诗、乐合一的音乐文学，有移风易俗的道德教化之效。班固《汉书·地理志》："凡民函五常之性，而其刚柔缓急，音声不同，系水土之风气，故谓之风；好恶取舍，动静亡常，随君上之情欲，故谓之俗。孔子曰：'移风易俗，莫善于乐。'言圣王在上，统理人伦，必移其本，而易其末，此混同天下一之虖中和，然后王教成也。"③《毛诗大序》云："先王以是经夫妇，成孝敬，厚人伦，美教化，移风俗。"④

为何《诗经》有道德教化之效呢？孔子云"诗，可以兴"，"兴"指《诗经》诗歌的感发情感功能。诗歌能感发情感，涵泳之时，引起读者的情感共鸣、同情共振，从而潜移默化、润物无声地影响人的思想意识，使诗歌的道德教化价值得以实现。《论语·泰伯》云："兴于《诗》，立于礼，成于乐。"⑤ 即是要发挥《诗经》潜移默化、润物无声的诗教作用，达到教化百姓的目的。朱熹《论语集注》云："吟咏之间，抑扬反复，其感人又易入。故学者之初，所以兴起其好善恶恶之心而不能自已者。"⑥ "凡诗之言，善者可以感发人之善心，恶者可以惩创人之逸志，其用归于使人得其性情之正而已。"⑦ 也就是说，诗歌能感发情感，引起情感共鸣、

---

① ［清］王夫之撰，王孝鱼点校：《诗广传》，北京：中华书局，1964 年，第 6 页。

② ［汉］毛亨传，［汉］郑玄笺，［唐］孔颖达：《毛诗正义》卷第十七（十七之二），李学勤主编：《十三经注疏》，北京：北京大学出版社，1999 年，第 1167 页。

③ ［汉］班固撰，［唐］颜师古注：《汉书》，北京：中华书局，1999 年，第 1310 页。

④ ［汉］毛亨传，［汉］郑玄笺，［唐］孔颖达疏：《毛诗正义》卷第一（一之一），李学勤主编：《十三经注疏》，北京：北京大学出版社，1999 年，第 12 页。

⑤ 杨伯峻译注：《论语译注·泰伯篇第八章》，北京：中华书局，2015 年，第 94 页。

⑥ ［宋］朱熹注：《四书集注》之《论语集注·泰伯第八》，南京：凤凰出版社，2016 年，第 101 页。

⑦ ［宋］朱熹注：《四书集注》之《论语集注·为政第二》，南京：凤凰出版社，2016 年，第 51 页。

同情共振，潜移默化地影响人的思想意识，产生使人"好善恶恶"的道德教化作用。《论语·为政第二》云："《诗》三百，一言以蔽之，曰'思无邪'。"朱熹注释云《诗经》诗歌能使人"思无邪"："盖《诗》之功用，能使人无邪也。""盖谓三百篇之诗，所美者皆可以为法，而所刺者皆可以为戒，读之者'思无邪'耳。"①综上可见，朱熹重视诗歌感发人心的作用，将《诗经》用于伦理道德教化，注重《诗经》对个人"好善恶恶""思无邪"的道德情操的陶冶，将理学的涵泳道德、修身齐家，作为读《诗经》的最终目的。

《诗经》对人伦道德观的涵养体现在诸多方面，如正确婚恋观的塑造、孝悌天伦观的培养、饮酒有节的宴饮风尚的养成、君子人格的渗透等。

如正确婚恋观的塑造。《邶风·击鼓》中生死相依、不离不弃的爱情观："死生契阔，与子成说。执子之手，与子偕老。"《郑风·出其东门》中"虽则如云，匪我思存。缟衣綦巾，聊乐我员"，弱水三千，只取一瓢饮的专一爱情观。《卫风·氓》中女主人公在经历痛苦的婚姻后发出的呼告："于嗟女兮，无与士耽！士之耽兮，犹可说也。女之耽兮，不可说也。"呼吁女子不要沉迷恋爱、迷失自我的理性爱情观。《郑风·女曰鸡鸣》则体现了和睦的家庭生活，"琴瑟在御，岁月静好"，以及夫妻间真挚的爱情，感发对和睦恩爱的夫妻人伦之情的向往。《周南·关雎》被《毛诗大序》推许为可以"风天下而正夫妇"②：

关关雎鸠，在河之洲。窈窕淑女，君子好逑。
参差荇菜，左右流之。窈窕淑女，寤寐求之。
求之不得，寤寐思服。悠哉悠哉，辗转反侧。
参差荇菜，左右采之。窈窕淑女，琴瑟友之。
参差荇菜，左右芼之。窈窕淑女，钟鼓乐之。

诗中所描述的思慕一开始就有明确的缔结婚姻的目的，而非青年男女之间的露水姻缘，短暂邂逅。择偶不只重貌，也重视内在品德："窈窕淑女，君子好逑"。其次，诗歌中君子对淑女的思慕有分寸，只是"梦寐以求""辗转反侧"，并没有伤心欲绝，也没有攀墙折柳之类的越矩。对此，朱熹《诗经集传》注曰："孔子曰：《关雎》乐而不淫，哀而不伤。……得其性情之正，声气之和也。"③ 最后，君子想要的婚姻生活应是"琴瑟友之""钟鼓乐之"般和谐美满的。

① ［宋］黎靖德：《朱子语类》卷二十三，北京：中华书局，1986年，第538页。
② ［汉］毛亨传，［汉］郑玄笺，［唐］孔颖达疏：《毛诗正义》卷第一（一之一），李学勤主编：《十三经注疏》，北京：北京大学出版社，1999年，第5页。
③ ［宋］朱熹注：《诗经集传》，上海：上海古籍出版社，1987年，第2页。

又如孝悌天伦观的涵养。《小雅·蓼莪》是一首悼亲诗，表达了子女对双亲的悼念，抒发了子欲养而亲不待之痛。第五章："父兮生我，母兮鞠我。拊我畜我，长我育我。顾我复我，出入腹我。"对父母之恩的铺排能感发人心，兴起读者孝顺父母的伦理情感。《小雅·常棣》是周人宴会时歌唱兄弟亲情的诗，"凡今之人，莫如兄弟。""兄弟阋于墙，外御其侮。"感发兄弟悌友之情。

复如饮酒有节的宴饮风尚。《小雅·宾之初筵》是写贵族饮酒场面的诗，通过贵族酒醉前后的形象描写，对比鲜明，讽刺了酒后失仪、失言、失德的种种醉态，感发人们反对滥饮、提倡文明宴饮的心理认同。

再如君子人格的渗透。遭谗抒愤诗《小雅·巷伯》和《小雅·青蝇》对人后搬弄是非、谗人祸国害人的批判，融入背后莫议人非和不听信谗言的君子人格。颂美诗《卫风·淇奥》中"如切如磋，如琢如磨"则蕴含了精益求精的治学精神和修身精神等君子人格。

第三节　《诗经》的文学价值

《诗经》是中国最早的诗歌总集，反映了从西周初年到春秋中叶约 500 年间的社会生活。《诗经》标志着四言诗的开创，也标志着四言诗的完成。《诗经》是中国现实主义诗歌的源头，对中国诗词的创作和批评产生了深远的影响。《诗经》的语言精练、形象生动，具有很高的艺术美感，许多诗句流传至今仍被人们引用。对《诗经》文学价值的关注自宋代就已萌芽，以欧阳修《诗本义》为代表的宋人著作在解说《诗经》时已兴起以文学说《诗》的潮流，在注疏、义理阐明和篇意概说中夹杂文学审美的阐说。至晚明，出现了以诗歌而不是经书来看待《诗经》的风气，以钟惺、谭元春为代表。[1] 清代方玉润《诗经原始》开始明确关注《诗经》的文学价值。胡适说《诗经》"并不是一部圣经，确实是一部古代歌谣的总集"[2]。

一、母题价值

《诗经》的母题价值在于其所包含的主题和元素，这些母题对中国古典诗歌创作产生了深远的影响。

《秦风·蒹葭》开创了男子悲秋传统。诗歌开篇"蒹葭苍苍，白露为霜"，由

---

① 参见辛智慧：《〈四库全书总目〉纠弹"以诗法解〈诗经〉"发微——兼及经典与时代的互动关系》，《北京社会科学》2023 年第 6 期。

② 胡适：《谈谈〈诗经〉》，《古史辨》第 3 册，上海：上海古籍出版社，1982 年，第 577 页。

秋景的草木枯萎、万物凋零而"人禀七情，应物斯感，感物吟志，莫非自然"①，产生悲凉肃杀之感。进而"感物吟志"，由自然之秋而伤追求未成："所谓伊人，在水一方。"晋代诗人陆机在《文赋》中说："遵四时以叹逝，瞻万物而思纷。悲落叶于劲秋，喜柔条于芳春。"② 秋天草木的枯萎凋零使人联想到生命的衰老和终结，这就是外物对人心的一种触动。诗人感于自然之秋而伤人生之秋，感慨年华老去、追求未成、思乡念亲等人生之悲，成为中国古典诗词的男子悲秋母题。李煜《相见欢》："无言独上西楼，月如钩。寂寞梧桐深院锁清秋。剪不断，理还乱，是离愁。别是一般滋味在心头。"上片写秋景——梧桐、深院、清秋，渲染出一种凄凉寂寞的氛围，进而兴起下片思念故国的情怀。

《召南·摽有梅》开创了女子伤春传统，是后世春思求爱诗之祖。因春天花木由盛而衰，而触发青春流逝之感，由感慨青春易逝发出应及时追求婚恋之声。如汉末《古诗十九首》之《冉冉孤竹生》："伤彼蕙兰花，含英扬光辉；过时而不采，将随秋草萎。"唐代杜秋娘《金缕衣》："花开堪折直须折，莫待无花空折枝。"

《小雅·蓼莪》开创了悼亲诗创作传统。后世，感恩父母亲情、哀悼父母成为中国古典诗歌的母题之一。如三国魏文帝曹丕《短歌行》、嵇康《思亲诗》和晋孙绰《表哀诗》均以此为主题。

《小雅·常棣》是中国诗歌史上最早歌唱兄弟之情的诗作，"凡今之人，莫如兄弟""兄弟阋于墙，外御其务"，开创了抒写兄弟的创作主题。如："我思脊令诗，同飞复同息。兄弟无相远，急难要羽翼。"（宋代黄庭坚《次韵晁元忠西归十首》）。

《小雅·采薇》是最早的战争征役诗。此诗站在征人视角，主要表达了三个主题：征人思乡、征战艰辛和时光空逝之悲。以上主题成为后世战争征役诗的常见母题。征人思乡主题的重奏，如唐代杜甫《登岳阳楼》："戎马关山北，凭轩涕泗流。"唐代李益《夜上受降城闻笛》："不知何处吹芦管，一夜征人尽望乡。"写征战艰辛主题的诗歌，如唐代李白《塞下曲》："晓战随金鼓，宵眠抱玉鞍。"唐代高适《燕歌行》："杀气三时作阵云，寒声一夜传刁斗。"后世写久戍难归、岁月空耗之悲的如汉乐府民歌《十五从军征》："十五从军征，八十始得归。"唐代杜甫《从军行》："或从十五北防河，便至四十西营田。去时里正与裹头，归来头白还戍边。"诗中还有分主题，如"王事靡盬，不遑启处"表达对统治者征役无休止、不恤百姓的怨愤。后世同主题诗歌有唐代杜甫《从军行》："边庭流血成海水，武皇开边意未已。"

---

① ［南朝梁］刘勰著，［清］黄叔琳注，纪昀评，李详补注，刘咸炘阐说，戚良德辑校：《文心雕龙·明诗》，上海：上海古籍出版社，2015 年，第 31 页。

② ［晋］陆机著，张少康集释：《文赋集释》，北京：人民文学出版社，2002 年，第 20 页。

借诗歌表达对当代政治和社会问题的关注与批评是中国文学的重要母题。《大雅》中的《云汉》《民劳》《板》《荡》《桑柔》等诗，反映出暴虐之君周厉王当政时期天怒人怨、民怨沸腾的史实，表达了对社会黑暗和统治阶级昏庸的不满。《小雅》中的《正月》《十月之交》《雨无正》《小旻》《小宛》，《大雅》中的《瞻卬》《召旻》等诗，反映了西周亡国之君周幽王无道暴虐、荒淫无度、重用佞人、以妾代妻、废嫡立庶，致使社会动荡、民不聊生、国运危亡的史实。

二、范式价值

范式价值主要体现为艺术上的垂范价值。《诗经》典范的艺术手法如赋、比、兴、重章叠唱、叠句、叠字、叠韵、双声、叠词，以及顶真等，对后世诗歌创作产生了深远的影响。

（一）艺术手法上的开创引领作用

《诗经》具有艺术手法上的开创引领作用。以兴为例，兴最常用的起兴模式是触景生情式和托物起情式。触景生情式开创了后世诗词先写景再写情的创作范式。王夫之在《姜斋诗话》中说："会景而生心"[1]，"景生情，情生景，哀乐之触，荣悴之迎，互藏其宅"[2]。运用触景生情式兴法的如《秦风·蒹葭》："蒹葭苍苍，白露为霜。所谓伊人，在水一方。"前两句为兴句，以秋日凄清的景色创设出凄凉惆怅的抒情氛围，后两句为对句，兴起对佳人思慕而不可得之情。又如《郑风·野有蔓草》："野有蔓草，零露漙兮。有美一人，清扬婉兮。"诗以"野有蔓草，零露漙兮"起兴，勾勒出一派春草青青、露水晶莹的良辰美景，兴起下文"有美一人，清扬婉兮"。后世诗词由此形成了先写景创设抒情氛围，再抒发情感的创作范式。将此法运用得极为高明的当数曹植，其《七哀诗》："明月照高楼，流光正徘徊。上有愁思妇，悲叹有余哀。""明月"二句为兴句，写明月高楼之景，渲染出登高望月的怀人氛围，"上有"二句是对句，兴起思妇的相思离别之情。李煜也是高手，其《浪淘沙令》："帘外雨潺潺，春意阑珊。罗衾不耐五更寒。梦里不知身是客，一晌贪欢。"先写景奠定低沉悲怆的抒情氛围，接着写客居他乡、痛失家国的悲凉凄苦。

托物起情式如《周南·桃夭》，三章叠咏，各章前两句为兴句，后两句为对句，三章分别以桃花、桃子、桃叶起兴，兴句与兴起的新嫁娘宜室宜家的美好祝福之间有着委婉隐约的内在关联：

---

① ［清］王夫之撰，戴鸿森笺注：《姜斋诗话笺注》，上海：上海古籍出版社，2012年，第97页。

② ［清］王夫之撰，戴鸿森笺注：《姜斋诗话笺注》，上海：上海古籍出版社，2012年，第34页。

桃之夭夭，灼灼其华。之子于归，宜其室家。
桃之夭夭，有蕡其实。之子于归，宜其家室。
桃之夭夭，其叶蓁蓁。之子于归，宜其家人。

第一章以桃树茂盛，桃花灿烂起兴，第二章以桃子结得又大又多起兴，第三章以桃树枝叶茂盛起兴。兴句中的物象暗含比况之意，蕴含了丰富的祝福内涵：祝新嫁娘如桃花美艳，得夫家珍视；祝新嫁娘如桃子般硕果累累，多子多孙；祝新嫁娘如桃树枝叶繁茂，使夫家兴旺发达。

汉乐府民歌《孔雀东南飞》也是托物起兴，开篇以"孔雀东南飞，五里一徘徊"起兴，渲染出依依不舍的抒情氛围。孔雀的不忍飞离，时时徘徊与下文刘兰芝被休回娘家时的恋恋难舍有相似性关联。

《魏风·陟岵》是一首征人思亲诗，开创了思念主题的诗歌对面着笔的换位抒情模式：

陟彼岵兮，瞻望父兮。父曰："嗟！予子行役，夙夜无已。上慎旃哉，犹来无止！"

陟彼屺兮，瞻望母兮。母曰："嗟！予季行役，夙夜无寐。上慎旃哉，犹来无弃！"

陟彼冈兮，瞻望兄兮。兄曰："嗟！予弟行役，夙夜必偕。上慎旃哉，犹来无死！"

行役之人不直接倾诉思念之情，而是换位想象父、母、兄长挂念叮嘱自己。杜甫《月夜》："今夜鄜州月，闺中只独看。"不说自己想念妻子，而是换位想象妻子在鄜州望月思念自己。高适《除夜作》："故乡今夜思千里，霜鬓明朝又一年。"不说自己思念家乡的亲人，而是换位想象家乡的亲人在思念千里之外的自己。钱钟书指出从汉末徐干的《室思》到清末龚自珍的《己亥杂诗》"一灯古店斋心坐，不是云屏梦里人"，均与《陟岵》"机杼相同，波澜莫二"①。

《邶风·凯风》开创了以幼苗比子，以阳光、和风比母爱的创作范式。其中，"棘心夭夭，母氏劬劳"两句，把母亲的抚育比作温暖的南风，把小时候的自己和兄弟们比作酸枣树的嫩芽。唐代孟郊《游子吟》名句"谁言寸草心，报得三春晖"，以游子比小草的嫩芽，以母亲比作春日暖阳，即脱胎于此。

---

① 钱钟书：《管锥编一》，北京：中华书局，1979 年，第 113 页。

（二）经典艺术情境的开创

王文生在《论情境》中说："诗的创作的核心问题在于情感的客观化、对象化。这是一种高度概括了抒情诗创作经验的理论化说法。"① "情境合而成诗。"②《诗经》开创了很多经典的艺术情境，在后世相同情感的艺术表达中一再被重复运用。

《邶风·燕燕》是一首送别诗：

> 燕燕于飞，差池其羽。之子于归，远送于野。瞻望弗及，泣涕如雨。

诗歌运用赋法，状人以言情。久立远望，直至再也看不见；泪如雨下，久久地在路边哭泣，忧伤难抑。清代陈震《读诗识小录》："以'瞻望弗及'的动作描写，传达惜别哀伤之情，不言怅别而怅别之意溢于言外。"③《燕燕》之后，"瞻望弗及"和"泣涕如雨"成了表现依依不舍和伤心的惜别之情的经典情境，反复出现在历代送别诗中。"瞻望弗及"如"孤帆远影碧空尽，惟见长江天际流"（李白《送孟浩然之广陵》），依依别情，尽在人已不见，但仍在痴痴远望的动作中体现出来。

《王风·君子于役》是一首写妻子黄昏怀念远出服役的丈夫的诗：

> 君子于役，不知其期，曷至哉？鸡栖于埘，日之夕矣，羊牛下来。君子于役，如之何勿思？

这首诗选择了一个特别的时刻——黄昏，在夕阳余晖下，鸡归了巢，牛羊从村落外的山坡上缓缓地走下来。在这万物归家的安宁时刻，一个孑然零丁的妇人，看着归巢的鸡、羊、牛，期待着远方的人归来。黄昏之景与女子的思念之情相交融。自此诗开始，"黄昏"成为文学中表达思念之情的经典情境。晋代潘岳《寡妇赋》："时暧暧而向昏兮，日杳杳而西匿。雀群飞而赴楹兮，鸡登栖而敛翼。归空馆而自怜兮，抚衾裯以叹息。"宋代李清照在寄给丈夫赵明诚的词《醉花阴》中说："东篱把酒黄昏后，有暗香盈袖。莫道不销魂，帘卷西风，人比黄花瘦。"元代马致远在《天净沙·秋思》中说："夕阳西下，断肠人在天涯。"唐代王昌龄《从军行》（其一）说："烽火城西百尺楼，黄昏独坐海风秋。更吹羌笛关山月，无那金闺万里愁。"

---

① 王文生：《论情境》，上海：上海文艺出版社，2001年，第148页。
② 王文生：《论情境》，上海：上海文艺出版社，2001年，第149页。
③ ［清］陈震：《读诗识小录》，李永明：《北京师范大学图书馆藏稿抄本丛刊》（第2册/第3册），北京：国家图书馆出版社，2011年，第172页。

《周南·卷耳》：

> 陟彼崔嵬，我马虺隤。我姑酌彼金罍，维以不永怀。
> 陟彼高冈，我马玄黄。我姑酌彼兕觥，维以不永伤。
> 陟彼砠矣，我马瘏矣！我仆痡矣，云何吁矣。

诗中"陟彼崔嵬""陟彼高冈""陟彼砠矣"是登高远望怀思诗的原型，开创了登高怀思的经典情境。登高而思乡、思人、思亲成为中国古典诗词中表达思念的经典情境。如屈原《九章·涉江》："乘鄂渚而反顾兮，哀秋冬之绪风。"《哀郢》："登大坟以远望兮，聊以抒吾忧心。"曹植《七哀诗》登楼而怀人："明月照高楼，流光正徘徊。上有愁思妇，悲叹有余哀。"柳永《八声甘州》："不忍登高临远，望故乡渺渺，归思难收。"南宋辛弃疾《水龙吟·登建康赏心亭》："落日楼头，断鸿声里，江南游子。"登高暗含有远望的动作，有的诗歌不写登高，而只以远望的经典情境写怀思之情。如汉乐府民歌《悲歌》中的"我姑酌彼金罍，维以不永怀""我姑酌彼兕觥，维以不永伤"则开创了借酒浇愁的创作范式。此外还有唐代李白《月下独酌》："花间一壶酒，独酌无相亲。举杯邀明月，对影成三人。"宋代柳永《蝶恋花》："拟把疏狂图一醉，对酒当歌，强乐还无味。"

《邶风·绿衣》是一首悼念亡妻的诗：

> 绿兮衣兮，绿衣黄里。心之忧矣，曷维其已！
> 绿兮衣兮，绿衣黄裳。心之忧矣，曷维其亡！
> 绿兮丝兮，女所治兮。我思古人，俾无訧兮！

诗人把亡妻所做的衣服拿起来翻里翻面、由上到下、一针一线仔细看，睹物思人，满怀忧伤。此诗开创了悼亡诗中睹物思人的经典艺术情境。看到死者的旧物，唤起心中的悲伤和思念，重新陷入悲痛之中。如晋代潘岳《悼亡诗》第一首"帏屏无髣髴，翰墨有余迹。流芳未及歇，遗挂犹在壁"，睹物而思人，"寝息何时忘，沉忧日盈积"。唐代元稹的悼亡诗也遵循睹物思人、相思难忘这一创作范式："衣裳已施行看尽，针线犹存未忍开。"（《遣悲怀》其二）"惟将终夜常开眼，报答平生未展眉。"（《遣悲怀》其三）

三、语码和语典价值

语码即具有特定意义的语言符号。语码产生于特定的文学语境，基于产生语境，从而脱离字面意义，成为文学创作中具有特定意义的语码。语码应用于诗词创作，成为凝练语言、丰富意蕴的艺术手法。

《小雅·蓼莪》："蓼蓼者莪，匪莪伊蒿。哀哀父母，生我劬劳。"后世"蓼莪"成为感念亲恩、追思父母的语码。如曹植《灵芝篇》："岁月不安居，呜呼我皇考。……蓼莪谁所兴，念之令人老。"明代夏完淳《寒日扫墓》："王哀（póu）私教授，长起蓼莪哀。"二十四孝之一的魏晋孝子王哀，其父王仪被司马昭杀害，他隐居以教书为业。他教书时，"及读《诗》至'哀哀父母，生我劬劳'，未尝不三复流涕，门人受业者并废《蓼莪》之篇"①。自此，"咏蓼莪""蓼莪咏废""废蓼莪"在后世成为悼念亡亲、思念亡亲的语码。唐代牟融《邵公母》："劬劳常想三春恨，思养其如寸草何……伤心独有黄堂客，几度临风咏蓼莪。"司马光《送昌言舍人得告还蜀三首》（其二）："凄怆怀桑梓，劬劳咏蓼莪。"

《邶风·凯风》：

> 凯风自南，吹彼棘心。棘心夭夭，母氏劬劳。
> 凯风自南，吹彼棘薪。母氏圣善，我无令人。
> 爰有寒泉？在浚之下。有子七人，母氏劳苦。
> 睍睆黄鸟，载好其音。有子七人，莫慰母心。

后世"凯风"（或"南风"）"寒泉""黄鸟"等词语成为思母孝亲的代名词。如曹植《灵芝篇》："岁月不安居，呜呼我皇考。……退咏南风诗，洒泪满裕（huī）抱。"晋代潘岳《寡妇赋》有："览寒泉之遗叹兮，咏蓼莪之余音。"形成了"凯风寒泉""寒泉之思"两个成语，表达子女对亡故母亲的追思伤悼之意。如《三国志·蜀志·先主甘后传》："今皇思夫人宜有尊号，以慰寒泉之思。"

《小雅·常棣》：

> 常棣之华，鄂不韡韡。凡今之人，莫如兄弟。
> 脊令在原，兄弟急难。每有良朋，况也永叹。

后世"常棣""脊令（鹡鸰）"成为兄弟亲情的代名词。如"甘棠两地绿成阴，九日黄花兄弟会"（宋代向子諲《浣溪沙》）。文天祥《端午初度》（其一）："颇怀常棣（即棠棣，指兄弟）意，忍诵蓼莪诗？"《郑风·遵大路》："遵大路兮，掺执子之祛兮。"郑《笺》："思望君子于道中，见之则欲揽持其袂而留之。"② 后世"掺

---

① ［唐］房玄龄等撰：《晋书》（第七册），北京：中华书局，1974 年，第 2278 页。

② ［汉］毛亨传，［汉］郑玄笺，［唐］孔颖达疏：《毛诗正义》卷第四（四之三），李学勤主编：《十三经注疏》，北京：北京大学出版社，1999 年，第 343 页。

执"成为临别的语码。《小雅·南陔》,《诗经》篇名,六笙诗之一,有目无诗。《毛诗序》:"《南陔》,孝子相戒以养也。"[1] 后世"南陔"成为孝子养亲的语码。如文彦博《送龙昌期先生归蜀序》:"遽轸《南陔》之思,遂谋西辕之役。掺执之际,乌得嘿然?"[2] 意即因龙昌期要孝养母亲,故而回家。临别之际,怎么能默无一语?故而文彦博作此别序相赠。《魏风·陟岵》:"陟彼岵兮,瞻望父兮。"[3]《毛诗序》:"《陟岵》,孝子行役,思念父母也。"[4] 后以"陟岵"指行役在外者登高思念父母。如文彦博《送龙昌期先生归蜀序》:"方以陟岵在念,戒途有期。"[5] "陟岵在念"即思念父母。《召南·甘棠》:"蔽芾甘棠,勿翦勿伐,召伯所茇。""召茇"指召伯休息之所。后世"召茇"成为称美贤相居处的语码。如文彦博《司空相公特贶雅章俯光陋迹依韵和呈以答厚意》:"每到碧涟思召茇,时倾绿醑忆曹樽。"[6] 文彦博与富弼都是北宋宰相,碧涟堂为富弼知河阳日所建,富弼寄诗时知河阳文彦博,文和诗寄时致仕居洛阳富弼,表明对富弼的推崇和思念,诗以"召茇"称美富弼居处。《王风·黍离》:"彼黍离离,彼稷之苗。行迈靡靡,中心摇摇。"《毛诗序》云:"《黍离》,闵宗周也。周大夫行役,至于宗周,过故宗庙宫室,尽为禾黍,闵周室之颠覆,彷徨不忍去,而作是诗也。"[7] 后世"黍离"成为感慨国家残破、今不如昔之词。如文彦博《西晋》:"铜驼休反袂,何救黍离离。"[8]《小雅·菁菁者莪》,《毛诗序》云:"菁菁者莪,乐育材也,君子能长育人材,则天下喜乐之矣。"[9] 后世"菁莪"遂成为语码,指美才、贤才。如文彦博《诏开礼闱偶作呈诸友》:"汉傅仍闻求泛驾,周明何止育菁莪。"[10]

《诗经》作为普及传播度最广的儒家经典,士子必读书,是文学创作重要的语言来源。文学创作中还常引用或化用《诗经》语句来抒情言志。如曹操《短歌行》引用《诗经》语句来表达求贤若渴之意:"青青子衿,悠悠我心。""呦呦鹿鸣,食野之苹。我有嘉宾,鼓瑟吹笙。"张孝祥《六州歌头》(长淮望断):"隔水毡乡,

① [汉] 毛亨传,[汉] 郑玄笺,[唐] 孔颖达疏:《毛诗正义》卷第九(九之四),李学勤主编:《十三经注疏》,北京:北京大学出版社,1999 年,第 711 页。
② 申利校注:《文彦博集校注》卷一一,北京:中华书局,2016 年,第 537 页。
③ 申利校注:《文彦博集校注》卷一一,北京:中华书局,2016 年,第 538 页。
④ [汉] 毛亨传,[汉] 郑玄笺,[唐] 孔颖达疏:《毛诗正义》卷第五(五之三),李学勤主编:《十三经注疏》,北京:北京大学出版社,1999 年,第 429 页。
⑤ 申利校注:《文彦博集校注》卷一一,北京:中华书局,2016 年,第 538 页。
⑥ 申利校注:《文彦博集校注》卷六,北京:中华书局,2016 年,第 321 页。
⑦ [汉] 毛亨传,[汉] 郑玄笺,[唐] 孔颖达疏:《毛诗正义》卷第四(四之一),李学勤主编:《十三经注疏》,北京:北京大学出版社,1999 年,第 297 页。
⑧ 申利校注:《文彦博集校注》卷三,北京:中华书局,2016 年,第 124 页。
⑨ [汉] 毛亨传,[汉] 郑玄笺,[唐] 孔颖达疏:《毛诗正义》卷第十(十之一),李学勤主编:《十三经注疏》,北京:北京大学出版社,1999 年,第 297 页。
⑩ 申利校注:《文彦博集校注》卷三,北京:中华书局,2016 年,第 149 页。

落日牛羊下。"化用《王风·君子于役》之句:"日之夕矣,羊牛下来。"

四、文学批评价值

《诗经》开创的比兴、诗言志、温柔敦厚的诗教被朱自清先生称为我国古代诗歌理论的三个基本学说。如果说诗言志确立了中国古典诗歌的抒情传统,那么比兴传统则形成了中国古典诗歌含蓄蕴藉、韵味无穷的审美特色。风雅传统具体分为关注现世民生的现实主义创作传统和温柔敦厚的中和传统两个方面。

(一)诗言志传统

"诗言志"是我国古代文论家对诗的本质特征的认识,朱自清先生称之为我国诗歌理论的开山纲领。① 《毛诗大序》说:"诗者,志之所之也,在心为志,发言为诗。情动于中而形于言。"②

"诗言志"就是"诗言情"。"诗言志"的最早提出见于《尚书·尧典》:"诗言志,歌永言,声依永,律和声。"③ 这是舜与夔讨论乐教时提出的一个观点,意思是诗是用来表达思想感情的,歌则借助语言把这种感情咏唱出来,歌唱的声音既要体现思想感情,也要符合音律。清代袁枚《随园诗话》解析说:"千古善言诗者,莫如虞舜,教夔典乐:曰'诗言志',言诗之必本乎性情也。"④

六朝三大文学理论著作都认为"志"就是"情"。"诗言志"是以语言表达内心之情。陆机《文赋》提出"诗缘情而绮靡"⑤。唐、宋以下,基本确立了在诗歌创作中,"志"就是"情"的共识。中唐白居易在《与元九书》中说:"诗者,根情,苗言,华声,实义。"⑥ 明确了情为诗根,情是诗的本质的主张。宋代严羽《沧浪诗话·诗辨》说:"诗者,吟咏情性也。"清代朱彝尊《钱舍人诗序》说:"缘情以为诗。诗之所由作,其情之不容已者乎!"⑦ "志"是人类的精神活动。现代心理学将人类精神活动分为知(知识)、情(感情)、意(思想)。当代学者王文生提出志就是情,"作为精神活动综合的'诗言志'的'志',不是以'知'和'意'为中心的理性活动,而是以'情'为主的感情活动"⑧。以上学者都认为诗

---

① 朱自清:《诗言志辨·序》,上海:开明书店,民国三十六年(1947),第6页。
② [汉]毛亨传,[汉]郑玄笺,[唐]孔颖达疏:《毛诗正义》卷第一(一之一),李学勤主编:《十三经注疏》,北京:北京大学出版社,1999年,第9页。
③ 王世舜、王翠叶译注:《尚书》,北京:中华书局,2012年,第28页。
④ [清]袁枚:《袁枚全集新编》(第10册),杭州:浙江古籍出版社,2015年,第97页。
⑤ [晋]陆机著,张少康集释:《文赋集释》,北京:人民文学出版社,2002年,第99页。
⑥ [唐]白居易著,谢思炜校注:《白居易文集校注·与元九书》,北京:中华书局,2011年,第322页。
⑦ [清]朱彝尊:《曝书亭集》卷三七,清康熙原刻本。
⑧ 王文生:《释"志"——"诗言志"诠之一》,《文艺理论研究》2009年第3期。

人作诗是为了言"情"，情是诗的根本，是诗的创作目的。

诗歌创作活动是以"情"为中心的感情活动。"诗言志"就是"诗言情"。诗言志传统就是以诗歌表现情感的抒情诗创作传统。从《诗经》开始，抒情诗成为诗歌的主要形式之一，中国诗史是以抒情诗为主流的历史。诗人用诗把自己内心受到外界触动后的感情表达出来，故而诗人必是多愁善感之人，有一颗易感的心，麻木不仁之人做不了诗人。如果你的心灵受到外物的触动后，你能把心中的感情用艺术化、音乐化的语言文字表达出来，这就是以诗言志，所表达的语言文字就是诗。

（二）比兴传统

比兴传统即委婉抒情传统，形成了中国传统诗歌含蓄蕴藉，言已尽而意有余，韵味无穷的艺术特点。比、兴与赋相对而言。朱熹《诗经集传》："赋者，敷陈其事而直言之也。"① "比者，以彼物比此物也。"② "兴者，先言他物以引起所咏之辞也。"③ 朱熹又说："直指其名，直叙其事，赋也；本要言其事，而虚用两句钓起，因而接续去者，兴也；引物为况者，比也。"④ 从抒情的角度而言，赋大略相当于直接抒情；比大略相当于托物言志，更委婉地抒发情志；兴大略相当于触景起情或触物起情。

运用比法的诗歌如《邶风·柏舟》，首章前两句托物言怀："泛彼柏舟，亦泛其流。耿耿不寐，如有隐忧。"以柏舟自比，明言坚固的柏舟不用来乘载，在水中随波逐流，无所依傍，实言女子自己不得丈夫之心，处境堪忧，没有依靠。《卫风·伯兮》第三章前两句以事为比："其雨其雨，杲杲出日。愿言思伯，甘心首疾。"明言期盼着下雨却出来太阳的所愿不得，实写女子等夫君归来却等不到的失望之意。

运用兴法的诗歌常用的起兴模式有触景起情和托物起情。触景起情起兴模式中，兴句中景的描写往往渲染抒情氛围，景情相生，景触发情，自然引起诗人的情感抒写。托物起情起兴模式中，物和下文的抒情主体之间有意义上的关联，或相似，或相反，或相关，触发诗人的相似联想、相反联想或相关联想，物情相生，物触发情，引起诗人的情感抒写。如《小雅·鹿鸣》运用兴法，首章兴句"呦呦鹿鸣，食野之苹"，由麇鹿悠闲地吃着野草，不时发出呦呦的鸣声，呼朋引伴，友好和谐、真诚相待，自然兴起对句"我有嘉宾，鼓瑟吹笙"，引出君王宴饮嘉宾的和

① ［宋］朱熹注：《诗经集传》，上海：上海古籍出版社，1987年，第2页。
② ［宋］朱熹注：《诗经集传》，上海：上海古籍出版社，1987年，第3页。
③ ［宋］朱熹注：《诗经集传》，上海：上海古籍出版社，1987年，第1页。
④ ［宋］黎靖德编：《朱子语类》卷八十，北京：中华书局，1986年，第2067页。

谐氛围和恳诚之情，即鹿和君之间有恳诚相待的相似性。郑《笺》云："以鹿无外貌矫饰之情，得草相呼，出自中心，是其恳诚也……言人君嘉善爱乐其宾客，而为设酒食，亦当如鹿有恳诚，自相招呼其臣子，以成飨食燕饮之礼焉。"①

（三）风雅传统

风雅传统包括诗歌创作中的现实主义传统和温柔敦厚的中和审美标准。

1. 现实主义传统

现实主义传统指诗歌要关怀现世、注重民生疾苦、再现普通民众的思想情感，发挥反映现实、针砭时弊的政治作用，对后代文学产生了深远影响。《诗经》展现的是周代政治状况、社会生活、风俗民情。《毛诗大序》中说："言天下之事，形四方之风，谓之雅。雅者，正也，言王政之所由废兴也。"② 这句话的意思即诗歌要反映现实，揭示政治兴废的原因。

汉魏诗歌继承了《诗经》反映现实的现实主义传统，大多反映了战乱征役、民生疾苦等内容。比如汉乐府民歌中的《十五从军征》《战城南》等诗，曹操的堪称汉末实录的《蒿里行》《薤露》等诗。《蒿里行》反映了汉末天下动荡、民不聊生的现实："关东有义士，兴兵讨群凶。初期会盟津，乃心在咸阳。……铠甲生虮虱，万姓以死亡。白骨露于野，千里无鸡鸣。生民百遗一，念之断人肠。"

唐代提出了风雅比兴说，主张诗歌要关注社会，发挥颂美刺邪的政治作用，倡导文学创作的现实性、政治性和功用性。盛唐"诗圣"杜甫态度鲜明地号召："别裁伪体亲风雅"（杜甫《戏为六绝句》），创作了大量反映现实民生，反映政治之失，意在讽谏的诗篇，这些诗被称为"诗史"，如《兵车行》《丽人行》、"三吏"、"三别"等自拟新题的乐府诗歌。中唐白居易更是高扬"风雅"美学精神。白居易在《与元九书》中呼吁以诗"救济人病，裨补时阙"③，"文章合为时而著，歌诗合为事而作"④，是"所遇所感，关于美刺兴比者"⑤，体现诗人"达则兼济天下"的"兼济之志也"⑥，并且身体力行，发起了新乐府运动，创作了不少的新乐府诗。

---

① ［汉］毛亨传，［汉］郑玄笺，［唐］孔颖达疏：《毛诗正义》卷第九（九之二），李学勤主编：《十三经注疏》，北京：北京大学出版社，1999 年，第 651 页。

② ［汉］毛亨传，［汉］郑玄笺，［唐］孔颖达疏：《毛诗正义》卷第一（一之一），李学勤主编：《十三经注疏》，北京：北京大学出版社，1999 年，第 19～20 页。

③ ［唐］白居易著，谢思炜校注：《白居易文集校注·与元九书》，北京：中华书局，2011 年，第 324 页。

④ ［唐］白居易著，谢思炜校注：《白居易文集校注·与元九书》，北京：中华书局，2011 年，第 324 页。

⑤ ［唐］白居易著，谢思炜校注：《白居易文集校注》，北京：中华书局，2011 年，第 326 页。

⑥ ［唐］白居易著，谢思炜校注：《白居易文集校注》，北京：中华书局，2011 年，第 326 页。

"篇篇无空文，句句必尽规……不务文字奇，惟歌生民病。"① 其《新乐府》如："《红线毯》，忧蚕桑之费也。……《卖炭翁》，苦宫市也。"②《卖炭翁》中的卖炭翁"满面尘灰烟火色，两鬓苍苍十指黑"，所卖之炭是"身上衣裳口中食"，却被内侍"半匹红绡一丈绫，系向牛头充炭直"。再如反映贫富差距的《买花》："一丛深色花，十户中人赋。"

2．温柔敦厚的中和审美标准

　　"温柔敦厚"一词见于《礼记·经解第二十六》："入其国，其教可知也。其为人也温柔敦厚，《诗》教也。"③ 孔颖达疏解"温柔敦厚"说："温，谓颜色温润；柔，谓情性和柔。《诗》依违讽谏，不指切事情，故云温柔敦厚是《诗》教也。"④ "依违讽谏，不指切事情"即就美刺讽谕而言，即要求诗歌在反映现实，进行讽谕时，要委婉，要符合中国传统温柔敦厚的中和之美，也就是要合于度，归为雅正。《毛诗大序》中说："上以风化下，下以风刺上，主文而谲谏，言之者无罪，闻之者足以戒，故曰风。"⑤ 即诗歌要委婉，不能言辞激烈，要使"言之者无罪，闻之者足以戒"。《毛诗大序》中又说："至于王道衰，礼义废，政教失，国异政，家殊俗，而变风、变雅作矣。国史明乎得失之迹，伤人伦之废，哀刑政之苛，吟咏情性，以风其上，达于事变而怀其旧俗也。故变风发乎情，止乎礼义。"⑥ 可见，即使是政治黑暗、社会礼崩乐坏，作怨刺诗以抒发怨愤之情的"变风""变雅"，也要"发乎情，止乎礼义"，在礼义的范围之内，不能过度。朱熹《诗经集传》注《关雎》时说："孔子曰：《关雎》乐而不淫，哀而不伤。……得其性情之正，声气之和也。"⑦ 司马迁《史记》评《诗经》的"国风好色而不淫，小雅怨诽而不乱"⑧ 说的也是诗歌温柔敦厚的中和审美标准。

　　① ［唐］白居易著，谢思炜校注：《白居易诗集校注·寄唐生》，北京：中华书局，2017 年，第 78 页。
　　② ［唐］白居易著，谢思炜校注：《白居易诗集校注》，北京：中华书局，2017 年，第 269 页。
　　③ ［汉］郑玄注，［唐］孔颖达正义，吕友仁整理：《礼记正义》（下册），上海：上海古籍出版社，2008 年，第 1903 页。
　　④ ［汉］郑玄注，［唐］孔颖达正义，吕友仁整理：《礼记正义》（下册），上海：上海古籍出版社，2008 年，第 1904 页。
　　⑤ ［汉］毛亨传，［汉］郑玄笺，［唐］孔颖达疏：《毛诗正义》卷第一（一之一），李学勤主编：《十三经注疏》，北京：北京大学出版社，1999 年，第 15 页。
　　⑥ ［汉］毛亨传，［汉］郑玄笺，［唐］孔颖达疏：《毛诗正义》卷第一（一之一），李学勤主编：《十三经注疏》，北京：北京大学出版社，1999 年，第 16～18 页。
　　⑦ ［宋］朱熹注：《诗经集传》，上海：上海古籍出版社，1987 年，第 2 页。
　　⑧ ［汉］司马迁：《史记·屈原贾生列传》，北京：中华书局，1982 年，第 2482 页。

第四节 《诗经》的文史价值

《诗经》有重要的文化、历史价值，是西周初年至春秋中叶 500 多年间周朝社会生活、文化的反映。《诗经》有极高的思想文化价值。清代章学诚《文史通义》曰："六经皆史也。六经皆先王之政典也。"《诗经》的真实性决定了其史料价值，梁启超赞曰："其真金美玉、字字可信者，《诗经》其首也。"《诗经》可视作周代的文化史或社会史。

一、文化价值

《诗经》是中华文化的元典，是儒家经典"五经"之一，是传承中国文化之脉的大众化载体，代表民族精神的文化符号。《诗经》承载着黄河流域文明，是中原文化的重要组成部分，十五国风中，周南、邶、鄘、卫、王、郑、陈、桧八个国风生发在河南境内。《诗经》中的诗歌反映了当时的社会生活、风土人情、思想观念，是研究古代社会文化的重要资料。

（一）思想文化价值

《诗经》有极高的思想文化价值，蕴含了丰富的道德、哲学和社会价值观，对中华民族的文化心态和价值观有着深远的影响，如哲理诗《小雅·鹤鸣》"他山之石，可以攻玉"中所蕴含的对立统一、和而不同的哲学思想；《小雅·小旻》中"战战兢兢，如临深渊，如履薄冰"的敬畏之心；《大雅·荡》中"靡不有初，鲜克有终"的慎始慎终、不忘初心精神。

《雅》《颂》中的很多诗篇是臣工为达到某种政治目的而创作的。如对天命观的认识，周人虽与殷人一样敬天，天命神授，但周人代殷后又提出"天命靡常""唯德是从"的天命观（《大雅·文王》），认为天命不是恒常不变的，上天只选择有德的人来统治天下，周文王代殷立周是顺应天命。要保周祚长远，就要敬天法祖、以殷为鉴、敬天修德、励精图治，才能求得周王朝的长治久安。再如对人民重要性的认识上，《大雅·皇矣》中有"皇矣上帝，临下有赫。监观四方，求民之莫"，认为上帝会站在人民的立场上考察统治者的道德政绩，敬天就要保民，统治者要顺从天意，关注民生疾苦。"保民"观念是民本思想的萌芽。[①]

《诗经》中的咏怀诗、战争征役诗、怨刺诗等诗歌渗透了心怀天下的家国情

---

① 参见鲁洪生：《〈诗经〉的价值》，《齐鲁学刊》1998 年第 2 期。

怀、保家卫国的爱国主义情怀、关注民生疾苦的淑世情怀，以及天下兴亡、匹夫有责的社会责任意识。《小雅·采薇》表达了驱逐猃狁的家国责任感："靡室靡家，猃狁之故。不遑启居，猃狁之故。"《秦风·无衣》的"岂曰无衣，与子同袍。王于兴师，修我戈矛"，展现了刚健无畏、同仇敌忾、保家卫国的爱国主义情怀。《小雅·黍离》展现了昔盛今衰、世事沧桑的故国之悲："行迈靡靡，中心摇摇。知我者，谓我心忧；不知我者，谓我何求。"《魏风·园有桃》发出了忧时伤世之叹："不知我者，谓我'士也骄。彼人是哉，子曰何其。'心之忧矣，其谁知之？"《小雅·北山》和《召南·小星》所反映的劳役不均"大夫不均，我从事独贤""肃肃宵征，夙夜在公。寔命不同"则渗透了希冀社会公平的淑世主题。

（二）礼乐文化价值

周代以礼乐教化百姓，《诗经》反映了周代的礼乐文化、社会风俗。祭祀诗反映了周代的祭祀礼制，婚恋诗则反映了婚俗礼制。《秦风·黄鸟》以秦穆公将有名的贤臣子车氏三子奄息、仲行、鍼虎三兄弟殉葬的历史事件，反映了春秋时期秦地仍遗存着以人殉葬的丧葬习俗。《郑风·溱洧》反映了郑国三月上巳日青年男女在溱水和洧水岸边游春祈福、祓除不祥的祭祀风俗。

婚恋诗是《诗经》的重要组成部分。在商周时期，原始部落中盛行群婚或野蛮的抢婚，像《周易》中记载的"乘马班如，泣血涟如"表现了抢婚制度的残酷。《召南·野有死麕》产生于西周初期，处于群婚制阶段，男女之间并无礼之大防，没有礼法约束，男女自由择偶。但《周南·关雎》描述的已是彬彬有礼的"君子"与"淑女"的恋爱，可见这种自由恋爱产生于中国传统婚姻文化的聘婚制阶段，恋爱以琴瑟和鸣的婚姻为目的。

周公制礼，用以规范人们的行为。婚姻是构成家庭的基础，被纳入了礼的范畴，确立了聘娶婚的礼制：婚姻关系的缔结必须经过父母之命、媒妁之言。《齐风·南山》中的"蓺麻如之何？衡从其亩。取妻如之何？必告父母。"是父母在婚姻缔结过程中作为关键因素的反映。媒人在婚姻缔结过程中起着穿针引线的媒介作用。《仪礼·士昏礼注》："将欲与彼合婚姻，必先使媒氏下通其言，女家许之，乃后使人纳其采择之礼。"①《豳风·伐柯》就反映了这一婚姻之礼："取妻如何？匪媒不得。"《卫风·氓》："匪我愆期，子无良媒。"

聘娶婚制度下，婚姻缔结需要遵循从纳采至亲迎的六种礼节。《仪礼·士昏礼注》载"昏礼"有六："纳采、问名、纳吉、纳征、请期、亲迎。"② 纳采，就是男方请媒人到女家提亲。问名，就是女家若有意，就把写有女方姓名和生辰八字的

① ［汉］郑玄注，［清］张尔岐句读，郎文行校点：《仪礼》，上海：上海古籍出版社，2016 年，第 24 页。
② ［汉］郑玄注，［清］张尔岐句读，郎文行校点：《仪礼》，上海：上海古籍出版社，2016 年，第 25 页。

庚帖交给男家。纳吉，就是男方占卜吉凶，若八字相合，就初步议定婚事。纳征，就是男家把聘礼送到女家，婚约正式成立。请期，就是"择吉日"成婚。亲迎，就是新郎和媒人、亲友一起前往女家迎娶新娘。《卫风·氓》中的"尔卜尔筮，体无咎言"是对纳吉的反映。《鄘风·干旄》中的"孑孑干旄，在浚之郊。素丝纰之，良马四之。彼姝者子，何以畀之？"是对纳征的反映。《卫风·氓》中的"以尔车来，以我贿迁"是对亲迎这一仪式的反映。《召南·鹊巢》完整展现了婚礼的亲迎过程：第一章"百两御之"是男方迎亲，第二章"百两将之"是写女方送亲，第三章"百两成之"则是结婚礼成。"百两"中"两"同"辆"，指车辆数量多。毛《传》以为实指："诸侯之子，嫁于诸侯，送御皆百两。"① 迎亲车辆之多，是对婚礼重视的表现，也是新人家庭高贵地位的象征。

《召南·野有死麕》中有"野有死麕""林有朴樕，野有死鹿"之句，正反映了当时的婚礼文化。鹿与婚姻相关。古人缔结婚姻六礼中的纳征，即用鹿皮作为礼物。闻一多根据《召南·野有死麕》推论："上古盖用全鹿，后世苟简，乃变用皮耳。"② 薪材也与婚礼相关，以朴樕为礼，即是薪刍之馈。清代胡承珙认为："《诗》于婚礼，每言析薪。古者婚礼或本有薪刍之馈耳。"③

《诗经》时代贵族婚姻实行的是媵妾婚，又称媵嫁婚。凡是诸侯女儿出嫁，同姓诸侯送女作为媵妾，异姓的不送。《左传·成公八年》："凡诸侯嫁女，同姓媵之，异姓则否。"④《卫风·硕人》反映了这种婚姻制度："庶姜孽孽"写庄姜陪嫁姜姓媵妾众多。周朝贵族的婚姻制度是妻妾共存："诸侯一取九女，象九州，一妻八妾。卿大夫一妻二妾，士一妻一妾。"⑤ 诸侯娶一国诸侯之女为正妻的同时，还可娶其他两国诸侯之女为媵妾。《公羊传·成公八年》："媵者何？诸侯取一国，则二国往媵之。"⑥《邶风·燕燕》是一首送别诗，据说是卫庄公之嫡妻庄姜送别其妾戴妫时所写。《毛诗序》云："卫庄姜送归妾也。"⑦《左传·隐公三年》载："卫庄公娶于齐东宫得臣之妹，曰庄姜。美而无子，卫人所为赋《硕人》也。又娶于陈，

① ［汉］毛亨传，［汉］郑玄笺，［唐］孔颖达疏：《毛诗正义》卷第一（一之三），李学勤主编：《十三经注疏》，北京：北京大学出版社，1999 年，第 75 页。

② 闻一多撰，李定凯编校：《诗经研究·诗经新义》，成都：巴蜀书社，2002 年，第 109 页。

③ ［清］胡承珙撰，郭全芝校点：《毛诗后笺》，合肥：黄山书社，1999 年，第 116 页。

④ 郭丹等译注：《左传·成公八年》（中册），北京：中华书局，2012 年，第 943 页。

⑤ ［汉］蔡邕：《独断》卷上，《文渊阁四库全书》第 850 册，台北：台湾商务印书馆，1986 年，第 80 页。

⑥ 转引自鲁洪生：《〈诗经〉婚恋诗创作的文化背景》，《河北师范大学学报（哲学社会科学版）》2006 年第 6 期，第 78～82 页。

⑦ ［汉］毛亨传，［汉］郑玄笺，［唐］孔颖达疏：《毛诗正义》卷第二（二之一），李学勤主编：《十三经注疏》，北京：北京大学出版社，1999 年，第 142 页。

曰厉妫，生孝伯，早死。其娣戴妫生桓公，庄姜以为己子。"① 庄姜是齐国公主，厉妫当为陈国公主，戴妫是厉妫之娣，是其陪嫁之媵妾。此诗侧面反映了周朝诸侯的媵妾婚姻制度。

周朝的平民百姓嫁娶多在季秋霜降（阴历九月）至第二年孟春（阴历正月）之间，此时正是农闲时节。《孔子家语》："霜降而妇功成，嫁娶者行焉。冰泮而农桑起，婚礼而杀于此。"②《荀子》："霜降逆女，冰泮杀内。"③ "冰泮"即冰融解。而冰面化冻，就意味着春天到来。《礼记·月令》载孟春之月"东风解冻，蛰虫始振，鱼上冰，獭祭鱼，鸿雁来"④。"杀"即减少。"内"即纳，娶亲。"霜降既嫁，文以为合。"⑤ 霜降是二十四节气之一，通常在每年公历的 10 月 23 日或 24 日，属季秋，是天气即将转为寒冷的重要气候节点，也是开始休息的时节。《礼记·月令》载季秋之月"霜始降，则百工休"⑥。周朝时平民百姓秋冬之际成婚在《诗经》中有如下反映：《卫风·氓》："将子无怒，秋以为期。"《邶风·匏有苦叶》："雍雍鸣雁，旭日始旦。士如归妻，迨冰未泮。""雍雍鸣雁"交代了时间为季冬。《礼记·月令》："季冬之月，……雁北乡，鹊始巢。雉雊，鸡乳。"⑦

二、历史价值

《诗经》是在西周初年至春秋中叶这 500 多年间产生的，记载反映了这 500 多年间的历史事件、政治观点等，为研究中国古代社会历史、政治制度等提供了珍贵的第一手资料。

有些诗篇反映了重大历史事件，如关于周宣王中兴：《大雅》中的《常武》《江汉》《烝民》《崧高》，《小雅》中的《六月》《采芑》等是颂美周宣王武功战绩的篇章，历述周宣王及其辅臣讨平"四夷"、开拓疆土的功绩，赞扬周宣王的武略文治。《大雅·江汉》《大雅·常武》写周宣王平定淮夷的战争，《小雅·出车》《小雅·六月》写周宣王讨伐猃狁，《小雅·采芑》写周王朝大将方叔南征荆蛮。

有些诗篇记载了重要历史人物的事迹。如周文王姬昌是西周奠基之君，《大雅》

① 郭丹等译注：《左传·隐公三年》（上册），北京：中华书局，2012 年，第 32～33 页。

② ［清］陈士珂辑，崔涛点校：《孔子家语疏证》，南京：凤凰出版社，2017 年，第 188 页。

③ ［清］王先谦：《荀子集解》，北京：中华书局，1988 年，第 496 页。

④ ［汉］郑玄注，［唐］孔颖达正义，吕友仁整理：《礼记正义》（上册），上海：上海古籍出版社，2008 年，第 608 页。

⑤ ［汉］焦延寿：《易林》，南京：凤凰出版社，2018 年，第 313 页。

⑥ ［汉］郑玄注，［唐］孔颖达正义，吕友仁整理：《礼记正义》（上册），上海：上海古籍出版社，2008 年，第 705 页。

⑦ ［汉］郑玄注，［唐］孔颖达正义，吕友仁整理：《礼记正义》（上册），上海：上海古籍出版社，2008 年，第 735 页。

中的《文王》《棫朴》《旱麓》《思齐》《灵台》《文王有声》，《周颂》中的《清庙》《维天之命》等诗便记载了周文王的史绩。周武王是西周开国之君。《大雅》中的《大明》《下武》《文王有声》等诗篇记载了周武王承继文王基业、开创周朝的史绩。

周民族史诗反映了周民族早期发展历程，具有极高的历史价值。周民族史诗主要包括《大雅》中的五首诗——《生民》《公刘》《绵》《皇矣》《大明》，记载了从周始祖后稷、第四代公刘、第十三代古公亶父、第十四代王季到第十五代文王，直到周开国君王周武王灭商的史实。

《大雅·生民》是写周始祖后稷的事迹。"后"是王的意思，"稷"是农业的意思，后稷被视为农神。他做了帝尧的农师，始以农桑为业，因功被封邰（tái，今陕西武功境内），赐姓姬，周族从此而来。后稷的身世带有浓厚的神话色彩，其生母是周人的女始祖姜嫄，为传说中远古帝王黄帝曾孙帝喾的元妃。她祭祀天帝，踩天帝的大拇脚趾印而怀孕。姜嫄三次抛弃他，但是牛羊保护他，给他喂乳，鸟儿用翅膀翼护他。

《大雅·公刘》记载了公刘自邰迁豳（今陕西彬县、旬邑）以后开创基业的史实。公刘深谋远虑，具有开拓进取精神。他在邰地领导人民勤劳耕作，将丰收的粮食制成干粮，然后向豳地迁徙。到达豳地，他勘察规划后，明确种植区域、居住区域、养殖区域、采石区域，然后设宴庆贺，推举首领，组织军队进行防卫。诗篇描绘了公刘开拓疆土、建立邦国的过程和生活图景。

《大雅·绵》写由于游牧民族昆夷的侵扰，太王古公亶父率族自豳迁岐（今陕西岐山、扶风），开疆创业，建设周原的事迹。此诗刻画了他们在渭水平原上的种种生活劳动场景：安家定宅，封疆划界，开渠垦荒，占卜筑庙。

《大雅·皇矣》前四章重点写太王古公亶父，后四章写文王，是一部周部族的创业史。周人从祖先后稷到太王古公亶父已经历经千年，为了躲避昆夷的骚扰，古公亶父带领族人举族迁居岐，积极发展农业，使周部落逐渐强盛起来，奠定了周人灭商的基础。古公卒，少子季历继位，季历继承父志继续积极开拓周的势力，攻打西北的戎狄，因功被封为西伯——西北的诸侯之长，后被商王文丁猜忌，借封赏之名将其骗到殷都杀死。季历死后，其子姬昌继位，史称周文王，他继承父祖遗志继续扩展周的势力。

《大雅·大明》写周朝从开国到灭商的历史，先写季历受天命、娶太任、生文王，再写文王娶太姒、生武王，最后写武王在姜太公的辅佐下讨伐商纣，牧野之战一举灭殷的史实。

《商颂》5篇中的《玄鸟》《长发》《殷武》3篇，可视为商民族的史诗，展示了殷商的早期历史。如《玄鸟》叙述了商民族的起源神话，简狄吞食燕卵而生商的始祖契，契传十四代而至汤，成汤任用伊尹，成为殷商的开国君王。至殷高宗武丁任用傅说为相，使国家大治，八方来朝，四海归服，开创了武丁中兴的盛世。

第五节　《诗经》的其他价值

《诗经》的价值是多样的，除了上述教化价值、文学价值、文史价值以外，还有语言价值、名物价值、音乐价值、命名价值，本节即阐释《诗经》这四个方面的价值。

一、语言价值

《诗经》一共使用了 2949 个单字，形成了 3900 多个单音词，这些单字又构造了近 1000 个复音词。在这将近 5000 个词汇中，有丰富的动词、形容词，有叠字词，有双声叠韵词和大量虚词。① 源自《诗经》的词语很丰富，如"采风"，周代有初春派行人到民间采诗的传统，收集的地方歌谣叫"风"，后世"采风"即指收集民间歌谣的行为。《小雅·蓼莪》："无父何怙？无母何恃？"后世父亲死去称"失怙"，母亲死去称"失恃"。《周南·汉广》："翘翘错薪，言刈其楚。"以交错丛生的杂木中，荆条突出是好柴，比况姑娘的美丽超过众人，是其中翘楚。这是后世"翘楚"一词的来源，用于比喻杰出的人才或事物。

《豳风·伐柯》：

> 伐柯如何？匪斧不克。取妻如何？匪媒不得。
> 伐柯伐柯，其则不远。我觏之子，笾豆有践。

后世请人说媒称"作伐"即源于此。"伐柯伐柯，其则不远"成为语码，表明要按一定的原则处理事务。

《秦风·无衣》：

> 岂曰无衣？与子同袍。王于兴师，修我戈矛，与子同仇！
> 岂曰无衣？与子同泽。王于兴师，修我矛戟，与子偕作！

后世以"袍泽"代指战友，"袍泽之谊"指共同战斗、同生共死的战友之情。

源自《诗经》的成语有很多。有人统计，中国现代汉语中经常使用的成语，出自《诗经》的有 230 个左右，如"小心翼翼""天作之合"（《大雅·大明》）、"不可救药"（《大雅·板》）、"兢兢业业"（《大雅·云汉》）、"高高在上"（《周颂

---

① 姜亮夫等：《先秦诗鉴赏辞典》，上海：上海辞书出版社，2016 年，第 9 页。

·敬之》）、"邂逅相遇"（《郑风·野有蔓草》）。形容闲适自如的"优哉游哉"出自《小雅·采菽》："优哉游哉，亦是戾矣。"大家比较熟悉的《卫风·氓》，直接出自此诗的成语有"载笑载言""信誓旦旦""夙兴夜寐"，诗中的"二三其德"在后世变化为"三心二意"。再如《周南·关雎》：

> 关关雎鸠，在河之洲。窈窕淑女，君子好逑。
> 参差荇菜，左右流之。窈窕淑女，寤寐求之。
> 求之不得，寤寐思服。悠哉悠哉，辗转反侧。

出自此诗的有五个成语："君子好逑"，指君子的佳偶，现指男子追求佳偶；"窈窕淑女"，形容容貌姣好、品性贤淑的女子；"悠哉悠哉"，形容思念之情绵长不断；"梦寐以求"，形容迫切地希望着；"辗转反侧"，形容心中有事，翻来覆去不能入睡。

有的成语不是原词，而是经过了锤炼加工的。如《王风·采葛》："彼采萧兮，一日不见，如三秋兮。"形成了我们今天形容情人之间思慕殷切，或良师益友之间的思念之情的"一日不见，如隔三秋"。"人言可畏"源自《郑风·将仲子》："将仲子兮，无逾我园，无折我树檀。岂敢爱之？畏人之多言。仲可怀也，人之多言，亦可畏也。""宜室宜家"源自《周南·桃夭》："之子于归，宜其室家。"有的压缩以形成成语，如"高山仰止，景行行止"（《小雅·车辖》）压缩成"高山景行"。又如《大雅·抑》中的"投我以桃，报之以李"压缩成了现在比喻相互赠答、礼尚往来的"投桃报李"这个成语。"鸠占鹊巢"出自《召南·鹊巢》："维鹊有巢，维鸠居之。""丹凤朝阳"出自《大雅·卷阿》："凤凰鸣矣，于彼高冈。梧桐生矣，于彼朝阳。""毕恭毕敬"源自《小雅·小弁》："维桑与梓，必恭敬止。""明哲保身"出自《大雅·烝民》："既明且哲，以保其身。"《郑风·女曰鸡鸣》中的"琴瑟在御，莫不静好"是后世祝福夫妻感情融洽谐乐的习语"琴瑟和鸣"，及形容岁月和乐美好、夫妇感情融洽的成语"岁月静好"的来源。《小雅·常棣》中的"妻子好合，如鼓琴瑟"，则是后世祝福新婚夫妇永远相亲相爱的成语"百年好合"的源头。文人雅士在祝贺别人生男孩时常用成语"弄璋之喜"，祝贺别人生女孩时常用成语"弄瓦之喜"，这两个成语都源自《小雅·斯干》：

> 乃生男子，载寝之床，载衣之裳，载弄之璋。
> ……
> 乃生女子，载寝之地，载衣之裼，载弄之瓦。

璋是上圆下方的玉器，瓦是陶制的纺线锤，也反映了周代人重男轻女的思想。

有的成语出现了语意的变迁。如表示逃跑的诙谐说法"逃之夭夭"源自《周南·桃夭》的"桃之夭夭，灼灼其华"。"桃之夭夭"原是指桃树茂盛、生机勃勃的样子，在千百年的流传中，出现了文字的替换和意思的转移，形成了"逃之夭夭"这个成语。再如《魏风·汾沮洳》：

> 彼汾一方，言采其桑。彼其之子，美如英。美如英，殊异乎公行！
> 彼汾一曲，言采其藚。彼其之子，美如玉。美如玉，殊异乎公族！

"英"即花，如落英缤纷。此诗是成语"如花似玉"的词源，只是诗歌是写男子外貌俊美如花，品性美好如玉，现在则用来形容女子美貌。

有的成语，字面是褒义，但因其语源却保留了贬义的词性。如"衣冠楚楚"，指衣帽穿戴得很整齐，很漂亮，但却含贬义。此成语源自《曹风·蜉蝣》："蜉蝣之羽，衣裳楚楚。心之忧矣，于我归处。"以蜉蝣为比，明写朝生暮死、羽翼华美的蜉蝣，实则写只关注眼前的衣饰精美，耽于享乐，而没有远虑，将面临国运倾颓的曹国君臣。

二、名物价值

学习《诗经》可以"多识于鸟兽草木之名"。《诗经》是名物的世界，"自然界的莺飞草长、山川风月皆可入《诗》，诗305首只有19首没有出现名物"①。有学者统计，《诗经》有植物143种，内含草类85种、木类58种；动物109种，内含鸟类35种、兽类26种、虫类33种、鱼类15种，总计动植物至少在250种以上。② 人工名物方面则包含乐器类29个、服饰类约90个、建筑类约84个、日常器物类（包括食器、盛物器、渔具等）60个、舟车类55个。③ 如29种乐器中，打击乐器有鼓、磬、贲鼓、应、田、县鼓、鼗鼓、钟、镛、南、钲、磬、缶、雅、枂、圉、和、鸾、铃、簧等21种，吹奏乐器有箫、管、籥、埙、篪、笙6种，弹弦乐器有琴、瑟2种。

《诗经》夸赞贵族人物，一般要描写其服饰。《卫风·淇奥》夸赞君子："有匪君子，充耳琇莹，会弁如星。"《秦风·终南》赞美秦君："君子至止，锦衣狐裘。""君子至止，黻衣绣裳。佩玉将将，寿考不忘。"秦公身着诸侯的礼服——锦衣狐裘，青白花纹相间的上衣和五彩花纹的下裳，身上的佩玉挂件叮当悦耳。《桧风·羔裘》写道："羔裘逍遥，狐裘以朝。""羔裘翱翔，狐裘在堂。"羔裘是当时贵族

① 李营营：《〈诗经〉在中华伦理精神建构中的重要价值》，《人文杂志》2022年第4期。
② 孙作云：《诗经中的动植物》，《孙作云文集》，开封：河南大学出版社，2003年，第7页。
③ 吕华亮、王洲明：《〈诗经〉名物研究的价值与意义》，《甘肃社会科学》2010年第6期。

休闲时所穿的服装。身穿狐裘时要在官府处理公务，穿羔裘则是逍遥、自在，处于休闲状态。诗以礼服的高贵华丽衬托君子的美德形象，以服饰的华美象征君子高贵的品德。《曹风·鸤鸠》赞美君子："淑人君子，其带伊丝。其带伊丝，其弁伊骐。"在周代，服饰是分贵贱的重要载体。服饰中的玉是德的象征，夸赞别人的服饰，实则是在夸他们拥有美好的风仪，是在说他们守礼重德。服饰类名物，包蕴着周人对礼、德的追求。服饰是礼的象征符号。礼对服饰进行规范，从而产生服饰礼仪制度，礼仪服饰既代表人的身份、修养与状态，又蕴含着价值规范和道德伦理。

不少学人关注到《诗经》在认识名物方面的作用。东吴陆玑《毛诗草木鸟兽虫鱼疏》列草木类九十一、鸟兽类三十三、虫鱼类三十，当是最早疏解《诗经》名物的著作。就清代而言，研究《诗经》名物的著作就有徐士俊《三百篇鸟兽草木记》，王夫之《诗经稗疏》四卷，姚炳《诗识名解》十五卷，毛奇龄《续诗传鸟名》三卷，陈大章《诗传名物集览》十二卷，陈抒孝《诗经嗜凤详解》八卷、图说一卷，赵佑《毛诗草木鸟兽虫鱼疏校正》二卷，朱桓《毛诗名物略》四卷，牟应震《毛诗物名考》七卷，焦循《毛诗物名释》三十卷，马国翰《毛诗草虫经》一卷，丁晏《毛诗草木鸟兽虫鱼疏校正》二卷，俞樾《诗名物证古》一卷，王维言《毛诗名物状》三卷，尹继美《诗名物考略》二卷。值得关注的是这一时期三部著名的图文结合著作，一部是徐鼎《毛诗名物图说》九卷，另外两部是日本的冈元凤撰、橘国雄画《毛诗品物图考》七卷，以及细井徇撰《诗经名物图解》。①

人民文学出版社 2018 年出版了日本学者细井徇撰《诗经名物图解》三卷，分草、木、鸟、兽、鱼、虫六部，收图两百多种。

如《卫风·伯兮》中的"自伯之东，首如飞蓬"。

蓬②

① 参见杨媛：《清代名物类〈诗经〉文献研究》，沈阳师范大学硕士学位论文，2023 年。
② 参见［日］细井徇编绘：《诗经名物图解》，北京：人民文学出版社，2018 年。源自此书的图片下文不再一一标注出处。

《卫风·伯兮》中的"焉得谖草，言树之背"，谖草，即萱草、忘忧草。

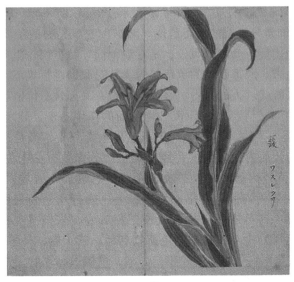

谖草

《小雅·苕之华》中的"苕之华，芸其黄矣"，苕即凌霄花。

苕

《大雅·生民》中的"蓺之荏菽，荏菽旆旆"，荏菽即大豆。

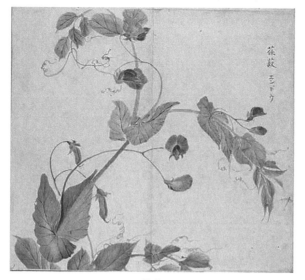

荏菽

《豳风·东山》："仓庚于飞，熠耀其羽。"仓庚即黄鹂，又名黄莺。

仓庚

《召南·草虫》："喓喓草虫，趯趯阜螽。"草虫即蝈蝈。阜螽即蚱蜢。

草虫

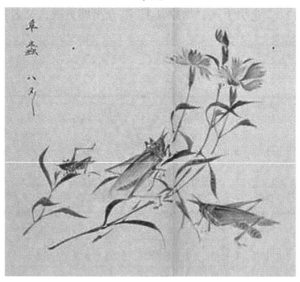

阜螽

《诗经》解读

其他还有扬之水《诗经名物新证》（北京古籍出版社 2000 年版）、黄亮斌《以鸟兽虫鱼之名：走进〈诗经〉的动物世界》（湖南大学出版社 2022 年版）、张晓失《诗经动物笔记》（化学工业出版社 2019 年版）等著作。通过以上著作，我们可以走进《诗经》花、草、树、鸟、兽、虫、鱼的名物世界。

三、音乐价值

《诗经》是音乐文学，其音乐魅力至今仍是音乐人挖掘的宝藏。当代有很多歌手演绎了《诗经》中的诗歌，如歌唱家杨洪基演绎的《邶风·绿衣》①。歌手邓丽君和李健都演唱过的《在水一方》，即源自《秦风·蒹葭》：

> 绿草苍苍，白雾茫茫。有位佳人，在水一方。
> 绿草萋萋，白雾迷离。有位佳人，靠水而居。
> 我愿逆流而上，依偎在她身旁，无奈前有险滩，道路又远又长。
> 我愿顺流而下，找寻她的方向。却见依稀仿佛，她在水的中央。
> 绿草苍苍，白雾茫茫。有位佳人，在水一方。
> 绿草萋萋，白雾迷离。有位佳人，靠水而居。
> 我愿逆流而上，与她轻言细语。无奈前有险滩，道路曲折无已。
> 我愿顺流而下，找寻她的踪迹。却见仿佛依稀，她在水中伫立。
> 绿草苍苍，白雾茫茫。有位佳人，在水一方。

"吉甫作诵，穆如清风。"湖北房县是周太师尹吉甫故里，当地的农民代代口口相传，演唱《诗经》诗歌，承载《诗经》遗风，担当着传承者的使命。那里的乡村弥漫着浓郁而纯朴的诗风，许多耄耋老人随口能诵诗说诗，《诗经》中的许多诗句自然镶嵌其中，和谐自然。千百年来，《诗经》已成为当地人们生活的一部分。当地传唱者曾登上《经典咏流传》舞台表演婚礼祝福歌《桃夭》②。

《诗经》的音乐艺术至今仍被使用。重章叠唱、叠句、叠字等艺术手法在现代歌曲中仍很常见，如歌曲《我爱你中国》的歌词：

> 百灵鸟从蓝天飞过
> 我爱你，中国
>
> 我爱你，中国
> 我爱你春天蓬勃的秧苗

---

① 杨洪基演唱：《绿衣》，民歌·中国，2023 年 8 月 9 日，http://tv. cctv. com/2022/08/18/VIDE3iP1WFxz JxOYhK7JVvgB220818. shtml。
② 房县农民在《经典咏流传》舞台演唱农村嫁娶吉祥歌《桃夭》，2023 年 9 月 9 日，https://www.163. com/v/video/VZ2M8E3L1. html。

我爱你秋日金黄的硕果

我爱你青松气质

我爱你红梅品格

我爱你家乡的甜蔗

好像乳汁滋润着我的心窝

我爱你，中国

我要把最美的歌儿献给你

我的母亲，我的祖国

我爱你，中国

我爱你碧波滚滚的南海

我爱你白雪飘飘的北国

我爱你森林无边

我爱你群山巍峨

我爱你淙淙的小河

荡着清波从我的梦中流过

我爱你，中国

我要把美好的青春献给你

我的母亲，我的祖国

两章叠咏，章句复沓，达到回环往复的音乐效果。叠句"我爱你，中国"和"我爱你"贯穿全词，形成了悠扬深情的韵律效果，叠字"滚滚""飘飘""淙淙"舒缓了节奏，增强了表达的形象生动性。

四、命名价值

很多有深厚国学修养的人在为子女取名时，从《诗经》的语言词语中汲取灵感。如孔稚圭，字德璋，其名出自《大雅·卷阿》："令闻令望，如珪如璋。"王国维之名出自《大雅·文王》："王国克生，维周之桢。"傅斯年之名出自《大雅·下武》："于斯万年，受天之祜。"梁思成之名出自《商颂·那》："汤孙奏假，绥我思成。"其他常被用于人名的语词如：

"桃之夭夭，其叶蓁蓁。"（《周南·桃夭》）夭夭，茂盛、生机勃勃的样子。蓁蓁，枝繁叶茂的样子。

"终温且惠，淑慎其身。"（《邶风·燕燕》）温惠，温和柔顺。淑慎，善良谨慎。

"静女其姝，洵美且异。彤管有炜，说怿女美。"(《邶风·静女》)静，文静。姝，美丽。彤，红色。炜，光彩。

"有匪君子，充耳琇莹，会弁如星。"(《卫风·淇奥》)琇莹，宝石光润晶莹。

"有美一人，清扬婉兮。" (《郑风·野有蔓草》)清扬，眼睛清澈明亮。婉，美好。

"显允君子，莫不令德。岂弟君子，莫不令仪。"(《小雅·湛露》)令德，美德。令仪，美好的容止。

"山有嘉卉，侯栗侯梅。"(《小雅·四月》)卉，草的总名。

"穆穆文王，於缉熙敬止。"(《大雅·文王》)缉熙，光明。

"大姒嗣徽音，则百斯男。"(《大雅·思齐》)徽音，美誉。

"君子陶陶，左执翿，右招我由敖，其乐只且！"(《王风·君子阳阳》)陶陶，快乐的样子。

"彼留之子，贻我佩玖。"(《王风·丘中有麻》)佩玖，佩戴用的美玉。

"展如之人兮，邦之媛也。"(《鄘风·君子偕老》)媛，美女。

"彼其之子，邦之彦兮。"(《郑风·羔裘》)彦，杰出的人才。

第二部分

《诗经》艺术解读

第三章 《诗经》的重复艺术手法及其音乐美

> 构成《诗经》节奏韵律的基本要素是重复与对称。诗章的重复即重章叠唱，诗句的重复即叠句，词的重复即叠词，字的重复即叠字，韵母的重复即叠韵，声母的重复即双声，诗句韵脚的重复即叶韵。四言体式形成诗句的对称，形成由两个对称音组组成的二二式的二分节奏。对偶、排比形成句式的对称。《诗经》的音乐美主要体现为韵律和谐之美、舒卷徐缓之美和回环往复之美。

第一节 重章、叠句和叠字

章、句、字的重叠是《诗经》典型的艺术手法。重章、叠句形成了《诗经》独特的章法特征和句法特征。章句的重复也就意味着歌曲的重奏复沓。叠字即重言，是《诗经》形象表达的典型语言艺术形式。以上三种典型艺术手法的运用形成了《诗经》独特的音乐美感。

一、重章叠唱

歌唱一遍为一章，故重章即章节的叠唱，二词连用，指重复的章节，回环往复的吟唱。

（一）常见形式

修海林先生指出《诗经》诗体"通过叠句、引子、换头、尾声等手法构成各种曲体样式"[①]。常见曲体样式如下。

一是通过同一曲调重叠形成乐章。如《周南·芣苢》：

> 采采芣苢，薄言采之。采采芣苢，薄言有之。

---

① 修海林、李吉提：《中国音乐的历史与审美》，北京：中国人民大学出版社，1999年，第31页。

采采芣苢，薄言掇之。采采芣苢，薄言将之。
采采芣苢，薄言袺之。采采芣苢，薄言襭之。

三章叠咏，以鲜明的节奏，轻快的情调和优美的韵律，通过采撷时不同的动作，表现妇女们劳动的场景和愉悦的心情，创造了浓郁的诗境。

二是引子加曲调的重叠形成乐章，如《周南·卷耳》：

采采卷耳，不盈顷筐。嗟我怀人，寘彼周行。
陟彼崔嵬，我马虺隤。我姑酌彼金罍，维以不永怀。
陟彼高冈，我马玄黄。我姑酌彼兕觥，维以不永伤。
陟彼砠矣，我马瘏矣！我仆痡矣，云何吁矣。

后三章反复咏唱，用近似的词汇反复加深印象，突出了男子的思乡之切、之痛。

三是引子加曲调的重叠加尾声形成乐章，如《豳风·九罭》：

九罭之鱼，鳟鲂。我觏之子，衮衣绣裳。
鸿飞遵渚，公归无所，於女信处。
鸿飞遵陆，公归不复，於女信宿。
是以有衮衣兮，无以我公归兮，无使我心悲兮！

四是两个以上重叠曲调形成乐章，如《郑风·丰》：

子之丰兮，俟我乎巷兮。悔予不送兮。
子之昌兮，俟我乎堂兮。悔予不将兮。
衣锦褧衣，裳锦褧裳。叔兮伯兮，驾予与行。
裳锦褧裳，衣锦褧衣。叔兮伯兮，驾予与归。

（二）表达效果

运用重章叠唱手法的诗歌形成了回环往复的音响效果。诗歌回环重复，规律中有变化，严格中有自由，形成歌唱时的和声，从而达到便于记忆、便于传唱、便于谱曲的音乐效果。

重章叠唱除了产生回环往复的音响效果外，还有强化主旨、增强情感的表达效果。围绕同一主旨反复咏唱、一唱三叹，诗人的思想感情得到充分抒发，诗歌的艺术感染力也得到增强。如果只有一章的话，就构不成深邃的意境，收不到淋漓尽致、余韵无穷的抒情效果。复沓的各章往往变换少数几个词，变换的情况不尽相同：有的意义基本相同，换词以协韵；有的意义并列，呈铺排之势；有的语意递进，表达情感的强化、动作的进程、时间的变换；有的意义有所省略，则前后互相补充；有的颠倒语序，形成情景的渲染，强化感情。总之，重章叠唱能达到推进事、情、景，增强时空感，突出感情、描述场景、烘托气氛等作用。①

1. 颠倒语序，强化情感

如《唐风·葛生》是一首抒写失去丈夫的孤单无依、悲苦满怀和深挚思念的诗。

> 夏之日，冬之夜。百岁之后，归于其居！
> 冬之夜，夏之日。百岁之后，归于其室！

"夏之日，冬之夜"颠倒为"冬之夜，夏之日"，强化了时光的漫长，简单的颠倒写出了思念的煎熬：诗人痛彻心扉、万念俱灰。夏天日长，冬天夜长，思念的煎熬在昼夜最长的时候尤其让人难以承受。两章中语句颠倒重述，写出了诗中主人公日复一日、年复一年的永无终竭的怀念和失侣的孤单的煎熬。自然衔接后句"百岁之后，归于其居（室）"的感慨叹息，生不能同衾，唯愿死能同穴，一种苍凉的寥落感洋溢诗篇。

《鄘风·鹑之奔奔》也是复沓的两章，兴句两句颠倒位置。

> 鹑之奔奔，鹊之彊彊。人之无良，我以为兄。
> 鹊之彊彊，鹑之奔奔。人之无良，我以为君。

"鹑之奔奔，鹊之彊彊"颠倒为"鹊之彊彊，鹑之奔奔"，两章兴句颠倒重述，反复歌咏，强化诗人对"人之无良，我以为兄""人之无良，我以为君"的愤慨。

2. 易词申意，铺陈强化

如《小雅·青蝇》：

> 营营青蝇，止于樊。岂弟君子，无信谗言。
> 营营青蝇，止于棘。谗人罔极，交乱四国。
> 营营青蝇，止于榛。谗人罔极，构我二人。

① 黄冬珍、赵敏俐：《〈周南·芣苢〉艺术解读——兼谈〈国风〉的艺术特质与研究方法》，《文艺研究》2006年第11期。

《诗经》解读

该诗易词申意，于樊、于棘、于榛，写出了苍蝇的四处乱飞，暗比谗人无处不在，强化了对此的厌恶之意。

再如《魏风·陟岵》：

> 陟彼岵兮，瞻望父兮。……
> 陟彼屺兮，瞻望母兮。……
> 陟彼冈兮，瞻望兄兮。……

该诗易词申意：见高处岵、屺、冈则登而远望亲人父、母、兄，强化了对家人思念的迫切。

3. 语意递进，强化情感

一是时间递进，情感递进。如《小雅·采薇》是一位久戍归家的戍卒返乡途中回忆征戍生活的诗作。

> 采薇采薇，薇亦作止。曰归曰归，岁亦莫止。
> 靡室靡家，猃狁之故。不遑启居，猃狁之故。
> 采薇采薇，薇亦柔止。曰归曰归，心亦忧止。
> 忧心烈烈，载饥载渴。我戍未定，靡使归聘。
> 采薇采薇，薇亦刚止。曰归曰归，岁亦阳止。
> 王事靡盬，不遑启处。忧心孔疚，我行不来！

首章由眼前所采的薇菜已经长出地面，想到已到年末，该回家了。三章分别以薇菜"作止""柔止""刚止"，循序渐进地写出了薇菜从破土发芽，到薇菜柔嫩，再到茎叶老硬的生长过程，写出了时间的流逝和戍役的漫长。漫长的戍役令戍卒产生岁月飞逝的悲切之感。该诗在感情表达上也渐次递进。三章中诗人的心情从对正常家庭生活的向往，对入侵者的敌视，到"忧心烈烈"的归心似箭的煎熬，再到"忧心孔疚"，不知归期的撕心裂肺的痛苦，思归之音反复咏叹，一次又一次增强了情感的程度。

二是数量递减，情感递进。如《召南·摽有梅》：

> 摽有梅，其实七兮！求我庶士，迨其吉兮！
> 摽有梅，其实三兮！求我庶士，迨其今兮！
> 摽有梅，顷筐塈之！求我庶士，迨其谓之！

诗以树上梅子数量的渐次减少，"其实七兮""其实三兮""顷筐塈之"，写出了春天的流逝，暗示青春年华的流逝，自然引出对珍惜青春、渴望爱情的抒写。诗中对爱情的迫切程度的表达渐次递进：首章"迨其吉兮"，趁着良辰吉日快求婚，尚有从容相待之意；次章"迨其今兮"，趁着今天快求婚，已见敦促的焦急之情；至末章"迨其谓之"，你一张口我就答应，可谓迫不及待了。

三是程度递进，情感递进。如《邶风·绿衣》是一首怀念亡故妻子的诗。

> 绿兮衣兮，绿衣黄里。心之忧矣，曷维其已？
> 绿兮衣兮，绿衣黄裳。心之忧矣，曷维其亡？
> 绿兮丝兮，女所治兮。我思古人，俾无訧兮！
> 缔兮绤兮，凄其以风。我思古人，实获我心！

诗人把亡妻所做的衣服拿起来翻里翻面、由上到下、一针一线仔细看，看的仔细程度渐次递进。由上衣外表的颜色，到衣里的颜色；由上衣，再到裙裳；再到缝制衣服的丝线。思念之情也步步递进：从睹物而思人，难以忘怀，到感念亡妻的贤德，进一步上升到"实获我心"的情感高度。

4. 语意递进，强化表达

如《召南·鹊巢》是一首描写婚礼盛况的诗：

> 维鹊有巢，维鸠居之。之子于归，百两御之。
> 维鹊有巢，维鸠方之。之子于归，百两将之。
> 维鹊有巢，维鸠盈之。之子于归，百两成之。

全诗三章，都以鸠居鹊巢的自然现象起兴，可见古人观察的细致。以鸠占鹊巢，比况新妇入主男家。写鸠住鹊巢分别用了"居""方""盈"三字，有一种数量上的递进关系。"方"是比并而住；"盈"是住满。兴起的内容在语意上也渐次递进，第一章"百两御之"是迎亲，第二章"百两将之"是写女方送亲，第三章"百两成之"则是结婚礼成，通过语意递进，强化了婚礼的盛况。

5. 既铺陈强化，又语意递进

如《郑风·风雨》：

> 风雨凄凄，鸡鸣喈喈。既见君子，云胡不夷？
> 风雨潇潇，鸡鸣胶胶。既见君子，云胡不瘳？
> 风雨如晦，鸡鸣不已。既见君子，云胡不喜？

诗歌选择了风雨交加、鸡鸣不已的早晨这样一个特定的情境，从不同角度细腻地展现眼前景象:"凄凄"是女子对风雨寒凉的感觉,"潇潇"则从听觉的角度表现夜雨骤急,如夜的晦冥则从视觉的角度展现天光阴暗。对鸡鸣声的描写采用的是程度递进式展现:从"喈喈",到"胶胶",再到"不已",由稀渐密。所兴起的怀人女子"既见君子"时的心态描写也采用了渐次递进:"云胡不夷?"说她的心归安宁;"云胡不瘳?"说相思病一下子痊愈,再没有这样的灵丹妙药;"云胡不喜?"是确信后的喜出望外。

(三)余论

李辉提出今本《诗经》删略了不少乐章信息,他认为回到仪式歌唱的语境,通过人称语态的还原,能发现重章叠调章句内部存在多角色的分工对唱,有独唱、合唱、和唱、对唱、帮腔等形式。[①] 如《采薇》前三章的叠咏中可以分为男女对唱,男女的唱词各自复沓。前四句采薇是思妇的行为,后四句以第一人称"我"自述征伐猃狁之事,显然是征夫的歌唱:

> [女]:采薇采薇,薇亦作止。曰归曰归,岁亦莫止。
> [男]:靡室靡家,猃狁之故。不遑启居,猃狁之故。
> [女]:采薇采薇,薇亦柔止。曰归曰归,心亦忧止。
> [男]:忧心烈烈,载饥载渴。我戍未定,靡使归聘。
> [女]:采薇采薇,薇亦刚止。曰归曰归,岁亦阳止。
> [男]:王事靡盬,不遑启处。忧心孔疚,我行不来!

二、叠句

叠句指在相同或不同诗章里叠用相同的诗句。相同诗句的反复吟唱,体现了诗歌循环往复的音乐美,在一唱三叹中,加强了诗歌一往情深的抒情效果。重章叠唱必用叠句,但也有不用重章叠唱而只用叠句手法的诗歌。

(一)不同诗章叠用相同诗句

不同诗章叠用相同诗句,还起到贯穿各章、加强章节内在联系的行文效果。
《豳风·东山》四章都用"我徂东山,慆慆不归。我来自东,零雨其濛"开头:

---

① 李辉:《〈诗经〉重章叠调的兴起与乐歌功能新论》,《文学遗产》2017 年第 6 期,第 55 页。

<u>我徂东山，慆慆不归。我来自东，零雨其濛</u>。我东日归，我心西悲。制彼
裳衣，勿士行枚。蜎蜎者蠋，烝在桑野。敦彼独宿，亦在车下。
　　<u>我徂东山，慆慆不归。我来自东，零雨其濛</u>。果臝之实，亦施于宇。伊威
在室，蟏蛸在户。町畽鹿场，熠耀宵行。不可畏也，伊可怀也。
　　<u>我徂东山，慆慆不归。我来自东，零雨其濛</u>。鹳鸣于垤，妇叹于室。洒扫
穹窒，我征聿至。有敦瓜苦，烝在栗薪。自我不见，于今三年。
　　<u>我徂东山，慆慆不归。我来自东，零雨其濛</u>。仓庚于飞，熠耀其羽。之子
于归，皇驳其马。亲结其缡，九十其仪。其新孔嘉，其旧如之何！

运用叠句反复咏叹久役思乡的情思，形成回环往复、情韵悠长的音乐美；同时作为
各章的首四句，贯穿全诗各章，增强了各章的内在联系，渲染了全诗细雨蒙蒙的忧
伤氛围，奠定了全诗忧伤的抒情基调。

　　（二）相同诗章叠用同一诗句

　　为了强调某个意思或突出某种情感而在一章中连续重复使用某些句子。
　　如《召南·江有汜》：

　　　　江有汜，之子归，<u>不我以</u>。<u>不我以</u>，其后也悔。
　　　　江有渚，之子归，<u>不我与</u>。<u>不我与</u>，其后也处。
　　　　江有沱，之子归，<u>不我过</u>。<u>不我过</u>，其啸也歌。

三章叠咏，达到了回环往复、情韵悠长的音乐效果。同时各章第三、第四句"不
我以""不我与""不我过"三个叠句，达到了一种沉郁顿挫的音乐效果，加强了
情感抒写力度，有力地写出了女子的心痛和委屈，字字如泣血而成。
　　又如《魏风·汾沮洳》：

　　　　彼汾沮洳，言采其莫。彼其之子，<u>美无度</u>。<u>美无度</u>，殊异乎公路！
　　　　彼汾一方，言采其桑。彼其之子，<u>美如英</u>。<u>美如英</u>，殊异乎公行！
　　　　彼汾一曲，言采其藚。彼其之子，<u>美如玉</u>。<u>美如玉</u>，殊异乎公族！

这是一首女子思慕情人的诗。三章叠咏，形成了回环往复、情韵悠长的音乐效果。
同时三章以"美无度""美如英""美如玉"的重复吟唱，既形成了顿挫的音乐效
果，又强化了情感，有力地表达了女子对心上人缠绵悱恻的思慕之意。
　　再如《王风·中谷有蓷》：

中谷有蓷，暵其干矣。有女仳离，<u>嘅其叹矣。嘅其叹矣，遇人之艰难矣</u>！
中谷有蓷，暵其脩矣。有女仳离，<u>条其啸矣。条其啸矣，遇人之不淑矣</u>！
中谷有蓷，暵其湿矣。有女仳离，<u>啜其泣矣。啜其泣矣，何嗟及矣</u>！

三章叠咏，体现了回环往复、情韵悠长的音乐效果。各章中同一句子的重复体现了沉重顿挫的音乐效果，又在反复吟唱中增强了抒情效果，宛如深长的叹息，有字字泣血之效，突出了女子遇人不淑的悲哀、无奈。

三、叠字

联绵词是由只代表音节的两个汉字组成的表示一个整体意义的双音节词，由两个音节连缀成义而不能分割，它有两个字，但只有一个语素。两个汉字只起表音作用，没有意义。两个字相同，即叠字联绵词，如"关关""夭夭"等。叠字联绵词使诗歌声调悠长，节奏舒卷徐缓，音响和谐响亮，朗朗上口，加强了诗歌的音乐性。

叠字联绵词还具有增强形象性的表达效果。如"伐木丁丁，鸟鸣嘤嘤"中以"丁丁""嘤嘤"形象描摹伐木、鸟鸣的声音。"昔我往矣，杨柳依依。今我来思，雨雪霏霏"中，以"依依""霏霏"描绘柳枝轻柔飘拂的样子和雪花纷纷扬扬飘落的样子，极为形象。又如"喓喓草虫"，拟声词"喓喓"给画面平添了声音背景，将草虫鸣叫的图景展现在读者面前。其他摹声的叠字还有"鸡鸣胶胶""萧萧马鸣""有车邻邻""大车哼哼""凿冰冲冲""坎坎伐檀"等。

以《诗经》为代表的民间文学特别爱用叠字联绵词来形象表达，增强表现力。如写脆，"脆铮铮"中的"铮铮"形象地写出了脆的感觉，"香喷喷"中的"喷喷"形象生动地写出了香的感觉，更有表现力。内蒙古商都地区就运用叠字修辞手法，绘声绘色地将当地特色美食莜面的吃法描述得色香味俱全：

鱼鱼搓得细针针儿，窝窝推得薄凌凌儿，山药煮得沙腾腾儿，茄子烧得绵敦敦儿，黄瓜、水萝卜调得脆铮铮儿，韭菜切得碎纷纷儿，葱花、扎蒙、芝麻炝得黄冲冲儿，盐汤兑得酸茵茵儿，辣角子拌得红彤彤儿，吃在嘴里香喷喷儿。①

叠字还有变式，包括有字式、其字式、彼字式、斯字式、思字式等。变式当是

---

① 《舌尖上的美味——莜面》，360 个人图书馆，2023 年 8 月 8 日，http://www.360doc.com/content/21/0408/16/74659280_ 971221132. shtml。

《诗经》时代的一种语言习惯，可能是为了追求音节的和谐与灵活变化。如"彤管有炜"（《邶风·静女》），"有炜"即"炜炜"，鲜明的样子。"零雨其濛"（《豳风·东山》），"其濛"即"濛濛"，烟雨迷茫的样子；"击鼓其镗"即"击鼓镗镗"，"嘤其鸣矣"即"嘤嘤鸣矣"，"温其如玉"即"温温如玉"。"忧心有忡"即"忧心忡忡"。"酾酒有衍"中，"有衍"即衍衍，形容酒多而美的样子。"笾豆有践"中，"有践"即"践践"，排列整齐的样子。其他如"恩斯勤斯"即"恩恩勤勤"，"思皇多士"即"皇皇多士"，"敦彼独宿"即"敦敦独宿"等。

第二节　《诗经》的音乐美

　　《诗经》是音乐文学，是歌唱的艺术，诗乐一体是中国早期诗歌的基本特点。《诗经》"是一首首众口传唱的民间歌谣。人们体会其中的含义和美感不是靠书面文字的阅读，而是靠听觉来实现的"①。音声之和融会诗情，倍增诗韵。《诗经》的音乐美主要体现为韵律和谐之美、舒卷徐缓之美和回环往复之美。

一、韵律和谐之美

（一）押韵

　　押韵是《诗经》音韵之美的主要表现形式。清代学者江有诰及王力的《诗经韵读》等著作专门研究《诗经》韵律，程俊英、蒋见元的《诗经注析》在每首诗的诗章后注明该章所属韵部及押韵字。需要注意的是，由于两千多年前的语音与今音有很大的区别，因此用普通话读《诗经》，有时难以理解其韵律。

　　据统计，《诗经》305篇诗歌中有297篇押韵。《诗经》押韵以章为单位，押韵灵活多样，自由无拘。一章之中可以一韵到底，也有换用两韵及以上。换韵分为三种情况：

　　一是章中前用一韵，后换用一韵。如《邶风·静女》："静女其娈，贻我彤管。彤管有炜，说怿女美。"

　　二是章中一、三句用一韵，二、四句用一韵，交叉用韵。如《秦风·无衣》："岂曰无衣？与子同袍。王于兴师，修我戈矛。"

　　三是章中前后用一韵，中间用一韵，如《小雅·伐木》："伐木丁丁，鸟鸣嘤嘤。出自幽谷，迁于乔木。嘤其鸣矣，求其友声。"

　　① 张宝林：《〈诗经〉声音视觉修辞研究》，《出版广角》2019年第10期。

也有一章之内不押韵，与下章的相同位置押韵，如《邶风·新台》：

> 新台有泚，河水弥弥。燕婉之求，蘧篨不<u>鲜</u>。
> 新台有洒，河水浼浼。燕婉之求，蘧篨不<u>殄</u>。

《诗经》中常见的是一章之中只用一个韵部，隔句押韵，韵脚在偶句上。诗章常见的三种基本韵式如下。

一是首句不入韵的偶句押韵。如：

> 桃之夭夭，灼灼其<u>华</u>。之子于归，宜其室<u>家</u>。（《周南·桃夭》）
> 泛彼柏舟，在彼河<u>侧</u>。髧彼两髦，实维我<u>特</u>。（《鄘风·柏舟》）

二是首句入韵的偶句押韵。如：

> 北风其<u>凉</u>，雨雪其<u>雱</u>。惠而好我，携手同<u>行</u>。（《邶风·北风》）
> 自牧归<u>荑</u>，洵美且<u>异</u>。匪女之为美，美人之<u>贻</u>。（《邶风·静女》）
> 日居月<u>诸</u>！照临下<u>土</u>。乃如之人兮，逝不古<u>处</u>。胡能有定？宁不我<u>顾</u>？（《邶风·日月》）

三是句句用韵。如：

> 出其东<u>门</u>，有女如<u>云</u>。虽则如云，匪我思<u>存</u>。缟衣綦<u>巾</u>，聊乐我<u>员</u>。（《郑风·出其东门》）
> 投我以木<u>桃</u>，报之以琼<u>瑶</u>，匪<u>报</u>也，永以为<u>好</u>也。（《卫风·木瓜》）

（二）对称

《诗经》的句式，是以四言为主的整句。据统计，《诗经》诗句共有7284句，其中四言句6584句，占总数的90.4%；非四言句700句，占总数的9.6%。[①] 四言体式形式工整匀称，形成诗句的对称，如："青青子衿，悠悠我心。"（《郑风·子衿》）"山有扶苏，隰有荷花。"（《郑风·山有扶苏》）每个诗句往往由两个对称音组组成，节奏一般为二二式的二分节奏，节奏整齐分明。如："关关/雎鸠，在河/

---

① 黄冬珍、赵敏俐：《〈周南·芣苢〉艺术解读——兼谈〈国风〉的艺术特质与研究方法》，《文艺研究》2006年第11期。

之洲。窈窕/淑女，君子/好逑。"（《周南·关雎》）诗句的对称和诗句内音组的对称是构成《诗经》和谐韵律的基本条件。

二、舒卷徐缓之美

四字句节奏鲜明而略显短促，但双声、叠韵、叠字、叠词等修辞手法以及语气助词的使用又使诗歌读来声调悠长，节奏舒卷徐缓。

（一）叠字、双声、叠韵

《诗经》语言的音乐性，表现在创造了大量能产生音响意趣的联绵词，又称联绵词。两个字有的是同音重复，即叠字联绵词，如"关关""夭夭"等。有的是声母相同，称为双声联绵词，如"慷慨""黾勉""栗烈""参差"；有的是韵部相同，称为叠韵联绵词，如"差池""绸缪""栖迟""窈窕"等。叠字联绵词、双声联绵词、叠韵联绵词使诗歌声调悠长，节奏舒卷徐缓，音响和谐而响亮，朗朗上口，形成了《诗经》诗歌悠长舒缓的音响效果。

（二）叠词

叠词是词的重叠。如《小雅·采薇》中的"采薇采薇"解读为"采薇菜呀采薇菜"，形象地写出了采摘动作的重复；"曰归曰归"解读为"说回家呀道回家"，形象地写出了回家的迫切。《诗经》中的叠词还有"悠哉悠哉"（《周南·关雎》），解读为"忧思绵长绵长啊"，形象地写出了思念之深。"燕燕于飞"（《邶风·燕燕》），"燕燕"可拆分开来，故而不是叠字联绵词，而是两个词的重叠。"燕燕"解读为"燕子燕子"，形象地写出了燕子双飞的情景，诗句解读为"燕子燕子双双飞"。"采采芣苢"（《周南·芣苢》）解读为"采呀采呀采芣苢"，形象地写出了采摘动作的不断重复。叠词修辞手法的运用使诗歌声调悠长，节奏舒卷徐缓，加强了音乐效果，同时或增强形象性，或增强诗歌的抒情意味。

（三）语气助词

语气助词根据使用位置分为句头语气助词、句中语气助词及句尾语气助词。

1. 句头语气助词

句头语气助词用于歌唱时的开腔，延长声调，舒缓语气。《召南·鹊巢》每章头两句首字均为"维"，"维鹊有巢，维鸠居之"，"维"约相当于"喂"："喂——鹊有巢。喂——鸠居之。"《邶风·击鼓》："于嗟阔兮！不我活兮！""唉！长久的离别呀，使我们不能相见呀！"句头语助词"于嗟"宛如发出的长长叹息，相当于拖长腔的"唉"。《魏风·汾沮洳》的头两句"彼汾沮洳，言采其莫"，即"在那汾水岸边，哟采莫草"，"言"约相当于"哟"，用于抒情拖腔。①

2. 句中语气助词

句中语气助词，或在歌唱时用于音节填补，使诗句成为由两个对称音组组成的二分节奏的四言句式，构成诗歌的节奏韵律；或起到抒情拖腔，增强抒情效果的作用。《召南·殷其雷》第三句"何斯违斯"实际就是"何违"，为什么离开，"斯"即无意义的音节填补。《郑风·丰》"叔兮伯兮，驾予与行"译成白话就是"小弟们啊，大哥们啊！驾车接我同归还"。"兮"也起到填充音节的作用。《卫风·伯兮》中"伯也执殳"，即"哥哥呀持枪"，"也"大约相当于"呀"，"伯兮朅兮！"即"我的夫君呀，真威武呀！"，"兮"约相当于"呀"，写出女子为丈夫而骄傲的情韵。《鄘风·柏舟》："母也天只！不谅人只！"意为"我的娘啊，老天啊！咋就不能体谅成全我们呢?""也""只"相当于"啊"，抒情拖腔，写出了热烈追求爱情的女子的不平、祈求之意。

3. 句末语气助词

句末语气助词如"兮""之""止""思""乎""而""矣""也"等，数量众多，富于变化。句末语气词的驱遣妙用，增强了诗歌的形象性、生动性，延长了声调，舒缓了语气，加强了抒情效果。如："十亩之间兮，桑者闲闲兮。行与子还兮。"（《魏风·十亩之间》）"兮"字是舒缓的阳平调，拖长了语调，表现出采桑女舒缓而轻松的心情。又如："南有乔木，不可休思。汉有游女，不可求思。"（《周南·汉广》）语气词"思"也是舒缓的阳平调，拖长了语调，宛若长长的叹息，表现出樵夫那种思而不得、怅惘无已的心情。再如："中谷有蓷，暵其干矣。有女仳离，慨其叹矣。慨其叹矣，遇人之艰难矣。"（《王风·中谷有蓷》）语气助词"矣"咏唱起来拖长了语调，加强了抒情效果，表达出弃妇被弃的悲伤和哀叹。

句末语气助词也有两个字的，如《诗经·齐风·著》："俟我于著/乎而""充耳以素/乎而""尚之以琼华/乎而"。"乎而"的运用，使诗歌有了统一的韵尾，构成了诗句之间的呼应，形成了诗句的重复，使全诗有了鲜明的韵律节奏。这首诗如果没有"乎而"，诗体本身的形式之美就会大打折扣，感情表达也大受影响，甚至不再像一首诗。

综上，语气助词有如下妙用：一是拉长声调，舒缓语气；二是填补音节，形成四字的对称音组，组成二分节奏的四言句式；三是增强抒情意味。现代民歌小调中仍然保留着这种多用开腔语气助词、句中语气助词和句尾语气助词的传统，使曲调高亢悠扬，善于抒发歌者的情感，细腻婉转。如陕北民歌《赶牲灵》②：

---

① 苏伟民：《〈诗经·国风〉爱情诗解读》，《孔子研究》2010 年第 5 期。

② 阎维文：《赶牲灵》，歌词大全，2024 年 1 月 11 日，http://www.igeci.cn/yanweiwen/134239.html。

走头头儿的那个骡子儿哟
三盏盏儿的那个灯
哎呀带上了那个铃子哟
哇哇儿得的那个声

白脖子儿的那个哈巴儿哟
朝南得的那个咬
哎呀赶牲灵的那个人儿哟哦
过呀来了

你若是我的哥哥哟
招一招的那个手
哎呀你不是我那哥哥哟
噢走你得的那个路

《诗经》解读

句尾语气助词"哟""了""哟哦"、句中语气助词"呀"和句头语气助词"哎呀""噢"的运用，或衬字，或延长声调，舒缓节奏，增强了民歌舒婉悠扬的韵律之美，产生了荡气回肠之效。

又如云南民歌《猜调》：

小乖乖来小乖乖
我们说给你们猜……
什么长长街前卖么
哪样长长妹跟前喽来

句中的"来"和句尾的"么""喽来"都是衬字，起到了延长声调、舒缓语气的作用，增强了民歌韵律的舒婉之美，产生了荡气回肠之效。

三、回环往复之美

重章叠唱兼以叠句、铺陈的运用，增强了诗歌循环往复的音乐美。

1. 重章叠唱

歌唱一遍为一章，故重章即章节的重复回环往复的吟唱。这种结构形式可以形成回环往复的音响效果。诗歌回环重复，规律中有变化，严格中有自由，形成歌唱时的和声。如《周南·桃夭》：

桃之夭夭，灼灼其华。之子于归，宜其室家。

　　桃之夭夭，有蕡（fén）其实。之子于归，宜其家室。

　　桃之夭夭，其叶蓁蓁（zhēn）。之子于归，宜其家人。

三章叠咏，形成"一咏三叹"的音乐效果，以鲜明的节奏、轻快的情调和优美的韵律，烘托出一派欢乐热烈的氛围，表达对新嫁娘的美好祝福。

2. 叠句

　　叠句指在相同或不同诗章里叠用相同的诗句，往往和叠章并用。通过相同诗句的反复吟唱，形成回环往复的韵律效果。不同诗章叠用相同诗句，如《周南·桃夭》中"桃之夭夭""之子于归"在三章中叠用，形成了回环往复、悠扬欢快的韵律效果。再如《周南·汉广》，三章都以相同的诗句结尾：

　　南有乔木，不可休思。汉有游女，不可求思。汉之广矣，不可泳思。江之永矣，不可方思。

　　翘翘错薪，言刈其楚。之子于归，言秣其马。汉之广矣，不可泳思。江之永矣，不可方思。

　　翘翘错薪，言刈其蒌。之子于归，言秣其驹。汉之广矣，不可泳思。江之永矣，不可方思。

"汉之广矣，不可泳思。江之永矣，不可方思"的反复咏叹，形成回环往复的旋律，加强了对思而不可得的怅惘之情的抒发力度，犹如红线贯穿全诗各章，增强了各章的语意联系。

　　《王风·葛藟》：

　　绵绵葛藟，在河之浒。终远兄弟，谓他人父。谓他人父，亦莫我顾。

　　绵绵葛藟，在河之涘。终远兄弟，谓他人母。谓他人母，亦莫我有。

　　绵绵葛藟，在河之漘。终远兄弟，谓他人昆。谓他人昆，亦莫我闻。

三章叠咏，各章一、三句叠用"绵绵葛藟""终远兄弟"两句，其他句子只变换了几个字，形成了回环往复、情韵悠长的音响效果。同时同一诗章叠用同一诗句，"谓他人父""谓他人母""谓他人昆"三个叠句形成了低沉顿挫的音响效果，也起到突出情感、强化主旨的作用，强化了流民求告无助的悲哀。

3. 铺陈

　　铺陈手法的运用使句子语气一以贯通、气韵流畅，相同句式的重复形成了往复的韵律效果，也增强了语意表达效果。如《小雅·北山》中连用"或"字引起的句式，形成了紧凑的节奏、往复的韵律效果，增强了对悲愤情感的抒写力度。

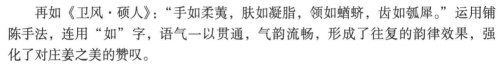

或燕燕居息，或尽瘁事国；或息偃在床，或不已于行。
或不知叫号，或惨惨劬劳；或栖迟偃仰，或王事鞅掌。
或湛乐饮酒，或惨惨畏咎；或出入风议，或靡事不为。

再如《卫风·硕人》："手如柔荑，肤如凝脂，领如蝤蛴，齿如瓠犀。"运用铺陈手法，连用"如"字，语气一以贯通，气韵流畅，形成了往复的韵律效果，强化了对庄姜之美的赞叹。

4. 顶真

顶真修辞手法的运用，上下句中相同词语的重复出现，使句子头尾蝉联，上递下接，语气贯通，环环相扣。如《卫风·氓》中的"抱布贸丝，匪来贸丝"，"以望复关，不见复关"，"无与士耽，士之耽兮"，"及尔偕老，老使我怨"，"不思其反，反是不思"。

第四章　赋

何为赋？汉代郑玄云："赋之言铺，直铺陈今之政教善恶。"[①] 南朝梁刘勰说："赋者，铺也。铺采摛文，体物写志也。"[②] 纪昀进一步阐释说："'铺采摛文'，尽赋之体；'体物写志'，尽赋之旨。"[③] 晋代挚虞《文章流别论》认为赋是："假象尽辞，敷陈其志。"[④] 南朝梁文学批评家钟嵘说："直书其事，寓言写物，赋也。"[⑤] 寓，即寄，寓言，即寄言。"寓言写物"即寄寓想说的话于对物的摹写。唐代孔颖达说："诗文直陈其事，不譬喻者，皆赋辞也。"[⑥] 北宋李仲蒙认为："叙物以言情谓之赋，情尽物者也。"[⑦] 南宋朱熹云："赋者，敷陈其事而直言之者也。"[⑧] 明代陆时雍《诗镜总论》云："《三百篇》赋物陈情。"[⑨] 由上述关于"赋"的论述中可总结出赋最核心的三个概念要素：一是"直言"，或云"直书其事""直陈其事"；二是"体物写志"，或云"假象尽辞""寓言写物""叙物以言情""赋物陈情"；三是"铺陈"，或云"铺""铺采摛文""敷陈"。三者分属于诗歌艺术的不同维度：从创作手法的维度而言，赋是直言；从抒情方式的维度而言，赋是体物言志；从体物手法的维度而言，赋是铺陈。直言可具体化为：直陈其事、直抒其情。体物即状物，即描摹物态，描写景物，描写人物。体物言志即通过状物来表达情感。

① ［汉］郑玄注，［唐］贾公彦疏，赵伯雄整理：《周礼注疏》卷第二十三《大师》，李学勤主编：《十三经注疏》，北京：北京大学出版社，1999 年，第 610 页。

② ［南朝梁］刘勰著，［清］黄叔琳注，［清］纪昀评，［清］李详补注，刘咸炘阐说，戚良德辑校：《文心雕龙》，上海：上海古籍出版社，2015 年，第 49 页。

③ ［南朝梁］刘勰著，［清］黄叔琳注，［清］纪昀评，［清］李详补注，刘咸炘阐说，戚良德辑校：《文心雕龙》，上海：上海古籍出版社，2015 年，第 53 页。

④ 严可均辑：《全上古三代秦汉三国六朝文》，上海：上海古籍出版社，2009 年，第 477 页。

⑤ ［南朝梁］钟嵘著，徐正英注译：《诗品》，郑州：中州古籍出版社，2017 年，第 39 页。

⑥ ［汉］毛亨传，［汉］郑玄笺，［唐］孔颖达疏：《毛诗正义》卷第一（一之一），李学勤主编：《十三经注疏》，北京：北京大学出版社，1999 年，第 14 页。

⑦ 转引自［宋］胡寅《与李叔易书》，《斐然集》卷十八，《四库全书》本，第 1137 册，第 534 页。

⑧ ［宋］朱熹注：《诗经集传》，上海：上海古籍出版社，1987 年，第 2 页。

⑨ 丁福保：《历代诗话续编》，北京：中华书局，1983 年，第 1403 页。

第一节 赋是直言

从诗歌创作手法的维度而言，相对于比、兴的委婉表达，赋是直言，即直书、直陈。比是"以彼物比此物"①，言在彼而意在此；兴是"先言他物以引起所咏之辞"②，先做铺垫或先创设氛围，再写真正要表达的意思，二者都具有含蓄蕴藉的审美特征。直言可具体为直陈其事、直抒其情。

一、直陈其事

唐代孔颖达认为："言事之道，直陈为正，故《诗经》多赋，在比兴之先。"③《大雅·生民》通篇运用赋法，叙述周始祖后稷诞生的种种神奇事迹及其善稼穑的本领。如第三、四两章：

> 诞寘之隘巷，牛羊腓字之。诞寘之平林，会伐平林。诞寘之寒冰，鸟覆翼之。鸟乃去矣，后稷呱矣。实覃实訏，厥声载路。
>
> 诞实匍匐，克岐克嶷，以就口食。蓺之荏菽，荏菽旆旆。禾役穟穟，麻麦幪幪，瓜瓞唪唪。

第三章写后稷屡弃不死的神奇事迹。弃置小巷，牛羊爱护喂养他；扔入林中，遇上樵夫被救起；放到寒冰上，大鸟用翅膀温暖他；大鸟飞离，后稷啼哭声又长又洪亮。第四章写后稷种植农业的卓异天赋。后稷稍大就能种大豆，种出的大豆长得茁壮，种出的谷穗沉甸甸，种出的麻麦长得旺，种出的瓜果实累累。

《卫风·氓》是一首弃妇诗，运用赋法，叙述了女子和氓恋爱、结婚、被弃的过程。全诗叙写了男子婚前的不尊重——"匪来贸丝，来即我谋""子无良媒"，婚后的原形毕露——"言既遂矣，至于暴矣""士也罔极，二三其德"；叙写了女子在恋爱过程中的妥协——"将子无怒，秋以为期"，以及婚后的辛劳付出——"三岁为妇，靡室劳矣。夙兴夜寐，靡有朝矣"，却最终被虐被弃的过程。

《豳风·七月》是写豳地部落一年四季劳动生活的诗作。诗用赋法，围绕衣、

---

① ［宋］朱熹注：《诗经集传》，上海：上海古籍出版社，1987年，第3页。
② ［宋］朱熹注：《诗经集传》，上海：上海古籍出版社，1987年，第1页。
③ ［汉］毛亨传，［汉］郑玄笺，［唐］孔颖达疏：《毛诗正义》卷第一（一之一），李学勤主编：《十三经注疏》，北京：北京大学出版社，1999年，第14页。

食两个生存之本，叙述了这个部落一年四季以农桑为主的生产生活，从各个侧面展示了当时社会男耕女织的生活图景。如第六章写实性地展现了农家秋收时节的生活图景：

> 六月食郁及薁，七月亨葵及菽，八月剥枣，十月获稻，为此春酒，以介眉寿。七月食瓜，八月断壶，九月叔苴。采荼薪樗，食我农夫。

六月吃李子和野葡萄，七月吃葵菜和大豆，八月打枣，十月收稻，酿造春酒，举杯祝老人长寿。七月吃瓜，八月摘葫芦，九月拾麻子。苦菜当菜，臭椿作柴，养活我们农夫。

《郑风·女曰鸡鸣》是一首对话体诗，诗用赋法，写猎人夫妇晨起的对话：

> 女曰："鸡鸣。"士曰："昧旦。""子兴视夜，明星有烂。""将翱将翔，弋凫与雁。"
>
> "弋言加之，与子宜之。宜言饮酒，与子偕老。"琴瑟在御，莫不静好。
>
> "知子之来之，杂佩以赠之。知子之顺之，杂佩以问之。知子之好之，杂佩以报之。"

诗以对话的形式展示了猎人夫妇相处的三个场景——鸡鸣晨催、温言慰夫、赠佩示爱，展现了猎人夫妇生活和睦、感情诚笃的幸福婚姻生活。

《小雅·蓼莪》前六句通用赋法，直接铺写父母之恩："父兮生我，母兮鞠我。拊我畜我，长我育我，顾我复我，出入腹我。"一连用了生、鞠、拊、畜、长、育、顾、复、腹九个动词和九个"我"字写尽了父母之恩，读之让人心神触动。

叙事性是汉乐府诗的核心特质之一。如《孤儿行》运用赋法，直言父母在时和父母去后的生活状态，表达孤儿的悲惨境遇：

> 父母在时，乘坚车，驾驷马。父母已去，兄嫂令我行贾。南到九江，东到齐与鲁。腊月来归，不敢自言苦。头多虮虱，面目多尘土。大兄言办饭，大嫂言视马。上高堂，行取殿下堂。孤儿泪下如雨。使我朝行汲，暮得水来归。手为错，足下无菲。怆怆履霜，中多蒺藜。拔断蒺藜肠肉中，怆欲悲。泪下渫渫，清涕累累。冬无复襦，夏无单衣。

二、直抒其情

《诗经》的《国风》和《小雅》中多直接抒情之作。如《邶风·静女》中男子直接抒发对女子的悦慕之情：

> 彤管有炜，悦怿女美。自牧归荑，洵美且异。匪女之为美，美人之贻。

心悦的女子赠我彤管，我真是喜欢彤管的美丽。她自野外赠我茅草芽，茅草芽你真是又漂亮又别致。不是因为你彤管和茅草芽漂亮，而是因为是心悦之人送给我的。男子直接对物说话表情，传神地表现了男子的由爱而痴、爱屋及乌、钟情之深。

《王风·采葛》中男子直接倾诉对女子的相思之深：

> 彼采葛兮，一日不见，如三月兮。
> 彼采萧兮，一日不见，如三秋兮。
> 彼采艾兮，一日不见，如三岁兮。

那个采葛的姑娘啊，我一天不见她，就像隔了三个月。诗以夸张的修辞手法增强了情感的抒发力度。

《小雅·巷伯》中，作者孟子直接抒发对谗人的满腔怨愤、厌恶之情：

> 彼谮人者，谁适与谋？取彼谮人，投畀豺虎！
> 豺虎不食，投畀有北！有北不受，投畀有昊！

那些在背后谗毁人的坏蛋，谁愿意理他们？把他们扔给豺狼虎豹！豺狼虎豹若不吃，就把他们扔到北方荒漠之地！荒漠之地也嫌弃，就让老天收了他们。感情抒发充分有力，淋漓尽致。

《大雅·文王》直接歌颂周文王姬昌的功绩。前四章云：

> 文王在上，於昭于天。周虽旧邦，其命维新。有周不显，帝命不时。文王陟降，在帝左右。
> 亹亹文王，令闻不已。陈锡哉周，侯文王孙子。文王孙子，本支百世，凡周之士，不显亦世。
> 世之不显，厥犹翼翼。思皇多士，生此王国。王国克生，维周之桢；济济多士，文王以宁。
> 穆穆文王，於缉熙敬止。假哉天命，有商孙子。商之孙子，其丽不亿。上帝既命，侯于周服。

第一章歌颂周文王天命神授，建立新王朝是天帝意旨。岐周虽是旧邦国，顺应天命取代殷商建立新的周朝。第二章歌颂周文王美名传扬，使周祚绵长，福泽子孙宗亲，子孙百代得享福禄荣耀。第三章歌颂周文王世代尊贵，却深谋远虑又辛勤，得到众多人才的拥戴。第四章歌颂周文王庄重恭敬事天，光明正大承天命兴周代殷，殷商子孙成为属臣。

直接抒情往往能达成酣畅淋漓的抒情效果。后世如杜甫的《闻官军收河南河北》直接抒写了他听闻安史之乱结束后的惊喜欲狂之意：

> 剑外忽传收蓟北，初闻涕泪满衣裳。却看妻子愁何在，漫卷诗书喜欲狂。
> 白日放歌须纵酒，青春作伴好还乡。即从巴峡穿巫峡，便下襄阳向洛阳。

李白听闻唐玄宗征召的消息后所作的《南陵别儿童入京》直接抒写了他一扫不得志之意的意气风发之感：

> 游说万乘苦不早，著鞭跨马涉远道。会稽愚妇轻买臣，余亦辞家西入秦。
> 仰天大笑出门去，我辈岂是蓬蒿人。

综上可见，虽是直言，直陈其事，直抒其情，其艺术性和抒情效果均极高妙。傅斯年认为直言是《诗经》独具的艺术魅力："《诗三百》中一切美辞之美，及其超越《楚辞》和其他侈文处，在乎直陈其事，而风采情趣声光自见，不流曲折以成诡词，不加刻饰以成蔓骈，俗言即是实言，白话乃是真话，直说乃是信说。《诗经》之最大艺术，在其不用艺术处。"[1] 并引用《论语·八佾》中的问答为证："子夏问曰：'《诗》云："巧笑倩兮，美目盼兮，素以为绚兮。"何谓也？'子曰：'绘事后素。'"

第二节　赋是体物言志

赋是体物言志，或云"假象尽辞""寓言写物""叙物以言情""赋物陈情"。体物即状物，即描摹物态，描写景物，描写人物。体物言志是抒情的艺术，通过状物来表达情感。清代刘熙载云：

> 叙物以言情谓之赋，余谓《楚辞·九歌》最得此诀，如"袅袅兮秋风，洞庭波兮木叶下"是写出"目眇眇兮愁予"来，"荒忽兮远望，观流水兮潺

---

[1]　傅斯年：《〈诗经〉讲义稿》，上海：上海古籍出版社，2012年，第127页。

湲"正是写出"思公子兮未敢言"来，具有目击道存，不可容声之意。①

"袅袅兮秋风，洞庭波兮木叶下"是借景写情，秋风清冷萧瑟，洞庭湖水波澜起伏，树叶纷纷飘落，凄冷、不安、愁绪弥漫的秋景描写，正写出了"目眇眇兮愁予"，湘君对湘夫人思念而不可得之愁。"荒忽兮远望，观流水兮潺湲"是状人以言情，先描写湘君的动作"荒忽兮远望"，再以"观流水兮潺湲"，形象化地展现久立远望的动作。未言思念远方的湘夫人，而思念尽在湘君伫立远望的动作描写中体现出来。诗人将思念之情具象化，情与境合，创设了一种思念的情境，将思念之情诗意化地表达了出来。

刘熙载所云"叙物以言情"即"体物写志"。"叙物以言情"可具体解释为：状物以言情，状景以言情，状人以言情，即通过摹写物态，描写景物，描写人物的动作、外貌、神态等艺术方式，将抽象的情感具象化，达到创设情景、诗意表情的目的。王文生在《论情境》中说："诗的创作的核心问题在于情感的客观化、对象化。这是一种高度概括了抒情诗创作经验的理论化说法。""情境合而成诗。"②

一、状人以言情

状人以言情即通过对人的动作、外貌、神态等进行描写来抒情，如《邶风·燕燕》："瞻望弗及，泣涕如雨。"久立远望，直至再也看不见，泪如雨下。此句以动作描写表现送别时的难舍之意、伤心之情。依依不舍之情，尽在人已不见，而仍在痴痴远望的动作中体现出来，伤心难抑，尽在泪如雨下的动作中体现出来。清代陈震《读诗识小录》："以'瞻望弗及'的动作情境，传达惜别哀伤之情，不言怅别而怅别之意溢于言外。"③清陈继揆《读风臆补》评曰："送别情景，二语尽之，是真可泣鬼神矣。张子野短长句云：'眼力不如人，远上溪桥去。'东坡《子由诗》云：'登高回首坡陇隔，惟见乌帽出复没。'比远绍其意。"④

久立远望、流泪成为后世抒写别情的经典情境。如宋代柳永的送别词《雨霖铃》写道："执手相看泪眼，竟无语凝噎。念去去，千里烟波，暮霭沉沉楚天阔。"词中将伤心具象为"执手相看泪眼，竟无语凝噎"。"去去"是离去的人越走越远

---

① ［清］刘熙载：《艺概》卷三《赋概》，清末民初文献丛刊，北京：朝华出版社，2018 年影印本，第 156 页。

② 王文生：《论情境》，上海：上海文艺出版社，2001 年，第 148～149 页。

③ ［清］陈震：《读诗识小录》，李永明：《北京师范大学馆藏稿抄本丛刊》（第 2 册/第 3 册），北京：国家图书馆出版社，2011 年，第 172 页。

④ ［明］戴君恩撰，［清］陈继揆补辑，董露露点校：《读风臆补》，北京：语文出版社，2019 年，第 29 页。

之意。以"千里烟波""暮霭沉沉楚天阔"具象化再现久立远望这一动作：人越走越远，早已看不见，久立远望，只看见暮云沉沉，烟波浩渺，楚天空阔，而人早无踪迹。该词将惜别之情具象化，创设了抒写别情的情境。

状人以言情是《诗经》中具象化言情的经典艺术手法。《邶风·静女》："爱而不见，搔首踟蹰。"以男子抓耳挠腮、走来走去的动作描写表现男子等待恋人而不见时的焦急之情。《卫风·氓》："乘彼垝垣，以望复关。不见复关，泣涕涟涟。既见复关，载笑载言。"以女子登高远望的动作描写表达对恋人的相思之情，以泪流满面的神态描写展现不见恋人时的伤心，以又说又笑的动作描写表现见到恋人时的快乐开怀之情。《小雅·宾之初筵》："宾之初筵，温温其恭。其未醉止，威仪反反。曰既醉止，威仪幡幡。舍其坐迁，屡舞仙仙。……宾既醉止，载号载呶。……侧弁之俄，屡舞傞傞。"通过酒醉前的仪态和动作描写——举止温和恭敬，仪态谨慎凝重，酒醉后的仪态和动作描写——东倒西歪，大喊大叫，歪戴着帽子，轻率无仪态，状人以言情，表现对酒后失仪的讽刺和鄙弃之情。

后世诗词佳作中状人以言情的例子也很多。如宋代词人辛弃疾《水龙吟·登建康赏心亭》："把吴钩看了，栏干拍遍，无人会，登临意。"状人以言情，以细看吴钩的动作描写表现想要杀敌报国、收复失地的壮志，以拍栏杆的动作描写表现壮志难酬的无奈与愤懑之情。唐代温庭筠《望江南》："梳洗罢，独倚望江楼。过尽千帆皆不是，斜晖脉脉水悠悠。"也是状人以言情，通过女子登高久立远望的动作描写，来写女子的思念。"过尽千帆"形象地写出了久望，"斜晖"点明了时间已到黄昏，前文"梳洗罢"点明了时间是早晨，从早晨到黄昏，写出了远望时间之长，这是对久立这一动作的具象化展示。"水悠悠"是对远望这一动作的具象化展示，登高远望，唯见江水无际，流向远方。

二、状景以言情

状景以言情即借景写情，通过景物描写来表达情感。宗白华在《美学散步》中谈道："艺术家以心灵映射万象，代山川而立言，他所表现的是主观的生命情调与客观的自然景象交融互渗，成就一个鸢飞鱼跃，活泼玲珑，渊然而深的灵境；这灵境就是构成艺术之所以为艺术的'意境'。"[1] 清代方士庶在《天慵庵随笔》中说："山川草木，造化自然，此实境也。因心造境，以手运心，此虚境也。虚而为实，是在笔墨有无间。"[2]

《诗经》中状景以言情的例子如《豳风·东山》，是一首久役思乡的征人写思

---

[1] 宗白华：《美学散步》，上海：上海人民出版社，2005年，第121页。
[2] 转引自宗白华：《美学散步》，上海：上海人民出版社，2005年，第119页。

乡之情的诗作：

> 我徂东山，慆慆不归。我来自东，零雨其濛。果臝之实，亦施于宇。伊威在室，蟏蛸在户。町疃鹿场，熠耀宵行。

征人描写想象中的家园荒芜之景：瓜蒌藤蔓爬满房檐，地鳖虫在屋内乱跑，蜘蛛在门上结网，田地荒芜成鹿场，夜晚萤火虫闪闪发光，状景以写情，具象化表现征人"慆慆不归"的久役思归之情。

《王风·君子于役》是一首写妻子黄昏怀念远出服役的丈夫的诗：

> 君子于役，不知其期，曷至哉？鸡栖于埘，日之夕矣，羊牛下来。君子于役，如之何勿思？

诗人描绘出一幅万物归家的乡村晚景画：鸡归巢了，在夕阳余晖下，牛羊从村落外的山坡上缓缓地走下来。等待丈夫归来的女子的孤单和思念在这一刻尤其分明，状景以写情，写出了"君子于役，如之何勿思"的思念之情。

屈原《山鬼》中山鬼独立山巅，久候恋人不至，诗人状景以言情，用昏暗幽深、凄冷的景物描写"杳冥冥兮羌昼晦，东风飘兮神灵雨"来表达鬼哀怨惆怅的心情——"怨公子兮怅忘归"。当山鬼陷入失恋的痛苦和绝望之时，用环境描写"雷填填兮雨冥冥，猿啾啾兮狖夜鸣。风飒飒兮木萧萧"来写"思公子兮徒离忧"的心情。林深杳冥，白日昏暗，阴雨连绵，猿啾狖鸣，风木悲号，那种压抑低沉的气氛，真切地表现了山鬼的孤独和绝望之情。

杜甫《登高》"无边落木萧萧下，不尽长江滚滚来"的景物描写，正写出"万里悲秋常作客，百年多病独登台"之情。诗中木叶无边无际、萧萧而下的萧瑟苍茫秋景，滔滔而来、滚滚东去、永无停息的长江水，写出了诗人漂泊天涯、思念故国、功业未成、年华老去的悲慨伤怀。孔子在黄河边说："逝者如斯夫，不舍昼夜。"（《论语·子罕》）流逝的时光就像这滔滔黄河水一样，一去不复返，日夜不停息。自此，水的流逝和时间的流逝关联了起来，更进一步和年华老去、青春不再、功业未成关联了起来。马致远《天净沙·秋思》也是借景写抒游子思乡之悲，描写了一幅秋日黄昏图景："枯藤老树昏鸦……古道西风瘦马。夕阳西下"，借助凄清、悲凉的秋景来写游子"断肠人在天涯"的思乡之情。而充满家的温馨的图景"小桥流水人家"更增天涯游子对家的向往。

三、状物以言情

《小雅·采薇》："昔我往矣，杨柳依依。今我来思，雨雪霏霏。"叠字"依依"形容柳丝轻柔，随风摇曳的样子。状物以写情，杨柳这一具体事物的形象是"依依"的，征人离家时的心情也是依依不舍的，诗人通过对"杨柳依依"这一具体形象的描绘，使人领会到征人离开家乡时的依依不舍之情。"霏霏"形象地写出了雪花漫天飞舞、迷漫天际的样子，归途中征人的心情也是哀伤迷漫的，"我心伤悲，莫知我哀"。诗人通过"雨雪霏霏"这一具体形象的描绘，使人领会到漫长归途中征人的哀伤迷漫之情。柳永《雨霖铃》中的"暮霭沉沉"是状物以言情。离别的心情是"沉沉"的，暮霭这一具体物象的形象也是"沉沉"的。诗人通过对"暮霭沉沉"这一具体形象的描绘，使人领会到送别时黯淡低沉的心情。

《大雅·灵台》是一首歌颂周文王建成灵台并游赏奏乐的诗，写周文王能与民同乐，诗歌通过多方面的状物绘态来表达诗人的情感：

> 经始勿亟，庶民子来。王在灵囿，麀（yōu）鹿攸伏。
> 麀鹿濯（zhuó）濯，白鸟翯（hè）翯。王在灵沼，於（wū）牣（rèn）鱼跃。

姚际恒解析说："鹿本骇而伏，鱼本潜而跃，皆言其自得无畏人之意，写物理入妙。"[1] 方玉润云："飞走麟介，各适其性，却处处与王夹写。见人物两忘，不相惊扰之意。"[2] 状物以写情，通过描写群鹿安伏在草丛、母鹿肥美、白鹤羽毛洁白光亮、鱼儿跃出水面的自在安闲情态，展现文王与民在苑中与万物乐处，不相惊扰，飞禽鳞介各适其性的祥和安乐景象，表达了对文王的颂美。

《小雅·无羊》是一首颂美司牧之作，状物以言情，通过描写牧场上的万物之态，表达对主管牧业之人的颂美之意：

> 尔羊来思，其角濈濈。尔牛来思，其耳湿湿。或降于阿，或饮于池，或寝或讹。……尔羊来思，矜矜兢兢，不骞不崩。麾之以肱，毕来既升。

牧场上牛羊成群结队而来，羊犄角相聚而不相抵。牛吃食时两耳摇动，有的在山上，有的在河边饮水，有的休息，有的来回走动。羊群安然地在草原上吃草、嬉玩，不乱跑不炸群。牧人放牧有方，手臂一挥，牛羊就都进了圈。形貌兼具，活灵活现，绘出了一幅安谧而又生机勃勃的放牧图，表达了对主管牧业之人的颂美。

《卫风·硕人》是赞美卫庄公夫人庄姜的诗，第四章前五句描摹途中的物态："河水洋洋，北流活活。施罛濊濊，鳣鲔发发，葭菼揭揭。"黄河水浩浩荡荡，哗

---

① ［清］姚际恒著，顾颉刚标点：《诗经通论》，北京：中华书局，1958 年，第 274 页。
② ［清］方玉润撰，李先耕点校：《诗经原始》，北京：中华书局，1986 年，第 496 页。

哗奔流向北方，河中渔夫撒网入水的哗哗声，渔网中鳊鱼、鲟鱼以尾击水的发发声，河岸长满绵密、茂盛、长长的初生的芦苇荻草，都展现了一种万物生机勃勃、安乐的物态，通过状物写情，表现了诗人对庄姜嫁到卫国的欢欣喜悦之情。

第三节　赋是铺陈

从"体物"手法的维度而言，赋是铺陈。铺陈又称"铺排"，即详细叙述。刘勰《文心雕龙·诠赋》云："拟诸形容，则言务纤密。"① 铺陈手法在汉代进一步由艺术手法发展为一种文体——汉赋，以铺叙渲染为手段，辞藻绚丽，铺排夸饰，穷形极貌。从铺陈物象的关系是对立还是相类的角度划分，铺陈可以分为重复铺陈和对比铺陈。

一、重复铺陈

重复铺陈即重复某些相类的词语、短语，从而建立一种节奏和韵律，加强情感表达和主题展现。

《卫风·硕人》运用赋法，铺陈庄姜之美："手如柔荑，肤如凝脂，领如蝤蛴，齿如瓠犀，螓首蛾眉。巧笑倩兮，美目盼兮。"以细腻的人物外貌描写，从手、皮肤、颈、牙齿、额头、眉毛、微笑、眼睛多个角度细致展示庄姜之美。

《小雅·斯干》铺陈宫室之美，连用四个比喻："如跂斯翼，如矢斯棘，如鸟斯革，如翚斯飞。"屋宇严正如人竦立，墙角整齐笔直如飞箭，楼宇高起如鸟展翼，飞檐画栋如锦鸡展翅。

《小雅·天保》铺陈对君王的美好祝愿：

> 天保定尔，以莫不兴。如山如阜，如冈如陵。如川之方至，以莫不增。……
> 如月之恒，如日之升。如南山之寿，不骞不崩。如松柏之茂，无不尔或承。

以高山、丘陵、江河形象表达对君王福高、长寿、兴盛的祝颂之意：上天佑您安定，没有什么不兴盛。福运高如山和丘，绵延就像冈和陵。又如江河滚滚来，没有

---

① ［南朝梁］刘勰著，［清］黄叔琳注，［清］纪昀评，［清］李详补注，刘咸炘阐说，戚良德辑校：《文心雕龙》，上海：上海古籍出版社，2015 年，第 49 页。

什么不日增。以月、日、山、松柏的永恒、生机、长寿、茂盛铺排对君王长寿兴旺的美好祝愿：您像那新月渐盈，您像那旭日东升。您像南山永长寿，永不亏损不塌崩。您像松柏永繁茂，福寿都由您继承。

《孔雀东南飞》中多处用铺陈手法。一是状人。铺陈刘兰芝的多才多艺："十三能织素，十四学裁衣。十五弹箜篌，十六诵诗书。"铺陈刘兰芝严妆后的美丽动人："足下蹑丝履，头上玳瑁光。腰若流纨素，耳著明月珰。指如削葱根，口如含朱丹。纤纤作细步，精妙世无双。"二是状物。铺陈府君所送的聘礼之丰厚："青雀白鹄舫，四角龙子幡。婀娜随风转，金车玉作轮。踯躅青骢马，流苏金镂鞍。赍钱三百万，皆用青丝穿。杂彩三百匹，交广市鲑珍。"

汉魏曹植《洛神赋》铺陈洛神之美：

> 翩若惊鸿，婉若游龙。荣曜秋菊，华茂春松。髣髴兮若轻云之蔽月，飘飖兮若流风之回雪。……远而望之，皎若太阳升朝霞；迫而察之，灼若芙蕖出渌波。

洛神体态轻盈宛转，翩然若惊飞的鸿雁，宛然如游动的蛟龙。容光焕发如秋日下的菊花，生机勃勃如春天的松树。时隐时现像轻云遮住月亮，浮动飘忽似回风旋舞雪花。……远观皎洁耀眼像霞光中的朝阳，近看明艳逼人像清水中的荷花。

《陌上桑》中铺陈罗敷的美丽："青丝为笼系，桂枝为笼钩。头上倭堕髻，耳中明月珠。缃绮为下裙，紫绮为上襦。"罗敷夸婿时也运用铺陈手法，夸赞夫婿的优秀："白马从骊驹，青丝系马尾，黄金络马头。腰中鹿卢剑，可值千万余。十五府小吏，二十朝大夫，三十侍中郎，四十专城居。为人洁白皙，鬑鬑颇有须。盈盈公府步，冉冉府中趋。"

二、对比铺陈

对比铺陈即铺排相对的物象，通过对比来增强情感深度和表达效果。如《小雅·北山》十二句接连铺陈十二种动作描写，每两种动作描写形成一个对比，通过六个对比，多角度详细展示了劳役不均的社会现实，不言不平，而不平之情已自在对比铺陈中展现出来：

> 或燕燕居息，或尽瘁事国。或息偃在床，或不已于行。
> 或不知叫号，或惨惨劬劳。或栖迟偃仰，或王事鞅掌。
> 或湛乐饮酒，或惨惨畏咎。或出入风议，或靡事不为。

《小雅·宾之初筵》通过对比铺陈酒醉前后的仪态：

　　宾之初筵，温温其恭。其未醉止，威仪反反。曰既醉止，威仪幡幡。舍其坐迁，屡舞仙仙。其未醉止，威仪抑抑。曰既醉止，威仪怭怭。是曰既醉，不知其秩。

　　宾既醉止，载号载呶。乱我笾豆，屡舞僛僛。是曰既醉，不知其邮。侧弁之俄，屡舞傞傞。既醉而出，并受其福。醉而不出，是谓伐德。饮酒孔嘉，维其令仪。

《诗经》解读

宴席初开，宾客态度温雅又恭敬，言行谨慎又庄重；喝醉以后，言行轻佻又随便，离开座位乱走动，东倒西歪走不稳。没有喝多时举止谨慎又威严；喝多以后举止轻浮不庄重。又叫又闹，杯盘狼藉，手舞足蹈。歪戴着帽子，歪扭着身体，趔来趔去。不直言对滥饮的鄙弃厌恶，而在对人物酒醉前后的描写中展现出来。

　　铺陈是体物即状人、状物、状景时常用的艺术手法，分为重复铺陈和对比铺陈，是赋法常用的一种表现手法。

第五章　比

关于"比"的概念历来观点不一，众说纷纭。以下两种说法接受度最高：一是譬喻说。郑众云："比者，比方于物，诸言如者，皆比辞也。"① 刘勰最早在《文心雕龙·比兴》中对"比"进行了系统的理论分析，将比作为修辞手法比喻或比拟。二是诗法说。郑玄在注释《周礼·大师》"六诗"时云："比，见今之失，不敢斥言，取比类以言之。"② 南朝梁文学批评家钟嵘（约468—518年）的论诗专著《诗品》中说："因物喻志，比也。"③ 唐孔颖达认为"比"是"诗之所用"④。北宋李仲蒙认为："索物以托情谓之比，情附物者也。"⑤ 南宋朱熹提出"比"是"以彼物比此物"⑥，最早在其论著《诗集传》中对用比的诗歌进行了一一阐释。李湘认为"比"是一种整体的诗法，"既关系到一个诗章的艺术构思，又关系到表现的方法"⑦，提出比"乃从一个诗章整体的立意、构思出发，以所咏的比喻之物，影代被比之物，从而造成意境，表达情思的方法"⑧。也有学者融合两种说法，认为比既是情感表现方法，相当于托物言志，又是修辞手法比喻。⑨ 夏传才将"比"分为两种："一种是纯乎比体的诗，只有《硕鼠》、《鸱鸮》、《螽斯》、《鹤鸣》数篇；一种是为起修辞作用而在赋句和兴句中用比喻。"⑩

① ［汉］毛亨传，［汉］郑玄笺，［唐］孔颖达疏：《毛诗正义》卷第一（一之一），李学勤主编：《十三经注疏》，北京：北京大学出版社，1999年，第14页。

② ［汉］郑玄注，［唐］贾公彦疏，赵伯雄整理：《周礼注疏》卷第二十三《大师》，李学勤主编：《十三经注疏》，北京：北京大学出版社，1999年，第610页。

③ ［南朝梁］钟嵘著，徐正英注译：《诗品》，郑州：中州古籍出版社，2017年，第39页。

④ ［汉］毛亨传，［汉］郑玄笺，［唐］孔颖达疏：《毛诗正义》卷第一（一之一），李学勤主编：《十三经注疏》，北京：北京大学出版社，2000年，第14～15页。

⑤ 转引自［宋］胡寅：《与李叔易书》，《斐然集》卷十八，《四库全书》本，第1137册，第534页。

⑥ ［宋］朱熹注：《诗经集传》，上海：上海古籍出版社，1987年，第3页。

⑦ 李湘：《也谈"赋比兴"》，《河南师大学报》1980年第6期。

⑧ 李湘：《从"赋、比、兴"看诗经创作的虚实结构法则》，《河南大学学报》1986年第5期。

⑨ 吴家煦：《毛诗赋比兴之研究》，《中日文化》1942年第6、7期合刊。

⑩ 夏传才：《诗经语言艺术新编》，北京：语文出版社，1998年，第132页。

第一节　譬喻说——刘勰论 “比”

譬喻说的代表人物是南朝梁文论家刘勰（466？—537 年？），他认为“比”是比喻及拟人修辞手法。

一、 譬喻说源起及比喻分类

东汉郑众最早提出“比”是比喻修辞手法，将“比”的概念界定为：“比者，比方于物，诸言如者，皆比辞也。”① 《诗经》中的比喻词常用“如”字。根据本体的不同，“比”分为抽象的比喻、静态的比喻和动态的比喻三类。

抽象的比喻是运用特征鲜明的具体物象，形象地刻画具有相似性的抽象概念的特征。如《小雅·天保》将抽象的祝颂君王之意具象化：“天保定尔，以莫不兴。如山如阜，如冈如陵，如川之方至，以莫不增。……如月之恒，如日之升。如南山之寿，不骞不崩。如松柏之茂，无不尔或承。”上章祝颂君主福如高山，长存不绝如绵延的丘陵，势不可挡如滔滔而至的水流，以高山、丘陵、江河形象表达对君主福高、长寿、兴盛的祝颂之意。下章以月、日、山、松柏的永恒、生机、长存、茂盛形象表达愿君主长寿兴旺的祝颂。又如《小雅·小旻》：“战战兢兢，如临深渊，如履薄冰。”以如面临深渊，如踏在薄冰上，形象比况诗人对政事战战兢兢的敬畏之心。《卫风·淇奥》颂美君子：“有匪君子，如切如磋，如琢如磨。”以骨和象牙经过切之复磋之，美玉和石头经过琢之复磨之，比喻君子钻研学问、修炼德行精益求精。《小雅·巧言》：“巧言如簧。”花言巧语就像吹奏簧管一样悦耳动听。用吹奏簧管形象刻画“巧言”悦耳动听的特征。

静态的比喻是运用特征鲜明的静态物象，形象地刻画具有相似性的静态物象的特征。如《卫风·硕人》：“手如柔荑，肤如凝脂，领如蝤蛴，齿如瓠犀，螓首蛾眉。”运用博喻手法，以六个生动形象的比喻，细致形象地展现了硕人美丽绝伦的外貌：手指像白茅芽一样柔嫩白皙，肌肤像凝固的脂肪一样洁白细腻，脖颈像天牛幼虫一样洁白而细长，牙齿像瓠瓜籽一样洁白整齐，额头像螓一样饱满方正，眉毛像蛾子的触须一样又细又弯。后世宋玉《登徒子好色赋》：“眉如翠羽，肌如白雪。腰如束素，齿如含贝。”汉乐府民歌《孔雀东南飞》中描写刘兰芝：“指如削葱根，口如含朱丹。”都是以工笔细绘式的比喻手法形象展现人物静态的形貌之美。又如

---

① ［汉］毛亨传，［汉］郑玄笺，［唐］孔颖达疏：《毛诗正义》卷第一（一之一），李学勤主编：《十三经注疏》，北京：北京大学出版社，1999 年，第 14 页。

《郑风·有女同车》："有女同车，颜如舜华。"同车的女子容颜像木槿花一样美。又如《郑风·出其东门》："出其东门，有女如云。……出其闍闍，有女如荼。"以"如云"形容女子众多的样子。荼是茅草的白花，花开时白茫茫一片。"如荼"也是形容女子众多的样子。

动态的比喻是运用特征鲜明的动态物象，形象地刻画具有相似性的动态物象的特征。如《大雅·常武》是颂美宣王平定徐国叛乱时王师威武的诗："王旅啴啴，如飞如翰，如江如汉，如山之苞，如川之流。"连用"如"字引导的动态博喻，形象生动，气势如虹。"如飞如翰，如江如汉"形象地写出了军行迅疾如鸟飞掠长空，王师众多人马一起行军，气势浩大如江水浩荡。"如山之苞，如川之流"写出了王师的静守如山稳不可撼，动如川流势不可挡。又如《郑风·有女同车》："将翱将翔，佩玉琼琚。"在飞驰的车中，女子衣袂迎风飘扬，像鸟在翱翔长空一样。动态的比喻使人物鲜活，气韵生动，栩栩如生。宋玉《神女赋》"婉若游龙乘云翔"、曹植《洛神赋》"翩若惊鸿"都源于此诗。

二、刘勰论"比"

刘勰界定"比"为："且何谓为比？盖写物以附意，扬言以切事者也。故金锡以喻明德，珪璋以譬秀民，螟蛉以类教诲，蜩螗以写号呼，浣衣以拟心忧，卷席以方志固。凡斯切象，皆比义也。至如'麻衣如雪'，'两骖如舞'，若斯之类，皆比类者也。"①

（一）"写物以附意"——"比义"

刘勰《文心雕龙·比兴》篇所举《诗经》中"写物以附意"——"比义"的实例——"金锡以喻明德"源自《卫风·淇奥》："有匪君子，如金如锡，如圭如璧。"以金、锡比喻君子德行的精粹。"珪璋以譬秀民"源自《大雅·卷阿》："颙颙卬卬，如圭如璋，令闻令望。"以美玉圭、璋比况君子声望的美好。"螟蛉以类教诲"源自《小雅·小宛》："螟蛉有子，蜾蠃负之。教诲尔子，式穀似之。"以蜾蠃背负喂养螟蛾的幼虫比喻自己教诲兄弟幼子的尽心。"蜩螗以写号呼"源自《大雅·荡》："式号式呼，俾昼作夜。……如蜩如螗，如沸如羹。"蜩、螗，都是蝉。以蝉鸣比喻人民哀号哭喊的凄惨。"浣衣以拟心忧"源自《邶风·柏舟》："心之忧矣，如匪浣衣。"用像穿着没有洗的脏衣服比喻忧伤让人难受。"卷席以方志固"源自《邶风·柏舟》："我心匪石，不可转也。我心匪席，不可卷也。"我的心不是席子，不可以随意卷起，比喻诗人意志的坚定。

---

① ［南朝梁］刘勰著，韩泉欣校注：《文心雕龙·比兴》，杭州：浙江古籍出版社，2001 年，第 193 页。

刘勰《文心雕龙·比兴》中所举《诗经》以外"比义"的实例有"贾生《鵩鸟》云：'祸之与福，何异纠缠。'此以物比理者也。王褒《洞箫》云：'优柔温润，如慈父之畜子也。'此以声比心者也。"纠缠即绳索。将祸福相依相生、相反相成、不可分割的道理比喻为像绳索纠缠缠绕。将箫声给人的优柔湿润感觉比喻为像慈父疼爱子女。刘勰将如上以具体的物象形象地表达抽象的"意"——包括德行、声望、教诲、世事、心情、意志、道理、感觉，定义为"写物以附意"——比义。

综上，"写物以附意"即"比义"，是以象明意的抽象的比喻，以具体的物象形象地表达了作者想要表达的抽象的"意"，形象地将感情、事理、思想等抽象的概念具象化。

（二）"扬言以切事"——"比类"

刘勰所举《诗经》中"扬言以切事"——"比类"的实例"麻衣如雪"源自《曹风·蜉蝣》"蜉蝣掘阅，麻衣如雪。"蜉蝣掘穴而出，翅膀如雪一样洁白。雪的鲜明特征即鲜亮洁白，以"如雪"形象展现蜉蝣的翅膀"麻衣"的鲜亮洁白。"两骖如舞"源自《郑风·大叔于田》"叔于田，乘乘马。执辔如组，两骖如舞"。驾车的四匹马，两边的骖马同中间的服马步调协调，比拟为像人在跳舞一样。以"如舞"形象地写出"两骖"步调的协调优美。

刘勰所举《诗经》以外"比类"的实例有，"宋玉《高唐》云：'纤条悲鸣，声似竽籁。'此比声之类也。"纤细的枝条被风吹拂发出的声音像竽、箫吹奏出的音乐一样悲伤。"枚乘《菟园》云：'焱焱纷纷，若尘埃之间白云。'此比貌之类也。"众鸟疾飞在高远的天空就像白云上沾染了几粒尘埃一样渺小。"马融《长笛》云：'繁缛络绎，范蔡之说也。'此以响比辩者也。"笛声音色繁复、连续不断，像战国辩士范雎和蔡泽言辞丰富、滔滔不绝的辩才一样。"张衡《南山》云：'起郑舞，茧曳绪。'此以容比物者也。"张衡《南都赋》云："齐僮唱兮列赵女，坐南歌兮起郑舞，白鹤飞兮茧曳绪。"赵女舞姿翩跹，如同白鹤飞舞一样轻盈优美；齐僮歌声如同蚕茧抽丝一样悠扬宛转，绵绵不绝。"又安仁《萤赋》云'流金在沙'。"潘岳字安仁，其《萤火赋》云："飘飘颎颎，若流金之在沙。"萤火宛如沙漠中的沙金一样飘动明亮。"季鹰《杂诗》云'青条若总翠'。"张翰字季鹰，其《杂诗》云："暮春和气应，白日照园林。青条若总翠，黄华如散金。"春风和煦，阳光下的园林，树上枝叶葱郁如拢聚的翠玉，树下黄花点点如散落的黄金。

刘勰将如上以特征鲜明的物象形象展现具象的"事"，包括颜色、步调、声音、飞鸟、笛声、歌声、萤火、枝叶等的特征，定义为"比类"。本体和喻体都是具象化的，是具体的比喻。本体又有不同，其中颜色、枝叶是静态的，步调、声音、飞鸟、笛声、歌声、萤火是动态的。可见，根据表现物象动静的不同，展现客观物象特征的比喻可分为静态的比喻和动态的比喻。

由以上分析可知，"扬言以切事"即"比类"，是以象明象，两个物象之间具有相似的特征，以特征鲜明的物象形象展现另一客观物象的特征，属于具体的比喻。

（三）"拟容取心"

刘勰《文心雕龙·比兴》总论"比兴"说："物虽胡越，合则肝胆。拟容取心，断辞必敢。"① 就比而言，"拟容取心"即"写物以附意，扬言以切事"。"容"指具体的物象，"心"指诗人想要表达或说明的抽象的"意"，或客观的"事"的特征，"拟容取心"即用具体的物象形象地表达诗人想要表达或说明的抽象的情、理、思——比义，或用特征鲜明的物象形象展现客观物象的特征——比类。"物虽胡越，合则肝胆"，则指具体的物象和诗人想要表达或说明的抽象的"意"和想要展现的客观的"事"的特征之间虽然如北胡、南越一样相差很大，但只要有相似之处，就能像肝胆一样紧密联系在一起。

三、刘勰"比"义观献疑

刘勰对比的论述有待商榷之处。一是刘勰在《文心雕龙·比兴》中提出"比则蓄愤以斥言"②，这源于郑玄在注释《周礼·大师》"六诗"时提出的："比，见今之失，不敢斥言，取比类以言之。"③ 意即在看到当今政治的过失时，不敢直接斥责，故托相类之物委婉含蓄地表达怨愤讽刺之情。郑玄将"比"视为托"比类"以言"今之失"，显然是将"比"视为一种诗歌创作手法。这与刘勰将"比"界定为比喻、比拟的修辞手法的观点是不一致的。同时，通过上文对刘勰比义观的考查可知，其与"比则蓄愤以斥言"实则毫无关联。

二是刘勰将"比"视为譬喻修辞手法。而兴则是"兴者，起也。……起情者，依微以拟议"④，相当于诗歌创作手法——因外物而兴发己意，为更高级的诗歌创作手法。基于"比"是较为浅显的比喻的认知，刘勰提出"毛公述传，独标兴体"的原因是"比显而兴隐"⑤，意即毛亨只注释兴体诗的原因是比法浅显，而兴法隐

① ［南朝梁］刘勰著，韩泉欣校注：《文心雕龙·比兴第三十六》，杭州：浙江古籍出版社，2001 年，第 196 页。

② ［南朝梁］刘勰著，韩泉欣校注：《文心雕龙·比兴第三十六》，杭州：浙江古籍出版社，2001 年，第 192 页。

③ ［汉］郑玄注，［唐］贾公彦疏，赵伯雄整理：《周礼注疏》卷第二十三《大师》，李学勤主编《十三经注疏》，北京大学出版社，1999 年，第 610 页。

④ ［南朝梁］刘勰著，韩泉欣校注：《文心雕龙·比兴第三十六》，杭州：浙江古籍出版社，2001 年，第 192 页。

⑤ ［南朝梁］刘勰著，韩泉欣校注：《文心雕龙·比兴第三十六》，杭州：浙江古籍出版社，2001 年，第 192 页。

微，不易理解。若"比"为修辞手法譬喻的话，那么《诗经》中的夸张，如《王风·采葛》："彼采葛兮，一日不见，如三月兮。"顶针，如《卫风·氓》："乘彼垝垣，以望复关。不见复关，泣涕涟涟。"这些修辞手法应和"赋""兴"并列而言，而不仅是"赋""比""兴"并列而言。

还有一个旁证是朱自清对"比"认知的变化。朱自清对"比"的认知经历了从修辞手法譬喻、比拟到诗歌创作手法的修正过程。朱自清在1931年成稿的《中国歌谣》中将"比"按陈望道的修辞学论分为譬喻和比拟，譬喻分为明喻、隐喻、借喻和象征，比拟分为拟物和拟人。① 1937年，朱自清在《清华学报》上发表了《赋比兴说》一文，将对"比"的认知修正为诗歌创作手法，将运用比的诗歌称为比体诗，提出后世的比体诗有咏史、游仙、私情、咏物四类。② 可见，朱自清在经历多年对《诗经》的研究后，将对"比"的界定从修辞手法譬喻修正为创作手法。

综上，刘勰的"比"义观可概括为"譬喻说"，其内涵如下："比"是修辞手法，相当于比喻和比拟。根据本体的不同，"比"可分为"比义"和"比类"两类。"写物以附意"即"比义"，是以象明意，以具体的物象形象地表达抽象的"意"，是抽象的比喻。"扬言以切事"即"比类"，以特征鲜明的物象形象地展现另一物象的特征，是具体的比喻。但刘勰将"比"视为修辞手法的观点有待商榷，比和赋、兴一样，应都是诗歌创作手法。

第二节　诗法说——朱熹论"比"

一、诗法说溯源

朱熹《诗经集传》中定义"比"为"以彼物比此物"③。其观点的提出渊源有自，汉代经学大师郑玄提出："比，见今之失，不敢斥言，取比类以言之。"④ 但郑玄将"比"的使用范围局限于《诗经》怨刺"今之失"上，不符合实际。正如唐代孔颖达所云："其实美、刺俱有比、兴者也。"⑤ 但郑玄将"比"视为托"比类"以言己意的观点是明确的。

① 朱自清：《中国歌谣》，北京：金城出版社，2005年，第282～287页。
② 朱自清：《赋比兴说》，《清华学报》1937年第12卷第3期，第596页。
③ ［宋］朱熹注：《诗经集传》，上海：上海古籍出版社，1987年，第3页。
④ ［汉］郑玄注，［唐］贾公彦疏，赵伯雄整理：《周礼注疏》卷第二十三《大师》，李学勤主编：《十三经注疏》，北京：北京大学出版社，1999年，第610页。
⑤ ［汉］毛亨传，［汉］郑玄笺，［唐］孔颖达疏：《毛诗正义》卷第一（一之一），李学勤主编：《十三经注疏》，北京：北京大学出版社，1999年，第13页。

南朝梁文学批评家钟嵘在论诗专著《诗品》中说："因物喻志，比也。……若专用比兴，则患在意深，意深则词踬。"① 钟嵘对"比"的概念界定承袭于郑玄的论述，但摒弃了"比"用于怨刺的片面性，更准确地界定了"比"是"因物喻志"，相当于托外物言己志的诗歌创作手法，并揭示其审美特色是"意深"——委婉含蓄。同时，钟嵘用比兴则"意深"的论述也与刘勰所云"比显而兴隐"的论述不一致，可见钟、刘二人对"比"的认知是不同的。

将"比"视为诗法的表述还有北宋的李仲蒙："索物以托情谓之比，情附物者也。"②

基于以上对"比"的认知传承，南宋朱熹提出"比"是"以彼物比此物"③，继承了郑玄"取比类以言之"的界定。

二、《诗经集传》注"比"概况

朱熹以章为单位注释比，《诗经集传》中注比情况分为全诗各章均注"比也"、诗篇部分诗章注"比也"、诗章注"兴而比也"、诗章注"比而兴也"、诗章注"赋而比也"、诗章注"赋而兴又比也"六种。比的具体运用分为句子用比和整章用比。句子用比多为章首二句用比，也有章首一句、三句、四句用比，以及章中用比的情况。据统计，《诗经集传》中注释运用比法的诗歌共计 52 首。

朱熹注释用"比"诗篇的分类统计情况

用比分类	用比范围	篇数	用比诗歌
诗篇各章注"比也"（21首）	整章用比	7 首	诗篇各章通章托物为比，包括《周南·麟斯》《魏风·硕鼠》《豳风·鸱鸮》《小雅·绵蛮》《齐风·甫田》《小雅·鹤鸣》《豳风·伐柯》
	章首两句用比	14 首	诗篇各章章首两句托物为比，包括《曹风·蜉蝣》《邶风·绿衣》《卫风·有狐》《小雅·黄鸟》《唐风·有杕之杜》《邶风·北风》《邶风·终风》《唐风·扬之水》《卫风·木瓜》《齐风·敝笱》《唐风·鸨羽》《唐风·采苓》《小雅·白华》《王风·兔爰》

① ［南朝梁］钟嵘著，徐正英注译：《诗品》，郑州：中州古籍出版社，2017 年，第 39 页。
② ［宋］胡寅：《与李叔易书》引用，《斐然集》卷十八，《四库全书》本，第 1137 册，第 534 页。
③ ［宋］朱熹注：《诗经集传》，上海：上海古籍出版社，1987 年，第 3 页。

用比分类	用比范围	篇数	用比诗歌
诗篇部分诗章注"比也"（26首）	整章用比	3首	《邶风·匏有苦叶》第一、第二、第四章，《小雅·正月》第九、第十章，《曹风·候人》第四章
	整章用比，兼兴起下章	1首	《大雅·卷阿》第九章
	部分诗章章首两句（也有一句、三句、四句等）用比	21首	《周南·汝坟》第三章第一句："鲂鱼赪尾。"《邶风·柏舟》第一章前两句："泛彼柏舟，亦泛其流。"第五章前两句："日居月诸，胡迭而微？"《邶风·北门》首章第一句："出自北门。"《邶风·凯风》首章前两句："凯风自南，吹彼棘心。"《鄘风·蝃蝀》第一、第二章前两句："蝃蝀在东，莫之敢指。"《卫风·伯兮》第三章前两句："其雨其雨，杲杲出日。"《卫风·氓》第四章前两句："桑之落矣，其黄而陨。"《齐风·南山》第一、第二章前两句："南山崔崔，雄狐绥绥。""葛屦五两，冠绥双止。"《齐风·东方未明》第三章前两句："折柳樊圃，狂夫瞿瞿。" 《小雅·巷伯》第一、第二章前两句："萋兮斐兮，成是贝锦。""哆兮侈兮，成是南箕。"《小雅·苕之华》第一、第二章前两句："苕之华，芸其黄矣。""苕之华，其叶青青。"《小雅·青蝇》首章前两句："营营青蝇，止于樊。"《小雅·菁菁者莪》第四章前两句："泛泛杨舟，载沉载浮。"《小雅·谷风》第三章前四句："习习谷风，维山崔嵬。无草不死，无木不萎。"《小雅·蝃蝀》第二章前两句："朝隮于西，崇朝其雨。"《小雅·菀柳》第一、第二章前两句："有菀者柳，不尚息焉？""有菀者柳，不尚愒焉？"《小雅·正月》第十一章前四句："鱼在于沼，亦匪克乐。潜虽伏矣，亦孔之炤。"《小雅·角弓》第五、第六、第七、第八章前两句："老马反为驹，不顾其后。""毋教猱升木，如塗塗附。""雨雪瀌瀌，见晛曰消。""雨雪浮浮，见晛曰流。"《小雅·蓼莪》前三章前两句："蓼蓼者莪，匪莪伊蒿。""蓼蓼者莪，匪莪伊蔚。""瓶之罄矣，维罍之耻。" 《大雅·桑柔》第一章前两句："菀彼桑柔，其下侯旬。"《大雅·绵》第一章第一句："绵绵瓜瓞。"

续表

用比分类	用比范围	篇数	用比诗歌
诗篇部分诗章注"比也"（26首）	章首及章中两处用比	1首	《邶风·谷风》第一、第三章章首及章中两处各自用比。首章章首"习习谷风，以阴以雨"和章中"采葑采菲，无以下体"两处用比。第三章章首"泾以渭浊，湜湜其沚"和章中"毋逝我梁，毋发我笱"两处用比
诗章注"兴而比也"	前兴后比，章首用兴法，章尾用比法	3首	《周南·汉广》各章前两句兴起三、四句，后四句用比法。如首章："南有乔木，不可休思。汉有游女，不可求思。汉之广矣，不可泳思。江之永矣，不可方思。"《唐风·椒聊》也是如此，如首章："椒聊之实，蕃衍盈升。彼其之子，硕大无朋。椒聊且，远条且。"《小雅·巧言》第四章："奕奕寝庙，君子作之。秩秩大猷，圣人莫之。他人有心，予忖度之。跃跃毚兔，遇犬获之。"前四句兴起第五、第六句，第七、第八句运用比法
诗章注"比而兴也"	比兼兴义	1首	《曹风·下泉》前两句用比法，兼兴起后两句。如首章："冽彼下泉，浸彼苞稂。忾我寤叹，念彼周京。"
	前比后兴	1首	《卫风·氓》第三章："桑之未落，其叶沃若。于嗟鸠兮，无食桑葚！于嗟女兮，无与士耽！"一、二两句用比法，三、四句为兴句，兴起五、六两句
诗章注"赋而比也"	前赋后比	1首	《邶风·谷风》第二章："行道迟迟，中心有违。不远伊迩，薄送我畿。谁谓荼苦？其甘如荠。"诗章用赋法，中间五、六两句"谁谓荼苦，其甘如荠"用比法
诗章注"赋而兴又比也"	前赋，后兴兼比义	1首	《小雅·頍弁》各章前六句为赋，各章的第七、第八句兴起最后四句，兼有比义。如首章："有頍者弁，实维伊何？尔酒既旨，尔肴既嘉。岂伊异人？兄弟匪他。茑与女萝，施于松柏。未见君子，忧心奕奕。既见君子，庶几说怿。"
合计	52首		

三、用比方式

《诗经集传》中标注用比的诗章，其用"比"方式分为托物为比和以事为比两种。

（一）托物为比

《魏风·硕鼠》三章叠咏，通章托物为比，如首章：

> 硕鼠硕鼠，无食我黍！三岁贯女，莫我肯顾。逝将去女，适彼乐土。乐土乐土，爰得我所。

诗以硕鼠为比，明写大老鼠，实写贪婪可憎的统治者，"民困于贪残之政，故托言大鼠害己而去之也"①，表达对统治者的怨愤之情。

《豳风·鸱鸮》是一首寓言诗，通篇各章托鸟言以抒怀：

> 鸱鸮鸱鸮，既取我子，无毁我室。恩斯勤斯，鬻子之闵斯。
> 迨天之未阴雨，彻彼桑土，绸缪牖户。今女下民，或敢侮予？
> 予手拮据，予所捋荼。予所蓄租，予口卒瘏，曰予未有室家。
> 予羽谯谯，予尾翛翛，予室翘翘。风雨所漂摇，予维音哓哓！

这首诗的作者据说是周公旦。周公自比为鸟，以鸱鸮比作乱的管叔鲜、蔡叔度和武庚，托鸟言以抒怀。此诗的创作背景是："武王克商，使弟管叔鲜、蔡叔度监于纣子武庚之国。武王崩，成王立周公相之。而二叔以武庚叛，且流言于国曰：周公将不利于孺子。故周公东征二年，乃得管叔、武庚而诛之。而成王犹未知周公之意也，公乃作此诗以贻之。"② 《史记·鲁周公世家》亦曰："其后武王既崩，成王少，在强葆之中。周公恐天下闻武王崩而畔，周公乃践阼代成王摄行政当国。管叔及其群弟流言于国曰：'周公将不利于成王。'"③ 《史记·周本纪》曰："成王少，周初定天下，周公恐诸侯畔周，公乃摄行政当国。管叔、蔡叔群弟疑周公，与武庚作乱叛周。"④

首章写母鸟丧子破巢的哀伤。朱熹《诗经集传》云："托为鸟之爱巢者，呼鸱鸮而谓之曰：鸱鸮鸱鸮，尔既取我之子矣，无更毁我之室也。以我情爱之心，笃厚之意，鬻养此子，诚可怜悯。今既取之，其毒甚矣，况又毁我室乎？以比武庚既败管、蔡，不可更毁我王室也。"⑤ 第二章写遭受奇祸的母鸟终于重建自己的巢窠，

---

① ［宋］朱熹注：《诗经集传》，上海：上海古籍出版社，1987年，第45页。
② ［宋］朱熹注：《诗经集传》，上海：上海古籍出版社，1987年，第62～63页。
③ ［汉］司马迁：《史记·鲁周公世家》，北京：中华书局，1982年，第1518页。
④ ［汉］司马迁：《史记·周本纪》，北京：中华书局，1982年，第132页。
⑤ ［宋］朱熹注：《诗经集传》，上海：上海古籍出版社，1987年，第62页。

无比艰辛地活了下来："亦为鸟言也。我及天未阴雨之时，而往取桑根以缠绵巢之隙穴，使之坚固以备阴雨之患，则此下土之民，谁敢有侮予者？亦以比己深爱王室，而预防其患难之意。"① 第三章写母鸟作巢的辛劳艰辛："作巢之始，所以拮据以捋荼蓄租，劳苦而至于尽病者，以巢之未成也。以比己之前日所以勤劳如此者，以王室之新造而未集故也。"第四章写母鸟不能把握自己命运的哀伤："羽杀尾敝以成其室而未定也，风雨又从而漂摇之，则我之哀鸣安得而不急哉？以比己既劳悴，王室又未安，而多难乘之。"② 借鸟言以自比，表达了周公对周王室的殷勤维护之深爱、辛劳憔悴之艰难。

《大雅·卷阿》第九章整章用比法，托物表意：

> 凤凰鸣矣，于彼高冈。梧桐生矣，于彼朝阳。菶菶萋萋，雍雍喈喈。

诗以朝阳下梧桐郁郁茂盛比况明君盛德，以高冈上凤凰鸣声宛转和谐比况民臣和谐，明写梧桐、凤凰，实写明君贤臣二美相遇合、天下和洽的太平盛世之象。朱熹注云："山之东曰朝阳。凤凰之性，非梧桐不栖，非竹实不食。菶菶萋萋，梧桐生之盛也，雍雍喈喈，凤凰鸣之和也。"③ 孔颖达疏解云："凤皇之将出，则先鸣矣，于高山之脊，居高视下，观可集止。以兴贤者之将仕也，则相时待礼，择可归就。见其明君出矣，于彼仁圣之治世，乃往仕之。梧桐之生，则菶菶萋萋而茂盛，以兴明君亦德盛也。凤皇之鸣也，则雍雍喈喈然音声和协，以兴民臣亦和协也。"④

《邶风·终风》托物抒怀：

> 终风且暴，顾我则笑。谑浪笑敖，中心是悼。
> 终风且霾，惠然肯来。莫往莫来，悠悠我思。
> 终风且曀，不日有曀。寤言不寐，愿言则嚏。
> 曀曀其阴，虺虺其雷。寤言不寐，愿言则怀。

此诗据说为庄姜所作。诗以天气为比，前两章第一句及后两章前两句明写天气，实写卫庄公的狂暴、惑乱。第一章"庄公之为人狂荡暴疾，庄姜盖不忍斥言之，故以'终风且暴'为比"。第二章"'终风且霾'以比庄公之狂惑也"。第三章"阴而风曰曀。……'不日有曀'，言既曀矣，不旋日而又曀也。亦比人之狂惑暂时开

---

① ［宋］朱熹注：《诗经集传》，上海：上海古籍出版社，1987 年，第 62 页。

② ［宋］朱熹注：《诗经集传》，上海：上海古籍出版社，1987 年，第 62～63 页。

③ ［宋］朱熹注：《诗经集传》，上海：上海古籍出版社，1987 年，第 135 页。

④ ［汉］毛亨传，［汉］郑玄笺，［唐］孔颖达疏：《毛诗正义》卷第十七（十七之四），李学勤主编：《十三经注疏》，北京：北京大学出版社，1999 年，第 1334 页。

而复蔽也"。第四章以阴、雷"以比人之狂惑愈深而未已也"①。

《邶风·柏舟》首章前两句托物言怀：

> 泛彼柏舟，亦泛其流。耿耿不寐，如有隐忧。微我无酒，以敖以游。

首章注云：

> 妇人不得以其夫，故以柏舟自比。言以柏为舟，坚致牢实，而不以乘载，无所依薄，但泛然于水中而已。②

以柏舟自比，明言坚固的柏舟不用来乘载，在水中随波逐流，无所依傍，实言女子自己不得丈夫之心，处境堪忧，没有依靠。

《大雅·绵》第一章第一句托物表意：

> 绵绵瓜瓞，民之初生。自土沮漆，古公亶父。陶复陶穴，未有家室。

以瓜比周王朝，写出了周王朝由小而大的发展历程。"绵绵，不绝貌。大曰瓜，小曰瓞。瓜之近本初生者常小，其蔓不绝，至末而后大也。……言瓜之先小后大，以比周人始生于漆沮之上，而古公之国甚小，至文王而后大也。"③

（二）以事为比

《小雅·正月》第九、第十两章整章以车载物为比，明言车载，实言王事：

> 终其永怀，又窘阴雨。其车既载，乃弃尔辅。载输尔载，将伯助予！
> 无弃尔辅，员于尔辐。屡顾尔仆，不输尔载。终逾绝险，曾是不意。

第九章明写天阴雨泥泞，车就容易倾覆，这时候再将车辅弃置一旁（车必然会翻），等翻车了再请人来帮助就晚了，实以车载比国事，以车辅比贤臣，以"弃辅"比将贤臣弃置不用，以"输载"比国家倾覆。"阴雨则泥泞而车易以陷也。载，车所载也。辅，如今人缚杖于辐，以防输车也。输，堕也。……苏氏曰：'王为淫虐，譬如行险而不知止，君子永思其终，知其必有大难，故曰"终其永怀"。

---

① ［宋］朱熹注：《诗经集传》，上海：上海古籍出版社，1987年，第13页。
② ［宋］朱熹注：《诗经集传》，上海：上海古籍出版社，1987年，第11页。
③ ［宋］朱熹注：《诗经集传》，上海：上海古籍出版社，1987年，第122页。

又窘阴雨，王又不虞难之将至，而弃贤臣焉，故曰"乃弃尔辅"。君子求助于未危，故难不至。苟其载之既堕，而后号伯以助予，则无及矣。'"① 第十章写如果能不将车辅弃置一旁，加固车辐，顾念车夫，车就不会倾覆，就能越过艰险之境。以车比国家，以车辅比贤臣，以车夫比诸侯，如果任用贤臣，裨补国事，施恩诸侯，国家就不会倾覆。"若能无弃尔辅，以益其辐，而又数数顾视其侯，则无堕尔所载，而逾于绝险。若初不以为意者，盖能谨其初，则厥终无难也。"② 表达了诗人对国事的深深担忧，希望王能尊贤用贤，让国家走出险境。

《卫风·伯兮》第三章前两句以事为比：

> 其雨其雨，杲杲出日。愿言思伯，甘心首疾。

"冀其将雨而杲然日出，以比望其君子之归而不归也"③，明言期盼下雨却出来太阳的所愿不得，实写女子等夫君归来却不归来的失望之意。

《周南·汉广》三章叠咏，各章后四句以事为比，借事抒怀。首章云：

> 南有乔木，不可休思。汉有游女，不可求思。汉之广矣，不可泳思。江之永矣，不可方思。

"因以乔木起兴，江汉为比，而反复咏叹之也。"④ 后四句反复咏叹宽宽的汉水没办法游过去，长长的江水没办法绕过去，比况诗人思慕汉水游女而不可得的无限怅惘之情。

四、朱熹区别"比""兴"的标准

（一）"比""兴"混淆的原因

《诗经》中章首二句（也有一句、三句）用比的诗歌往往容易出现解读过程中比兴的混淆。因为兴句一般也是章首二句，且兴句和对句之间往往有比况的语意关联。如毛《传》标"兴也"的诗共116首。据孙立统计，朱熹《诗经集传》将毛

---

① ［宋］朱熹注：《诗经集传》，上海：上海古籍出版社，1987年，第89页。
② ［宋］朱熹注：《诗经集传》，上海：上海古籍出版社，1987年，第89页。
③ ［宋］朱熹注：《诗经集传》，上海：上海古籍出版社，1987年，第28页。
④ ［宋］朱熹注：《诗经集传》，上海：上海古籍出版社，1987年，第4页。

诗116首兴诗中的17首改为"赋"，29首改为"比"①。郑《笺》阐释时往往采用"……，喻……"的形式。如《王风·兔爰》首章：

> 有兔爰爰，雉离于罗。我生之初，尚无为；我生之后，逢此百罹。尚寐无吪！

《诗经集传》首章下注：

> 比也。……周室衰微，诸侯背叛，君子不乐其生，而作此诗。言张罗本以取兔，今兔狡得脱，而雉以耿介反离于罗。以比小人致乱，而以巧计幸免；君子无辜，而以忠直受祸也。为此诗者，盖犹及见之盛，故曰，方我生之初，天下尚无事，及我生之后，而逢时之多难如此。然既无如之何，则但庶几寐而不动以死耳。②

前两句以不同物象为比，以兔比狡猾的小人，以雉比无辜的君子。明写张罗本为网兔，而现在兔以狡猾得以脱逃，雉反而陷入罗网，实以兔子比祸乱国家的小人，以自己比雉。小人导致国家祸乱，而因为狡猾幸免；自己本无辜，却身陷罗网，遭受祸害。

毛《传》注为用兴。孔《疏》：

> 言有兔无所拘制，爰爰然而缓。有雉离于罗网之中而急。此二者缓急之不均，以喻王之为政，有所听纵者则缓，有所躁蹙者则是急。此言王为政用心之不均也，故君子本而伤之。③

又如《小雅·黄鸟》首章云：

> 黄鸟黄鸟，无集于穀，无啄我粟。此邦之人，不我肯穀。言旋言归，复我邦族。

《诗经集传》首章下注用比：

---

① 参见孙立：《"兴皆兼比"论——兼及日本学者论"兴"》，《复旦学报（社会科学版）》2015年第5期。

② ［宋］朱熹注：《诗经集传》，上海：上海古籍出版社，1987年，第31页。

③ ［汉］毛亨传，［汉］郑玄笺，［唐］孔颖达疏：《毛诗正义》卷第四（四之一），李学勤主编：《十三经注疏》，北京：北京大学出版社，2000年，第308～309页。

民适异国，不得其所，故作此诗，托为呼其黄鸟而告之曰：尔无集于穀，而啄我之粟，苟此邦之人，不以善道相与，则我亦不久于此而将归矣。①

此诗毛《传》注为用兴。郑《笺》："兴者，喻天下室家不以其道而相去，是失其性。"② 认为是妇人自比黄鸟，写妇人讲述男子对自己说的话，不让妇人住他的屋子，吃他的饭，失夫妇之宜。

（二）朱熹区别"比""兴"的标准

朱熹区别"比""兴"的标准是是否说破，说破为兴，不说破为比。常森提出："依朱熹的界定，'不说破'使比迥然不同于兴；兴体之言他物，总是指向和凸显主体的存在，比体则直接以他物替换主体，使主体对象化。"③ 张万民提出："朱熹区分比兴的立足点其实是全章如何叙述主题、如何推进主题的语脉：'比'的语脉是'不入题'，即不点破主题，只叙述字面的物事，主题的实事暗含在字面的物事之下。"④

《朱子语类》中载有朱熹回答弟子关于"比"与"兴"区别的论述：

> 说出那物事来是兴，不说出那物事是比。……比底只是从头比下来，不说破。……且如"关关雎鸠"本是兴起，到得下面说"窈窕淑女"，此方是入题说那实事。……及比，则却不入题了。……如"螽斯羽，诜诜兮。宜尔子孙，振振兮！""螽斯羽"一句，便是说那人了，下面"宜尔子孙"，依旧是就"螽斯羽"上说，更不用说实事，此所以谓之比。⑤

在这段论述中，朱熹明确提出"比"与"兴"的根本区别是是否说破，或云是否入题。说破为兴，不说破为比。入题为兴，不入题为比。朱熹所举用比的例子《周南·螽斯》，通篇托螽斯为比，全篇写螽斯和集，子孙兴盛，实际诗人要表达的意思是妻妾和谐共处，子孙就会众多。整章中诗人隐藏真正要说的实事，没有说破。而"兴"则是："兴者，先言他物以引起所咏之辞也。"⑥ "言他物"在前，"所咏之辞"在后。朱熹所举《周南·关雎》例是章前两句为兴句，"关关雎鸠"

① ［宋］朱熹注：《诗经集传》，上海：上海古籍出版社，1987 年，第 84 页。

② ［汉］毛亨传，［汉］郑玄笺，［唐］孔颖达疏：《毛诗正义》卷第七（七之三），李学勤主编：《十三经注疏》，北京：北京大学出版社，1999 年，第 790～791 页。

③ 常森：《屈原及其诗歌研究》，北京：北京大学出版社，2012 年，第 303 页。

④ 张万民：《从朱熹论"比"重新考察赋比兴体系》，《复旦学报（社会科学版）》2014 年第 1 期。

⑤ ［宋］黎靖德：《朱子语类》卷八十，北京：中华书局，1986 年，第 2069 页。

⑥ ［宋］朱熹注：《诗经集传》，上海：上海古籍出版社，1987 年，第 1 页。

为虚，旨在兴起后面的"窈窕淑女，君子好逑"，这才是诗人要说的实事，诗意在诗章的后两句说破，意在后句。

上文朱熹所举用"比"的例子《周南·螽斯》是整章用比，章首二句用比的诗章也是如此。如《小雅·蓼莪》"蓼蓼者莪，匪莪伊蒿。哀哀父母，生我劬劳"。前两句"蓼蓼者莪，匪莪伊蒿"为"比"，明言莪、蒿，实以莪比父母期望的自己，以蒿比现实的自己。诗人想要表达的意思是父母生我以为美材莪，可赖以养老送终，而现实的我却是劣材蒿，未能奉养父母，导致父母因此早逝。后两句则宕开一层，写"哀哀父母，生我劬劳"。诗人想要表达的意思隐藏在用比诗句字面意思之下。

下面以朱熹《诗经集传》中较有典型性的两首诗为例进一步分析朱熹区别"比"与"兴"的标准。这两首诗都运用了重章叠唱的手法，但复沓的各章有的标注用"比"，有的标注用"兴"。

一是《小雅·青蝇》。首章云：

> 营营青蝇，止于樊。岂弟君子，无信谗言。

前两句用比。朱熹注云："比也。诗人以王好听谗言，故以青蝇飞声比之。"① 以青蝇比谗人，明言青蝇营营，实言谗人进谗言之声。但章中没有点明这一层意思，而是宕开一笔，写君子不要相信谗言。真意隐藏，故为比。

第二、第三章：

> 营营青蝇，止于棘。谗人罔极，交乱四国。
> 营营青蝇，止于榛。谗人罔极，构我二人。

朱熹注云："兴也。"第二、第三两章后两句点明了前两句青蝇营营比况的对象——谗人，谗人进谗言，误国害人。意在后句，故为兴。

二是《邶风·凯风》。首章云：

> 凯风自南，吹彼棘心。棘心夭夭，母氏劬劳。

前两句用比。朱熹注云："比也……以凯风比母，棘心比子之幼时，盖曰母生众子，幼而育之，其劬劳甚矣。"② 以凯风比母亲、棘心比幼子。明言南风吹拂酸枣

① ［宋］朱熹注：《诗经集传》，上海：上海古籍出版社，1987年，第110页。
② ［宋］朱熹注：《诗经集传》，上海：上海古籍出版社，1987年，第14页。

树的嫩芽，实言母亲抚育幼小的子女。诗章没有点破凯风的比况对象——母亲，棘心的比况对象——幼小的子女，而是宕开一笔，写酸枣树的嫩芽苗壮成长，母亲很辛苦。真意隐藏，故而是比。

《邶风·凯风》第二章：

> 凯风自南，吹彼棘薪。母氏圣善，我无令人。

前两句用兴。《诗经集传》首章下注："兴也。……棘可以为薪则成矣，然非美材，故以兴子之壮大而无善也。"[1] 因为后句点破了凯风的比况对象——母亲，棘薪的比况对象——我。棘薪是长成的酸枣树，不是好的薪材，比况我长大后却不够好。意在后句，故为兴。

可见，朱熹区别"比"与"兴"的标准是是否说破，或云是否入题。不说破为"比"，说破为"兴"。"比"即诗人真正想要表达的意思在诗章中是隐藏在字面意思之下的，意在言外。"兴"即诗人想要表达的意思在诗章中表达了出来，意在后句。

综上，朱熹所云"比"是"以彼物比此物"的概念的内涵可归纳如下："比"是诗法，"彼物"指诗中所言物象、事象等，"此物"指诗人真正想要表达的意思，或为抒发情感，或为说明哲理等。所谓"比"即真意隐藏，言在彼意在此。"比"法约相当于诗歌创作手法中的托物言志、托事明理。用"比"的可为全诗各章，也可为诗中的部分章；可为全章用比，也可为章中的几句用比。用比句子一般为章首二句，兴句也一般为章首二句，故而出现了比兴的混淆。

第三节　比的传承拓新——香草美人传统

屈原开创的中国古典诗歌的"香草美人传统"是《诗经》"比"法传承发展中的开拓阶段。香草美人传统属于象征手法的范畴。象征即借助某种具体形象（象征体），以表现某种抽象的概念、思想、情感，或表现一种具有普遍意义的事理，可以延伸作品的意蕴、创造一种艺术意境，以引起人们的联想，增强作品的表现力和艺术效果。

---

① ［宋］朱熹注：《诗经集传》，上海：上海古籍出版社，1987年，第14页。

一、香草美人传统的萌芽

（一）香草传统的萌芽——《诗经》托物言志诗

香草属物的范畴，香草传统源于《诗经》中托物为比的用比方式，如《曹风·蜉蝣》：

> 蜉蝣之羽，衣裳楚楚。心之忧矣，於我归处？
> 蜉蝣之翼，采采衣服。心之忧矣，於我归息？
> 蜉蝣掘阅，麻衣如雪。心之忧矣，於我归说？

各章章首二句用比，以朝生暮死、羽翼华美的蜉蝣比况只关注眼前的衣饰精美、耽于享乐，而没有远虑、将面临国运倾颓的曹国君臣。写出了诗人对曹国君臣的失望和讽刺之意，承此写对自身命运的忧虑。朱熹《诗经集传》注云："盖以时人有玩细娱而忘远虑者，故以蜉蝣为比而刺之。言蜉蝣之羽翼，犹衣裳之楚楚可爱也。然其朝生暮死，不能久存，故我心忧之，而欲其于我归处耳。"①

又如《小雅·绵蛮》托物抒怀，相当于寓言诗。诗人自比黄鸟，借黄鸟的话抒劳苦之怨，以及希冀救赎之意。首章云：

> 绵蛮黄鸟，止于丘阿。道之云远，我劳如何？饮之食之，教之诲之，命彼后车，谓之载之？

朱熹《诗经集传》注云："此微贱劳苦而思有所托者，为鸟言以自比也。盖曰：绵蛮之黄鸟，自言止于丘阿而不能前，盖道远而劳苦甚矣。当是时也，有能饮之食之，教之诲之，又命后车以载之者乎？"②

《小雅·正月》是黑暗社会现实下抒发愤世之情的产物。《小雅·正月》中"瞻彼阪田，有菀其特"，"有菀"即菀菀，茂盛的样子。"特"，特出，指禾苗壮盛。是句以秀苗特出喻贤臣。"瞻彼中林，侯薪侯蒸"，薪是粗柴枝，蒸是细柴枝，以林中薪木喻小人，以林中无大材比朝中小人充斥，贤臣遭逐。与屈原香草美人象征系统中以美人香草喻贤者、以恶鸟臭木喻小人已有开端之功。

---

① ［宋］朱熹注：《诗经集传》，上海：上海古籍出版社，1987年，第58页。
② ［宋］朱熹注：《诗经集传》，上海：上海古籍出版社，1987年，第116页。

（二）美人传统的萌芽——《诗经》婚恋诗

《秦风·蒹葭》是一首写可望难即、爱而不得的恋歌，后世解读者在对《秦风·蒹葭》的解读阐释中解读出象征之义。首章云：

> 蒹葭苍苍，白露为霜。所谓伊人，在水一方。溯洄从之，道阻且长。溯游从之，宛在水中央。

诗中的"在水一方"既是写诗中作者思慕的佳人——"伊人"，也可以扩大为象征世间一切可望难即之事。先"溯洄"再"溯游"，象征执着的追寻；"道阻且长"，象征追寻途中的艰难；"宛在水中央"，象征追寻的渺茫。世间一切因受阻而可望难即的追求，都可以和"在水一方"的艺术意境产生同情共鸣。对《蒹葭》象征手法的解读只是赏诗者的一种外在赋予，作者本身并没有象征的明确意识。

清代学者方玉润将《诗经》中的思妇诗和弃妇诗解读为借男女之情写君臣之义。如思妇诗《召南·草虫》：

> 喓喓草虫，趯趯阜螽。未见君子，忧心忡忡。亦既见止，亦既觏止，我心则降。

清代方玉润解读云："此盖诗人托男女情以写君臣念耳。始因秋虫以寄恨，继历春景而忧思。既未能见，则更设为既见情景以自慰其幽思无已之心。"[1] "夫臣子思君，未可显言，故每假思妇情以寓其忠君爱国意，使读者自得其意于言外。则情以愈曲而愈深，词以益隐而益显。然后世之人从而歌咏之，亦不觉其忠君爱国之心油然而自生，乃所以为诗之至也。"[2]

方玉润认为弃妇诗《邶风·谷风》是忠而被疏的"逐臣自伤"之作[3]：

> 然"凡民有丧，匍匐救之"，非急公向义、胞与为怀之士，未可与言，而岂一妇人所能言哉？又"昔育恐育鞫，及尔颠覆"，亦非有扶危济倾、患难相临之人，未能自任，而岂一弃妇所能任哉？是语虽巾帼，而志则丈夫。故知其为托词耳。大凡忠臣义士不见谅于其君，或遭谗间远逐殊方，必有一番冤抑难

---

① ［清］方玉润撰，李先耕点校：《诗经原始》，北京：中华书局，1986 年，第 98 页。

② ［清］方玉润撰，李先耕点校：《诗经原始》，北京：中华书局，1986 年，第 99 页。

③ ［清］方玉润撰，李先耕点校：《诗经原始》，北京：中华书局，1986 年，第 135 页。

于显诉，不得不托为夫妇词，以写其无罪见逐之状。①

陈继揆《读风臆补》认为：“《谷风》一诗，当为香草美人之张本。”② 当代学者尚永亮也专章分析了《诗经》中弃妇诗与逐臣诗的文化关联。③

《邶风·简兮》一般被认为是赞美和爱恋舞师：“山有榛，隰有苓。云谁之思？西方美人。彼美人兮，西方之人兮！”但也有学者将“西方美人”解读为西周盛世之王，思西方美人，实为思盛世明君之意。刘瑾《诗传通释》云：“此盖伶官硕人之词。其词甚婉，而实讽卫国之无贤君也。然思盛世之圣明而不责衰世之幽厉，此诗人之忠厚也。”④ 朱熹《诗经集传》云：“西方美人，托言以指西周之盛王，如《离骚》亦以美人目其君也。又曰西方之人者，叹其远而不得见之词也。贤者不得志于衰世之下国，而思盛际之显王，故其言如此，而意远矣。”⑤《简兮》很可能是屈原美人传统的滥觞。

二、香草美人传统的形成

真正具有象征意识并在诗中予以自觉运用的，是大诗人屈原。象征这法在屈原这里形成了自觉的创作意识和独特的表现手法——香草美人传统。王逸阐释了《离骚》的比况体系：“《离骚》之文，依《诗》取兴，引类譬喻：故善鸟香草以配忠贞，恶禽臭物以比谗佞，灵修美人以媲于君，宓妃佚女以譬贤臣，虬龙鸾凤以托君子，飘风云霓以为小人。”⑥ 其中除了有直接修饰语的物象之外，“宓妃佚女”皆为美人，“虬龙鸾凤”为高贵之物，可见其比况特质是以具有善、香、美、高贵特点之物比贤臣、君王、君子，以恶、臭之物比谗佞、小人。香草与美人是屈原开创的象征体系中最具代表性的物象，具备了香和美这两个核心特点。

（一）香草传统的形成

屈原开创了中国古典诗歌以香草为比，借香草言己意的香草传统。在《诗经》中托物为比的用比方式的基础上，屈原突破了《诗经》中比况物象的随意性，而

① ［清］方玉润撰，李先耕点校：《诗经原始》，北京：中华书局，1986 年，第 136 页。
② ［明］戴君恩撰，［清］陈继揆补辑，董露露点校：《读风臆补》，北京：语文出版社，2019 年，第 37 页。
③ 尚永亮：《〈离骚〉与早期弃逐诗之关联及承接转换》，《社会科学辑刊》2013 年第 2 期。《〈诗经〉弃妇诗与逐臣诗的文化关联》，《北京大学学报（哲学社会科学版）》2013 年第 3 期。
④ ［元］刘瑾：《诗传通释》，《文渊阁四库全书》第 76 册，台北：台湾商务印书馆，1986 年，第 345 页。
⑤ ［宋］朱熹注：《诗经集传》，上海：上海古籍出版社，1987 年，第 17 页。
⑥ ［汉］王逸撰，黄灵庚点校：《楚辞章句》，上海：上海古籍出版社，2017 年，第 2 页。

是赋予特定物象——香草以特定的意蕴，有了象征的意味。如《离骚》："余既滋兰之九畹兮，又树蕙之百亩。畦留夷与揭车兮，杂杜衡与芳芷。"① 以香草比贤才，明写对芳草的培植，实写对贤才的培养。屈原《离骚》："朝饮木兰之坠露兮，夕餐秋菊之落英。……擥木根以结茝兮，贯薜荔之落蕊。矫菌桂以纫蕙兮，索胡绳之纚纚。"② 以香草比高洁、美好，明写以香草为饮食或配饰，实以展现诗人对高洁品性的坚守。

屈原的《九章·橘颂》则是最早借咏香草以言己志的成熟的咏物诗，全诗借咏橘树言己志：

> 后皇嘉树，橘徕服兮。受命不迁，生南国兮。深固难徙，更壹志兮。绿叶素荣，纷其可喜兮。曾枝剡棘，圆果抟兮。青黄杂糅，文章烂兮。精色内白，类任道兮。纷缊宜修，姱而不丑兮。嗟尔幼志，有以异兮。独立不迁，岂不可喜兮。深固难徙，廓其无求兮。苏世独立，横而不流兮。闭心自慎，终不失过兮。秉德无私，参天地兮。愿岁并谢，与长友兮。淑离不淫，梗其有理兮。年岁虽少，可师长兮。行比伯夷，置以为像兮。③

屈原托物言志，自比橘树，通过对生于南国的橘树的坚贞、忠诚、秉持道德、公正无私的颂扬，体现了自身忠于楚国、至死不渝的爱国主义精神，不为艰难曲折和世俗荣辱所动的伟大人格。橘树"受命不迁""深固难徙""壹志"，实写自己矢志不渝的爱国情愫，坚贞不移的高洁品格。橘果外在"文章烂"，实写自己的文采横溢。"精色内白，类任道兮"，任道，指怀抱道义的人。以橘果外精内白的品质比喻屈原内在心性高洁，是有道德节操和有担当道义的贤者。汉代王逸《楚辞章句》："言橘实赤黄，其色精明，内怀洁白。以言贤者亦然，外有精明之貌，内有洁白之志，故可任以道，而事用之也。""纷缊宜修，姱而不丑兮"④ 这两句表面是说橘树长得繁茂，清香馥郁，枝叶修饰得体，美得出类拔萃，实是以物喻人，表达了自己品行的高洁，才华的出众，志向的高远。少时即抱"独立不迁"的坚定志向；长成以后，更是"苏世独立，横而不流""淑离不淫"，表现出屈原傲骨立世，不同流合污，随波逐流，梗然坚挺的高风亮节。"愿岁并谢，与长友兮"，诗人愿与橘树长相为友，坦然面对严峻的岁月。傲霜斗雪的橘树形象，与遭谗被疏、身处逆境、不改操守的屈原自己重叠。

---

① ［汉］王逸撰，黄灵庚点校：《楚辞章句》，上海：上海古籍出版社，2017年，第8页。
② ［汉］王逸撰，黄灵庚点校：《楚辞章句》，上海：上海古籍出版社，2017年，第8页。
③ ［汉］王逸撰，黄灵庚点校：《楚辞章句》，上海：上海古籍出版社，2017年，第133～134页。
④ ［汉］王逸撰，黄灵庚点校：《楚辞章句》，上海：上海古籍出版社，2017年，第134页。

（二）美人传统的形成

屈原在《诗经》的基础上，开创确立了以美人比明君贤臣，以男女关系写君臣之义的借闺情抒怀的美人传统。屈原诗歌中的美人传统主要有三种表现方式：一是以美人比明君，二是自比美女，三是以男女关系比君臣之义。

《离骚》中明写屈原上叩天阁求女、下界求女，对美人宓妃、有娀佚女、有虞二女苦苦寻求，实写屈原对明君贤臣两美遇合的美政理想的执着追寻。以求女不成象征明君难寻，美政理想难以实现。《九章·思美人》："思美人兮，揽涕而竚眙。媒绝路阻兮，言不可结而诒。"① 以美人比楚怀王，以对美人的思慕表达对明君、贤臣二美遇合的美政理想的执着追寻。

屈原《离骚》："众女嫉余之蛾眉兮，谣诼谓余以善淫。"② 自比美女，明写众女嫉妒自己的美丽，实写众奸佞之人对自己高洁品行的诽谤。"惟草木之零落兮，恐美人之迟暮。"③ 以美人自比，抒写美政未酬人已老的担忧。

屈原《九歌》组诗中的《东皇太一》《云中君》《湘君》《湘夫人》《大司命》《少司命》《东君》《河伯》《山鬼》九篇是描写神灵间的眷恋，或神人间的爱恋。借爱而不得、求而不遂的男女之情写身负才华却难以施展的不遇之感，开后世借闺情写不遇之感的先河，可视为后世借闺情抒己怀的闺情诗。

如《山鬼》中屈原以山鬼自况，以山鬼的形象之美写自己品行的高洁。山神苦恋着的"公子"就是楚王，通过山鬼对爱情的执着追寻来表明作者对美政理想的执着追求。借山鬼的美好却恋爱未遂比况屈原空负才华却怀才不遇。借山鬼与恋人的约而不至写屈原和楚王约好改革楚国内政，楚怀王却中道爽约，正如《离骚》中所言："荃不察余之中情兮""羌中道而改路"。朱熹《楚辞集注》解说《山鬼》说：

> 其托意君臣之间者而言之，则言其被服之芳者，自明其志行之洁也。言其容色之美者，自见其才能之高也。"子慕予之善窈窕"者，言怀王之始珍己也。"折芳馨而遗所思"者，言持善道而效之君也。"处幽篁而不见天"、"路险艰"又"昼晦"者，言见弃远而遭障蔽也。欲留灵修而卒不至者，言未有以致君之窹，而俗之改也。知公子之思我而然疑作者，又知君之初未忘我而卒困于谗也。至于"思公子而徒离忧"，则穷极愁怨，而终不能忘君臣之义也。④

---

① ［汉］王逸撰，黄灵庚点校：《楚辞章句》，上海：上海古籍出版社，2017 年，第 122 页。

② ［汉］王逸撰，黄灵庚点校：《楚辞章句》，上海：上海古籍出版社，2017 年，第 8 页。

③ ［汉］王逸撰，黄灵庚点校：《楚辞章句》，上海：上海古籍出版社，2017 年，第 2 页。

④ ［宋］朱熹撰，黄灵庚点校：《楚辞集注》，上海：上海古籍出版社，2015 年，第 59 页。

三、香草美人传统的传承与拓新

香草美人传统可细分为香草传统和美人传统，进一步发展为诗歌题材，具体为咏香草诗词和闺情诗词。

（一）香草传统的传承与拓新——咏香草诗词

后世咏香草成为咏物诗题材中的重要题材。

两汉张衡《怨诗》明咏秋兰，实写美人，诗序云："秋兰，咏嘉美人也。嘉而不获用，故作是诗也。"① 诗云：

> 猗猗秋兰，植彼中阿。有馥其芳，有黄其葩。虽曰幽深，厥美弥嘉。之子之远，我劳如何。我闻其声，载坐载起。同心离居，绝我中肠。

如唐代陈子昂的《感遇诗三十八首》（其二）借咏兰草和杜若抒己怀：

> 兰若生春夏，芊蔚何青青。幽独空林色，朱蕤冒紫茎。迟迟白日晚，袅袅秋风生。岁华尽摇落，芳意竟何成。

前四句借写兰草和杜若在春夏时的美好，写自己才华横溢。后四句写自己不得其时，怀才不遇，壮志未酬人已老之感。

唐末黄巢《不第后赋菊》借菊言志：

> 待到秋来九月八，我花开后百花杀。冲天香阵透长安，满城尽带黄金甲。

秋风萧杀，百花凋零，唯有傲霜挺立的菊花遍地盛开，如黄金璀璨，清香弥漫。诗人借咏菊花盛开象征起义的胜利，表达了推翻唐王朝腐朽统治的决心和信心。

宋代李清照的词《鹧鸪天·桂花》借咏桂花抒怀：

> 暗淡轻黄体性柔，情疏迹远只香留。何须浅碧深红色，自是花中第一流。
> 梅定妒，菊应羞，画阑开处冠中秋。骚人可煞无情思，何事当年不见收。

桂花色彩暗淡，不以明亮炫目的光泽和浓艳娇媚的颜色取悦于人，秉性柔和，情怀

---

① 逯钦立辑校：《先秦汉魏晋南北朝诗》，北京：中华书局，1983 年，第 179 页。

疏淡，疏离人群，而芳香浓郁，常飘人间。词人借咏桂花抒发自己超尘脱俗、卓尔不群的品格追求。

宋代词人秦观的词《虞美人》为咏香草词，借碧桃言志："碧桃天上栽和露，不是凡花数。乱山深处水萦回，可惜一枝如画为谁开？"明咏碧桃，实托碧桃言己志，写自己才高志远，不同凡俗，却仕途坎坷，沉沦下僚，怀才不遇。

宋代陆游的咏香草词《卜算子·咏梅》：

> 驿外断桥边，寂寞开无主。已是黄昏独自愁，更着风和雨。
>
> 无意苦争春，一任群芳妒。零落成泥碾作尘，只有香如故。

词人借梅言志，曲折地写出险恶仕途中坚持高洁志行，身处逆境而矢志不渝的崇高品格。词的上半阕写梅的落寞凄清、饱受风雨之苦的情形，实写自己的无人赏识、寂寞凄凉。"已是黄昏独自愁，更着风和雨"则借写梅写自己的境遇和孤独的心境。下阕"无意苦争春，一任群芳妒"写出了自己被排挤、被诽谤的政治遭遇。借写饱受摧残、犹自香如故的梅花，表达自己虽坎坷潦倒，却坚守节操，坚贞不屈的精神。这正是屈原《离骚》"不吾知其亦已兮，苟余情其信芳"，"虽体解吾犹未变兮，岂余心之可惩"的精神重奏。

明代王冕的《墨梅》借墨梅言志：

> 吾家洗砚池头树，朵朵花开淡墨痕。不要人夸好颜色，只留清气满乾坤。

诗人赞美墨梅不求人夸，只愿给人间留下清香的美德。实际上是借梅自喻，表达自己的人生态度及鄙薄流俗、独善其身、不媚世俗的高尚情操。

（二）美人传统的传承与拓新——闺情诗词

屈原《九歌》借闺情抒怀，两汉张衡《四愁诗》传承屈原《九歌》的抒情传统，明确借闺情抒怀之义。张衡《四愁诗》以思美人比思明君，以思而不可得写不遇之感。诗序曰："时天下渐弊，郁郁不得志，为《四愁诗》。效屈原以美人为君子，以珍宝为仁义，以水深雪雾为小人。思以道术为报，贻于时君，而惧谗邪不得以通。"[1] 诗共四章：

> 我所思兮在太山，欲往从之梁父艰，侧身东望涕沾翰。美人赠我金错刀，何以报之英琼瑶。路远莫致倚逍遥，何为怀忧心烦劳。

---

① 逯钦立辑校：《先秦汉魏晋南北朝诗》，北京：中华书局，1983 年，第 180 页。

我所思兮在桂林，欲往从之湘水深，侧身南望涕沾襟。美人赠我金琅玕，何以报之双玉盘。路远莫致倚惆怅，何为怀忧心烦伤。

　　我所思兮在汉阳，欲往从之陇阪长，侧身西望涕沾裳。美人赠我貂襜褕，何以报之明月珠。路远莫致倚踟蹰，何为怀忧心烦纡。

　　我所思兮在雁门，欲往从之雪雰雰，侧身北望涕沾巾。美人赠我锦绣段，何以报之青玉案。路远莫致倚增叹，何为怀忧心烦惋。

诗以思美人比思明君，以思而不可得写不遇之感。诗序曰："时天下渐弊，郁郁不得志，为《四愁诗》。效屈原以美人为君子，以珍宝为仁义，以水深雪雰为小人。思以道术为报，贻于时君，而惧谗邪不得以通。"[1]

　　屈原借闺情抒怀的《九歌》组诗，其借闺情抒怀之义尚有争议的话，曹植则明确了借闺情抒怀的创作传统。屈原笔下的美人或比明君，或自比，以对美人的追寻象喻对明君贤臣二美相遇合的美政理想的执着追寻。曹植的闺情诗则确立了诗人自比女子，以君比男子，以男女关系比君臣关系的闺情诗创作范式。

　　在汉魏曹植的笔下，美人传统进一步形成了独立诗体闺情诗。曹植借咏闺情委婉抒写不遇之感。曹植的一生分为两个阶段：前半生深受曹操重视、宠爱，过着优游宴乐的生活，这个时期的诗歌主要抒写他的理想和抱负；以曹丕继位为界，后半生处处受防范、限制和打击迫害。身处恶劣的现实生活处境，曹植借闺情诗委婉抒写他的不得志和郁愤之情。

　　曹植《七哀》为弃妇诗，借弃妇被疏抒写疏不被用的抑郁愁苦：

　　　　明月照高楼，流光正徘徊。上有愁思妇，悲叹有余哀。借问叹者谁？言是宕子妻。君行逾十年，孤妾常独栖。君若清路尘，妾若浊水泥。浮沉各异势，会合何时谐？愿为西南风，长逝入君怀。君怀良不开，贱妾当何依。[2]

诗人自比"宕子妻"，明写被弃置一边、悲哀无奈的"宕子妻"，实写自己被得势的曹丕、曹睿父子疏远、防范。"君怀良不开，贱妾当何依？"明写思妇被夫君弃置一旁，再不顾惜的无奈与伤怀，实写曹植被曹丕、曹睿父子始终防范、报国无门的无奈与悲愤。"愿为西南风，长逝入君怀"明写思妇对夫君的思念之情，暗写曹植盼望着骨肉相谐和好、君臣相得，期盼能为国效力。全诗以思妇被离弃的不幸遭遇来象喻自己在政治上被排挤、疏远的境况，曲折地吐露了诗人有报国之志却被疏不得用的落寞哀怨与愁苦抑郁之情。

---

①　逯钦立辑校：《先秦汉魏晋南北朝诗》，北京：中华书局，1983 年，第 180 页。

②　逯钦立辑校：《先秦汉魏晋南北朝诗》，北京：中华书局，1983 年，第 458～459 页。

《美女篇》是闺情诗，借美女佳偶难求抒不遇之感。诗云：

美女妖且闲，采桑歧路间。柔条纷冉冉，落叶何翩翩。攘袖见素手，皓腕约金环。头上金爵钗，腰佩翠琅玕。明珠交玉体，珊瑚间木难。罗衣何飘飘，轻裾随风还。顾盼遗光彩，长啸气若兰。行徒用息驾，休者以忘餐。借问女安居，乃在城南端。青楼临大路，高门结重关。容华耀朝日，谁不希令颜？媒氏何所营？玉帛不时安。佳人慕高义，求贤良独难。众人徒嗷嗷，安知彼所观？盛年处房室，中夜起长叹。①

诗人自比美女，以对女子美丽的正面和侧面的细致描写及美女高贵的门第的介绍象喻诗人才能的出众和出身的高贵。以美女青春盛年却独居闺中，佳偶难求，比况自己怀才而不遇，空有一身才华却无以施展的苦闷。

曹植确立了借闺情写不遇之感的创作范式：以对女子美丽的渲染铺排来象喻自己的才能出众；以女子见弃或女子佳偶难觅写疏不见用或怀才不遇之感的抒情范式。曹植闺情诗借写闺情以抒己怀，通过构思的闺中女子的悲哀委婉含蓄地抒写他的报国之志，抒写无法明言直诉的痛苦、怨愤和无奈。艺术构思更为复杂，更为范式化、技巧化，标志着闺情诗的形成。曹植以后，闺情诗成为中国诗词中的一个重要题材。

朱自清提出，"艳情之作以男女比主臣，所谓遇不遇之感。中唐如张籍的《节妇吟》，王建《新嫁娘》，朱庆余《近赋上张水部》"②。张籍《节妇吟》诗云：

君知妾有夫，赠妾双明珠。感君缠绵意，系在红罗襦。妾家高楼连苑起，良人执戟明光里。知君用心如日月，事夫誓拟同生死。还君明珠双泪垂，恨不相逢未嫁时。③

《张籍集系年校注》注释此诗是寄给淄青节度使（治所在郓州，今山东郓城县东）李师古的诗。李师古是高丽人，曾图谋自立为王。此诗系年原因中写道："宋洪迈《容斋三笔》（卷六）'张籍、陈无己诗'条载为李师古：'张籍在他镇幕府，郓帅李师古又以书币辟之，籍却而不纳，而作《节妇吟》一章以寄之。'"④ 此诗以君比李师古，自比女子。以男女之情比李师古对自己的欣赏、结盟之意。第一联以

① 逯钦立辑校：《先秦汉魏晋南北朝诗》，北京：中华书局，1983 年，第 431～432 页。
② 朱自清：《诗言志辨·比兴》，上海：开明书店，民国三十六年（1947），第 89 页。
③ 徐礼节、余恕诚校注：《张籍集系年校注》（上册），北京：中华书局，2017 年，第 53～54 页。
④ 徐礼节、余恕诚校注：《张籍集系年校注》（上册），北京：中华书局，2017 年，第 55～56 页。

"君知妾有夫"比况"您明知道我已有政治立场，却仍然'赠妾双明珠'，向我表达结盟之意，这真的让我很为难"。以将所赠双明珠"系在红罗襦"表明自己接受并感谢李师古的善意。但语意一转，以自己已有良人，且良人地位尊贵，以自己与良人同生共死表明自己的志向，委婉表明自己知道李师古结盟之心真诚如日月，但自己已有辅佐之主，不会改变心志。以还珠表明自己已有选择的坚决态度，以流泪表明自己感激好意，借男女之情以明己志，委婉巧妙地拒绝了李师古的拉拢。

再如唐代朱庆余在应进士科举前所作的呈给张籍的行卷诗《闺意献张水部》：

> 洞房昨夜停红烛，待晓堂前拜舅姑。妆罢低声问夫婿，画眉深浅入时无。

诗歌明写闺情，实以新妇自比，以新郎比张籍，以公婆比主考官。明写新娘不知自己的打扮能否讨得公婆的欢心，担心地问丈夫她所画的眉毛是否合时尚，实是询问老师张籍自己写的文章是否能得到主考官的欣赏。

晚唐李商隐的《无题》也是借闺情写政治际遇的佳作：

> 八岁偷照镜，长眉已能画。
> 十岁去踏青，芙蓉作裙衩。
> 十二学弹筝，银甲不曾卸。
> 十四藏六亲，悬知犹未嫁。
> 十五泣春风，背面秋千下。①

诗人自比女子，借闺情写自己的不遇之感、失意之憾。诗歌创设了一位少女美丽多才勤奋明礼，却佳偶难求的艺术情境，抒写了女子的幽怨苦闷，实写诗人少负才华、渴望施展政治抱负而又无人赏识的不得志之感。

靖康之难后，南宋王朝偏安一隅，苟且偷安，不思恢复旧山河。爱国词人们壮志难酬，却惧于朝廷形势，于是借闺情委婉含蓄地表达壮志难酬之悲及对国家命运的担忧。辛弃疾空有一腔报国之情，却屡遭谗毁，闲散多年，借闺情委婉抒写胸中块垒，辛弃疾《摸鱼儿》："长门事，准拟佳期又误。蛾眉曾有人妒。千金纵买相如赋，脉脉此情谁诉？"② 借陈阿娇与汉武帝的男女之情抒写词人的不遇之感。首句以陈阿娇由金屋藏娇到贬居长门宫之事，比况君王对自己开始赏识重用，中途却疏远、冷落。"佳期又误"典出《离骚》："曰黄昏以为期兮，羌中道而改路。初既与余成言兮，后悔遁而有他。""蛾眉曾有人妒"，比况自己品性高洁，才华出众，

① ［清］冯浩笺注：《玉溪生诗集笺注》卷一，上海：上海古籍出版社，1979 年，第 20 页。
② 《辛弃疾词集》，上海：上海古籍出版社，2013 年，第 40 页。

却遭人嫉恨、诽谤。典出《离骚》："众女嫉余之蛾眉兮，谣诼谓余以善淫。""千金纵买相如赋，脉脉此情谁诉"，以陈阿娇千金向司马相如买《长门赋》却也未挽回汉武帝之事，象喻自己空有一腔报国之志，却报国无门，无人赏识，抑郁不得志。邓乔彬分析此词词旨时说："联系宋孝宗曾数度召见辛弃疾，问政询策，长门买赋，佳期又误，难诉深情云云，亦有'伤灵修之数化'意味。全词在伤春、惜春中表现出'恐美人迟暮'的希求用世之心和'荃不察余之中情'的怨艾。"[1] 词将咏史和闺情相结合，借咏历史上确实存在的男女之情抒发不遇之感，达到了借史抒怀、虚实交融、别有寄托的艺术之境。借史抒怀，因为读者对历史事件的熟悉，因而更有共鸣感和代入感，更能与作者和读者产生同情共振，表达效果更佳。

第四节　比体诗

一、何为比体诗？

《诗经》中用比方式分为两类：一是句子用比，且多为章首二句用比；二是整章用比。整章用比的诗歌又分为全诗各章均用比和部分诗章用比。全诗各章均用比的诗歌才能视为比体诗。只有个别诗章用比的诗篇不能视为比体诗。如《卫风·氓》虽部分诗章用比，但不是比体诗。诗主要用赋法，写一位弃妇回顾和氓相识、相爱、相嫁、被弃的婚恋过程，抒写自己的悔恨和愤恨。诗中第三章首二句"桑之未落，其叶沃若"运用比法，以桑比人，以春天的桑树桑叶嫩绿润泽比况青春貌美、容光焕发的女子。第四章首二句"桑之落矣，其黄而陨"也运用比法，以秋天的桑树桑叶枯黄凋落，比况年老色衰的女子。

夏传才提出《诗经》中用比的诗歌中："一种是纯乎比体的诗，只有《硕鼠》、《鸱鸮》、《螽斯》、《鹤鸣》数篇。"[2] "纯乎比体的诗"即比体诗。《诗经》中全诗各章均用比的诗歌包括《周南·螽斯》《魏风·硕鼠》《豳风·鸱鸮》《小雅·绵蛮》《齐风·甫田》《小雅·鹤鸣》。

二、咏物诗词

咏物诗源于《诗经》托物为比的比体诗。如《魏风·硕鼠》，通篇托物为比，

---

①　邓乔彬：《唐宋词美学》，济南：齐鲁书社，2004 年，第 76 页。

②　夏传才：《诗经语言艺术新编》，北京：语文出版社，1998 年，第 132 页。

以硕鼠比贪婪残暴的统治者，"民困于贪残之政，故讬言大鼠害己而去之也"①。三章叠咏，首章云：

> 硕鼠硕鼠，无食我黍！三岁贯女，莫我肯顾。逝将去女，适彼乐土。乐土乐土，爰得我所。

通过将贪婪残暴的剥削者比为大老鼠，以及对硕鼠的指责控诉，表达了百姓的怨愤："你们这些不劳而获的大老鼠，不要吃我的粮食。多年养着你，却对我毫不顾惜。"

又如《小雅·绵蛮》通篇因物象之言以自比，相当于寓言诗。诗人自比黄鸟，借黄鸟的话抒劳苦之怨，以及希冀救赎之意。三章叠咏，首章云：

> 绵蛮黄鸟，止于丘阿。道之云远，我劳如何？饮之食之，教之诲之，命彼后车，谓之载之？

朱熹《诗经集传》注云："此微贱劳苦而思有所托者，为鸟言以自比也。盖曰：绵蛮之黄鸟，自言止于丘阿而不能前，盖道远而劳苦甚矣。当是时也，有能饮之食之，教之诲之，又命后车以载之者乎？"②

至屈原香草传统，使比法突破了《诗经》中比况物象的随意性，而是赋予物象香草以特定的意蕴，有了象征的意味。屈原的《九章·橘颂》是最早借咏香草以言己志的成熟的咏物诗。

托物言己志的咏物诗在汉代即已成为常见诗题。汉高祖刘邦想易太子为戚夫人之子而不得，对戚夫人唱了一首《鸿鹄》歌：

> 鸿鹄高飞，一举千里。羽翼已就，横绝四海。横绝四海，又可奈何。虽有矰缴，尚安所施。③

借咏物写己意，全诗用比，以委婉之辞表明己意。明写羽翼已成、横绝四海的鸿鹄，实写得商山四皓为辅佐、大势已成的皇后吕稚之子——太子刘盈。以"虽有矰缴，尚安所施"委婉地抒写不能废太子另立戚夫人之子刘如意的难以明说之意。意在言外，真意隐藏。

---

① ［宋］朱熹注：《诗经集传》，上海：上海古籍出版社，1987 年，第 45 页。
② ［宋］朱熹注：《诗经集传》，上海：上海古籍出版社，1987 年，第 116 页。
③ 逯钦立辑校：《先秦汉魏晋南北朝诗》，北京：中华书局，1983 年，第 88 页。

西汉汉成帝的妃子班婕妤的咏物诗《怨诗》借咏团扇抒怀，诗云：

> 新裂齐纨素，鲜洁如霜雪。裁为合欢扇，团团似明月。出入君怀袖，动摇微风发。常恐秋节至，凉飙夺炎热。弃捐箧笥中，恩情中道绝。①

《诗经》解读

班婕妤自比团扇，明写团扇从炎热时"出入君怀袖"到秋天时"弃捐箧笥中"，实写自己从倍受宠爱到冷落不问的遭际，借团扇抒写自己色衰被弃的凄凉哀怨。

南朝宋鲍照《赠傅都曹别》述惜别之怀，全篇以雁为比。诗云：

> 轻鸿戏江潭，孤雁集洲沚。邂逅两相亲，缘念共无已。风雨好东西，一隔顿万里。追忆栖宿时，声容满心耳。落日川渚寒，愁云绕天起。短翮不能翔，徘徊烟雾里。②

诗歌托物抒怀，以"轻鸿"比傅都曹，写傅都曹青云直上，仕途得意；以"孤雁"自喻，写自己孤单无依，困于一隅。诗人与傅都曹人海相遇，相亲投缘。而人生的风雨总是爱把相亲相知的人拆离，两人又要各奔东西。追忆往日相处情景，音容犹在耳畔心上，分明难忘。"落日川渚寒，愁云绕天起"借景写情，抒写诗人的心境萧索凄冷，愁绪弥漫。最后两句明写大雁的"短翮不能翔"，实写自己仕途坎坷，难以施展抱负的窘蹙之愁；以大雁"徘徊烟雾里"，抒写自己的彷徨无依、前途迷茫之感。

唐代白居易《白云泉》：

> 天平山上白云泉，云自无心水自闲。何必奔冲山下去，更添波浪向人间？

白居易明写白云泉上云水的逍遥，实写自己恬淡、无争、超然的胸怀与闲适的意趣。明写泉水何必奔冲山下，实写自己何必参与俗世之争，明写更增波浪，实写何必更增世俗烦扰？

其他知名的咏物诗词如唐代骆宾王《在狱咏蝉》："露重飞难进，风多响易沉。"③借咏蝉抒写人生境遇的艰难、坎坷。以"露重""风多"的生活环境，写自己艰难的人生境况，以蝉的"难进""易沉"写自己仕途坎坷，身陷囹圄。虞世

---

① 逯钦立辑校：《先秦汉魏晋南北朝诗》，北京：中华书局，1983 年，第 117 页。
② 逯钦立辑校：《先秦汉魏晋南北朝诗》，北京：中华书局，1983 年，第 1289 页。
③ 《全唐诗》（上册），上海：上海古籍出版社，1986 年，第 202 页。

南《蝉》："居高声自远，非是藉秋风。"① 李商隐《蝉》："本以高难饱，徒劳恨费声。"② 两首咏蝉诗也都是借咏蝉写己怀：前者借蝉展现诗人的清雅高华，写自己立身高远，品行高洁，不需要借助外在的凭借，自能声名远播。后者是借蝉抒发不得志的牢骚。明写蝉身居高树，餐风饮露而"难饱"，嘶声长鸣也是枉然；实写自己品性清高，沉沦下僚，生活清贫，虽向高位者陈情，希望得到援手，却无人赏识，徒劳无功。

乌台诗案后，苏轼被贬黄州。初到黄州所作的《卜算子·黄州定惠院寓居作》词云：

> 缺月挂疏桐，漏断人初静。谁见幽人独往来，缥缈孤鸿影。
> 惊起却回头，有恨无人省。拣尽寒枝不肯栖，寂寞沙洲冷。③

上阕写自己在黄州寓居寺院，没有朋友，经常在静夜里独自漫游，诗人自比为一只失群的孤雁。下阕运用比法，明写孤雁的惊恐无定，孤独无俦，却依然不肯随意栖身寒枝，宁愿寂寞凄冷的坚守，实自比孤鸿，委婉抒写自己"乌台诗案"后惊魂未定、无人诉说、孤独无俦的现实境遇，宁折不屈，对高洁操守品行的坚守，以及遭受大难之后寂寞、凄冷的心境。词既是写实，写自己深夜孤寂漫游，自然引出诗人自感"缥缈孤鸿影"；又在写实中生发出虚，借孤鸿抒怀。

苏轼将比法运用到词的创作中，开拓了比的使用范围。与屈原的咏物诗《橘颂》及汉高祖的《鸿鹄歌》、班婕妤的《团扇诗》、鲍照的《赠傅都曹别》等事先经过构思选定所咏之物相比，苏轼的《卜算子·黄州定惠院寓居作》所咏之物是由诗人创造的艺术之境中自然生发而出，物我浑融，不着痕迹，达到了实中有虚，实虚自然生发的高妙之境。

三、咏事诗词

咏事诗源于《诗经》以事为比的诗歌。如《小雅·角弓》是"刺王不亲九族而好谗佞，有使宗族相怨之诗"④。第五、六、七、八章各章前两句均以事为比：

> 老马反为驹，不顾其后。如食宜饇，如酌孔取。

---

① 《全唐诗》（上册）上海：上海古籍出版社，1986 年，第 124 页。
② ［清］冯浩笺注：《玉溪生诗集笺注》卷一，上海：上海古籍出版社，1979 年，第 440 页。
③ 《苏轼词集》，上海：上海古籍出版社，2014 年，第 103 页。
④ ［宋］朱熹注：《诗经集传》，上海：上海古籍出版社，1987 年，第 113 页。

毋教猱升木，如涂涂附。君子有徽猷，小人与属。

雨雪瀌瀌，见晛曰消。莫肯下遗，式居娄骄。

雨雪浮浮，见晛曰流。如蛮如髦，我是用忧。

《诗经》解读

第五章以老马自以为小马驹，比况力有不及而贪取高位，将有不胜任的后患。"言其但知谗害人以取爵位，而不知其不胜任。如老马惫矣，而反自以为驹，不顾其后，将有不胜任之患也"①。明代钟惺《评点诗经》："'受爵不让'是相怨之根。故'老马'以下皆承此意。"六章以猿猴不用教也会上树，泥巴涂在泥上自然粘牢，比况小人本性无德，善于攀附，如果君王上行不正，臣下必效之。以"猱，猕猴也，性善升木，不待教而能也。……言小人骨肉之恩本薄，王又好谗佞以来之，是犹教猱升木，又如以泥涂之上加以泥涂附之也"。第五、六两章写出了对进谗言的小人害人取得爵位，不知自己并不能胜任其职的讽刺，及对君王信谗用佞人的讽刺。七章"瀌瀌，盛貌。晛，日气也。张子曰：'谗言遇明者当自止，而王甘信之，不肯贬下而遗弃之，更益以长慢也'"②。第七、八两章以雪遇太阳当自消融，以比谗言遇明君则自止，表达了对君王昏庸，明知谗言却甘愿相信的怨愤之情。

曹植《七步诗》为咏事诗，借事抒怀："煮豆持作羹，漉豉以为汁。萁在釜下然，豆在釜中泣。本自同根生，相煎何太急？"曹植以豆比自己，以同根而生的豆萁比同胞兄长曹丕，用豆萁煎煮同根而生的豆比况曹丕对自己的迫害，委婉抒写了诗人的愤恨和控诉。

曹植《野田黄雀行》也是咏事诗，借事抒怀：

　　不见篱间雀，见鹞自投罗。罗家得雀喜，少年见雀悲。拔剑捎罗网，黄雀得飞飞。飞飞摩苍天，来下谢少年。③

诗人构造了一个黄雀误入罗网，少年手仗利剑，削破罗网，放走黄雀的故事。实际上以黄雀比被迫害的朋友杨修、丁氏兄弟，"拔剑捎罗网"的英俊少年实际是作者想象之中解救了朋友急难的自我形象的化身。他苦于手中无权柄，故而在诗中塑造了一位"拔剑捎罗网"、拯救无辜者的少年侠士，借以表达自己的心曲。现实中无能为力的诗人，在诗中借虚构的故事，幻想自己解救了朋友的危难，委婉表达自己无法解救朋友之难的愤恨、无奈之情。

① ［宋］朱熹注：《诗经集传》，上海：上海古籍出版社，1987年，第113页。

② ［宋］朱熹注：《诗经集传》，上海：上海古籍出版社，1987年，第113页。

③ 逯钦立辑校：《先秦汉魏晋南北朝诗》，北京：中华书局，1983年，第425页。

相比较于《诗经》借事抒怀中事件的简单化，曹植《七步诗》和《野田黄雀行》中创造的事件有一定的情节设计和细节展现，比况更复杂、细腻，标志着咏事诗的成熟。如《野田黄雀行》构设了黄雀误入罗网，少年手仗利剑，削破罗网，放走黄雀的故事。黄雀死里逃生后"飞飞摩苍天"所表现的轻快、愉悦，实际是作者想象中解救了朋友急难之后所感到的轻快和愉悦。

苏轼在黄州途中遇雨写的词《定风波》，上阕写实，途中遇雨，冒雨而行，雨中抒怀："莫听穿林打叶声，何妨吟啸且徐行。竹杖芒鞋轻胜马，谁怕，一蓑烟雨任平生。"① 句句皆是写面对自然界风雨的从容前行，无所畏惧，也是以事为比，"一蓑烟雨任平生"中委婉表达出诗人面对政治的风雨、人生的挫折时，任凭风吹雨打，我自从容面对、宠辱不惊的达观人生态度。和曹植《七步诗》《野田黄雀行》所咏之事为构思虚想而成相比，苏轼所咏之事为由眼前实事，自然生发出事理，没有刻意和斧凿的痕迹。对比的运用更高妙，更显神工妙笔，浑化无痕，正如常州词派词论家周济所云"从有寄托入，以无寄托出"。

比体诗除上述咏物诗和咏事诗外，还包括由香草美人传统发展而成的咏香草诗（也包含咏香花、香木诗）和闺情诗，本章第三节《比的传承拓新——香草美人传统》已有论述。比体诗（也包括比体词）的核心艺术特质可概括为言在此而意在彼，意在言外，真意隐藏。

第二部分 《诗经》艺术解读

---

① 《苏轼词集》，上海：上海古籍出版社，2014年，第83页。

第六章　兴

《诗经》解读

　　何为兴？当前接受度最广的说法是"兴"是诗法。根据兴法的作用可分为发端起辞和发端起情。发端起辞说的代表人物是宋代朱熹，他界定"兴"为"先言他物以引起所咏之辞也"①。发端起情说的代表人物是西汉孔安国，他提出"'兴，引譬连类。'凡景物相感，以彼言此，皆谓之兴"②。"景物相感"即由景物而触发心中的情感。汉代郑众云："取譬引类，起发己心，诗文诸举草木鸟兽以见意者，皆兴辞也。"③即以有相似性的"草木鸟兽""起发己心"。方玉润《诗经原始》："凡诗人之咏歌，非质言其事也，每托物表志、感物起兴。虽假目前之景，以发其悲喜之情。而寓意渊微，有非恒情所能亿度之者。"④

　　根据兴句与对句是否有语义关联，兴可分为取义和不取义两种。钟敬文将《诗经》中的兴诗分为两种类型，一种是"纯兴诗"，只是借物起兴，与后面的意思毫不相干；一种是"兴而带有比意的诗"，它们在借物起兴的同时，隐约与后文形成意义上的关联和暗示。⑤鲁洪生提出："若从《诗经》的创作角度说，兴有取义和不取义较他说更接近《诗经》创作的实际。若细分，《诗经》中的兴有章首起辞协韵、章首起辞又起情、章中起情三种。"⑥笔者赞成鲁洪生的分类方法，下文将兴分为取义和不取义两种，分析两种兴法的起兴模式。

---

　　①　[宋] 朱熹注：《诗经集传》，上海：上海古籍出版社，1987年，第1页。

　　②　《论语注疏》，《十三经注疏》，上海：上海古籍出版社，1997年，第2525页。

　　③　[汉] 毛亨传，[汉] 郑玄笺，[唐] 孔颖达疏：《毛诗正义》卷第一（一之一），李学勤主编：《十三经注疏》，北京：北京大学出版社，2000年，第14页。

　　④　[清] 方玉润撰，李先耕点校：《诗经原始》，北京：中华书局，1986年，第62页。

　　⑤　钟敬文：《谈谈兴诗》，顾颉刚编著：《古史辨》（第3册），第678～682页，朴社，1931年。

　　⑥　鲁洪生：《民国时期的赋、比、兴研究》，《文学遗产》2016年第5期，第106页。

第一节 "不取义"的起兴模式

郑樵云："凡兴者，所见在此，所得在彼，不可以事类推，不可以理义求也。"① 姚际恒《诗经通论·诗经论旨》云："兴者，但借物以起兴，不必与正义相关也。"② 两位学者认为兴句和对句之间不必有意义关联，这种就是不取义的兴法。不取义的兴诗常见三种起兴模式：叶韵起辞式、套语起辞式、句法相因式。

一、叶韵起辞式

民国学者普遍赞同叶韵起辞之说。顾颉刚根据对民间歌谣的研究提出，诸如"阳山头上花小篮，新做媳妇多许难"这类的歌谣，"起首的一句和承接的一句是没有关系的"，这种"无意义的联合"只是因为"篮"和"难"构成了押韵，通过韵句的陪衬，让歌谣有了起势，以避免一开头就直接讲新媳妇而显得突兀。③ 基于此，顾颉刚认为毛《传》和郑《笺》说解的很多兴诗，其实是通过押韵构成的"无意义的联合"，而被汉儒赋予了牵强附会的意义和联系。④ 何定生界定"兴"为"歌谣上与本意没有干系的趁声"⑤。何定生对顾颉刚的学说进行了补充，他从声音押韵的角度考察起兴的思路，引用郑樵的观点："诗在于声，不在于义。犹今都邑有新声，巷陌竞歌之，岂以其辞意之美哉，直为其声新耳。"说明《诗经》与民间歌谣"同其道理"，"纯出自天籁"，注重声音和听觉的体验。⑥ 朱自清提出："'起兴'的句子与下文常是意义不相属，即是没有论理的联系，却在音韵上（韵脚上）相关连着。……音韵近似，便可满足初民的听觉，他们便觉得这两句是相连着的了。"⑦

叶韵起辞式起兴，兴句和下文之间没有意义上的关联，只是发端起辞，兴句变换尾字，起到定韵作用。如《秦风·黄鸟》：

---

① ［宋］郑樵：《读诗易法》，唐顺之编：《荆川稗编》卷一，《文渊阁四库全书》第953册，台北：台湾商务印书馆，1986年影印本，第14页。

② ［清］姚际恒著，顾颉刚标点：《诗经通论》，北京：中华书局，1958年，第1页。

③ 顾颉刚：《起兴》，顾颉刚编著：《古史辨》（第3册），朴社，1931年，第672～675页。

④ 顾颉刚：《起兴》，顾颉刚编著：《古史辨》（第3册），朴社，1931年，第676～677页。

⑤ 何定生：《关于诗的起兴》，顾颉刚编著：《古史辨》（第3册）下编，上海：上海古籍出版社，1982年，第702页。

⑥ 何定生：《关于诗的起兴》，顾颉刚编著：《古史辨》（第3册），朴社，1931年，第700～704页。

⑦ 朱自清：《关于兴诗的意见》，顾颉刚编著：《古史辨》（第3册）下编，上海：上海古籍出版社，1982年，第684页。

交交黄鸟，止于棘。谁从穆公？子车奄息。维此奄息，百夫之特。临其穴，惴惴其栗。彼苍者天，歼我良人！如可赎兮，人百其身！

交交黄鸟，止于桑。谁从穆公？子车仲行。维此仲行，百夫之防。临其穴，惴惴其栗。彼苍者天，歼我良人！如可赎兮，人百其身！

交交黄鸟，止于楚。谁从穆公？子车针虎。维此针虎，百夫之御。临其穴，惴惴其栗。彼苍者天，歼我良人！如可赎兮，人百其身！

蒙古民歌《我给你眨眼你给我笑》：

> 门前的杨树房背后的柳，
> 我调过脸来你也不敢把妹妹瞅。
> 金禾兆黍叶子二指宽，
> 问一声哥哥你敢不敢？①

民歌中第一句为兴句，兴起第二句；第三句为兴句，兴起第四句。兴句和对句之间无语义关联，只是"柳"和"瞅"，"宽"和"敢"叶韵，其作用即叶韵配句。

二、套语起辞式

朱自清支持叶韵起辞说，但进一步提出"这种'起兴'的句子多了，渐渐会变成套句；《诗经》中常有相同的起兴的句子，古今歌谣中也多"②。刘晓明、孙向荣提出："正是因为诗歌最初的兴象与后面诗意没有关联，起兴句式只起着'押韵配句'的功能，于是，功能化的起兴便成为一种构式的技巧，某些固定的起兴句式甚至成为习用的套语。"③ 故而套语式起兴是在叶韵式起兴的基础上形成的。美国学者洛德提出，所谓套语即口头诗歌中的程式化表达，即"在相同的格律条件下为表达一种特定的基本观念而经常使用的一组词"④。黄冬珍、赵敏俐研究提出："在《诗经》的时代，一首优秀的诗歌往往不是属于某个人、某个阶层的，而可能是出于民间，经过了长久的民间传唱和无数人的艺术加工，最终经过专业艺术家的

---

① 包俊臣、王立庄：《鄂尔多斯民歌集萃》（下），呼和浩特：内蒙古人民出版社，1990 年，第 646～647 页。

② 朱自清：《关于兴诗的意见》，顾颉刚编著：《古史辨》（第 3 册）下编，上海：上海古籍出版社，1982 年，第 684 页。

③ 刘晓明、孙向荣：《昧式之"兴"——一种发生诗学理论》，《文艺理论研究》2018 年第 5 期，第 109 页。

④ ［美］洛德：《故事的歌手》，尹虎彬译，北京：中华书局，2004 年，第 40 页。

加工，才使它成为时代的经典。""所谓民间歌曲的经典化过程……应该就是套式、套语的形成过程，以及中心词语的锤炼过程。"① 分析《诗经》中的诗歌，可以发现起兴的套语往往表现为两种：一是起兴句式的固定化，以固定的句式兴起特定的情思；二是起兴内容的固定化，以固定的内容兴起特定的情思。

（一）句式固定化套语

如以"山有……，隰有……"的固定句式兴起男女相思之情的起兴模式。《邶风·简兮》："山有榛，隰有苓。云谁之思？西方美人"以高山上有榛树，低湿处有茯苓，兴起对心中舞师的思念。刘瑾《诗传通释》阐释说："张学龙曰，榛之实甘美而山有之，苓之茎甘美而隰有之，以兴为人之君而美好者惟西周有之，所以思之者其人也，思之而不得见之故重叹之，而思之深也。"② 《秦风·晨风》："山有苞栎，隰有六驳。未见君子，忧心靡乐。……山有苞棣，隰有树檖。未见君子，忧心如醉。"第一句以高山上有栎树，低湿处有梓榆，兴句尾字"驳"和对句尾字"乐"协韵。第二句也是以"山有……，隰有……"句式起兴，兴起相思之情。兴句尾字"檖"和对句尾字"醉"协韵，唱来韵律和谐，朗朗上口。分析其最初形成原因，除了叶韵外，或许还有在万物的拥有中感应到自己的失去和孤单的语意上的关联，从而兴起心中对心上人的思念。这种句式在口头传播和模仿创作的过程中渐渐固化，成为写相思之情的固定起兴句式。

《郑风·山有扶苏》也是以"山有……，隰有……"的固定句式，兴起对心上人的思念：

> 山有扶苏，隰有荷华。不见子都，乃见狂且。
> 山有乔松，隰有游龙。不见子充，乃见狡童。

《秦风·车邻》首章以高坡上栽着漆树，洼地里长着板栗树、兴起对君子的思念，只是后文略过了这层意思，直接想象二人相见后并肩奏瑟吹簧，相亲相爱，该有多么快乐。

> 阪有漆，隰有栗。既见君子，并坐鼓瑟。今者不乐，逝者其耋。
> 阪有桑，隰有杨。既见君子，并坐鼓簧。今者不乐，逝者其亡。

---

① 黄冬珍、赵敏俐：《〈周南·芣苢〉艺术解读——兼谈〈国风〉的艺术特质与研究方法》，《文艺研究》2006 年第 11 期。

② ［元］刘瑾：《诗传通释》，《文渊阁四库全书》第 76 册，台北：台湾商务印书馆，1986 年，第 345 页。

《诗经》以后的诗歌对这种起兴模式也有继承，只是不再囿于《诗经》中以"山有……，隰有……"的固定句式兴起相思之情，而是有了变化。如《楚辞·湘夫人》："沅有芷兮澧有兰，思公子兮未敢言。"第一句为兴句，第二句为对句，以沅水岸边有香草白芷、澧水岸边有兰花，兴起心中对湘夫人的思念。再如《越人歌》："山有木兮木有枝，心悦君兮君不知。"以山上有树木、树上有枝条，兴起对鄂君子晳的思慕之情。《秋风辞》"兰有秀兮菊有芳，携佳人兮不能忘"也是这种起兴模式。

（二）句意固定化套语

句意固定化套语以固定的内容兴起特定的情思。在田野中采摘是周人的生活日常，诗歌源于生活，《诗经》中女子的采摘活动往往和思人相关联。如《召南·草虫》："陟彼南山，言采其蕨。未见君子，忧心惙惙。……陟彼南山，言采其薇。未见君子，我心伤悲。"《周南·卷耳》："采采卷耳，不盈顷筐。嗟我怀人，寘彼周行。"《小雅·采绿》："终朝采绿，不盈一匊。予发曲局，薄言归沐。终朝采蓝，不盈一襜。五日为期，六日不詹。"以上三例中的抒情主人公都是先写自己的采摘活动，再写自己的思念。赵辉等人提出："'兴'的源头当是原始人类的采集、渔猎生活。""从思维形式方面说，'兴'的运用要素是经验。……《诗经》中的兴象，基本上都是来自人们的生产和日常生活经验。"①《诗经》中往往以采摘情景起兴，兴起思念之情的抒写。如《魏风·汾沮洳》："彼汾一方，言采其桑。彼其之子，美如英。"由采桑兴起对美如花的男子的思念。《鄘风·桑中》："爰采唐矣？沬之乡矣。云谁之思？美孟姜矣。……爰采麦矣？沬之北矣。云谁之思？美孟弋矣。……爰采葑矣？沬之东矣。云谁之思？美孟庸矣。"《小雅·采薇》："采薇采薇，薇亦作止。曰归曰归，岁亦莫止。"以上诗句思念的主人公或为男子，或为女子，但都是以采摘兴起相思之情。可见，在口头传播与模仿创作中，由日常采摘情景兴起相思之情的套语式起兴方式逐渐成为周人创作歌谣的一种约定俗成的起兴模式。

三、句法相因式

葛晓音提出句法相因式起兴模式，兴句取象和应句之间不一定有意义联系，兴句和应句之间可能只存在简单的逻辑照应，主要以"可以""不可""不""无"

---

① 赵辉、徐柏青：《从〈诗经〉的"兴"看"兴"的起源——兼评"兴"起源于原始宗教说》，《中南民族大学学报（人文社会科学版）》2004 年第 5 期，第 111～113 页。

"有""必"等字来点出其相因的句法关系。① 句法相因式起兴是一种逻辑推理式的兴法。朱熹较早注意到这种起兴模式。朱熹《诗经集传》注《王风·扬之水》"扬之水，不流束薪。彼其之子，不与我戍申"时说，于义无所取，"兴取'之''不'二字"②。即兴句和对句都是"……之……，不……"句式，兴句和对句之间没有意义联系，上下相因关系是逻辑上的"不"。

《陈风·衡门》："岂其食鱼，必河之鲂？岂其取妻，必齐之姜？"兴句和对句的相因关系用反问句式"岂其……？必……之……？"点出，肯定的反问表肯定，上下相因关系都是逻辑上的"不必"。《鄘风·墙有茨》："墙有茨，不可扫也。中冓之言，不可道也。"兴句和对句的相因关系用"……，不可……也"句式点出，上下相因关系都是逻辑上的"不可"。《周南·汉广》："南有乔木，不可休思。汉有游女，不可求思。"兴句和对句的相因关系用"……有……，不可……思"句式，都是逻辑上的"不可"，达不到目的。《小雅·采薇》："彼尔维何？维常之华。彼路斯何？君子之车。"兴句和对句都是自问自答的设问句，因袭相同的句式"彼……何？……之……"，上下相因关系是逻辑上的"是"。

第二节　"取义"的起兴模式

所谓"取义"，即兴句取象和对句之间有意义上的关联。西汉孔安国《论语注疏》提出："'兴，引譬连类。'凡景物相感，以彼言此，皆谓之兴。"③

一、创作原理

《毛诗大序》说："诗者，志之所之也，在心为志，发言为诗。情动于中而形于言。"④"情动于中"的原因是感物，即人的内心受到外物的触动。《礼记·乐记第十九》中说："人心之动，物使之然也。"⑤ 刘勰《文心雕龙·明诗》说："人禀七情，应物斯感，感物吟志，莫非自然。"⑥ 钟嵘《诗品序》说："气之动物，物

① 葛晓音：《论〈诗经〉比兴的联想方式及其与四言体式的关系》，《文学评论》2014 年第 4 期，第 124 页。
② ［宋］朱熹注：《诗经集传》，上海：上海古籍出版社，1987 年，第 30 页。
③ 《论语注疏》，《十三经注疏》，上海：上海古籍出版社，1997 年，第 2525 页。
④ ［汉］毛亨传，［汉］郑玄笺，［唐］孔颖达疏：《毛诗正义》卷第一（一之一），李学勤主编：《十三经注疏》，北京：北京大学出版社，1999 年，第 9 页。
⑤ ［汉］郑玄注，［唐］孔颖达正义，吕友仁整理：《礼记正义》（中册），上海：上海古籍出版社，2008 年，第 1455 页。
⑥ ［南朝梁］刘勰著，韩泉欣校注：《文心雕龙·明诗》，杭州：浙江古籍出版社，2001 年，第 25 页。

之感人，故摇荡性情，形诸舞咏。"① 物是如何触动人的内心呢？晋代诗人陆机在《文赋》中说："遵四时以叹逝，瞻万物而思纷。悲落叶于劲秋，喜柔条于芳春。"② 秋天草木枯萎凋零使人联想到生命的衰老和终结，春天草木萌发、欣欣向荣，使人联想到生命的美好。这就是外物对人心的一种触动，这种触动引发的心理活动是联想。

齐梁文学批评家钟嵘《诗品序》把能使人兴发感动的外物分成自然界的物象和人事界的事象两类。一类是自然界的"物象"："若乃春风春鸟，秋月秋蝉，夏云暑雨，冬月祁寒，斯四候之感诸诗者也。"③ 感于物象而言情的诗歌如屈原《离骚》："日月忽其不淹兮，春与秋其代序，惟草木之零落兮，恐美人之迟暮。"诗人由太阳和月亮每天都在匆匆运行，毫不停留，春天与秋天往来交替，草木凋零，而触发心中担心壮志未酬人已老的感慨。一类是人事界各种遭际的"事象"："嘉会寄诗以亲，离群托诗以怨。至于楚臣去境，汉妾辞宫；或骨横朔野，魂逐飞蓬；或负戈外戍，杀气雄边；塞客衣单，孀闺泪尽；或士有解佩出朝，一去忘返；女有扬蛾入宠，再盼倾国：凡斯种种，感荡心灵，非陈诗何以展其义？非长歌何以骋（骋）其情？"④ 欢聚、孤单、被逐、远嫁、死亡、征战、漂泊、相思、被贬、受宠等，皆能触动诗人的心灵，从而作诗抒发心中之情。

"兴"即心灵受到外物的触动而兴起内心的情思。方玉润《诗经原始》云："夫作诗必有兴会，或因物以起兴，以因时而感兴，皆兴也。"⑤ "景物"可分为"景"和"物"，起兴模式也可分为触物起情和触景生情。

二、触物起情式

触物生情时，用于起情的物往往和所兴起的下文之间有内在的联系，能触发人的联想。在诗歌的创作思维中，"兴"是以具体物象兴起抽象的情感，物象和情思之间内在的微妙关联，即相似、相反、相关。触物起情是眼前物引发诗人的相似、相关或相反联想，触发诗人抒发情志的契机。葛晓音认为："兴句和应句之间的句意承接关系或清晰或模糊，都能引起较丰富的联想，但均属于感觉、经验、简单逻辑的层面。"⑥

① ［南朝梁］钟嵘著，徐正英注译：《诗品》，郑州：中州古籍出版社，2017 年，第 31 页。
② ［晋］陆机著，张少康集释：《文赋集释》，北京：人民文学出版社，2002 年，第 20 页。
③ ［南朝梁］钟嵘著，徐正英注译：《诗品》，郑州：中州古籍出版社，2017 年，第 41 页。
④ ［南朝梁］钟嵘著，徐正英注译：《诗品》，郑州：中州古籍出版社，2017 年，第 41 页。
⑤ ［清］方玉润撰，李先耕点校：《诗经原始》，北京：中华书局，1986 年，第 7 ～ 8 页。
⑥ 葛晓音：《论〈诗经〉比兴的联想方式及其与四言体式的关系》，《文学评论》2014 年第 4 期，第117 ～ 128 页。

（一）相似性关联

兴句与对句之间的相似性关联最为常见。汉代郑玄指出，兴是"象似而作之"①。刘勰《文心雕龙》也持这种观点："诗人比兴，触物圆览。物虽胡越，合则肝胆。"②"合"的实质就是郑玄说的"象似"。物象和抒情主体之间有相似性，能自然地触发诗人的相似性联想。

《周南·关雎》运用兴法："关关雎鸠，在河之洲。窈窕淑女，君子好逑。"看到春天小洲上关关和鸣、成双成对的雎鸠而心有所感，在雎鸠鸣叫唱和的轻灵婉转之音中，微妙地传达自然生物雌雄相合、相爱相生的生命精神，兴起男子对窈窕淑女的思慕之情。以雎鸠成对来比况君子和淑女成双。又如《周南·桃夭》以"桃之夭夭，灼灼其华"起兴。桃树茂盛，一树树桃花灿烂如火，渲染出喜庆的抒情氛围，也有"人面桃花相映红"的相似关联，自然兴起下文的"之子于归，宜其室家"，以灿烂似火的桃花比况新嫁娘明艳逼人的容颜。再如大家熟悉的《小雅·鹿鸣》："呦呦鹿鸣，食野之苹。我有嘉宾，鼓瑟吹笙。"看到一群麋鹿悠闲地吃着野草，不时发出呦呦的鸣声，呼朋引伴，共享美味，微妙地传达了万物和谐、友爱的生命体验，自然兴起君臣宴饮时鼓瑟吹笙的和谐愉悦。又如《豳风·东山》第三章"鹳鸣于垤，妇叹于室"。物我同感，看到孤独的鹳在土丘上哀鸣，兴起孤单的妻子在屋内独自叹息悲哀的联想。最后四句："有敦瓜苦，烝在栗薪。自我不见，于今三年。"相思之苦，苦如苦瓜，自然兴起下文的相思别离之苦。《豳风·东山》第四章："仓庚于飞，熠耀其羽。之子于归，皇驳其马。"也是物我同感，看到眼前黄莺儿展翅飞翔，羽毛闪闪发亮，联想到妻子当初嫁给他时，迎亲的红黄色骏马皮毛闪闪发亮。《周南·樛木》："南有樛木，葛藟累之。乐只君子，福履绥之。"以"南有樛木，葛藟累之"起兴，兴起下文的"乐只君子，福履绥之"。以樛木被葛藟缠绕，藤缠树的情景让诗人联想到新郎新娘的幸福相依，兴起君子佳侣相伴，安享福禄。

（二）相反性关联

兴句与对句之间或有反比意味，让人触物生情，产生相反性联想。如《卫风·有狐》以"有狐绥绥，在彼淇梁"起兴，以狐狸双双行在淇水堤岸上，反观自己的孤单，兴起"心之忧矣，之子无裳"，拨动诗人心中的忧伤，他孤身在外可有衣裳穿？毛《传》云："兴也。绥绥，匹行貌。"孔《疏》曰："有狐绥绥然匹

---

① 《周礼·郑注》，《四部备要》本卷七，第52页。
② ［南朝梁］刘勰著，韩泉欣校注：《文心雕龙·比兴第三十六》，杭州：浙江古籍出版社，2001年，第192页。

行在彼淇水之梁而得其所，以兴今卫之男女皆丧妃耦不得匹行，狐之不如。"① 又如《唐风·葛生》，《朱子语类》云："妇人以其夫久从征役而不归，故言葛生而蒙于楚，蔹生而蔓于野，各有所依托，而予之所美者独不在是，则谁与而独处于此乎？"②《邶风·燕燕》："燕燕于飞，差池其羽。之子于归，远送于野。"诗中以燕燕双飞的自由欢畅，触发诗人姐妹别离的孤单哀伤之情，把惜别之情表现得深婉沉痛。

（三）相关性关联

《诗经》中某些物象与某些情思之间具有约定俗成的相关性。《诗经》诗篇往往以薪材、白茅、刍（草料）、楚（荆条）、束薪、束楚、束茅、砍材、鹿等特定物象兴起相思之情、婚嫁等。鹿与婚姻相关。古人缔结婚姻六礼中的纳征，即用鹿皮为礼物。闻一多根据《野有死麕》进一步推论："上古盖用全鹿，后世苟简，乃变用皮耳。"③ 薪材也与婚礼相关。以朴樕为礼，即是薪刍之馈。清代胡承珙认为："《诗》于婚礼，每言析薪。古者婚礼或本有薪刍之馈耳。"④ 如《召南·野有死麕》："野有死麕，白茅包之。有女怀春，吉士诱之。林有朴樕，野有死鹿。白茅纯束，有女如玉。"诗以"野有死麕""林有朴樕，野有死鹿"起兴，以薪木照明之物与鹿肉为礼，表达想娶此美好女子之意，符合触物起情，物与情之间有相关性的起兴规律。

类似的例子很多，如《周南·汉广》："翘翘错薪，言刈其楚。之子于归，言秣其马。……翘翘错薪，言刈其蒌。之子于归，言秣其驹。"以砍柴兴起对汉水畔游女的相思之情。《小雅·车辖》："陟彼高冈，析其柞薪。析其柞薪，其叶湑兮。鲜我觏尔，我心写兮。"以析薪兴起对新娘靓丽容颜的思慕之情和娶得如此美好新娘的欣喜之情。《唐风·绸缪》："绸缪束薪，三星在天。今夕何夕，见此良人？……绸缪束刍，三星在隅。今夕何夕，见此邂逅？……绸缪束楚，三星在户。今夕何夕，见此粲者？"诗首章以"绸缪束薪，三星在天"起兴，兴起下文洞房花烛夜新郎见到美好的新娘时的惊喜庆幸、喜不自禁之情。

闻一多先生认为《诗经》中往往以鱼水兴起男女之事。"种族的繁衍如此被重视，而鱼是生殖力最强的一种生物，所以在古代，把一个人比作鱼，在某一意义上，差不多就是恭维他是最好的人，而在青年男女间，若称其对方为鱼，那就等于

① 朱熹以为此诗用比，以狐比独行求匹的男子："绥绥，独行求匹之貌。石绝水曰梁，在梁则可以裳矣。国乱民散，丧其妃耦。有寡妇见鳏夫而欲嫁之，故托言有狐独行，而忧其无裳也。"（［宋］朱熹注：《诗经集传》，上海：上海古籍出版社，1987年，第28页）

② ［宋］黎靖德编：《朱子语类》卷八十，北京：中华书局，1986年，第2070页。

③ 闻一多撰，李定凯编校：《诗经研究·诗经新义》，成都：巴蜀书社，2002年，第109页。

④ ［清］胡承珙撰，郭全芝校点：《毛诗后笺》，合肥：黄山书社，1999年，第116页。

说你是我最理想的配偶!"① 闻一多先生从民俗、民谣和古诗中考释鱼的隐语,指出在古诗和民歌中,"以鱼来代替'匹偶'或情侣"②,"打鱼,钓鱼等行为是求偶的隐语"③,"以烹鱼或吃鱼喻合欢或结配"④,以固定的兴象"鱼"兴起与婚姻、恋爱、男女之事相关的情思。如《邶风·新台》:"鱼网之设,鸿则离之。燕婉之求,得此戚施。"以想要打鱼,却打了只癞蛤蟆,兴起想要嫁个好丈夫,却嫁了只癞蛤蟆。

后世托物起情式兴法的诗歌如《孔雀东南飞》,开篇以"孔雀东南飞,五里一徘徊"起兴。以孔雀的不忍飞离,时时徘徊,比况刘兰芝被休回娘家时的恋恋难舍。

三、触景生情式

触景生情式起兴模式的思维方式即景情相生。王夫之在《姜斋诗话》中说:"会景而生心"⑤,"兴在有意无意之间……关情者景,自与情相焉珀芥也。情景虽有在物之分,而景生情,情生景,哀乐之触,荣悴之迎,互藏其宅。天情物理,可哀而可乐"⑥,"夫景以情合,情以景生,初不相离,唯意所适"⑦。兴起下文,触发情感的景物描写一般既起到交代环境、渲染氛围的作用,也起到情景相生的衬托作用。程俊英、蒋见元云"兴"的妙处"正在于诗人情趣与自然景物浑然一体的契合,也即一直为人所乐道的情景交融的艺术境界"⑧。

景物描写往往起到渲染抒情氛围、奠定抒情基调、情景相生、增强表达效果的作用。如《秦风·蒹葭》:"蒹葭苍苍,白露为霜。所谓伊人,在水一方。"以秋日凄清的景色创设出凄凉惆怅的抒情氛围,兴起对佳人思慕而不可得的悲情。《王风·黍离》第一章以"彼黍离离,彼稷之苗"起兴,面对昔日繁华的故都,现在满目只见一行行的禾黍和高粱苗在风中摇摆的凄凉萧条景象,触目所感,情与景相融,兴起了诗人对昔日故国繁华的怀想和目睹今日荒凉的"中心摇摇"、心神不安。又如《郑风·野有蔓草》:"野有蔓草,零露漙兮。有美一人,清扬婉兮。"诗以"野有蔓草,零露漙兮"起兴,勾勒出一派春草青青、露水晶莹的良辰美景,

① 闻一多撰,李定凯编校:《诗经研究·说鱼》,成都:巴蜀书社,2002年,第87~88页。
② 闻一多撰,李定凯编校:《诗经研究·说鱼》,成都:巴蜀书社,2002年,第68页。
③ 闻一多撰,李定凯编校:《诗经研究·说鱼》,成都:巴蜀书社,2002年,第76页。
④ 闻一多撰,李定凯编校:《诗经研究·说鱼》,成都:巴蜀书社,2002年,第82页。
⑤ [清]王夫之撰,戴鸿森笺注:《姜斋诗话笺注》,上海:上海古籍出版社,2012年,第97页。
⑥ [清]王夫之撰,戴鸿森笺注:《姜斋诗话笺注》,上海:上海古籍出版社,2012年,第34页。
⑦ [清]王夫之撰,戴鸿森笺注:《姜斋诗话笺注》,上海:上海古籍出版社,2012年,第76页。
⑧ 程俊英、蒋见元:《〈周南·关雎〉题解》,《诗经注析》,北京:中华书局,2017年,第5页。

兴起下文"有美一人，清扬婉兮"，偶遇眼睛明亮有神的佳人的欣喜之情。再如《小雅·蓼莪》："南山烈烈，飘风发发。民莫不穀，我独何害！"前两句以诗人眼见南山高峻难越、耳闻飙风呼啸扑来起兴，情景交融，渲染了困厄危艰、肃杀悲凉的抒情氛围，兴起别人都能亲养父母，只有我承受父母不在人世的痛苦与凄凉。

后世触景生情式兴法的运用如曹植《七哀诗》："明月照高楼，流光正徘徊。上有愁思妇，悲叹有余哀。""明月"二句写景，渲染出登高望月的怀人氛围，兴起下文思妇的相思离别之情。李煜《相见欢》也运用兴法："无言独上西楼，月如钩。寂寞梧桐深院锁清秋。剪不断，理还乱，是离愁。别是一般滋味在心头。"上片写登西楼所见之景——缺月、梧桐、深院、清秋，渲染出一种凄凉寂寞的氛围，触景生情，兴起下片抒发思念故国的悲凉情怀。

综上，如果说诗言志确立了中国古典诗歌的抒情传统，那么比兴则确立了委婉抒情或称间接抒情的传统，形成了中国古典诗歌含蓄蕴藉、韵味无穷的审美特色。"兴"是人与天地万物的共鸣，是与天地万物的同感，于天地万物之中见到自己的怀抱，其哲学基础是道家的天人合一、物我合一思想。

第三部分

《诗经》诗歌分主题解读

第七章　恋爱诗

第一节　心悦君兮

　　婚恋诗在《诗经》中占有无与伦比的地位。王宗石统计《诗经》305 篇中，《国风》中有 52 首爱情诗、20 首婚姻嫁娶诗、25 首家庭生活诗，《雅》中有 8 首婚姻家庭诗，合计 105 首。① 因为家庭是社会的最基本单位，夫妇关系是人伦之始。《周易·序卦传》写夫妇关系恒久的重要性："有天地然后有万物，有万物然后有男女，有男女然后有夫妇，有夫妇然后有父子，有父子然后有君臣，有君臣然后有上下，有上下然后礼义有所措。夫妇之道不可以不久也，故受之以恒；恒者，久也。"② 《礼记·昏义》明确了夫妇关系作为礼的基础的地位："礼之大体，而所以成男女之别，而立夫妇之义也。男女有别，而后夫妇有义；夫妇有义，而后父子有亲；父子有亲，而后君臣有正。"③ 家庭的重要性在汉代被明确为"三纲"：君为臣纲，父为子纲，夫为妻纲。"三纲"以夫妇关系为根本。听古乐唯恐卧、听郑卫之音而不知倦的魏文侯说："家贫则思良妻，国乱则思良相。"④ 重视婚姻的另一个原因是为了族群之和。不同诸侯国、不同宗族之间如何保持包容与关联，方法就是各国、各宗族之间建立婚姻关系，婚姻可以"合二姓之好"⑤，可以"附远厚别"⑥。贵族婚姻关系的缔结是上升到国家政治层面和家族层面的大事。

　　春天是恋爱的季节，芳草连天，杏花春雨，心是荡漾的、柔软的，在这样美好的日子里出游，可能一个不经意的回眸，就会有一场美丽的邂逅。正如唐代韦庄《思帝乡·春日游》中所写：

---

　　① 王宗石编著：《诗经分类诠释》，长沙：湖南教育出版社，1993 年，第 1～2 页。

　　② ［清］阮元：《周易正义》，《十三经注疏》本，北京：中华书局，1987 年，第 96 页。

　　③ ［汉］郑玄注，［唐］孔颖达正义，吕友仁整理：《礼记正义》（下册），上海：上海古籍出版社，2008 年，第 2277 页。

　　④ ［汉］司马迁：《史记·魏世家》，北京：中华书局，1982 年，第 1840 页。

　　⑤ ［汉］郑玄注，［唐］孔颖达正义，吕友仁整理：《礼记正义·昏义第四十四》（下册），上海：上海古籍出版社，2008 年，第 2274 页。

　　⑥ ［汉］郑玄注，［唐］孔颖达正义，吕友仁整理：《礼记正义·郊特性第十一》（中册），上海：上海古籍出版社，2008 年，第 1092 页。

春日游。杏花吹满头。陌上谁家年少，足风流。

妾拟将身嫁与，一生休。纵被无情弃，不能羞。

《诗经》中《周南·关雎》《陈风·东门之枌》《陈风·东门之池》《邶风·简兮》《魏风·汾沮洳》等都是写心悦与思慕的诗歌。

周南·关雎

关关雎鸠，在河之洲。窈窕淑女，君子好（hǎo）逑（qiú）。

参差荇（xìng）菜，左右流之。窈窕淑女，寤寐（wù mèi）求之。

求之不得，寤寐思服。悠哉悠哉，辗转反侧。

参差荇菜，左右采之。窈窕淑女，琴瑟友之。

参差荇菜，左右芼（mào）之。窈窕淑女，钟鼓乐之。

睢鸠

荇菜

【解题】

《周南·关雎》是写一位君子对窈窕淑女的思慕的诗作。陈子展认为这首诗"当视为才子佳人风怀作品之权舆"①。周公姬旦是周武王姬发的弟弟。周公制礼，用以规范人们的行为。婚姻是形成家庭的基础，也是社会存在和发展的基本单位，自然被纳入了礼的范畴，确立了聘娶婚的核心体制。《礼记·昏义第四十四》："昏礼者，将合二姓之好，上以事宗庙，下以继后世也，故君子重之。是以昏礼纳采、问名、纳吉、纳征、请期，皆主人筵几于庙，而拜迎于门外，入，揖让而升，听命于庙，所以敬慎重正昏礼也。"②《关雎》当产生于中国传统婚姻文化的聘婚制阶段，恋爱以琴瑟和鸣的婚姻为目的。

【释义】

关关：象声词，雌鸟和雄鸟相互应和，关关鸣叫。雎鸠：一种水鸟，相传此鸟雌雄情意专一。窈窕：身材体态美好的样子。淑：品行好，善良。好逑：好配偶。河中沙洲上，成双成对的雎鸠关关和鸣。美丽贤淑的姑娘，是君子心目中的佳偶。

参差：长短不齐的样子。流：顺着水流摘取。寤寐：寤是醒着，寐是睡着，此处偏指寐。长长短短的荇菜，左右不停地采摘。美丽贤淑的姑娘，梦中都在思慕她。

思服：思念。悠哉悠哉：悠就是长，形容思念绵绵不断。思慕而不可得，日夜都在思念她。想啊想啊，翻来覆去难以入眠。

【赏析】

首章以"关关雎鸠，在河之洲"起兴。以"关关"这一雌雄二鸟相互应和的

① 陈子展：《诗经直解》，上海：复旦大学出版社，1983年，第5页。

② ［汉］郑玄注，［唐］孔颖达正义，吕友仁整理：《礼记正义·昏义第四十四》（下册），上海：上海古籍出版社，2008年，第2274页。

声音，在这幅由声音构成的背景幕布中，凸现了男子偶遇一位"窈窕淑女"，怦然心动，心向往之，形成了一幅鸟鸣偶遇图。这样一幅雌雄关雎和鸣的声音背景图，烘托渲染了一种引发人思慕之情的氛围。"音景"是声音风景与声音背景的简称，这一概念由加拿大音乐教育家 R. Murray Schafer 教授于 20 世纪 60 年代在其代表作《音景：我们的声音环境以及为世界调音》中提出，不能只重视"看"的图景，而忽略"听"的景观。《礼记·乐记第十九》载："凡音之起，由人心生也。人心之动，物使之然也。感于物而动，故形于声。"[1] 可见，作为背景音出现的声音图景，为主人公的出现渲染了气氛，做好了铺垫。

《周南·关雎》中男子对窈窕淑女的思慕之情，朴实而自然，没有矫情的掩饰；对于美丽女子的思慕自然流露，有求之不得的淡淡焦躁，也有想象两人未来时的喜不自禁。先秦重乐教，琴瑟声音相和，被赋予了闲静和合的乐教内涵。《秦风·车邻》叙述贵族夫妇的婚姻生活，其中有"并坐鼓瑟"之语。《小雅·常棣》："妻子好和，如鼓琴瑟。"这些诗句均把家庭的和谐与琴瑟弹奏关联起来。

《周南·关雎》被视为表现夫妇之德的典范，《毛诗序》把它推许为可以"风天下而正夫妇"[2]。原因如下：首先它所写的爱情，一开始就有明确的缔结婚姻的目的，"君子好逑"，君子心目中的好配偶，不是青年男女之间的露水姻缘、短暂邂逅。其次，诗歌中君子对淑女的思慕，只是独自地"寤寐求之""辗转反侧"，并没有伤心欲绝，也没有攀墙折柳之类的逾矩，相思虽深，但行事有分寸。朱熹《诗经集传》注曰："孔子曰：《关雎》乐而不淫，哀而不伤。……得其性情之正，声气之和也。"[3] 最后，又归结于婚姻的美满，君子想要的婚姻生活是"琴瑟友之"的和谐、尊重。

召南·野有死麕

野有死麕（jūn），白茅包之。有女怀春，吉士诱之。

林有朴樕（sù），野有死鹿。白茅纯（tún）束，有女如玉。

舒而脱（tuì）脱兮！无感（hàn）我帨（shuì）兮！无使尨（máng）也吠！

【解题】

《召南·野有死麕》讲述的是先秦时代一个淳朴的、两情相悦的爱情故事。先

---

① ［汉］郑玄注，［唐］孔颖达正义，吕友仁整理：《礼记正义》（中册），上海：上海古籍出版社，2008 年，第 1455 ～ 1456 页。

② ［汉］毛亨传，［汉］郑玄笺，［唐］孔颖达疏：《毛诗正义》卷第一（一之一），李学勤主编：《十三经注疏》，北京：北京大学出版社，1999 年，第 5 页。

③ ［宋］朱熹注：《诗经集传》，上海：上海古籍出版社，1987 年，第 2 页。

秦时代是中国传统婚姻文化的形成时期，是群婚制向偶婚制过渡的阶段。《野有死麕》创作于西周初期，处于群婚制阶段，男女之间并无礼之大防，没有礼法的约束，民风淳朴，男女率性而为，喜欢就求偶，遵循人的自然天性。

【释义】

麕：小獐子，鹿的一种。白茅：根极长，洁白柔韧，可用来束物。怀春：思春，青春期的男女春心萌动。吉士：好青年，此指打猎的男子。诱：搭讪，示好。年轻的猎人用白茅包好獐子当礼物，送给心仪的正当韶华的姑娘，以博她欢心。

朴樕：各种小树、灌木。纯束：缠束，包裹。用白茅包好死鹿当礼物，送给美好如玉的姑娘，向她示好。

舒而：慢慢地。脱脱：舒缓的样子。感：通"撼"，动。帨：围裙。尨：多毛而凶猛的狗。请你不要着急莽撞，不要碰我的围裙，别引得狗儿旺旺叫。

【赏析】

首章写一位年轻的猎人打猎归来，用白茅把杀死的獐子包起来，送给自己喜欢的女子，博她欢心。他用自己猎取的猎物向女子求婚，这是乡间适婚男女淳朴的示爱行为。清代胡承珙《毛诗后笺》说："女子年及而当嫁，因春则兴怀。凡我吉士苟能以礼诱道之，则可以成室家之道矣。"[1]

鹿与婚姻相关。古人缔结婚姻六礼中的纳征，即用鹿皮为礼物。闻一多根据《野有死麕》进一步推论："上古盖用全鹿，后世苟简，乃变用皮耳。"[2] 薪材也与婚礼相关，以朴樕为礼，即是薪刍之馈。胡承珙认为："《诗》于婚礼，每言析薪。古者婚礼或本有薪刍之馈耳。"[3] 故而诗以"野有死麕""林有朴樕，野有死鹿"起兴，符合触物起情，物与情之间有相关性的起兴规律。

在赠送礼物时，"白茅包之""白茅纯束"，用白茅把猎物包好，然后郑重地赠送。《周易·大过》初六的爻辞是："藉用白茅，无咎。"把白茅垫在物品下面，表示恭敬和虔诚，因此不会有过错。古人在祭祀或馈赠时往往采用这种方式。《逸周书·作雒解》写道：

> 将建诸侯，凿取其方一面之土，苞以黄土，苴以白茅，以为土封。

周王朝分封诸侯，在周太社凿取诸侯被封方向的土，外面包裹黄土，再用白茅封裹。建土封侯是朝廷的大事，将作为分封象征物的土用白茅包裹，体现了庄重、肃穆。《野有死麕》中的男子把自己的猎物用白茅包裹好送给意中人，以表示对她的

① ［清］胡承珙撰，郭全芝校点：《毛诗后笺》，合肥：黄山书社，1999年，第112页。
② 闻一多撰，李定凯编校：《诗经研究·诗经新义》，成都：巴蜀书社，2002年，第109页。
③ ［清］胡承珙撰，郭全芝校点：《毛诗后笺》，合肥：黄山书社，1999年，第116页。

《诗经》解读

尊重。

相恋的男女相会，男子急切的情态是热恋中的正常行为，而女子则是娇羞而矜持的，希望男子能守礼，"你要是真爱我，就老老实实地，不要乱来，否则我会生气"。对于恋爱中的女子而言，恋爱甜如蜜的滋味，正在男子的这种急切追求，女子的娇羞矜持，希望男子能守礼尊重。胡承珙认为末章是女子对男子说的话："既有微物可以行礼，室家之好指日而成，尚虑强暴之习未除，遂戒其徐徐图之，无或违礼。盖以礼自防，惟恐以无礼而害其成也。"[1]

卓文君和司马相如的恋爱也类于此。卓文君是一个美丽聪明，精诗文，善弹琴的女子。可叹的是，17岁的她正值青春年华，便在娘家守寡。司马相如以一曲《凤求凰》表达思慕之情："有一美人兮，见之不忘。一日不见兮，思之如狂。凤飞翱翔兮，四海求凰。无奈佳人兮，不在东墙。将琴代语兮，聊写衷肠。何日见许兮，慰我彷徨。"多情而又大胆的表白，让慕司马相如之才、悦司马相如之风仪的卓文君一听倾心，一见钟情。这也是诗中所说的"有女怀春""吉士诱之"。

拓展阅读

陈风·东门之枌

> 东门之枌（fén），宛丘之栩（xǔ）。子仲之子，婆娑其下。
> 穀（gǔ）旦于差（chāi），南方之原。不绩其麻，市也婆娑。
> 穀旦于逝，越以鬷（zōng）迈。视尔如荍（qiáo），贻我握椒。

【解题】

《陈风·东门之枌》是一首写在男女欢聚歌舞的宛丘，一位男子恋慕一位善舞女子的诗作。诗以小伙子的口吻来写，他恋慕的姑娘是子仲家的女儿，男女欢聚的场所是陈国东门外的宛丘，那里种着白榆、柞树。

【释义】

枌：木名，白榆。栩：柞树。子仲：陈国的姓氏。婆娑：舞蹈时旋转摇摆的样子。

穀旦：良辰，好日子。差：选择。绩：纺。市：集市。良辰吉日是祭祀狂欢日。婆娑于枌树之下，有太姬时歌舞之遗风。

逝：往，赶。越以：发语词。鬷：会聚，聚集。迈：行。荍：锦葵，草名。握：一把，一束。姑娘美好得像锦葵花一样，赠我一捧芳香的花椒。

① ［清］胡承珙撰，郭全芝校点：《毛诗后笺》，合肥：黄山书社，1999年，第112页。

【赏析】

在城东门外宛丘的白榆树下，在宛丘的柞树林边，在祭祀狂欢日，男女欢聚歌舞。姑娘舞姿翩翩，男子歌声悦耳，爱情之花悄然绽放。在小伙的眼里，姑娘美如锦葵花；姑娘送他一束花椒以表情达意。朱熹《诗经集传》曰："此男女聚会歌舞，而赋其事以相乐也。""（第二章）既差择善旦以会于南方之原，于是弃其业以舞于市而往会也。"①"（第三章）言又以善旦而往，于是以其众行，而男女相与道其慕悦之辞曰：我视尔颜色之美，如芃芏之华，于是贻我以一握之椒，而交情好也。"②

《陈风》在描写男女聚会、忧思之时，往往注重对歌舞的描写。如《东门之枌》中跳舞的子仲之子和欢聚狂舞的南方之原，《宛丘》中的无冬无夏的舞蹈娱神，《东门之池》中的"彼美淑姬，可与晤歌"，展现了先秦时期陈国巫风之盛，男女舞蹈、互唱情歌以相悦的歌舞之风。《汉书·地理志第八下》："陈国，今淮阳之地。陈本太昊之虚，周武王封舜后妫满于陈，是为胡公，妻以元女大姬。妇人尊贵，好祭祀，用史巫，故其俗巫鬼。"③

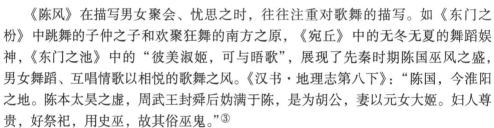

陈风·东门之池

东门之池，可以沤（òu）麻。彼美淑姬，可与晤歌。

东门之池，可以沤纻（zhù）。彼美淑姬，可与晤语。

东门之池，可以沤菅（jiān）。彼美淑姬，可与晤言。

【解题】

《陈风·东门之池》是一首写男子对东门外护城河边浸麻女子的爱慕之意的诗作，抒发了两人情投意合的喜悦。

【释义】

沤：长时间用水浸泡。淑：善，美。晤歌：用歌声互相唱和，即对歌。在艰苦的劳动中，小伙子和自己钟爱的姑娘在一起，一起唱歌，温馨而快乐。

纻：同"苎"，苎麻。可织布。晤语：对话。

菅：菅草。茎浸渍剥取后可以编草鞋。

【赏析】

朱熹《诗经集传》认为："此亦男女会遇之词，盖因其会遇之地、所见之物以

① ［宋］朱熹注：《诗经集传》，上海：上海古籍出版社，1987年，第54页。

② ［宋］朱熹注：《诗经集传》，上海：上海古籍出版社，1987年，第55页。

③ ［汉］班固撰，［唐］颜师古注：《汉书》，北京：中华书局，1999年，第1318页。

起兴也。"① 美丽善良的姑娘，可以和他对唱、聊天、倾诉衷肠。近代吴闿生《诗义会通》云："愈淡愈妙。"②

邶风·简兮

简兮简兮，方将万舞。日之方中，在前上处。
硕人俣（yǔ）俣，公庭万舞。有力如虎，执辔如组。
左手执籥（yuè），右手秉翟（dí）。赫如渥赭（zhě），公言锡爵！
山有榛，隰有苓。云谁之思？西方美人。彼美人兮，西方之人兮！

【解题】

《邶风·简兮》是一首写卫国宫廷女子赞美、爱慕舞师的诗歌。大概是一位女子在观看盛大的"万舞"表演时，领队舞师高大威武英俊的形象，引起了她的爱慕。

【释义】

简：鼓声。方将：将要。万舞：舞名。方中：正好中午。在前上处：指舞狮所处的位置，在整个舞蹈队伍的最前头，或指舞台前明显的位置。这一章写卫国宫廷举行大型舞蹈，交代了舞名、时间、地点和领舞者的位置。

硕人：身材高大的人。俣俣：魁梧健美的样子。辔：马缰绳。组：丝织的宽带子。这一章写武舞，舞师勇猛有力，动如猛虎，气势撼人，表演驾驭马车的情景，执辔自如，张弛有度。

籥：古乐器。三孔笛。翟：野鸡的尾羽。赫：红色。渥：浓厚润泽。赭：一说是一种赤色的矿物颜料。锡：赐。这一章写舞师表演文舞，左手执笛，奏出悠扬美妙的清音；右手持漂亮的雄鸡翎，脸上涂抹着厚厚的红泥，他的表演得到了公侯的赞赏。

西方：西周地区，卫国在西周的东面。美人：指舞师。这一章写女子对舞师的深切慕悦和刻骨相思。以"山有榛，隰有苓"起兴，兴起女子的"心有舞师"。明代钟惺《评点诗经》云："看他西方美人，美人西方，只倒转两字，而意已远，词已悲矣。"

魏风·汾沮洳

彼汾沮洳，言采其莫。彼其（jì）之子，美无度。美无度，殊异乎公路！
彼汾一方，言采其桑。彼其之子，美如英。美如英，殊异乎公行（háng）！

① ［宋］朱熹注：《诗经集传》，上海：上海古籍出版社，1987年，第55页。
② 吴闿生著，蒋天枢、章培恒校点：《诗义会通》，上海：中西书局，2012年，第117页。

彼汾一曲，言采其藚（xù）。彼其之子，美如玉。美如玉，殊异乎公族！

【解题】

《魏风·汾沮洳》是一首写女子思慕情人的诗。

【释义】

汾：汾水，在今山西省中部地区，由西南汇入黄河。沮洳：水边低湿的地方。莫：草名，即酸模，又名羊蹄菜。度：衡量。殊异：优异出众。公路：掌管王公宾祀之车驾的官吏。"美无度"写男子美得不可度量。

公行：官名，掌管王公兵车的官吏。"美如英"是说男子美得像花一样。

曲：河道弯曲之处。藚：药用植物，即泽泻草。公族：掌管国君宗族事务的官吏。一说公侯家族的人，指贵族子弟。"美如玉"写男子品行美好如玉。

【赏析】

全诗三章，每章六句。各章由采摘而兴起相思之情。首章以女子采莫菜兴起对心上男子的思念："彼汾沮洳，言采其莫。彼其之子，美无度。"三章从不同角度赞美心上的男子："美无度"是对所思男子容貌之美的程度的概括描写，"美如英"是对所思男子的仪表的赞美，"美如玉"是对所思男子品性的赞美。三章运用重章叠唱的手法，以"美无度""美如英""美如玉"的重复吟唱，既形成了回环往复的音乐效果，也强化了情感，有力地表达了女子对心上人缠绵悱恻的思慕之意。三章末两句"美无度，殊异乎公路""美如英，殊异乎公行""美如玉，殊异乎公族"运用对比手法，突出心上人长得那样英俊无法衡量，和王公家的官太不一样了！也突出心上人的与众不同。

现代民歌中也有写心悦的诗歌，如《咱二人相好一辈辈》中陷入恋爱中的女子的歌唱：

> 只要哥哥你在眼前，
> 苦瓜瓜也比冰糖甜。
> 你在前头走来我在后头跟，
> 你看我的影影我踩你的踪。
> ……
> 只要咱二人配成双，
> 白开水煮菜也觉得香。
> 天好地好咱二人好，
> 阳间世上交到老。①

---

① 杜荣芳：《漫瀚调艺术研究》，呼和浩特：内蒙古人民出版社，2006 年，第 464、465 页。

第二节　珍视的情意

恋爱中的男女往往会相互赠物以表情达意。比如女子赠男子亲手做的荷包、鞋，亲手织的毛衣、围巾，一份绵绵的情意蕴于礼物中。而男子一般会回赠礼品，比如首饰、衣裙、皮包，这种回馈代表的是珍视的情意，是想要永以为好的心意。

卫风·木瓜

投我以木瓜，报之以琼琚。匪报也，永以为好也！
投我以木桃，报之以琼瑶。匪报也，永以为好也！
投我以木李，报之以琼玖。匪报也，永以为好也！

【解题】

《卫风·木瓜》是一首通过赠答表达深厚情意的诗作，表达的是一种珍视的情意。朱熹《诗经集传》说："言人有赠我以微物，我当报之以重宝，而犹未足以为报也，但欲其长以为好而不忘耳。疑亦男女相赠答之辞，如《静女》之类。"①

【释义】

投：赠送。报：回报。琼琚：佩玉。赠给我一只木瓜，我用佩玉回报她。不只是为回报，是想和她永结同心。

【赏析】

诗共三章，每章四句。三章叠咏，反复咏唱想要永以为好的情意。回环往复的吟唱，增强了诗歌的音乐性和抒情效果。

回报的东西价值要比受赠的东西大得多，这体现了人类的一种高尚情感：滴水之恩，涌泉相报。回赠的东西及其价值的高低表现的是对他人情意的珍视程度。汉代张衡《四愁诗》云："美人赠我金错刀，何以报之英琼瑶。"也是表达这样一种珍视的情意。

赠物传情的诗歌在《诗经》和后世诗歌中都很常见。《召南·野有死麕》中猎人赠送白茅包裹好的小獐子给心仪的女子："野有死麕，白茅包之。有女怀春，吉士诱之。"《郑风·溱洧》中赠芍药给钟情的人："维士与女，伊其将谑，赠之以勺药。"《卫风·女曰鸡鸣》中男子赠送体贴自己的女子玉佩："知子之来之，杂佩以赠之。"《古诗十九首》之《涉江采芙蓉》中女子采芙蓉送给远方思念的人："涉江采芙蓉，兰泽多芳草。采之欲遗谁，所思在远道。"《庭中有奇树》中女子采奇

---

① ［宋］朱熹注：《诗经集传》，上海：上海古籍出版社，1987年，第28页。

树的花赠给思念的人："庭中有奇树，绿叶发华滋。攀条折其荣，将以遗所思。"上古时代的赠物传情定情的习俗沿袭至今，现代男女订婚时的礼金、衣服、金银首饰等物品也包含着男女在情感上的盟誓和祝愿。

美国作家欧·亨利的小说《麦琪的礼物》，讲的也是一个"投我以木瓜，报之以琼琚"的故事：圣诞节马上就要到了，在一个贫穷的家庭中，妻子为了送丈夫一条白金表链配上他心爱的金表，卖掉了自己那一头引以为傲的秀发。而丈夫为了给有一头漂亮秀发的妻子买一把精致的梳子，卖掉了祖传的金表。结果，两个人的珍贵的礼物都变成起不了作用的东西，但他们却都收到了最珍贵的礼物——彼此的珍视。

《卫风·木瓜》表达的是一种"投我以木桃，报之以琼瑶"的对他人情意的珍视和感恩。珍视和感恩是人类的美好情感，因为美好而触动人的心灵。恒久的爱情需要珍视对方，"换我心为你心"始知相爱深。爱情是漫长岁月的相知相守，付出了纯粹与美好也会收获纯粹与美好。

第三节　渴望爱情

歌德《少年维特的烦恼》中说："哪一个青年男子不善钟情？哪一个妙龄女子不善怀春？这是我们人性中的至性至情。"青春是最美的年华，轻舞飞扬，年华似锦。青春易逝，珍惜青春，让青春绽放芳华，是每个人的心愿。在身姿如杨、容颜如玉的青葱年华里，每个人都向往着一场铭心刻骨，倾情付出的恋爱，让青春定格，让青春无悔。

召南·摽有梅

摽（biào）有梅，其实七兮。求我庶士，迨其吉兮。

摽有梅，其实三兮。求我庶士，迨其今兮。

摽有梅，顷筐塈（jì）之。求我庶士，迨其谓之。

【解题】

《召南·摽有梅》表达的是一位女子珍惜青春、渴望爱情的热情大胆的召唤。朱熹《诗经集传》云："赋也……言梅落而在树者少，以见时过而太晚矣。求我之众士，其必有及此吉日而来者乎。"[1] 以梅落而在树者渐少，喻女子害怕青春流逝、年华不再，盼男子及早提亲。

---

① ［宋］朱熹注：《诗经集传》，上海：上海古籍出版社，1987 年，第 8 页。

【释义】

摽：坠落。七：树上未落的梅子还有七成。梅子熟了纷纷坠落，树上的梅子还有七成。追求我的众位小伙子，趁着良辰吉日快求婚。

顷筐：斜口浅筐，像现在的簸箕。塈：取。这是说，落梅越来越多，要拿筐来盛取。

【赏析】

《召南·摽有梅》诗共三章，每章四句，表达了珍惜青春、渴望爱情的主题。"山有木兮木有枝"，心悦君兮盼君知。对美好爱情的渴望是人类情感中最自然而纯粹的情感，诗的主人公提倡及时婚恋，莫待老去。

三章重唱，语意渐次递进，生动地表现了主人公情急意迫的心理过程。青春流逝，以落梅为比。"其实七兮""其实三兮""顷筐塈之"，由繁茂而衰落，写出了春天的流逝，暗示流逝的青春年华，引出下文渴望爱情的抒写。首章"迨其吉兮"，尚有从容相待之意；次章"迨其今兮"，趁着今天快求婚，已见敦促的焦急之情；至末章"迨其谓之"，你一张口我就答应，可谓迫不及待了。

珍惜青春，渴望爱情，是中国诗歌的母题之一。《召南·摽有梅》作为春思求爱诗之祖，其原型意义在于建构了一种抒情模式：以花木盛衰比青春流逝，由感慨青春易逝而追求及时婚恋。如汉末《古诗十九首》之《冉冉孤竹生》："伤彼蕙兰花，含英扬光辉；过时而不采，将随秋草萎。"用蕙兰花一到秋天便凋谢了，比喻女主人公的青春不长、红颜易老，呼吁珍惜青春。北朝民歌《折杨柳枝歌》："门前一株枣，岁岁不知老。阿婆不嫁女，那得孙儿抱。"唐代杜秋娘《金缕衣》："花开堪折直须折，莫待无花空折枝。"《牡丹亭》中杜丽娘感慨："原来姹紫嫣红开遍，似这般都付与断井颓垣。良辰美景奈何天，赏心乐事谁家院！"《红楼梦》里林黛玉《葬花吟》："花谢花飞花满天，红消香断有谁怜……明媚鲜妍能几时？一朝漂泊难寻觅。"

现代诗人席慕蓉《一棵开花的树》写道："如何让你遇见我，在我最美丽的时刻……阳光下，慎重地开满了花，朵朵都是我前世的盼望，当你走近，请你细听，那颤抖的叶，是我等待的热情。"体现的也是对爱情的热烈渴望。她的《莲的心事》则含蓄表达了对爱情的渴望："我，是一朵盛开的夏荷。多希望，你能看见现在的我，风霜还不曾来侵蚀，秋雨也未滴落，青涩的季节又已离我远去。我已亭亭，不忧，亦不惧。现在，正是，我最美丽的时刻。"把正值风华的女子比作一枝亭亭玉立的荷花，渴望着、等待着自己的爱情。以上诗作无不是这一渴望爱情原型的艺术变奏。

邶风·匏有苦叶

匏（páo）有苦叶，济（jǐ）有深涉。深则厉，浅则揭（qì）。

有渳济盈，有鷕（yǎo）雉鸣。济盈不濡轨，雉鸣求其牡。

雍（yōng）雍鸣雁，旭日始旦。士如归妻，迨冰未泮（pàn）。

招招舟子，人涉卬（áng）否。人涉卬否，卬须我友。

【解题】

《邶风·匏有苦叶》记载了秋冬之际的婚恋活动，写一位女子到河边渡口等待她的恋人。诗既没有写女子是否等到了恋人，也没有写两人见面的情景，只刻画了随着时间的变迁，女子在等待恋人过程中的环境描写、心理描写、语言描写，传达出女子对爱情的渴望。

【释义】

邶：周朝国名，在今河南汤阴南。匏：葫芦。苦：通"枯"。济：水名。涉：徒步过河。厉：把带子系在腰间以固定衣服，再徒步渡水。揭：把下裳撩起来，这是踩水过河的动作。

有渳：渳渳，水满的样子。盈：满。有鷕：鷕鷕，雌山鸡叫声。濡：沾湿。轨：车轴的两端。牡：指雄雉。

雍雍：雁相和的鸣声。旭日：初升的太阳。旦：天明。归妻：娶妻。迨：趁着。泮：融解。大雁声声鸣叫，朝阳刚刚升起。男子如果想娶妻，就要趁冰还没化。

招招：摆手召唤的样子。舟子：摆渡的船夫。人：别人。涉：渡河。卬：我。须：等待。女子对摆手召唤的船夫解释：不是我要渡河。不是我要渡河，我是在等我朋友。

【赏析】

第一章首句"匏有苦叶"揭示时间是仲秋——农历八月。匏，是葫芦的一种。《诗经》中的"壶""瓠"也属葫芦类，如"七月食瓜，八月断壶"（《豳风·七月》），"齿如瓠犀"（《卫风·硕人》）。葫芦八月叶枯成熟，可以采摘。过河可抱着葫芦浮水。

第二章写野鸡鸣叫求偶，揭示时间在季冬——阴历十二月。《礼记·月令》："季冬之月……雁北乡，鹊始巢。雉雊，鸡乳。"[1] 女子竖起耳朵听车子的声音，结果听到了岸边一只雌野鸡在叫。济水丰盈得仿佛要漫过岸边一样，但济河水没有漫过车轴，不用担心情人过不来。等待中的女子听到岸边草丛里的雌野鸡的鸣叫，似是在呼唤心仪的雄野鸡，暗合女子等待意中人到来的渴盼心情。这一章几乎都是景物描写，明写野雉，实写女子等待意中人到来时的担心和渴盼的心情。

---

① ［汉］郑玄注，［唐］孔颖达正义，吕友仁整理：《礼记正义》（上册），上海：上海古籍出版社，2008 年，第 735 页。

第三章是写季冬孟春之间，女子一大早就在渡口等待恋人的到来，朝阳刚刚升起，空中雁行掠过，野鸡在晨光中雍雍鸣叫。大雁北飞，野鸡鸣叫，表明时令已是季冬，农历十二月。女子心中思量："士如归妻，迨冰未泮。"你要娶我就要抓紧，一定要赶在寒冰未融解之前。季秋霜降（阴历九月）至第二年孟春（阴历正月）之间正是农闲时节，比较适合安排婚嫁，故而周时嫁娶在此阶段者较多。《孔子家语》云："霜降而妇功成，嫁娶者行焉。冰泮而农桑起，婚礼而杀于此。"① 霜降是二十四节气之一，通常在每年公历的 10 月 23 日或 24 日，属季秋，是天气即将转为寒冷的重要征兆，也是开始休息的时节。《礼记·月令》载季秋之月"霜始降，则百工休"②。"冰泮"即冰融解。而冰面解冻，就意味着春天的到来。《礼记·月令》载孟春之月"东风解冻，蛰虫始振，鱼上冰，獭祭鱼，鸿雁来"③。"杀"即减少。

第四章写过河已经必须坐船了，暗示冰已消融，春天已至。船夫看见女子在岸边，就向她招手，招呼她坐船。女子回答："人涉卬否。人涉卬否，卬须我友。""人涉卬否"二句重复得妙极，有再现情景之效。

四章根据时间的变迁，反复写女子在渡口等人的场景，刻画描摹了环境及女子的心理、语言，把等待恋人的女子的焦急、担心、埋怨表现得淋漓尽致。

朱熹则认为《邶风·匏有苦叶》首章、第二章、第四章整章以事为比，表达诗人认为男女之间当遵礼而行的观点，解读牵强附会。首章"言匏未可用，而渡处方深，行者当量其浅深而后可渡。以比男女之际，亦当量度礼义而行也"。第二章"飞曰雌雄，走曰牝牡。夫济盈必濡其辙，雉鸣当求其雄，此常理也。今济盈而曰不濡轨，雉鸣而反求其牡，以比淫乱之人，不度礼义，非其配耦而犯礼以相求也"④。第四章"舟人招人以渡，人皆从之，而我独否者，待我友之招而后从之也。以比男女必待其配耦而相从，而刺此人之不然也"⑤。

———————————

① ［清］陈士珂辑，崔涛点校：《孔子家语疏证》，南京：凤凰出版社，2017 年，第 188 页。

② ［汉］郑玄注，［唐］孔颖达正义，吕友仁整理：《礼记正义》（上册），上海：上海古籍出版社，2008 年，第 705 页。

③ ［汉］郑玄注，［唐］孔颖达正义，吕友仁整理：《礼记正义》（上册），上海：上海古籍出版社，2008 年，第 608 页。

④ ［宋］朱熹注：《诗经集传》，上海：上海古籍出版社，1987 年，第 14 页。

⑤ ［宋］朱熹注：《诗经集传》，上海：上海古籍出版社，1987 年，第 15 页。

第四节 一见钟情

张艺谋的《山楂树之恋》是我们很熟悉的一部电影，它让我们回到了一个清澈质朴的年代，明亮的阳光照射在绿色的山谷和树林上，那里有一条迂回的水路，一棵高大的山楂树。他在这片贫瘠而安静的土地上演绎了一个传统而温暖的爱情理想故事：一眼在人群里看到她，就开始喜欢，就成了一生的宿命，一世的执着。爱由相生，是灵犀一动，《西厢记》中的张生无意中窥见崔莺莺的绝代美貌，莺莺起身躲避时又回过头来"觑"了张生一下，张生不由得说："空著我透骨髓相思病染，怎当他临去秋波那一转！"《牡丹亭》中也有诗云："墙头马上遥相见，一见知君即断肠。"王菲《传奇》中唱道："只是因为在人群中多看了你一眼，再也没能忘掉你容颜，梦想着偶然能有一天再相见，从此我开始孤单思念。"邂逅相遇，一见倾心。《诗经》中《郑风·野有蔓草》《郑风·溱洧》也描述了这样的爱情。

郑风·野有蔓草

野有蔓草，零露漙（tuán）兮。有美一人，清扬婉兮。邂逅相遇，适我愿兮。

野有蔓草，零露瀼（ráng）瀼。有美一人，婉如清扬。邂逅相遇，与子偕臧。

【解题】

《郑风·野有蔓草》是一首写先民牧歌般自由之爱的诗作。《周礼·地官司徒·媒氏》载："中春之月，令会男女。于是时也，奔者不禁。"[1]

【释义】

蔓草：蔓延生长的草。零：降落。漙：形容露水多。清：指眼睛清明、澄澈，黑白分明。《礼记·郊特牲》："目者，气之清明者也。"扬：飞扬。形容目光流动有神的样子。婉：美好。野草蔓延到远方，草上露珠晶莹闪亮。偶遇一位美丽的姑娘，她的眼睛清澈明亮，美好得怦然打动我的心房。邂逅相遇多么欣喜，正合我的心意。

瀼瀼：露水多的样子。臧：同"藏"，藏匿。这一章意思递进式的重章叠唱，反复咏唱一见倾心的喜悦之情，增强了情意绵绵的抒情效果。意思上则由"适我

---

① ［汉］郑玄注，［唐］贾公彦疏，赵伯雄整理：《周礼注疏》卷第十四《地官司徒》，李学勤主编：《十三经注疏》，北京：北京大学出版社，1999年，第362、364页。

愿兮"递进到"与子偕臧"，两心相悦，一见钟情，高高兴兴地去约会。

【赏析】

诗共两章，每章六句。两章叠咏，诗以男子的口吻，反复倾诉一见倾心之意。这首诗故事发生的时间是阳春二月，这是西周礼制允许男女自由恋爱约会的季节。郑《笺》说："蔓草而有露，谓仲春之月，草始生，霜为露也。《周礼》：'仲春之月，令会男女之无夫家者。'"[①]

首章"野有蔓草，零露漙兮"勾勒出一派春草青青、露水晶莹的良辰美景。阳春三月，晨风轻拂，郊野上春草蔓延，一望无际，草叶嫩绿如洗，露珠晶莹欲滴。"有美一人，清扬婉兮"，偶遇一位美丽的姑娘，她的眼睛明亮有神，秋波流转，妩媚动人。这四句诗俨然是一幅春日丽人图，先写美景，后写美人，以美景衬托美人之美，美人与自然融为一体，美得充满灵气，堪称诗中有画，画中有人。小伙子在自由相会的日子偶遇这样美好的姑娘，不由地自心底发出"适我愿兮"的慨叹。这慨叹里有对姑娘的倾心，有对不期而遇的惊喜，更有难以抑制的幸福和满足感。

眼睛的最佳状态应该是黑白分明、澄澈晶莹，它是人的清明之气的外显。德国美学家黑格尔说："灵魂集中在眼睛里，灵魂不仅要通过眼睛去看事物而且也要通过眼睛才被人看见。"[②] 黑格尔关于艺术描写的这一美学原则，两千多年前中国民间诗人已娴熟运用。从《卫风·硕人》的"巧笑倩兮，美目盼兮"，到《郑风·野有蔓草》的"清扬婉兮"，再到《九歌·少司命》的"满堂兮美人，忽独与余兮目成"，都是通过流盼婉美的眼睛写姑娘的美丽，写心动和爱慕。以上诗句都可谓"点睛"之笔，赋予笔下人物以灵魂；主人公在盈盈的眼波交融之中怦然心动，思慕顿生。

郑风·溱洧

溱（zhēn）与洧（wěi），方涣涣兮。士与女，方秉蕑（jiān）兮。女曰："观乎？"士曰："既且（cú）。""且往观乎？洧之外，洵訏（xū）且乐。"维士与女，伊其相谑，赠之以勺药。

溱与洧，浏其清矣。士与女，殷其盈矣。女曰"观乎？"士曰："既且。""且往观乎？洧之外，洵訏且乐。"维士与女，伊其将谑，赠之以勺药。

① ［汉］毛亨传，［汉］郑玄笺，［唐］孔颖达疏：《毛诗正义》卷第四（四之四），李学勤主编：《十三经注疏》，北京：北京大学出版社，1999年，第375页。

② ［德］黑格尔著，朱光潜译：《美学》卷一，北京：商务印书馆，1996年，第197～198页。

【解题】

《郑风·溱洧》记录了郑国男女春天三月上巳日水边修禊之时自由相会的情景，反映了青年男女在溱水和洧水岸边游春祈福、祓除不祥的祭祀活动。《韩诗章句》认为此诗记载了郑国上巳节习俗："郑国之俗，三月上巳之日于两水上，招魂续魄，拂除不祥。"① 《诗三家义集疏》云："士与女往观，因相戏谑，行夫妇之事。其别，则送女以勺药，结恩情也。"②

154

《诗经》解读

【释义】

溱、洧：郑国两条河名。溱水，源于河南省新密市白寨镇，与洧水在交流寨村汇流后，流经新郑南关和长葛官亭段的那一段叫"双洎河"，在周口市扶沟县曹里乡摆渡口村汇入贾鲁河。诗中两条河还没有汇流，因此推知诗歌产生于今新密一带。涣涣：水流盛大的样子。蕑：一种香草，又叫大泽兰。采摘泽兰，是一种民间习俗，拿回去煎水洗澡，这和端午节用艾草煎水洗浴是一样的。且：同"徂"，去，往。洵讦：实在宽广。伊：语气助词。相谑：相互调笑。溱水、洧水水流盛大，春潮奔涌，男男女女手拿蕑草游春祈福。女子看中了一位小伙子，就主动搭讪："去看看不？"小伙子答道："已经去过了。"女子继续邀请说："你再去看一趟呗！洧水河畔那么热闹，实在是又宽广又好玩。"于是男子与女子相伴而行，互相玩笑，互生好感，彼此倾心，临别时赠芍药花以表情意。

浏：清澈的样子。殷：众多。盈：充满。"士与女，殷其盈矣"，写河畔人潮汹涌，挤满了男男女女，热闹非凡。重章叠唱，反复咏唱三月上巳日溱水、洧水畔，河水清澈，水波荡漾，人潮拥挤，热闹非凡，男子女子笑语盈盈。有彼此倾心的就可以相约，临别时就赠给他（她）芍药花定情。

【赏析】

诗共两章，每章十二句。描绘了郑国的风土人情。当时郑国的风俗，是三月上巳日这天，人们要在东流水中洗去宿垢，祓除不祥，祈求幸福和安宁。男女青年也借此机会，寻求美丽的邂逅。

首章写春天到来，人们到郊外水畔，手执蕑草，欢迎春天的来临，祈求福运。诗从宏观写起，"殷其盈矣"，参加欢会的青年人很多，熙熙攘攘，人潮涌涌。从细节落笔，从一对少男少女的偶遇搭讪，到二人相约同行，再到相互开玩笑，情愫萌生，临别"赠之以勺药"，借花表情。

诗歌借着"蕑"与"勺药"这两种芬芳的香草，完成了从风俗到爱情的转换，从自然界的春天到人生的青春的转换。"溱与洧，方涣涣兮。""涣涣"二字十分传神，令我们想起冰雪消融、春水奔涌，想起春风骀荡、水波轻漾的图景。正如网络

① ［清］王先谦：《诗三家义集疏》（上册），北京：中华书局，1987年，第371页。
② ［清］王先谦：《诗三家义集疏》（上册），北京：中华书局，1987年，第372～373页。

上一位文笔高手笔下充满生机与欣喜的春天："一声虫唱，点醒了春光；一颗芽胞，点亮了春昼；一剪燕尾，点破了春江水先暖；一滴清露，点染了春风花草香。"爱情在美好的春天里苏醒，男女邂逅，情愫暗生。"士与女，方秉蕑兮。"人们从冬天蛰伏般的生活状态中苏醒过来，人手一束蕑草，到野外，到水滨，去欢迎春天的到来，去祈求福运。有女子向心仪的男子搭讪，相约游于洧水畔。王先谦《诗三家义集疏》载："韩说：勺药，离草也，言将离别赠此草也。"[①]《诗三家义集疏》引崔豹《古今注》："勺药一名可离，故将别赠以勺药，犹相招则赠以文无，文无一名当归也。"[②] 可见，男女以芍药互赠，一方面寄托了离情，另一方面表达了结缘的意思。

综上，《郑风·野有蔓草》写的是"邂逅相遇，适我愿兮"的田园牧歌式的自由爱恋，描绘了一幅春日丽人图。先写美景，再写"清扬婉兮"的美人。诗中有画，画中有人。《郑风·溱洧》是写初春时节，春水涌流的溱洧河畔，男男女女手执蕑草，游春祈福，"伊其相谑，赠之以勺药"，欢声笑语中，相互倾心之人可相约会，临别依依，赠花定情，花为媒，浪漫而又充满了人间的烟火气，好像一个盛大的情人节。

第五节　约会

"月上柳梢头，人约黄昏后"，花前月下，才子佳人，正是约会好时光。"花明月暗笼轻雾，今宵好向郎边去。"（李煜《菩萨蛮》）这是南唐后主和小周后的约会。唐代元稹《明月三五夜》也是写月下约会："待月西厢下，迎风户半开。拂墙花影动，疑是玉人来。"诗中写男子热切等待情人到来的心情，兴奋而急切。男子看到墙上的花影拂动，欣喜地以为是等待的伊人来了。宋代朱淑真的《清平乐·夏日游湖》则是大大方方地白日相约出游，词中写道："携手藕花湖上路，一霎黄梅细雨。娇痴不怕人猜，和衣睡倒人怀。"大方地与恋人携手漫步在荷花盛开的湖畔小路，突然间洒下一阵黄梅细雨。娇痴的情怀不怕人猜度，和衣睡倒在他的胸怀。《诗经》的婚恋诗中也有描写约会的诗作。

郑风·子衿

青青子衿，悠悠我心。纵我不往，子宁（nìng）不嗣（yí）音？
青青子佩，悠悠我思。纵我不往，子宁不来？

---

① ［清］王先谦撰，吴格点校：《诗三家义集疏》（上册），北京：中华书局，1987 年，第 372 页。
② ［清］王先谦撰，吴格点校：《诗三家义集疏》（上册），北京：中华书局，1987 年，第 373 页。

挑兮达（tà）兮，在城阙兮。一日不见，如三月兮。

【解题】

《郑风·子衿》是一首写女子等候失约的恋人的诗，写一个未等到恋人的女子对恋人的思念、惆怅和埋怨。女子可能上一次约会未能赴约，这一次约会时，男子又迟迟未来。诗描写了女子焦急等待的心理活动和动作。郑地民风开放，诗歌体现了女性个体意识的解放，敢于追求爱情，大胆表露情感。朱熹《诗经集传》："郑卫之乐，皆为淫声。……卫犹为男悦女之辞，而郑皆为女惑男之语。"①

【释义】

青衿：古代学生穿的青色服装。衿：衣领。此处以青色的交领借代恋人。悠悠：忧思不断的样子。嗣音：传音讯。嗣：通"贻"，寄。你青色的衣领，牵动着我长长的思念。即使我没有去找你，难道你不能捎个信？

佩：这里指系佩玉的绶带。

挑、达：走来走去的样子。城阙：城门两边的观楼。走来走去满心焦急，在城楼上远望，盼着能看到你的身影。一天没和你见面，就像三个月那么长。

【赏析】

全诗三章。前两章是反复强调式重章叠唱，反复吟唱女子心中的思念和埋怨，加强了抒情效果，也在回环往复的吟唱中加强了音乐美。诗以"我"的口气自述怀人。"青青子衿""青青子佩"，是以恋人的衣饰借代恋人。对方的衣饰给她留下这么深刻的印象，使她念念不忘，可以想见其相思萦怀之深。不言思念，却说想念对方的衣领、玉佩，这是一种委婉的说法。正如辛晓琪《味道》所唱的："想念你的笑，想念你的外套，想念你白色袜子，和你身上的味道。我想念你的吻，和手指淡淡烟草味道。"不直言思念对方，只说思念对方的笑、外套、白色的袜子、身上的外套。可见，情到深处，思念的情怀可以很细腻，细腻到每个与他（她）相关的事物、每个与他（她）相处的情境都萦绕脑海，让人心心念念。

女子可能曾经因受阻不能前去赴约，期望恋人过来相会，可望穿秋水，也不见人影，浓浓的爱意不由得转化为惆怅与幽怨：纵然我没有去赴约，你就不能捎个音信来？纵然我没有去赴约，你就不能来找我？钱钟书指出："《子衿》云：'纵我不往，子宁不嗣音？''子宁不来？'薄责己而厚望于人也。已开后世小说言情之心理描绘矣。"②

末章"挑兮达兮，在城阙兮"，写女子在城楼上焦急地徘徊，期待恋人能前来相见。"一日不见，如三月兮"，才一天不见，就觉得像三个月没见一样思之欲狂。

---

① ［宋］朱熹注：《诗经集传》，上海：上海古籍出版社，1987年，第39页。
② 钱钟书：《管锥编》（第一册），北京：生活·读书·新知三联书店，2011年，第188页。

通过夸张修辞技巧，写出了物理时间与心理时间的巨大反差，将女子强烈的思念形象地表现了出来。这种心理描写手法，在后世文学创作中被普遍运用。

诗至此戛然而止，没有写那位书生最后有没有来赴约，只是把这个等待恋人等得急不可耐、一个人心思百转地在城楼上走来走去的女子形象留在那里，让我们去猜想，余韵悠长。

这首诗写出了相恋的人总是期望对方能更投入、更深情的"纵我不来，子宁不嗣音？"的恋爱心理，也以"一日不见，如三月兮"的物理时间与心理时间的巨大反差，形象写出了女子的相思之深。

邶风·静女

静女其姝（shū），俟我于城隅。爱而不见，搔首踟蹰（chí chú）。

静女其娈（luán），贻我彤管。彤管有炜（wěi），说（yuè）怿（yì）女（rǔ）美。

自牧归（kuì）荑（tí），洵美且异。匪女之为美，美人之贻。

【解题】

《邶风·静女》是一首写青年男女幽会的诗歌，写一位男子等待恋人时的动作描写和心理活动，表现了男子对恋人的深深情意，体现出年轻男女之间纯真爱情的美好。

【释义】

静女：文静的姑娘。或说"静"通"靓"，漂亮。姝：美丽。爱：通"薆"，躲藏。文静而漂亮的姑娘，在城角隐蔽处等我。是不是故意藏起来不让我找到，急得我抓耳挠腮，来回徘徊。

娈：美好的样子。有炜：即"炜炜"，鲜明的样子。说怿：喜爱。女，通"汝"，你，此处指彤管。文静而姣美的姑娘，曾赠送给我红管草。管草你红得鲜艳，我真喜欢你的美丽。

牧：郊外。归：通"馈"，赠送。荑：初生的柔嫩白茅。洵：确实。女：通"汝"，指荑草。她从郊外采来白茅芽赠给我，白茅芽真是漂亮又特别。不是白茅芽有多漂亮，而是因为是美人赠给我的。

【赏析】

诗以男子的口吻展开诗篇。第一章是写约会的场景：一位文静又美丽的姑娘，和我约好在城墙角落会面，我早早赶到约会地点，急不可耐地张望着，却看不到她，"爱而不见，搔首踟蹰"，猜测她是不是故意藏了起来，我急得抓耳挠腮，来回徘徊。传神的动作描写，形象地刻画了人物的内在心理，栩栩如生地塑造出一位恋慕至深、焦急期盼的有情人形象。

第二、第三两章，是那位痴情的小伙子在城隅等候心上人时的回忆，回忆静女曾经的赠物传情。赠送的也不是贵重的东西，有红管草，有白茅芽，礼轻情意重，重要的是赠物所代表的一片缠绵的情意。正如南朝宋陆凯《赠范晔》诗中的"江南无所有，聊赠一枝春"，赠物不在于多贵重，重要的是物品所寄托、表达的情意。

小伙子和美人所赠的红管草说话："说怿女美。"喜欢你的美丽。和静女所赠的白茅芽说话："洵美且异。匪女之为美，美人之贻。"你真是又美丽又特别。不是因为你真的美丽，而是因为你是美人赠送的。人与物说话的痴态，传神地表现了小伙子由爱而痴的状态，可见其钟情之深。不是因为物美，而是因为深爱赠物的人，所以觉得物美而特别，正是典型的"爱屋及乌"心理。

《邶风·静女》描绘了一位男子未等到恋人时的动作描写和心理活动。男子等不到恋人时的"搔首踟蹰"的动作描写，很形象、准确地写出了男子的焦急。男子情思缠绵地回忆起恋人相赠的红管草、白茅芽，并与它们痴痴地说话："说怿女美""匪女之为美，美人之贻"。陷入爱情的痴醉之态，爱屋及乌的恋爱心理尽显无遗。

陈风·东门之杨

东门之杨，其叶牂（zāng）牂。昏以为期，明星煌煌。

东门之杨，其叶肺（pèi）肺。昏以为期，明星晢（zhé）晢。

【解题】

《陈风·东门之杨》是一首写男女约会而久候不至的诗。

【释义】

牂牂：枝叶茂盛的样子。昏：黄昏。期：约定。明星：启明星，天快亮时出现于东方天空。煌煌：明亮的样子。东门之外有白杨，枝叶茂盛映夕阳。约好黄昏来相见，等到启明星闪亮。

肺肺：枝叶茂盛的样子。晢晢：明亮的样子。

【赏析】

诗共二章，每章四句。东门之外白杨挺拔，枝叶茂盛，二人相约之地当是东门外的白杨树下，或白杨林中。约定了黄昏相见，可是天上的启明星都出现了，等待的人儿还未出现。诗中无一句写诗人等待的焦灼，但焦灼尽在眼前景的描写中。黄昏是温暖的，是充满期待的，而在苦苦等候了一夜后，在清冷的黎明时刻，在明亮的启明星的反衬下，等待了一夜的人的心境该有多灰暗萧瑟？两章叠唱，反复咏叹，在回环往复中，反复抒写主人公等而不至的焦灼、失望和伤心，增强了情感的表现力度和诗歌的音乐美。

第六节　爱而不得——美人如花隔云端

有一种爱情是"在水一方"，可望难即，是美好却无缘的遗憾。正如唐代歌谣《无题》所唱："君生我未生，我生君已老。君恨我生迟，我恨君生早。"或如泰戈尔《世界上最远的距离》诗中所言："世界上最远的距离，不是树枝无法相依，而是相互瞭望的星星，却没有交汇的轨迹。"这种充满遗憾而又让人恋恋难舍的爱情在《诗经》中也存在。

秦风·蒹葭

蒹葭（jiān jiā）苍苍，白露为霜。所谓伊人，在水一方。溯洄从之，道阻且长。溯游从之，宛在水中央。

蒹葭凄凄，白露未晞。所谓伊人，在水之湄。溯洄从之，道阻且跻（jī）。溯游从之，宛在水中坻（chí）。

蒹葭采采，白露未已。所谓伊人，在水之涘（sì）。溯洄从之，道阻且右。溯游从之，宛在水中沚（zhǐ）。

【解题】

《秦风·蒹葭》是一首写追求思慕的人而不可得的诗。

【释义】

蒹：没长穗的芦苇。葭：初生的芦苇。苍苍：茂盛的样子。伊人：那人，指所爱的人。溯洄：逆着河流向上游走。从：追寻。阻：艰险。溯游：顺着河流向下游走。芦苇茂密水边长，深秋白露结成霜。我心思念的那个人，就在河水的彼岸。逆流而上去追寻，道路崎岖又漫长。顺流而下去追寻，仿佛就在水中央。

凄凄：同"萋萋"，和"苍苍""采采"同义，茂盛的样子。晞：干。湄：岸边。跻：高。坻：水中小沙洲。

涘：水边。右：道路向右边转弯，即道路弯曲的意思。沚：水中的小块陆地。

【赏析】

这首诗三章都用秋水岸边凄清的秋景起兴，"蒹葭苍苍，白露为霜""蒹葭凄凄，白露未晞""蒹葭采采，白露未已"，烘托了一种凄清的氛围，奠定了下文彷徨凄切的抒情基调。诗人把实情实景与想象幻想结合在一起，运用虚实相生的手法，借助意象的模糊性和朦胧性，来加强抒情写物的感染力。

"所谓伊人，在水一方""宛在水中央"，如同在幻景中，陈震《读诗识小录》："顿觉波共天长，葭随露冷，空濛秋色，杳然无际中。有高人逸士，若远若近，可遥臆其踪迹，而难接其形声。尺幅之内，恍见海上三神山矣。"① 陈继揆《读风臆补》评曰："起二语，画笔诗情。'鸡声茅店'一联，得此神化。意境空旷，寄托玄淡，秦川咫尺，宛然有三山云气，竹影仙风。故此诗在《国风》为第一篇缥缈文字，宜以恍惚迷离读之。"② 这种追寻对象的模糊和朦胧，也使诗歌具有了更深厚的艺术张力，后世读诗者从中读出了象征的意味。伊人可解作意中人，也可象征人生目标或理想。河水的阻隔便具备更深厚的艺术张力了，它可以象征人生追求中所遭遇的任何一种阻力或艰难。而"溯游从之"和"溯洄从之"，顺流而下再逆流而上，象征了追寻的执着；"道阻且长""宛在水中央"则象征了追寻的艰难和渺茫。所追寻的对象在水一方，可望难即，这是人们常会面临的人生境遇。诗歌具有了一种能引发古今读者情感共鸣的人生哲理的况味，使"在水一方"成为可望难即的经典情境，诗歌的内涵具备了极有张力的包容性。

诗歌运用重章叠唱的手法，反复咏唱对思慕之人的追寻，展现主人公对可望而不可即之人的深沉相思之情。后两章只是对首章文字略加改动，且改动都是在韵脚上——首章"苍""霜""方""长""央"，第二章"凄""晞""湄""跻""坻"，第三章"采""已""涘""右""沚"。这样就形成各章内部韵律协和而各章之间韵律参差的效果，变化之中又包含了稳定。文字的改动造成了语义的往复推进。"白露为霜""白露未晞""白露未已"——夜间的露水凝成霜花，霜花因气温升高而融为露水，露水在阳光照射下蒸发——表明了时间的延续。

王国维《人间词话》评价《秦风·蒹葭》"最得风人深致"③。一是在于诗中创造了"在水一方"、可望难即这一具有普遍意义的意境。世间一切因受阻而难以达到的种种追求，都可以和它产生同情共鸣。二是在于诗歌把暮秋特有的苇花白茫茫一片的凄清景色与人物彷徨凄切的相思感情交融在一起，从而渲染了全诗的气氛，创造出情景交融的艺术境界。正是"以我观物，故物皆著我之色彩"④。

探索人生深刻体验的作品总在后代得到不断的回应："蒹葭之思"指对恋人的思念之情，"蒹葭伊人"指寻求思恋而不曾会面的人。曹植《洛神赋》中"翩若惊鸿，婉若游龙""凌波微步"可望难即的洛神，李商隐爱而不得，朦胧婉曲、深情无限"相见时难别亦难""春蚕到死丝方尽"的《无题》诗，也是对《蒹葭》所表现主题的回应。

① ［清］陈震：《读诗识小录》，李永明：《北京师范大学图书馆藏稿抄本丛刊》（第 2 册/第 3 册），北京：国家图书馆出版社，2011 年，第 515 页。

② ［明］戴君恩撰，［清］陈继揆补辑，董露露点校：《读风臆补》，北京：语文出版社，2019 年，第 125 页。

③ ［清］王国维著，滕咸惠译评：《人间词话》，长春：吉林文史出版社，2007 年，第 35 页。

④ ［清］王国维著，滕咸惠译评：《人间词话》，长春：吉林文史出版社，2007 年，第 5 页。

邵燕祥的诗歌《地球对着火星说》①，以地球和火星两个星座为喻，抒写了爱而不得的缠绵难舍的情思，正是"在水一方"情境的审美再现：

在满天的繁星中间，我寻找着你，我凝视着你，你知道吗？谁说你远在天边——你是这样的热烈而分明。

……

闪笑的睫毛，握手的余温，交臂错过的一瞬，永远难了的衷情……在太阳系里，我愉快而矜持地运行。但是谁懂得这一种难言的隐痛！

周南·汉广

南有乔木，不可休思。汉有游女，不可求思。汉之广矣，不可泳思。江之永矣，不可方思。

翘（qiáo）翘错薪，言刈（yì）其楚。之子于归，言秣（mò）其马。汉之广矣，不可泳思。江之永矣，不可方思。

翘翘错薪，言刈其蒌（lóu）。之子于归，言秣其驹。汉之广矣，不可泳思。江之永矣，不可方思。

【解题】

《周南·汉广》是一首写男子追求女子而不能得的诗作。抒情主人公是一位青年樵夫，他钟情汉水边一位美丽的姑娘，却心愿难遂，情思缠绕，无以解脱。陈启源《毛诗稽古编》把此诗的诗境概括为"可见而不可求"，即表现所渴望所追求的对象在远方、在对岸，可以眼望心至却不可以手触身接。方玉润《诗经原始》评析说："此诗即为刈楚、刈蒌而作，所谓樵唱是也。近世楚、粤、滇、黔间，樵子入山，多唱山讴，响应林谷。盖劳者善歌，所以忘劳耳。其词大抵男女相赠答，私心爱慕之情，有近乎淫者，亦有以礼自持者。文在雅俗之间，而音节则自然天籁也。"②

【释义】

思：语气助词。汉：汉水。游女：出游的女子。永：长。方：同"舫"，用竹或木编成的筏子，在此做动词，指用筏子渡水。南方有高大的树木，不能休息无荫凉。汉水对岸游玩的女子，心中思慕却无望。就像宽阔的汉水，没办法游过去；就像长长的江水，划着筏子难往来。

---

① 邵燕祥著，半九朗诵：《地球对着火星说》，《半九读诗》2023 年 10 月 25 日，第 42 期，https://music.163.com/#/program?id=904678533。

② ［清］方玉润撰，李先耕点校：《诗经原始》，北京：中华书局，1986 年，第 87 页。

翘翘：高高的样子。错：杂乱。刘：割。楚：荆条。之子：那个女子。秣：喂牲口。交错丛生的杂木中，荆条突出是好柴。有一天姑娘嫁给我，接她要把马喂好。但这只能是心中美好的想象，现实却是心中的女子爱而不可得。

蒌：蒌蒿，也叫白蒿。驹：小马。

【赏析】

第一章以"南有乔木，不可休思"起兴，为句法相因式起兴，兴句和对句都是"……有……，不可……思"句式，上下相因关系是逻辑上的"不可"。用高大的树木因太高没有树荫，不可休息，兴起在汉水对岸游玩的女子，可望却不可即。后四句用比法，以"汉之广矣，不可泳思""江之永矣，不可方思"，形象比况企望难及、爱而不可得。

第二章以"翘翘错薪，言刘其楚"起兴，以交错丛生的杂木中，荆条突出是好柴，眼前物引发诗人的相似联想，姑娘的美丽超过众人，是其中翘楚，兴起对姑娘的思慕之情。这是后世"翘楚"一词的来源，比喻杰出的人才或事物。《诗经》中说娶妻，一般都以析薪取兴。因为古代嫁娶在黄昏，一定要点燃火把以照亮。第二、三两章描绘了樵夫痴情的幻想境界：要是有一天姑娘嫁给我，我要喂好马去迎娶她，表现出倾慕之情的深切。而回到现实中，三章尾四句对"汉广""江永"的反复咏唱，则是幻想破灭后的长歌当哭，表现了爱而不得的怅恨之情。

蔡其矫的《距离》也是对这种经典情境的阐释：

　　　　在现实和梦想之间，
　　　　你是红叶焚烧的山峦，
　　　　是黄昏中交集的悲欢；
　　　　你是树影，
　　　　是晚风，
　　　　是归来路上的黑暗。

这首诗所写的距离，是理想与现实之间的距离，也是相爱而不能如愿的恋人之间的距离。诗作借助密集的意象，将这种爱而不得、可望难即的爱情所致的幸福与苦涩描述得淋漓尽致：红叶燃烧的山峦是爱情的热烈的象征，黄昏中交集的悲欢是爱情的缠绵的象征；而黄昏、树影、晚风、归路的黑暗则是爱情不能实现时的心灵的痛楚黯淡的象征。

《周南·汉广》写出了主人公细微的情感历程：从希望到失望、从幻想到幻灭的无望爱恋。诗章的末尾长歌浩叹，"汉之广矣，不可泳思""江之永矣，不可方思"，比况企望难及的无限怅惘之情。即景取喻，妙如天成；反复吟唱，动人心魄。

《秦风·蒹葭》与《周南·汉广》相比，前者相较于后者的写实而言更空灵抽象，着意渲染一种追求向往而渺茫难即的意绪，创造出了"在水一方"、可望难即这一具有普遍意义的意境，世间一切因受阻而难以达到的种种追求，都可以和它产生同情共鸣。两首诗歌创造出了情景交融的艺术境界，达到了高超的艺术水平。

拓展阅读

陈风·宛丘

子之汤（dàng）兮，宛丘之上兮。洵有情兮，而无望兮。

坎其击鼓，宛丘之下。无冬无夏，值其鹭羽。

坎其击缶（fǒu），宛丘之道。无冬无夏，值其鹭翿（dào）。

【解题】

《陈风·宛丘》写的是一位男子对一位巫女舞蹈者爱慕而不得的深情。

【释义】

宛丘：陈国丘名，在陈国都城（今河南淮阳）东南。子：你，指巫女。汤：同"荡"，指舞动的样子。你身姿曼妙飞旋，舞动在宛丘之上。我真的思慕你啊，却明知此情无望。

坎其：即"坎坎"，击鼓声。无：不管，不论。值：持或戴。鹭羽：用鹭鸶鸟的羽毛做成的舞蹈道具。鼓声咚咚音乐响，舞蹈在宛丘之下。无论寒冬与酷暑，舞姿翩翩鹭翿扬。

缶：瓦质的打击乐器。鹭翿：用鹭羽制作的伞形舞蹈道具。聚鸟羽于柄头，下垂如盖。

【赏析】

首章开篇两句写诗人为巫女优美的舞姿所陶醉，情随舞起。但由于身份的限制，男子爱而不可得，故而惆怅地发出了"洵有情兮，而无望兮"的慨叹。两个"兮"字延长了声调，形象地唱出了男子爱而不得的无奈和幽怨之意。第二、第三章写在欢腾热闹的鼓声、缶声中，巫女舞蹈着，从宛丘山下到山下路上，从寒冬舞到炎夏。诗人情之所系，目之所钟，用深情而执着的目光看着她欢舞，明知爱而无望，却仍然对她恋恋不舍，远远地痴痴地观望，展现出诗人心中恋恋难舍的深情和爱而不可得的惆怅。

郑风·东门之墠

东门之墠（shàn），茹藘（rú lǘ）在阪（bǎn）。其室则迩，其人甚远。

东门之栗，有践家室。岂不尔思？子不我即。

【解题】

这首诗是一首男女对唱式的情歌，表达的是咫尺天涯、莫能相近的可望难即之痛。方玉润《诗经原始》："就首章而观，曰室迩人远者，男求女之词也。就次章而论曰：'子不我即'者，女望男之心也。一诗中自为赠答而均未谋面。"①

【释义】

坤：平坦之地。茹藘：草名，即茜草。阪：土坡。

践：善。即：往就，接近。

"其室则迩，其人甚远。"你的家很近，你的人却很遥远。"岂不尔思？子不我即。"怎能不思念你？你却不来找我。

第七节　爱让人勇敢

人生中若没有少年时的一场倾情挚恋，那绝对会是一种遗憾。青葱少年，如花美眷，曾经的真挚爱恋即便是没有结果，那怦然打动心灵的钟情也会是一种永恒的美丽。那拨动心弦的美丽时刻，一生能有几次？那真挚的情意可能是珍存一生的难以割舍的美丽。席慕蓉《千年的愿望》："总希望二十岁的那个月夜能再回来，再重新活那么一次。……在这样的月夜，很多忘不了的时刻都会回来，这样的一轮满月，一直不断地在我的生命里出现，在每个忘不了的时刻。"当爱情来临时，何妨勇敢一次？

鄘风·柏舟

泛彼柏舟，在彼中河。髧（dàn）彼两髦（máo），实维我仪。之死矢靡它。母也天只！不谅人只？

泛彼柏舟，在彼河侧。髧彼两髦，实维我特。之死矢靡慝（tè）。母也天只！不谅人只？

【解题】

《鄘风·柏舟》是写一位少女追求婚姻自由、坚贞热烈的如火恋歌。

【释义】

泛：即泛泛，形容船在河中漂浮的样子。髧：头发下垂状。两髦：男子未行冠礼前，前额头发齐眉，额后则扎成两绺，分向两边。维：乃，是。仪：配偶。之：到。矢：通"誓"，发誓。靡它：无他心。只：语气助词。谅：体谅。柏木小船河

---

① ［清］方玉润撰，李先耕点校：《诗经原始》，北京：中华书局，1986 年，第 219 页。

中荡，漂漂漾漾河中央。齐眉披发少年郎，是我心中好对象。发誓至死心不移。我的娘啊老天啊！为何对我不体谅？

特：配偶。慝：通"忒"，变更，此指变心。

【赏析】

开篇触物以起情，以柏木船儿漂荡于水中起兴，兴起女子选中意中人却阻力重重、心愿难遂的心境动荡。"实维我仪""实维我特"的"实"，都是强调这男子与她实在匹配。女子发出决绝的爱情誓言：到死不改移此志。"靡它"与"靡慝"都是心无旁属的坚决之意。接着呼母吁天，"母也天只，不谅人只"，为什么就不能体谅我，让我遂心愿呢？可以看出女子想要嫁给这位男子是阻力重重的，女子怨极而呼父母、呼天而诉。方玉润《诗经原始》："盖情极则呼天，疾痛则呼父母，如舜之号泣于旻天、于父母耳。"[①] 两章叠咏，反复咏叹，加强了诗歌的抒情性和打动人心的力量。

汉乐府民歌《上邪》也是写矢志不移的如火恋情：

上邪！我欲与君相知，长命无绝衰。山无陵，江水为竭，冬雷震震，夏雨雪，天地合，乃敢与君绝。

王风·大车

大车槛（kǎn）槛，毳（cuì）衣如菼（tǎn）。岂不尔思？畏子不敢。
大车啍（tūn）啍，毳衣如璊（mén）。岂不尔思？畏子不奔。
榖（gǔ）则异室，死则同穴。谓予不信，有如皦（jiǎo）日！

【解题】

《王风·大车》是一首女子要求爱人为爱私奔的如火恋歌。

【释义】

大车：贵族乘坐的车子。槛槛：车行声。毳衣：用兽类细毛织成的衣服，类于毛毡披风，大夫之服。菼：初生的芦苇，此处喻毳衣的青白色。尔、子：指其所爱的男子。大车隆隆向前行，你身穿毳衣色青白。怎么能不想念你？只是担心你不敢。

啍啍：车行声。璊：红色美玉。奔：私奔。大车啍啍向前行，你身穿毳衣色如璊。怎么能不想念你？怕你不和我私奔。

榖：生，活着。穴：墓穴。予：我。皦：同"皎"，白，光明。活着不能在一起，死后也愿同墓穴。我说的话你不信，此心皎洁如白日。

_____

① ［清］方玉润撰，李先耕点校：《诗经原始》，北京：中华书局，1986年，第127页。

【赏析】

此诗主人公是一位女子，热烈地爱着一位男子。在前行的大车中，姑娘向小伙子倾诉心中的惶恐和爱恋：怎么会不思念你？只是担心你不敢和我私奔。可见，二人的相爱受到了来自家庭或社会的阻力，姑娘想要和男子私奔，又担心男子不敢。诗人将"大车""毳衣"描绘得有声有色，根本原因在于"情之所寄"，因为两者皆为其爱人所用之物。正因其对爱人的热恋，才有对"大车""毳衣"的精心描绘。可见此二物已经与诗人的生命体验产生了交融。① 姑娘情热如火，信誓旦旦，发誓永远忠于爱情，即便生不能同室，也愿死后同穴，发誓对爱人的心坚贞不移，让天上的太阳作证。"有如曒日"，是当时发誓的习惯语式。《左传·僖公二十四年》记载，公子重耳即将渡河返国之际向子犯发誓："所不与舅氏同心者，有如白水。"这是指着河水发誓，让黄河作证。《左传·襄公二十五年》称"有如上帝"，《左传·定公六年》称"有如先君"。"有如"是誓词中的常用语，用以作证的对象或具有神圣性，或具有永恒性。

拓展阅读

现代民歌中也有这样勇敢的爱恋，如《死好分离活难离》：

> 爹又打来娘又骂，
> 打死骂死还要嫁！
> 人头放在坑沿底，
> 打死复活还和你！
> ……
> 哥不娶来妹不嫁，
> 至死不说那二心的话！
> 三十年的榆树还要往上长，
> 再过三十年还要把你想。②

---

① 刘挺颂：《〈诗经·王风〉审美意象论析——以〈黍离〉〈君子于役〉〈大车〉〈丘中有麻〉为例》，《平顶山学院学报》2021年第3期。

② 包俊臣、王立庄：《鄂尔多斯民歌集萃》（下），呼和浩特：内蒙古人民出版社，1990年，第940～942页。

第八节　爱的苦恼

恋爱很美，让人心向往之，爱是从万千人中一眼看到你，怦然心动，两心相许。但恋爱也有很多苦恼，也很痛。正因为真心、赤诚、在意，才最患得患失，才最易受伤。正如林忆莲《伤痕》中所唱："爱有多销魂，就有多伤人。"纳兰性德曾慨叹："人生若只如初见。"（《木兰词·拟古决绝词柬友》）屈原也曾说："乐莫乐兮新相知。"（《九歌·少司命》）恋爱最美的阶段是初见时，是相知时，眼中看到的只有对方的好。而相爱简单相处难，走近了才发现对方也有缺点，相处久了真实的自己会展露出来：会有嬉笑怒骂，会有争执，会有冷战，会有疑猜，也会移情别恋。

郑风·将仲子

将（qiāng）仲子兮，无逾（yú）我里，无折我树杞。岂敢爱之？畏我父母。仲可怀也，父母之言，亦可畏也。

将仲子兮，无逾我墙，无折我树桑。岂敢爱之？畏我诸兄。仲可怀也，诸兄之言，亦可畏也。

将仲子兮，无逾我园，无折我树檀。岂敢爱之？畏人之多言。仲可怀也，人之多言，亦可畏也。

【解题】
《郑风·将仲子》写一位担心人言可畏的女子请求恋人不要再翻墙爬树来约会。

【释义】
将：请求。仲子，二哥。男子排行第二，以排行代称恋人或丈夫，在《诗经》婚恋诗中极为常见。如《卫风·伯兮》称外出服征役的丈夫为"伯"，可见其在家中排行老大。逾：跨越。里：五家为邻，五邻为里，里外有墙。爱：吝惜，舍不得。怀：牵挂。诗中女子请求小二哥：不是不爱小二哥，而是担心父母、兄长生气、指责，担心人言可畏。

【赏析】
诗共三章，每章八句。三章叠咏。诗中的女子对仲子有恋慕，也有理智的拒绝，并没有被爱情冲昏了头脑，为爱不顾一切。这种恋爱观值得提倡。人是感性的，不可能在爱情中完全理智，只是始终要坚守底线。诗中的女子有拒绝，有请求，也有委婉地传情达意："岂敢爱之？畏我父母。仲可怀也，父母之言亦可畏也。"哪里是吝惜墙被毁、杞树被折断呢？只是害怕父母的责怪，惹父母生气罢了。我心里恋慕着你，但不敢太放肆，怕惹父母生气、担心。第三章"人之多言，亦可畏也"，"人言可畏"这个成语就是从此而来。陈震《读诗识小录》："婀娜纵送，一波三折，然语不迫而意独至，则愈婉愈严矣。此风人妙境也。"①

诗中仲子这样不顾礼法的约会相见分为两种情况：一是因为真爱，所以罔顾礼法，想方设法去见心上人；二是在恋爱中缺乏对爱人的尊重，只顾满足自己的私欲，根本不管这种行为会对女子造成什么影响。《孟子·滕文公下》："不待父母之命，媒妁之言，钻穴隙相窥，逾墙相从，则父母国人皆贱之。"②

陈风·防有鹊巢

防有鹊巢，邛（qióng）有旨苕（tiáo）。谁侜（zhōu）予美？心焉忉（dāo）忉。

中唐有甓（pì），邛有旨鹝（yì）。谁侜予美？心焉惕（tì）惕。

【解题】

《陈风·防有鹊巢》写女子和情人之间出了问题后的胡思乱想：一定有什么人在挑拨我们，不然我们的爱情是不会出问题的。朱熹《诗经集传》："此男女之有私，而忧或间之之辞。"③

【释义】

防：堤坝。邛：土丘。旨：味美的。苕：苕菜，生在低湿的地方。侜：欺骗，挑拨。美：心上人。忉忉：忧愁焦虑的样子。堤坝上哪会有喜鹊筑巢，丘陵上哪会长美味苕菜。谁挑拨我的心上人，我心里忧伤又苦恼。

中唐：古代堂前或门内的甬道。甓：砖瓦，瓦片。鹝：借为"虉"（yì），即绶草，一般生于低湿处。惕惕：恐惧不安的样子。路上哪会用瓦铺道，山丘上哪会长绶草。

【赏析】

诗共两章，每章四句。陈国在今天河南省周口淮阳一带，位于河南省中部，属于当时华夏文化最发达的地方。

第一章、第二章首二句为兴句，列举了四种世上不会发生的事，兴起坚信他们之间的感情不会发生变化。兴句和对句之间的关联是逻辑上的"不会"。第一章以喜鹊筑巢一定在高高的树枝上，不会在大堤上筑巢；苕菜只能生在水分充足的低湿处，不会长在缺水的山丘上。以不可能发生的现象，兴起爱人不会变心，但诗人又

① ［清］陈震：《读诗识小录》，李永明：《北京师范大学图书馆藏稿抄本丛刊》（第2册/第3册），北京：国家图书馆出版社，2011年，第337页。

② ［清］焦循撰，沈文倬点校：《孟子正义》（上册），北京：中华书局，2017年，第458页。

③ ［宋］朱熹注：《诗经集传》，上海：上海古籍出版社，1987年，第56页。

跳过这一层意思，直接写不能完全清除心中的忧虑，因而忧心忡忡。

方玉润《诗经原始》以为此诗乃忧谗贼之作，借男女之情写君臣之义。"盖鹊本巢木，而今则曰'防有鹊巢'矣。苕生下隰，而今则曰'邛有旨苕'矣。而中唐非甓瓴之所，高丘岂旨鹝所生，人皆可以伪造而为谣，又况无根浮词，不侜张予美，而生彼携贰之心耶？予是以常怀忧惧，中心惕惕而不能自解也。程子曰：'予美，心所贤者。一言下之，诳君以谗人；一言奸之，诬善以害人，皆作诗者忧患之意。'可谓深得风人义旨矣。"①

拓展阅读

郑风·褰裳

子惠思我，褰（qiān）裳（cháng）涉溱。子不我思，岂无他人？狂童之狂也且（jū）！

子惠思我，褰裳涉洧。子不我思，岂无他士？狂童之狂也且！

【解题】

《郑风·褰裳》是一首女子戏谑、责备情人的诗。诗中女主人公虽用责备的口气指责男子不来找自己，实则表现的是一种热烈的邀请：你若想我，就赶紧渡河来找我。自有一种情人相处的嬉笑怒骂的情趣。

【释义】

惠：爱。褰：提起。裳：下裙。不我思：即"不思我"的倒装。溱水和洧水是郑国的两条河，即今双洎河，溱、洧二水汇合于今新密市境内。这里的"涉溱""涉洧"，都是指渡河来相见。童：愚昧无知。且：语气助词。

士：未娶的男子。

【赏析】

"狂童之狂也且！""你这个傻瓜中的大傻瓜呀！"这一声极为传神，一个天真烂漫又泼辣爽快的女子形象呼之欲出。因为有爱，才会随心而言，无所顾忌，才会嬉笑怒骂，皆是情趣。《读风臆补》评说："多情之语，翻似无情。"②

郑地女子热情奔放，在恋爱中自主、自信，多有女子对男子的情感表达处于主动地位。诗歌洋溢着欢快、愉悦、自信的情绪，没有礼教约束下的畏缩和怯懦，受周礼约束较少，男女自由婚恋、男女平等婚恋思想占主要地位。

---

① ［清］方玉润撰，李先耕点校：《诗经原始》，北京：中华书局，1986年，第287～288页。

② ［明］戴君恩撰，［清］陈继揆补辑，董露露点校：《读风臆补》，北京：语文出版社，2019年，第88页。

郑风·狡童

彼狡童兮，不与我言兮。维子之故，使我不能餐兮。

彼狡童兮，不与我食兮。维子之故，使我不能息兮。

《诗经》解读

【解题】

《郑风·狡童》是写一位深情女子为爱而苦的诗。

【释义】

狡童：美貌少年。狡，同"姣"，美好。维：为，因为。那位帅气的小伙子，不和我说话，因为你的缘故，让我吃不下饭。

息：寝息。

【赏析】

诗篇通过直言痛呼的人物语言，写出了爱情的烦恼和伤人，真是"为伊消得人憔悴"。恨中带恋，所谓"若忿若憾，若谑若真，情之至也"①。

郑风·山有扶苏

山有扶苏，隰有荷华（huā）。不见子都，乃见狂且（jū）！

山有乔松，隰有游龙。不见子充，乃见狡童！

【解题】

《郑风·山有扶苏》是一首写女子薄嗔爱人的诗歌，与后世称爱人为"冤家"有异曲同工之妙，是女子对心上人的调笑戏谑之语。近代陈子展《诗经直解》云："疑是巧妻恨嫁拙夫之歌谣。'不见子都，乃见狂且'，犹云'燕婉之求，得此戚施'也。"②

【释义】

扶苏：树木名。华：同"花"。子都、子充：古代美男子的通称。狂且：疯癫愚蠢。

乔：高大。游龙：水草名。狡童：同"狂且"。

【赏析】

《诗经》中，"山有……，隰有……"是常用的起兴句式，属于套语式起兴模式，兴起的是"心有子都"，但略写这个意思，直接写"不见子都，乃见狂且"。

---

① ［明］戴君恩撰，［清］陈继揆补辑，董露露点校：《读风臆补》，北京：语文出版社，2019 年，第87 页。

② 陈子展：《诗经直解》，上海：复旦大学出版社，1983 年，第 260 页。

第八章　爱情婚姻理想

第一节　爱情理想

从古至今，无数痴男怨女用诗歌倾诉他们心中的爱情理想。汉代卓文君说："愿得一心人，白头不相离。"（《白头吟》）唐代白居易说："在天愿作比翼鸟，在地愿为连理枝。"（《长恨歌》）清代纳兰性德说："一生一代一双人。"（《画堂春》）而两三千年前的先秦周朝民间诗人们已经唱出了他们心中的爱情婚姻理想："执子之手，与子偕老。""虽则如云，匪我思存。"

邶风·击鼓

击鼓其镗（tāng），踊跃用兵。土国城漕，我独南行。
从孙子仲，平陈与宋。不我以归，忧心有忡。
爰（yuán）居爰处？爰丧其马？于以求之？于林之下。
死生契阔（qiè kuò），与子成说。执子之手，与子偕老。
于（xū）嗟阔兮，不我活兮！于嗟洵（xún）兮，不我信兮！

【解题】

《邶风·击鼓》是一位远征异国、长期不得归家的士兵唱的一首厌恶战争、思念妻子的心曲。据《左传》记载，鲁宣公十二年，宋伐陈，卫穆公出兵救陈。鲁宣公十三年，晋国不满卫国援陈，出师讨伐卫国，卫国屈服。作者可能是当时留守在陈国、处境尴尬的卫国军士。

【释义】

其镗：即"镗镗"，鼓声。土国：在国内服役土工。城漕：在漕邑修筑城墙。漕邑在今河南省滑县东南。南行：指出兵往陈、宋。别人修路筑城墙，只有我从军到南方。

孙子仲：人名，卫国将领。有忡：忡忡，忧虑不安的样子。跟随将领孙子仲，去平定陈国与宋国的纠纷。战争结束仍不归，内心忧愁神难宁。

爰：何处。诗人忧虑战死，埋骨荒野，洋溢着毫无斗志的厌战情绪。

契阔：契，合；阔，离。言生死都要在一起。偏义复词，偏用"契"义。成说：约定誓言。子：指诗人的妻子。无论生死都要在一起，这是我们约定的誓言。想要拉着你的手，和你相依相守，一起变老。

于嗟：叹词。活：借为"佸"，相会。洵：久远。信：守信，守约。可叹离别让我们不能相见！可叹分开得太久，让我不能信守誓言。

【赏析】

全诗共五章，每章四句。前三章征人自述出征情景，承接紧密，出征、思归、战败；后两章描写征夫在异乡孤独地倾诉着对妻子的思念，表达长久离家的痛苦和对相依相守、永不分离爱情理想的向往。

诗人"怨"：怨战争的降临，怨征役无归期，怨战争中与己息息相关的点滴幸福的缺失，甚至整个生命的丧失。诗作在个体生命存在的无奈中，在小我的正常生活的幸福被战争的残酷不断颠覆中，流露出一份从心底而来的"怨"。陈继揆《读风臆补》："唐人诗'醉卧沙场君莫笑，古来征战几人回'，即'不我活'意。'可怜无定河边骨，犹是春闺梦里人'，即'不我信'意。"[1] 诗歌充满了厌战思归的情思，反映了征人对个体生命正常幸福生活的诉求。这种发自心灵深处真实而朴素的歌唱，具有撼人心魄的力量。

诗人也"愿"。"死生契阔，与子成说。执子之手，与子偕老"是为人称颂的爱情理想，表达了希望相依相守、白头偕老的愿望。在白居易的笔下，则演绎为"在天愿作比翼鸟，在地愿为连理枝"。平淡相守，不离不弃，共同从黑发到白头，隽永而一往情深，千百年来，引发了无数人的情感共鸣。

郑风·出其东门

出其东门，有女如云。虽则如云，匪我思存。缟（gǎo）衣綦（qí）巾，聊乐我员（yún）。

出其闉阇（yīn dū），有女如荼。虽则如荼，匪我思且（jū）。缟衣茹藘（rú lǘ），聊可与娱。

【解题】

《郑风·出其东门》是一首写男子对爱人专一不二的诗作。

【释义】

东门：城东门，是郑国游人云集的地方。如云：形容女子众多。匪：通"非"。思存：思念。缟：白色。綦巾：淡绿色头巾。聊：且，才。员：友，亲爱。

① ［明］戴君恩撰，［清］陈继揆补辑，董露露点校：《读风臆补》，北京：语文出版社，2019 年，第 32 页。

从郑国都城的东门出来，看见美女如云。虽然美女如云，但不是我思念的那一个。那个身穿白衣、头戴绿色头巾的女子，才让我快乐又亲近。

闉闍，城门外的护门小城，即瓮城门。荼：茅花，白色。茅花开时一片皆白，此处形容女子众多。思且：思念，向往。且，语气助词。茹藘：茜草，其根可制作绛红色染料，此处指绛红色蔽膝。"缟衣""綦巾""茹藘"之服，均显示此女身份之贫贱。虽然女子众多，但都不是我喜欢的那一个。身穿白衣、佩戴红色围裙的那个女子，才让我心悦又欢欣。

【赏析】

郑国的春天，是"士女出游"、谈情说爱的美妙时令。《郑风·溱洧》中，清波映漾的溱水、洧水之畔，众多的青年男女，相约相会，笑闹戏谑，向意中人赠送表达爱意的芍药花。这首诗所展示的则是男女聚会于郑都东门外的一幕，面对美女如云，心有所属的男子唱出了"弱水三千，只取一瓢饮"的忠贞。

两章复沓，妙在都是从男主人公眼中写来，表现了一种突见众多美女时的惊讶和赞叹。两个"虽则……匪我……"的转折句，突出表现了主人公的情有独钟。"缟衣綦巾""缟衣茹藘"，都是"女服之贫陋者"[1]。

在人的一生中，可能会遇到很多美好的人，但只要用心爱一个人就足够了。因为爱有排他性，忠贞专一的爱情是世间男女共同的期望，得到了后世无数诗人的呼应。如汉代卓文君《白头吟》："愿得一心人，白头不相离。"清代纳兰性德《画堂春》："一生一代一双人，争教两处销魂。"《射雕英雄传》中的郭靖与黄蓉、《神雕侠侣》中的杨过与小龙女都是专一爱情的典范。

第二节　幸福婚姻

幸福是什么？幸福不是"一种相思，两处闲愁"（宋代李清照《一剪梅·红藕香残玉簟秋》），不是"心似双丝网，中有千千结"（宋代张先《千秋岁·数声鶗鴂》）。幸福是李清照与赵明诚在山东青州时的"赌书消得泼茶香，当时只道是寻常"（清代纳兰性德《浣溪沙·谁念西风独自凉》），是纳兰性德和妻子卢氏的"忆来何事最销魂，第一折枝花样画罗裙"（清代纳兰性德《虞美人·曲阑深处重相见》），是管道升和赵孟頫的"你侬我侬，忒煞情多"（元代管道升《我侬词》）。幸福是琴瑟和鸣，岁月静好，是彼此信任，是互助互勉，是相亲相乐。

---

① ［宋］朱熹注：《诗经集传》，上海：上海古籍出版社，1987年，第38页。

郑风·女曰鸡鸣

女曰："鸡鸣。"士曰："昧旦。""子兴视夜，明星有烂。""将翱将翔，弋（yì）凫与雁。"

"弋言加之，与子宜之。宜言饮酒，与子偕老。"琴瑟在御，莫不静好。

"知子之来之，杂佩以赠之。知子之顺之，杂佩以问之。知子之好（hào）之，杂佩以报之。"

凫（即野鸭）

【解题】

《郑风·女曰鸡鸣》是一首写猎人夫妇生活和睦、感情诚笃的诗作。

【释义】

昧旦：黎明时分。兴：起来。有烂：即"烂烂"，明亮的样子。弋：古代用生丝做线，系在箭上射鸟，叫作"弋"。女子说："鸡已叫了。"男子说："天快亮了。"钱钟书《管锥编》认为"子兴视夜"是男子所说，男子还想睡，说天还没明，启明星还在天上亮晶晶。"将翱将翔"是女子所说，是催促男子起床打猎，可以射野鸭和大雁了："'子兴视夜'二句皆士答女之言；女谓鸡已叫旦，士谓尚未曙，命女观明星在天便知。女催起而士尚恋枕衾，与《齐风·鸡鸣》情景略似。"[1]

宜：用适当的方法烹调菜肴。御：用，指弹奏。静好：安好。射中飞禽拿回家，给你烹调成美味的菜肴。就着美味来饮酒，和你一起幸福地白头到老。夫妻和睦，生活幸福就像弹奏琴瑟一样和美谐调。

---

① 钱钟书：《管锥编·毛诗正义》（第一册），北京：生活·读书·新知三联书店，2011年，第178页。

来：关怀。杂佩：用多种珠玉做成的佩饰。问：赠送。知道你关心我，送你杂佩表我爱。知道你对我温柔，送你杂佩表我心。知道你爱恋我，送你杂佩表我情。

【赏析】

这是一首极富情趣的对话体诗，展现了勤快早起的妻子和猎人丈夫生活化、日常化、情趣化的对话，展现了婚姻生活的真实、温暖和浪漫，以及夫妇间互敬互爱、互助互勉、和乐有趣的生活。诗中除夫妻对话外，还有诗人旁白。整首诗就像一幕短剧，生动而情趣盎然。诗人通过猎人夫妇的对话，展示了猎人夫妇三个生活场景。

第一个场景：鸡鸣晨催。公鸡初鸣，勤勉的妻子便提醒丈夫"鸡已打鸣"，该起床了。丈夫回答天快亮了，似乎还想睡："不信你起来看看天上，启明星还在天上亮晶晶。"妻子催促丈夫道："宿巢的鸟雀将要出来飞翔，野鸭大雁都要出来了。"

第二个场景：温言慰夫。妻子知道丈夫一大早就去打猎很辛苦，温柔地对将出门的丈夫说："你射中野鸭、大雁回来，我给你做成美味的菜肴，品着佳肴和你饮酒相乐，你外出打猎，我操持家事，期望我们一起幸福地白头到老。"诗人情不自禁地在旁边感叹道："琴瑟在御，莫不静好。"夫妇和睦谐调，就像琴瑟和鸣，岁月多么安好。丈夫能有如此勤勉贤惠、体贴温情的妻子，怎能不感到很幸福？

第三个场景：赠佩示爱。深深感到妻子对自己的"来之""顺之"与"好之"，男子便解下杂佩"赠之""问之"与"报之"。一唱之不足而三叹之，易词申意而长言之。赠物传情是文学作品中常见的表情达意方式。如《郑风·溱洧》中赠芍药给钟情的人："维士与女，伊其将谑，赠之以勺药。"汉末《古诗十九首》之《涉江采芙蓉》中女子采芙蓉送给远方思念的人："涉江采芙蓉，兰泽多芳草。采之欲遗谁，所思在远道。"屈原《山鬼》中山中女神折香花送给爱人："折芳馨兮遗所思。"

后世鸡鸣成为催人起床的语码。钱钟书《管锥编》中收集了后世的相关诗歌：

六朝乐府《乌夜啼》："可怜乌白鸟，强言知天曙。无故三更啼，欢子冒暗去。"《读曲歌》："打杀长鸣鸡，弹去乌白鸟。愿得连暝不复曙，一年都一晓。"徐陵《乌栖曲》之二："绣帐罗帏隐灯烛，一夜千年犹不足，惟憎无赖汝南鸡，天河未落犹争啼。"李廓《鸡鸣曲》："长恨鸡鸣别时苦，不遣鸡栖近窗户。"温庭筠《赠知音》："翠羽花冠碧树鸡，未明先向短墙啼。窗间谢女青蛾敛，门外萧郎白马嘶。"《游仙窟》："谁知可憎病鹊，夜半惊人；薄媚狂鸡，三更唱晓。"[1]

---

[1] 钱钟书：《管锥编·毛诗正义》（第一册），北京：生活·读书·新知三联书店，2011 年，第 178 页。

《郑风·女曰鸡鸣》中猎人夫妻和谐安好的相处模式，启迪我们以下三个夫妻恩爱的相处之道。

一是家庭责任感。男主外女主内的夫妻相处模式，需要男女各顶半边天，男女都要担负起家庭的责任。《郑风·女曰鸡鸣》中男子要早起打猎，保证衣食无忧。女子要早起持家，为丈夫做饭安排家事。唐代诗人元稹在妻子韦丛死后写了大量的悼忘诗，其中有两句写得特别好："诚知此恨人人有，贫贱夫妻百事哀。"（元稹《遣悲怀三首》其二）婚姻，生活起码要丰衣足食，才能谈得上幸福。元稹性喜饮酒交游，而又家贫无资产，韦丛变卖嫁妆首饰来维持生计。有客人来，元稹死乞白赖地缠韦丛买酒，韦氏从头上拔下金钗换钱买酒，"泥他沽酒拔金钗"（元稹《遣悲怀三首》其一），一个富家大小姐，甘于清贫，从无怨言，用落叶生火，与丈夫一起靠野菜充饥："野蔬充膳甘长藿，落叶添薪仰古槐。"（元稹《遣悲怀三首》其一）元稹若是一个好丈夫，又怎会忍心让妻子穷苦到如此地步？韦丛的早逝，又何尝不与生活的困顿有关？所以元稹虽写了那么深情的悼亡诗，但韦丛和他的生活却绝谈不上岁月静好的幸福安乐。

二是温情。婚姻需要温情来维系，冷漠和理所应当是婚姻的杀手。你辛苦挣钱养家，我为你做可口的饭食。在你辛苦忙碌之后，和你一起品尝佳肴，饮酒相乐，让你感受到家庭的温馨幸福。丈夫不能自以为挣钱养家，就不尊重妻子；妻子也不能觉得嫁汉嫁汉，穿衣吃饭，丈夫辛苦挣钱养家是理所应当，而不关心体贴丈夫。现代社会很多曾经彼此深爱的夫妻，敌不过岁月，最后离婚收场，原因不外乎婚姻生活缺乏温情的维系，彼此感觉不到家庭的温馨，心日渐远，最终无法维持婚姻的平衡。所以在婚姻中，彼此要温情相待，相互体贴，共同维系家庭的和谐幸福。

三是爱要表达出来。诗歌中，妻子说"宜言饮酒，与子偕老"，品着美味来饮酒，愿和你一起幸福地白头到老。男子则"知子之来之，杂佩以赠之"，知道你关心我，送你杂佩，想和你永结同心。送佩表情，让妻子知道他的心意。这样的互相表达爱意，互相珍视，婚姻生活怎会不和谐幸福？爱需要表达出来，不表达出来，对方怎会知道？如果对方体会不到你的珍惜、尊重，又怎会轻易地予你以珍惜与尊重。岁月安好的生活，是两心相安，两心相知，是携手走过风雨人生路，无畏无惧，因为清楚知道彼此的心意，彼此是最有力的依靠。

拓展阅读

郑风·扬之水

　　扬之水，不流束楚。终鲜兄弟，维予与女。无信人之言，人实迁（kuāng）女（rǔ）。

　　扬之水，不流束薪。终鲜兄弟，维予二人。无信人之言，人实不信。

【解题】

《郑风·扬之水》是一首写与妻子闹矛盾的男子临别时嘱咐妻子要信任自己的诗作。闻一多《风诗类钞》："将与妻别，临行慰勉之词也。"

【释义】

扬之水：小水沟。终：既。鲜：少。迁：通"诳"，欺骗。小河流水细又弯，一捆荆条能搁浅。我们二人兄弟少，只有二人相依伴。不要轻信别人言，他们实想把你骗。

【赏析】

　　婚姻的基石是信任。信任不是盲目，而是在相守的岁月中建立的对彼此人格的尊重。不因他人的挑拨而轻易地放弃对枕边人的信任。人性虽多样善变，但还是要相信人性本善，相信真诚相待终结善果。夫妻若没有彼此间最起码的信任，怎能携手共度漫漫人生的风风雨雨？给予信任，其实是在给予彼此真诚相待的机会，给予自己拥有幸福的机会。

齐风·鸡鸣

　　"鸡既鸣矣，朝既盈矣。""匪鸡则鸣，苍蝇之声。"

　　"东方明矣，朝既昌矣。""匪东方则明，月出之光。"

　　"虫飞薨（hōng）薨，甘与子同梦。""会且归矣，无庶予子憎。"

【解题】

《齐风·鸡鸣》是一首妻警夫早朝的问答体诗作，是臣子夫妇间的对话，妻极力劝说其夫早起勤政。

【释义】

盈：充满，这里指朝堂之上站满了臣子。

昌：盛。指朝堂人多。

薨薨：虫飞声。无庶："庶无"的倒文，希望不要。予：给予。

【赏析】

本诗为男女对话体诗作。诗共三章，每章四句。

第一章女子对男子说："鸡已经叫了，朝堂上已经挤满了大臣，你该快点起床，去上朝处理政务了。"但是男子贪睡还不想起床，就咕哝道："不是鸡在叫，那是苍蝇飞的声音。"

第二章女子看男子还不起来，就又去催他："天都亮了，朝堂里面站满人了。"结果男子还是不想起床，回答说："哪里是天亮了，那是月亮的光。"

第三章女子开始说男子："你听虫飞声嗡嗡，甘愿与你同入梦。"这是在挖苦他了。又催他："等会儿人家朝堂上就该散朝回家了，别人该对你不满了！"

这首诗没有明说写的人是什么身份，通过对话中的内容，可以推测是臣子夫妇间的对话。从诗中可见，女子督促其夫早起上朝，没有因为丈夫贪恋床衾而纵容他，而是极力劝说其早起勤政。诚夫勿怠惰公事，确是贤妻所为。

心存敬畏之心，勤于政事。家庭是小的社会，社会是大的家。作为最基本的社会单元，一个家要具备正能量的家风，比如积极、向上、敬业、认真，对自己所承担的社会责任要有敬畏之心。只有每个人都做好自己的职责，社会才能良好运转。社会是环环相扣的一个链条，任何一个环节出了问题，都可能造成严重的后果。所以家庭是社会最基本的组成单位，要营造良好的、正能量的家风。夫妻之间要传递正能量，当丈夫懈怠放纵时，妻子要及时提点、督促，不能纵容，听之任之。心存敬畏，每个人各司其职，各尽其心，营造充满正能量的、和谐向上的家庭氛围，是家庭幸福长远必不可少的要素。

王风·君子阳阳

君子阳阳，左执簧，右招我由房。其乐只且（jū）。
君子陶陶，左执翿（dào），右招我由敖。其乐只且。

【解题】

《王风·君子阳阳》是一首写丈夫与妻子歌舞为乐的诗作。丈夫邀请妻子一起跳舞，表现了他们自得自乐、欢畅无比的情绪。朱熹《诗经集传》认为此诗是写征夫归家与妻子歌舞为乐的诗作。

【释义】

君子：指妻称夫。阳阳：喜气洋洋的样子。《程子遗书》："阳阳，自得。陶陶，自乐之状。皆不任忧责，全身自乐而已。"簧：古时的一种吹奏乐器，竹制，似笙而大。由房：演奏房中乐章所跳的舞蹈。只且：语气助词。

陶陶：和乐舒畅的样子。翿：歌舞所用的道具，用五彩野鸡羽毛做成，扇形。由敖：舞曲名，即《骜夏》。

第九章　相思诗

第一节　最苦是相思

　　清代黄景仁《绮怀》云："几回花下坐吹箫，银汉红墙入望遥。似此星辰非昨夜，为谁风露立中宵。"明月相伴，花下吹箫，美好的相遇。但伊人所在的红墙虽然近在咫尺，却如天上的银河一般遥不可及。今夜已非昨夜，昨夜的星辰，记录的是花下吹箫的浪漫故事；而今夜的星辰，却只陪伴自己这个伤心之人。诗人独立中庭，望月思念伊人，一任夜晚的风吹凉了炽热的相思，一任冷露打湿衣裳。美好的情愫让人难忘，无奈世间总有阻隔，总有无奈的分离，因而也就有了痛苦的相思。《诗经》中《周南·卷耳》《卫风·伯兮》《周南·汝坟》《邶风·雄雉》《鄘风·桑中》《卫风·有狐》《王风·采葛》《秦风·晨风》《陈风·泽陂》《小雅·采绿》《小雅·隰桑》《小雅·菁菁者莪》等都是写相思之苦的诗作。

周南·卷耳
　　采采卷耳，不盈顷筐。嗟我怀人，寘（zhì）彼周行（háng）。
　　陟（zhì）彼崔嵬，我马虺隤（huī tuí）。我姑酌彼金罍（léi），维以不永怀。
　　陟彼高冈，我马玄黄。我姑酌彼兕觥（sì gōng），维以不永伤。
　　陟彼砠（jū）矣，我马瘏（tú）矣！我仆痡（pū）矣，云何吁（xū）矣。

【解题】
　　《周南·卷耳》是一首女子怀人之作。思妇在采摘卷耳的时候想起了丈夫，想象他征途的劳苦和困顿，想象他正因思家而饮酒自宽。
　　也有人认为这首诗的抒情主人公是一位远行在外的男子。首章相当于引子，男子换位而思，想象妻子在家乡思念自己，无心采摘。以遥想女子的思念引起对远行在外的男子思乡恋家、备受煎熬的抒写。

【释义】

卷耳：今名苍耳，嫩苗可食。顷筐：形如簸箕的浅筐。寘：同"置"，放置。周行：大道。采呀采呀采苍耳，无心采摘，浅筐都没装满。满心都是远方的人，把筐儿丢到了大路旁，痴痴地等，痴痴地望。

陟：登。崔嵬：岩石高低不平的土山。虺隤：腿软不能登高。金罍：青铜酒器。登到土山上，我的马儿腿发软。我且借酒消忧，醉了就不会长久地思念了。

玄黄：马因病毛色焦枯。兕觥：犀牛角做的大酒杯。第三章重章叠唱，反复吟唱思归怀人的愁思和借酒浇愁的无奈。

砠：多土的石山。瘏：生病。仆：车夫。痡：过度疲劳。吁：忧愁。登上土石山，马儿累得生了病，车夫也疲惫不堪，多么忧愁，什么时候才能回到家乡见到思念的人？

【赏析】

此诗的抒情主人公是一位女子。首章是女子的歌唱，以"采采卷耳，不盈顷筐"开篇，女子心系远方的人，无心采摘。"不盈顷筐"的卷耳被丢弃在通向远方的大路的一旁。《诗经集传》："托言方采卷耳，未满顷筐，而心适念其君子，故不能复采，而寘之大道之旁也。"[1]

第二、第三、第四章是女子换位而思，想象男子因思乡念人而忧苦的情状。方玉润《诗经原始》：

〔一章〕因采卷耳而动怀人之念，故未盈筐而"寘彼周行"，已有一往深情之概。〔二、三、四章〕下三章皆从对面著笔，历想其劳苦之状，强自宽而愈不宽。末乃极意摹写，有急管繁弦之意。后世杜甫"今夜鄜州月"一首，脱胎于此。[2]

杜甫《月夜》："今夜鄜州月，闺中只独看。遥怜小儿女，未解忆长安。香雾云鬟湿，清晖玉臂寒。何时倚虚幌，双照泪痕干。"明明是杜甫在想家人，却偏偏说妻子在想他。自己思人反说对方思己，这是中国诗歌的传统手法。表达效果是既委婉含蓄又感情深沉。

此诗在艺术上运用赋法，状物以言情，通过对马的刻画来表现内心的痛苦：诗人用了"虺隤""玄黄""瘏矣"等词语。第四章中的"我仆痡矣"是状人以言情。通过描写车夫的过度疲劳来写自己内心的疲惫不堪。与屈原《离骚》结尾处"仆夫悲余马怀兮，蜷（quán）局顾而不行"有异曲同工之妙。蜷局，卷屈不行

---

① ［宋］朱熹注：《诗经集传》，上海：上海古籍出版社，1987年，第3页。

② ［清］方玉润撰，李先耕点校：《诗经原始》，北京：中华书局，1986年，第78页。

的样子。通过描写车夫悲伤、马留恋不行来表现诗人眷念楚国、留恋不忍离开的心情。

卫风·伯兮

伯兮朅（qiè）兮，邦之桀兮。伯也执殳（shū），为王前驱。

自伯之东，首如飞蓬。岂无膏沐？谁适（dí）为容？

其雨其雨，杲（gǎo）杲出日。愿言思伯，甘心首疾。

焉得谖（xuān）草？言树之背。愿言思伯，使我心痗（mèi）。

【解题】

《卫风·伯兮》是一首写妻子思念远行出征丈夫的诗，从侧面反映了繁重的徭役给人民带来的深刻痛苦。

【释义】

伯：此处指女子的丈夫。朅：英武高大。桀：同"杰"，才能出众的人。殳：古代五兵之一。竹制的竿，长一丈二尺。我的夫君真威武，国家的栋梁之材。手拿丈二长殳，是君王打仗的先锋。

膏：妇女润发的油脂。沐：指洗发用品。飞蓬：即小蓬草，形容头发如乱草。适：悦。自从夫君远行出征，我便无心梳洗，头发散乱像飞蓬。哪里是没有润发油脂、洗发用品？而是梳妆打扮让谁看？

杲：明亮的样子。愿言：念念不忘的样子。愿：每，常常。期盼着下雨吧下雨吧，偏偏出来亮堂堂的太阳。天天想日日盼着丈夫归来，却总也等不到人，想得头痛也心甘。

谖草：忘忧草。痗：忧思成病。哪儿能找到忘忧草？找来种在屋背面。天天想日日盼，魂牵梦绕相思成疾。

【赏析】

这首诗是写妻子怀念从军丈夫的诗篇，诗中包含着两种情感：为丈夫而骄傲和思念丈夫。此诗第一章表现的是"夸夫"，为丈夫而骄傲。夸夫是思夫的基础、铺垫。

第二章至第四章表现的是思念丈夫。情感表达层层深入，展现思夫的三种情态：因为思念而无心装扮，到因思夫而头痛，进而由头痛到因思夫而患了心病。第二章写思夫之深，将抽象的情思化作艺术形象，"自伯之东，首如飞蓬"，状人以写情，是典型的赋法。不仅形象地展现了女主人公"为伊消得人憔悴"之貌，还展现了一种文学形象的灵动之美。第三章运用比法，以盼着下雨却果然日出，比况盼望夫君归来却无果的思而不得。寓情思于物象之中，将思妇渴望与丈夫团聚，却偏偏事与愿违的失望心情表现得形象生动。接着直抒心曲，写想念丈夫想得头都疼了。第四章进一步写思夫之苦。说哪里能得到忘忧草,将它种在北堂来忘忧。但仍不能忘记,"此情无计可消除,才下眉头,却上心头"(李清照《一剪梅》)。相思难解,以致郁结成病。相思成疾比第三章的想得头疼语意更进了一步。因为诗情是真挚感情凝聚而成,是情感在瞬间的燃烧,所以此诗所写感情变化的每一个层次都能引起人们的同情共振,从而产生动人心魄的艺术魅力。

此诗开创了"女为悦己者容"情结。"自伯之东,首如飞蓬。岂无膏沐,谁适为容?"体现的是"女为悦己者容"的观念。《战国策·赵策》记载了刺客豫让的一句话:"士为知己者死,女为悦己者容。"有喜欢自己,让自己心悦的人,才有精心装扮的必要。清代唐伯虎写道:"黄花无主为谁容?冷落疏篱曲径中。"(《过闽宁信宿旅邸,馆人悬画菊,愀然有感,因题》)魏晋徐干《室思》诗写道:"自君之出矣,明镜暗不治。"柳永在《定风波》中写道:"暖酥消,腻云亸,终日厌厌倦梳裹。"李清照在《凤凰台上忆吹箫·香冷金猊》中写道:"香冷金猊,被翻红浪,起来慵自梳头。任宝奁尘满,日上帘钩。"杜甫在《新婚别》中写道:"罗襦不复施,对君洗红妆。"温庭筠在《菩萨蛮》中写道:"懒起画蛾眉,弄妆梳洗迟。"这些都是这种原型意象的重奏。班婕妤被汉成帝疏远后,作《自悼赋》:"君不御兮谁为容?"秦嘉是东汉陇西人,他要赴洛阳,妻子徐淑因病住在母亲家,无法当面道别。秦嘉临行派人给徐淑送宝钗、彩鞋、香料、素琴和明镜等物品作为留念。徐淑《又答嘉书》答道:

昔诗人有飞蓬之感,班婕妤有谁容之叹。素琴之作,当须君归;明镜之鉴,当待君还;未奉光仪,则宝钗不设也;未侍帷帐,则芳香不发也。([清]陈梦雷《钦定古今图书集成·明伦汇编·家范典》卷八四)

"愿言思伯,使我心痗"开创了后世以相思成疾来写相思之深的创作范式。如宋代李清照《醉花阴》写道:"莫道不消魂,帘卷西风,人比黄花瘦。"宋代柳永《蝶恋花·伫倚危楼风细细》:"衣带渐宽终不悔,为伊消得人憔悴。"宋代欧阳修《诉衷情·眉意》:"清晨帘幕卷轻霜,呵手试梅妆。都缘自有离恨,故画作远山长。思往事,惜流芳,易成伤。拟歌先敛,欲笑还颦,最断人肠。"

王风·采葛

彼采葛兮,一日不见,如三月兮!
彼采萧兮,一日不见,如三秋兮!
彼采艾兮,一日不见,如三岁兮!

【解题】

《王风·采葛》是一首写相思之深的诗。

【释义】

葛：葛藤，其皮可制纤维织夏布。那采葛的人儿，一天不见你，就像隔了三个月。

萧：蒿类，有香气，古人祭祀时用。三秋：三个秋季，即九个月。

艾：艾蒿，艾叶可供灸用。

【赏析】

诗歌运用夸张的手法，以物理时间和心理时间的巨大反差，突出相思之深。三章叠咏，反复咏唱心中的思念，在一唱三叹中，把相思相恋的情调反复强化，使诗人的思想感情得到充分的抒发。

拓展阅读

周南·汝坟

遵彼汝坟，伐其条枚。未见君子，惄（nì）如调饥。

遵彼汝坟，伐其条肄（yì）。既见君子，不我遐弃。

鲂（fáng）鱼赪（chēng）尾，王室如燬（huǐ）。虽则如燬，父母孔迩（ěr）！

【解题】

这是一首写思妇思念服役丈夫的诗。

【释义】

遵：循，沿。汝：汝水。坟：通"濆"，堤岸。条：树枝。枚：树干。君子：尊称丈夫。惄如：忧思之极，心情难受的样子。调：同"朝"，早晨。沿着那汝河大堤，采伐枝条当柴烧。很久没见到夫君，迫如朝饥思食物。

条肄：树砍后再生的小枝。遐：疏远。沿着那汝河大堤，采伐新枝当柴烧。终于见到夫君你，莫要再把我远弃。

鲂：鳊鱼。赪尾：红尾。旧说鲂鱼的尾巴不红，劳累则会变红。此处喻指服役者的劳累。燬：烈火，形容王政暴虐。迩：近。马瑞辰《通释》："言虽畏王室而远从行役，独不念父母之甚迩乎？"鳊鱼红尾人劳累，王室官家虐政暴如火。虽然虐政暴如火，但眼前父母谁养活？

【赏析】

首章写一位女子沿着汝水大堤砍柴，女子不由得思念远方服役的丈夫，思念之情如早上忍饥思食物。第二章从"伐其条枚"到"伐其条肄"，旧的枝条砍后新枝条又长了出来，暗含着时间的流逝。春去春又回，经过岁月漫漫的悲苦煎熬和苦苦等待，终于盼回了久别的丈夫，她不由发出恳求，求丈夫不要再丢下自己。"不我遐弃"四字意蕴丰富，有不舍，有担忧，有缠绵的情意，有无奈的悲哀。第一、第二章重章叠唱，反复咏唱女子心中的思念。

第三章则是心疼丈夫久役的劳累不堪，以及王政的暴虐。王事紧急如火，丈夫注定不能长守于家。绝望的妻子不由发出挽留和质问：眼前的父母谁来养活？你不能不管父母的死活。全诗在挽留和质问中戛然而止，余韵无穷，包蕴着无法回答此问题的征夫的沉默，包蕴着对统治者的谴责和悲愤。

邶风·雄雉

雄雉于飞，泄（yì）泄其羽。我之怀矣，自诒（yí）伊阻！
雄雉于飞，下上其音。展矣君子，实劳我心！
瞻彼日月，悠悠我思。道之云远，曷（hé）云能来？
百尔君子，不知德行？不忮（zhì）不求，何用不臧（zāng）？

【解题】

这是一首妻子思念久役不归的丈夫的诗。

【释义】

雉：野鸡。泄泄：鼓翅飞翔的样子。怀：因思念而忧伤。诒：通"贻"，遗留。自诒：自找、自取。伊：其。阻：忧愁。思念夫君心忧伤，自找忧愁心迷茫。

展：诚，确实。君子：指丈夫。劳：忧愁。雄雉在空中飞翔，忽上忽下鸣声响。我那诚实的夫君啊，实在让我心忧伤。

瞻彼日月：马瑞辰《通释》云，"以日月之迭往迭来，兴君子之久役不来"。悠悠：绵长不断的样子。曷：何。此指何时。日月更迭岁月长，心中思念长又长。相隔道路多遥远，何时才能回家乡？

百：凡，所有。尔：你们。忮：忌恨。求：贪求。何用：何以，为何。臧：善、好。和天下所有的君子一样，丈夫怎会不知德行？夫君不忌又不贪，为何让他遭祸殃？

【赏析】

前两章重章叠唱，运用兴法，触景生情，看到雄野鸡在空中自由飞翔，欢快鸣叫，联想到在外服役的丈夫，兴起下文的因思念而忧伤，而愁绪满怀。第三章以日月的更迭如梭，表达等待岁月的漫长，心中的思念绵长不断，不断累积。而山隔水阻，道路漫长，相见无期，愁思难抑。第四章写女子担忧丈夫的自我安慰之语，反映出女子对丈夫的担心与思念，以及希望丈夫一切顺利、平安归家的心意。前三章曼声长吟，为愁叹之音；第四章心惧语急，为恐惧之音。

朱熹《诗经集传》："妇人以其君子从役于外，故言：雄雉于飞，舒绘自得如此，而我之所思者，乃从役于外，而自遗阻隔也。""（二章）言诚又言实，所以甚言此君子之劳我心也。""（三章）见日月之往来，而思其君子从役之久也。""（四章）言凡尔君子，岂不知德行乎？若能不忮害，又不贪求，则何所为而不善哉！忧其远行之犯患，冀其善处而得全也。"①

鄘风·桑中

爱采唐矣？沬（mèi）之乡矣。云谁之思？美孟姜矣。期我乎桑中，要（yāo）我乎上宫，送我乎淇之上矣。

爱采麦矣？沬之北矣。云谁之思？美孟弋（yì）矣。期我乎桑中，要我乎上宫，送我乎淇之上矣。

爱采葑（fēng）矣？沬之东矣。云谁之思？美孟庸矣。期我乎桑中，要我乎上宫，送我乎淇之上矣。

【解题】

《鄘风·桑中》是一首写男子对曾经情人思念的诗作。郭沫若《甲骨文字研究》云："桑中即桑林所在之地，上宫即祀桑林之祠，士女于此合欢。"② 鲍昌《风诗名篇新解》："初民们从交感巫术的原理出发，以为人间的男女交合可以促进万物的繁殖，因此在许多祀奉农神的祭典中，都伴随有群婚性的男女欢会。……《桑中》诗所描写的，正是中国古代此类风俗的孑遗。"③

【释义】

鄘：诸侯国名，在今河南汲县北，后并入卫国。

爱：兼词，相当于"于焉"，在哪里。唐：即女萝，俗称菟丝子。沬：卫国邑名，即牧野，在今河南淇县南。孟姜：姜家的大姑娘，孟，排行居长。期：约会。桑中：卫国地名，亦名桑间，在今河南滑县东北。要：邀约。上宫：楼名。淇：卫水名，在今河南浚县东北。

弋：姓。

葑：芜菁，即蔓菁。庸：姓。

【赏析】

全诗三章，每章七句，采用自问自答的形式。诗以男子的口吻，反复咏唱在

① ［宋］朱熹注：《诗经集传》，上海：上海古籍出版社，1987年，第14页。

② 郭沫若：《甲骨文字研究·释祖妣》，《郭沫若全集》（第一卷），北京：科学出版社，2002年，第19～21页。

③ 鲍昌：《风诗名篇新解》，郑州：中州书画社，1982年，第133页。

"桑中""上宫"里的约会，以及相送于淇水的缠绵的离别之情。全诗轻快活泼，表现了青年男女的相悦之情。句末语气词"矣""思"，相当于"啊"，延长了声调，舒缓了语气，增强了抒情效果和音乐性，表现了男子缠绵难舍的情思。

卫地风诗体现出了桑间、濮上的传统。班固《汉书·地理志》云："卫地有桑间濮上之阻，男女亦亟聚会，声色生焉。"[1] 桑间、濮上是指卫国境内的桑林和濮水。桑中、桑间后来成为指代男女之情的专用名词。儒家通常将桑间、桑中作为贬义词用。《礼记·乐记》写道："桑间濮上之音，亡国之音也。"

卫风·有狐

有狐绥（suí）绥，在彼淇梁。心之忧矣，之子无裳（cháng）。

有狐绥绥，在彼淇厉。心之忧矣，之子无带。

有狐绥绥，在彼淇侧。心之忧矣，之子无服。

【解题】

《卫风·有狐》是一首思念丈夫的诗作。

【释义】

绥绥：慢走的样子。梁：桥梁。裳：下衣，裙裳。

厉：通"濑"，水边沙滩。

侧：水边。

【赏析】

诗以"狐之绥绥"起兴，看到孤单的狐狸而联想到孤身在外的丈夫，兴起下文对丈夫的担忧，担心他在外没有衣服穿，将相思着落于最基本的对衣食的牵挂上。

秦风·晨风

鴥（yù）彼晨风，郁彼北林。未见君子，忧心钦钦。如何如何？忘我实多！

山有苞栎（lì），隰（xí）有六驳（bó）。未见君子，忧心靡乐。如何如何？忘我实多！

山有苞棣，隰有树檖（suì）。未见君子，忧心如醉。如何如何？忘我实多！

① [汉]班固撰，[唐]颜师古注：《汉书》，北京：中华书局，1999年，第1665页。

【解题】

《秦风·晨风》是一首写妻子因思念不归的丈夫而怀疑被遗弃的诗。此诗与百里奚妻作《扊扅（yǎn yí）之歌》相类。百里奚在楚国为人牧牛，秦穆公闻其贤，以五张羊皮赎之，任命为秦大夫。他的故妻在他的府上作佣人，作歌曰："百里奚，五羊皮。忆别时，烹伏雌（母鸡）。炊扊扅（门闩），今日富贵忘我为？"①

【释义】

鴥：鸟疾飞的样子。晨风：鸟名，即鹯（zhān）鸟，属于鹞鹰一类的猛禽。郁：茂密的样子。钦钦：忧思难忘的样子。如何：奈何，怎么办。黄昏鹯鸟疾飞归巢，回到郁郁葱葱的北林。思念的人仍未归来，忧心满怀难忘怀。怎么办啊怎么办？莫非早已忘记我！

苞：丛生的样子。栎：树名。隰：低洼湿地。驳：赤李。

棣：棠棣，也叫郁李。树：直立的样子。檖：山梨。

【赏析】

首章用鹯鸟归林起兴，黄昏鸟倦飞而归巢，反比夫君把家忘到了九霄云外，忘了家中苦苦等待的妻子，兴起下文的"未见君子，忧心钦钦"。从眼前景切入心情：怎么办啊怎么办？那人怕已忘了我！不假雕琢，明白如话的质朴语言，自心底自然地流淌而出，风行水上，自然成文。第二、第三两章以"山有……隰有……"起兴，属套语式起兴，以固定句式兴相思之情，以万物各得其所反况自己无所适从，兴起丈夫不归，不见踪迹，忧心如焚，表达了女子心中的惆怅、彷徨、忧伤和凄然之情。三章在诗意表达上层层递进："钦钦"形容忧伤而无法忘怀；"靡乐"写因忧心而悲伤，不快乐；"如醉"写因忧伤而精神恍惚，神思不属。

陈风·泽陂

彼泽之陂（bēi），有蒲与荷。有美一人，伤如之何？寤寐无为，涕泗（sì）滂沱（pāng tuó）。

彼泽之陂，有蒲与蕳（jiān）。有美一人，硕大且卷（quán）。寤寐无为，中心悁（yuān）悁。

彼泽之陂，有蒲菡萏（hàn dàn）。有美一人，硕大且俨。寤寐无为，辗转伏枕。

【解题】

《陈风·泽陂》是一首写女子或男子在水泽边思念心上人的诗。

① ［宋］郭茂倩：《乐府诗集》卷六〇，《文渊阁四库全书》第1347册，台北：台湾商务印书馆，1986年影印本，第537页。

【释义】

泽：池塘。陂：堤岸。伤：因思念而忧伤。无为：没有办法。滂沱：本意是形容雨下得很大，此处形容涕泪俱下的样子，哭得厉害。池塘边上围堤岸，塘中蒲草伴荷花。思慕一位美男子，思念伤人可奈何？想他想得睡不着，眼泪哗哗往下落。

蕑：莲蓬，一说兰草。卷：同"婘"，头发卷曲而美的样子。悁悁：忧伤愁闷的样子。菡萏：荷花，莲花。俨：端庄矜持的样子。

【赏析】

全诗三章，都用生于水泽边的植物香蒲、莲花起兴，看到池塘中蒲草伴着荷花，主人公目睹心感，触发相似性联想，自然而然地想起所思恋的心上人。心上人是那么的美好——"硕大且卷""硕大且俨"，却爱而不可得，因此流泪伤心，辗转难眠。诗重章叠唱，反复吟唱心中的思慕，心上人的美好和爱而不得的忧伤难眠。

小雅·采绿

终朝采绿（lù），不盈一匊（jū）。予发曲局，薄言归沐。

终朝采蓝，不盈一襜（chān）。五日为期，六日不詹。

之子于狩，言韔（chàng）其弓。之子于钓，言纶之绳。

其钓维何？维鲂（fáng）及鱮（xù）。维鲂及鱮，薄言观者。

【解题】

《小雅·采绿》是一首写女子思念出门在外的丈夫的诗。朱熹《诗经集传》云："赋也"，"妇人思其君子，而言终朝采绿而不盈一匊者，思念之深，不专于事也。又念其发之曲局，于是舍之归沐，以待其君子之还也"[1]。

【释义】

绿：通"菉"，草名，即荩草，可以染黄。匊：古"掬"字，两手合捧。曲局：卷曲。薄言：语气助词。沐：洗头发。整个早上采荩草，采了一捧还不到。我的头发乱蓬蓬，赶快回家洗头发。

蓝：草名，指蓼蓝，可以染青蓝色。襜：护裙，即今俗称之围裙。詹：至，来到。整个早上采蓼蓝，围裙都没有装满。约好了五天归来，现在六天还不回。

之子：此子，指丈夫。狩：打猎。韔：弓袋，此处指将弓装入弓袋。纶：钓丝，此处指整理丝绳。丈夫如果去打猎，我就给他装弓箭。丈夫如果去钓鱼，我就给他整钓线。

维：是。鲂：鳊鱼。鱮：鲢鱼。者：古"诸"字，兼词，相当于"之""乎"

---

[1] ［宋］朱熹注：《诗经集传》，上海：上海古籍出版社，1987年，第114页。

二字。他钓到了什么鱼？有鳊鱼也有鲢鱼。有鳊鱼也有鲢鱼，他钓我看意绵绵。

【赏析】

此诗通过妇女无心采菉、采蓝，无心梳妆打扮，表现对丈夫的深切思念之情。首章"终朝采绿，不盈一匊"，以采了一早上也没采满一捧，写女子心神不宁，人在采绿，而心却已飞到远方的夫君身上。接着写"予发曲局，薄言归沐"，头发乱蓬蓬，赶紧回去洗头发，女为悦己者容之心尽显。因为重视，所以想在他面前展现最好的一面，未言思念而思念之心已盈然眼前。第二章"五日为期，六日不詹"交代了心神不宁的原因。过了约定的日期还未归来，心中的担心、埋怨难抑。第三、第四章写女子想象夫君归来后再也不分离的情景："之子于狩，言韔其弓。之子于钓，言纶之绳。""薄言观者"，丈夫钓鱼我来看。夫妇二人夫唱妇随，形影不离。由思念到畅想夫妻再不分别、夫唱妇随的幸福生活场景，将对丈夫的深情与期待融入深深的思念中。近代吴闿生《诗义会通》云："三四章归后着想，真乃肠一日而九回。结句余音袅袅。"①

小雅·隰桑

隰桑有阿（ē），其叶有难（nuó）。既见君子，其乐如何？
隰桑有阿，其叶有沃。既见君子，云何不乐？
隰桑有阿，其叶有幽（yōu）。既见君子，德音孔胶。
心乎爱矣，遐不谓矣？中心藏之，何日忘之？

【解题】

《小雅·隰桑》是一首写女子思念心上人的诗作。

【释义】

阿：通"婀"，柔美的样子。难：通"娜"，茂盛的样子。君子：指所爱者。洼地桑树多婀娜，枝叶茂盛舞婆娑。如果见到心上人，心中该有多快乐！

沃：肥厚润泽。幽：通"黝"，青黑色。德音：美好的情话。孔胶：很牢固。第二、第三两章重章叠唱，如果见到心上人，情话该有多缠绵。

遐：通"何"。谓：告诉。心中既然深爱他，何不坦白告诉他？心中天天想着他，哪有一天忘记他？

【赏析】

诗以"隰桑有阿，其叶有难"起兴，桑林在古时是男女幽会的场所，看到洼地上枝干婀娜、枝叶婆娑多姿的桑树，诗人触景生情，兴起心中对心上人的思念。诗人不禁想象如果见着自己心爱的人，那该有多快乐，进一步想象相见时的情话绵

---

① 吴闿生著，蒋天枢、章培恒校点：《诗义会通》，上海：中西书局，2012 年，第 214 页。

绵。而现实是心上人并不在身边，于是女子自我开解要更勇敢，既然爱他就坦白地告诉他。心中藏着他，没有一天能忘记他。炽热的相思、真挚的情意，自然流淌于诗中。特别是"心乎爱矣，遐不谓矣"的自我反问，既是在自我鼓励、打气，也是心中缠绕情思的无奈倾诉、无奈自责，为什么不坦白告诉他呢？复杂纠结的情思、爱而不得的相思烦恼尽诉笔端。

第二节　此时此夜难为情

唐代李白《秋风词》写尽了相思之苦："秋风清，秋月明。落叶聚还散，寒鸦栖复惊。相知相见知何日，此时此夜难为情。入我相思门，知我相思苦。长相思兮长相忆，短相思兮无穷尽。早知如此绊人心，何如当初莫相识。"在某些特定的时刻，总是相思最深。例如孤单的人看到成双成对的事物，如看到月华千里、天涯共此时的明月，如在万物萧瑟凄冷的天气，如在登高望远的时候，如深深思念的人音信全无、杳无踪迹时。宋代晏殊的《浣溪沙》就聚齐了这五种时刻来写相思之深："槛菊愁烟兰泣露，罗幕轻寒，燕子双飞去。明月不谙离恨苦，斜光到晓穿朱户。昨夜西风凋碧树，独上高楼，望尽天涯路。欲寄彩笺无尺素，山长水阔知何处。"《诗经》中也有写特定时刻相思的诗篇。

王风·君子于役

君子于役，不知其期，曷至哉？鸡栖于埘（shí），日之夕矣，羊牛下来。君子于役，如之何勿思？

君子于役，不日不月，曷其有佸（huó）？鸡栖于桀（jié），日之夕矣，羊牛下括。君子于役，苟无饥渴？

【解题】
《王风·君子于役》是一首写妻子黄昏时怀念远出服役的丈夫的诗。
【释义】
君子：女子对丈夫的称呼。曷：何。至：归家。埘：凿墙而成的鸡窠。丈夫服役去远方，何日才能回到家乡？鸡归巢了，夕阳温暖而朦胧的光辉笼罩了大地，山冈上放牧的牛羊缓缓地走下来了。丈夫服役去远方，怎么能不思念？

不日不月，指没有归期。佸：相会。桀：通"橛"，鸡窝中的小木架。括：通"佸"，指牛羊聚集在圈中。苟：或许，表希望又不确定的语气。丈夫当兵去远方，不知何日是归期，不知何日能团圆。鸡上架了，黄昏夕阳的光辉笼罩了天地，牛羊归来进入了圈里。丈夫当兵去远方，但愿他有吃有喝不受罪。

【赏析】

这首诗选择了一个特别的时刻——黄昏，诗人描绘出一幅乡村晚景图：在夕阳余晖下，鸡归了巢，牛羊从村落外的山坡上缓缓地走下来，万物归家的安宁时刻，一切都那么宁谧，在黄昏的温暖余晖中，天地浑然一体。在农村生活的人经常看到这样的晚景。黄昏来临之际，一切即归于平和、安谧和恬美。牛羊家禽回到圈栏，炊烟袅袅地升起，灯火温暖地跳动，家人聚在一起，温馨而幸福。可是诗中妻子的丈夫却还在远方，她的生活的缺憾在黄昏这一刻显得尤为强烈。可以想象，在黄昏广漠天地之中，一个孑然零丁的妇人，痴痴地看着归巢的鸡、羊、牛，期待着、希冀着远方的人归来。广漠的天地之大和孤单痴望的妇人之小截然相异，而又在充塞天地的夕阳余晖中浑然一体，"如之何勿思"成为弥漫于天地间的心灵呼唤。最难消遣是黄昏，黄昏之景与女子之情交融在一起，呈现出一个苍茫绵邈的审美意境，言有尽而意无穷。

"苟无饥渴"是于最家常处写出的深深担忧和思念。这首古老的歌谣，用不加修饰的语言拨动了人最柔软最易感的心弦，妙如天成，难以复制，具有强烈的感发作用。

黄昏是一个很特别的时刻，最易勾起孤独的思妇、漂泊的游子心底的相思之情。《王风·君子于役》开创了日暮怀人的经典情境，后世多有承袭。如宋代李清照在寄给丈夫赵明诚的词《醉花阴》中说："东篱把酒黄昏后，有暗香盈袖。莫道不销魂，帘卷西风，人比黄花瘦。"元代马致远《天净沙·秋思》中说："夕阳西下，断肠人在天涯。"朱淑真《秋夜有感》："哭损双眸断尽肠，怕黄昏后到昏黄。"赵德麟《清平乐》："断送一生憔悴，只消几个黄昏。"许瑶光《再读〈诗经〉》诗曰："鸡栖于桀下牛羊，饥渴萦怀对夕阳。已启唐人闺怨句，最难消遣是昏黄。"唐代崔颢《黄鹤楼》说："日暮乡关何处是，烟波江上使人愁。"唐代王昌龄《从军行》（其一）说："烽火城西百尺楼，黄昏独坐海风秋。更吹羌笛关山月，无那金闺万里愁。"后两首诗在黄昏这一特定时刻之外，一个增加了烟波渺茫的情景，一个增加了登高望远、秋风萧瑟和耳旁萦绕思乡之曲三个特定的情景，更增感发的力量。

郑风·风雨

风雨凄凄，鸡鸣喈（jiē）喈。既见君子，云胡不夷？

风雨潇潇，鸡鸣胶胶。既见君子，云胡不瘳（chōu）？

风雨如晦，鸡鸣不已。既见君子，云胡不喜？

【解题】

《郑风·风雨》是一首风雨之时怀人、与丈夫久别重逢的诗作。诗写在一个

"风雨如晦，鸡鸣不已"的早晨，一位苦苦怀人的女子，乍见夫君之时的那种喜出望外之情。杜甫《羌村三首》（其一）"夜阑更秉烛，相对如梦寐"也是久别重逢场面的经典再现，具有"此时无声胜有声"的艺术效果。

【释义】

凄凄：寒凉。喈喈：鸡呼伴的叫声。胡：何。夷：平静。风雨交加天气冷，鸡鸣声声呼伴侣。既然看见夫君归来，焦虑的心情怎会不平静？

潇潇：形容风急雨骤。胶胶：鸡呼伴的叫声。瘳：病愈，这里指相思成疾的心病消除。风狂雨骤声潇潇，鸡鸣声声呼伴侣。既然看见夫君归来，相思病怎会不痊愈？

晦：昏暗。风雨交加天昏暗，鸡鸣声声报破晓。既然看见夫君归来，怎会不喜出望外？

【赏析】

风雨潇潇，加上鸡鸣声声，扰乱了夜的宁静，扰乱了女子的心境。风雨交加中女子突然看到丈夫回来，她烦躁的心情顿时安宁了下来，相思病顿时痊愈了，百般相思、千般怅痛、万般怨恨，刹那间化作轻风流云而逝，只剩下溢于言表的惊喜之情。

本诗艺术之妙体现在三个方面。

一是运用反衬手法以哀景写乐情，倍增其乐。诗歌选择了风雨交加、鸡鸣不已的早晨这样一个特定的情境，描绘出一幅寒冷阴暗、鸡鸣四起的画面，渲染出一种凄冷、纷乱的氛围，写出了风雨交加和夜不能寐的愁绪满怀，群鸡啼鸣和怀人引起的焦躁难安。然而，在这让人绝望的凄风苦雨之时，久别的丈夫意外地归来，若阳光乍现，冲破阴霾，骤见之喜，欢欣之情，溢于言表。正是景越哀则乍见之乐越强对比反衬，达到了高超的艺术效果。

二是蕴涵性的特定时刻。蕴涵性的特定时刻指未见之前和相见之后的复杂感受蕴涵于初见这一刻。诗篇不写未见之前绵绵无尽的相思之苦，也不写相见之后载笑载言的欢聚之乐，而是重章渲染"既见"之时的心情，着重写女子与丈夫重逢时刻的烦乱全无、心病全消、喜出望外的情感变化。

三是语意递进式的重章叠唱。诗篇结构上三章叠咏，细腻地表现出了递进式的感受：凄凄，是女子对风雨寒凉的感觉；潇潇，则从听觉表现夜雨骤急；如夜的晦冥，又从视觉展现眼前景象。鸡鸣声则从"喈喈"，到"胶胶"，再到"不已"，由低到高，由稀渐密。随着时间的推移，怀人女子"既见君子"时的心态也渐次有进："云胡不夷"，说她心归安宁；"云胡不瘳"，说相思病一下痊愈，再没有这样的灵丹妙药；"云胡不喜"，情感的变化则由乍见心安到确信后的喜出望外。各章末句反诘句式的运用，增强了感情的表达力度。

召南·草虫

喓（yāo）喓草虫，趯（tì）趯阜螽（zhōng）。未见君子，忧心忡（chōng）忡。亦既见止，亦既觏（gòu）止，我心则降。

陟彼南山，言采其蕨。未见君子，忧心惙（chuò）惙。亦既见止，亦既觏止，我心则说。

陟彼南山，言采其薇。未见君子，我心伤悲。亦既见止，亦既觏止，我心则夷。

【解题】

《召南·草虫》是一首写女子在寂静的夜里思念夫君的诗作。朱熹《诗经集传》："诸侯大夫行役在外，其妻独居，感时物之变，而思其君子如此。"① 方玉润将其解读为借男女之情写君臣之义："此盖诗人托男女情以写君臣念耳。始因秋虫以寄恨，继历春景而忧思。既未能见，则更设为既见情景以自慰其幽思无已之心。"② "夫臣子思君，未可显言，故每假思妇情以寓其忠君爱国意，使读者自得其意于言外。则情以愈曲而愈深，词以益隐而益显。……不然，彼妇自思其夫，纵极工妙，何足为《风》诗之正耶？"③

【释义】

喓喓：虫叫声。草虫：蝈蝈。趯趯：跳跃的样子。阜螽：即蚱蜢。忡忡：心绪不安的样子。亦：若，如。止：语尾助词。觏：见。降：放下。蝈蝈蠷蠷叫不止，蚱蜢蹦蹦跳不停。好久未见夫君面，忧心忡忡心难安。要是见到夫君，提着的心才会放下。

陟：升，登。惙惙：忧愁不绝的样子。说：通"悦"，高兴。登上高高南山头，采摘鲜嫩蕨菜叶。好久未见夫君面，心中愁苦怎能停。要是见到夫君，我的心儿才欢喜。

夷：平，此指心归安宁。第三章重章叠唱，好久未见夫君面，心中充满了悲伤。要是能见到夫君，我的心儿才安宁。

【赏析】

女子在静寂的夜里因为思念夫君而难以入眠，听着窗外蝈蝈鸣叫，看着蚱蜢在草丛里蹦跳，更难抑心绪的烦乱，更加思念外出的夫君。

第一章开篇描绘秋景如画："喓喓草虫，趯趯阜螽"，鸣叫不止的蝈蝈，蹦跳不已的蚱蜢，昆虫欢鸣蹦跳的热闹情景，反衬出思妇孤单、寂寞、萧索的心境；蝈

---

① ［宋］朱熹注：《诗经集传》，上海：上海古籍出版社，1987年，第6页。

② ［清］方玉润撰，李先耕点校：《诗经原始》，北京：中华书局，1986年，第98页。

③ ［清］方玉润撰，李先耕点校：《诗经原始》，北京：中华书局，1986年，第99页。

蝈和蚱蜢两种昆虫也点明了时间为秋天，秋天是引人愁思的季节，秋草枯萎，树木凋零：情因景生，自然写出诗人因为思念久别的夫君而忧乱不安的心绪。第二、第三两章则首写登上南山采野菜，登高望远而思念远方的夫君，抒发因思念久别未归的夫君的担忧和悲伤。采野菜一般在春天，点明了时间，写出了时间的流转，由秋到春，又是一年，思念漫漫，与日俱增。

三章复沓，语意渐进，不仅转换了时空，也拓宽了内容，发展了情感。思念之情由"忧心忡忡"到"忧心惙惙"，再递进到"我心伤悲"。因思念而虚想出来的久别重逢之情由"我心则降"到"我心则说"，再到"我心则夷"，渐次递进。未见为实，想象出来的相见为虚，虚实相生，以虚衬实，情味更浓。方玉润说："由秋而春，历时愈久，思念愈切。本说'未见'，却想及既见情景，此透过一层法也。"① 同时以未见夫君的忧与伤悲和想象中如果见到夫君的放心、喜悦和心安做对比，突出相思之深，相思之苦。此诗韵律和谐中有变化，首章一、二、四、七句用韵；而第二、第三章则是二、四、七句用韵。

《诗经》解读

召南·殷其雷

殷其雷，在南山之阳。何斯违斯，莫敢或遑？振振君子，归哉归哉！

殷其雷，在南山之侧。何斯违斯，莫敢遑息？振振君子，归哉归哉！

殷其雷，在南山之下。何斯违斯，莫或遑处？振振君子，归哉归哉！

【解题】

《召南·殷其雷》是一首写女子在打雷时感伤夫妻离别的诗。

【释义】

殷：拟声词，形容雷声轰鸣。阳：山的南面。斯：此。违：远，离去。或：有。遑：空闲，闲暇。振振：勤奋的样子。君子：女子的丈夫。息：止息。处：安居。轰轰隆隆雷声震，响在南山的南面。为何这时离开家？忙得不敢稍闲暇。勤奋忙碌的夫君啊，快点快点回家吧。

【赏析】

全诗三章，每章的开头均以雷声轰鸣起兴。三章复沓，易词申意，回环往复，在一唱三叹中倾诉妻子对因公务必须离家的丈夫的不舍担心之情。

关于兴句的雷声与对句的关联有不同的解读。一是以雷声时而在山南，时而在山边，时而在山下，渲染了雷声轰鸣的恶劣天气。在这样的天气里，女子担心不得不外出的丈夫。诗末女子发出了"归哉归哉"的呼唤，期盼丈夫能早早归来，倾诉了不舍担心之意。二是以雷声为振奋人心的乐音背景，凸现夫君的勤奋上进。王

---

① ［清］方玉润撰，李先耕点校：《诗经原始》，北京：中华书局，1986年，第99页。

先谦《诗三家义集疏》训"振振"为"振奋有为","振振"即为称扬夫君勤奋有为的赞语。隆隆的雷声就变成了振奋人心的乐音背景，凸现衬托勤奋上进的夫君。三是暗含丈夫行踪无定，到处奔波的辛劳。胡承珙说："细绎经文三章，皆言'在'而屡易其地，正以雷之无定在兴君子之不遑宁居。"①

拓展阅读

更漏子·玉炉香
唐代　温庭筠

玉炉香，红蜡泪，偏照画堂秋思。眉翠薄，鬓云残，夜长衾枕寒。

梧桐树，三更雨，不道离情正苦。一叶叶，一声声，空阶滴到明。

踏莎行·候馆梅残
宋代　欧阳修

候馆梅残，溪桥柳细。草薰风暖摇征辔。离愁渐远渐无穷，迢迢不断如春水。

寸寸柔肠，盈盈粉泪。楼高莫近危阑倚。平芜尽处是春山，行人更在春山外。

青玉案·凌波不过横塘路
宋代　贺铸

凌波不过横塘路，但目送、芳尘去。锦瑟华年谁与度？月台花榭，琐窗朱户，只有春知处。

碧云冉冉蘅皋暮，彩笔新题断肠句。试问闲愁都几许？一川烟草，满城风絮，梅子黄时雨。

御街行·秋日怀旧
宋代　范仲淹

纷纷坠叶飘香砌。夜寂静，寒声碎。真珠帘卷玉楼空，天淡银河垂地。年年今夜，月华如练，长是人千里。

愁肠已断无由醉，酒未到，先成泪。残灯明灭枕头欹，谙尽孤眠滋味。都来此事，眉间心上，无计相回避。

---

① ［清］胡承珙撰，郭全芝校点：《毛诗后笺》，合肥：黄山书社，1999 年，第 99 页。

一剪梅·红藕香残玉簟秋

宋代　李清照

红藕香残玉簟秋。轻解罗裳，独上兰舟。云中谁寄锦书①来，雁字回时，月满西楼。

花自飘零水自流。一种相思，两处闲愁。此情无计可消除，才下眉头，却上心头。

《诗经》解读

醉花阴·薄雾浓云愁永昼

宋代　李清照

薄雾浓云愁永昼，瑞脑销金兽。佳节又重阳，玉枕纱厨，半夜凉初透。

东篱把酒黄昏后，有暗香盈袖。莫道不销魂，帘卷西风，人比黄花瘦。

山之高三章②

宋代　张玉娘③

山之高，月出小。

月之小，何皎皎。

我有所思在远道，一日不见兮，我心悄悄。

采苦采苦，于山之南。

忡忡忧心，其何以堪。

汝心金石坚，我操冰雪洁。

拟结百岁盟，忽成一朝别。

朝云暮雨心去来，千里相思共明月。

---

①　锦书：前秦苏惠曾织锦作《璇玑图诗》，寄其夫窦滔，计八百四十字，纵横反复，皆可诵读，文词凄婉。后人因称妻寄夫为锦字，或称锦书；亦泛为书信的美称。

②　［清］顾嗣立：《元诗选（三集）》卷一六，《文渊阁四库全书》第1471册，台北：台湾商务印书馆，1986年影印本，第651页。

③　张玉娘，字若琼，自号一贞居士，处州松阳（今属浙江丽水市）人。生于南宋淳祐十年（1250年），卒于南宋景炎元年（1276年），仅活到28岁。"生有殊色，敏惠绝伦，及笄，字（按许配、嫁）沈生佺。……佺尝宦游京师，时年二十有一，两感寒疾，不治。疾革，张折简于沈，以死矢之。沈视之曰："若琼能卒我乎？"嘘唏长清，遂瞑以死。张哀恸内重，常郁郁不乐。时值元夕，托疾隐几。忽烛影挥霍，下见沈郎，属曰：'若琼宜自重，幸不寒夙盟，固所愿也。'张顾视烛影，以手拥髻，悽然泣下曰：'所不与沈郎者，有如此烛！'语绝，觉，不见张，悲绝久。乃苏曰：'郎舍我乎？'遂得阴疾以卒，时年二十有八。"她出生在仕宦家庭，自幼饱学，"文章酝藉，诗词尤得风人之体，时以班大家比之。"有《兰雪集》传世。后人将她与李清照、朱淑贞、吴淑姬并称"宋代四大女词人"。（［清］顾嗣立：《元诗选（三集）》卷一六，第649页。）

蝶恋花·阅尽天涯离别苦

近代　王国维

阅尽天涯离别苦，不道归来，零落花如许。花底相看无一语，绿窗春与天俱莫。

待把相思灯下诉，一缕新欢，旧恨千千缕。最是人间留不住，朱颜辞镜花辞树。

第十章　不幸婚姻

第一节　弃妇诗

　　"凡嫁娶之礼，天子诸侯一娶不改。其大夫以下，其妻或死或出，容得更娶。非此亦不得更娶。此谓嫁娶之数，谓礼数也。"① 然而男子乱花迷眼，女子中道被弃的事屡见不鲜。班婕妤是汉成帝宠妃，后来汉成帝移情赵飞燕姐妹，班婕妤被冷落，自请去长信宫侍奉太后，作《团扇诗》自伤："出入君怀袖，动摇微风发。常恐秋节至，凉飚夺炎热。弃捐箧笥中，恩情中道绝。"班婕妤自比团扇，团扇从"出入君怀袖"到"弃捐箧笥中"，比况自己从倍受宠爱到遭受冷落不同的际遇。后世常用秋扇被弃比况女子被薄情男子中道休弃。女怕嫁错郎，唐代诗人白居易《太行路》叹道："何况如今鸾镜中，妾颜未改君心改。为君熏衣裳，君闻兰麝不馨香。为君盛容饰，君看金翠无颜色。行路难，难重陈。人生莫作妇人身，百年苦乐由他人。……行路难，不在水，不在山，只在人情反覆间。"《诗经》中也有痴心女子负心汉的古老故事，如《卫风·氓》《召南·江有汜》《邶风·谷风》《王风·中谷有蓷》《小雅·我行其野》《小雅·谷风》等。

卫风·氓

　　氓之蚩蚩，抱布贸丝。匪来贸丝，来即我谋。送子涉淇，至于顿丘。匪我愆（qiān）期，子无良媒。将（qiāng）子无怒，秋以为期。

　　乘彼垝（guǐ）垣，以望复关。不见复关，泣涕涟涟。既见复关，载笑载言。尔卜尔筮，体无咎（jiù）言。以尔车来，以我贿迁。

　　桑之未落，其叶沃若。于（xū）嗟鸠兮，无食桑葚（shèn）！于嗟女兮，无与士耽（dān）！士之耽兮，犹可说也。女之耽兮，不可说也。

　　桑之落矣，其黄而陨。自我徂尔，三岁食贫。淇水汤（shāng）汤，渐（jiān）车帷裳（wéi cháng）。女也不爽，士贰其行（háng）。士也罔极，二

　　① ［汉］毛亨传，［汉］郑玄笺，［唐］孔颖达疏：《毛诗正义》卷第十一（十一之二），李学勤主编：《十三经注疏》，北京：北京大学出版社，1999 年，第 793 页。

三其德。

三岁为妇，靡室劳矣。夙兴夜寐，靡有朝矣。言既遂矣，至于暴矣。兄弟不知，咥（xì）其笑矣。静言思之，躬自悼矣。

及尔偕老，老使我怨。淇则有岸，隰则有泮（pàn）。总角之宴，言笑晏（yàn）晏。信誓旦旦，不思其反。反是不思，亦已焉哉！

【解题】

《卫风·氓》是一首弃妇诗。《毛诗序》："男女无别，遂相奔诱。华落色衰，复相弃背。"① 方玉润《诗经原始》："为弃妇作也。"② "所托非人，以致不终。"③

【释义】

氓：农民。或曰流亡之民。蚩蚩：笑嘻嘻的样子。布：货币。即：走近。顿丘：地名。在今河南省清丰县。愆：延误。笑嘻嘻的小伙子，抱着布匹来换丝。不是真的来换丝，是来和我谈婚事。那天送你渡淇水，送到顿丘才分离。不是我延误婚期，你没托媒人求娶。请你不要生我气，订下秋天为婚期。

垝垣：破败的墙。复关：途经的关口，也有说指男子的住处，这里代指氓。咎：不吉利。贿：财物，这里指嫁妆。登上残破的城墙，翘首期盼他到来。望穿双眼看不见，焦急伤心泪涟涟。终于盼到他到来，又说又笑乐开颜。又占卜来又问卦，八字相合很吉利。驾着你的马车来，带着我的嫁妆走。

沃若：犹"沃然"，像水浸润过一样有光泽。于：通"吁"，表感慨。耽：沉迷。说：通"脱"，解脱。桑叶青青未落时，嫩绿润泽又茂盛。斑鸠不要贪桑葚，姑娘不要耽恋爱。男子沉迷能轻抛，女子沉迷难解脱。

徂尔：往你家，嫁与你。汤汤：水势浩大的样子。渐：浸湿。帷裳：车旁的布幔。不爽：没差错。行：行为。极：准则。二三其德：变心，前后行为不一致。桑树落叶时，枯黄凋落。自从嫁到你家后，多年吃苦又耐劳。淇水滔滔水势大，溅湿了我的车幔帐。我没有做错什么，是你背信变了心。做人反复太无常，前后不一少德行。

靡室劳矣：不以家务事为劳苦。遂：顺心。咥：笑的样子。静言：审慎仔细地。躬：自己。悼：伤心。成婚多年为你妇，操持家事不说苦。早起晚睡勤操劳，没有一天能轻闲。目的达成心意满，翻脸无情相暴虐。不知实情的兄弟，也嘲笑我太无能。仔细思量这婚姻，独自伤心独自怜。

① ［汉］毛亨传，［汉］郑玄笺，［唐］孔颖达疏：《毛诗正义》卷第三（三之三），李学勤主编：《十三经注疏》，北京：北京大学出版社，1999年，第268页。

② ［清］方玉润撰，李先耕点校：《诗经原始》，北京：中华书局，1986年，第179页。

③ ［清］方玉润撰，李先耕点校：《诗经原始》，北京：中华书局，1986年，第180页。

泮：通"畔"，岸，水边。总角：束发，这里借指少年时代。宴：快乐。晏晏：和悦的样子。信誓：真诚的誓言。旦旦：诚恳的样子。曾经想和你偕老，这样到老使我怨。淇水虽宽也有岸，沼泽虽广也有边。少年时代即相识，说笑玩闹两心悦。山盟海誓很真诚，没料到你会变心。既然誓言全抛弃，那就一拍两散吧。

【赏析】

这首诗情节完整，叙事性强，已具备了叙事诗的雏形。议论和细节描写自然生动，细腻地刻画了女子爱、恨、悔三种感情交织的心理。弃妇自诉婚姻悲剧，回忆了和氓恋爱、结婚、被弃的过程，表达了她的悔恨痛心和君若无情我便休的决然态度。

第一、第二章叙述了男子向女主人公求婚乃至结婚的过程。男子求婚不堂堂正正，而是偷偷摸摸地私下商量。古代正当的婚姻要有媒人，有媒为聘，无媒为奔。聘娶婚制下，媒人在婚姻缔结过程中起着穿针引线的媒介作用。《礼记·曲礼上第一》说："男女非有行媒，不相知名。"① 《仪礼·士昏礼注》："将欲与彼合婚姻，必先使媒氏下通其言，女家许之，乃后使人纳其采择之礼。"② 明媒正娶的婚姻，要"三媒六聘"，也叫"三书六礼"。"三书"即聘书、礼书和迎亲书。"六礼"包括纳采、问名、纳吉、纳征、请期、亲迎六项仪式。而诗中的男子无媒无聘，明显是对女子的不尊重；而女子陷入恋爱，不忍拒绝，终是私下答应了男子的求婚。第二章写女子一片痴心，登高思人。不见伤心，见了欢天喜地，一副陷入热恋的痴情女子模样。

第三、第四两章运用具有比况意味的兴法。第三章"桑之未落，其叶沃若"运用比法，以桑叶嫩绿润泽有光比况女子青春貌美、容颜靓丽。下句"于嗟鸠兮，无食桑葚"运用兴法，以斑鸠不要贪吃桑葚，兴起年轻美丽的女子不要沉迷于爱情，因为斑鸠吃桑葚会醉，女子沉迷于爱情就会迷失自我。以两个物象来起兴，共同兴起女子历经沉痛的不幸婚姻后的呼吁："于嗟女兮，无与士耽。"呼吁女子不要沉迷于恋爱，迷失自我。明人院本《投梭机》中写道："男子痴，一时迷；女子痴，没药医。"钱钟书这样分析女子更易沉迷于爱情的原因：

> 夫情之所钟，古之"士"则登山临水，恣其汗漫，争利求名，得以排遣；乱思移爱，事尚匪艰。古之"女"闺房窈窕，不能游目骋怀，薪米丛脞，未足忘情摄志；心乎爱矣，独居深念，思寒产而勿释，魂屏营若有亡，理丝愈

① ［汉］郑玄注，［唐］孔颖达正义，吕友仁整理：《礼记正义》（上册），上海：上海古籍出版社，2008 年，第 64 页。

② ［汉］郑玄注，［清］张尔岐句读，郎文行校点：《仪礼》，上海：上海古籍出版社，2016 年，第 24 页。

纷，解带反结，"耽不可说"，殆亦此之谓欤？①

第四章"桑之落矣，其黄而陨"运用比法，以桑叶枯黄凋落比况女子年老色衰。在此意基础上，接着抒写结婚多年吃苦耐劳，操持家事，家业已成，红颜老去，被无良男子无情休弃的愤恨。

第五章叙述女子被弃前后的遭遇。自己全心操持家事，为家庭全心全意地付出，多年的辛苦换来的是红颜逝去后的暴虐相待。仔细思量这段婚姻，爱别人胜过了爱自己，当牛做马地付出，忘了爱惜自己，得到了惨痛的婚姻教训，告诫天下女子在爱别人时，要记得爱自己。

第六章首先抒发"及尔偕老，老使我怨"的愤恨之情。以淇水有岸、沼泽有边，比况与氓的不幸婚姻已到尽头的决然态度。这是一个刚烈的女子，面对丈夫的变心，没有怀抱着虚无的幻想等他回头，而是君若无情我便休，决然而去。也没有像《孔雀东南飞》中的刘兰芝一样"举身赴清池"，而是毅然与负心人、与过去告别，伤心但不极端决绝。正如辛夷坞《致我们终将逝去的青春》里郑微对陈孝正所说的："曾经我们都以为自己可以为爱情死，其实爱情死不了人，它只会在最疼的地方扎上一针，然后我们欲哭无泪，我们辗转反侧，我们久病成医，我们百炼成钢。"与其生死纠缠，两败俱伤，何不放自己一条生路，保留自己的尊严，何必因为遇见了一个错的人，就放弃自己的一生？

这首诗对比手法运用得比较成功。如"女也不爽，士贰其行"；"士之耽兮，犹可说也；女之耽兮，不可说也"。氓未婚前"言笑晏晏，信誓旦旦"和婚后"言既遂矣，至于暴矣"的强烈反差，增强了表达效果。

《卫风·氓》是我国最早的弃妇诗，开拓了我国古代爱情诗歌的一个重要领域。《卫风·氓》和《邶风·谷风》奠定了古代弃妇诗的基本写作范式：一是女方无辜，男方三心二意；二是男方休妻是在家庭富裕之后，是"富易妻"；三是弃妇付出甚多，却得到恶报；四是把婚前、新婚时的甜蜜情景和被休弃的凄惨结局进行对照，或是以男方与新人的甜蜜与对自己的薄情进行对比，形成巨大的反差。"富易妻"是古代男子常见薄情之态，那些富贵而不易妻的男子就成为难得的重情形象。《后汉书·伏侯宋蔡冯赵牟韦列传》中有宋弘不弃糟糠妻的故事：

　　时帝姊湖阳公主新寡，帝与共论朝臣，微观其意。主曰："宋公威容德器，群臣莫及。"帝曰："方且图之。"后弘被引见，帝令公主坐屏风后。因谓弘曰："谚言贵易交，富易妻，人情乎？"弘曰："臣闻贫贱之交不可忘，糟糠

① 钱钟书：《管锥编·毛诗正义》（第一册），北京：生活·读书·新知三联书店，2011年，第163页。

之妻不下堂。"帝顾谓主曰："事不谐矣。"①

帝指东汉光武帝刘秀，宋公指宋弘。宋弘所说的"糟糠之妻不下堂"成为男子重情的千古美谈。

"于嗟女兮，无与士耽！士之耽兮，犹可说也。女之耽兮，不可说也。"道出了人类爱情婚姻生活中的一个普遍存在的现象——痴心女子负心汉，警示世间女子恋爱需理智，不要沉迷于爱情，迷失自我。爱情很美好，但爱情只是生活的一部分，不要为了别人而丢失自己，要保持自己独立的人生。正如舒婷《致橡树》中所说：

> 我如果爱你——
> 绝不学痴情的鸟儿，
> 为绿荫重复单调的歌曲。
> 也不止像泉源，
> 常年送来清凉的慰藉；
> 也不止像险峰，
> 增加你的高度，
> 衬托你的威仪。
> ……
> 我必须是你近旁的一株木棉，
> 作为树的形象和你站在一起。

拓展阅读

召南·江有汜

江有汜（sì），之子归，不我以。不我以，其后也悔！
江有渚（zhǔ），之子归，不我与。不我与，其后也处！
江有沱（tuó），之子归，不我过。不我过，其啸也歌！

【解题】

《召南·江有汜》是一首弃妇自怨自慰的诗作。情人要回家，却不带她同归。被弃女子满怀哀怨，唱出这首悲歌以自我安慰。方玉润《诗经原始》："商妇为夫

---

① ［南朝宋］范晔撰，［唐］李贤等注：《后汉书》卷二十六，北京：中华书局，1999年，第605页。

所弃而无怼也。""此必江汉商人远归梓里,而弃其妾不以相从。"①

【释义】

江:长江。汜:长江的支流。之子:指情人。以:用,此指需要。长江有支流,情人回家去,再不需要我。再不需要我,以后定后悔。

渚:长江中小洲。与:相聚。处:忧伤。

沱:长江的支流。过:到。其啸也歌:号哭,且哭且诉。闻一多《诗经通义》:"啸歌者,即号哭。谓哭而有言,其言又有节调也。"②

【赏析】

三章叠咏,诗意回环往复,易词申意,语意渐次递进。弃妇分别用"不我以""不我与""不我过"来诉说情人对她的薄情。薄情男子从不再需要我,到不再和我相聚,到不再到我这里来。以"其后也悔""其后也处""其啸也歌"表明情人以后必定会后悔、会忧伤、会号哭,是自信,也是无奈的自我安慰。男子的薄情,女子的痛心和愤恨全在反复叠咏中倾诉出来。既增强了诗歌的音乐性,也在反复咏唱中,增加了感情表达力度。各章第三、第四句采取了反复咏叹的形式,字字顿挫,如泣血而成,加强了情感的抒写力度。

邶风·谷风

习习谷风,以阴以雨。黾(mǐn)勉同心,不宜有怒。采葑(fēng)采菲,无以下体?德音莫违,"及尔同死"。

行道迟迟,中心有违。不远伊迩,薄送我畿(jī)。谁谓荼(tú)苦?其甘如荠。宴尔新昏,如兄如弟。

泾以渭浊,湜(shí)湜其沚(zhǐ)。宴尔新昏,不我屑以。毋逝我梁,毋发(bō)我笱(gǒu)。我躬不阅,遑恤我后?

就其深矣,方之舟之。就其浅矣,泳之游之。何有何亡(wú),黾勉求之。凡民有丧,匍匐救之。

不我能慉(xù),反以我为仇。既阻我德,贾(gǔ)用不售。昔育恐育鞠(jū),及尔颠覆。既生既育,比予于毒。

我有旨蓄,亦以御冬。宴尔新昏,以我御穷。有洸(guāng)有溃(kuì),既诒(yí)我肄(yì)。不念昔者,伊余来墍(jì)。

【解题】

《邶风·谷风》是一首弃妇诗。诗中的女主人公早年和丈夫共历患难,现在生

---

① [清]方玉润撰,李先耕点校:《诗经原始》,北京:中华书局,1986年,第112页。

② 闻一多撰,李定凯编校:《诗经研究·诗经通义》,成都:巴蜀书社,2002年,第198页。

活富裕安稳，丈夫又娶了貌美如花的新人，不念昔日夫妻情，她被无情休弃。朱熹《诗经集传》云："妇人为夫所弃……以叙其悲怨之情。"①

方玉润以此诗为忠而被疏的"逐臣自伤"之作②，借男女之情写君臣之义，委婉地抒写心中的怨愤："然'凡民有丧，匍匐救之'，非急公向义、胞与为怀之士，未可与言，而岂一妇人所能言哉？又'昔育恐育鞠，及尔颠覆'，亦非有扶危济倾、患难相恤之人，未能自任，而岂一弃妇所能任哉？是语虽巾帼，而志则丈夫。故知其为托词耳。大凡忠臣义士不见谅于其君，或遭谗间远逐殊方，必有一番冤抑难于显诉，不得不托为夫妇词，以写其无罪见逐之状。"③

【释义】

谷风：来自山谷的大风。习习：犹"飒飒"，风声。以阴以雨：为阴为雨，没有晴和之意，喻其夫暴怒不止。黾勉：勤勉，努力。葑：蔓菁，叶、根可食。菲：萝卜。以：用。下体：指根。无以下体：不用根部。以采食葑菲不要根部，比喻娶妻不重德行只看外貌。德音：指当初夫妻恩爱时丈夫曾对她说过的好话。山谷大风响飒飒，又是阴天又是雨。夫妻勉力结同心，不应该暴虐相待。采来蔓菁和萝卜，难道要叶不要根？昔日誓言别违背："和你到死不离分。"

迟迟：徐行的样子。有违：指行动和心意相违背。伊：是。迩：近。薄：语气助词，有勉强之意。畿：指门槛。荼：苦菜。宴：快乐。昏：即"婚"。走出家门步履缓，心中难舍欲行迟。不求远送求近送，哪怕送我出门槛。谁说苦菜苦无比，和我心比甜如荠。你又新婚多快乐，亲密无间如兄弟。

湜湜：水清的样子。屑：顾惜。逝：往，去。梁：捕鱼的水坝。发："拨"的假借字，搞乱。笱：捕鱼的竹篓。躬：自身。阅：容纳。遑：来不及。恤：忧，顾及。泾水入泾泾水浑，泾水河底也清澈。娶了新人多快乐，对旧人我不顾惜。别到我的鱼坝来，别拨乱我的鱼篓。连我自己都不容，哪里顾得了以后事？

方：筏子，此处做动词。亡：同"无"。民：人，这里指邻人。丧：指凶祸。匍匐：手足伏地而行，此处指尽力。好比河水深难渡，就用舟筏渡过去。如果河水浅易行，那就游泳泅过去。家中有这没有那，为你尽心来备办。左邻右舍有灾难，奔走救助不迟延。

能：乃。惜：爱。阻：拒绝。贾：卖。用：指货物。不售：卖不出去。育恐：生活恐慌。育鞠：生活困穷。颠覆：艰难，患难。于毒：如毒虫。不再爱我也就罢，反而把我当仇人。我的好意遭拒绝，就像货物难出手。昔日恐慌又穷困，同历艰苦共患难。现在生计有好转，嫌我弃我如毒虫。

① ［宋］朱熹注：《诗经集传》，上海：上海古籍出版社，1987年，第15页。
② ［清］方玉润撰，李先耕点校：《诗经原始》，北京：中华书局，1986年，第135页。
③ ［清］方玉润撰，李先耕点校：《诗经原始》，北京：中华书局，1986年，第136页。

旨：甘美。蓄：干菜和腌菜。有洸有溃：即"洸洸溃溃"，水激荡溃决的样子，此处借以比喻人发怒时暴戾凶狠的样子。诒：同"遗"，留给。肆：劳苦的工作。塈：爱。我有甘美的干菜，可以用来度严冬。娶了新人多快乐，只拿我来御穷困。又是打来又是骂，只拿我来当苦工。不念昔日患难情，往日恩爱一场空。

【赏析】

诗共六章。第一章写丈夫的暴虐相待，往日誓言全背弃。第二章写狠心的丈夫不听劝告，无情地要赶她走，她伤心又无奈地离开。第三章写丈夫娶新人弃旧人，女子的怨愤和无奈。第四章女子数落男子的无情，回顾自己劳心劳力地操持。第五章女子悲从中来，指责男子的无情，有了新欢弃旧人，薄情寡义，往日恩情全抛弃，视我好比是仇人。第六章指责丈夫贫贱相亲，富贵相弃，无情无义。

自古而今，同患难不能共富贵的现象比比皆是，有几人能真正做到糟糠之妻不下堂？当如花容颜在岁月的摧残下老去，不喜新厌旧、心念旧情者又有几人？弃妇的悲歌，古今一也。

艺术上这首诗构思新颖独到，语言凄恻委婉，选取了几个令人心碎的对比场景：一边是宴尔新婚多快乐，一边是不舍离开无人送；一边是甜如蜜，一边是苦无比；一边是困苦之时不离不弃共患难，一边是日子安好以后新人进门旧人弃；一边是新人进门甜如蜜，一边是对待旧人又打又骂当苦力。女子自比严冬时吃的干菜，只是被用来御穷而已。对比鲜明，形象生动，写出了女子的悲哀、男子的刻薄寡情。

诗歌借用生动的比喻言事表情，如第一章以时而风时而阴雨，表现丈夫的暴怒无常、寡情少义；以蔓菁萝卜的根茎被弃，来暗示他娶了新人弃旧人是视宝为废、有眼无珠。第二章以与心中的苦比起来，苦菜都甜得像荠菜，形象地突出了苦之深。第四章以河深舟渡、水浅泳渡，比况以往生活不论有何困难，都能想方设法予以解决；第五章用"贾用不售"，就像货物难出手比况丈夫的嫌弃，以"比予于毒"喻对自己的憎恶；第六章将丈夫的打骂比况为湍急咆哮的水流，取喻浅近，切合事旨，大大增强了作品的艺术性和表现力。

王风·中谷有蓷

中谷有蓷（tuī），暵（hàn）其干矣。有女仳（pǐ）离，嘅（kǎi）其叹矣。嘅其叹矣，遇人之艰难矣！

中谷有蓷，暵其脩矣。有女仳离，条其啸矣。条其啸矣，遇人之不淑矣！

中谷有蓷，暵其湿（qī）矣。有女仳离，啜其泣矣。啜其泣矣，何嗟及矣！

【解题】

《王风·中谷有蓷》是一首写弃妇哀叹遇人不淑的怨诗。《毛诗序》："夫妇日以衰薄，凶年饥馑，室家相弃尔。"① 方玉润《诗经原始》："悯嫠妇也。"②

【释义】

中谷：即谷中。蓷：益母草。暵：形容干燥、枯萎的样子。仳离：别离，这里指被离弃。嘅：同"慨"，叹息的样子。艰难：不善。谷中长着益母草，干旱缺水快晒干。有位女子被遗弃，唉声叹气心忧伤。唉声叹气心忧伤，所嫁夫君非良人。

脩：本指干肉，这里引申为干枯。条：长。啸：号，这里指长叹。不淑：不善。湿："㬠"的假借字，晒干。啜：抽噎。何嗟及矣：同"嗟何及矣"。何及，言无济于事。第二、第三两章重章叠唱，反复写弃妇长长叹息，悲伤哭泣，感叹遇人不淑被离弃，无可奈何徒伤心。

【赏析】

诗以"中谷有蓷，暵其干矣"起兴，以山谷中益母草被晒干枯萎委婉比况女子被遗弃而憔悴，兴起被遗弃女子的哀叹："有女仳离，嘅其叹矣。""嘅其叹矣"一句重复，反复写女子的叹息，女子心中的苦闷、悲凉，加强了情感抒发力度。最后一句直接点明悲叹的原因：遇人不善遭遗弃。

三章叠咏，既增强了诗歌回环往复的音乐美，又在反复吟唱中增强了抒情效果，反复写女子的悲叹、哭泣，感叹遇人不淑和无可奈何的悲哀。同时，三章易词申意，语意递进，从叹息到长叹再到抽噎，悲伤渐增。抒情也从感叹遇人不淑递进到感叹无可奈何的悲哀。

小雅·我行其野

　　我行其野，蔽芾（fèi）其樗（chū）。昏姻之故，言就尔居。尔不我畜（xù），复我邦家。

　　我行其野，言采其蓫（zhú）。昏姻之故，言就尔宿。尔不我畜，言归斯复。

　　我行其野，言采其葍（fú）。不思旧姻，求尔新特。成不以富，亦祇（zhǐ）亦异。

【解题】

《小雅·我行其野》是一首弃妇诗，书写一个远嫁女子被丈夫抛弃的悲愤心

　　① ［汉］毛亨传，［汉］郑玄笺，［唐］孔颖达疏：《毛诗正义》卷第四（四之一），李学勤主编：《十三经注疏》，北京：北京大学出版社，1999 年，第 305 页。

　　② ［清］方玉润撰，李先耕点校：《诗经原始》，北京：中华书局，1986 年，第 196 页。

《诗经》解读

情。朱熹《诗经集传》："民适异国，依其昏姻，而不见收恤。"①

【释义】

蔽芾：树叶初生的样子。樗：臭椿树，不材之木，喻所托非人。言：乃。畜：爱。邦家：故乡。一个人走在荒野上，看到臭椿枝叶疏。因为婚姻的原因，才来和你在一起。你既无情不爱我，我就回我家乡去。

蓫：草名，俗名羊蹄菜。葍：多年生蔓草，花相连，根白色，可蒸食。特：匹、配偶。成：借为"诚"，的确。祗：只。异：异心。第二、第三两章重章叠唱：你不顾念旧人，追求你的新配偶。并非她家比我富，只因你变心相辜负。

【赏析】

前两章写弃妇因缔结婚姻之故，才同那位男子同居一室，由于对方抛弃自己，便无奈地准备返回故乡去。每章后四句具体阐明因为男子的不喜爱，只能回自己家乡的决绝和无奈。前两章反复咏唱心中被弃的痛苦和强自宽解。第三章则直接控诉男子的变心："不思旧姻，求尔新特。"感情至此达到高峰，简直是愤恨难抑，直言斥责。

小雅·谷风

> 习习谷风，维风及雨。将恐将惧，维予与女。将安将乐，女转弃予！
>
> 习习谷风，维风及颓。将恐将惧，寘（zhì）予于怀。将安将乐，弃予如遗！
>
> 习习谷风，维山崔嵬。无草不死，无木不萎。忘我大德，思我小怨！

【解题】

《小雅·谷风》是一首弃妇诗，指责丈夫可共患难，却不能同安乐。或云怨友诗。《毛诗序》："刺幽王也。天下俗薄，朋友道绝焉。"孔《疏》："以人虽父生师教，须朋友以成。然则朋友之交，乃是人行之大者。幽王之时，风俗浇薄，穷达相弃，无复恩情，使朋友之道绝焉。"② 朱熹《诗经集传》："此朋友相怨之诗。"③

【释义】

谷风：来自山谷的大风。习习：连续的风声。维：有。将：方，当。与：亲近，帮助。女：同"汝"，你。转：反而。山谷大风刮不停，风雨交加如我心。当初面对忧患时，你我携手共承担。如今安宁快乐时，你却翻脸抛弃我。

① ［宋］朱熹注：《诗经集传》，上海：上海古籍出版社，1987 年，第 84 页。

② ［汉］毛亨传，［汉］郑玄笺，［唐］孔颖达疏：《毛诗正义》卷第十三（十三之一），李学勤主编：《十三经注疏》，北京：北京大学出版社，1999 年，第 904 页。

③ ［宋］朱熹注：《诗经集传》，上海：上海古籍出版社，1987 年，第 99 页。

颓：旋风。遗：遗忘。山谷大风刮不停，旋风扫荡毫无情。当初面对忧患时，拥我在怀恩爱重。如今安宁快乐时，将我抛开全忘记。

崔嵬：山高峻的样子。山谷大风刮不停，山势高峻险难越。没有草儿不枯死，没有树木不凋零，我的好处全忘记，心中只记我小错。

《诗经》解读

【赏析】

诗采用兴法，以山谷大风呼啸、风雨交加、山峰高峻难越的景物描写，渲染悲凉肃杀的氛围，奠定全诗悲愤的抒情基调，兴起下文女子对能共患难不能同富贵的无情男子的控诉。面临困窘时，我不离不弃相伴在侧，你拥我在怀恩爱相待；生活渐趋佳境，安宁欢乐时，你背信弃义将我抛弃，昔日恩爱全抛脑后：鲜明的对比，增强了控诉的力度，突出了男子的无情、女子的悲愤。

"习习谷风"一句三章叠出，起到了串联各章的作用，而对危厄环境的一再渲染，正是以景语为情语，是诗人悲凉肃杀心境的反复歌咏，增强了抒情力度和回环往复的音乐美。

古怨歌①

汉代　无名氏

茕茕白兔，东走西顾。衣不如新，人不如故。

弃妇词②

唐代　顾况

古人虽弃妇，弃妇有归处。今日妾辞君，辞君欲何去。本家零落尽，恸哭来时路。忆昔未嫁君，闻君甚周旋。及与同结发，值君适幽燕。孤魂托飞鸟，两眼如流泉。流泉咽不燥，万里关山道。及至见君归，君归妾已老。物情弃衰歇，新宠方妍好。拭泪出故房，伤心剧秋草。妾以憔悴捐，羞将旧物还。余生欲有寄，谁肯相留连。空床对虚牖，不觉尘埃厚。寒水落芙蓉，秋风堕杨柳。记得初嫁君，小姑始扶床。今日君弃妾，小姑如妾长。回首语小姑，莫嫁如兄夫。

① ［明］梅鼎祚：《东汉文纪》卷二七，《文渊阁四库全书》第1397册，台北：台湾商务印书馆，1986年影印本，第573页。

② ［明］高棅：《唐诗品汇》卷一八，《文渊阁四库全书》第1371册，台北：台湾商务印书馆，1986年影印本，第277页。

弃妇词①

清代 赵执信

　　两姓无端合，亦复无故分。昔时鸳鸯翼，今日东西云。浮云本随风，妾心自不同。君心剧无定，见弃如枯蓬。出门拜姑嫜，十步一回顾。心伤双履迹，一一来时路。留妾明月珠，新人为耳珰。不恨夺妍宠，犹得依君傍。宝镜守故奁，上有君家尘。持将不忍拂，旧意托相亲。此生一以毕，中怀何日宣？愿得金光草，与君驻长年。

第二节 怨妇诗

　　拜伦说："爱情对男人而言，只是生活的一部分。但对女人而言，却是一生的全部。"女怕嫁错郎。嫁一个知你、惜你、爱你、敬你的人，是一生的幸福。反之，不幸的婚姻可能是难醒的噩梦，在刻薄寡恩、怒吼咆哮中，在无尽的伤心和失望中，耗尽心中的温暖和柔软。世间男儿多薄幸，世间女儿偏痴情。一份感情中，男子可以潇洒地挥一挥手，不带走一片云彩，女子却往往身陷泥淖，难以挣脱，苍白憔悴。所以产生了怨妇这一类不幸婚姻中的悲情女子。《诗经》中《邶风·柏舟》《邶风·日月》《邶风·终风》《小雅·白华》等都是怨妇诗。

邶风·柏舟

　　泛彼柏舟，亦泛其流。耿耿不寐，如有隐忧。微我无酒，以敖以游。

　　我心匪鉴，不可以茹。亦有兄弟，不可以据。薄言往愬（sù），逢彼之怒。

　　我心匪石，不可转也。我心匪席，不可卷也。威仪棣（dài）棣，不可选（suàn）也。

　　忧心悄（qiǎo）悄，愠（yùn）于群小。觏（gòu）闵既多，受侮不少。静言思之，寤辟（pì）有摽（biào）。

　　日居月诸，胡迭而微？心之忧矣，如匪浣衣。静言思之，不能奋飞。

【解题】

　　《邶风·柏舟》是一首怨妇诗。写女子自伤遭遇不幸，被小妾们陷害，而又无法摆脱困境的无奈。朱熹《诗经集传》："妇人不得于其夫，故以柏舟自比。言以柏为舟。坚致牢实，而不以乘载。无所依薄，但泛然于水中而已。故其隐忧之深如此。非为无酒可以敖游而解之也。……岂亦庄姜之诗也欤？"①

或云贤臣忧谗抒愤诗。贤人受到群小陷害，既不甘退让，又不能展翅奋飞，摆脱困境。方玉润《诗经原始》："贤臣忧谗悯乱，而莫能自远也。"②"邶既为卫所并，其未亡也，国势必孱。君昏臣聩，金壬满朝，忠贤受祸，然后日沦于亡而不可救。当此之时，必有贤人君子，目击时事之非，心存危亡之虑，日进忠言而不见用，反遭谗谮。欲居危地而清浊无分，欲适他邦而宗国难舍。"③"借柏舟以喻国事，其泛泛无所靡所底极之形自见。"④

【释义】

泛：随水浮动。耿耿：不安的样子。隐忧：藏在内心的忧痛。柏木舟儿河中荡，随水漂流无依傍。内心忧痛难入眠，多少烦恼在心头。不是没有酒消愁，也不是无处遨游。

鉴：铜镜。茹：容纳。据：依靠。愬：同"诉"，诉说。我的心不是铜镜，不是美丑都能纳。娘家也有亲兄弟，谁知他们难依靠。向他们倾诉苦衷，反而生气又恼怒。

棣棣：文雅安闲的样子。选：同"算"，计算。我的心不是石头，想转移就能转移。我的心不是席子，想卷起来就卷起。仪容娴静品行端，不是谁都能算计。

悄悄：忧愁的样子，或满腔忧愁无法诉说的样子。覯：同"遘"，遭逢。闵：忧愁。静言：即"静然"，仔细地。辟：通"擗"，捶胸。有摽：即"摽摽"，捶打的样子。忧心忡忡无法诉，群小嫉怨众口咬。烦心事情真不少，受的羞辱也不少。夜里仔细来思量，醒来捶胸忧难消。

迭：更迭。微：晦暗。叫声太阳叫月亮，为何轮番暗无光？心中溢满忧愁啊，就像脏衣洗不净。仔细考虑细思量，无法高飞展翅翔。

【赏析】

《邶风·柏舟》的作者应当是一个妻妾并存家庭中的嫡妻，因为丈夫的薄情，她在众多小妾的明争暗斗中受尽委屈。诗歌抒写了她在不幸婚姻中的烦忧和她决不退让、不肯委曲求全的坚持，以及无法摆脱不幸婚姻的无奈与痛苦。

第一章首二句用比法，女子以柏舟自比，用柏舟坚固牢实而不用于乘载，漂荡于水中，无所依傍，比况女子不安定的处境。承此意，接着写女子忧愁烦闷，焦虑

---

① ［宋］朱熹注：《诗经集传》，上海：上海古籍出版社，1987年，第11页。
② ［清］方玉润撰，李先耕点校：《诗经原始》，北京：中华书局，1986年，第121页。
③ ［清］方玉润撰，李先耕点校：《诗经原始》，北京：中华书局，1986年，第121页。
④ ［清］方玉润撰，李先耕点校：《诗经原始》，北京：中华书局，1986年，第122页。

难眠。饮酒遨游本可解忧，如曹操的"何以解忧，惟有杜康"（《短歌行》），而这位女子的"隐忧"太深，"举杯消愁愁更愁"（李白《宣州谢朓楼饯别校书叔云》）。

第二章首二句用比喻修辞法说明自己不是什么事都可以接纳。那些无法接纳的事堵在心头，让人烦恼忧愁。这些无以排解的忧愁如果有人能分担该多好！可是兄弟却难以依靠，向他们倾诉忧愁，却招来他们的恼怒，旧愁之上又添新恨。

第三章前四句用比喻修辞法，说自己心的坚贞不同于石、席，不可以随意转移、卷起，表明不会退让，绝不任人摆布的态度。

第四章对主人公愁恨从何而来做了答复：原来是众妾仇视，遇到了不少烦心事，受了不少侮辱，满腹辛酸。夜里细思难入睡，醒来捶胸痛难消。

第五章前两句"日居月诸，胡迭而微"，《史记·屈原贾生列传》云："人穷则反本，故劳苦倦极，未尝不呼天也；疾痛惨怛，未尝不呼父母也。"[①] 女子怨天上日月的更迭不明，其实是女子忧痛太深的怨语。她渴望自由幸福，但却没有奋飞之力，满心无奈忧伤。

全诗紧扣一个"忧"字，忧之深，无以诉，无以泻，无以解，环环相扣。五章一气呵成，娓娓而下，语言凝重而委婉，感情浓烈而深挚。善用比喻，巧妙而富于变化。心灵不是镜子，不能对任何外物都接纳；心灵不是石头，不能任意旋转；心灵不是席子，不能加以卷曲；心中的忧愁如同脏衣服未洗，无法澄净。以有形之物比喻无形之思，富有艺术魅力。

一首怨妇诗，道尽了世间女子的不幸。妻妾并存，是不幸婚姻的根源。爱情是自私的，每个女子都向往"一生一代一双人"（纳兰性德《画堂春》）的婚姻模式。金庸小说《天龙八部》中段誉的父亲大理国镇南王段正淳，对每一个优秀美丽的女子都很真诚，每一段感情都很投入，可是，他见异思迁，每个和他相恋的女子都不幸，用一生的等待、思念和凄苦作为一段露水情缘的代价。只有"弱水三千，只取一瓢饮"的专情，才能真正拥有《郑风·女曰鸡鸣》中琴瑟和鸣、岁月静好的幸福婚姻。婚姻可能是脉脉温情，也可能残酷伤人。莎士比亚说：

> 婚姻是青春的结束，
> 人生的开始。
> 爱是温柔的吗？
> 它太粗暴、太专横、太野蛮了；
> 它像荆棘一样刺人。

第三部分　《诗经》诗歌分主题解读

---

① ［汉］司马迁：《史记·屈原贾生列传》，北京：中华书局，1982年，第2482页。

小雅·白华

白华菅（jiān）兮，白茅束兮。之子之远，俾我独兮。

英英白云，露彼菅茅。天步艰难，之子不犹。

滮（biāo）池北流，浸彼稻田。啸歌伤怀，念彼硕人。

樵彼桑薪，卬（áng）烘于煁（chén）。维彼硕人，实劳我心。

鼓钟于宫，声闻于外。念子懆（cǎo）懆，视我迈迈。

有鹙（qiū）在梁，有鹤在林。维彼硕人，实劳我心。

鸳鸯在梁，戢（jí）其左翼。之子无良，二三其德。

有扁斯石，履之卑兮。之子之远，俾我疧（qí）兮。

【解题】

《小雅·白华》为周幽王王后申后自伤被黜所作。《毛诗序》："白华，周人刺幽后也。幽王娶申女以为后，又得褒姒而黜申后，故下国化之，以妾为妻，以孽代宗，而王弗能治，周人为之作是诗也。"① 方玉润《诗经原始》载："申后自伤被黜也。"② 西周第十二任王周幽王姬宫涅，王后申后（中国国君申侯之女），周幽王宠爱褒姒，生子伯服。周幽王废申后及太子姬宜臼，以褒姒为后，以伯服为太子。姬宜臼逃奔申国，申侯联合缯国和犬戎进攻周幽王，周幽王与伯服均被犬戎所杀。《史记·周本纪》："幽王得褒姒，爱之，欲废申后，并去太子宜臼，以褒姒为后，以伯服为太子。"③ "又废申后，去太子也。申侯怒，与缯、西夷犬戎攻幽王。幽王举烽火征兵，兵莫至。遂杀幽王骊山下，虏褒姒，尽取周赂而去。于是诸侯乃即申侯而共立故幽王太子宜臼，是为平王，以奉周祀。"④

【释义】

华：同"花"。菅：茅的一种，又名芦芒。之子：这里指周幽王。远：疏远，指离弃。菅草开花白茫茫，白茅捆束紧相依。恨他变心抛弃我，使我孤单一个人。

英英：云洁白的样子。露：润泽。天步：命运。艰难：不幸。犹：如。天上白云降甘露，地上菅茅得润泽。命运不佳嫁错人，夫君寡恩不如云。

滮池：古水名，在今陕西西安西北。啸歌：谓号哭而歌。硕人：高大丰满的人，犹"美人"，这里指周幽王。滮池哗哗向北流，两岸稻田被浇灌。边哭边唱心伤痛，心中还在想着他。

樵：砍伐。卬：我，女子自称。煁：行灶，不带锅，用来烤东西。桑柴是烧饭

---

① [汉]毛亨传，[汉]郑玄笺，[唐]孔颖达疏：《毛诗正义》卷第十五（十五之二），李学勤主编：《十三经注疏》，北京：北京大学出版社，1999 年，第 1083～1084 页。

② [清]方玉润撰，李先耕点校：《诗经原始》，北京：中华书局，1986 年，第 465 页。

③ [汉]司马迁：《史记·周本纪》，北京：中华书局，1982 年，第 147 页。

④ [汉]司马迁：《史记·周本纪》，北京：中华书局，1982 年，第 149 页。

的好柴，现在用它烘烤，是物失其所。此以兴人失其所。劳：忧愁。砍伐桑枝当柴火，我烧行灶暖身心。就是那个无情人，实在伤透我的心。

鼓，敲。傞傞：愁苦不安的样子。迈迈：轻慢的样子。在宫内敲响大钟，钟声传到宫室外。想你让我心愁苦，你却对我很轻慢。

鹙：水鸟名，似鹤而性贪残好斗。鹙在鱼梁把鱼吞，白鹤挨饿在树林。就是那个无情人，实在让我心忧伤。

戢其左翼：鸳鸯把嘴插在左翼休息。二三其德：三心二意，指感情不专一。梁上鸳鸯双双伴，嘴插翅膀安然眠。可恨这人非良人，三心二意爱他人。

有扁：即"扁扁"。履：踩。卑：低下。疧：忧思成病。扁扁平平垫脚石，被人踩踏位卑下。恨他变心抛弃我，让我忧痛实难捱。

【赏析】

全诗共八章，每章四句，采用比法抒发了女子失宠后的忧伤、痛苦和怨愤之情。方玉润《诗经原始》："全篇皆先比后赋，章法似复，然实创格。"[1]

第一章以白茅捆束菅草比况夫妇本当缠绵相依。薄情夫君离弃我，使我孤单一个人。第二章以天上的白云降下露水滋润菅草和茅草比况丈夫违背常理，不顾正妻，只宠褒姒，寡恩无义，连天上的白云也不如。第三章以北流的滮池灌溉两岸稻田比况周幽王对妻子申后的毫无恩义，连滮池都不如。第四句"硕人"本指美人，也可指美男子，虽然幽王无义，但申后对他却仍有期望。虽然怨其无情，但在申后心中，幽王仍是伟岸的美男子，仍心系其身，难以割舍。第四章以桑薪适宜烹饪却不得其用，而用来烧行灶，来比况嫡后之尊却不被重视，遭到无情休弃。绝情寡义的丈夫实在伤透了女子的心。第五章以钟声闻于外，比况申后被废之事必然会被国人知晓。自己心里还念着周幽王，愁苦难安，备受煎熬；无情的丈夫却对我漠然视之，弃若敝屣，形成强烈的对比，突出了丈夫的薄情寡义。第六章贪残好斗的鹙在鱼坝吃鱼，高洁的鹤却在林中挨饿。以鹤、鹙失所比况皇后与宠妾易位。第七章以鸳鸯双双相亲相爱，反比丈夫三心二意，始爱终弃的不义。第八章以垫脚石被人踩踏、地位卑下比况自己被黜之后任人欺凌的悲苦命运，兴起"之子之远，俾我疧兮"，无情丈夫休弃我，使我忧思成疾。

诗中多用"兮"字结句，舒缓了语调。故而中间各章语气急促，但缓急相间，音韵和谐。

---

① ［清］方玉润撰，李先耕点校：《诗经原始》，北京：中华书局，1986 年，第 466 页。

邶风·日月

日居月诸！照临下土。乃如之人兮，逝不古处。胡能有定？宁不我顾？

日居月诸！下土是冒。乃如之人兮，逝不相好。胡能有定？宁不我报？

日居月诸！出自东方。乃如之人兮，德音无良。胡能有定？俾也可忘？

日居月诸！东方自出。父兮母兮！畜我不卒。胡能有定？报我不述？

【解题】

《邶风·日月》是一首写怨妇申诉怨愤的诗作。方玉润《诗经原始》："卫庄姜伤己不见答于庄公也。"①

【释义】

居、诸：都是语尾助词。下土：大地。乃：竟。之人：这个人，指她的丈夫。逝：发语词。古处：依古夫妻之道相处。定：正，指夫妇正常相处之道。宁：竟然。我顾：顾我。顾，念。

冒：覆盖，笼罩。相好：相爱。报：答，理睬。

德音：好名誉。无良：不好，不良。

畜：同"慉"，喜爱。不卒：不到最后。述：说。

【赏析】

诗共四章，每章六句。全诗充满了对丈夫的谴责之意、怨愤之情。前三章反复咏叹，方玉润《诗经原始》云："一诉不已，乃再诉之，再诉不已，更三诉之；三诉不听，则惟有自呼父母而叹其生我之不辰。"②

女子受到丈夫的冷待，内心痛苦至极，身陷绝望之境，而呼唤天上的日月、呼父母，正是穷极反本，穷极思父母、老天之意。朱熹《诗经集传》："不得其夫，而叹父母养我之不终，盖忧患疾痛之极，嗟呼父母，人之至情也。"③ 方玉润《诗经原始》："盖情极则呼天，疾痛则呼父母，如舜之号泣于旻天、于父母耳。"④

邶风·终风

终风且暴，顾我则笑。谑浪笑敖，中心是悼。

终风且霾，惠然肯来。莫往莫来，悠悠我思。

① ［清］方玉润撰，李先耕点校：《诗经原始》，北京：中华书局，1986 年，第 126 页。
② ［清］方玉润撰，李先耕点校：《诗经原始》，北京：中华书局，1986 年，第 127 页。
③ ［宋］朱熹注：《诗经集传》，上海：上海古籍出版社，1987 年，第 12 页。
④ ［清］方玉润撰，李先耕点校：《诗经原始》，北京：中华书局，1986 年，第 127 页。

终风且曀（yì），不日有曀。寤言不寐，愿言则嚏（tì）。
曀曀其阴，虺（huǐ）虺其雷。寤言不寐，愿言则怀。

【解题】

《邶风·终风》是一首写女子被丈夫轻慢调戏、弃置一旁的诗作。方玉润《诗经原始》："卫庄姜伤所遇不淑也。"①

【释义】

终：既。暴：疾风。谑浪：放荡地调戏。笑敖：放纵地取笑。悼：伤心。大风既起狂又暴，看到我轻蔑地笑。放荡调戏又取笑，心中难过自伤心。

惠：顾。大风既起雾霾罩，他若顾我就会来。如今再也不来往，思念绵长难以忘。

曀：阴云密布有风。不日：不见太阳。有：同"又"。寤：醒着。愿言：思念殷切的样子。嚏：打喷嚏。民间有"打喷嚏，有人想"的说法。

曀曀：天阴暗的样子。虺虺：雷声。怀：思念。

【赏析】

用气候现象来表现人的情感、行为，是《诗经》经常采用的手法。首章的"终风且暴"，是用暴风刮起来暗示男方大发脾气，从而对自己造成伤害。暴风是肆虐的，同样，男方的暴躁蛮横也令人恐惧。从第二章开始，各种气候现象都用来象征女方的心情。"终风且霾"，是刮风而又扬尘；"终风且曀，不日有曀"，是刮风扬尘造成的天昏地暗景象；"曀曀其阴，虺虺其雷"，则是阴沉的天空又隐隐响起闷雷。这些气候现象的共同特点是阴暗、沉闷，令人压抑，这与女子的心态是一致的。

前两章写女子被无良丈夫轻慢对待、无情抛弃，既伤心又难以忘怀的悲哀。诗章首句以自然界的狂风大作和天气阴晦起兴，渲染了悲凉肃杀的氛围，写出了男子的喜怒无常和女子心情的阴郁。从"谑浪笑敖"，放荡地调戏，放纵地取笑，可知丈夫对女子的欺凌和毫无尊重的态度；而"莫往莫来"，再也不和女子来往，则写出了丈夫的绝情。女子"中心是悼"，心中充满了悲伤；"悠悠我思"，思念长长，纵被无情对待，仍然难以割舍对丈夫的留恋。这是一个典型的陷入爱恋，纵被欺辱，仍难走出不幸婚姻的悲情女子。

后两章则反复抒写女子被弃后的痛苦、幻想、期望，辗转难眠之际，仍然心存幻想，希望丈夫还会想着自己。前两句渲染氛围，后两句直抒心中的难舍之意。前两句写狂风呼啸阴云密布，日月无光天色阴沉，渲染出悲凉阴沉的氛围，衬托出女

① ［清］方玉润撰，李先耕点校：《诗经原始》，北京：中华书局，1986 年，第 127 页。

子惨淡的心境，一切景语皆情语，景情相生，增强了艺术感染力。而女子虽被无情对待，仍难抑思念。半夜醒来想丈夫想得睡不着，想象他会因自己想他而打喷嚏。痴情而悲情的难以走出不幸婚姻的女子形象跃然而出。

第十一章　悼亡诗

第一节　悼妻诗

清代词人纳兰性德曾为亡妻卢氏写了很多深情哀婉的悼亡词。他曾写阴阳两隔之痛："便人间天上，尘缘未断，春花秋叶，触绪还伤。"（《沁园春》）"一生一代一双人，争教两处销魂。"（《画堂春》）写阴阳相隔，再难相见之悲："凭仗丹青重省识，盈盈，一片伤心画不成。"（《南乡子·为亡妇题照》）写曾经相守光阴的幸福："赌书消得泼茶香，当时只道是寻常。"（《浣溪沙》）这种深情的悼亡诗文在《诗经》中也有。

邶风·绿衣

绿兮衣兮，绿衣黄里。心之忧矣，曷维其已！
绿兮衣兮，绿衣黄裳。心之忧矣，曷维其亡！
绿兮丝兮，女所治兮。我思古人，俾（bǐ）无訧（yóu）兮！
绤（chī）兮绤（xì）兮，凄其以风。我思古人，实获我心！

【解题】
《邶风·绿衣》是一首怀念亡故妻子的诗，表达了丈夫悼念亡妻的深厚感情。
【释义】
衣：上衣。里：衣服的衬里。绿上衣呀，绿色上衣，黄色衬里。心中满怀忧伤，什么时候才会停？
裳：裙裳。亡：通"忘"，忘记。绿上衣呀，绿色上衣，黄色裙裳。心中满怀忧伤，什么时候才会忘？
治：纺织。古人：古通"故"，故人。訧：古同"尤"，过失，罪过。绿丝线啊绿丝线，是你亲手纺织成。我思念亡故的贤妻，实在是妻贤夫祸少。
绤：细葛布。绤：粗葛布。细葛布啊粗葛布，冷风吹来身上寒。我思念亡故的贤妻，实在体贴得我心。

【赏析】

全诗四章，采用了语意递进式的重章叠句手法。反复吟唱心中的思念、哀伤和深情，加强了抒情效果，也在回环往复的吟唱中加强了音乐美。

第一章至第三章诗人把亡妻所做的衣服拿起来翻里翻面、由上到下、一针一线仔细看，睹物思人，满怀忧伤。

第四章中"绤"兮"绤"都是麻布衣服，为夏日所穿，上文的"绿衣黄里"是夹衣，为秋天所穿。男主人公天气寒冷时还穿着夏天的衣服，到实在忍受不住萧瑟秋风的侵袭时，才自己寻找衣服，勾起他失去贤妻的无限悲恸。想念妻子在世时，为他操心四季衣物。

《诗经》解读

这首诗艺术上描写细腻，情感深沉。构思巧妙，由表及里，层层生发：由上衣外表的颜色，到衣里的颜色；由上衣，再到裙裳；再到织成衣服的丝线。睹物而思人，思念之情步步递进：从惋惜亡妻治家的能干，到感念亡妻的贤德。由想念以前细心体贴为自己打理衣食的亡妻，进一步上升到"实获我心"的情感深度，层层递进，含蓄委婉，缠绵悱恻。

此诗开创了睹物思人、忧思难忘的悼亡范式。看到死者的旧物，又唤起心中的悲伤和思念，重新陷入悲痛之中。如晋代潘岳《悼亡诗》第一首"帏屏无髣髴，翰墨有余迹。流芳未及歇，遗挂犹在壁"，睹物而思人。"寝息何时忘，沉忧日盈积"，长相思，难相忘。唐代元稹的悼亡诗也遵循这一创作范式："衣裳已施行看尽，针线犹存未忍开。"（《遣悲怀》其二）是睹物思人。"惟将终夜常开眼，报答平生未展眉。"（《遣悲怀》其三）"曾经沧海难为水，除却巫山不是云。"（《离思》）是长相思，难相忘。

宋代贺铸《半死桐》写道："重过阊门万事非，同来何事不同归？……空床卧听南窗雨，谁复挑灯夜补衣？"这首词是贺铸为悼念亡妻赵氏而作。贺铸重过苏州旧地，睹地思人，表达了失去伴侣的哀伤、孤独和深挚的思念，读来哀婉凄绝，正承《唐风·葛生》而来。

除了睹物、睹地思人外，还有睹颜色思人，如五代牛希济《生查子》中说："记得绿罗裙，处处怜芳草。"看见碧绿芳草，便忆及穿绿罗裙的人。

第二节　悼夫诗

中国古典诗词中的悼妻诗颇多，而悼夫诗词则凤毛麟角。《唐风·葛生》是最早的悼夫诗。宋代女词人李清照有一首悼念亡夫赵明诚的词作《孤雁儿》，借写咏梅表悼念之意：

藤床纸帐朝眠起，说不尽无佳思。沉香断续玉炉寒，伴我情怀如水。笛声三弄，梅心惊破，多少春情意。

小风疏雨萧萧地，又催下千行泪。吹箫人去①玉楼空，肠断与谁同倚。一枝折得，人间天上，没个人堪寄。

唐风·葛生

葛生蒙楚，蔹（liǎn）蔓于野。予美亡此，谁与？独处。
葛生蒙棘，蔹蔓于域。予美亡此，谁与？独息。
角枕粲兮，锦衾烂兮。予美亡此，谁与？独旦。
夏之日，冬之夜。百岁之后，归于其居。
冬之夜，夏之日。百岁之后，归于其室。

【解题】
《唐风·葛生》是一首女子悼念亡夫的诗作，抒写了失去丈夫的孤单无依、悲苦满怀和深挚思念。朱熹《诗经集传》："妇人以其夫久从征役而不归，故言葛生而蒙于楚，蔹生而蔓于野，各有所依托，而予之所美者独不在是，则谁与而独处于此乎？"②

【释义】
葛、蔹：蔓生植物。蒙：覆盖。楚：荆条。予美：犹"我爱"，女子称其丈夫。此：指这人世间。葛藤攀援在荆树上，蔹草蔓延在野地上。我爱的人不在这人世了，谁与我相伴相依？孤单无依独守空房。最后两句也有一种解释是：有谁陪他于地下？孤孤单单一个人。

棘：酸枣树。域：坟地。重章叠唱，反复咏唱永失所爱的悲哀和孤单无依。

角枕：死者用的以兽骨做装饰的枕头。锦衾：锦被，死者所用。粲：华美鲜明的样子。烂：灿烂。亡夫枕着华美的角枕，盖着华美的锦被。我爱的人不在这人世了，谁与我相伴相依？只能独自一人到天明。

夏之日，冬之夜：写出了日子的漫长难熬。其居：亡夫的墓穴。夏天长日漫漫，冬天长夜无尽，孤孤单单，怎样挨过？和你生不能同衾，只愿百年后能与你同穴。

室：墓室。古时坟墓，棺外有椁，椁外有室，室上堆土。

---

① "吹箫人去"用的是秦穆公女弄玉与其夫箫史的典故，此以箫史比赵明诚，伊人已逝，纵有梅花好景，又有谁与她倚阑同赏呢？

② ［宋］朱熹注：《诗经集传》，上海：上海古籍出版社，1987年，第49页。

前两章叠咏。首章以"葛生蒙楚，蔹蔓于野"起兴，女子去给丈夫上坟，看到葛藤攀附到高高的黄荆条上面，白蔹在野地上蔓延。葛藤、白蔹各有所依，而现在的自己却失去了依附。白居易《太行路》曾说："人生莫做妇人身，一生苦乐由他人。"就是对古代女子依附男子地位的形象说明。这样的场景，既是她给丈夫上坟时真实所见，也是她对自己命运的下意识联想。以所见葛、蔹这两种蔓生植物都各有托附，触景生情，兴起丈夫逝去，自己在这世间孤单无依的凄凉和悲伤。

第三章中角枕、锦衾都是殉葬物。在写极其悲惨的情感时，用"粲""烂"这样鲜艳华美的语言，反衬难以掩抑的凄凉萧瑟。

最后两章"夏之日，冬之夜"颠倒为"冬之夜，夏之日"，写出了时光的流转和漫长。夏日天长，冬天夜长，思念的煎熬在昼夜最长的时候尤其让人难以承受。两章体现了诗中主人公日复一日、年复一年的永无终竭的怀念。而"百岁之后，归于其居（室）"的感慨叹息：生不能同衾，死当同穴，深切地表达了抒情主人公对丈夫的怀思。人而无侣，生而无乐，漫漫岁月，何等萧瑟？只等与爱人黄泉下的重逢。

220

《诗经》解读

桧风·素冠

庶见素冠兮，棘人栾栾兮，劳心慱（tuán）慱兮。
庶见素衣兮，我心伤悲兮，聊与子同归兮。
庶见素韠（bì）兮，我心蕴结兮，聊与子如一兮。

【解题】
《桧风·素冠》是一首女子悼念亡夫的诗。

【释义】
庶：幸。素冠：白帽。棘：瘦。栾栾："脔"的假借字，消瘦羸弱的样子。慱慱：忧苦不安的样子。看你戴着白帽的形象，看你枯瘦羸弱的模样，让我心中万分忧伤。

聊：愿。子：你，指丈夫。同归：同死。看你穿着素白衣衫，我心里悲伤满溢，愿和你同赴黄泉。

韠：蔽膝，如围裙。蕴结：忧思难解。如一：意同"同归"，同死之意。

【赏析】
诗共三章，每章三句。满目都是身穿孝服的亲朋，守灵多日消瘦憔悴。女子伤心难抑，想和丈夫一同死去。难求同生，但愿同死，写出了女子的悲伤，对丈夫的思念和难以割舍。

此诗诗体很有特色。陈继揆《读诗臆补》指出："三句成章，连句成韵，后人

《大风歌》以下皆出于此。五古如《华山畿》：'不能久长离，中夜忆欢时，抱被空中啼。'七言如岑之敬《当炉曲》：'明月二八照花新，当炉十五晚留宾，回眸百万横自陈。'谢皋羽《送邓牧心》三句诗体皆是。"①

拓展阅读

悼亡诗三首
晋代　潘岳
其一

荏苒冬春谢，寒暑忽流易。之子归穷泉，重壤永幽隔。私怀谁克从，淹留亦何益。僶俛恭朝命，回心反初役。望庐思其人，入室想所历。帏屏无髣髴，翰墨有余迹。流芳未及歇，遗挂犹在壁。怅恍如或存，周惶忡惊惕。如彼翰林鸟，双栖一朝只。如彼游川鱼，比目中路析。春风缘隙来，晨霤承檐滴。寝息何时忘，沉忧日盈积。庶几有时衰，庄缶犹可击。

其二

皎皎窗中月，照我室南端。清商应秋至，溽暑随节阑。凛凛凉风升，始觉夏衾单。岂曰无重纩，谁与同岁寒。岁寒无与同，朗月何胧胧。展转盼枕席，长簟竟床空。床空委清尘，室虚来悲风。独无李氏灵，髣髴睹尔容。抚衿长叹息，不觉涕沾胸。沾胸安能已，悲怀从中起。寝兴目存形，遗音犹在耳。上惭东门吴，下愧蒙庄子。赋诗欲言志，此志难具纪。命也可奈何，长戚自令鄙。

离思五首
唐代　元稹
其四

曾经沧海难为水，除却巫山不是云。取次花丛懒回顾，半缘修道半缘君。

遣悲怀三首
唐代　元稹
其一

谢公最小偏怜女，自嫁黔娄百事乖。顾我无衣搜荩箧，泥他沽酒拔金钗。野蔬充膳甘长藿，落叶添薪仰古槐。今日俸钱过十万，与君营奠复营斋。

---

① ［明］戴君恩撰，［清］陈继揆补辑，董露露点校：《读风臆补》，北京：语文出版社，2019年，第140页。

其二

昔日戏言身后意，今朝都到眼前来。衣裳已施行看尽，针线犹存未忍开。尚想旧情怜婢仆，也曾因梦送钱财。诚知此恨人人有，贫贱夫妻百事哀。

江城子·乙卯正月二十日夜记梦
宋代 苏轼

十年生死两茫茫，不思量，自难忘。千里孤坟，无处话凄凉。纵使相逢应不识，尘满面，鬓如霜。

夜来幽梦忽还乡，小轩窗，正梳妆。相顾无言，惟有泪千行。料得年年肠断处，明月夜，短松冈。

沈园二首
宋代 陆游
其一

城上斜阳画角哀，沈园非复旧池台。伤心桥下春波绿，曾是惊鸿照影来。

其二

梦断香消四十年，沈园柳老不吹绵。此身行作稽山土，犹吊遗踪一泫然。

风入松·听风听雨过清明
宋代 吴文英

听风听雨过清明。愁草瘗花铭。楼前绿暗分携路，一丝柳、一寸柔情。料峭春寒中酒，交加晓梦啼莺。

西园日日扫林亭。依旧赏新晴。黄蜂频扑秋千索，有当时、纤手香凝。惆怅双鸳不到，幽阶一夜苔生。

浣溪沙·谁念西风独自凉
清代 纳兰性德

谁念西风独自凉，萧萧黄叶闭疏窗，沉思往事立残阳。
被酒莫惊春睡重，赌书消得泼茶香，当时只道是寻常。

山花子·风絮飘残已化萍
清代 纳兰性德

风絮飘残已化萍，泥莲刚倩藕丝萦。珍重别拈香一瓣，记前生。
人到情多情转薄，而今真个不多情。又到断肠回首处，泪偷零。

金缕曲·亡妇忌日有感

清代　纳兰性德

　　此恨何时已。滴空阶、寒更雨歇，葬花天气。三载悠悠魂梦杳，是梦久应醒矣。料也觉、人间无味。不及夜台尘土隔，冷清清、一片埋愁地。钗钿约，竟抛弃。

　　重泉若有双鱼寄。好知他、年来苦乐，与谁相倚。我自中宵成转侧，忍听湘弦重理。待结个、他生知己。还怕两人俱薄命，再缘悭、剩月零风里。清泪尽，纸灰起。

第十二章　婚礼诗

《诗经》解读

第一节　婚礼盛况之歌

婚礼是礼之本。《礼记·昏义第四十四》："男女有别，而后夫妇有义；夫妇有义，而后父子有亲；父子有亲，而后君臣有正。故曰：昏礼者，礼之本也。"① 婚姻对每个人而言都是一件人生大事，所以，婚礼往往尽可能搞得热闹、讲排场，以表明对缔结婚姻关系的重视。迎娶、送嫁、成礼这些婚礼环节往往场面浩大，"锣鼓喧天""十里红妆""高朋满座"都是展示婚礼盛况常用的词语。

召南·鹊巢

维鹊有巢，维鸠居之。之子于归，百两御（yà）之。
维鹊有巢，维鸠方之。之子于归，百两将（jiāng）之。
维鹊有巢，维鸠盈之。之子于归，百两成之。

鹊（即喜鹊）

---

① ［汉］郑玄注，［唐］孔颖达正义，吕友仁整理：《礼记正义》（下册），上海：上海古籍出版社，2008 年，第 2277 页。

【解题】

《召南·鹊巢》是一首描写贵族婚礼盛况的诗。

【释义】

鹊：喜鹊。鸠：鸤鸠，今名八哥，自己不筑巢，抢居喜鹊的巢。百：虚数，指数量多。毛《传》以为实指："诸侯之子，嫁于诸侯，送御皆百两。"① 两：同"辆"。御：同"迓"，迎接。喜鹊搭好窝，八哥来入住。姑娘出嫁时，迎亲队伍很浩大。

方：并居。将：送。成：结婚礼成。重章叠唱，反复咏唱送嫁和成礼的盛况：送亲队伍很壮观，婚礼场面很宏大。

【赏析】

全诗三章，都以鸠居鹊巢的自然现象起兴，可见古人观察的细致。以鸠占鹊巢，比况新妇入主男家。诗中还暗含了嫁娶时间是春天。鹊在季冬开始筑巢，《礼记·月令》载季冬之月"雁北乡，鹊始巢"②。郑《笺》云："鹊之作巢，冬至架之，至春乃成。"③ 筑巢经冬历春，极为辛苦。

诗用语意递进式的重章叠唱手法，兴句写鸠住鹊巢分别用了"居""方""盈"三字，有一种数量上的递进关系。"方"，是比并而住；"盈"，是住满。三章对句依次选取了婚礼的三个典型场面加以概括，展示出婚礼的盛况。第一章"百两御之"，是写新郎来迎亲。迎亲车辆之多，说明对婚礼的重视，渲染出婚礼的隆重，衬托出新娘的高贵。第二章"百两将之"是写女方送亲，第三章"百两成之"是结婚礼成。

古人重视婚姻关系的缔结，确立了从议婚至完婚过程中的六种礼节：纳采、问名、纳吉、纳征、请期、亲迎。婚姻可以"合二姓之好"④。为了表明对缔结婚姻关系的重视，周人迎亲、送嫁、拜堂等婚礼环节往往排场浩大，热闹喜庆。

此诗对后世产生较为深远的影响。后来衍生了"鹊巢鸠居""鸠占鹊巢"等成语。鸠占鹊巢本意指女子出嫁，住在夫家，后引申为强占别人家园或位置。

---

① ［汉］毛亨传，［汉］郑玄笺，［唐］孔颖达疏：《毛诗正义》卷第一（一之三），李学勤主编：《十三经注疏》，北京：北京大学出版社，1999 年，第 75 页。

② ［汉］郑玄注，［唐］孔颖达正义，吕友仁整理：《礼记正义》（上册），上海：上海古籍出版社，2008 年，第 735 页。

③ ［汉］毛亨传，［汉］郑玄笺，［唐］孔颖达疏：《毛诗正义》卷第一（一之三），李学勤主编：《十三经注疏》，北京：北京大学出版社，1999 年，第 75 页。

④ ［汉］郑玄注，［唐］孔颖达正义，吕友仁整理：《礼记正义》（下册）《昏义第四十四》，上海：上海古籍出版社，2008 年，第 2274 页。

第二节　祝福新人之歌

　　婚姻是有人相伴的开始，是责任的开始。正如马良所唱："往后余生，风雪是你，平淡是你，清贫也是你；荣华是你，心底温柔是你，目光所至也是你。"（《往后余生》）每个人都期盼着幸福美满的婚姻生活，所以人们会给新人送上美好的祝福。《诗经》中已有了祝福新娘之歌和祝福新郎之歌。

周南·桃夭
桃之夭夭，灼灼其华。之子于归，宜其室家。

桃之夭夭，有蕡（fén）其实。之子于归，宜其家室。

桃之夭夭，其叶蓁蓁（zhēn）。之子于归，宜其家人。

【解题】

《周南·桃夭》是一首祝福姑娘出嫁的诗。

【释义】

夭夭：茂盛、生机勃勃的样子。灼灼：明艳如火的样子。华：同"花"。之子：这位姑娘。归：姑娘出嫁。古代把夫家看作女子的归宿。宜：和顺。室家：朱熹《诗经集传》云，"室谓夫妇所居，家谓一门之内"①。桃树长得真茂盛，一树桃花灿烂如火。明媚如桃花的姑娘要出嫁，祝她夫妻恩爱、家庭和睦。

有蕡：桃子硕大的样子。蓁蓁：桃叶繁密的样子。重章叠唱，反复祝福新娘能和顺夫家：桃子硕大，祝她多子多孙；桃叶繁盛，祝她能兴旺夫家。

【赏析】

全诗三章，每章四句。三章叠咏。

第一章以桃树茂盛、桃花灿烂起兴，烘托出一派欢乐热烈的氛围；兴句与兴起的祝新娘能宜室宜家的美好祝福之间有着委婉隐约的内在联系：一是相似关联。新妆后明艳的新嫁娘就像灿烂的桃花，可谓人面桃花相映红。二是相关关联。婚嫁时间为仲春，不是农闲时间，推测此为当时贵族的婚嫁。《礼记·月令》："仲春之月，……始雨水，桃始华，仓庚鸣，鹰化为鸠。"② 郑玄提出仲春为婚礼之期，其

---

　　① ［宋］朱熹注：《诗经集传》，上海：上海古籍出版社，1987年，第3页。

　　② ［汉］郑玄注，［唐］孔颖达正义，吕友仁整理：《礼记正义》（上册），上海：上海古籍出版社，2008年，第628页。

《周礼·地官·媒氏》注曰："中春，阴阳交，以成昏礼，顺天时也。"①

桃花开后，开始长叶、结果。第二章以桃子结得又肥又大又多，祝福新娘早生贵子，儿孙满堂。第三章以桃叶的茂盛祝福新娘能使夫家兴旺发达。诗歌运用重章叠唱手法，三章依次以花、果、叶起兴，极有层次：由花开到结果，再由果落到叶盛。陈子展《诗经直解》："本来只见其华之艳，其实其叶乃联想所及，叠咏以为祝耳。"所喻诗意也渐次变化，与桃树的生长相适应，自然浑成，蕴含了丰富的祝福：祝新嫁娘美艳如桃花，得夫君珍视；祝新嫁娘如桃子硕果累累般多子多孙；祝新嫁娘如桃树枝叶繁茂，使夫家兴旺发达。堪称最好的祝辞。

这首诗语言优美，音韵和谐。叠字的运用，不仅使音韵和谐优美，而且产生了生动形象的表达效果。"夭夭"生动形象地写出了桃树的枝繁叶茂、生机勃勃，"灼灼"生动形象地写出了一树桃花盛开时的明艳如火、灿烂如霞、绚烂若锦。一个"宜"字，使夫家和顺，暗含了新嫁娘品德美好。

此诗开篇的"桃之夭夭，灼灼其华"对后世影响很大。如魏晋阮籍《咏怀·昔日繁华子》："夭夭桃李花，灼灼有辉光。"唐代杜甫《绝句》："江碧鸟逾白，山青花欲燃。"也是借鉴了这首诗的"灼灼其华"。唐代崔护《题都城南庄》："去年今日此门中，人面桃花相映红。"北宋陈师道《菩萨蛮·佳人》："玉腕枕香腮，桃花脸上开。"古代文学作品中形容女子面貌姣好常用"面若桃花""艳如桃李"等词句，也是受到了这首诗的启发，而"人面桃花"更成了中国古典诗词中的一种经典意境。

周南·樛木

南有樛（jiū）木，葛藟（lěi）累之。乐只君子，福履绥（tuǒ）之。

南有樛木，葛藟荒之。乐只君子，福履将之。

南有樛木，葛藟萦之。乐只君子，福履成之。

【解题】

《周南·樛木》是一首祝福新郎的诗歌。

【释义】

樛：弯曲而高的树。葛藟：野葡萄。累：攀缘。福履：幸福，福禄。绥：通"妥"，下降。一读 suí，安宁。南山一棵弯弯树，葡萄藤儿来攀附。快乐的新郎啊，祝您安享福禄。

荒：覆盖。将：扶助。萦：缠绕。成：成就。重章叠唱，反复咏唱对新郎的祝

---

① ［汉］郑玄注，［唐］贾公彦疏，赵伯雄整理：《周礼注疏》卷第十四《地官司徒》，李学勤主编：《十三经注疏》，北京：北京大学出版社，1999 年，第 362 页。

福：祝新郎安享福禄。

【赏析】

诗共三章，每章四句。首章以"南有樛木，葛藟累之"起兴，兴起下文的"乐只君子，福履绥之"。以樛木得到葛藟缠绕，兴起君子佳侣相伴，安享福禄。诗中以"樛木"比况青年男子，以缠绕樛木的"葛藟"比况他的美丽新娘。

安享福禄的婚姻祝愿，其中福是从精神方面来说，是禀受于天的好处，指福气或好运；禄是从物质方面来说，指"食禄"，丰衣足食的物质条件，这表明周人已意识到物质的充裕是幸福婚姻的保障。正如唐代元稹《遣悲怀三首》其二所云："贫贱夫妻百事哀。"幸福婚姻除了需要有佳偶相伴，还需要衣食无忧的物质条件。

《诗经》解读

小雅·鸳鸯

鸳鸯于飞，毕之罗之。君子万年，福禄宜之。

鸳鸯在梁，戢（jí）其左翼。君子万年，宜其遐福。

乘（shèng）马在厩，摧（cuò）之秣之。君子万年，福禄艾之。

乘马在厩，秣之摧之。君子万年，福禄绥之。

【解题】

《小雅·鸳鸯》是一首祝福贵族新婚男子的诗歌。

【释义】

毕、罗：捕鸟网。万年：虚指时间长，这里用来祝福婚姻，故有夫妻永远恩爱、婚姻永远幸福的意思。宜：安，引申为享有。鸳鸯双飞不相弃，共经罗网历险难。祝您婚姻永幸福，安享福禄恩爱长。

梁：筑在河湖池中拦鱼的水坝。戢：插。鸳鸯双双栖于梁，嘴插左翅睡得香。祝您夫妻永恩爱，安享食禄福运长。

乘：四匹马拉的车子，引申为拉车的马。摧：通"莝"，铡草，这里指用草料喂马。秣：用谷物喂马。艾：助。绥：安。重章叠唱。迎亲马儿在马厩，喂饱粮草待迎亲。祝您夫妻相偕老，安享福禄到白头。

【赏析】

诗共四章，每章四句。

第一、第二两章中的鸳鸯一动一静，描摹毕肖，展示了对幸福婚姻的美好期望。第一章描绘了一对鸳鸯双双飞翔，两情相依，即使遭遇捕猎的危险，仍然相伴相随，不离不弃，兴起下文对君子婚姻的美好祝福。兴句和对句的关联是以鸳鸯双飞，共历险难，比况夫妻携手人生，风雨相伴，衣食无忧。

第二章诗人抓住鸳鸯小憩时的一个细节，描摹入微。一对鸳鸯相依相偎在小坝上，红艳的嘴巴插入左边的翅膀，安然入睡，恬静悠闲，如一幅明丽淡雅的江南水墨风景画，兴起下文对幸福婚姻的祝愿。以鸳鸯安然双栖比况夫妻安然相守、岁月静好的幸福婚姻。

第三、第四章抓住喂饱结婚迎亲所用的厩中马这一典型细节，兴起对君子婚姻的美好祝愿：安享福禄到白头。

鸳鸯在人们的心目中是永恒爱情的象征，是一夫一妻相亲相爱、白头偕老的表率，其形象逐渐积淀为中国传统文化的一种原型意象。后世写鸳鸯的佳句很多，如唐代杜甫有"合昏尚知时，鸳鸯不独宿"（《佳人》），孟郊有"梧桐相待老，鸳鸯会双死"（《烈女操》），杜牧有"尽日无云看微雨，鸳鸯相对浴红衣"（《齐安郡后池绝句》），卢照邻有"得成比目何辞死，愿作鸳鸯不羡仙"（《长安古意》），等等。

幸福的婚姻是郎才女貌，妻贤夫旺，家庭和睦；是藤缠树，夫妻恩爱，相依相伴到永远；是"愿作鸳鸯不羡仙"，共历风雨，不离不弃，岁月静好。

第三节 赞美新娘、新郎之歌

现代相爱的人结婚时，新郎最想向新娘表达的心曲可能是："你在我眼中是最美，每一个微笑都让我沉醉。"（羽泉《最美》）在充满爱意的新郎眼里，新娘一定是一个值得爱的可爱女人，才会让他放弃单身，走向婚姻。反过来，在新娘对幸福充满憧憬的心里，在含羞带喜的眼中，新郎是最帅的。《诗经》记录的周人的婚礼中，新郎眼中的新娘有多美，新娘眼中的新郎有多帅呢？

小雅·车舝

间关车之舝兮，思娈季女逝兮。匪饥匪渴，德音来括。虽无好友，式燕且喜。

依彼平林，有集维鷮（jiāo）。辰彼硕女，令德来教。式燕且誉，好尔无射（yì）。

虽无旨酒，式饮庶几。虽无嘉肴，式食庶几。虽无德与女，式歌且舞。

陟彼高岗，析其柞（zuò）薪。析其柞薪，其叶湑（xǔ）兮。鲜我觏尔，我心写兮。

高山仰止，景行（háng）行止。四牡骓（fēi）骓，六辔如琴。觏尔新昏，以慰我心。

鹑（一种野鸡）

【解题】

《小雅·车辖》是一首写新郎亲迎新娘的诗。以男子的口吻写前往迎接新娘时的满心欢喜及对新娘的赞美、思慕之情。

【释义】

间关：车行时车轮转动发出的格格声。辖：同"辖"，车轴头的铁键。娈：美好。季女：少女。逝：往，指前往迎娶。括：通"佸"，相会。燕：通"宴"，宴饮。车轮转动车辖响，美好少女要出嫁。不是我春心萌发，而是新娘德行佳。纵没朋友来相贺，宴饮还是很快乐。

依：郁，茂密的样子。平林：平原上的树林。鹑：长尾野鸡，羽毛华美。辰：善良。硕女：美女，当时以高大为美。誉：通"豫"，欢乐。射：通"斁"，厌弃。茂密丛林莽苍苍，野鸡成群树枝上。善良姑娘真美丽，德行贤淑有教养。宴会安乐又欢喜，爱你之心永不移！

庶几：一些，含有希望之意。与：助，这里是相配的意思。虽然没有美酒，希望你能喝一些。虽然没有佳肴，希望你能尝一些。虽无美德来相配，唱歌跳舞多快乐。

析：劈。柞：柞木。古时结婚时劈柴做火把，因此以析薪代指结婚迎亲。湑：树叶柔嫩茂盛的样子。鲜：善。觏：遇见。写：同"泻"，思念之情得以宣泄。登上高高的山冈，砍来柞木当火把。砍来柞木当火把，柞叶柔嫩又茂盛。和你成婚真欣喜，我心终于得安稳。

景行：大路。骓骓：马行不止的样子。巍峨高山要仰视，平坦大道能纵驰。驾起车子快快行，缰绳协调像调琴。今天与你成婚配，满怀欣慰悦我心。

【赏析】

全诗五章，每章六句。第一章写娶妻启程。诗从男子娶亲的车声中开始，随着"间关"的车声，朝思暮想的少女就要嫁给自己了，男子欣喜满怀。以清脆的"间关"之声衬托了男子的愉悦心情。第二章用兴法，看见美丽的长尾野鸡，兴起对美丽新娘的思慕情怀。第三章则写男子对女子情真意切的倾诉：虽然我不完美，但我愿意让你快乐幸福。第四章以柔嫩茂盛的柞叶比况新娘青春美丽的容颜，巧妙地表达了对美丽新娘的喜爱和满意之情。第五章写迎亲归途，写新郎对新娘的赞美、仰慕之情，以及载得容貌、德行俱佳的新娘归家时的欣喜满溢。诗人仰望高山，远眺大路，面对佳偶，情满胸怀，驾着四匹马拉的车跑得飞快，挽着六条缰绳就像调琴弦一样灵活。

这首诗抒情手法多样，或直诉情怀，一泻方快；或以景写情，亦景亦情；或借比喻巧妙抒情。特别是第五章"高山仰止，景行行止"，借比喻巧妙抒情。在新郎的眼中，新娘的美丽和美好就像高山一样令人仰慕，新郎欣喜满怀，心情就像走在平坦大道上一样欢畅。"高山仰止"意蕴丰厚，成为表达仰慕之情的名句。

齐风·著

侯我于著乎而，充耳以素乎而，尚之以琼华乎而。
侯我于庭乎而，充耳以青乎而，尚之以琼莹乎而。
侯我于堂乎而，充耳以黄乎而，尚之以琼英乎而。

【解题】

《齐风·著》是一首新娘赞美新郎的诗歌，以新娘的口吻写初次见到新郎时的情景，表现了新娘对新郎的满意与赞许。

【释义】

著：通"宁"。古代富贵人家正门内有影壁，正门与影壁之间叫著。充耳：古代男子的一种装饰品。冠帽两侧各系一条丝带，下悬玉饰，正好垂在耳边。丝带称紞（dǎn），饰玉称瑱（tiàn）。素：白色，这里指悬瑱的丝绳。尚：加上。琼华：玉瑱。他在影壁前等我，玉瑱系以白丝线，华美玉瑱亮闪闪。

庭：庭院之中。青、黄：指黑色和黄色丝绦。堂：正房。重章叠唱，随着新郎等待的地方从著到庭，再到堂，写出了新娘由门外到庭堂的行踪变化。反复咏唱新娘眼中的新郎，表现出新娘对新郎的欣赏、赞许、满意之情。

【赏析】

全诗三章，每章三句。三章都从新娘眼中所见来写，新娘走下婚车，热闹的人群中，映进她眼帘的有恭候在影壁前的夫婿——"侯我于著"。"侯我"二字写出了新娘心中的绵绵情意和幸福感。下两句妙在见物不见人。新娘非常想把新郎端详一番，然而在众目睽睽之下，她只敢偷偷瞟一眼，只看到了他耳边用白丝绳系着的玉瑱。这两句极普通的叙述语，放在这一特定的人物身上，在这特殊的时刻和环境中，便觉得妙趣横生，余味无穷，给人以丰富的联想和审美愉悦。句尾语气助词"乎而"二字很妙，延缓了声调，使全诗节奏舒缓，读来有余音袅袅之韵。二字构成了每句诗的前后呼应，使诗句有了统一的韵尾，形成了诗句的重复，使全诗有了鲜明的韵律节奏，强化了感情，充分展现了新娘心情的愉悦。

《诗经》解读

第四节　洞房之歌

　　人生有很多快乐的时光："久旱逢甘雨，他乡遇故知。洞房花烛夜金榜挂名时。"（宋代汪洙《神童诗》）洞房花烛夜，新郎见到如花美眷时，该是多么惊喜庆幸，喜不自禁？

唐风·绸缪

　　绸缪束薪，三星在天。今夕何夕，见此良人？子兮子兮，如此良人何？

　　绸缪束刍（chú），三星在隅。今夕何夕，见此邂逅？子兮子兮，如此邂逅何？

　　绸缪束楚，三星在户。今夕何夕，见此粲者？子兮子兮，如此粲者何？

【解题】

《唐风·绸缪》是一首写洞房花烛夜新郎见到如花美眷时的惊喜庆幸、喜不自禁的诗。

【释义】

绸缪：紧密缠缚。束薪：捆扎的柴草。古人以束薪、束刍、束楚来比况婚姻结合。三星：星宿名，即心星。良人：古代妇女称其夫为"良人"。子兮：你呀。柴草成捆扎得紧，天上心星亮晶晶。多么欢喜，忘记了今夕何夕！多么美好，能和心上人儿见？你啊！你啊！对此良人怎么办？

束刍：捆束的草料。"刍"就是草。隅：天的东南角，这里指夜深了。邂逅：不期而遇，引申为难得之喜。

束楚：捆束的荆条。三星在户：指已到夜半。粲者：明艳的美人。

【赏析】

诗共三章，每章六句。三章叠咏，以心星位置的变迁展现时间的流逝。于一唱三叹中，新郎倾诉见到如此美好的新娘时，心中的惊喜之情、幸福之感和珍视之意。还有高兴得有点晕乎，喜欢得有点儿不知所措的激动。

诗以"绸缪束薪，三星在天"起兴，兴起下文的洞房花烛夜新郎见到美好的新娘时的喜不自禁之情。以捆束缠绕的柴草比况夫妇情意缠绵。特别是"今夕何夕"之问，含蓄而幽默，表现出由于一时惊喜，竟至忘乎所以，连日子也记不起来的极兴奋的心理状态。此诗对后世影响颇大，诗人往往借"今夕何夕"以表达突如其来的欢愉之情。因为爱慕而珍惜，因为珍惜而忐忑，新郎不禁发出"我该怎样对待这么好的你"的慨叹。诗的语言活泼风趣，极富生活气息。一说"今夕何夕"之后的句子是闹洞房的人以玩笑话来调侃这对新婚夫妇，仁者见仁，义皆可通。

拓展阅读

周南·螽斯

螽（zhōng）斯羽，诜（shēn）诜兮。宜尔子孙，振振兮。

螽斯羽，薨薨兮。宜尔子孙，绳绳兮。

螽斯羽，揖（jí）揖兮。宜尔子孙，蛰（zhé）蛰兮。

螽斯

【解题】

《周南·螽斯》是一首祝新人多子多孙的诗。

【释义】

螽斯：或名斯螽，蝗虫的一种。诜诜：同"莘莘"，众多的样子。宜：多。振振：众多的样子。螽斯展翅膀，数量真不少。多子又多孙，子孙真盛多。

薨薨：虫群飞的声音。绳绳：绵绵不绝的样子。揖揖：同"集"，群聚的样子。蛰蛰：和集安静的样子。

【赏析】

此诗可能是婚礼上祝福新人多子多孙之歌。祝福新人像螽斯一样多子多孙，家庭兴旺。三章叠咏，回环往复，韵律和谐，一唱三叹，反复咏唱祝人多子多孙的诗旨，增强了诗歌的表达效果。诗歌在艺术上运用叠字修辞手法，"诜诜""振振""薨薨""绳绳""揖揖""蛰蛰"六组叠字，锤炼整齐，隔句联用，音韵铿锵自然，朗朗上口，造成了节短韵长的音乐效果，也起到了摹声绘貌的作用，增强了诗歌的形象性。句末语气词"兮"的运用，延长了声调，舒缓了语气，增强了抒情意味和歌唱效果，更好地表达了祝福之意。

豳风·伐柯

伐柯如何？匪斧不克。取妻如何？匪媒不得。

伐柯伐柯，其则不远。我觏之子，笾（biān）豆有践。

【解题】

《豳风·伐柯》是一首讲娶妻必须请媒人的诗歌。

【释义】

伐柯：砍取做斧柄的木料。取：通"娶"。要砍斧柄怎么办？没有斧头可不成。要娶妻子怎么办？没有媒人可不成。

则：原则，规矩。觏：通"遘"，遇见。笾：竹编礼器，作盛果脯用。豆：木制、金属制或陶制的器皿，盛放肉类食物。有践：即"践践"，陈列整齐的样子。砍斧柄就得用斧子，原则就在你眼前。我遇见的好姑娘，食物摆放整齐美观。

【赏析】

诗歌首章运用句法相因式兴法，兴句和对句都是设问句"……如何，匪……不……"句式，上下相因关系是逻辑上的"必须"。首章以砍斧柄必须用斧子，兴起娶妻必须请媒人的规矩。第二章以砍斧柄就得用斧子，进一步引申出做事情就得遵循一定的原则。提出选择贤能佳偶要以能否料理好家庭的祭祀和宴饮活动作为原则。"笾豆有践"是以小见大，从心仪的姑娘摆放食物的整齐有序表明姑娘的贤淑能干。

唐风·椒聊

椒聊之实，蕃衍盈升。彼其之子，硕大无朋。椒聊且（jū），远条且！

椒聊之实，蕃衍盈匊（jū）。彼其之子，硕大且笃。椒聊且，远条且！

【解题】

《唐风·椒聊》是一首赞美妇人硕大丰腴、健康而多子的诗。

【释义】

椒：花椒，又名山椒。聊：草木结成的一串串果实。蕃衍：生长众多。且：语末助词。匊：古通"掬"，两手合捧。

【赏析】

诗赞美女子能使夫家人丁兴旺，子孙像花椒树上结满的果实那样众多。比喻新奇、妥帖。朱熹《诗经集传》："椒之蕃盛，则采之盈升矣。彼其之子，则硕大而无朋矣。椒聊且，远条且，叹其枝远而实益蕃也。"[①] 最后两句明言花椒繁多，枝条茂盛远扬，实言女子子女众多，夫家人丁兴旺。

第三部分　《诗经》诗歌分主题解读

① ［宋］朱熹注：《诗经集传》，上海：上海古籍出版社，1987 年，第 47 页。

第十三章　咏美人诗

第一节　高贵美人庄姜

不同时代有不同的审美标准，比如汉代以纤巧轻盈为美，赵飞燕能作掌上舞；唐代以丰腴绰约为美，杨贵妃则擅跳霓裳羽衣舞。但有一些千古不易、人人皆以为美的东西，比如白皙柔嫩的肌肤，黑白分明、大而有神、顾盼生辉的眼睛，挺直的鼻梁，洁白齐整的牙齿。纵阅中国千年诗歌，有一首诗被清代学人姚际恒推誉为"千古颂美人者，无出其右，是为绝唱"①，这首诗就是《卫风·硕人》。

卫风·硕人

硕人其颀（qí），衣锦褧（jiǒng）衣。齐侯之子，卫侯之妻，东宫之妹，邢侯之姨，谭公维私。

手如柔荑（tí），肤如凝脂，领如蝤蛴（qiú qí），齿如瓠犀（hù xī），螓（qín）首蛾眉。巧笑倩兮，美目盼兮。

硕人敖敖，说（shuì）于农郊。四牡有骄，朱幩（fén）镳（biāo）镳，翟茀（dí fú）以朝。大夫夙退，无使君劳。

河水洋洋，北流活（guō）活。施罛（gū）濊（huò）濊，鳣（zhān）鲔（wěi）发（bō）发，葭（jiā）菼（tǎn）揭揭。庶姜孽孽，庶士有朅（qiè）。

螓

---

① ［清］姚际恒著，顾颉刚标点：《诗经通论》，北京：中华书局，1958 年，第 83 页。

【解题】

《卫风·硕人》是一首卫人赞美卫庄公夫人庄姜的诗。《左传·隐公三年》："卫庄公娶于齐东宫得臣之妹，曰庄姜。美而无子，卫人所为赋《硕人》也。"①

【释义】

硕人：高大白胖的人。颀：修长。这说明当时的审美标准和现在的以瘦为美不同，是以高大丰腴为美。褻衣：麻布罩衫，内穿锦衣，外面为了防尘而穿着麻布罩衫，相当于现在的披风。齐侯：齐庄公。《礼记·王制第五》说："王者之制禄爵：公、侯、伯、子、男，凡五等。诸侯之上大夫卿、下大夫、上士、中士、下士，凡五等。"② 卫侯：卫庄公。东宫：齐太子得臣。邢：国名，在今河北邢台。姨：妻子的姐妹。谭：国名，在今山东历城。私：对姐妹丈夫的称呼。

荑：柔嫩的白茅之芽。蝤蛴：天牛的幼虫，白而细长。瓠犀：瓠瓜籽儿，色白，排列整齐。蝤：似蝉而小，头宽广方正。蛾眉：蚕蛾触角，细长而曲。倩：笑时脸上的酒窝。盼：眼睛黑白分明的样子。柔软白皙的纤手像白茅的嫩芽，润泽细腻的皮肤像凝固的脂肪，修美白皙的脖颈像白而细长的天牛幼虫，匀整洁白的牙齿像洁白而整齐排列的瓠瓜籽儿，丰满的额头像蝤的额头，细长弯弯的眉毛像蛾的触角。微微一笑嘴角上翘，黑白分明的眼睛顾盼生辉。

敖敖：修长高大的样子。说：通"税"，停车。四牡：驾车的四匹雄马。有骄：骄骄，强壮的样子。朱帻：用红绸布缠饰的马嚼子。镳镳：盛美的样子。翟茀：以雉羽为饰的车围子。翟，山鸡。茀，车篷。庄姜的婚车很奢华：驾车的是四匹强壮的雄马，马嚼子上缠着华美的红绸布，车篷上装饰着漂亮的山鸡毛，既有排场，又喜气洋洋。卫国民众很体贴，建议大夫早点儿退朝，不要让卫庄公太劳累，因为君王还要忙着迎亲。

洋洋：水流浩荡的样子。活活：水流动的样子。施：张，设。罛：大的渔网。濊濊：撒网入水声。鱣：鳇鱼。鲔：鲟鱼。发发：鱼尾击水的声音。葭：初生的芦苇。菼：初生的荻。揭揭：长长的样子。庶姜：指随嫁的姜姓媵妾。孽孽：装饰华丽的样子。庶士：指随从庄姜到卫国的齐国众臣子。有朅：即朅朅，勇武的样子。

【赏析】

诗共四章，每章七句。通篇用铺排手法，淋漓尽致地铺写对"硕人"庄姜的赞美和祝福。庄姜有着显赫的身世，绝美的容颜，一朝出嫁，嫁的便是一国之君卫庄公，贵为国母。

首章赞美庄姜的地位很高贵，是齐庄公的女儿，卫庄公的妻子，齐国太子的亲

---

① 郭丹等译注：《左传·隐公三年》（上册），北京：中华书局，2012 年，第 32～33 页。

② ［汉］郑玄注，［唐］孔颖达正义，吕友仁整理：《礼记正义》（上册），上海：上海古籍出版社，2008 年，第 449 页。

妹妹，邢侯的小姨子，谭公是她的妹夫。以庄姜的三亲六戚都地位尊崇来烘云托月，凸现庄姜身份地位的高贵。

第二章描写庄姜之美。运用博喻手法，以六个生动形象的比喻，犹如纤微毕至的工笔画，细致地描画了她艳丽绝伦的外貌。但这些工细的描绘，其艺术效果，显然都不及"巧笑倩兮，美目盼兮"八字。因为"手如柔荑"五句是静态描写，诗人尽管使出了浑身解数，却只是刻画出美人之"形"；"巧笑"二句则是动态描写，"巧笑倩兮，美目盼兮"寥寥八字，却传达出美人之"神"。在审美艺术鉴赏中，"神"高于"形"，"动"优于"静"。形的描写、静态的描写当然也必不可少，它们是神之美、动态之美的基础。但更重要的还是富有生命力的神之美、动态之美。形美悦人目，神美动人心。一味静止地写形很可能流为呆板，犹如纸花，缺乏生气；而动态地写神态则可以使人物鲜活起来，气韵生动，性灵毕现，似乎从纸面上走出来，走进你的心灵，摇动你的心旌。在生活中，一位体态、五官都无可挑剔的丽人固然会给你留下较深的印象，但那似乎漫不经心的嫣然一笑、眼波交融却更能触动你的心弦，使你久久难忘。那楚楚动人的笑靥和黑白分明、顾盼生辉的秋波，似乎千娇百媚地、鲜活地出现在眼前。眼睛是心灵的窗户，表现人物莫过于表现眼睛。不过"眼睛"应作宽泛的理解，它可以泛指一切与人的内心世界、人的灵性精神息息相关的东西，比如诗中黑白分明的"美目"，酒窝隐现的"巧笑"。达·芬奇的名画《蒙娜丽莎》，也是以"永恒的微笑"获得永恒的魅力。白居易《长恨歌》"回眸一笑百媚生，六宫粉黛无颜色"，也总不免令人想起硕人巧笑时的笑靥。

第三章主要写婚礼的隆重和盛大，表达祝福之意。庄姜的婚礼带有明显的周代礼乐文化的属性，从不同侧面展示出人们所崇尚的威仪之美。精心修饰的车马，参加婚礼的人员，行为举止的风度，都展现出了威仪之美。

第四章前五句描写途中的物态：黄河水浩浩荡荡，哗哗奔流向北方，河中渔夫撒网入水的哗哗声，渔网中鳣鱼、鲔鱼以尾击水的发发声，以及河岸绵密、茂盛、长长的初生的芦苇荻草，一切都生机勃勃的。对这五句有两种理解：一是状物以写情，物态描写营造了充满生机与喜悦的氛围，表达了卫国民众对庄姜嫁入卫国的欢欣喜悦之情。二是以鱼水象征男女之情，以水奔流，鱼欢腾暗喻鱼水之欢，祝福庄姜与卫庄公夫妻生活和谐幸福。结尾两句写送嫁队伍。随嫁的姜姓滕妾装饰华丽，随从庄姜到卫国的齐国臣子勇武有气势，共同组成了人数众多、声势浩大的送嫁队伍。

《卫风·硕人》对庄姜美貌的描写，在文学史上具有原型意义。楚辞的《招魂》《大招》有专门描写女性的段落。历代描写女子之美的诗赋很多，比如宋玉《登徒子好色赋》：

东家之子，增之一分则太长，减之一分则太短。著粉则太白，施朱则太赤。

眉如翠羽，肌如白雪。腰如束素，齿如含贝。嫣然一笑，惑阳城，迷下蔡。

运用比较手法，写出东家之女美得恰到好处。用工笔细描的博喻静态展现其美艳，在此基础上，运用传神的动态描写及夸张的侧面烘托手法写出她的美，使阳城和下蔡的人着迷。

汉乐府民歌《陌上桑》：

> 青丝为笼系，桂枝为笼钩。头上倭堕髻，耳中明月珠。缃绮为下裙，紫绮为上襦。行者见罗敷，下担捋髭须。少年见罗敷，脱帽著帩头。耕者忘其犁，锄者忘其锄。来归相怨怒，但坐观罗敷。

这首诗运用了烘云托月的手法来烘托罗敷的美丽。全诗没有对罗敷美丽的直接描写，而是纯用侧面烘托手法：首先用她背的装桑叶的笼的精致来烘托，再用罗敷的发式、首饰和着装来烘托，最后用行者、少年、耕者和锄者看见罗敷的反应来侧面烘托罗敷的美丽。

而汉乐府民歌《孔雀东南飞》中描写刘兰芝严妆后：

> 著我绣夹裙，事事四五通。足下蹑丝履，头上玳瑁光。腰若流纨素，耳著明月珰。指如削葱根，口如含朱丹。纤纤作细步，精妙世无双。

从刘兰芝穿的鞋、戴的簪饰耳饰侧面烘托刘兰芝的美丽，用形象的比喻来工笔细绘刘兰芝的腰、手指和口的美丽，在此基础上，加上传神的动作描写，使人物气韵生动，栩栩如生。

汉代李延年的《李延年歌》是这样写李夫人之美的："北方有佳人，绝世而独立。一顾倾人城，再顾倾人国。"这首诗首先以"绝世"夸其姿容出落之美，简直是举世无双；"独立"状其幽静娴雅之性，超俗而出众。再通过佳人的美使城池倾覆、使国家倾覆的例子，运用夸张的侧面烘托手法，展现李夫人颠倒众生的美貌。

曹植《洛神赋》更是将美人之美写到了极致：

> 翩若惊鸿，婉若游龙。荣曜秋菊，华茂春松。髣髴兮若轻云之蔽月，飘飖兮若流风之回雪。

在曹植的笔下，表现美人之美的手法从静态的比喻，发展到了动态的比喻，从具体的比喻发展到了抽象的比喻。洛神的体态轻盈宛转，翩然若惊飞的鸿雁，宛然如游动的蛟龙。容光焕发如秋日下的菊花，青春华美繁盛如春天的青松。时隐时现像轻云遮住月亮，浮动飘忽似回风旋舞雪花。"远而望之，皎若太阳升朝霞；迫而察之，灼若芙蕖出渌波。秾纤得中，修短合度。肩若削成，腰如约素。"角度更多样，有远观，有近看；语言更形象凝练：艳若朝霞，清水出芙蓉。"明眸善睐，靥辅承权。"明亮的眸子顾盼生辉，脸上酒窝若隐若现。"凌波微步，罗袜生尘。"在水波上细步行走，溅起的水沫附在罗袜上如同尘埃。"含辞未吐，气若幽兰。"语若天成，恍若神来之笔，成为流传千古、精妙绝伦的佳句。

历代诗歌中展现人物之美的手法多样、高妙，从静态的比喻到更传神的动态的比喻手法，从具体的比喻到更高级的抽象的比喻的运用，从工笔细描到侧面烘托，形、神、情态兼具，读文字而人物栩栩如生若在眼前。

第二节　天仙美人宣姜

齐僖公在历史上不著名，但他生的几个儿女都很有名。与妹妹文姜乱伦最后被大臣所杀的齐襄公诸儿、春秋霸主齐桓公小白，还有曾得管仲辅佐的公子纠都是他的儿子。齐僖公家族基因很好，多出美人。他的妹妹是卫庄公的夫人，即《卫风·硕人》的颂美对象——庄姜。他的两个女儿也颇有艳名，一个叫文姜，一个叫宣姜。文姜嫁到鲁国，成为鲁桓公的夫人。宣姜嫁到了卫国，成为卫宣公夫人。

鄘风·君子偕老

君子偕老，副笄（jī）六珈（jiā）。委（wēi）委佗（tuó）佗，如山如河，象服是宜。子之不淑，云如之何？

玼（cǐ）兮玼兮，其之翟（dí）也。鬒（zhěn）发如云，不屑髢（dí）也。玉之瑱（tiàn）也，象之揥（tì）也。扬且（jū）之皙也。胡然而天也！胡然而帝也！

瑳（cuō）兮瑳兮，其之展也。蒙彼绉（zhòu）绤（chī），是绁袢（xiè pàn）也。子之清扬，扬且之颜也。展如之人兮！邦之媛（yuàn）也！

【解题】
《鄘风·君子偕老》是一首讽刺卫宣公夫人宣姜的诗歌。
【释义】
君子：当时统治阶级的代称，此指卫宣公。偕老：夫妻相亲相爱白头到老。副笄六珈：副、笄、珈为三种首饰。副就是假髻（jì），用头发制成的高髻，可覆在头上。笄指衡笄，以玉制成，形制较长，从副两边横贯用于固定假髻。笄两端可以纮（dǎn，丝绳）悬瑱。珈为笄首。六珈实际是六支或多支饰有笄首（珈）的短笄。副笄六珈指髻状假发覆于首，再用衡笄固定，衡笄两旁以纮悬瑱，再在高髻上加饰六支短笄，达到盛饰效果，以彰显女主人公的高贵身份。委委佗佗：步行庄重美丽、举止自得的样子。如山如河：王先谦《诗三家义集疏》云，"如山凝然而重，如河渊然而深，皆以状德容之美"①。此二句言仪容之美。象服：即袆（yī）衣，王后之服。《周礼·内私服》载，袆衣为祭服，刻缯为雉形，用五彩描画，即画衣。宜：指合乎国母的身份。不淑：不善（一说"不幸"）。和君子白头到老的卫宣姜，头戴王冠后佩六珈。庄重美丽、举止自得，如山之凝重，如河之渊深，王后礼服正与她相配。可是她品行如此不贤淑，应该怎样评价她？

玼：玉色鲜明，此处形容翟衣颜色鲜亮。翟：此处指翟衣，祭服，绣着山鸡彩画的衣服。《周礼·内私服》载，王后从王祭祀，着翟衣。根据祭祀对象的不同，所着翟衣也有差别，祭祀先王则袆衣，见宾客着展衣。鬒：发黑而密。髢：假发。玉瑱：饰品。佩戴方式为以纮悬之，上系于笄，使之垂至于耳边，又名"充耳"。象揥：象牙所制，即"搔首之簪"，形制类似于梳篦而又与梳子不同，它细长而窄，不用于梳发，可以将成束的或散落的头发括起。扬：容颜秀美。且：句中助词。晳：白净。胡：何，怎么。然：这样。而：如，像。天：天仙。帝：天帝之女。多么鲜艳夺目啊，绣着翟鸟彩画的翟衣。秀发如云黑又密，不屑再装饰假发。耳两旁悬着玉瑱，头上插着象牙簪。容貌秀美又白净。怎么这样美？是天上的仙女？还是帝女下凡？

瑳：玉色鲜明洁白。展：展衣，白纱或红绢制的单衣，王后六服之一，夏天见君主或宾客的礼服。绉絺：比较轻薄，夏日所穿。绉：丝织物类名，质地较薄，表面呈绉缩现象。絺：细葛布。绁袢：里衣、内衣。清扬，眼睛清澈明亮。展如：诚然，确实。媛：美女。多么鲜亮洁白啊，她身上穿的白纱衣，罩着里面绉纱和细葛布制成的里衣。她眼睛清澈明亮，容颜美丽。确实美啊，这倾国倾城的美女！

【赏析】

全诗三章，除了篇首句"君子偕老"及每章章末二句传达作者情感的语句外，其余诗句皆在赞美女主人公宣姜的服饰之美和仪容之美。宣姜本是卫宣公之庶子公子伋的未婚妻，却被垂涎其美貌的卫宣公占为己有。卫宣公死后，其子卫惠公年少即位，寡母弱子孤立无援，被夺君位。为了继续维持齐、卫两国的政治关系，宣姜再次沦为政治联姻牺牲品，嫁给继子公子顽。

首章辞藻工美，极力渲染宣姜服饰之盛、仪态之美。她头戴副笄六珈，先秦时以盛发高髻为审美时尚，王后、君夫人等有身份的女子在参加重要活动时要佩戴假

---

① ［清］王先谦撰，吴格点校：《诗三家义集疏》，北京：中华书局，1987 年，第 234 页。

发。① 副即假髻，王后、君夫人戴之参加祭祀、宴宾、见王等活动。宣姜身着精美的象服，华贵无比。行步有仪，如山凝然而重，如河渊然而深，写出美人端庄肃穆的仪态。对章末二句"子之不淑，云如之何?"中的"不淑"有不同的解读：

一以"不淑"为"不善"，认为此诗乃以服饰仪容之美反衬宣姜人品行为之"不淑"，表达讥刺之意。宣姜的"不善"表现在两方面：一是先许太子伋，却被卫宣公所夺；二是卫宣公死后，宣姜再许配继子公子顽。

一以"不淑"为"不幸"，表达诗人"悯恤"之情。宣姜美丽高贵却命运堪怜，不过是一枚无力把握自己命运的棋子。

第二章也写宣姜服饰容貌之美。开头"玼兮玼兮"六句说服饰之盛。宣姜身穿画有野鸡的翟衣祭祀神明，服色亮泽鲜盛。她长发漆黑，茂密如云，无须用假发装饰。发髻两边有衡笄，耳旁悬玉瑱，头上插象掭，将散落的碎发括起，露出其丰满白皙的额角。"扬且之皙也"写宣姜容颜秀美，皮肤白皙。诗人感叹宣姜美得仿佛天仙、帝女降临尘寰。

第三章写宣姜的衣着容颜之美。开头"瑳兮瑳兮"四句写服饰之盛。多么鲜亮洁白啊，宣姜穿着接见宾客时穿的礼服——展衣。绉纱衣服外面罩，葛布里衣贴身穿。"子之清扬，扬且之颜也"写容貌之美。眼睛清澈又明亮，容颜美丽好风采。

关于此诗的诗旨，一说刺宣姜。《毛诗序》云："《君子偕老》刺卫夫人也。"② 一说除了刺宣姜外，还有赞宣姜之美并为之惋惜之意。朱熹《诗经集传》："东莱吕氏曰：首章之末云'子之不淑，云如之何'，责之也。二章之末云'胡然而天也，胡然而帝也'，问之也。三章之末云'展如之人兮，邦之媛也'，惜之也。辞益婉而意益深矣。"③ 宣姜纵有倾城倾国之姿，却嫁娶不能自主，被利用成为"结两姓之好"的和亲工具，卷入为天下所不齿的乱伦之事，让人叹惋。④

清代姚际恒称此诗为宋玉《神女赋》、曹植《洛神赋》之滥觞："'山、河''天、帝'，广揽遐观，惊心动魄，传神写意，有非言辞可释之妙。"⑤

① 参见陈晓强：《〈诗经·君子偕老〉解——兼论假发与祭祀的关系》，《甘肃联合大学学报（社会科学版）》2008 年第 6 期。

② ［汉］毛亨传，［汉］郑玄笺，［唐］孔颖达疏：《毛诗正义》卷第三（三之一），李学勤主编：《十三经注疏》，北京：北京大学出版社，1999 年，第 216 页。

③ ［宋］朱熹注：《诗经集传》，上海：上海古籍出版社，1987 年，第 21 页。

④ 参见杨允、黄丽：《〈君子偕老〉"副笄六珈"及诗旨考辨》，《北方论丛》2022 年第 4 期。

⑤ ［清］姚际恒著，顾颉刚标点：《诗经通论》，北京：中华书局，1958 年，第 72 页。

邶风·二子乘舟

二子乘舟，泛泛其景。愿言思子，中心养养。

二子乘舟，泛泛其逝。愿言思子，不瑕有害。

【解题】

《邶风·二子乘舟》是一首写卫人思念公子伋和公子寿的诗。二子坐船到齐国去，国人痛其往而不返。《毛诗序》云："《二子乘舟》，思伋、寿也。卫宣公之二子争相为死，国人伤而思之，作是诗也。"① 毛《传》云："宣公为伋取于齐女而美，公夺之，生寿及朔。朔与其母诉伋于公，公令伋之齐，使贼先待于隘而杀之。寿知之，以告伋，使去之。伋曰：'君命也，不可以逃。'寿窃其节而先往，贼杀之。伋至，曰：'君命杀我，寿有何罪？'贼又杀之。"②

【释义】

泛泛：荡漾的样子。愿言：思念殷切的样子。养养：养，通"恙"。忧思不安的样子。

逝：往，去。瑕，通"无"。不瑕：犹言"不无"，疑惑、揣测之词。

第三节 月下美人

月下美人是中国古典诗歌常用的意象，月华朦胧，如梦如幻，月下的美人美得圣洁，美得迷离梦幻，月下的心情是缠绵婉约的，心中的伊人似蒙了月光的面纱。明代高启《梅花诗》写道："雪满山中高士卧，月明林下美人来。"明代吴鼎芳《西湖夜泛》写道："月在美人远，春忙流水闲。"月下美人的原典出自《诗经》。

陈风·月出

月出皎兮，佼人僚兮。舒窈纠（jiǎo）兮，劳心悄兮。

月出皓兮，佼人懰（liǔ）兮。舒忧（yōu）受兮，劳心慅（cǎo）兮。

月出照兮，佼人燎兮。舒夭绍兮，劳心惨（cǎo）兮。

① ［汉］毛亨传，［汉］郑玄笺，［唐］孔颖达疏：《毛诗正义》卷第二（二之三），李学勤主编：《十三经注疏》，北京：北京大学出版社，1999 年，第 209 页。

② ［汉］毛亨传，［汉］郑玄笺，［唐］孔颖达疏：《毛诗正义》卷第二（二之三），李学勤主编：《十三经注疏》，北京：北京大学出版社，1999 年，第 209～210 页。

【解题】

《陈风·月出》是一首月下想念心中佳人的诗作。

【释义】

佼：美好。僚："嫽"的假借字，娇美的样子。"窈纠""忧受""夭绍"都是形容女子轻盈柔美的姿态，就是曹植《洛神赋》所谓"翩若惊鸿，婉若游龙"。劳心：忧心。"悄""慅""惨"都是形容忧愁不安的样子。多么皎洁的月光，月下美人多娇美。步履舒缓身婀娜，想她使我心忧伤！

懰：美好。

嫽：漂亮。

【赏析】

《陈风·月出》三章复叠，只变换了几个字，反复咏唱美人姣美的容颜和婀娜的身姿，以及想而不可见的万千愁思。在一个静谧的夜晚，明月高悬，月光如水。清幽的月色撩人情思，男子不由得思念起心中爱慕的女子。但美人却可想而不可见，让他心烦意乱，忧思百结。方玉润《诗经原始》云："从男意虚想，活现出一月下美人。并非实有所遇，盖巫山、洛水之滥觞也。"①

《月出》的意境是朦胧的。"月出皎兮"，"月出皓兮"，"月出照兮"，皎月笼盖一切，"隔千里兮共明月"（谢庄《月赋》），"海上生明月，天涯共此时"（张九龄《望月怀远》）相隔两地的人，凝望着同一轮明月，月亮和相思自古已不可分。在朦胧的月光下，男子想象思念着身姿秀美的心上人月下踯躅的婀娜倩影，"美人如花隔云端"（李白《长相思》），有一种朦胧美的韵味。

《月出》的情调是惆怅的。全诗三章最后一句"劳心悄兮""劳心慅兮""劳心惨兮"，直抒其情。这忧思，这愁肠，这纷乱如麻的心绪，都是由虚想中"佼人"月下的倩影诱发，充满可思而不可见的怅恨。诗人的心情与《关雎》里所写的"求之不得，寤寐思服。悠哉悠哉，辗转反侧"是一样的。

《月出》的语言是柔婉缠绵的。通篇各句皆以感叹词"兮"收尾。"兮"的声调柔婉、平和，连续运用，正与无边的月色、无尽的愁思相协调，使人觉得一唱三叹，余味无穷。另外，形容月色的"皎""皓""照"，形容容貌的"僚""懰""嫽"，形容体态的"窈纠""忧受""夭绍"，形容心情的"悄""慅""惨"，一韵到底，犹如通篇的月色一样和谐。其中"窈纠""忧受""夭绍"都是叠韵词，尤其显得缠绵婉约，与全诗朦胧的意境和惆怅的情调相适应。

《月出》开创了望月怀人的朦胧意境和感伤基调，成为后世诗歌一个常见的主题。李白《送祝八》写道："若见天涯思故人，浣溪石上窥明月。"张若虚《春江花月夜》："谁家今夜扁舟子，何处相思明月楼。可怜楼上月徘徊，应照离人妆镜

① ［清］方玉润撰，李先耕点校：《诗经原始》，北京：中华书局，1986年，第289页。

台。"这些都是滥觞于《月出》的望月怀人作品。

拓展阅读

月亮和女子总是关联在一起。《诗经》中还有以月亮比女子的诗篇。如《齐风·东方之日》：

> 东方之日兮，彼姝者子，在我室兮。在我室兮，履我即兮。
> 东方之月兮，彼姝者子，在我闼兮。在我闼兮，履我发兮。

此诗抒情主人公是一位男子，抒发了对美好女子走进自己生活的憧憬。首章写女子如太阳一样明丽、热情，第二章说女子如月亮一般温顺、多情。姝，女子美貌、温顺的样子。把美女比作月亮，以月亮的皎洁、柔和，凸显女子的柔美、明媚。

王先谦认为把女子比作月亮的原因是：

> 月生于西而云"东方之月"者，取其明盛也。马瑞辰云："古者喻人颜色之美，多取譬于日月。《诗》'月出皎兮'，传：'妇人有美白皙也。'《神女赋》云：'其少进也，皎若明月舒其光。'皆其义。"[1]

第四节　衣袂翩飞美人

《泰坦尼克号》中杰克和罗丝在船头迎风而立、伸展双臂恍若飞翔的美好场景是电影中的经典镜头之一，在《诗经》中已有在风中衣袂翩飞的美人。

郑风·有女同车

有女同车，颜如舜华（huā）。将翱将翔，佩玉琼琚。彼美孟姜，洵美且都。

有女同行（háng），颜如舜英。将翱将翔，佩玉将（qiāng）将。彼美孟姜，德音不忘。

【解题】

《郑风·有女同车》是一首写一男一女同车而行，男子为女子之美所动，唱出

---

① ［清］王先谦撰，吴格点校：《诗三家义集疏》（上册），北京：中华书局，1987年，第381页。

心中倾慕的诗作。

【释义】

舜华：就是木槿花，又叫芙蓉花。在飞驰的车中，女子衣袂迎风飘扬，像鸟飞起来一样，所以称为"翱翔"。都：娴雅大方。姑娘和我同乘车，她的面颊像木槿花。衣袂翩飞像鸟儿飞翔，身上环佩响叮当。那姜家美丽的长女，实在漂亮又文雅。

行：道路。将将：即"锵锵"，玉石相互碰击摩擦发出的声音。

【赏析】

此诗重章叠唱，反复咏叹女子的美丽。中国有句古话："情人眼里出西施"，在那男人看来，孟姜真是"细看诸处好"，美不可言。诗人以无比的热情，从容颜、行动、穿戴以及说话诸方面，描写了这位少女的迷人形象。

《郑风·有女同车》是风中衣袂翩飞美人的原典，首次塑造了衣袂翩飞美人的意象，摹形传神，对后世影响很大。姚际恒《诗经通论》："《神女赋》'婉若游龙乘云翔'，《洛神赋》'若将飞而未翔'，又'翩若惊鸿'，又'体迅飞凫'，又'或翔神渚'，皆从此脱出。"①

《郑风·有女同车》和《周南·桃夭》开创了古典诗歌用花比女子姣美的容颜的先河，《长恨歌》中的"芙蓉如面柳如眉"即源于此。

第五节　美男子

《诗经》中除了咏美女的诗篇，也有咏美男子的诗篇。美男子既有颀长的身姿，明亮有神的眼睛，红润健康的面色；也有矫健的身手，射艺高超，舞姿出众。展现了古代美男子的审美标准，既帅气，又阳刚。

齐风·猗嗟

猗（yī）嗟昌兮，颀而长兮。抑若扬兮，美目扬兮。巧趋跄（qiāng）兮，射则臧兮。

猗嗟名兮，美目清兮，仪既成兮。终日射侯，不出正兮，展我甥兮。

猗嗟娈（luán）兮，清扬婉兮。舞则选兮，射则贯兮。四矢反兮，以御乱兮。

① ［清］姚际恒著，顾颉刚标点：《诗经通论》，北京：中华书局，1958年，第106页。

【解题】

《齐风·猗嗟》是一首赞美一位英俊少年射手的诗作。方玉润《诗经原始》："愚于是诗，不以为刺而以为美，非好立异，原诗人作诗本意盖如是耳。"① 鲁庄公之母文姜与异母哥哥诸儿有了不伦之恋。其父齐僖公赶紧把文姜嫁到鲁国，成了鲁桓公的夫人。文姜嫁到鲁国第十五年的春夏之交，与丈夫一起回齐国省亲，与哥哥齐襄公旧情复燃。为和文姜长相厮守，齐襄公竟让大力士彭生将鲁桓公杀死。后鲁桓公与文姜之子姬同继位，即鲁庄公。鲁庄公死后，文姜与齐襄公依然公然来往。《毛诗序》认为是讽刺鲁庄公姬同不能约束其母文姜的诗作："《猗嗟》，刺鲁庄公也。齐人伤鲁庄公有威仪技艺，而不能以礼防闲其母，失子之道，人以为齐侯之子焉。"②

【释义】

猗嗟：赞叹声。昌：壮盛美好的样子。颀而长：身材高大。抑：同"懿"，美好。扬：通"阳"，自眉以至额角。扬：飞扬，形容目光流动有神的样子。趋：急走。跄：步有节奏。臧：善。啊！这人长得真帅，身材高大又颀长。前额方正容颜好，双目有神多明亮。进退奔走动作巧，射技实在太高超。

名：借为"明"，昌盛。赞美其容貌之盛，有光彩。清：眼睛黑白分明。仪：射义，射手在射箭前先表演射法的各种姿势。射侯：射靶。正：靶心。展：诚然，真是。啊！长得多精神啊，眼睛清亮如水，射箭仪式已完成。终日射靶无倦容，箭术高超射得准，真是我的好外甥。

娈：健壮而美好。清扬：眼睛明亮有神。婉，美好。选：整齐。反：复，此指箭重复射中一个点，是个百发百中的射手。啊，相貌长得真帅气，眼睛清澈又明亮，合着节拍舞蹁跹。射箭正中靶心穿，四箭正好中一点，勇武足以平叛乱。

【赏析】

全诗三章，每章六句。每章均以"猗嗟"发端。"猗嗟"为叹美之词，相当于现代汉语中的"啊呀"。造成一种先声夺人的艺术效果，提醒读者注意诗人所要赞美的人或事。每章内容分为两个部分，前赞美形象之美，后赞美射箭技艺之高。

诗歌塑造了一位美男子形象。首章写道："猗嗟昌兮，颀而长兮。抑若扬兮，美目扬兮。巧趋跄兮。"他多么帅啊，身材高大，额头方正饱满，眼睛清澈明亮，行动迅速，步履矫健。第二章写他"仪既成兮"，礼仪周到。第三章写他"舞则选兮"，身体灵活，舞姿出众。

这位男子还是技艺高超的射手。诗的第一章以"射则臧兮"一句总括男子的

---

① ［清］方玉润撰，李先耕点校：《诗经原始》，北京：中华书局，1986年，第240页。

② ［汉］毛亨传，［汉］郑玄笺，［唐］孔颖达疏：《毛诗正义》卷第五（五之二），李学勤主编：《十三经注疏》，北京：北京大学出版社，1999年，第415页。

射技之精。第二章则以"终日射侯"一语，赞美男子的勤学苦练精神；以"不出正兮"一语赞美他的射则必中的技艺。第三章以"射则贯兮"赞美他的连射技术。"四矢反兮"，连续四箭正好中一点，是一位百发百中的神射手。

《诗经》解读

秦风·终南

　　终南何有？有条有梅。君子至止，锦衣狐裘。颜如渥（wò）丹，其君也哉？

　　终南何有？有纪（qǐ）有堂。君子至止，黻（fú）衣绣裳。佩玉将（qiāng）将，寿考不亡（wàng）。

【解题】
《秦风·终南》是一首秦人称美其国君秦襄公的诗作。朱熹《诗经集传》："此秦人美其君之辞。"①

【释义】
终南：终南山，在今陕西西安市郊外。条：即山楸。渥：涂。丹：红色。渥丹：形容面色红润。其：表示推测的词。终南山上有什么？有山楸来有梅树。有位君子到此地，锦绣衣衫狐皮裘。脸色红润若涂丹，莫非他是我君主？

纪："杞"的假借字，杞树。堂："棠"的假借字，棠梨。黻衣：黑色青色花纹相间的上衣。将将：同"锵锵"，象声词，佩玉相击撞发出的声音。寿考：长寿。亡：通"忘"。

【赏析】
诗歌借对秦公的容颜、服饰和仪态的描写，表达了颂美之意。第一章写秦公身着诸侯的礼服——锦衣狐裘，精美华贵，脸色红润丰泽。第二章写秦公身着青白花纹相间的上衣和五彩花纹的下裳，身上的佩玉挂件叮当悦耳。诗以礼服的高贵华丽衬托君子的美德形象，玉是德的象征，夸赞其服饰，实则是在夸他们拥有美好的风仪，是在说他们守礼重德。

---

　　① ［宋］朱熹注：《诗经集传》，上海：上海古籍出版社，1987年，第52页。

第十四章　送别诗

第一节　送别亲友

　　说起送别，我们耳旁立即会响起一首熟悉的歌谣《送别》："长亭外，古道边，芳草碧连天。晚风拂柳笛声残，夕阳山外山。天之涯，地之角，知交半零落。一壶浊酒尽余欢，今宵别梦寒。"这是李叔同的送别。"黯然销魂者，唯别而已矣……春草碧色，春水绿波。送君南浦，伤如之何！"（南朝江淹《别赋》）这是江淹的送别。最使人心神沮丧、失魂落魄的，莫过于别离。"悲莫悲兮生别离"（先秦屈原《少司命》）。而离别又是人生难免，伤离别也成为人们的一种普遍情感。"燕子来时人送客，不堪离别泪湿衣。"（宋代谢翱《秋社寄山中故人》）

邶风·燕燕

　　燕燕于飞，差（cī）池其羽。之子于归，远送于野。瞻望弗及，泣涕如雨。

　　燕燕于飞，颉（xié）之颃（háng）之。之子于归，远于将之。瞻望弗及，伫立以泣。

　　燕燕于飞，下上其音。之子于归，远送于南。瞻望弗及，实劳我心。

　　仲氏任只，其心塞渊。终温且惠，淑慎其身。先君之思，以勖寡人。

【解题】

　　《邶风·燕燕》是一首送别诗，被清代诗人王士禛誉为"万古送别诗之祖"[1]。《毛诗序》："卫庄姜送归妾也。"[2] 这首诗据说是庄姜送别戴妫时所写。庄姜是齐国公主，姜姓，嫁卫庄公，故称庄姜。庄姜很美，却没有孩子，卫庄公又娶了陈国的厉妫、戴妫姐妹，戴妫生的孩子名叫完，养在庄姜身边，立为太子。庄公死后，

---

　　① ［清］王士禛著，张世林点校：《分甘余话》，北京：中华书局，1989 年，第 62 页。

　　② ［汉］毛亨传，［汉］郑玄笺，［唐］孔颖达疏：《毛诗正义》卷第二（二之一），李学勤主编：《十三经注疏》，北京：北京大学出版社，1999 年，第 142 页。

太子完继位，就是卫桓公。州吁是卫庄公的宠姬生的孩子，桓公继位之后，州吁发起了春秋历史上第一起政变，谋杀了桓公，戴妫因此被遣送回陈国。《左传·隐公三年》："卫庄公娶于齐东宫得臣之妹，曰庄姜。美而无子，卫人所为赋《硕人》也。又娶于陈，曰厉妫，生孝伯，早死。其娣戴妫生桓公，庄姜以为己子。公子州吁，嬖人之子也，有宠而好兵。公弗禁，庄姜恶之。"[①] "四年春，卫州吁弑桓公而立。"[②]

《诗经》解读

【释义】

燕燕：燕子双双而飞，所以称燕燕。差池：参差不齐的样子。野：郊外。燕子双飞，羽毛参差。她无奈要回娘家，远远地送她到郊外。远望久立看不见，泪如雨下悲难抑。

颉、颃：鸟儿上下翻飞的样子，向上飞为颉，向下飞为颃。将：送。伫立：久立。燕子双飞，上下盘旋。她无奈要回娘家，远远地送她离开。渐渐远去看不见，伤心难抑，注目久立泪盈眶。

劳：忧。燕子双飞，呢喃之音时而在上时而在下。她无奈要回娘家，远远地送她往南而去。渐渐远去看不见，实在使我心忧伤。

任：可信任。塞渊：心胸诚实深远。"终"和"且"连在一起，是"既……又……"的意思。淑：善良。慎：谨慎。寡人：庄姜自称。仲氏为人可信任，心胸诚实又深远。性格温柔又恭顺，为人善良又谨慎。常说"想着先君好"，她的劝慰记我心。

【赏析】

《邶风·燕燕》全诗四章，前三章重章渲染惜别情境，后一章深情回忆被送者的美德。抒情深婉而语意沉痛，写人传神而敬意顿生。

前三章开篇以飞燕起兴："燕燕于飞，差池其羽""燕燕于飞，颉之颃之""燕燕于飞，下上其音"。《朱子语类》称赞道："譬如画工一般，直是写得他精神出。"阳春三月，群燕翻飞，蹁跹上下，呢喃鸣唱，一幅生机勃勃的春燕翻飞图。"燕子来时新社，梨花落后清明。池上碧苔三四点，叶底黄鹂一两声。日长飞絮轻。"（晏殊《破阵子》）也是写燕子来时的春光无限。诗中以燕燕双飞的自由欢畅的场景，反衬姐妹别离的愁苦哀伤之情，把送别的情境和惜别的气氛，表现得深婉沉痛。

"瞻望弗及，泣涕如雨""瞻望弗及，伫立以泣"，运用赋法，状人以言情。久立远望，直至再也看不见；泪如雨下，久久地在路边哭泣，忧伤难抑。陈震《读诗识小录》："以'瞻望弗及'的动作情境，传达惜别哀伤之情，不言怅别而怅别

---

① 郭丹等译注：《左传·隐公三年》（上册），北京：中华书局，2012 年，第 32～33 页。

② 郭丹等译注：《左传·隐公四年》（上册），北京：中华书局，2012 年，第 37 页。

之意溢于言外。"① 陈继揆《读风臆补》评曰："送别情景，二语尽之，是真可泣鬼神矣。张子野短长句云：'眼力不如人，远上溪桥去。'东坡《子由诗》云：'登高回首坡陇隔，惟见乌帽出复没。'比远绍其意。"② 末章追念戴妫的美德，感其情重，更加深了依依不舍之情，具有极强的艺术感染力。

拓展阅读

唐代韦应物《赋得暮雨送李胄》是一首送别诗：

> 楚江微雨里，建业暮钟时。漠漠帆来重，冥冥鸟去迟。
> 海门深不见，浦树远含滋。相送情无限，沾襟比散丝。

"伫立以泣"在这首送别诗中表现为"相送情无限，沾襟比散丝"。以哀景衬哀情。时当傍晚，细雨如丝，暮钟沉沉，帆重、鸟迟、海门深、浦树远，无不在烟雨薄暮中渲染出一种迷蒙暗淡的底色。以迷蒙暗淡的景色衬托黯淡悲伤的别情，处处景语皆是情语。

宋代柳永的《雨霖铃》是一首送别词：

> 寒蝉凄切，对长亭晚，骤雨初歇。都门帐饮无绪，留恋处，兰舟催发。执手相看泪眼，竟无语凝噎。念去去，千里烟波，暮霭沉沉楚天阔。

"伫立以泣"在这首送别词中表现为"执手相看泪眼，竟无语凝噎"。"瞻望弗及"表现为远望只见"千里烟波，暮霭沉沉楚天阔"，眼前景"千里烟波""暮霭沉沉"与心中情相交融。时当秋季，景已萧瑟；且值天晚，暮色阴沉；而骤雨后，继之以寒蝉凄切：无处不凄凉，以凄凉的景色衬托凄楚的别情，加强了抒情效果。可见，后世更多用正衬手法，讲究情景交融。

秦风·渭阳

我送舅氏，曰至渭阳。何以赠之？路车乘（shèng）黄。
我送舅氏，悠悠我思。何以赠之？琼瑰玉佩。

---

① ［清］陈震：《读诗识小录》，李永明：《北京师范大学图书馆藏稿抄本丛刊》（第2册/第3册），北京：国家图书馆出版社，2011年，第172页。

② ［明］戴君恩撰，［清］陈继揆补辑，董露露点校：《读风臆补》，北京：语文出版社，2019年，第29页。

【解题】

《秦风·渭阳》是一首外甥送别舅舅的诗。方玉润《诗经原始》说这首诗是"康公送别舅氏重耳归晋也"①，"后世送别之祖"②。

【释义】

渭阳：渭河北面。路车：古代诸侯乘坐的车。乘黄：四匹黄马。我送舅舅，送到渭水北面。临别赠他什么礼物？一辆路车四匹黄马。

我送舅舅，思绪长长想亲娘。临别赠他什么礼物？美玉佩饰表心意。

【赏析】

这首诗是写从秦都雍出发的诗人秦康公（秦穆公之子）送舅舅重耳（晋文公）回国就国君之位，来到渭水北面。临别之时赠送"路车乘黄""琼瑰玉佩"，赠送诸侯乘坐的路车既有送舅舅快快回国之意，也暗含祝福舅舅顺利登上晋国国君之位的意思，开后世临别赠物传统。

第二章由惜别之情转向念母之思。康公之母秦姬生前曾盼望着她的弟弟重耳能够及早返回晋国，但这愿望却未能实现；今天当愿望即将成为现实的时候，母亲秦姬已经离开人世，所以由送别舅舅转为怀念母亲的哀思。

后世"渭阳"成为送别的代名词，是送别诗常用的典故。如杜甫《奉送卿二翁统节度镇军还江陵》："寒空巫峡曙，落日渭阳情。"再如储光羲《渭桥北亭作》："停车渭阳暮，望望入秦京。"

第二节　送别爱人

陕北民歌《走西口》写出了送别爱人时的难舍难分和万般担忧：

哥哥你走西口，小妹妹我实在难留，手拉着哥哥的手，送哥送到大门口。

哥哥你出村口，小妹妹我有句话儿留，走路走那大路的口，人马多来解忧愁。

紧紧地拉着哥哥的袖，汪汪的泪水肚里流，只恨妹妹我不能跟你一起走，只盼哥哥你早回家门口。

哥哥你走西口，小妹妹我苦在心头，这一走要去多少时候，盼你也要白了头。

紧紧地拉住哥哥的袖，汪汪的泪水肚里流，虽有千言万语难叫你回头，只盼哥哥你早回家门口。

《诗经》中也有这样送别爱人的歌谣。

郑风·遵大路

　　遵大路兮，掺（shǎn）执子之祛（qū）兮，无我恶（wù）兮，不寁（zǎn）故也。

　　遵大路兮，掺执子之手兮。无我魗（chǒu）兮，不寁好（hǎo）也。

【解题】

《郑风·遵大路》是一首写女子送别即将远行的男子的诗。

【释义】

遵：沿着。掺：持，拉住。祛：衣袖，袖口。古人为了衣服耐磨、好洗，将袖口另外接在衣袖前端，可以拆洗。寁：迅速，这里指抛弃。故：故人，旧情。沿着大路跟你走，双手拽住你衣袖。不要一走就嫌弃我，相好多年别忘旧情。

　　无我魗：魗，同"丑"。不要以我为丑。好：情好。别看见美女就嫌我丑，情好多年别弃丢。

【赏析】

诗歌选取了女子送别即将远行的男子的场景，把男女分手时女性复杂的内心活动——千般嘱咐、万般难舍，委婉贴切地表达了出来。

第十五章　孝亲诗

第一节　悼亲诗

　　父母之爱是世界上最无私的爱，父母无私地爱着他们赋予生命、代表他们生命延续的小生命，细致地哺乳喂养，轻抚呵护。从小小的一个人儿，抱着、扶着、牵着，直到长成一个比父母还高的小伙子（大姑娘）。即使长大了，在父母的眼中依然是孩子，依然时时牵挂。因此，我们要孝顺父母。如何孝顺父母呢？爱自己——"身体发肤，受之父母，不敢毁伤"（《孝经》）是古人对父母给予生命的感恩。爱父母——"孝子之有深爱者，必有和气；有和气者，必有愉色；有愉色者，必有婉容。"① 和颜悦色是对待父母的正确态度。"父母在，不远游，游必有方。"② "生，事之以礼；死，葬之以礼，祭之以礼，可谓孝矣。"③ 父母在世时的奉养，父母去世时的安葬，是我们对父母生养之恩的回报。这是中国传统孝道的精髓！

小雅·蓼莪

　　蓼（lù）蓼者莪（é），匪莪伊蒿。哀哀父母，生我劬劳。

　　蓼蓼者莪，匪莪伊蔚（wèi）。哀哀父母，生我劳瘁。

　　瓶之罄（qìng）矣，维罍（léi）之耻。鲜（xiǎn）民之生，不如死之久矣。无父何怙（hù）？无母何恃？出则衔恤，入则靡至。

　　父兮生我，母兮鞠我。拊我畜我，长我育我。顾我复我，出入腹我。欲报之德，昊天罔极！

　　南山烈烈，飘（biāo）风发（bō）发。民莫不穀，我独何（hè）害！

　　南山律律，飘风弗弗。民莫不穀，我独不卒！

---

① ［汉］郑玄注，［唐］孔颖达正义，吕友仁整理：《礼记正义·祭义第二十四》（下册），上海：上海古籍出版社，2008年，第1818页。

② 杨伯骏译注：《论语译注·里仁第十九章》，北京：中华书局，2015年，第45页。

③ 杨伯骏译注：《论语译注·为政第五章》，北京：中华书局，2015年，第14页。

【解题】

这是一首悼亲诗，被誉为"千古孝思绝作"①。黄怀信云："这是一首怀念父母的诗，诗人感念二老生前为自己受尽劳苦，积劳成疾，现在去了，剩下自己无依无靠，没着没落。又想起二老对自己的生养关爱之恩，现在欲报之而不能，所以伤感自己不能终养父母。"②

【释义】

蓼蓼：长大的样子。莪：即莪蒿，味道鲜美，环根丛生，又名"萝蒿""廪蒿"，俗称"抱娘蒿"。蔚即马先蒿。蒿与蔚，味道粗劣，都是散生。劬劳：指父母养育子女的劳苦。高高大大的是抱娘蒿，可我不是莪蒿是艾蒿。可怜我的父母，生我养我多辛劳。

瓶：汲水器。罍：盛水器。鲜民：孤独的人。怙：依靠。恃：靠。衔恤：含忧。靡至：无所归，没有着落。瓶空是罍的耻辱，父母死是子的耻辱。剩我孤单一个人，不如早早就死掉。无父无母，依靠何人？出门在外心怀忧，回到家里无双亲。

鞠：养育。拊：爱抚。畜：爱。顾：指在家时照顾。复：指出门时不舍离去，可解读为挂念。腹：怀抱。昊天：广大的天。"罔极"有两种解读：一是解读为"无穷"③；二是解读为"无常，没有准则"④。诗无达诂，都能言之成理。"罔极"解读为"无穷"，是围绕本章写父母之恩的主题，写想要报答父母的如天恩情。以天之广大无垠，形象地写出了父母恩情之大。"罔极"解读为"无常，没有准则"，是作为过渡句，承上文父母之恩，启下章失亲之痛。想报答父母亲恩而亲已不在，主人公满怀悲恸，将之归咎于老天无常，表达子欲养而亲人不在的无限哀痛。父母生我养我，抚育我，爱护我，养我长大，教育我。照顾我，挂念我，进进出出抱着我。想要报答父母恩，恩情如天广无边。

烈烈：山高峻的样子。飘风：同"飙风"，暴风。发发：风疾吹。穀：善，此指有亲可养。何：同"荷"，蒙受。害：此指父母双亡。律律：犹"烈烈"。弗弗：犹"发发"。不卒：不得终养父母。南山高峻，暴风呼啸，人人都能孝养父母，为何只有我承受失去父母之痛？

【赏析】

第一、第二章为第一层，写愧对父母。重章叠唱，围绕愧对父母的主题反复咏唱，增强了表达效果，也形成了回环往复的韵律效果。章首两句"蓼蓼者莪，匪

---

① ［清］方玉润撰，李先耕点校：《诗经原始》，北京：中华书局，1986 年，第 418 页。

② 黄怀信：《上海博物馆藏战国楚竹书〈诗论〉解义》，北京：社会科学文献出版社，2004 年，第125 页。

③ 王秀梅译注：《诗经》，北京：中华书局，2015 年，第 475 页。

④ 程俊英、蒋见元：《诗经注析》，北京：中华书局，2017 年，第 671 页。

莪伊蒿"托物为比，以莪比父母对诗人的期望：既是美材，又能赖以终养；以蒿、蔚比现实的诗人，既非美材，又不能在父母身边孝养父母。朱熹《诗经集传》："莪，美菜也。蒿，贱草也……言昔谓之莪，而今非莪也，特蒿而已。以比父母生我以为美材，可赖以终其身，而今乃不得其养以死。于是乃言父母生我之劬劳而重自哀伤也。"[1] 马瑞辰《毛诗传笺通释》云："莪蒿即茵陈蒿之类，常抱宿根而生，有子依母之象……蒿与蔚皆散生，故诗以喻不能终养。"[2] 叠字"蓼蓼"形象描摹物态；叠词"哀哀"（"可哀呀，可哀呀"）增强了抒情效果，有泫然欲泣之效；拉长了声调，舒缓了节奏，增强了韵律美。

《诗经》解读

第三章为第二层，写无亲之苦。章首两句"瓶之罄矣，维罍之耻"托物为比。以"瓶"比父母、"罍"比子，瓶汲水，罍贮水，相互依赖，比况父母与子相依为命，以瓶空罍耻比况自己没有尽子之责，终养父母，使父母早逝，这是身为人子的耻辱。朱熹《诗经集传》："言瓶资于罍，而罍资于瓶，犹父母与子，相依为命也。故瓶罄矣，乃罍之耻，犹父母不得其所，乃子之责。"[3] "鲜民"以下六句倾诉失去父母后的孤苦伶仃，无依无靠，痛不欲生。"无父何怙？无母何恃？"以反问强化感情，强调了无父无母的诗人在世间再无依靠的悲哀之感。为什么说"入则靡至"？回到家像没到家是因为没有了父母的家空空荡荡、冷冷清清，没有了父母的关爱呵护，没有了家的温馨，没有了家的感觉。"家"之所以成为"家"是因为有父母在。正如毕淑敏《孝心无价》所言："父母在，人生尚有来处。父母去，人生只剩归途。"

第四章为第三层，写父母之恩。前六句通用赋法，前两句"父兮生我，母兮鞠我"运用互文修辞手法，使得句意互融。一连用了生、鞠、拊、畜、长、育、顾、复、腹九个动词和九个"我"字写尽了父母之恩，父母生、养、疼、爱、养大、教育、照顾、挂念、怀抱我，亲恩深深，读之让人心神触动。

第五、第六章是第四层，写失亲之痛。重章叠唱，反复咏唱子欲养而亲不在之悲，长歌当哭，增强了表达效果。同时章节的重叠形成了回环往复的韵律美感。各章前两句"南山烈烈，飘风发发""南山律律，飘风弗弗"运用兴法，借景起情，以诗人眼见南山高峻难越，耳闻飘风呼啸起兴，渲染了困厄艰艰、肃杀悲凉的气氛，兴起子欲养而亲不在的悲痛。四个入声叠字"烈烈、发发、律律、弗弗"既形象地状物之态，也起到了加强语气的表达效果，写出了情感的沉痛。诗人以别人都能为父母养老送终，与独我承受子欲养而亲不在做对比，突出了诗人子欲养而亲不在之痛。

---

① ［宋］朱熹注：《诗经集传》，上海：上海古籍出版社，1987 年，第 99 页
② ［清］马瑞辰：《毛诗传笺通释》，北京：中华书局，1989 年，第 668 页。
③ ［宋］朱熹注：《诗经集传》，上海：上海古籍出版社，1987 年，第 99 页。

拓展阅读

短歌行①

魏晋 曹丕

仰瞻帷幕，俯察几筵。其物如故，其人不存。神灵倏忽，弃我遐迁。靡瞻靡恃，泣涕连连。呦呦游鹿，衔草鸣麑。翩翩飞鸟，挟子巢栖。我独孤茕，怀此百离。忧心孔疚，莫我能知。人亦有言，忧令人老。嗟我白发，生一何早。长吟永叹，怀我圣考。曰仁者寿，胡不是保。

思亲诗②

魏晋 嵇康

奈何愁兮愁无聊，恒恻恻兮心若抽。愁奈何兮悲思多，情郁结兮不可化。奄失恃兮孤茕茕，内自悼兮啼失声。思报德兮邈已绝，感鞠育兮情剥裂。嗟母兄兮永潜藏，想形容兮内摧伤。感阳春兮思慈亲，欲一见兮路无因。望南山兮发哀叹，感几杖兮涕汍澜。念畴昔兮母兄在，心逸豫兮寿四海。忽已逝兮不可追，心穷约兮但有悲。上空堂兮廓无依，睹遗物兮心崩摧。中夜悲兮当谁告，独抆泪兮抱哀戚。日远迈兮思予心，恋所生兮泪不禁。慈母没兮谁与骄，顾自怜兮心忉忉。诉苍天兮天不闻，泪如雨兮叹青云。欲弃忧兮寻复来，痛殷殷兮不可裁。

表哀诗③

魏晋 孙绰

茫茫太极，赋授理殊。咨生不辰，仁考夙徂。微微冲弱，眇眇偏孤。叩心昊苍，痛贯黄墟。肃我以义，鞠我以仁。严迈商风，思洽阳春。昔闻邹母，勤教善分。懿矣慈妣，旷世齐运。嗟予小子，譬彼土粪。俯愧陋质，仰忝高训。悠悠玄运，四气错序。自我酷痛，载离寒暑。寥寥空堂，寂寂响户。尘蒙几筵，风生栋宇。感昔有恃，望晨迟颜。婉娈怀袖，极愿尽欢。奈何慈妣，归体幽埏。酷矣痛深，剖髓摧肝。

在广西壮族自治区平果市黎明乡壮族丧葬仪式上演唱的《九我恩歌》，按照时

① ［宋］朱茂倩：《乐府诗集》卷三十，《文渊阁四库全书》第1347册，台北：台湾商务印书馆，1986年影印本，第279页。

② ［魏晋］嵇康：《嵇中散集》卷一，《文渊阁四库全书》第1063册，台北：台湾商务印书馆，1986年影印本，第336页。

③ ［清］张英：《御定渊鉴类函》卷二七一，《文渊阁四库全书》第989册，台北：台湾商务印书馆，1986年影印本，第90页。

间顺序列述了父母的九种恩情：一是育我（十月怀胎），二是生我（赋予我生命，带我到人间来），三是乳我（用甘甜的乳汁喂养我），四是喂我（用五谷营养喂养我），五是训我（训我学步），六是抚我（把我抚养成人），七是医我（当我生病时，为我医治），八是教我（教我语言教我做人，送我上学读书），九是婚我（为我完婚，为我抚养儿女）。部分歌词如下：

> 小儿父母生，母乳我养大。母亲睡湿处，孩儿睡干床。
> 生儿娘辛苦，养儿爹操心。事事顺儿意，此情如何还？①

再以陕南汉阴县的丧葬仪式中演唱的孝歌两首为例。一是《十二月想爹娘》，部分歌词如下：

> 正月新春暖洋洋，孝子过年想爹娘。去年过年合家欢，今年过年没了娘。
> 二月迎春花儿香，孝子观花想爹娘，爹娘为儿把花采，今日花开爹早亡。
> 三月清明雨纷纷，家家上坟祭亡魂，往年教儿敬祖先，而今你也作故人。
> 四月阳雀催工忙，儿插秧苗爹送汤，一碗茶汤端在手，父恩爱似大海洋。
> 五月初五是端阳，家贫无钱缺米粮。买个粽子娘不用，留给儿女来分尝。②

二是《父母恩》，部分歌词如下：

> 临盆分娩吓坏人，生死路上走一程。多少难产母丧命，血山血海连母心。娘奔死来儿奔生，阴阳只隔纸一层。七分是鬼三分人，阎王殿里打转身。
> 一尺三寸生下地，哺乳养育不容易，老娘脱掉几层皮。天也寒来地也寒，数九寒天洗屎片。十冬腊月三九天，床铺尿湿大半边。娘睡湿来儿睡干，老娘可怜不可怜。
> 一口奶来一口饭，母子连着心和肝。娇儿稍微有点病，好似半夜鬼敲门，一双父母吓掉魂，黑夜得病不等明，半夜三更请医生。③

陕南地区民间流传的孝歌较为丰富，以下摘录两首。

---

① 陆栋梁：《壮族〈九我恩歌〉与诗经〈小雅·蓼莪〉之比较》，《民族文学研究》2011 年第 2 期。（陆栋梁于 2004 年在广西壮族自治区平果县黎明壮族乡龙律屯采录。）
② 李明慧：《汉阴孝歌研究》，云南大学硕士研究生论文，第 51 页。歌词提供者：刘德乾。
③ 李明慧：《汉阴孝歌研究》，云南大学硕士研究生论文，第 66 页。歌词提供者：刘德乾。

一是王中书提供歌词的《劝孝歌》：

孝为百行首，诗书不胜录。富贵与贫贱，俱可追芳躅。
若不尽孝道，何以分人畜。我今述俚言，为汝效忠告。
百骸未成人，十月怀母腹。渴饮母之血，饥食母之肉。
儿身将欲生，母身如在狱。唯恐生产时，身为鬼眷属。
一旦见儿面，母命喜再续。一种诚求心，日夜勤抚鞠。
母卧湿草席，儿眠干蓐茵。儿睡正安稳，母不敢伸缩。
儿秽不嫌臭，儿病甘心赎。横簪与倒冠，不暇思沐浴。
儿若能步履，举步虑颠覆。儿若能饮食，省口恣所欲。
乳哺经三年，汗血耗千斛。劬劳辛苦尽，儿至十五六。
性气渐刚强，行止难拘束。衣食父经营，礼义父教育。
专望子成人，延师课诵读。慧敏恐疲劳，愚怠忧碌碌。
有善先表曝，有过常掩护。子出未归来，倚门继以烛。
儿行十里程，亲心千里逐。儿长欲成婚，为访闺中淑。
媒妁费金钱，钗钏捐布粟。①

二是商南县雷家炳提供歌词的《大劝孝歌》：

自古圣贤把道传，孝道成为百行源。奉劝世人多行孝，先将亲恩表一番。
十月怀胎娘遭难，坐不稳来睡不安。儿在娘腹未分娩，肚内疼痛实可怜。
一时临盆将儿产，娘命如到鬼门关。儿落地时娘落胆，好似钢刀刺心肝。
赤身就来裹裙片，并未带来一文钱。身上无有一条线，问爹问娘要吃穿。
娘坐一月罪受满，如同罪人坐牢监。
把屎把尿勤洗换，脚不停来手不闲。白昼为儿受苦难，夜晚怕儿受风寒。
枕头就是娘手腕，抱儿难以把身翻。半夜睡醒儿哭唤，打火点灯娘耐烦。或屎
或尿把身染，屎污被褥尿湿毯。每夜五更难合眼，娘睡湿处儿睡干。
倘若疾病请医看，情愿替儿把病担。对天祷告先计愿，烧香抽签求仙丹。
煎汤调理时挂念，受尽苦愁对谁言。
每日娘要做茶饭，儿啼叫来娘心酸。饭熟娘吃儿又喊，丢碗把儿抱胸前。
待儿吃饱娘端碗，娘吃冷饭心不安。
倘若无乳儿啼唤，寻觅乳母不惜钱。或喂米羹或嚼饭，或求邻舍讨乳餐。
白昼儿睡把事办，或织布来或缝衫。儿醒连忙丢针线，解衣喂乳哄儿眠。

① 邰科祥：《陕南孝歌文化考察》，西安：陕西师范大学出版总社，2016 年，第 192 页。

晚间儿睡把灯点，或做鞋袜或纺棉。

　　出入常把娘来唤，呼爹叫娘亲喜欢。学走恐怕跌岩坎，常防水边与火边。
时时刻刻心操烂，行走步步用手牵。会说会走三岁满，学人说话父母欢。

　　三年乳哺苦受遍，又愁疾病瘟麻关。或稀或稠一大难，儿出痘花胆更寒。
一见痘花有凶险，请医求神把心担。幸蒙神圣开恩点，过了此关先谢天。

　　八岁九岁送学馆，教儿发愤读圣贤。学课书籍钱不算，纸笔墨砚又要钱。
放学归家要吃饭，缝衣造饭娘耐烦。衣袜鞋帽父母办，冬穿棉衣夏穿单。倘若
逃学不发愤，先生打儿娘心酸。

　　十七八岁订亲眷，四处挑选结姻缘。央媒定亲要物件，又打首饰并钗环。
样样物件父母办，件件礼物要周全。备办迎亲设酒筵，夫妻团圆望生男。

　　养儿养女一样看，女儿出嫁要妆奁。为儿为女把账欠，力出尽来汗流干。

　　倘若出门娘挂念，梦魂都在儿身边。常思常念常许愿，望儿在外多平安。
倘若音信全不见，烧香问神求灵签。捎书带信把卦算，盼望我儿早回还。

　　千辛万苦都受遍，你看养儿难不难。父母恩情有千万，万分难报一
二三。①

第二节　念母恩诗

　　《诗经》开创了亲恩诗创作传统，后世歌颂父爱、母爱成为中国古典诗歌的重
要母题。如唐代孟郊《游子吟》："慈母手中线，游子身上衣。临行密密缝，意恐
迟迟归。谁言寸草心，报得三春晖。"宋代诗僧与恭《思母》："霜殒芦花泪湿衣，
白头无复倚柴扉。去年五月黄梅雨，曾典袈裟籴米归。"清代蒋士铨《岁暮到家》：
"见面怜清瘦，呼儿问苦辛。低徊愧人子，不敢叹风尘。"清代慈禧《祝母寿诗》：
"世间爹妈情最真，泪血溶入儿女身。殚竭心力终为子，可怜天下父母心！"百善
孝为先，孝是中华民族的传统美德，是中华民族人伦道德观的基石。孝亲诗是表现
孝道这一美德最早的文学作品，《诗经》这部典籍对民族精神形成的影响由此可见
一斑。

────────────

　　①　邰科祥：《陕南孝歌文化考察》，西安：陕西师范大学出版总社，2016年，第193～194页。

邶风·凯风

凯风自南，吹彼棘心。棘心夭夭，母氏劬劳。

凯风自南，吹彼棘薪。母氏圣善，我无令人。

爰有寒泉？在浚（xùn）之下。有子七人，母氏劳苦。

睍（xiàn）睆（huǎn）黄鸟，载好其音。有子七人，莫慰母心。

【解题】

《邶风·凯风》是一首儿子感恩母亲并自责的诗。

【释义】

凯风：南风，和风，比况母爱。棘心：酸枣树初发的嫩芽，比喻子女幼小的时候。夭夭：树木嫩壮的样子。南风和煦地吹拂万物，酸枣树的嫩芽在和风的吹拂下苗壮成长。母亲的爱就像和煦的南风，我们就像酸枣树的嫩芽，在母爱的抚育下苗壮成长，母亲为养育我们辛苦劳累。

棘薪：长到可以当柴烧的酸枣树，这里比况儿子已长大。圣善：智慧、善良。在母亲的辛苦养育下，我们长大成人。母亲明理善良，而我却不够好。

寒泉：卫地水名，冬夏常冷，宜于夏时。睍睆：同"间关"，鸟儿婉转的鸣叫声。清凉寒泉在何处？在浚县旁。母亲养育了我们子女七个，子女成长累坏了母亲。黄鸟婉转歌唱，声音动听悦耳，母亲辛苦养育了我们七个，我们却不能安慰母亲的心。

【赏析】

第一、二章为第一层，写感恩母亲。第一章运用比法。诗人在夏日感受到温暖和风的吹拂，看到酸枣树在和风吹拂中发芽成长，联想到母亲养育儿女的慈爱宽仁。托物为比，将温暖和煦的凯风比作母亲，将幼小的自己比作酸枣树的嫩芽，把母亲对自己的辛勤抚育比作温暖南风的吹拂，自己之所以能够苗壮成长，全是母亲辛勤哺育的功劳。朱熹《诗经集传》："以凯风比母，棘心比子之幼时，盖曰母生众子，幼而育之，其劬劳甚矣。"[1]　"'棘心夭夭，母氏劬劳'，孟东野《游子吟》'谁言寸草心，报得三春晖？'意出于此。"[2]　由酸枣树的嫩芽说到小草的嫩芽，以母亲的恩情比春天的阳光。

第二章运用兴法。托物起情，后两句说破了"凯风"的比况对象"母氏"和"棘薪"的比况对象"我"，意在后句。由眼前景兴起心中情，母亲明理善良，"我"却不够好，充满了感恩之情和自责之意。郑《笺》："兴者，以凯风喻宽仁之

---

① ［宋］朱熹注：《诗经集传》，上海：上海古籍出版社，1987 年，第 14 页。

② ［明］戴君恩撰，［清］陈继揆补辑，董露露点校：《读风臆补》，北京：语文出版社，2019 年，第 33 页。

母，棘犹七子也。"孔《疏》："言凯乐之风从南长养之方而来，吹彼棘木之心，故棘心夭夭然得盛长，以兴宽仁之母，以己慈爱之情，养我七子之身。"①

第三、第四章为第二层，写儿子自责，分别以清凉寒泉、悦耳黄鸟起兴，兴句中物象触发诗人的相反性联想：寒泉在浚邑，水冬夏常冷，宜于夏时，人饮而甘之。黄鸟鸣声清和宛转，鸣于夏木，人听而赏之。以夏日寒泉犹能滋益浚地，兴起有子七人反不能侍奉母亲，让母亲劳苦。以黄鸟鸣声婉转清和，犹能悦人，兴起有子七人却不能慰悦母心。愧疚自责之中饱含了对母亲的深情和歉意。

《邶风·凯风》开创了以幼苗比子，以阳光、和风比母爱的创作范式。唐孟郊的《游子吟》名句"谁言寸草心，报得三春晖"，即脱胎于此诗"棘心夭夭，母氏劬劳"两句，形成了"凯风寒泉""寒泉之思"两个成语，表达了子女对亡故母亲的追思伤悼之意。如《三国志·蜀志》（二主妃子）曰："今皇思夫人宜有尊号，以慰寒泉之思。"

---

① ［汉］毛亨传，［汉］郑玄笺，［唐］孔颖达疏：《毛诗正义》卷第二（二之二），李学勤主编：《十三经注疏》，北京：北京大学出版社，1999 年，第 158 页。

《诗经》解读

第十六章　宴饮诗

第一节　君臣宴饮

《诗经》中以君臣、亲朋欢聚宴饮为主要内容的宴饮诗主要保存在《小雅》中，是周王朝燕飨礼仪的产物，主要体现为射礼、祭礼及序宾以贤的座次礼仪、揖让酬酢的饮酒礼仪、饮而有节的酒德等。宴饮是让社会各阶层各安其位，上下和谐的重要方式。《礼记·乐记》中说："乐者，天地之和也；礼者，天地之序也。和，故百物皆化；序，故群物皆别。"① 献、酬、酢都是饮酒礼仪：献是主人敬客人酒，酢是客人用酒回敬主人，酬是主人自饮一杯后回敬客人。至此礼毕，主客各喝两杯。"一般的饮酒礼，主人要敬宾客，宾客要回敬主人，然后主宾共饮，一来一往一合，称'一献之礼'。"② 《诗经》中的宴饮诗如《小雅·鹿鸣》《小雅·湛露》《小雅·彤弓》等，主要写君臣宴饮之乐，表现宾主关系的和谐融洽。

小雅·鹿鸣

呦（yōu）呦鹿鸣，食野之苹。我有嘉宾，鼓瑟吹笙。吹笙鼓簧，承筐是将。人之好我，示我周行（háng）。

呦呦鹿鸣，食野之蒿。我有嘉宾，德音孔昭。视民不恌（tiāo），君子是则是效。我有旨酒，嘉宾式燕以敖。

呦呦鹿鸣，食野之芩。我有嘉宾，鼓瑟鼓琴。鼓瑟鼓琴，和乐且湛（dān）。我有旨酒，以燕乐嘉宾之心。

【解题】

《小雅·鹿鸣》是一首写周王宴会群臣时主宾和乐场面的诗作，表现周王按礼待宾的殷勤厚意。

---

① ［汉］郑玄注，［唐］孔颖达正义，吕友仁整理：《礼记正义·乐礼第十九》（中册），上海：上海古籍出版社，2008 年，第 1477 页。

② 参见李山解读：《诗经》，北京：国家图书馆出版社，2017 年，第 17 页。

【释义】

呦呦：鹿的叫声。承筐：承，双手捧着，指奉上礼品。将：送。示：告诉。周行：大道，此处指做事情应遵循的大道理。将：送。鹿儿呦呦呼伙伴，野外悠闲吃苹草。我有嘉宾共宴饮，鼓瑟吹笙真和乐。鼓瑟吹笙气氛好，奉上礼品更真诚。各位宾朋喜欢我，做事道理告诉我。

德音：符合道理的话。孔：很。昭：明。视：同"示"。佻：同"佻"，轻浮。则：法则，榜样。此指取法。旨：甘美。燕：安。敖：舒畅快乐。湛：通"媅"，非常快乐。第二、第三两章重章叠唱，反复叙述宴饮的和谐安乐。我有嘉宾真和乐，谈吐高雅道理明。示民稳重不轻浮，君子学习好榜样。我有美酒待宾朋，嘉宾畅饮真安乐。琴瑟合奏声悦耳，人人开怀乐陶陶。我有美酒待宾朋，嘉宾畅饮真安乐。

【赏析】

《小雅·鹿鸣》是《诗经》"四始"之一，是《小雅》的首篇。《小雅·鹿鸣》是宴会时所作。《礼记·乡饮酒义第四十五》云："'工入，升歌三终'者，谓升堂歌《鹿鸣》《四牡》《皇皇者华》，每一篇而一终也。"① 第一章叙述宾主彬彬有礼。第二章在赞扬嘉宾美德懿行之后，开始转向轻松娱乐。第三章出现了主人和客人"和乐且湛"的融洽场面。

第一章以鹿鸣起兴。鹿鸣是呼唤同类的信号。叶隆礼《契丹国志》卷二十三叙述契丹族狩猎场景时写道："七月上旬，复入山射鹿。夜半，令猎人吹角效鹿鸣，既集而射之。"宇文懋昭《大金国志》卷三十六记载了女真族狩猎的方式："又以桦皮为角，吹呦呦之声，呼麋鹿而射之。"② 鹿是一种温驯友好的动物，见到美味的野草会呼唤同伴来共享佳肴。在空旷的原野上，一群鹿悠闲地吃着野草，不时发出呦呦的鸣声，此起彼应，十分和谐悦耳，营造了一个热烈而又和谐的氛围，奠定了和谐愉悦的抒情基调。以鹿鸣起兴，兴起君有美酒佳肴，与群臣欢会宴饮。毛《传》曰："鹿得蓱，呦呦然鸣而相呼，恳诚发乎中。以兴嘉乐宾客，当有恳诚相招呼以成礼也。"③ 孔《疏》云："以鹿无外貌矫饰之情，得草相呼，出自中心，是其恳诚也……言人君嘉善爱乐其宾客，而为设酒食，亦当如鹿有恳诚，自相招呼其臣子，以成飨食燕饮之礼焉。"④ 宴饮可以沟通融洽君臣感情。朱熹《诗经集传》

① ［汉］郑玄注，［唐］孔颖达正义，吕友仁整理：《礼记正义》（下册），上海：上海古籍出版社，2008年，第2296页。

② 转引自李炳海：《诗经解读》，北京：中国人民大学出版社，2008年，第271页。

③ ［汉］毛亨传，［汉］郑玄笺，［唐］孔颖达疏，孔《疏》卷第九（九之二），李学勤主编：《十三经注疏》，北京：北京大学出版社，1999年，第649页。

④ ［汉］毛亨传，［汉］郑玄笺，［唐］孔颖达疏：《毛诗正义》卷第九（九之二），李学勤主编：《十三经注疏》，北京：北京大学出版社，1999年，第651页。

说："盖君臣之分，以严为主；朝廷之礼，以敬为主。然一于严敬，则情或不通，而无以尽其忠告之益，故先王因其饮食聚会，而制为燕飨之礼，以通上下之情。而其乐歌，又以鹿鸣起兴，而言其礼意之厚如此。"[①] 诗歌洋溢着欢乐和谐的气氛，把人带入音乐悦耳、酒美肴佳的欢乐宴饮场面。每一次主人敬酒都有人献上用竹筐盛的礼物。如行九献之礼，则赠九次礼品。献礼的人，在乡间宴会上是主人自己，在朝廷宴会上则为宰夫。《礼记·燕义》载："设宾主，饮酒之礼也。使宰夫为献主，臣莫敢与君亢礼也。"郑玄注云："设宾主者，饮酒致欢也。宰夫，主膳食之官也。天子使膳宰为主人。"[②] 共享美酒佳肴，共赏悦心音乐，再奉上礼物，在这和谐、热烈、欢乐的气氛中，主宾和谐融洽，君王向臣子询问治国兴邦之道。

265

第二、第三两章运用语意递进式重章叠唱手法。第二章写君王赞美客人明道理又稳重，是君王学习的楷模，也是君王委婉要求臣下垂范下民。宾主尽欢，宴会气氛融洽热烈。第三章写宴会的安乐场面，音乐悦耳，美酒甘爽，君臣间和乐融融。末句"燕乐嘉宾之心"，则是卒章显志，宴会是为了"安乐其心"，与臣同乐，拉近君臣关系，使得臣工安心地为君王服务。

《小雅·鹿鸣》作为君王宴饮群臣的宴会乐歌，后来推广为贵族宴会或举行乡饮酒礼、燕礼等宴会的乐歌。东汉末年，曹操还把此诗的前四句直接引用到他的《短歌行》中，以表达求贤若渴的心情。唐宋时，科举考试后举行的宴会上也歌唱《鹿鸣》，故称为"鹿鸣宴"，可见此诗影响的深远。

拓展阅读

小雅·湛露

湛湛露斯，匪阳不晞。厌厌（yān）夜饮，不醉无归。

湛湛露斯，在彼丰草。厌厌夜饮，在宗载（zài）考。

湛湛露斯，在彼杞棘。显允君子，莫不令德。

其桐其椅，其实离离。岂弟（kǎi tì）君子，莫不令仪。

【解题】

《小雅·湛露》是一首写君王宴饮诸侯的诗作。君王为表亲厚之意而提出"厌厌夜饮，不醉无归"。开怀畅饮，不醉不归。与此同时，又赞扬诸侯都具有好德性和好仪态。

① ［宋］朱熹注：《诗经集传》，上海：上海古籍出版社，1987 年，第 67 页。

② ［汉］郑玄注，［唐］孔颖达正义，吕友仁整理：《礼记正义》（下册），上海：上海古籍出版社，2008 年，第 2330 页。

【释义】

湛湛：露水浓重的样子。晞：干。厌厌：一作"恹（yān）恹"，和悦的样子。早晨露珠重又浓，太阳不出不蒸发。如此盛大的晚宴，不喝一醉不回家。

载：则。考：成，一说"考"通"孝"。早晨露珠重又浓，挂在丰茂草丛中。如此盛大的晚宴，设在宗庙真隆重。

杞棘：枸杞和酸枣。显：显赫，地位高贵。允：诚信。令德：美德。早晨露珠重又浓，洒在枸杞酸枣丛。光明磊落的君子，个个都有好名声。

椅：山桐子木。离离：果实多的样子，犹"累累"。岂弟：同"恺悌"，和乐平易的样子。令仪：美好的容止。高大椅树和梧桐，结的果实真是多。和乐宽厚的君子，处处表现好仪容。

小雅·彤弓

彤弓弨（chāo）兮，受言藏之。我有嘉宾，中心贶（kuàng）之。钟鼓既设，一朝飨之。

彤弓弨兮，受言载之。我有嘉宾，中心喜之。钟鼓既设，一朝右之。

彤弓弨兮，受言櫜（gāo）之。我有嘉宾，中心好之。钟鼓既设，一朝酬之。

【解题】

《小雅·彤弓》是一首写天子设宴款待诸侯，并赠送彤弓的诗作。《毛诗序》说："《彤弓》，天子锡有功诸侯也。"①

【释义】

彤弓：红色的弓。《荀子·大略》云："天子雕弓，诸侯彤弓，大夫黑弓，礼也。"弨：弓弦松弛。中心：含有真心诚意的意思。贶：赠送。红漆雕弓弦松弛，功臣接过珍重藏。我有这些尊贵客，心中实在很欢畅。钟鼓乐器陈列好，一早设宴摆酒飨。

右：通"侑"，劝酒。红漆雕弓弦松弛，功臣接过家中藏。我有这些尊贵客，内心深处实欢畅。钟鼓乐器陈列好，一早设宴劝酒忙。

櫜：弓袋，这里指装入弓袋。酬：互相敬酒。

---

① ［汉］毛亨传，［汉］郑玄笺，［唐］孔颖达疏：《毛诗正义》卷第十（十之一），李学勤主编：《十三经注疏》，北京：北京大学出版社，1999年，第730页。

第二节 兄弟家人宴饮

宴饮作为中国自古以来一种重要的社交方式，意在培养感情，促进人与人之间和谐、融洽的关系，促进交流，拉近彼此之间的距离。一般重要的活动，如婚嫁、生育、丧葬、重大节日、来客等，大家都要坐在一起吃饭喝酒。宴饮实际上是在恢复人与人之间的基本关联：大家是一家人，要和谐相处。家人以宴饮的方式营造家庭的和谐氛围，提醒大家是亲人。《诗经》中写家人宴饮的诗有《小雅·常棣》《小雅·伐木》《小雅·颊弁》等。

小雅·常棣

常棣（dì）之华，鄂不（fū）韡（wěi）韡。凡今之人，莫如兄弟。

死丧之威，兄弟孔怀。原隰裒（póu）矣，兄弟求矣。

脊令（jí líng）在原，兄弟急难。每有良朋，况也永叹。

兄弟阋（xì）于墙，外御其务（wǔ）。每有良朋，烝（zhēng）也无戎。

丧乱既平，既安且宁。虽有兄弟，不如友生。

傧（bīn）尔笾（biān）豆，饮酒之饫（yù）。兄弟既具，和乐且孺。

妻子好合，如鼓瑟琴。兄弟既翕（xī），和乐且湛（dān）。

宜尔室家，乐尔妻帑（nú）。是究是图，亶（dǎn）其然乎！

【解题】

《小雅·常棣》是一首写周人宴请兄弟时歌唱兄弟亲情的诗作。

【释义】

常棣：即棠棣，郁李。鄂：通"萼"，花萼。不：花托。韡韡：鲜明茂盛的样子。棠棣花开真茂盛，花萼花蒂紧相依。当今世上所有人，没人能比兄弟亲。

威：通"畏"，畏惧，可怕。孔怀：最关怀。原：高平的地方。裒：聚集。生老病死最可怕，只有兄弟最关心。聚土成坟在荒野，只有兄弟来相寻。

脊令：通作"鹡鸰"，一种水鸟。水鸟今在原野，不是其习惯所居的地方，比喻兄弟处于急难之时。每：虽然。况：增加。永：长。水鸟鹡鸰落原野，兄弟急着来救难。虽然也有好朋友，只是长叹不伸手。

阋：争吵。务：通"侮"。烝：长久。戎：帮助。兄弟在家虽争吵，外人欺侮定携手。虽然也有好朋友，时间长了也袖手。

丧乱之事既平定，日子平安又宁静。这时虽有亲兄弟，不如朋友更热情。

傧：陈列。笾：用竹制，用来盛水果、干肉。豆用木制，以盛肉类。饫：酒足饭饱。具：通"俱"，到齐。孺：相亲。丰盛食物摆放好，畅饮美酒喝尽兴。兄弟团聚在一起，和睦欢乐相亲爱。

好合：相亲相爱。翕：聚合，和好。湛：喜乐。夫与妻相亲相爱，琴瑟和鸣多和乐。兄弟感情若融洽，和睦安乐喜洋洋。

宜：安，和顺。帑：通"孥"，儿女。究：深思。图：思虑。亶：信，确实。然：这样。和顺家庭真幸福，妻子儿女真快乐。深谋远虑细思量，确实这样很分明？

【赏析】

这首诗的主旨是"凡今之人，莫如兄弟"，是寓议论于抒情的点题之笔，既是诗人对兄弟亲情的颂赞，也表现了华夏先民传统的人伦观念。全诗八章，可分为五层。

第一章为第一层。以"常棣之华，鄂不韡韡"起兴，以常棣花开每两三朵彼此相依而联想到同胞兄弟，兴起"凡今之人，莫如兄弟"，要珍惜兄弟之情的主题。诗篇对这一主题的阐发是多层次的：既有对"莫如兄弟"的歌唱，也有对"不如友生"的感叹，更有对"和乐且湛"的推崇和期望。

第二、第三、第四章为第二层。诗人通过三个典型情境，对"莫如兄弟"的主旨做了具体深入的阐发：遭死丧则兄弟相收，遇急难则兄弟相救，御外侮则兄弟相助。这三章在艺术表现上也颇有特点。首先，事例的排列由"死丧""急难"到"御外侮"，由急而缓，由重而轻，由内而外。其次，采用对比手法，将同一情境下"兄弟"和"良朋"的不同表现加以比较，突出兄弟之情的可贵。再后，创设典型情景，"兄弟阋于墙，外御其务"，即使兄弟墙内口角，但遇到外侮，也会联手一致对外，有力地表现出深厚的兄弟之情。由转折手法构成的这一典型情境，因为表现了最天然、深厚的兄弟之情而成为流传至今的成语。

第五章为第三层。诗人叹惜"安宁"时的兄弟"不如友生"。这叹惜是沉痛的，也是有史实根据的。西周初年，出现过周公的兄弟管叔和蔡叔的叛乱，郑庄公为争夺国君权位与胞弟共叔段进行你死我活的斗争。因而，诗人的叹惜是有感而发，具有警世规劝的意味。

第六、第七章为第四层，直接描写阖家宴饮时兄弟齐聚、亲情和睦，妻子好合、琴瑟和谐的欢乐场面。第七章"妻子"与"兄弟"的对照，包含了诗意的递进："妻子好合，如鼓瑟琴"，"兄弟既翕"则"和乐且湛"，明确兄弟之情胜过夫妇之情。钱钟书说："盖初民重'血族'之遗意也。就血胤论之，兄弟天伦也，夫妇则人伦耳；是以友于骨肉之亲当过于刑于室家之好。"①

第八章为第五层，卒章显志。诗人告诫人们，要深思熟虑，牢记这个道理：只

---

① 钱钟书：《管锥编·毛诗正义》（第一册），北京：生活·读书·新知三联书店，2011年，第143页。

有"兄弟既翕"，方能"宜尔室家，乐尔妻帑"；兄弟和睦是家族和睦、家庭幸福的基础。

《小雅·常棣》是《诗经》中的名篇杰作，是中国诗歌史上最早歌唱兄弟之情的诗作。兄弟友爱，手足亲情，这是人类的普遍情感，也是文学的永恒主题。"常棣之华""脊令在原""凡今之人，莫如兄弟""兄弟阋于墙，外御其务"，作为具有原型意义的意象、母题，对后世"兄弟诗文"的创作产生了深刻的影响。如："甘棠两地绿成阴，九日黄花兄弟会。"（宋代向子諲《浣溪沙》）"我思脊令诗，同飞复同息。兄弟无相远，急难要羽翼。"（宋代黄庭坚《次韵晁元忠西归十首》）"惭愧宾朋有胶漆，不堪兄弟苦西东。"（宋代韩元吉《次韵子云途中见寄》）"尊酒唤回和气在，看从来、兄弟依然好。把前事，付一笑。"（宋代戴复古《贺新郎·蜗角争多少》）都是这一原型意象、主题的承袭和变奏。

小雅·伐木

伐木丁（zhēng）丁，鸟鸣嘤嘤。出自幽谷，迁于乔木。嘤其鸣矣，求其友声。相彼鸟矣，犹求友声。矧（shěn）伊人矣，不求友生？神之听之，终和且平。

伐木许（hǔ）许，酾（shī）酒有藇（xù）。既有肥羜（zhù），以速诸父。宁适不来，微我弗顾。於（wū）粲洒埽，陈馈八簋（guǐ）。既有肥牡，以速诸舅。宁适不来，微我有咎。

伐木于阪，酾酒有衍。笾豆有践，兄弟无远。民之失德，干糇（hóu）以愆。有酒湑（xǔ）我，无酒酤我。坎坎鼓我，蹲（cún）蹲舞我。迨我暇矣，饮此湑矣。

【解题】

《小雅·伐木》是宣王初立之时王族辅政大臣为安定人心、消除隔阂并增进亲友情谊而作。《毛诗序》云："《伐木》，燕朋友故旧也。至天子至于庶人，未有不须友以成者。亲亲以睦，友贤不弃，不遗故旧，则民德归厚矣。"①《先秦诗鉴赏辞典》认为此诗的创作背景是：周厉王不听"防民之口，甚于防川"的劝谏，最终导致国人暴动，同时也导致王室内部人心离散、亲友不睦，政治和社会状况极度混乱和动荡。周宣王即位之初，便知欲立志图复兴大业，必先顺人心。作者很可能就是召伯虎。②

① ［汉］毛亨传，［汉］郑玄笺，［唐］孔颖达疏：《毛诗正义》卷九（九之三），李学勤主编：《十三经注疏》，北京：北京大学出版社，1999年，第673页。

② 姜亮夫等：《先秦诗鉴赏辞典》，上海：上海辞书出版社，2016年，第329页。

【释义】

丁丁：砍树的声音。矧：况且。伊：彼。终……且……：既……又……。咚咚作响伐木声，嘤嘤群鸟相和鸣。鸟儿出自深谷里，飞往高高大树顶。小鸟为何要鸣叫？只是为了求知音。仔细看看那小鸟，尚且求友欲相亲。何况我们这些人，岂能不知重友情？天上神灵请聆听，赐我和乐与安宁。

许许：砍伐树木的声音。釃酒：釃，过滤。筛酒。与：甘美。羜：小羊羔。速：邀请。适：恰巧。微：非。於：叹词。粲：光明、鲜明的样子。埽：同"扫"。馈：食物。簋：古代盛食物器具，圆口，双耳。牡：雄畜，此指公羊。伐木呼呼斧声急，滤酒清纯真香醇。烧好肥美小羊羔，请来叔伯叙情谊。即使他们没能来，不能说我不顾念。打扫房屋真洁净，佳肴八盘摆桌上。既有肥美公羊肉，请来舅亲尝一尝。宁可有事他不来，不能说我有过失。

有衍：即"衍衍"，满溢的样子。笾豆：盛放食物用的两种器皿。民：人。干糇：干粮。愆：过错，过失。湑：滤酒。酤：买酒。坎坎：鼓声。蹲蹲：起舞的样子。伐木就在山坡上，滤酒清清快斟满。行行笾豆盛珍馐，兄弟相亲莫疏远。人们为啥失美德，多因执行致埋怨。家中有酒让我饮，没酒快去给我买。咚咚鼓声让我听，翩翩舞姿令我欢。趁我今天有闲暇，饮此美酒心欢畅。

【赏析】

诗共三章。第一章以鸟与鸟的相求比人和人的相友，以神对人的降福说明人与人友爱相处的必要。第二章叙述了主人筹办筵席的热闹场面，以及待客的诚恳态度。第三章前写对家人亲睦的期望，后写亲友欢会的和乐场面，在咚咚的鼓声伴奏下，人们载歌载舞、畅叙衷情，一派升平景象。

诗中"嘤其鸣矣，求其友声"两句被后人广泛传诵，文人墨客常借此二句来说明人应该重视感情，广结良朋，寻求志同道合的朋友，互相切磋，以求进益。后世"嘤鸣"一词常被人用作比喻朋友间同气相求或意气相投。

拓展阅读

小雅·颊弁

有颊（kuǐ）者弁（biàn），实维伊何？尔酒既旨，尔肴既嘉。岂伊异人？兄弟匪他。茑（niǎo）与女萝，施（yì）于松柏。未见君子，忧心奕奕。既见君子，庶几说（yuè）怿（yì）。

有颊者弁，实维何期（jí）？尔酒既旨，尔肴既时。岂伊异人？兄弟具来。茑与女萝，施于松上。未见君子，忧心怲（bǐng）怲。既见君子，庶几有臧。

有颊者弁，实维在首。尔酒既旨，尔肴既阜。岂伊异人？兄弟甥舅。如彼雨（yù）雪，先集维霰（xiàn）。死丧无日，无几相见。乐酒今夕，君子维宴。

【解题】

《小雅·颊弁》是一首写周王宴饮兄弟亲戚的诗。朱熹《诗经集传》言"此亦燕兄弟亲戚之诗"①。

【释义】

有颊：即"颊颊"，尖尖有角的样子。弁：皮帽。实：犹"是"。伊：语中助词，无义。异人：外人。施：延伸，攀缘。奕奕：心神不安的样子。说怿：欢欣喜悦。鹿皮礼帽尖尖角，戴着皮帽做什么？你的酒浆颇甘醇，你的肴馔也很香。来的哪里有外人？都是兄弟坐一堂。爬藤茑草与女萝，攀援松柏才生长。未曾见到君主面，忧心忡忡实难当。既已见到君主面，才有喜悦没忧伤。

何期：犹言"何其"，为何。期：语气助词。时：善。恓恓：忧愁的样子。臧：善。

雨雪：下雪。无日：不知哪一天。无几：没有多久。

【赏析】

诗三章叠咏，《诗经集传》各章均注："赋而兴又比也。"② 前赋，后兴兼比义。各章前六句为赋，后六句兴兼比义。第一章"有颊者弁，实维伊何？尔酒既旨，尔肴既嘉。岂伊异人？兄弟匪他"为赋。"茑与女萝，施于松柏。未见君子，忧心奕奕。既见君子，庶几说怿"为兴兼比义。前两章的第七、第八句"茑与女萝，施于松柏""茑与女萝，施于松上"兴起最后四句兄弟未见的担忧和既见的喜悦之情，兼以明写茑与女萝依附缠绵在松柏上，实写兄弟相亲相依的亲密关系。"言茑萝施于木上，以比兄弟亲戚缠绵依附之意。"③ 第三章的第七、第八句以"如彼雨雪，先集维霰"兴起最后四句的人生无多，相见无几，把握今夕，兄弟且及时饮酒相乐的悲观之意。兼以明写霰集则是将下雪的征候，实写人老则是将要死去的征兆。"言霰集，则将雪之候，以比老至，则将死之征也。故卒言死丧无日，不能久相见矣。但当乐饮以尽今夕之欢，笃亲亲之意也。"④ 由今日的欢聚，想到了日后的结局。他们觉得人生如霰似雪，不知何时就会消亡。在暂时的欢乐中，不自禁地流露出一种黯淡低落的情绪，表现出一种及时行乐、消极颓废的心态，充满悲观丧气的基调。

---

① ［宋］朱熹注：《诗经集传》，上海：上海古籍出版社，1987 年，第 109 页。

② ［宋］朱熹注：《诗经集传》，上海：上海古籍出版社，1987 年，第 109 页。

③ ［宋］朱熹注：《诗经集传》，上海：上海古籍出版社，1987 年，第 109 页。

④ ［宋］朱熹注：《诗经集传》，上海：上海古籍出版社，1987 年，第 109 页。

大雅·行苇

敦（tuán）彼行苇，牛羊勿践履。方苞方体，维叶泥泥。戚戚兄弟，莫远具尔。或肆之筵，或授之几。

肆筵设席，授几有缉御。或献或酢，洗爵奠斝（jiǎ）。醓（tǎn）醢（hǎi）以荐，或燔（fán）或炙。嘉殽脾（pí）臄（jué），或歌或咢（è）。

敦（diāo）弓既坚，四鍭（hóu）既钧；舍矢既均，序宾以贤。敦弓既句（gōu），既挟四鍭。四鍭如树，序宾以不侮。

曾孙维主，酒醴（lǐ）维醹（rú）；酌以大斗，以祈黄耇（gǒu）。黄耇台背，以引以翼。寿考维祺（qí），以介（gài）景福。

【解题】

《大雅·行苇》是一首写周代贵族家宴盛况的诗作，体现了从古至今中华民族和睦友爱、尊老敬老的传统美德。

【释义】

行苇：道路边的芦苇。敦彼：犹"敦敦"，苇草丛生的样子。方苞：指枝叶尚包裹未分之时。体：成形。泥泥：苇叶润泽的样子。戚戚：亲热的样子。远：疏远。具：通"俱"。尔：同"迩"，近。肆：陈设。筵：竹席。几：古人席地而坐时所依靠的矮脚小木桌。芦苇丛生长路旁，别让牛羊把它踩。芦苇初茂长成形，叶子娇嫩才成长。同胞兄弟最亲密，不要疏远要友爱。或为兄弟设座席，或为兄弟安靠几。

缉：继续。御：侍者。献：主人给客敬酒。酢：客人拿酒回敬。洗爵：周时礼制，主人敬酒，取几上之杯先洗一下，再斟酒献客，客人回敬主人，也是如此操作。奠：置。斝：古酒器，青铜制，圆口。醓：多汁的肉酱。醢：肉酱。荐：进献。燔：烧肉。炙：烤肉。脾：通"膍"，牛胃，俗称牛百叶。臄：牛舌。歌：配着琴瑟唱。咢：只打鼓不伴唱。铺席开宴上菜肴，侍者相继安靠几。主宾酬酢共畅饮，洗杯捧盏兴致高。肉汁肉酱请客尝，烧肉烤肉滋味好。佳肴百叶和牛舌，唱歌击鼓人欢笑。

敦弓：敦，通"雕"，雕弓。鍭：一种箭，金属箭头，鸟羽箭尾。钧：合乎标准。舍矢：放箭。均：射中。序宾：安排宾客座次。贤：此处指射技的高低。句：借为"彀"，张弓引满。树：竖立。侮：轻侮，怠慢。雕弓拽满力坚劲，四支利箭合标准；每人射次也相同，宾客座次论射技。雕弓张开弦紧绷，利箭四支手持定。四箭竖立靶子上，排列客位不慢轻。

曾孙：主祭者之称，他对祖先神灵自称曾孙。醴：甜酒。醹：酒味醇厚。斗：古酒器，柄长三尺。黄耇：年高长寿。台背：或谓背有老斑如鲐鱼，老态龙钟的样子。台，同"鲐"。引：引导，此处指搀扶。翼：扶持帮助。寿考：长寿。祺：

福，吉祥。介：借为"丐"，乞求。景福：大福。主祭曾孙是主人，献祭美酒味香醇。斟满大杯来献上，祷祝人们能长寿。黄发台背年长者，有人引路来扶持。长命吉祥是人瑞，天赐洪福给寿星。

【赏析】

诗共四章，每章八句。

第一章先从路旁芦苇起兴。芦苇初放新芽，柔嫩润泽，使人不忍心听任牛羊去践踏它。仁者之心，施及草木，那么兄弟骨肉之间的相亲相爱，更是天经地义的了。这就使得这首描写家族宴会的诗，一开始就洋溢着融洽欢乐的气氛。

第二章正面描写宴会。先写摆筵、设席、授几，侍者忙忙碌碌，场面极其盛大。次写主人献酒，客人回敬，洗杯捧盏，极尽殷勤。再写菜肴丰盛，美味无比。"醓""醢""脾""臄"云云，可考见古代食物的品种搭配，"燔""炙"云云，也可见早期烹调方法的特征。最后写击鼓歌唱，热闹非凡。

第三章写比射，过程井然有序，四人一组，依序进行。

第四章以敬酒祝福作结，向座中老人祝福，愿他们健康长寿，天赐景福。

第三节　酒礼酒德诗

酒在雅人身上是一种文化，一种高雅。历史上好酒的名人有很多，如诗仙李白、草圣张旭、醉翁欧阳修，还有归耕田园的陶渊明等。魏晋名士饮酒任气，刘伶愤世嫉俗，嗜酒成瘾。他的妻子把家里的酒都倒掉，劝他保养身体。刘伶却说："我自己不能戒掉，只有在神灵面前才能戒。"妻子于是把准备好的酒肉放在神灵前，让刘伶发誓。刘伶祝告道："天生刘伶，以酒为名。一饮一斛，五斗解酲。妇人之言，慎不可听。"说完又喝了起来。竹林七贤之一的阮籍对曹氏皇室失去信心，又不愿与野心勃勃的司马氏集团合作，于是借酒避祸，以酣饮不羁来保全自己。司马昭要拉拢他，想和他联姻作儿女亲家，但他连醉两月，使司马昭无法开口。诗仙李白以喝酒排解内心的苦闷，以纵酒来对抗现实的龌龊。在他的笔下，酒是引子，愁是血液，狂是脊梁。"五花马，千金裘，呼儿将出换美酒，与尔同销万古愁。"（李白《将进酒》）"李白斗酒三百篇，长安市上酒家眠，天子呼来不上船，自称臣是酒中仙。"（杜甫《饮中八仙歌》）草圣张旭每每大醉时达到天人合一的超然狂放境界，笔走龙蛇书草字："张旭三杯草圣传，脱帽露顶王公前，挥毫落纸如云烟。"（杜甫《饮中八仙歌》）书圣王羲之醉时挥毫而作《兰亭集序》，"遒媚劲健，绝代所无"。这些历史名人都好酒，于他们而言，酒能避世，能避祸，能消愁，能达境。酒是宴会的必备品，无酒不成宴。在宴会中，酒是融洽感情、交际沟通的媒介，是让人放松身心、烘托和乐氛围的工具。"莫笑农家腊酒浑。丰年留客足鸡豚。"（陆游《游山西村》）"开轩面场圃，把酒话桑麻。"（孟浩然《过故人庄》）以酒待客表达的是一种真挚的情意，但饮酒须有节。

小雅·宾之初筵

宾之初筵，左右秩秩。笾豆有楚，殽核维旅。酒既和旨，饮酒孔偕。钟鼓既设，举酬逸逸。大侯既抗，弓矢斯张。射夫既同，献尔发功。发彼有的，以祈尔爵。

籥（yuè）舞笙鼓，乐既和奏。烝（zhēng）衎（kàn）烈祖，以洽百礼。百礼既至，有壬有林。锡尔纯嘏（gǔ），子孙其湛（dān）。其湛曰乐，各奏尔能。宾载手仇，室人入又。酌彼康爵，以奏尔时。

宾之初筵，温温其恭。其未醉止，威仪反（bǎn）反。曰既醉止，威仪幡（fān）幡。舍其坐迁，屡舞仙仙。其未醉止，威仪抑抑。曰既醉止，威仪怭（bì）怭。是曰既醉，不知其秩。

宾既醉止，载号（háo）载呶（náo）。乱我笾豆，屡舞僛（qī）僛。是曰既醉，不知其邮。侧弁（biàn）之俄，屡舞傞（suō）傞。既醉而出，并受其福。醉而不出，是谓伐德。饮酒孔嘉，维其令仪。

凡此饮酒，或醉或否。既立之监，或佐之史。彼醉不臧（zāng），不醉反耻。式勿从谓，无俾（bǐ）大怠。匪言勿言，匪由勿语。由醉之言，俾出童羖（gǔ）。三爵不识，矧（shěn）敢多又。

【解题】
《小雅·宾之初筵》是一首写周王与贵族宴饮的诗作。据说是卫武公所作，旨在批评讽刺贵族饮酒无节、醉后失仪之败德。"《宾之初筵》，卫武公刺时也。幽王荒废，媟近小人，饮酒无度。天下化之，君臣上下沉湎淫液。武公既入，而作是诗也。"[1] 朱熹《诗经集传》："韩氏序曰：'卫武公饮酒悔过也。'"[2]

【释义】
筵：古人席地而坐，筵是铺在地上的竹席。左右：指筵席的东西两边。主人座位在东，客人座位在西。秩秩：有序的样子。笾：用竹条编成的浅口盘，古代祭祀或宴会时盛放果脯的竹器，其形状像高脚盘。笾中盛放哪些食物呢？据《周礼·天官冢宰下·笾人》载："笾人掌四笾之实。朝事之笾，其实麷、蕡、白、黑、形盐、膴、鲍鱼、鱐。馈食之笾，其实枣、栗、桃、干㠠、榛实。加笾之实，菱、

① ［汉］毛亨传，［汉］郑玄笺，［唐］孔颖达疏：《毛诗正义》卷第十四（十四之三），李学勤主编：《十三经注疏》，北京：北京大学出版社，1999年，第1026页。
② ［宋］朱熹注：《诗经集传》，上海：上海古籍出版社，1987年，第111页。

芡、栗、脯，菱、芡、栗、脯。羞笾之实，糗饵、粉餈。"① 豆：古代盛放肉食或熟菜的食器，其形状类似于高脚盆，由竹、陶或青铜制成。豆中盛放哪些食物呢？《周礼·天官冢宰·醢人》载："醢人掌四豆之实。朝事之豆，其实韭菹、醓醢、昌本、麋臡、菁菹、鹿臡、茆菹、麇臡。馈食之豆，其实葵菹、蠃醢、脾析、蜃蚳醢、豚拍、鱼醢。加豆之实，芹菹、兔醢、深蒲、醓醢、箈菹、雁醢、笋菹、鱼醢。羞豆之食，酏食、糁食。"② 有楚：即"楚楚"，陈列有序的样子。旅：陈放。和旨：醇和甜美。偕：合乎礼仪。酬：敬酒。逸逸：往来不断的样子。"举酬逸逸"指宴饮人数众多时，主人与宴者依次交错相酬，互相敬酒。《礼记·乐记》载："先王因为酒礼。壹献之礼，宾主百拜，终日饮酒而不得醉焉，此先王之所以备酒祸也。"③ 大侯：周王大射时用的箭靶，用虎、熊、豹三种皮制成。抗：竖起。同：会齐。献：逞，表现。发功：射技。的：即靶心。爵：古代的酒杯。来宾入座开宴饮，宾主就位守礼节。杯盘碗盏摆整齐，佳肴干果全放好。美酒醇和又甜美，觥筹交错很守礼。钟鼓乐器都备好，举杯敬酒真热烈。虎皮靶子竖起来，拉弓上弦比射箭。射手云集靶场上，一展身手比技能。射中靶心得胜利，都求对手被罚酒。

籥舞：执籥而舞。籥是一种竹制管乐器。籥舞就是左手拿籥（形似竹笛，红色），右手秉翟（野鸡羽毛三根，插在上刻有龙头的朱红色木柄上）的舞蹈。籥代表平和顺畅的音乐，使君子正心；翟代表英姿美仪的舞蹈，使君子正仪态。烝：进，此处指进乐。衎：娱乐。烈祖：创业的祖先。洽：配合。有壬有林：即"壬壬林林"，形容百礼盛大的样子。纯嘏：大福。湛：和乐。奏：进献。能：射箭技能。手仇：选取对手。室人：主人，由宰夫（或称"膳夫"）担任。《礼记·燕义第四十七》说"使宰夫为献主，臣莫敢与君亢礼"④。康爵：大杯。时：善，此处指中靶多。执籥起舞笙鼓响，众乐齐奏声悦耳。进献音乐娱祖先，按礼行事神来享。祭礼周到又完备，百礼盛大表敬意。神灵赐给大福气，子孙个个都和乐。人人欢喜真快乐，各献其能展身手。来宾各自选对手，主人相陪比射技。斝上满满一大杯，祝你取得好成绩。

反反：谨慎庄重的样子。幡幡：轻佻不庄重的样子。仙仙：同"跹跹"，东倒

① ［汉］郑玄注，［唐］贾公彦疏，赵伯雄整理：《周礼注疏》卷第五《天官冢宰》，李学勤主编：《十三经注疏》，北京：北京大学出版社，1999 年，第 133～136 页。

② ［汉］郑玄注，［唐］贾公彦疏，赵伯雄整理：《周礼注疏》卷第五《天官冢宰》，李学勤主编：《十三经注疏》，北京：北京大学出版社，1999 年，第 138～140 页。

③ ［汉］郑玄注，［唐］孔颖达正义，吕友仁整理：《礼记正义》（中册），上海：上海古籍出版社，2008 年，第 1497 页。

④ ［汉］郑玄注，［唐］孔颖达正义，吕友仁整理：《礼记正义》（下册），上海：上海古籍出版社，2008 年，第 2330 页。

西歪的样子。抑抑：举止谨慎严肃的样子。怭怭：轻率不庄重的样子。秩：规矩。宴席初开宾入座，态度温雅又恭敬。没有喝多人清醒，言行谨慎又庄重。酒已喝多醉醺醺，言行轻佻又随便。离开座位乱走动，东倒西歪舞不停。没有喝多人理智，举止谨慎又严肃。酒已喝多人酩酊，举止轻浮不庄重。还说这是喝醉酒，不守规矩不要紧。

号：大叫。呶：喧哗。傲傲：身体歪歪斜斜的样子。邮：通"尤"，过失。弁：皮帽。侧弁：歪戴着帽子。俄：倾斜。傞傞：盘旋不停的样子。伐德：败德。维：同"惟"，只是。令仪：好仪态。客人已经喝醉了，又是叫来又是闹。杯盘狼藉乱糟糟，手舞足蹈步歪斜。这就是已经喝醉，犯下过失也不知。歪戴帽子身倾斜，趑来趄去像跳舞。如果喝醉就出门，大家托福都称好。有的醉了还不走，这就叫作缺德佬。宴饮喝酒是好事，只是要有好礼仪。

监：宴会上督察礼仪的官。史：记事记言的史官。臧：好。从谓：跟着劝酒。俾：使。大怠：太怠慢失礼。言：讯，问。由：礼法。由：听从。童羖：没角的公山羊。三爵：三杯。孔颖达疏引《春秋传》："臣侍君宴，过三爵，非礼也。"矧：况且。又：通"侑"，劝酒。所有这些饮酒者，有人清醒有人醉。设立司正察礼仪，又设史官记言行。醉酒不是啥好事，反说不喝醉可耻。不要随人乱劝酒，害他怠慢又失礼。别人不问别多嘴，不合礼法别乱说。醉鬼的话不可靠，胡说公羊没犄角。饮限三杯也不懂，何况多喝更糟糕。

【赏析】

周时，宴饮是展现和完成礼乐教化的重要途径。宴饮演示燕礼、射礼和祭礼，欣赏音乐、舞蹈，发挥礼乐教化作用。诗共五章，每章十四句，分为三层。

第一、第二章为第一层，再现了周时的燕礼、射礼和祭礼，展现了宴饮初开时的揖让酬酢、歌舞升平、射箭较技、献乐祭祖的和谐场面。

第一章开篇"宾之初筵"八句写宴饮初开的场面，佳肴陈列、美酒甘醇、乐器陈列好，主宾揖让酬酢，秩序井然，气氛和乐。接着"大侯既抗"以下六句描写初筵射礼。《礼记·射义第四十六》说："古者诸侯之射也。必先行燕礼；卿、大夫、士之射也，必先行乡饮酒之礼。故燕礼者，所以明君臣之义也；乡饮酒之礼者，所以明长幼之序也。"[1] 可见古时先行燕礼，再行射礼，射箭是宴饮的一个环节。虎皮靶子竖起来，射手齐集靶场上，拉弓上弦，一展射箭技能，都想射中靶心得胜利，让对手被罚酒。周时宴饮中的射箭竞技活动，输者饮酒，类似于现在的喝酒猜枚定输赢，只是更健康有益。射礼有四种："一是将祭择士为大射，二是诸侯来朝或诸侯相朝而射为宾射，三是饮宴之射为燕射，四是卿大夫举士后所行之射为

① ［汉］郑玄注，［唐］孔颖达正义，吕友仁整理：《礼记正义》（下册），上海：上海古籍出版社，2008 年，第 2305 页。

乡射。《小雅·宾之初筵》所描写的是燕射。燕，通宴，就是宴会、娱乐的意思。大射、宾射、燕射和乡射，其基本精神都是一致的，它们所表现的乃是贵族的尚武精神。"①

第二章开篇"簿舞笙鼓，乐既和奏"，描写了舞蹈热烈、音乐悦耳、宾主尽欢的场面。宴饮少不了音乐、舞蹈助兴，以烘托热闹、和谐的氛围。"烝衎烈祖"以下六句，写进乐于先祖，百礼盛大，合乎礼仪，以祈求神明降福，护佑子孙。可见祭祖也是宴饮的一个环节。根据郑《笺》，这六句诗的意思是：殷人先求诸阳，故祭祀先奏乐，涤荡其声也；奏乐和，必进乐其先祖，于是又合见天下诸侯所献之礼；诸侯所献之礼既陈于庭，有卿大夫，又有国君，言天下遍至，得万国之欢心；王受神之福于尸，则王之子孙皆喜乐也。②"其湛曰乐"以下六句再次写射礼，宾主共射，来宾各自选对手，主人也相陪比射技。举酒相祝，祝对方取得好成绩。

第三、第四章为第二层，展现宾客酒醉前后仪容、举止的鲜明对比，以及醉后的丑态和失礼。第三章运用对比、叠句表现手法和叠字修辞手法，形象生动地写出了初筵时仪态的威严、端庄、严谨，和醉后失仪、轻佻、轻狂的丑态，再现了宾客喝酒前后对比鲜明而又形神毕肖的仪态和举止。宴饮刚开始时："温温其恭"，仪态温雅又恭敬；"威仪反反"，仪态威严又端庄；"威仪抑抑"，仪态谨慎又严肃。喝醉以后："威仪幡幡"，仪态轻佻不庄重；"威仪怭怭"，仪态随便不严谨。"舍其坐迁，屡舞仙仙"，举止轻狂忘形，离开座位到处窜，手舞足蹈；"不知其秩"忘了应该遵守的规矩。醉酒前后的仪态举止对比鲜明。"反反""幡幡""仙仙""抑抑""怭怭"这些叠字的运用，起到了极佳的摹态效果，生动形象，表现力极强。"其未醉止，威仪□□"和"曰既醉止，威仪□□"结构相似、内容相近的句子重复吟咏，对比呈现，突出了事物之间的联系和鲜明对比，增强了表现力度。

第四章运用铺陈表现手法和叠字修辞手法，从各个角度形象生动地再现了宾客酒后的丑态。"载号载呶"，大喊大叫，嘟囔不休；"乱我笾豆，屡舞僛僛"，杯盘狼藉，东倒西歪；"不知其邮"，醉后闯下祸事而不自知；"侧弁之俄，屡舞傞傞"，歪戴着帽子，歪扭着身子，趔来趔去像跳舞。叠字"僛僛"形象地写出了醉汉身体歪歪扭扭的样子；"傞傞"，再现了醉后盘旋不停的丑态。摹形生动，绘貌形象，增强了表现力。

第五章是第三层，以劝诫作结，提出反对滥饮、饮酒有节的主张。批评"不

---

① 张思齐：《〈宾之初筵〉的神性可比素与〈诗经〉的史诗基本格》，《社会科学战线》2011 年第 5 期，第 135 页。

② 张思齐：《〈宾之初筵〉的神性可比素与〈诗经〉的史诗基本格》，《社会科学战线》2011 年第 5 期，第 136 页。

醉反耻"，以不喝醉为可耻的观点是错误的。提出"式勿从谓，无俾大怠"，醉酒不是好事，不要乱劝酒，以免酒后酿成大错；"匪言勿言，匪由勿语。由醉之言，俾出童羖"，不该说的话别乱说，醉后的胡言乱语不要信；"三爵不识，矧敢多又"，饮酒要有节制，三杯为限，不要起哄劝酒。

　　酒很甘美，但沉溺饮酒则可能带来祸患。据刘向《战国策·魏策》记载，禹的女儿将服侍禹膳食的女官仪狄酿造的酒献给禹，禹虽然觉得很醇美，但他却疏远了仪狄，戒掉了美酒："昔者帝女令仪狄作酒而美，进之禹。禹饮而甘之，遂疏仪狄，绝旨酒，曰：后世必有以酒亡其国者。"① 明君大禹已经敏锐地意识到耽溺于酒的危害，君王会因为饮酒无度而误国。放纵自我，沉溺于饮酒之乐，会误己、误家、误国。

　　耽酒误己。耽于饮酒，整日、彻夜纵饮是对自己生命的辜负和浪费。东晋名臣陶侃勤于政事，不喜饮酒，他常对人说："大禹圣者，乃惜寸阴，至于众人，当惜分阴，岂可逸游荒醉，生无益于时，死无闻于后，是自弃也。"②

　　耽酒误国。夏商两朝的亡国之君都纵酒无节。夏朝的末代君王夏桀，"桀为酒池，可以运舟。糟丘，足以望十里。而牛饮者三千人。"③ 商朝的末代君王商纣王，"以酒为池，县肉为林……为长夜之饮。"④ 最终国灭身亡，沦为天下笑柄。西周末代君王周幽王也纵酒无节，误国亡身。周公告诉康叔"纣所以亡者以淫于酒"⑤，命令康叔在卫国颁布了最古老的禁酒令《尚书·周书·酒诰》。《酒诰》提出酒是丧德误国的根源，"我民用大乱丧德，亦罔非酒惟行"⑥。我们的臣民犯上作乱、道德败坏，无非是以酒乱行。"无彝酒"⑦，不要经常饮酒；提出"德将无醉"⑧，以德行要求自己，不要喝醉。"不腼于酒"⑨，不要喜好饮酒；"'群饮。'汝勿佚，尽执拘以归于周，予其杀。"⑩ 意即禁止聚众饮酒，违者杀头。告诫大臣"刚制于酒"⑪，要采取严厉手段强行戒酒。汉代贤相萧何颁布禁酒律令："三人以上无故群饮酒，罚金四两。"⑫ 可见明君贤臣对酒的危害有清醒的认识。

　　① ［汉］刘向集录，王华宝注译：《战国策·魏策二》，郑州：中州古籍出版社，2007年，第281页。
　　② ［唐］房玄龄等撰：《晋书》卷六十六《陶侃传》（第6册），北京：中华书局，1974年，第1774页。
　　③ ［汉］韩婴：《韩诗外传笺疏》第四卷，成都：巴蜀书社，2011年，第186页。
　　④ ［汉］司马迁：《史记·殷本纪》，北京：中华书局，1982年，第105页。
　　⑤ ［汉］司马迁：《史记·卫康叔世家》，北京：中华书局，1982年，第1590页。
　　⑥ 王世舜、王翠叶译注：《尚书》，北京：中华书局，2012年，第197页。
　　⑦ 王世舜、王翠叶译注：《尚书》，北京：中华书局，2012年，第198页。
　　⑧ 王世舜、王翠叶译注：《尚书》，北京：中华书局，2012年，第198页。
　　⑨ 王世舜、王翠叶译注：《尚书》，北京：中华书局，2012年，第201页。
　　⑩ 王世舜、王翠叶译注：《尚书》，北京：中华书局，2012年，第207页。
　　⑪ 王世舜、王翠叶译注：《尚书》，北京：中华书局，2012年，第205页。
　　⑫ ［汉］班固撰，［唐］颜师古注：《汉书·文帝纪第四》，北京：中华书局，1999年，第110页。

《诗经》解读

明代黄瑜《双槐岁钞》收录的汪广洋的《奉旨讲〈宾之初筵〉叙》中说，明太祖朱元璋在听他讲了《小雅·宾之初筵》诗后，很受震动，命令缮写几十本颁赐给朝中的文武官员，以为警戒。汪广洋诗云：

> 惟云在和乐，毋以瑜太康。请观嘉会初，靡不罄所飨。……
> 容止慎有节，语言矜有常。终希蹈矩矱，勿为德之凉。……
> 峨峨弁倾侧，傞傞舞趋跄。喧笑四座起，谑浪殊未央。
> 遽俾出童羖，而为中心伤。所以古君子，兢兢恒自将。①

拓展阅读

小雅·瓠叶

幡（fān）幡瓠（hù）叶，采之亨（pēng）之。君子有酒，酌言尝之。
有兔斯首，炮（páo）之燔（fán）之。君子有酒，酌言献之。
有兔斯首，燔之炙之。君子有酒，酌言酢（zuò）之。
有兔斯首，燔之炮之。君子有酒，酌言酬之。

【解题】

《小雅·瓠叶》是一首描述普通人家热情待客的诗作。

【释义】

幡幡：翩翩，反复翻动的样子。瓠：葫芦科植物的总称。亨：同"烹"，煮。酌：斟酒。瓠叶翩舞瓠瓜香，采来做菜又煮汤。君子备好香醇酒，斟满酒杯请客尝。

炮：将带毛的动物裹上泥放在火上烧。燔：把肉放在火上烤熟。献：主人敬宾客酒。野兔肉儿鲜又嫩，有炮有烤味道美。君子备好香醇酒，斟满酒杯献客人。

炙：将肉类串起来架在火上熏烤使熟。酢：宾客回敬主人酒。野兔肉儿鲜又嫩，或燔或炙成佳肴。君子备好香醇酒，斟满酒杯敬主人。

酬：即主人自饮一杯，劝客饮一杯。野兔肉儿鲜又嫩，有烤有炮成美味。君子备好香醇酒，相互敬酒同举杯。

【赏析】

第一章言初宴，第二章言献酒于宾，第三章言客人回敬主人，第四章言主客互相劝酒。主人或炮或燔或炙，以酒献客、酢客、酬客，礼至且意切，你来我往，觥

---

① ［明］黄瑜撰，王岚校点：《双槐岁钞》，《历代笔记小说大观》，上海：上海古籍出版社，2012年，第1～2页。

筹交错。展现了揖让酬酢的饮酒礼仪："酌言献之""酌言酢之""酌言酬之"。一来一往一合，称为"一献之礼"。朱熹《诗经集传》："此亦燕饮之诗。言幡幡瓠叶，采之烹之，至薄也。然君子有酒，则亦以是酌而尝之，盖述主人之谦辞，言物虽薄而必与宾客共之也。"①

小雅·鱼丽

鱼丽（lí）于罶（liǔ），鲿（cháng）鲨。君子有酒，旨且多。

鱼丽于罶，鲂（fáng）鳢（lǐ）。君子有酒，多且旨。

鱼丽于罶，鰋（yǎn）鲤。君子有酒，旨且有。

物其多矣，维其嘉矣！

物其旨矣，维其偕（xié）矣！

物其有矣，维其时矣！

【解题】

《小雅·鱼丽》是一曲周代贵族燕飨宾客时演唱的乐歌。诗中盛赞宴享时酒美肴佳，以展现物阜年丰、主人殷勤、宾主同乐的情景。诗以鱼的品种众多，暗示肴馔的丰盛；以酒的多和醇美，表明宴席上宾主尽欢的盛况。《毛诗序》说："《鱼丽》，美万物盛多，能备礼也。"②

【释义】

丽：同"罹"，意谓遭遇。罶：捕鱼的竹笼，又称"笱"，用竹编成，编绳为底，鱼入而不能出。鲿：黄颊鱼。鲨：又名鮻，能吹沙的小鱼，似鲫而小。鱼儿钻进竹笱里，有黄颊来也有鲨。君王准备好美酒，主人有的是美酒，酒醇味美又丰盛！

鲂：鳊鱼。鳢：黑鱼。旨：味美。鱼儿钻进竹篓里，有鲜美的鲂和鳢。君王准备好美酒，酒醇味美各类多。

鰋：鲇鱼。有：充足。鱼儿钻进竹篓里，鲇鱼游来鲤鱼跳。君王准备好美酒，香甜美酒样样有。

食物丰盛实在妙，味道真是非常好。

偕：齐全。食物甘美任品味，各种各类很齐备。

时：应季的时鲜。食物应有尽有之，应季美味最可口。

---

① ［宋］朱熹注：《诗经集传》，上海：上海古籍出版社，1987 年，第 116～117 页。

② ［汉］毛亨传，［汉］郑玄笺，［唐］孔颖达疏：《毛诗正义》卷第九（九之四），李学勤主编：《十三经注疏》，北京：北京大学出版社，1999 年，第 706 页。

【赏析】

诗共六章，每章四句。前三章皆以"鱼丽"起兴，歌赞主人酒宴的丰盛、礼遇的周到，可以说是全诗的主体部分。诗的后三章紧扣前三章中三个重要词语"多""旨""有"，进而赞美在丰年之后，燕飨中酒肴既多且美。

第十七章　咏怀诗

第一节　感时伤世

《诗经》中的咏怀诗很多，有抒发爱国主义情怀的《鄘风·载驰》，表达留贤而不得的挽留之意、惜别之思和欣赏之意的《小雅·白驹》等诗篇，还有最能体现心怀家国者的爱国情怀的感时伤世诗如《王风·黍离》《魏风·园有桃》《曹风·下泉》。这类诗往往把个人遭际和社会苦难糅合在一起，读来让人既感到诗人自身遭际的不幸，又能体会到深沉的社会悲哀。

王风·黍离

彼黍离离，彼稷（jì）之苗。行迈靡靡，中心摇摇。知我者，谓我心忧；不知我者，谓我何求。悠悠苍天，此何人哉？

彼黍离离，彼稷之穗。行迈靡靡，中心如醉。知我者，谓我心忧；不知我者，谓我何求。悠悠苍天，此何人哉！

彼黍离离，彼稷之实。行迈靡靡，中心如噎（yē）。知我者，谓我心忧；不知我者，谓我何求。悠悠苍天，此何人哉？

【解题】

《王风·黍离》是一首有感于家国兴亡、思念故国的诗作。作者当为周朝的大臣，他行役到西周国都镐京，看到昔日的故室宗庙被农民开垦成农田，遍长禾黍。昔日故都的繁华与今日满目的萧条形成强烈对比。回想昔日繁盛，悲怆盈心，彷徨不忍离去。

【释义】

黍：大黄米。离离：一行行的样子。稷：高粱。行迈：行走。靡靡：走路缓慢的样子。摇摇：心神不定的样子。悠悠：遥远的样子。看那黍子一行行，高粱苗儿迎风长。迈步缓行脚步沉，心中忧伤神不定。了解我的人说我心忧，不了解我的人说我有所求。高远的苍天啊！谁造成今天的局面？

醉：心中恍惚不清，像醉酒的感觉一样。噎：堵塞。此处以食物卡在食管比喻忧深气逆难以呼吸。第二、第三章重章叠唱，反复咏唱心中的忧伤、不被人所知的悲哀以及呼天而诉的悲愤。脚步沉沉难迈步，心情沉重像醉酒，忧深气逆难呼吸。

【赏析】

诗共三章，每章十句。

第一章以"彼黍离离，彼稷之苗"起兴，面对昔日繁华的故都，如今满目只见一行行的禾黍和高粱苗在风中摇摆，触目所感，情与景会，兴起了诗人对昔日故国繁华的怀想和目睹今日荒凉的"中心摇摇"。苗摇如心摇，故而起兴，抒发诗人的昔盛今衰之感。行动迟缓的动作描写"行迈靡靡"写出了因面对往昔繁华的故都，现在黍稷丛生，荒凉萧条，心情沉重悲伤，形与心会，体现在动作上，就是步履缓慢迟滞。诗人回想昔日向周王进言，却不被理解，甚至认为他有什么企图。这是屈原式的"众人皆醉我独醒"的悲哀。"知我者"指欣赏我的人，"知我者"知道我是心忧国事，可是"知我者"可遇而不可求，暗含知音难觅之意。朝政腐败，终至今日的结局，现在国都已东迁洛阳，往日繁华已成为过去，引发诗人的世事沧桑之叹。诗人痛极而向天呼吁：老天啊，是谁造成了今天的局面？直指周幽王暴虐无道，政治腐败，导致西周覆灭。

三章复沓，诗意渐进。写出了时间的流逝、心绪的变化发展，在回环往复中表现诗人的悲怆满怀。诗人的心情从"中心摇摇"，心神不定，到"中心如醉"，心神恍惚沉重得像喝醉了酒一样，再到"中心如噎"，心情不畅到难以呼吸，心中的悲伤渐次递进。第一章以黍稷丛生兴起心神不安，第二章以稷穗下垂兴起心沉重如醉，第三章以稷的果实兴起心情不畅如噎。从"苗"到"穗"到"实"，写出时间的变迁。随眼前所见相承而下，并非真的又看到"穗"和"实"。这种兴法是《诗经》中一种常见的兴法。如《周南·桃夭》从眼前的"灼灼其花"相承而下，写到桃子硕大"有蕡其实"，再写桃叶繁茂"其叶蓁蓁"。三章末尾重复歌唱"知我者，谓我心忧；不知我者，谓我何求。悠悠苍天，此何人哉？"回环往复的吟唱，在一次次的反复中增强了情感力度，表现出绵绵不尽的故国之思和凄怆无已之心。诗人触景起情，感慨万端，有昔盛今衰的故国之悲，有知音难觅之叹，有世事沧桑之痛，有仰首问天之愤。

从杜甫的《春望》："国破山河在，城春草木深。"到刘禹锡的《乌衣巷》："竹雀桥边野草花，乌衣巷口夕阳斜。"到姜夔的《扬州慢》："淮左名都，竹西佳处，解鞍少驻初程。过春风十里，尽荠麦青青。"无不体现了昔盛今衰、世事沧桑的悲叹。"黍离之悲"也成了历代文人感叹亡国之痛常用的典故。

魏风·园有桃

园有桃，其实之肴。心之忧矣，我歌且谣。不知我者，谓我"士也骄。彼人是哉，子曰何其。"心之忧矣，其谁知之？其谁知之，盖（hé）亦勿思！

园有棘，其实之食。心之忧矣，聊以行国。不知我者，谓我"士也罔极。彼人是哉，子曰何其。"心之忧矣，其谁知之？其谁知之，盖亦勿思！

【解题】

《魏风·园有桃》是一位贤士忧时伤世的诗作。诗人对现实有较为清醒的认识，但不被人理解，因而心情郁闷忧伤，于是长歌当哭，以诗表达深深的哀婉伤痛之情。

【释义】

肴：吃。"其实之肴"，即"肴其实"。曲合乐曰歌，徒歌曰谣。士：古代对知识分子或一般官吏的称呼。彼人：那人，指执政者。是：正确。何其：为什么。盖：同"盍"，"何不"的合音。园内有一棵桃树，桃子美味可以吃。心中充满忧伤啊，我唱歌谣抒情怀。那不了解我的人，说我"你这个人太骄傲。执政之人是对的，你歌且谣没必要"。心中充满忧伤啊，谁能理解我苦恼？谁能理解我苦恼，何不不要去思考！

棘：酸枣树。聊：姑且。行国：周游国中。罔极：无常。第二章重章叠唱，反复吟唱心忧国事却不被人理解的忧伤。心中充满忧伤啊，姑且周游来散心。那不了解我的人，说我"你这个人常背道。执政之人是对的，你歌且谣没必要"。

【赏析】

诗共两章，每章十二句。两章复沓，前六句只有八个字不同，后六句则完全重复。

两章首二句以所见园中桃树、酸枣树起兴，诗人有感于桃树、酸枣树所结的果实可供人食用，味美又可饱腹，触发诗人的相反联想，以二树的有用反况自己不被当政者所用，不能把自己的才能贡献出来，做一个有用之人，因而诗人心中郁愤不平，所以第三、第四句接着说"心之忧矣，我歌且谣"，他无法排解心中的忧闷，只能放声高歌，聊以自慰。或"聊以行国"，姑且到处走走看看，借以排解心中的忧愤。"不我知者，谓我士也骄（罔极）。"诗人的心态当是"众人皆醉我独醒"。因为他的思想，他的忧虑，特别是他的行为，国人无法理解，把他有时高歌、有时行游的放浪行为，视为"骄"，视为"罔极"，即反常。所以第七、第八两句是借国人的话："彼人是哉，子曰何其。"最后四句："心之忧矣，其谁知之？其谁知之，盖亦勿思！"诗人本以有识之士自居，自信所思与所做是正确的，因而悲伤的只是世无知己而已，故一再申说"其谁知之"，表现了他不被人理解的痛苦和深深的孤独感。他的期望值并不高，只是要求时人"理解"罢了，然而这一丁点儿的希望也得不到，因此他只得以不去想来自慰自解。

感时伤世诗或表达昔盛今衰的故国之思，如"遥望中原，荒烟外、许多城郭。想当年，花遮柳护，凤楼龙阁。万岁山前珠翠绕，蓬壶殿里笙歌作。到而今、铁骑满郊畿，风尘恶。兵安在？膏锋锷。"（岳飞《满江红·登黄鹤楼有感》）。或表达为知音难觅、壮志难酬之悲，如："把吴钩看了，阑干拍遍，无人会，登临意。"（辛弃疾《水龙吟·登建康赏心亭》）"凭谁问，廉颇老矣，尚能饭否。"（辛弃疾《永遇乐·京口北固亭怀古》）或表达为世事沧桑之叹，如"铠甲生虮虱，万姓以死亡。白骨露于野，千里无鸡鸣。生民百遗一，念之断人肠"（曹操《蒿里行》）。

曹风·下泉

冽（liè）彼下泉，浸彼苞稂（láng）。忾我寤叹，念彼周京。

冽彼下泉，浸彼苞萧。忾我寤叹，念彼京周。

冽彼下泉，浸彼苞蓍（shī）。忾我寤叹，念彼京师。

芃（péng）芃黍苗，阴雨膏之。四国有王，郇（xún）伯劳之。

【解题】

《曹风·下泉》是一首写曹国臣子感伤周王室衰微，各诸侯国以强凌弱，小国得不到保护，因而怀念周初比较安定的社会局面的诗作。诗歌表面上怀念西周都城镐京，实际上是怀念西周初年那个时代，那时候周天子很有权威，不像东周末期，丧失了对诸侯的控制权。

【释义】

冽：寒冷。下泉：地下涌出的泉水。苞：丛生。稂：狗尾巴草。忾：叹息声。寤叹：大声叹息。周京：西周的都城镐京。寒凉泉水汩汩流，丛丛野草浸寒泉。长吁短叹声连连，怀念镐京的强盛。

萧：一种蒿类野生植物，即艾蒿。

蓍：一种用于占卦的草，蒿属。

芃芃：茂盛苗壮。膏：滋润，润泽。四国：四方各诸侯国。有王：郑《笺》云，"有王，谓朝聘于天子也"。郇伯：指晋大夫荀跞，他曾护卫周敬王返回成周。黍苗青青多繁茂！雨水滋润其生长。四方诸侯朝周王，贤德郇伯来慰劳。

【赏析】

《曹风·下泉》前三章，《诗经集传》各章均注"比而兴也"。比兼兴义，前两句用比法，兼兴起后两句。诗以寒泉水冷，浸淹野草起兴，喻周室的内乱与衰微，兴起慨叹缅怀周京，充溢着浓郁的悲凉之感。"王室陵夷，而小国困弊，故以寒泉下流而苞稂见伤为比。遂兴其慨然以念周京也。"① 三章复沓叠咏，反复渲染这种悲凉之感。

第四章是回忆西周时候的情况：庄稼要长得好，需要有细雨来浇灌；西周时

---

① ［宋］朱熹注：《诗经集传》，上海：上海古籍出版社，1987年，第59页。

期，各个诸侯国的风气都很好，是因为周天子有权威，还有郇伯为之代劳。"文王之后，（郇伯）尝为州伯，治诸侯有功。……言黍苗既芃芃然矣，又有阴雨以膏之，四国既有王矣，而又有郇伯以劳之，伤今之不然也。"①

第二节　遭谗抒愤

中国夏商时制定的"五刑"——墨（刺脸）、劓（割鼻）、宫（阉割）、膑（去膝盖骨）、大辟（死刑），都很残忍。太史公司马迁因为替李陵辩护被汉武帝施以宫刑后，痛不欲生："祸莫惨于欲利，悲莫痛于伤心，行莫丑于辱先，诟莫大于宫刑。"（司马迁《报任少卿书》）司马迁并非史上第一位受辱的文人，与司马迁有着同样悲惨命运的《小雅·巷伯》的作者孟子当是史上第一位有记载的因谗言而惨遭宫刑的文人。

小雅·巷伯

萋（qī）兮斐（fěi）兮，成是贝锦。彼谮（zèn）人者，亦已大甚！

哆（chǐ）兮侈（chǐ）兮，成是南箕（jī）。彼谮人者，谁适与谋？

缉缉翩翩，谋欲谮人。慎尔言也，谓尔不信。

捷（qiè）捷幡幡，谋欲谮言。岂不尔受？既其女迁。

骄人好好，劳人草草。苍天苍天，视彼骄人，矜此劳人。

彼谮人者，谁适与谋？取彼谮人，投畀（bì）豺虎。豺虎不食，投畀有北。有北不受，投畀有昊（hào）！

杨园之道，猗（yǐ）于亩丘。寺人孟子，作为此诗。凡百君子，敬而听之。

【解题】

《小雅·巷伯》是一首政治抒愤诗，写宦官孟子被谗言陷害，作诗以发泄满腔的怨愤。

【释义】

巷伯：掌管宫内之事的宦官。萋、斐：花纹相错的样子。贝锦：织有贝纹图案的锦缎。谮人：诬陷别人的人。鲜艳丝线花纹错，织成五彩贝纹锦。诬陷别人的小人，心肠实在太凶狠！

哆：张口。侈：大。南箕：南方天空的箕星。古人认为箕星出现会有口舌是

---

① ［宋］朱熹注：《诗经集传》，上海：上海古籍出版社，1987年，第60页。

非，以此比喻进谗的人。适：往。谋：谋划，计议。张着簸箕般大口，搬弄是非害别人。善织谗言的小人，谁敢与他谋划事？

缉缉：附耳私语的样子。翩翩：花言巧语的样子。尔：指谗人。信：信实。交头接耳窃窃语，算计着陷害他人。奉劝说话要小心，终有一天没人信。

捷捷：巧言的样子。幡幡：犹"翩翩"。受：接受，听信谗言。女：通"汝"，你。迁：转移，指听者转而憎恨造谣者。花言巧语话好听，口蜜腹剑想害人。怎么能不受你骗？最后觉悟恨阴险。

骄人：指得志的进谗者。好好：得意的样子。劳人：指失意的被谗者。草草：借为"慅"（cǎo），忧愁的样子。矜：怜悯。小人志得又意满，被谗之人愁满腹。苍天啊请睁开眼，看看小人的阴险，怜悯我们被诬陷。

投：投掷，丢给。畀：给予。有北：北方苦寒之地。有昊：苍天。善进谗言的小人，谁敢与他谋划事？抓住这个坏家伙，丢给豺狼和老虎！豺虎嫌弃不愿吃，扔到寒冷的北荒！荒漠北方也嫌弃，交给老天来处置！

猗：通"倚"，依，靠着。亩丘：丘名。寺人：阉人，宦官。孟子：寺人的名字。凡百：一切，所有的。通往杨园的大道，紧靠着亩丘高地。正是我宦官孟子，作此诗来抒悲愤。所有的正直君子，敬请您来听我唱。

【赏析】

全诗七章，分为四层。此诗把巧言善辩、搬弄是非的谗人形象刻画得惟妙惟肖，对害人者进行了无情的诅咒，表达了对小人得志、好人受诬的不合理社会现象的强烈不满。

第一章为第一层，用比喻形象地说明谣言的迷惑性。造谣之所以有效，是由于谣言总是披着一层美丽的外衣。古人称造谣诬陷别人为"罗织罪名"，何谓"罗织"？"萋兮斐兮，成是贝锦"，就是"罗织"二字最形象的说明。花言巧语，犹如织成的贝纹的罗锦，非常容易迷惑人。造谣的可怕，还在于它是暗地里的动作，是暗箭伤人。当事人无法及时知道，也无法辩驳。等知道时，已难以挽回。

第二、第三、第四章为第二层，诗对造谣者的摇唇鼓舌、喊喊喳喳、上蹿下跳、左右舆论的丑恶嘴脸做了极为形象的勾勒，说他们"哆兮侈兮，成是南箕""缉缉翩翩，谋欲谮人""捷捷幡幡，谋欲谮言"。"南箕"是天上的一个星宿，样子很像一个簸箕，也像张开的一张大嘴。诗以"南箕"的形象刻画谮人者的形态，用叠字词"缉缉翩翩""捷捷幡幡"形容私下交头接耳、窃窃私语的动作，准确鲜明，生动形象。

第五、第六章为第三层。诗人的感情喷涌而出，向天呼号，请苍天张眼，看看小人的阴险张狂，怜悯我们被诬陷的人的满腹悲愁。接着，诗人对那些造谣的人发出强烈的诅咒，投以极大的憎恨、厌恶："取彼谮人，投畀豺虎。豺虎不食，投畀有北。有北不受，投畀有昊！"写出了天怒人怨、物我同憎的愤恨、鄙夷之情，是对谮人者进行无情鞭挞的快心之语。

第七章为第四层，诗人郑重留下自己的名字，表明此诗确有其事，是自己切身经历。

《诗经》解读

小雅·青蝇

营营青蝇，止于樊。岂弟君子，无信谗言。
营营青蝇，止于棘。谗人罔极，交乱四国。
营营青蝇，止于榛。谗人罔极，构我二人。

【解题】

《小雅·青蝇》是一首劝说君子勿听谗言，并分析进谗言者的危害的诗作。

【释义】

青蝇：苍蝇，比喻谗人。营营：摹声词，苍蝇来回飞的声音。樊：篱笆。谗言：挑拨离间的坏话。苍蝇嗡嗡到处飞，飞上篱笆把身停。平和有礼的君子，不要把那谗言听。

棘：酸枣树，可用作藩篱。罔极：无原则，无标准。交乱：交相为乱。四国：四方诸侯国。谗人为人无德行，扰乱天下不太平。

榛：榛树，一种丛生灌木，可用作藩篱。构：陷害，这里指挑拨离间。谗人为人无德行，离间我俩的感情。

【赏析】

诗共三章，每章四句。三章叠咏。第一章规劝正人君子不要听信谗言。运用比法，以"营营青蝇，止于樊"，将伺机进谗言害人的小人比作追臭逐腐、嗡嗡乱叫的苍蝇。诗运用重章叠唱的手法，各章开头二句只"樊""棘""榛"三个字不同，易词申意，反复吟唱，铺陈出了苍蝇的四处乱飞。第二、第三两章运用兴法，斥责谗人无道德标准，祸国害人。

后世"青蝇"成了谗言或进谗佞人的代称。如王充《论衡·商虫》所谓"谗言伤善，青蝇污白"、陈子昂《宴胡楚真禁所》诗"青蝇一相点，白璧遂成冤"、李白《鞠歌行》"楚国青蝇何太多，连城白璧遭谗毁"等。

后世遭谗抒愤的诗作遗响不已。如伟大的爱国主义诗人屈原因上官大夫、靳尚、公子子兰等小人的谗言而被楚怀王疏远，终未实现其美政理想。他在《离骚》中写道："众女嫉余之蛾眉兮，谣诼谓余以善淫。"李白《答王十二寒夜独酌有怀》写道："巴人谁肯和阳春，楚地由来贱奇璞。黄金散尽交不成，白首为儒身被轻。一谈一笑失颜色，苍蝇贝锦喧谤声。曾参岂是杀人者，谗言三及慈母惊。"这些诗都是写遭小人谗言诋毁的悲愤。

拓展阅读

小雅·何人斯

彼何人斯？其心孔艰。胡逝我梁，不入我门？伊谁云从？维暴之云。

二人从行，谁为此祸？胡逝我梁，不入唁（yàn）我？始者不如今，云不我可。

彼何人斯？胡逝我陈？我闻其声，不见其身。不愧于人？不畏于天？

彼何人斯？其为飘风。胡不自北？胡不自南？胡逝我梁？只搅我心。

尔之安行，亦不遑舍；尔之亟行，遑脂尔车？壹者之来，云何其盱（xū）？

尔还而入，我心易也；还而不入，否难知也。壹者之来，俾我祇（qí）也。

伯氏吹埙（xūn），仲氏吹篪（chí）。及尔如贯，谅不我知。出此三物，以诅尔斯。

为鬼为蜮（yù），则不可得。有靦（tiǎn）面目，视人罔极。作此好歌，以极反侧。

【解题】

《小雅·何人斯》是一首愤责谗人的诗作。朱熹《诗经集传》解作绝交诗："旧说，暴公为卿士，而谮苏公，故苏公作此诗以绝之。然不欲直斥暴公，故但指其从行者而言：彼何人斯？其心甚险，胡为往我之梁，而不入我之门乎？既而问其所从，则暴公也。夫以从暴公而不入我门，则暴公之谮已也明矣。"① "此篇专责谗人耳。王氏曰：暴公不忠于君，不益于友，所谓大故也。故苏公绝之。然其绝之也，不斥暴公，言其从行已。不著其谮也，示以所疑而已。既绝之矣，而犹告之以'壹者之来，俾我祇也'，盖君子之处己也忠，其遇人也恕，使其由此悔悟，更以善意从我，固所愿也。虽其不能如此，我固不为已甚。岂若小丈夫然哉？一与人绝，则丑诋固拒，唯恐其复合也。"②

【释义】

孔：甚，很。艰：此处指用心险恶难测。伊：他。暴：指暴公。云：说话。

唁：慰问。如：像。可：嘉、好。

陈：堂下至门的通道，俗称"穿堂"。

飘风：疾风。只：正好，恰恰。搅：搅乱。

---

① ［宋］朱熹注：《诗经集传》，上海：上海古籍出版社，1987年，第97页。

② ［宋］朱熹注：《诗经集传》，上海：上海古籍出版社，1987年，第98页。

遑：空闲。舍：止息。呕：急。脂：以油脂涂车。壹者：从前。盱：忧。

易：和悦。否：不。俾：使。祇：通"疧"，病。

伯氏：大兄。埙：古陶制吹奏乐器，卵形中空，有吹孔。仲氏：二哥。篪：古竹制乐器，如笛，有八孔。及：与。贯：为绳贯串之物。谅：诚。知：交好、相契。三物：猪、犬、鸡。诅：诅盟。

蜮：传说中一种水中动物，能在水中含沙射人影，又名射影。有靦：即靦觍，俨然的样子。视：比。罔极：没有准则，指其心多变难测。好歌：善良、交好的歌。极：穷尽、深究。反侧：反复无常。

<h2 style="text-align:center">唐风·采苓</h2>

采苓采苓，首阳之巅。人之为（wěi）言，苟亦无信。舍旃舍旃，苟亦无然。人之为言，胡得焉？

采苦采苦，首阳之下。人之为言，苟亦无与。舍旃舍旃，苟亦无然。人之为言，胡得焉？

采葑采葑，首阳之东。人之为言，苟亦无从。舍旃舍旃，苟亦无然。人之为言，胡得焉？

【解题】

《唐风·采苓》是一首劝诫世人不要听信谗言的诗。《毛诗序》："刺晋献公也。献公好听谗焉。"[1] 朱熹《诗经集传》："此刺听谗之诗。言子欲采苓于首阳之巅乎？然人之为是言以告子者，未可遽以为信也。姑舍置之，而无遽以为然，徐察而审听之，则造言者无所得，而谗止矣。"[2]

【释义】

苓：黄药，又名大苦，叶似地黄。为言：为，通"伪"，即"伪言"，谎话。苟：诚，确实。舍旃：舍，放弃；旃，"之焉"的合声。然：是，对。

苦：即苦菜。与：许可，赞许。

葑：即芜菁，亦称蔓菁，俗称大头菜。

【赏析】

诗共三章，每章八句。告诫人们对待谣言要有三种态度——"无信""无与""无从"。"无信"，是强调伪言内容的虚假；"无与"，是强调伪言蛊惑的不可置理；"无从"，是强调伪言的教唆不可信从。意思是说，首先要认识到谣言不可信，

① ［汉］毛亨传，［汉］郑玄笺，［唐］孔颖达疏：《毛诗正义》卷第六（六之二），李学勤主编：《十三经注疏》，北京：北京大学出版社，1999 年，第 471 页。

② ［宋］朱熹注：《诗经集传》，上海：上海古籍出版社，1987 年，第 49 页。

其次是不参与传播，最后不能听信折磨自己。语意层层递进，从而强调伪言之伪。接着诗人用"舍旃舍旃"这个叠句，反复叮咛，进一步申述伪言的全不可靠，要舍弃它们，不要信以为真。三人成虎，众口铄金。诗人在每章的结尾用"人之为言，胡得焉"收束，表明只要"无信""无与""无从"，那么造谣者终将徒劳无功。

第三节　政治抒怀

　　《诗经》中信而见疑、忠而被谤被疏的政治抒怀诗主要有：中国诗歌史上最早的寓言诗《豳风·鸱鸮》和被逐荒远、作歌述怨的逐臣所作的《小雅·四月》。《诗经》中还有多首以周幽王、褒姒为指斥对象，以讥刺进谗信谗、表达忧世和愤懑为主旨的诗作，如《小雅·正月》《小雅·小弁》等。傅斯年指出："若《雅》中哀怨之诗，则迥异于《风》中哀怨之诗。《风》中之怨，以柔情之宛转述怨，以不平之愤愤为怨；《雅》中之怨则瞻前顾后，论臧刺比，述情于政，以政寄情。"①

小雅·小弁

　　弁（pán）彼鸒（yù）斯，归飞提（shí）提。民莫不穀，我独于罹。何辜于天？我罪伊何？心之忧矣，云如之何！

　　踧（dí）踧周道，鞫（jū）为茂草。我心忧伤，惄（nì）焉如捣。假寐永叹，维忧用老。心之忧矣，疢（chèn）如疾首。

　　维桑与梓，必恭敬止。靡瞻匪父，靡依匪母。不属于毛？不罹于里？天之生我，我辰安在？

　　菀（wǎn）彼柳斯，鸣蜩（tiáo）嘒（huì）嘒。有漼（cuǐ）者渊，萑（huán）苇淠（pèi）淠。譬彼舟流，不知所届。心之忧矣，不遑假寐。

　　鹿斯之奔，维足伎（qí）伎。雉之朝雊（gòu），尚求其雌。譬彼坏木，疾用无枝。心之忧矣，宁莫之知？

　　相彼投兔，尚或先之。行（háng）有死人，尚或墐（jìn）之。君子秉心，维其忍之。心之忧矣，涕既陨之。

　　君子信谗，如或酬之。君子不惠，不舒究之。伐木掎（jǐ）矣，析薪扡（chǐ）矣。舍彼有罪，予之佗（tuó）矣。

　　莫高匪山，莫浚匪泉。君子无易由言，耳属于垣。无逝我梁，无发我笱（gǒu）。我躬不阅，遑恤我后！

---

　　① 傅斯年：《〈诗经〉讲义稿》，上海：上海古籍出版社，2012年，第146页。

【解题】

《小雅·小弁》是一首遭受弃逐的儿子写的充满忧愤情绪的哀怨诗。诗人的父亲听信了谗言，把他放逐，致使他幽怨哀伤、痖痖不安、怨天尤人、零涕悲怀。此诗据说为被周幽王放逐的太子姬宜臼所作。朱熹《诗经集传》："幽王娶于申，生太子宜臼，后得褒姒而惑之，生子伯服，信其谗，黜申后，逐宜臼，而宜臼作此诗以自怨也。"① 朱鹤龄《诗经通义》："诗言'踧踧周道，鞠为茂草'，是忧国家之将亡，非宜臼作必无此语。……宜臼作诗时，其身已被逐，故曰'舍彼有罪，予之佗矣。'宜臼之废也，其始必幽王尝泄其意于语言之间，左右因傅会而成之。故曰'君子无易由言，耳属于垣。'……宜臼既废，伯服遂立为太子，故告之曰：'毋逝我梁，毋发我笱。我躬不阅，遑恤我后。'逐子之悲，同于弃妇，故其辞一也。"②

【释义】

弁彼：即"弁弁"，快乐的样子。鸒：乌鸦。提提：群鸟安闲翻飞的样子。穀：善，美好。罹：忧愁。辜：罪过，这里做动词用，获罪。伊：是。乌鸦振翅多快乐，成群结队多安闲。天下人都交好运，我独忧愁难排遣。我哪里得罪老天？我是犯了啥条款？积郁在心深忧伤，叫我不知怎么办。

踧踧：平坦的样子。周道：大道、大路。鞠：阻塞。惄焉：忧思的样子。假寐：不脱衣帽而眠。永叹：长叹。用：而。疧：热病，指内心忧痛烦热。疾首：头疼。原本平坦京都道，现在长满了荒草。忧伤痛苦不堪言，七上八下如杵捣。和衣而卧长叹息，深忧更易催人老。积郁在心深忧伤，好似头疼发高烧。

桑、梓：古代桑、梓多植于住宅附近，桑以养蚕，梓做器具，见之自然思乡怀亲，后代遂为故乡的代称。靡……匪：无不。瞻：敬仰。属：连属。毛：体表的皮肤毛发，代指父亲。罹：通"丽"，附着。里：身体内部的血肉，代指母亲。辰：时，指时运。父母种下桑梓树，敬它就如敬祖先。哪个对父不尊敬，哪个对母不依恋？谁非爹生皮和毛，谁非和娘血肉连。老天生我到世间，为何时乖命又塞？

菀彼：即"菀菀"，茂盛的样子。蜩：蝉。嘒嘒：蝉鸣的声音。有漼：即漼漼，水深的样子。萑苇：芦苇。淠淠：茂盛的样子。届：到、止。不遑：无暇。池边垂柳绿如烟，枝头蝉儿嘶嘶鸣。河湾深深不见底，芦苇丛丛多茂密。心像小舟断了缆，茫然不知向何方。内心忧伤无从诉，无法安心打个盹。

伎伎：缓慢的样子。雉：雉鸣声。坏木：有病的树。用：因。宁：曾，竟然、难道。鹿儿恋群怕失散，留恋同伴脚步慢。野鸡清晨不叫啼，招呼吸引心仪鸟。我

① ［宋］朱熹注：《诗经集传》，上海：上海古籍出版社，1987年，第95页。

② ［清］朱鹤龄：《诗经通义》卷七，《文渊阁四库全书》本，上海：上海古籍出版社，1987年，第85册，第185页。

却像那有病树，身染沉疴枝叶落。心里忧伤难消遣，无人知我多孤单！

相：看。投兔：入网的兔子。先：开放。行：路。墐：同"殣"，掩埋。秉心：犹言居心、用心。维：是。忍：残忍。你看兔子投罗网，还有好人帮它解。有人倒毙大道上，还有好人去掩埋。不料父亲真心狠，这样残忍来相待。内心忧伤诉不完，肝肠寸断泪双流。

酬：敬酒。舒：缓慢。究：追究。掎：牵引，此指伐木要用绳子牵引着控制倒下的方向。析薪：劈柴。扡：顺着纹理劈开。佗：加。父亲偏听信谗言，像饮敬酒迷本心。父亲对我不理睬，谗言四散不根究。伐树还要拉紧绳，劈柴尚需顺纹理。放掉造谣有罪人，却把罪名加我身。

莫高匪山，莫浚匪泉：是说山高泉深，莫能穷测，以喻人心之险犹如山川。浚：深。无易：不要轻易。由：于。属：连接。逝：往。笱：捕鱼用的竹笼。阅：被收容。遑：何暇。恤：忧虑。若是不高不是山，若是不深不是泉。父亲不要轻开言，隔墙有耳贴墙边。别到我的鱼梁去，不要打开我鱼篓。自身尚且难保全，哪顾身后事难缠。

【赏析】

全诗八章，每章八句。此诗是中国历史上第一首融逐臣和弃子于一体而有本事支撑的诗作，反映了周幽王专宠褒姒、听信谗言而废除申后、弃逐太子宜臼的史实。据《史记·周本纪》："幽王得褒姒，爱之，欲废申后，并去太子宜臼，以褒姒为后，以伯服为太子。"[1]"幽王以虢石父为卿，用事，国人皆怨。石父为人佞巧善谀好利，王用之。又废申后，去太子也。"[2] 宜臼在被逐后自抒哀怨的同时又忧国之将亡。从宜臼的身份看，其在家为子，在国为臣，故既是弃子，又是逐臣；从事件性质看，宜臼与其母申后的被逐与被废，既缘于宗亲伦理层面的"以妾为妻，以孽代宗"，又缘于国家政治层面的利益争夺和谗人乱政。据此而言，宜臼之被弃被逐，便具有了子臣一体、家国并包的双重特点。

首章以呼天自诉总起，先言"我独于罹"的忧伤和悲痛。第二章即景兴情，抒发诗人内心的伤感。第三章写他孝敬父母却被父母放逐的悲哀。第四、第五两章借景抒发自己孤独失望的痛苦心情。第六章埋怨父亲心狠，不念父子之情。第七章指责父亲相信谗言、颠倒是非，痛斥谗言横行、贤能被黜。第八章写自己被逐后谨慎而警戒的心情。

诗善以借景写情。首章以"弁彼鸒斯，归飞提提"，以寒鸦拍打着翅膀，安闲地成群结队飞回的景象反衬自己"民莫不穀，我独于罹"，人人都幸福快乐，只有我遭遇不幸的忧伤悲惨。第二章借原本平坦的大道上长满了杂乱的茂草，比况诗人

① ［汉］司马迁：《史记·周本纪》，北京：中华书局，1982 年，第 147 页。
② ［汉］司马迁：《史记·周本纪》，北京：中华书局，1982 年，第 149 页。

平静的生活陷入混乱，抒发内心的愤怼悲伤。第四章以"菀彼柳斯，鸣蜩嘒嘒。有漼者渊，萑苇淠淠"的欣欣向荣的景象，反衬自己"譬彼舟流，不知所届"的孤苦无依、心灰意懒。第五章以"鹿斯之奔，维足伎伎。雉之朝雊，尚求其雌"的欢畅生机，反衬自己"譬彼坏木，疾用无枝"的孤苦无依。

　　诗写出了弃子不可化解的忧虑与悲哀。五次使用"心之忧矣"的句式，重叠复沓；通过"云如之何""宁莫之知""天之生我，我辰安在"之类的疑问句式，强化了弃子所受冤屈之大以及无所归属之感；以"譬彼坏木，疾用无枝"等一连串比喻，展示"放逐之人，内不得于其亲，外见离于其党，故寄思坏木，自悼无依"的现实状况①；又借"维桑与梓，必恭敬止。靡瞻匪父，靡依匪母"的表述，表露出弃子"沉痛迫切，如泣如诉，亦怨亦慕"的内在心理②。明人万时华评《小弁》首章诸句谓："古今说忧，尽此数语。诗人都自身亲经历中来，自觉有此种种魔趣，言之亲切，言之觌缕。……如'捣'，深悲至痛，如有物之捣其心也；事关心者，梦中亦长吁，故曰'假寐永叹'；忧愁多者，年少而发白，故曰'维忧用老'。"③

拓展阅读

小雅·正月

　　正月繁霜，我心忧伤。民之讹言，亦孔之将。念我独兮，忧心京京。哀我小心，瘼（shǔ）忧以痒。

　　父母生我，胡俾我瘉？不自我先，不自我后。好言自口，莠言自口。忧心愈愈，是以有侮。

　　忧心惸（qióng）惸，念我无禄。民之无辜，并其臣仆。哀我人斯，于何从禄？瞻乌爰止，于谁之屋？

　　瞻彼中林，侯薪侯蒸。民今方殆，视天梦梦。既克有定，靡人弗胜。有皇上帝，伊谁云憎？

　　谓山盖（hé）卑？为冈为陵。民之讹言，宁莫之惩？召彼故老，讯之占梦，具曰予圣，谁知乌之雌雄？

　　谓天盖高？不敢不局；谓地盖厚？不敢不蹐（jí）。维号斯言，有伦有脊。哀今之人，胡为虺（huǐ）蜴？

　　瞻彼阪田，有菀其特。天之扤（wù）我，如不我克。彼求我则，如不我

① 黄焯：《毛诗郑笺平议》六，上海：上海古籍出版社，1985年，第226页。
② ［清］方玉润：《诗经原始》卷十一，北京：中华书局，1986年，第407页。
③ ［明］万时华：《诗经偶笺》卷八，崇祯李泰刻本。

得。执我仇仇，亦不我力。

心之忧矣，如或结之。今兹之正，胡然厉矣。燎之方扬，宁或灭之？赫赫宗周，褒姒（sì）咸（miè）之。

终其永怀，又窘阴雨。其车既载，乃弃尔辅。载（zài）输尔载："将伯助予。"

无弃尔辅，员（yún）于尔辐。屡顾尔仆，不输尔载。终逾绝险，曾是不意。

鱼在于沼，亦匪克乐。潜虽伏矣，亦孔之炤（zhāo），忧心惨惨，念国之为虐！

彼有旨酒，又有嘉肴。洽比其邻，昏姻孔云。念我独兮，忧心殷殷。

佌（cǐ）佌彼有屋，蔌（sù）蔌方有谷。民今之无禄，天夭是椓（zhuó）。哿（gě）矣富人，哀此惸独！

【解题】

《小雅·正月》是一首周大夫创作的讥刺周幽王进谗信谗，表达忧世和愤懑之情的诗作。朱熹《诗经集传》："此诗亦大夫所作。言霜降失节，不以其时，既使我心忧伤矣。而造为奸伪之言，以惑群听者，又方甚大。然众人莫以为忧，故我独忧之，以至于病也。"① 方玉润《诗经原始》以此诗为幽王时诗："此必天下大乱，镐京亦亡在旦夕，其君若臣尚纵饮宣淫，不知忧惧，所谓燕雀处堂自以为乐，一朝突决栋焚，而怡然不知祸之将及也。故诗人愤极而为是诗，亦欲救之无可救药时矣。"②

【释义】

正月：指周历六月，夏历四月。繁：多。讹言：谣言。孔：很。将：大。京京：忧愁深长的样子。瘝：忧闷。痒：病。

俾：使。瘉：病，指灾祸、患难。莠言：坏话。愈愈：忧惧的样子。有侮：受人欺侮。

惸惸：忧愁而无人了解的样子。无禄：不幸。辜：罪。臣仆：俘虏、奴隶。我人：指统治阶层中的一部分人。禄：指爵位、官职、土地等而言。止：停落。

侯：维，语气助词。薪：粗柴枝。蒸：细柴枝。梦梦：昏暗不明的样子。定：决定。有皇：即"皇皇"，光明的样子。

盖：通"盍"，何。惩：制止。讯：问。占梦：官名，掌占梦的吉凶及灾异之事。

---

① ［宋］朱熹注：《诗经集传》，上海：上海古籍出版社，1987年，第88页。

② ［清］方玉润撰，李先耕点校：《诗经原始》，北京：中华书局，1986年，第393页。

局：弯曲。蹐：轻步走路。伦：道。脊：理。虺蜴：毒蛇与蜥蜴。

阪田：山坡上的田，贫瘠之田。有菀：即"菀菀"，茂盛的样子。特：特出，指禾苗壮盛。抎：摧残折磨。执：执持，指得到。仇仇：缓慢不用力的样子。

厉：暴虐。燎：野火。扬：盛。宁：乃。或：有人。宗周：指周的王都镐京。褒姒：周幽王的宠妃。威：灭亡。

终：既。永怀：深忧。辅：车两侧的挡板，此以车喻国，以载物喻治国，以辅喻贤臣。载输尔载：前一个"载"是语气助词，后一个"载"指所载的货物；输，掉下来。将：请。

员：加固。辐：通"𫐐"，也叫伏兔，车厢下面钩住车轴的木头。仆：车夫。曾：竟。不意：不在意。

炤：通"昭"，明显，显著。惨惨：忧愁不安的样子。

比：亲近。邻：意见相投而亲近的人。云：旋，指周旋回护。殷殷：心痛的样子。

佌佌：细小的样子。蔌蔌：鄙陋的样子。天夭：自然灾害。椓：打击。哿：欢乐。惸：同"茕"，没有兄弟。

【赏析】

全诗十三章，前八章每章八句，后五章每章六句。通篇以诗人忧伤、孤独、愤懑的情绪为主线，并不断地强化忧伤的情绪，格调哀婉沉郁，情感跌宕起伏，结构首尾贯串，一气呵成。诗中表现了末世昏君、得志小人和统治阶层中的部分忧国忧民者三种人的心态。

"瞻彼阪田，有菀其特。"有菀即菀菀，茂盛的样子；特，特出，指禾苗壮盛。此以秀苗特出喻贤臣，与屈原《离骚》中以美人香草喻贤者，以恶鸟臭木喻小人，设喻之意相近。

第九、第十两章以事为比，以驾车喻治国，与屈原《离骚》中以骑马喻治国"乘骐骥以驰骋兮，来吾导夫先路"有异曲同工之妙。

第九章明写天阴雨泥泞，车就容易倾覆，这时候再将车辅弃置一旁，车必然会翻，等翻车了再请人来帮忙就晚了，实以车载比国事，以车辅比贤臣，以"弃辅"比将贤臣弃置不用，以"输载"比国家倾覆。第十章写如果能不将车挡板弃置一旁，加固车辅，顾念车夫，车就不会倾覆，就能越过艰险之境。以车比国家，以车辅比贤臣，以车夫比诸侯，如果任用贤臣，裨补国事，施恩诸侯，国家就不会倾覆。

第四节　流民悲歌

西周晚期，内有厉王之乱、诸侯互相攻伐，外有猃狁入侵，加之持续天旱，导致大量民众流离失所。流民是指因战乱或其他原因而流迁的人口，周王朝授给土地，免去流民的征役负担，使之安居下来。《诗经》中有自述流民悲苦的《小雅·鸿雁》，抒发流民思乡的《小雅·黄鸟》，写流浪者求助不得之怨的《王风·葛藟》《邶风·旄丘》等流民悲歌。

王风·葛藟

绵绵葛藟，在河之浒。终远兄弟，谓他人父。谓他人父，亦莫我顾。

绵绵葛藟，在河之涘。终远兄弟，谓他人母。谓他人母，亦莫我有。

绵绵葛藟，在河之漘（chún）。终远兄弟，谓他人昆。谓他人昆，亦莫我闻（wèn）。

【解题】

《王风·葛藟》是一首写流亡者求助不得的怨诗，表现了飘零的凄苦和世情的冷漠。朱熹《诗经集传》云："世衰民散，有去其乡里家族，而流离失所者，作此诗以自叹。"①

【释义】

绵绵：连绵不绝的样子。葛藟：藤类蔓生植物名，野葡萄。浒：水边。终：既已。远：远离。顾：理睬。野葡萄藤长又长，蔓延水边湿地上。离别亲人到他乡，喊人阿爸求帮忙。喊人阿爸无人睬，无人理睬心恓惶。

涘：水边。有：通"友"，相亲之意。

漘：深水边。昆：兄。闻：同"问"，救助慰问。

【赏析】

全诗三章，每章六句。三章叠咏，易词申意。

诗人流落他乡，六亲无靠，生活无着，不得不乞求于人，甚至觍颜"谓他人父"。处境之艰难，地位之卑下，可见一斑。但是即便如此，也未博得人家的一丝怜悯。"谓他人父，亦莫我顾"，直书其事，包含了无尽的屈辱与痛楚。"谓他人父""谓他人母""谓他人昆"三个连续同章复句，起到突出情感、强调主题的作用，写出了诗人心情的沉重，深刻地反映了流民求告无助之苦，形成了一种声调徐

---

① ［宋］朱熹注：《诗经集传》，上海：上海古籍出版社，1987 年，第 31 页。

缓的音乐效果。

小雅·鸿雁

鸿雁于飞，肃肃其羽。之子于征，劬劳于野。爰及矜人，哀此鳏（guān）寡。

鸿雁于飞，集于中泽。之子于垣，百堵皆作。虽则劬劳，其究安宅？

鸿雁于飞，哀鸣嗷（áo）嗷。维此哲人，谓我劬劳。维彼愚人，谓我宣骄。

【解题】

《小雅·鸿雁》是一首流民自述悲苦的诗作。朱熹《诗经集传》云："流民以鸿雁哀鸣自比而作此歌也。"① 有的人认为此诗是赞美周宣王的。《毛诗序》云："美宣王也。万民离散，不安其居，而能劳来还定安集之，至于矜寡，无不得其所焉。"② 也有的人认为此诗是写周王派遣使者到各处救济流民的。如方玉润《诗经原始》云："使者承命安集流民"③，"费尽辛苦，民不能知，颇有烦言，感而作此"④。诗当作于周厉王或周宣王时期。

【释义】

鸿雁：即大雁。于：语气助词。肃肃：鸟飞时扇动翅膀的声音。之子：那人，指服劳役的人。一说指周王派出救济难民的使者。征：远行。爰：乃。矜人：穷苦的人。鳏：老而无妻者。寡：老而无夫者。大雁远飞翔，翅膀沙沙响。使臣走远路，辛劳奔波忙。救济贫苦人，鳏寡可怜相。

集：停。中泽：即泽中。于垣：筑墙。堵：墙。作：筑起。究：穷，指穷困的人。宅：居住。虽然很辛苦，流民有住房。

嗷嗷：鸿雁的哀鸣声。哲人：智者，明白人。宣骄：骄奢。只有明白人，说我辛苦忙。那些愚昧者，说我闲得慌。

【赏析】

全诗三章，每章六句。首章写出行野外，次章写工地筑墙，末章表述哀怨，内容逐层展开。每章开头都以"鸿雁于飞"起兴，渲染了一种悲鸣低徊的氛围。诗人触景生情，由大雁的哀鸣兴起了对流民凄苦的共鸣。第一章以鸿雁振羽高飞兴流民远行的劬劳。第二章以鸿雁集于泽中，兴起流民聚集一处筑墙。第三章以鸿雁哀

① ［宋］朱熹注：《诗经集传》，上海：上海古籍出版社，1987 年，第 81 页。

② ［汉］毛亨传，［汉］郑玄笺，［唐］孔颖达疏：《毛诗正义》卷第十一（十一之一），李学勤主编：《十三经注疏》，北京：北京大学出版社，1999 年，第 772 页。

③ ［清］方玉润撰，李先耕点校：《诗经原始》，北京：中华书局，1986 年，第 371 页。

④ ［清］方玉润撰，李先耕点校：《诗经原始》，北京：中华书局，1986 年，第 372 页。

鸣兴起流民的哀怨。后世"哀鸿"成了苦难流民的代名词。

朱熹《诗经集传》："（第一章）兴也……旧说周室中衰，万民离散，而宣王能劳来、还定、安集之，故流民喜之而作此诗，追叙其始而言曰：鸿雁于飞，则肃肃其羽矣。之子于征，则劬劳于野矣。""（第二章）兴也……流民自言，鸿雁集于中泽，以兴己之得其所止而筑室以居。今虽劳苦，而终获安定也。""（第三章）比也……流民以鸿雁哀鸣自比而作此歌也。知者闻我歌，知其出于劬劳，不知者谓我闲暇而宣骄也。《韩诗》云：'劳者歌其事。'《魏风》亦云：'我歌且谣，不知我者，谓我士也骄。'大抵歌多出于劳苦，而不知者常以为骄也。"[1]

拓展阅读

邶风·旄丘

旄（máo）丘之葛兮，何诞（yán）之节兮。叔兮伯兮，何多日也？
何其处也？必有与也。何其久也？必有以也。
狐裘蒙戎，匪车不东。叔兮伯兮，靡所与同。
琐兮尾兮，流离之子。叔兮伯兮，褎（yòu）如充耳！

【解题】

《邶风·旄丘》是一首写流民求援无望，对卫国责备的诗作。《毛诗序》及郑《笺》等以为是黎臣责卫之作。方玉润《诗经原始》认为此篇与《邶风·式微》均是黎臣劝君归国之作。

【释义】

旄丘：前高后低的土山。诞：通"延"，延长。节：指葛藤的枝节。叔伯：本为兄弟间的排行，此处称卫国诸臣为叔伯。多日：指时间长。

何其：为什么那样。处：安居。与：相与，即交好的人，盟国。以：原因。

蒙戎：毛蓬松的样子，此处点明季节，已到冬季。匪：彼。东：动词，向东。所与：与自己在一起同处的人。同：同心。

琐：细小。尾：通"微"，低微，卑下。褎如：态度傲慢妄自尊大的样子。充耳：古代挂在冠冕两旁的玉饰，用丝带下垂到耳门旁。

小雅·黄鸟

黄鸟黄鸟，无集于榖，无啄我粟。此邦之人，不我肯榖。言旋言归，复我邦族。

① ［宋］朱熹注：《诗经集传》，上海：上海古籍出版社，1987 年，第 81 页。

黄鸟黄鸟，无集于桑，无啄我粱。此邦之人，不可与明（méng）。言旋言归，复我诸兄。

黄鸟黄鸟，无集于栩，无啄我黍。此邦之人，不可与处。言旋言归，复我诸父。

《诗经》解读

【解题】

《小雅·黄鸟》是一首写流民思归的诗作。朱熹认为此诗诗人以黄鸟比欺负、压迫自己的异乡人，批评当地人不能善待于己，萌生还乡之意。抒发了流民的悲苦和对故国亲人的怀念。《诗经集传》："比也。……民适异国，不得其所，故作此诗，托为呼其黄鸟而告之曰：尔无集于穀，而啄我之粟，苟此邦之人，不以善道相与，则我亦不久于此而将归矣。"①

【释义】

黄鸟：黄雀。穀：楮树，一说构树。粟：谷子，去糠叫小米。言：语气助词，无实义。旋：通"还"，回归。复：返回，回去。邦族：邦国家族。

梁：精米。明："盟"的假借字，结盟。诸兄：邦族中诸位同辈。

栩：柞树。黍：古代专指一种籽实叫黍子的一年生草本植物，去皮后称黄米。

与处：共处，相处。诸父：族中长辈，即伯、叔之总称。

① ［宋］朱熹注：《诗经集传》，上海：上海古籍出版社，1987年，第84页。

第十八章　战争征役诗

第一节　征战回忆录

战争是周朝重要的社会主题。周王朝与毗邻四方的西戎、北狄、南蛮、东夷经常发生摩擦，周公平叛，周穆王伐犬戎，周宣王中兴，南讨荆楚、徐淮，北伐猃狁。西周晚期，王室衰微，戎狄交侵，征战不休。平王东迁之后，诸侯兼并，战争频仍，征役繁重，民不聊生。可以说，严峻的边患和无休止的彼此征伐是周朝重要的社会主题，形成先秦时期"国之大事，在祀与戎"的鲜明社会特征。战争征役诗主要保存在《风》和《小雅》中，是《诗经》的重要题材，表现的是两三千年前的战火烽烟，真实地反映了苛酷的兵役、徭役给广大民众带来了深重的苦难。战争带给人民的是个体生命价值的剥夺：家庭的破碎、亲人的离散、征战的艰辛、思乡思亲之悲、年华空耗和死亡的威胁。战争征役诗中有厌战思乡，有对外敌的痛恨和奋勇御敌、同仇敌忾的战斗豪情、保卫家国的责任感，也有统治阶层夸耀武功、颂美战绩。

小雅·采薇

采薇采薇，薇亦作止。曰归曰归，岁亦莫（mù）止。靡室靡家，猃狁（xiǎn yǔn）之故。不遑启居，猃狁之故。

采薇采薇，薇亦柔止。曰归曰归，心亦忧止。忧心烈烈，载饥载渴。我戍未定，靡使归聘。

采薇采薇，薇亦刚止。曰归曰归，岁亦阳止。王事靡盬，不遑启处。忧心孔疚，我行不来！

彼尔维何？维常之华。彼路斯何？君子之车。戎车既驾，四牡业业。岂敢定居？一月三捷。

驾彼四牡，四牡骙（kuí）骙。君子所依，小人所腓（féi）。四牡翼翼，象弭（mǐ）鱼服。岂不日戒？猃狁孔棘！

昔我往矣，杨柳依依。今我来思，雨雪霏霏。行道迟迟，载渴载饥。我心伤悲，莫知我哀！

【解题】

《小雅·采薇》是一首写久戍归家的士卒返乡途中回忆征戍生活、感昔伤今的诗作。

【释义】

薇：野豌豆苗，嫩苗可吃。作：生，指薇菜冒出地面。莫：古"暮"字，这里指十月，岁暮为秋。① 猃狁：中国古代北方少数民族，春秋时称"狄"，秦汉时称"匈奴"或"胡"，隋唐时称"突厥"，也统称"北狄"。遑：闲暇。启居：指休息。启，跪。居，坐。古人席地而坐，跪则两膝着席，腰部伸直；坐则臀部和脚跟接触。采呀采呀采薇菜，薇菜新芽已长大。说回家呀道回家，眼看一年又完啦。不能过正常日子，可恨猃狁的侵扰。没有闲暇来休息，为了驱逐那猃狁。

烈烈：形容忧心如焚的样子。戍：防守，这里指防守的地点。聘：探问。刚：坚硬，指长老了。阳：指夏历四月以后。靡盬：没有休止。孔疚：很痛苦。来：回家。第二、第三章重章叠唱。从薇菜长大正鲜嫩到薇菜已经长老了，时光飞逝心悲伤，迫切地想要回家。忧心如焚饥又渴，王事无休天天忙。戍地不定难捎信，不能回家心悲伤。

尔：通"苶"，花盛开的样子。常：通"棠"，棠棣，即棠梨树。路：同"辂"，高大的车，也叫戎车。君子：指将帅。戎车：兵车。牡：雄马。业业：高大雄壮的样子。捷：通"接"，交战。花开灿烂是何花？棠棣花开朵朵依。高大战车是谁的？将军乘车来指挥。驾着兵车去战斗，四匹马儿真雄壮。怎敢奢望能安居？一月要打很多仗。

骙骙：马强壮的样子。小人：指士兵。腓：隐蔽。翼翼：行列整齐的样子。象弭：用象牙装饰弓端的弓。鱼服：用鲨鱼皮制作的箭袋。棘：同"亟"，紧急。四匹雄马驾战车，雄骏马儿多强壮。将军威武倚车立，战士靠车来隐蔽。四马齐驱真整齐，象牙饰弓鲨鱼袋。怎能不天天警戒？对敌猃狁军情急。

依依：形容柳丝轻柔，随风摇曳的样子。霏霏：雪花纷落的样子。迟迟：迟缓的样子。回想昔日出征时，柳丝轻柔随风摆。而今终于踏归途，雪花纷扬漫天飞。冰雪塞途难行走，又渴又饥心凄凉。忧伤满怀悲难抑，无人能懂我哀痛！

【赏析】

《小雅·采薇》是一首战争征役诗，全诗六章，每章八句。可分三层。以戍卒回想的角度展开全诗。雪花纷飞的大路上，一位解甲退役的征夫踽踽独行，道路漫长，又饥又渴，抚今追昔，百感交集。

张崇琛考证了薇菜的生长规律和周朝的戍守制度，提出《采薇》所写是征人

---

① 印志远：《〈豳风·七月〉岁时观念钩沉——兼论文学史上的"岁暮"为秋》，《文学评论》2019 年第 2 期，第 141 页。

戍守第二年的初春至隆冬间的事情。薇菜发芽（"作止"）在春分之前（3月15日前后），清明（4月5日）前后正柔嫩（"柔止"），立夏（5月5—7日）前后变老（"刚止"）。由春分到清明，再到立夏，时序井然。古代的戍守周期一般是两年。即头一年的暮春出发，至来年的冬至月（11月）以后回归。朱熹《诗经集传》引程颐云："古者戍役，两期而还。今年春莫行，明年夏，代者至，复留备秋，至过十一月而归。又明年中春至，春莫遣次戍者。每秋与冬初，两番戍者皆在疆圉，如今之防秋也。"①

前三章为第一层，展现了征人缠绵的乡思，又包含对入侵者的愤恨、对统治者征役无休止的怨愤两个分主题。前三章反复咏唱思归之音，展现了征夫久役不归而产生的缠绵、忧伤的乡思。三章叠咏，围绕同一主旨反复咏唱，一唱三叹，既产生回环往复的音响效果，也增强了抒情效果和艺术感染力。朱熹认为前三章都是征人自述："以其出戍之时，采薇以食，而念归期之远也。故为其自言，而以采薇起兴。"②复沓的三章通过变换少数几个词，写出时间的变换、语意的递进、情感的强化。三章兴句中薇菜从破土发芽（"作"），到薇菜柔嫩（"柔"），再到茎叶老硬（"刚"），与对句中的"岁亦莫止""岁亦阳止"一起写出了时间的推移。征人的思乡思亲之情也随着时间的推移而渐次递进："心亦忧止""忧心烈烈""忧心孔疚"。第一章中对造成征人无法回家的入侵者的愤恨是征人思乡之情的侧面展示；第二章中又饥又渴的艰苦征戍生活进一步增强了思乡之情，戍地不定，没有办法探望家人的境况，更进一步加强了征人思乡思亲之情；第三章无休止的王事，突显了征夫思归的强烈愿望与"王事靡盬"的无奈现实的矛盾，从而发出"忧心孔疚，我行不来"的悲愤呼吁！

第四、第五章为第二层，写军队的威武和战况的紧张。运用铺陈手法，反复铺陈驾车的四匹雄马——"四牡业业""四牡骙骙""四牡翼翼"，结合将士佩戴的象牙装饰的弓和用鲨鱼皮制作的箭袋的细节描写，以小见大，写出了周军的军容威武严整、气势雄壮，将帅指挥若定，士卒从容不迫，以及武器装备的精良，展现了抵御外敌的豪情和必胜信心。两章结尾的"岂敢定居？一月三捷"，"岂不日戒？猃狁孔棘"，以自问自答式的设问修辞法，使行文波澜起伏，突出强调战事的紧张激烈。写出了戍卒追忆激昂、紧张的战斗生活，表现出抵御外敌的家国责任感。

第六章为第三层，写征人归来，表达时光空逝之悲和归途的艰辛。前四句以昔日出征时春天的经典物象"杨柳依依"和今日归来时冬天的经典物象"雨雪霏霏"这些具体可感的物象变换，形象地写出了春去冬来、年复一年的时光流逝、岁月空耗之感。刘熙载说："雅人深致，正在借景言情。若舍景不言，不过曰春往冬来

① ［宋］朱熹注：《诗经集传》，上海：上海古籍出版社，1987年，第105页。
② ［宋］朱熹注：《诗经集传》，上海：上海古籍出版社，1987年，第105页。

耳，有何意味？"① 清代方玉润说："回忆往时之风光，杨柳方盛；此日之景象，雨雪霏微。一转瞬而时序顿殊，故不觉触景怆怀耳。"② 四句中表时序的"昔—今"与空间的"往—来"对举，涵盖了戍卒由出发到归来的生命之圆，具有强大的时空张力，包蕴了征人在从出征到归来的时空变迁中极为复杂的人生体验：追忆昔日离家时的依依不舍。前半部分通过诗人追忆过往的征战生活——久役不归的煎熬，生命虚耗的悲凉，刀头舐血、风餐露宿的艰辛，表达对正常家庭生活的向往，对入侵者的愤恨，以及保卫家国的豪情。后半部分叙述如今终于踏上归途：满身征尘的疲惫，乡关遥远、归途漫漫、冰雪塞途、饥寒交迫的悲凉。遥想未知的归家情景的茫然：父母可安在？妻儿可在苦苦等待？家园可曾荒芜？昔日的乡人可还认得自己？回到家会是什么情景？是"爷娘闻女来，出郭相扶将。阿姊闻妹来，当户理红妆。小弟闻姊来，磨刀霍霍向猪羊"的全家欢迎？或是"遥望是君家，松柏冢累累。兔从狗窦入，雉从梁上飞"的家园荒芜？还是"儿童相见不相识，笑问客从何处来"的陌生？……章末两句"我心伤悲，莫知我哀"是源自内心的叹息，是百感交集汇成的悲凉心曲。

此诗叠字运用极为出彩。第二章写征役的漫长使戍卒"忧心烈烈"，叠字"烈烈"形象地写出了征人因思乡而产生的焦灼心情。第四、第五章反复铺陈驾车的四匹雄马——"四牡业业""四牡骙骙""四牡翼翼"，从不同角度形象地写出了雄马的高大雄壮、强壮威武、行动整齐，写出了周军的军容威武严整、气势雄壮，展现了军威之盛，暗含了必胜的信心。第六章"杨柳依依"，叠字"依依"形容柳丝轻柔，随风摇曳的样子，形象地写出了柳枝的婀娜姿态，也渲染了依依不舍的氛围。"雨雪霏霏"，"霏霏"形象地写出了雪花纷纷扬扬飘落的样子，把大雪的飞舞飘扬描绘得十分形象生动，也渲染了愁绪弥漫的氛围。迟迟：迟缓的样子，形象地写出了脚步的迟滞，也写出了征人心情的沉重。以上叠字的运用一是起到了摹声绘貌的作用，增强了诗歌的形象性；二是使诗歌声调悠长，节奏舒卷徐缓，音响和谐而响亮，朗朗上口，加强了音乐性；三是增强了诗歌的抒情意味。

叠词的运用也颇增色。如"采薇采薇"，解读为采薇菜呀采薇菜，形象地写出了采摘动作的重复；"曰归曰归"解读为说回家呀道回家，形象地写出了回家之心的迫切。叠词修辞手法的运用增强了诗歌的抒情意味，同时使诗歌声调悠长，节奏舒卷徐缓，加强了音乐效果。

句末语气词"止""矣""思"的驱遣妙用增强了诗歌的音乐美和表达效果。一是延长声调，舒缓语气，增加音乐感；二是增强抒情意味；三是填补音节，形成四字的对称音组，组成二分节奏的四言句式的作用。"薇亦作止""岁亦莫止""薇

① ［清］刘熙载：《艺概·诗概》，清末民初文献丛刊，北京：朝华出版社，2018 年影印本，第 143 页。
② ［清］方玉润：《诗经原始》，北京：中华书局，1986 年，第 10 页。

亦柔止""心亦忧止""薇亦刚止""岁亦阳止"中的"止"字和"昔我往矣"中的"矣"字是仄声调，表现出沉重的心情。"今我来思"中的语气词"思"是舒缓的阳平调，拖长了语调，宛若长长的叹息，"现在我归来啊"，表现出征人怅惘哀伤的心情。

《采薇》前三章为第一层，写征人思乡，起兴模式属于套语式起兴。诗的第一章以"采薇采薇，薇亦作止"起兴，兴起"曰归曰归，岁亦莫止"，由采摘薇菜兴起思乡之情。《诗经》中往往以采摘情景起兴，兴起对思念之情的抒写。如《魏风·汾沮洳》："彼汾一方，言采其桑。彼其之子，美如英。"由采桑兴起对美如花的男子的思念。《鄘风·桑中》："爰采唐矣？沬之乡矣。云谁之思？美孟姜矣。"

第四章采用了句法相因式起兴模式。"彼尔维何？维常之华"为兴句，兴起"彼路斯何？君子之车"。郑《笺》云："此言彼尔者乃常棣之华，以兴将率车马服饰之盛也。"[①] 孔《疏》云："常棣之华色美，以喻君子车饰盛也。"[②] 朱熹《诗经集传》注云："兴也……彼尔然而盛者，常棣之华也。彼路车者，君子之车也。"[③]

作为战争征役诗之祖，此诗具有多重母题价值。

一是征人思乡、思亲的主题在后世多有重奏。如唐代杜甫《登岳阳楼》："戎马关山北，凭轩涕泗流。"唐代李益《夜上受降城闻笛》："不知何处吹芦管，一夜征人尽望乡。"唐代高适《燕歌行》："铁衣远戍辛勤久，玉箸应啼别离后。少妇城南欲断肠，征人蓟北空回首。"宋代范仲淹《渔家傲·秋思》："浊酒一杯家万里，燕然未勒归无计。羌管悠悠霜满地。人不寐，将军白发征夫泪。"

二是对统治者征役无休止、穷兵黩武的怨愤。"王事靡盬，不遑启处"表达对统治者征役无休止、穷兵黩武、不恤百姓的怨愤。后世同主题诗歌如唐代杜甫《从军行》："边庭流血成海水，武皇开边意未已。"

三是征战的艰辛。"不遑启居""载饥载渴""不遑启处""岂敢定居？一月三捷。""岂不日戒？玁狁孔棘"写出了征战的艰辛。后世同主题诗歌如唐代李白《塞下曲》："晓战随金鼓，宵眠抱玉鞍。"唐代高适《燕歌行》："杀气三时作阵云，寒声一夜传刁斗。"

四是久戍难归，岁月空耗之悲。这也是后世战争征役诗常见的主题。如汉乐府民歌《十五从军征》："十五从军征，八十始得归。"唐代杜甫《从军行》："或从十五北防河，便至四十西营田。去时里正与裹头，归来头白还戍边。"唐代郭震《塞上》："久戍人将老，长征马不肥。"唐代李白《战城南》："万里长征战，三军

① ［汉］毛亨传，［汉］郑玄笺，［唐］孔颖达疏：《毛诗正义》卷第九（九之三），李学勤主编：《十三经注疏》，北京：北京大学出版社，1999 年，第 692 页。

② ［汉］毛亨传，［汉］郑玄笺，［唐］孔颖达疏：《毛诗正义》卷第九（九之三），李学勤主编：《十三经注疏》，北京：北京大学出版社，1999 年，第 693 页。

③ ［宋］朱熹注：《诗经集传》，上海：上海古籍出版社，1987 年，第 72 页。

尽衰老。"

此诗还具有艺术上的范式价值。南朝宋刘义庆《世说新语·文学》篇记载："近代谢公（安）因弟子聚集，问《毛诗》何句最佳。谢玄称'昔我往矣，杨柳依依；今我来思，雨雪霏霏'。……谓此句偏有雅人深致。"①"昔我往矣"这四句诗被称为《诗经》最美的诗句，形成了后世写时光流逝之悲和离情别意的抒情范式。

一是以今昔经典物象对举写时光流逝之感的抒情范式。第六章以昔日出征时春天的经典物象"杨柳依依"和今日归乡时隆冬的经典物象"雨雪霏霏"这两个具体可感的物象对举，形象地写出了春去冬来的时光流逝之悲，成为后世感叹时光流逝的写作范式。《诗经》中具有同样写法的诗篇如《小雅·出车》："昔我往矣，黍稷方华。今我来思，雨雪载涂。"《小雅·小明》："昔我往矣，日月方除。曷云其还，岁聿云莫。"后世如曹植《情诗》"始出严霜结，今来白露晞"，以"始出"时的冬日物象"严霜"和"今来"时的秋日物象"白露"对举，形象可感地写出了冬去秋来的时光流逝之感。再如西晋王赞《杂诗》"昔往鸧鹒鸣，今来蟋蟀吟"，以"昔往"时的春日物象黄莺和"今来"时的秋日物象蟋蟀对举，形象地写出了春去秋来的时光流逝之感。

二是借杨柳写别情的抒情范式。"离情这一心灵境界是'依依'的，杨柳这一具体事物的形象也是'依依'的。诗人通过对'杨柳依依'这一具体形象的描绘，使人领会到'杨柳依依'这一具体形象之外离人依依不舍的心灵境界。"②当是从此诗开始，杨柳这一物象便有了依依不舍的意蕴，成为表达惜别之情的经典意象。后世如南朝沈约《春思》："杨柳乱如丝，倚罗不自持……襟前万行泪，故是一相思。"唐代李白《劳劳亭》："春风知别苦，不遣柳条青。"唐代王之涣《送别》："杨柳东风树，青青夹御河。近来攀折苦，应为别离多。"唐代孟郊《古离别》："杨柳织别愁，千条万条丝。"唐代许浑《送别》："溪边杨柳色参差，攀折年年赠别离。"

拓展阅读

小雅·出车

我出我车，于彼牧矣。自天子所，谓我来矣。召彼仆夫，谓之载矣。王事

① ［南朝宋］刘义庆著，［南朝梁］刘孝标注，［清］余嘉锡笺疏：《世说新语笺疏》，北京：中华书局，2011年，第205页。

② 赵立生：《〈诗经·小雅·采薇〉末章四句"以乐景写哀"说质疑》，《清华大学学报（哲学社会科学版）》1989年第3、4期。

多难，维其棘矣。

我出我车，于彼郊矣。设此旐（zhào）矣，建彼旄矣。彼旟（yú）旐斯，胡不旆（pèi）旆？忧心悄悄，仆夫况瘁（cuì）。

王命南仲，往城于方。出车彭彭，旂旐央央。天子命我，城彼朔方。赫赫南仲，狁于襄。

昔我往矣，黍稷方华（huā）。今我来思，雨（yù）雪载涂。王事多难，不遑启居。岂不怀归？畏此简书。

喓（yāo）喓草虫，趯（tì）趯阜螽（zhōng）。未见君子，忧心忡忡。既见君子，我心则降。赫赫南仲，薄伐西戎。

春日迟迟，卉木萋萋。仓庚喈喈，采蘩（fán）祁祁。执讯获丑，薄言还（xuán）归。赫赫南仲，狁于夷。

【解题】

《小雅·出车》是一首武士自述跟随统帅南仲出征及凯旋的诗。通过对周宣王初年讨伐狁胜利的歌咏，满腔热情地颂扬了统帅南仲的赫赫战功，表现了中兴君臣对建功立业的信心。

【释义】

牧：城郊以外的地方。谓：召唤。仆夫：御夫。我乘我的战车，待命在那郊野。出自天子所居，派遣我到这里。召集驾车武士，为我驾车前驱。国家多难时刻，战事十万火急。

旐：画有龟蛇图案的旗。建：竖立。旄：旗杆上装饰牦牛尾的旗子。旟旐：画有鹰隼图案的旗帜。旆旆：旗帜飘扬的样子。悄悄：心情沉重的样子。况瘁：辛苦憔悴。我乘我的战车，待命在那郊野。插下龟蛇大旗，牦牛尾旗竖起。还有壮观鹰旗，无不猎猎招展。心忧能否歼敌，仆夫憔悴身累。

南仲：周宣王朝大臣。方：指朔方、北方。彭彭：形容车马众多。旂：绘交龙图案的旗帜，带铃。央央：鲜明的样子。赫赫：威仪显赫的样子。襄：即"攘"，平息，扫除。周王传令南仲，前往北方筑城。兵车行驶隆隆，旗帜招展鲜明。周王传令给我，前往北方筑城。威仪赫赫南仲，将狁扫出境。

方：正值。华：开花。雨雪：下雪。载涂：满路。涂：同"途"。遑：空闲。启居：安坐休息。简书：周王传令出征的文书。往昔北征离乡，黍稷正在开花。今日征战归来，大雪落满路途。国家多灾多难，无暇得以闲居。难道不想回家？只因军令难违。

喓喓：昆虫的叫声。趯趯：蹦蹦跳跳的样子。阜螽：蚱蜢。君子：指南仲等出征之人。降：安宁。薄：借为"搏"，打击。西戎：古代西北少数民族。草虫喓喓鸣叫，蚱蜢蹦蹦跳跳。没见想念的人，内心忧思萦绕。见到想念的人，终于平静安心。威风凛凛南仲，将那西戎打跑。

薆薆：草木茂盛的样子。喈喈：鸟叫声。蘩：白蒿。祁祁：众多的样子。执讯：捉住审讯。获丑：俘虏。薄：急。还：通"旋"，凯旋。狁：北方的少数民族。夷：扫平。春天白日长长，花木丰茂葱郁。黄莺喈喈歌唱，采蘩姑娘繁忙。捕获审讯俘虏，胜利归还家乡。威名赫赫南仲，狁全被扫平。

【赏析】

全诗六章，每章八句，描绘了受命点兵、建旗树帜、出征北伐、转战西戎、途中怀乡、得胜而归六个画面，再现了一幅古时征战图。

《小雅·出车》写攻打西戎、狁的战争过程及由此而生的征战之苦和凯旋之乐。全诗善于变换叙事角度，"首两章设为南仲口吻，中两章作者自己口吻，末两章设为南仲室家口吻"①，末章以南仲获胜班师的盛况与喜悦，使前几章铺叙的征战之苦，在苦尽甘来之感中得到些许慰藉，且借景抒情，极其贴切。

方玉润《诗经原始》："此诗以伐狁为主脑，西戎为余波，凯还为正意，出征为追述，征夫往来所见为实景，室家思念为虚怀。头绪既多，结体易于散漫。"②"唯全诗一伐狁，一归献俘。皆以南仲为束笔。不唯见功归将之美，而且有制局整严之妙。作者匠心独运处，故能使繁者理而散者齐也。"③

第二节　征人思乡思亲

春秋时期，兵役繁重，征人不仅身体深受折磨，更难以忍受的是思念亲人的痛苦。从征夫的角度，战争诗更确切的表述当为征役诗，《国风》中保存的民间视角的征役诗如《豳风·东山》《魏风·陟岵》《桧风·匪风》《王风·扬之水》等往往反映厌战情绪、征人思乡思亲等主题。

豳风·东山

我徂东山，慆（tāo）慆不归。我来自东，零雨其濛。我东曰归，我心西悲。制彼裳衣，勿士行枚。蜎（yuān）蜎者蠋（zhú），烝（zhēng）在桑野。敦（duī）彼独宿，亦在车下。

我徂东山，慆慆不归。我来自东，零雨其濛。果臝（luǒ）之实，亦施（yì）于宇。伊威在室，蟏蛸（xiāo shāo）在户。町畽（tǐng tuǎn）鹿场，熠

① 陈子展：《诗经直解》卷一六，上海：复旦大学出版社，1983年，第548页。
② ［清］方玉润撰，李先耕点校：《诗经原始》，北京：中华书局，1986年，第343页。
③ ［清］方玉润撰，李先耕点校：《诗经原始》，北京：中华书局，1986年，第344页。

（yì）耀宵行。不可畏也，伊可怀也。

　　我徂东山，慆慆不归。我来自东，零雨其濛。鹳（guàn）鸣于垤（dié），妇叹于室。洒扫穹窒，我征聿至。有敦瓜苦，烝在栗薪。自我不见，于今三年。

　　我徂东山，慆慆不归。我来自东，零雨其濛。仓庚于飞，熠耀其羽。之子于归，皇驳其马。亲结其缡（lí），九十其仪。其新孔嘉，其旧如之何？

第三部分　《诗经》诗歌分主题解读

【解题】
　　《豳风·东山》是一首写远征士兵在归家途中思念家乡和亲人的诗作。
【释义】
　　东山：出征者服役的地方。慆慆：长久的样子。零雨：细雨。其濛：濛濛。西悲：思念西方的故乡而悲伤。士：通"事"，从事。行枚：行军时在口中衔短棍以防出声，代指行军打仗。蜎蜎：虫蠕动的样子。蠋：野蚕。烝：乃。敦：身体蜷缩成团。我到东山去打仗，长久不能回家乡。今天我从东方回，细雨蒙蒙轻轻洒。我刚听说要回乡，西望家乡心悲伤。做上一套百姓装，再不想行军打仗。缓缓蠕动的野蚕，在野外的桑树上。蜷缩成团独自睡，兵车底下权当床。

　　果蠃：即瓜蒌，也写作栝楼。施：蔓延。伊威：地鳖虫，生长在阴暗潮湿的地方。蟏蛸：喜蛛。町畽：田舍旁有禽兽践踏痕迹的空地。鹿场：野兽活动的地方。熠耀：闪光的样子。宵行：萤火虫。伊：指示代词，指荒芜了的家园。第二、第三、第四章运用叠句表现手法，"我徂东山"四句反复吟唱，引出对家、对妻子的思念。瓜蒌果实一串串，藤蔓（wàn）爬到房檐上。地鳖虫在屋内跑，蜘蛛在门上结网。田地荒芜成鹿场，萤火虫闪闪发光。家园荒芜不可怕，我想念我的家乡。

　　鹳：形似鹤的水鸟。垤：小土丘。穹窒：塞住漏洞。有敦：即"敦敦"，团团的。瓜苦：即苦瓜。鹳在土丘上哀鸣，妻子在屋内叹息。洒扫庭院堵漏洞，盼我早日回到家。团团苦瓜透心苦，挂在栗树柴堆上。从我出征再未见，至今已经有三年。

　　仓庚：鸟名，即黄鹂，又名黄莺。皇驳：马毛淡黄的叫皇，淡红的叫驳。亲：指女方的母亲。缡：女子出嫁时系的佩巾。九十：形容婚礼仪式繁多。其新：指新婚时的样子。孔嘉：非常美丽。其旧：即现在的样子。黄莺儿展翅飞翔，羽毛闪闪发亮光。想她当初嫁给我，迎亲骏马色红黄。岳母给她系佩巾，婚礼仪式很繁多。新娘那时很漂亮，久别的她怎么样？
【赏析】
　　诗共四章，分为两层。为返乡的征人所作，诗歌基调沉郁顿挫，与汉乐府《十五从军征》一样揭示了战争的残酷和征人的悲惨命运。
　　第一层为前两章，写征人还乡途中的悲喜交集、喜胜于悲的心情，表达了厌战思归的情绪和对家的思念。第一章抓住着装的改变这一细节，写征夫解甲归乡的喜悦，反映了对战争的厌倦，对正常生活的渴望；写归途风餐露宿的辛苦，把自己比作桑林中蜷缩成一团的野蚕，孤独而凄冷。第二章想象家里可能已变成蛛网丛结、野兽出没的荒芜之地，但仍是他深深思念热爱的家。

第三、第四章是第二层，写征人回家途中的想象和联想，表现对妻子的深深思念。第三章征人遥想家中妻子愁苦满怀。以孤独的鹳在土丘上哀鸣，兴起孤单的妻子独自在屋内叹息。想象她可能在洒扫庭院，整理屋子，盼他归来。以栗薪上的苦瓜兴起他和妻子多年未见的相思之苦。第四章以轻快而飞的黄莺羽毛闪闪发亮的喜悦之景兴起征人回忆从前举行婚礼的热闹喜庆情景：迎亲的车马喜气洋洋，丈母娘为新娘子系上佩巾。这些快乐的情景既与前文的"妇叹于室"形成对比，同时还引起征人对重逢更强烈的渴望。联想到新婚时妻子的美丽动人，想象久别之后的妻子会是什么样子。

诗歌每章开篇反复吟唱"我徂东山，慆慆不归。我来自东，零雨其濛"，叠句的使用，既起到了反复咏叹的作用，也像一根红线，将诗中所有片段的追忆和想象串联起来，使之成为浑融完美的艺术整体，渲染了凄迷、哀伤的抒情氛围。

这首诗最大的艺术特色就是踽踽独行的征人因为思念之切而展开的丰富无比的想象和联想，展现了征人对家和妻子的无限相思之情，把眼前景、归途的艰辛和诗人的想象、回忆结合在一起，极为细腻地抒写了征人对战争的厌倦，对正常生活的向往。

征人思乡的情思在后世多有重奏，如唐代杜甫《登岳阳楼》："戎马关山北，凭轩涕泗流。"唐代李益《夜上受降城闻笛》："不知何处吹芦管，一夜征人尽望乡。"宋代范仲淹《渔家傲·秋思》："浊酒一杯家万里，燕然未勒归无计。羌管悠悠霜满地。人不寐，将军白发征夫泪。"

魏风·陟岵

陟（zhì）彼岵（hù）兮，瞻望父兮。父曰："嗟！予子行役，夙夜无已。上慎旃（zhān）哉，犹来无止！"

陟彼屺（qǐ）兮，瞻望母兮。母曰："嗟！予季行役，夙夜无寐。上慎旃哉，犹来无弃！"

陟彼冈兮，瞻望兄兮。兄曰："嗟！予弟行役，夙夜必偕。上慎旃哉，犹来无死！"

【解题】

《魏风·陟岵》是一首征人思亲之作。

【释义】

陟：登。岵：有草木的山。"父曰"以下是征人想象他父亲说的话。上：同"尚"，希望。旃：兼词，相当于"之焉"。犹来：争取回来。无：不要。止：停留。登上草木茂盛的山冈，远望家中威严的父亲。似乎听见父亲说："唉！我的孩子去服役，披星戴月走不停。望你谨慎又小心，服完劳役早回乡！"

屺：无草木的山。季：小儿子。无寐：没时间睡觉。登上光秃秃的山冈，远望家中慈爱的母亲。似乎听见母亲说："唉！我的孩子去服役，起早摸黑无暇睡。千万小心保平安，别把性命丢异乡！"

冈：山脊。偕：俱，一样。登上高高的山冈，远望家乡，似乎听见家乡的兄长说："唉！弟弟服役去远方，一定要和大伙在一起，千万莫要掉了队。望你谨慎又小心，不要埋骨于他乡！"

【赏析】

全诗三章，每章六句。

这首诗的感人之处在于它没有说一句思念的话，而从动作描写展示思念之情，每章开首两句写服役的人登上山顶，远望父亲，远望母亲，远望兄长。这是典型的状人以言情的赋法，未言思念而思念之情在登高而望的动作中展现出来。这登高远望的动作和想象是情至深处的自然表现。

诗歌妙在不直接倾诉思念之情，而是想象家乡的亲人正声声叮嘱，体贴艰辛、提醒谨慎、祝愿平安归来。父母兄长"无止""无弃""无死"的期盼，是战场上士卒内心温暖和努力生存的力量之源。这一声声设想的亲人的念叨包含了多少思念，多少牵挂，多少慰藉！方玉润《诗经原始》评曰："人子行役，登高念亲，人之常情。若从正面直写己之所以念亲，纵千言万语，岂能道得意尽？诗妙从对面设想，思亲所以念己之心，与临行勖己之言，则笔以曲而愈达，情以婉而愈深。千载之下读之，犹足令羁旅人望白云而起思亲之念，况当日远离父母者乎？"①

不言自己想念家人，而是换位想象父母兄长挂念叮嘱自己的抒情模式，开创了中国古代思亲诗一种独特的换位抒情模式，对后世诗歌创作产生了深远的影响。如唐代杜甫《月夜》："今夜鄜州月，闺中只独看。"不说自己想念妻子，而是换位想象妻子在鄜州望月思念自己。又如唐代高适《除夜作》："故乡今夜思千里，霜鬓明朝又一年。"不说自己思念家乡的亲人，而是换位想象家乡的亲人在思念千里之外的自己，产生了"情到浓处情转薄"（清代纳兰性德《山花子》）的艺术之妙。深浓到极致的思亲之情转化为从对方的角度想象亲人的叮嘱、挂念，语浅意深，具有感人肺腑的艺术魅力。

后世登高思念亲人的诗作遗响不已。如唐代李白《关山月》："戍客望边色，

---

① ［清］方玉润撰，李先耕点校：《诗经原始》，北京：中华书局，1986 年，第 246 页。

思归多苦颜。高楼当此夜，叹息未应闲。"唐代王维《九月九日望山东兄弟》："遥知兄弟登高处，遍插茱萸少一人。"

桧风·匪风

匪（bǐ）风发兮，匪车偈（jié）兮。顾瞻周道，中心怛（dá）兮。

匪风飘兮，匪车嘌（piāo）兮。顾瞻周道，中心吊兮。

谁能亨（pēng）鱼？溉之釜鬵（xín）。谁将西归？怀之好音。

312

《诗经》解读

【解题】

《桧风·匪风》是一首游子或役夫的思乡诗。

【释义】

匪风：匪，通"彼"，那，那风。发：即"发发"，风疾吹的样子。偈：疾驰的样子。周道：大道。怛：痛苦，悲伤。

飘：飘风，旋风，这里指风势疾速回旋的样子。嘌：疾速的样子。吊：悲伤。

亨：通"烹"，煮。溉：洗。鬵：大锅。怀：遗，带给。好音：平安的消息。

【赏析】

诗人家住西方，而远游东土久滞不归，因作是诗以寄思乡之情。开篇即进入环境描写：那风呼呼地刮着，那车儿飞快地跑着。诗人伫立大道旁，见车马急驰而过，触动思归之情。他的心也随急驰的车辆飞向西方，但是，车过之后，看着空荡荡的大道，孤单的游子心中充满了思乡的痛苦。

第三章以"谁能亨鱼？溉之釜鬵"起兴，兴起"谁将西归？怀之好音"，兴句和对句句式相因，采用了相同的句式"谁……？……之……"，且兴句和对句末字叶韵。诗人归家无望，期望有人能给家乡捎去自己一切安好的消息。退而求其次也未必可得，思乡之痛更进一层。

王风·扬之水

扬之水，不流束薪。彼其之子，不与我戍申。怀哉怀哉，曷月予还归哉？

扬之水，不流束楚。彼其之子，不与我戍甫。怀哉怀哉，曷月予还归哉？

扬之水，不流束蒲。彼其之子，不与我戍许。怀哉怀哉，曷月予还归哉？

【解题】

《王风·扬之水》是一首写戍边战士思念家中妻子的诗歌。这首诗作于周平王时期，是洛阳派往河南南部一带戍守的兵士所作。《毛诗序》说："《扬之水》，刺平王也。不抚其民而远屯戍于母家，周人怨思焉。"① 郑玄笺云："平王母家申国，在陈、郑之南，迫近楚疆。王室微弱，而数见侵伐，王是以戍之。"朱熹《诗经集传》："平王不能行其威令于天下，无以保其母家，乃劳天下之民，远为诸侯戍守，故周人之戍申者，又以非其职而怨思焉。则其衰懦微弱，而得罪于民，又可见矣。"② 西周末年，周幽王无道，于后宫得褒姒以后，生子伯服。不久，竟废申后及太子姬宜臼，以褒姒为后，以伯服为太子。于是姬宜臼逃奔申国，其外祖申侯联合缯国和犬戎进攻周幽王，周幽王与伯服均被犬戎所杀。随后，申、鲁、许等诸侯国拥立姬宜臼继位。姬宜臼登基后，为避犬戎之难，在秦国军队的护送下，于公元前 770 年将都城东迁到洛邑（今河南洛阳），是为周平王，史称东周。《史记·周本纪》："平王之时，周室衰微，诸侯强并弱，齐、楚、秦、晋始大，政由方伯。"③ 周平王的母亲是申国人，且申侯有拥立之功，由于申国常受楚国的侵扰，周平王为了母亲故国的安全，就从周朝抽调部分军队，到申战略要地屯垦驻守。这些周朝士兵远离故乡，去守卫并非自己诸侯国的土地，心有不满，也很思念家乡的亲人、妻子。

【释义】

扬之水：扬，悠扬，缓慢无力的样子。平缓流动的水。不流：流不动，浮不起，冲不走。彼其之子：（远方的）那个人，指妻子。申：姜姓国，在今河南南阳北。怀：思念。申国与第二、第三章中的甫国和许国的国君都是姜姓。周平王母亲是申国姜姓公主，与甫、许两个诸侯国也有亲戚关系。

楚：荆条，灌木。甫：甫国，即吕国，在今河南南阳西。

蒲：蒲柳。

【赏析】

诗共三章，每章六句。三章叠咏，各章运用兴法，起兴模式是句法相因起兴。兴句和对句之间没有意义联系，只存在简单的逻辑照应关系，兴句和对句都是"……之……，不……"，上下相因关系都是逻辑上的不能。朱熹《诗经集传》："平王以申国近楚，数被侵伐，故遣畿内之民戍之，而戍者怨思，作此诗也。兴取之不二字，如《小星》之例。"④

① ［汉］毛亨传，［汉］郑玄笺，［唐］孔颖达疏：《毛诗正义》卷第四（四之一），李学勤主编：《十三经注疏》，北京：北京大学出版社，1999 年，第 303～304 页。

② ［宋］朱熹注：《诗经集传》，上海：上海古籍出版社，1987 年，第 30 页。

③ ［汉］司马迁：《史记·周本纪》，北京：中华书局，1982 年，第 149 页。

④ ［宋］朱熹注：《诗经集传》，上海：上海古籍出版社，1987 年，第 30 页。

第三节　战斗豪情

战争短兵相接的激烈、残酷场面，爱国将士奋勇杀敌的大无畏精神和为国捐躯的豪迈气概，在屈原《九歌·国殇》里有很精彩的展示："操吴戈兮被犀甲，车错毂兮短兵接。旌蔽日兮敌若云，矢交坠兮士争先。凌余阵兮躐余行，左骖殪兮右刃伤。霾两轮兮絷四马，援玉枹兮击鸣鼓。天时怼兮威灵怒，严杀尽兮弃原野。……诚既勇兮又以武，终刚强兮不可凌。身既死兮神以灵，子魂魄兮为鬼雄。"展现了一种凛然的气概、刚健的气魄和无畏的精神。这种刚健无畏的战斗豪情在《秦风·无衣》中也有歌咏。

秦风·无衣

岂曰无衣？与子同袍。王于兴师，修我戈矛，与子同仇！
岂曰无衣？与子同泽。王于兴师，修我矛戟，与子偕作！
岂曰无衣？与子同裳。王于兴师，修我甲兵，与子偕行（háng）！

【解题】
《秦风·无衣》是一首秦地的军中战歌，充满了激昂慷慨、同仇敌忾的气概。

【释义】
袍：就是披风、斗篷。白天当衣，夜里当被。王：指周天子。兴师：出兵。秦国常和西戎交兵。同仇：共同对敌。怎能说没有衣裳？把我的斗篷赠你。天子出兵伐西戎，修好我们的戈与矛，和你共同来对敌。

泽：通"襗"（zé），汗衣。作：起。裳：下衣，这里指战裙。甲兵：铠甲与兵器。行：路。第二、第三章重章叠唱。把我的汗衣赠你，把我的下裳赠你，修好我们的矛与戟、铠甲与兵器，和你并肩来作战。

【赏析】
诗共三章，每章五句。

每章开头采用设问修辞手法来加强语气。设问就是自问自答，明知故问。先提出问题，吸引人们的注意，或启发人们思考，然后给出答案，或引出抒情。在叙述之中用设问，可使句式灵活多变、情节波澜起伏，在行文中起到承前启后的作用。一句"岂曰无衣"洋溢着不可遏止的愤慨。接着是慷慨激昂、充满战友情谊的回答："与子同袍""与子同泽""与子同裳"。穿上同样的衣裳，共御外敌、并肩作战。语言富有强烈的动作性，"修我戈矛""修我矛戟""修我甲兵"使人联想到战士们磨刀擦枪、舞戈挥戟的热烈场面。语意递进式重章叠唱，反复咏唱共御外敌的爱国主义豪情。首章结句"与子同仇",是情绪方面的;第二章结句"与子偕作",作是起的意思,是行动的开始;第三章结句"与子偕行",则表明士卒们已出发奔赴战场。

《秦风·无衣》反映了古代赠衣表情谊的习俗。"与子同袍""与子同泽""与子同裳",不是两人同穿一件衣服,而是把自己的衣服赠给别人。赠衣行为表达了情同一体、生命相通之意。《左传·襄公二十九年》载,吴国公子季札出使诸国,"聘于郑,见子产,如旧相识,与之缟带,子产献纻衣焉"。郑子产和季札一见如故,所以把麻衣赠给他。《史记·淮阴侯列传》载,项羽派武涉策反韩信,劝他弃刘邦投奔自己,韩信回答道:"汉王授我上将军印,予我数万众,解衣衣我,推食食我,言听计用,故吾得至于此。"[1]

诗歌矫健而爽朗的风格,正是秦人尚武精神和爱国主义精神的反映。诗中慷慨激昂的士气、大无畏的爱国主义精神和英雄主义气概令人心驰神往。

后世以"袍泽"二字代指战友,"袍泽之谊"指共同战斗、同生共死的战友之情。诗中英勇无畏、慷慨激昂的战斗豪情在后世屡有重奏。如"长驱蹈匈奴,左顾凌鲜卑。弃身锋刃端,性命安可怀?"(三国魏曹植《白马篇》),"杀气三时作阵云,寒声一夜传刁斗。相看白刃血纷纷,死节从来岂顾勋?"(唐代高适《燕歌行》),"黄沙百战穿金甲,不破楼兰终不还。"(唐代王昌龄《从军行七首》其四),"想当年,金戈铁马,气吞万里如虎。"(宋代辛弃疾《永遇乐·京口北固亭怀古》),"壮志饥餐胡虏肉,笑谈渴饮匈奴血。待从头、收拾旧山河,朝天阙!"(宋代岳飞《满江红》)。

豳风·破斧

　　既破我斧,又缺我斨(qiāng)。周公东征,四国是皇。哀我人斯,亦孔之将。

　　既破我斧,又缺我锜(qí)。周公东征,四国是吪(é)。哀我人斯,亦孔之嘉。

　　既破我斧,又缺我銶(qiú)。周公东征,四国是遒。哀我人斯,亦孔之休。

【解题】
《豳风·破斧》是一首赞扬周公东征的乐歌。
【释义】
斨:凿有方孔的斧。周公:周武王的弟弟姬旦。四国:指殷、管、蔡、霍,即

　　① 转引自李炳海:《诗经解读》,北京:中国人民大学出版社,2008年,第229～330页。

周公东征平定的四国。皇：同"惶"，恐惧。孔：很。将：大。既斫破我的斧头，又砍缺我的斨。周公东征到远方，四国听到都心慌。可怜我们这些人，总算命大能回乡。

錡：似三齿锄的武器。吪：感化。嘉：善，美。

錴：即"锹"。遒：稳定。休：美好。

【赏析】

诗共三章，每章六句。三章叠咏。表达了将士们艰苦奋战，取得胜利的自豪，以及对周公的颂美之情。三章开篇反复吟唱"既破我斧"，以最具代表性的意象——即使斧斨已破，依然毫不退缩，随周公东征，直至"四国是皇"，展现了无畏无惧的英雄主义精神。但长期的征战使他们有"哀我人斯，亦孔之将"之类的怨词，一个站在国家视角，一个站在个人视角。

第四节　武功战绩

战争对于统治阶层，是建立荣耀与功绩的机会，记录并反映战争的诗歌必定会着力表现国力的强盛、胜利的辉煌、王师的威武与武功的浩大，这便形成了官方视角的战争诗。这类诗借描写王师平叛、讨伐四夷、开疆拓土之类的历史事件及雄壮整肃的军容来称颂国君、辅臣的武功战绩。《大雅》中的《常武》《江汉》《烝民》《崧高》，《小雅》中的《六月》《采芑》等是颂美周宣王武功战绩的篇章，历述周宣王及其辅臣讨平"四夷"、开拓疆土的功绩，赞扬宣王的武略文治，开"诗史"之先例。《大雅·常武》写"宣王自将以伐淮北之夷"，追述征战过程详尽具体，极美王师威武雄壮之气和排山倒海、势不可挡之势，形象鲜明，极富气势。《大雅·江汉》是《大雅·常武》的姊妹篇，记叙了"宣王命召穆公平淮南之夷"。作者是尹吉甫，目的是赞美周宣王在周厉王衰乱之后，实现中兴，拨乱反正。《毛诗序》："《江汉》，尹吉甫美宣王也。能兴衰拨乱，命召公平淮夷。"[1] 此召公指召穆公，名虎。诗中以"江汉浮浮，武夫滔滔""江汉汤汤，武夫洸洸"极写江汉的澎湃浩荡，衬托出以召虎为代表的周朝将士不可阻挡的威猛气势。《小雅·六月》记叙周宣王时期所进行的北伐。《毛诗序》："《六月》，宣王北伐也。"[2]《小雅·采芑》叙述周宣王命令方叔南征蛮荆之国并取得胜利的过程。《毛诗序》："《采芑》，

---

① 〔汉〕毛亨传，〔汉〕郑玄笺，〔唐〕孔颖达疏：《毛诗正义》卷第十八（十八之四），李学勤主编：《十三经注疏》，北京：北京大学出版社，1999 年，第 1458 页。

② 〔汉〕毛亨传，〔汉〕郑玄笺，〔唐〕孔颖达疏：《毛诗正义》卷第十（十之二），李学勤主编：《十三经注疏》，北京：北京大学出版社，1999 年，第 738 页。

宣王南征也。"①

大雅·常武

　　赫赫明明。王命卿士，南仲大（tài）祖，大师皇父："整我六师，以修我戎。既敬（jǐng）既戒，惠此南国。"

　　王谓尹氏，命程伯休父："左右陈行，戒我师旅。率彼淮浦，省此徐土。不留不处，三事就绪。"

　　赫赫业业，有严天子。王舒保作，匪绍匪游。徐方绎骚，震惊徐方。如雷如霆，徐方震惊。

　　王奋厥武，如震如怒。进厥虎臣，阚（hǎn）如虓（xiāo）虎。铺敦淮濆（fén），仍执丑虏。截彼淮浦，王师之所。

　　王旅啴（tān）啴，如飞如翰。如江如汉，如山之苞（bāo），如川之流，绵绵翼翼，不测不克，濯征徐国。

　　王犹允塞，徐方既来。徐方既同，天子之功。四方既平，徐方来庭。徐方不回，王曰还归。

【解题】

　　《大雅·常武》是一首赞美周宣王率兵亲征徐国，平定叛乱的诗歌。《诗经》大多取首句语词为题，而"常武"一词不见于该诗。《毛诗序》认为"有常德以立武事，因以为戒然"②。有人认为古"常""尚"通用，"常武"即尚武。周宣王（前827—前781年），是西周第十一代天子，姬姓，名静，周厉王之子。公元前828年（共和十四年），周厉王死于彘，其子姬静继位，是为周宣王。周宣王政治上任用召穆公、尹吉甫、仲山甫、程伯休父、虢文公、申伯、韩侯、显父、仍叔、张仲等贤臣辅佐朝政；军事上借助诸侯之力，任用南仲、召穆公、尹吉甫、方叔陆续讨伐狁、西戎、淮夷、徐国和楚国，使西周的国力得到恢复，史称"宣王中兴"。周宣王于国力国势有救危扶败、兴滞补弊之功，《大雅》中的《云汉》《崧高》《烝民》《韩奕》《江汉》《常武》和《小雅》中的《车攻》《吉日》《六月》《采芑》等篇目对此多有褒赞。然而，接连对外用兵也透支了国力。周宣王晚年对外用兵接连遭受失败，尤其在千亩之战大败于姜戎，南国（今长江与汉江之间的地区）之师全军覆没，加之其独断专行、不进忠言、滥杀大臣，"宣王中兴"遂成

---

　　① ［汉］毛亨传，［汉］郑玄笺，［唐］孔颖达疏：《毛诗正义》卷第十（十之二），李学勤主编：《十三经注疏》，北京：北京大学出版社，1999年，第749页。

　　② ［汉］毛亨传，［汉］郑玄笺，［唐］孔颖达疏：《毛诗正义》卷第十八（十八之五），李学勤主编：《十三经注疏》，北京：北京大学出版社，1999年，第1468页。

昙花一现。

【释义】

赫赫：显耀盛大的样子。明明：明智昭察的样子。卿士：西周掌管中央各官署和地方的高级官员。南仲：人名，宣王时大臣。大祖：指太祖庙。大师：即太师，职掌军政的大臣。皇父：人名，周宣王太师。六师：六军，周制，王建六军，一军一万二千五百人。修我戎：修，习；戎，武；整顿我的军备。敬：借作"儆"，警戒。威武英明周宣王，命令卿士征徐方。太庙之中命南仲，太师皇父同听讲："整顿六军振士气，修理弓箭和刀枪。告诫士卒勿扰民，平定徐国惠南邦。"

尹氏：掌卿士之官。程伯休父：人名，宣王时大司马。陈行：列队。率：循。省：察视。徐土：指徐国，故址在今安徽泗县。三事：三卿，指军中三事大夫。就绪：安心各就其业。王命尹氏传下话，任命休父任司马："军队左右行好队，作战命令下全军。沿着淮河堤岸行，巡察徐国境内土。大军不必久驻扎，任毕三卿就回家。"

业业：举止有威仪的样子。有严：即"严严"，威严的样子。舒：徐缓。保作：安行。绍：急。游：优游，缓。徐方：指徐国，淮夷中的一个大国，臣服于周，承担贡赋，曾多次反抗。绎骚：渐趋骚动混乱。霆：爆雷。军容盛大气概昂，威仪赫赫周宣王。王师从容向前行，既不着急也不慢。徐国惊慌乱阵营，王师军威震徐国。雷霆万钧军压境，徐国上下皆震惊。

奋：奋发，振起。虎臣：虎贲（bēn）之士，周王的禁卫队。阚如：阚然，虎怒的样子。虓：虎啸。铺：布阵，驻扎。濆：水边高地。仍：频繁。丑虏：战俘。截：断绝。所：驻所。周王发兵显神威，就像老天发雷霆。禁卫部队为前锋，如虎发威声震天。大军驻扎淮水边，频繁交战获战俘。切断淮水沿岸路，王师驻军防逃逸。

啴啴：众盛的样子。翰：指鸷鸟。苞：指王师稳固不可撼动。绵绵：连绵不断的样子。翼翼：阵容整齐的样子。克：胜过。濯：规模大。王师强大兵马众，迅捷如鸟掠长空。势如江汉水汹涌，静守如山不可撼，动如川流莫能挡，军列绵延军容肃，用兵如神难估量，大征徐国定淮夷。

犹：通"猷"，谋略。允：真，确实。塞：踏实，指谋略不落空。同：一致。来庭：来朝廷，指朝觐。回：违抗。宣王谋划真充分，徐国君臣愿归顺。纳土称臣来相融，是我大周天子功。天下各地都平靖，徐君朝拜来进贡。徐国君臣再不叛，王命班师回朝廷。

【赏析】

诗共六章，每章八句。方玉润《诗经原始》："诗首命将，次置副，三乃亲征，四五则皆临阵指麾，出奇进攻诸事。盖誓师则必敬必戒，整队则成列成行。"①

第一章写周宣王委任将帅并部署战备任务。第二章通过尹氏向程伯休父下达作战计划。第三章写周王率军进军徐国，徐国开始震荡。诗人先写周天子亲征，大军沉稳从容、不紧不慢，显示出胜券在握的信心。而徐国则是阵脚大乱，如爆雷轰顶，惊慌失措。二者形成鲜明的对照，显示出王师的强大，未战已先声夺人。

第四、第五章铺陈渲染，着意在声势、气势上夸饰王师的势不可挡。第四章写王师进击徐夷。诗人以天怒雷震比喻周王亲征的威势；以猛虎发怒、吼声震天比喻官兵势不可挡，突出王师如泰山压顶的气势。接着写王师就地驻扎结阵在淮水之滨，频频交兵，俘获了大批战俘；截断要道，防止徐军逃逸，充分显示出王师的压倒性优势。

第五章写王师的无比声威，是全诗最精彩的部分。诗人满怀激情，连用"如"字引导的博喻，形象生动，气势如虹，代表了当时诗歌想象力所达到的高度。"如飞如翰，如江如汉"二句形象地写出了军行迅疾如鸟飞掠长空，王师人马众多如江水浩荡。"如山之苞，如川之流"写出了王师的"静守则如山之苞，势不可撼；动攻则如川之流，气莫能当"②。叠词"绵绵翼翼"则形象地写出了军队的绵长和军容的整齐。朱熹《诗经集传》："如飞如翰，疾也；如江如汉，众也；如山，不可动也；如川，不可御也。绵绵，不可绝也；翼翼，不可乱也。不测，不可知也；不克，不可胜也。"③ 方玉润云："有猛士尤贵奇谋，故不测而不克；有偏师及行正道，故绵绵而翼翼。……是一篇古战场文字。"④

第六章写王师凯旋，归功天子。诗人先颂扬天子计谋允当，再陈述胜利是"天子之功"。

① ［清］方玉润撰，李先耕点校：《诗经原始》，北京：中华书局，1986 年，第 566 页。
② ［清］方玉润撰，李先耕点校：《诗经原始》，北京：中华书局，1986 年，第 566 页。
③ ［宋］朱熹注：《诗经集传》，上海：上海古籍出版社，1987 年，第 149 页。
④ ［清］方玉润撰，李先耕点校：《诗经原始》，北京：中华书局，1986 年，第 566 页。

第十九章　祝颂诗

第一节　祝颂君王

《诗经》是礼乐文化的反映，西周初期至春秋中叶，在各种礼仪场合上都要用到表祝颂的祝颂诗。祝颂诗在内容上一般有祝福，有颂美，更侧重于祝福，故而有别于颂美诗。在《诗经》中，祝颂君王的诗歌主要保存在《小雅》中，反映了对君王的祝福、崇敬、颂扬。

小雅·天保

天保定尔，亦孔之固。俾尔单厚，何福不除（zhù）？俾尔多益，以莫不庶。

天保定尔，俾尔戬（jiǎn）穀。罄无不宜，受天百禄。降尔遐福，维日不足。

天保定尔，以莫不兴。如山如阜（fù），如冈如陵。如川之方至，以莫不增。

吉蠲（juān）为饎（chì），是用孝享。禴（yuè）祠烝尝，于公先王。君曰卜尔，万寿无疆。

神之吊（dì）矣，诒（yí）尔多福。民之质矣，日用饮食。群黎百姓，遍为（é）尔德。

如月之恒，如日之升。如南山之寿，不骞（qiān）不崩。如松柏之茂，无不尔或承。

【解题】

《小雅·天保》是一首臣子祝颂君主的诗。周克商之后，周的统治者认为他们的政权是受命于天，鉴于殷商灭亡的教训，他们"畏天之威""敬天之命"，奉行德政，以安抚百姓，国家日益安定。

【释义】

保定：使安定。尔：您，指君主。孔：很。固：巩固。俾：使。单厚：强大。

除：赐予。多益：物产众多丰富。庶：富庶。上天保佑您安宁，王位稳固国昌盛。让您国力加倍增，哪种福禄不赐您？使您财富日丰盈，没有哪里不富庶。

戬穀：福禄，幸福。罄：尽，指所有的一切。百禄：百，言其多。百福。遐福：远福，即久长、远大之福。维日不足：维，通"惟"，只。惟恐每天享福不够。上天保佑您安宁，享受福禄与太平。所有事情都如意，受天百禄数不清。给您福气长久远，唯恐一天不充足。

兴：兴盛。阜：土山，高丘。陵：丘陵。大阜为陵。以高山、丘陵、江河形象地表达了对君主福高、长寿、兴盛的祝颂之意，福运如山高，长存如丘陵长，兴盛之势不可挡如滔滔江河。上天佑您安定，没有什么不兴盛。福运高如山和丘，绵长就像冈和陵。又如江河滚滚来，没有什么不日增。

吉：吉日。禴：祭祀前沐浴斋戒使清洁。饎：祭祀用的酒食。是用：即用是，用此。享：祭献，祭先人故曰孝享。禴祠烝尝：一年四季在宗庙里举行的祭祀的名称，夏曰禴，春曰祠，冬曰烝，秋曰尝。于公先王：公，先公，周之远祖；先王，指太王以下，太王即古公亶父。指献祭于先公先王。君曰：君，指先公先君的神灵，即尸传达神的话，古代祭祀，用活人打扮神像，叫"尸"（神主）。卜：给予。万：大。无疆：无穷。吉日沐浴备酒食，敬献祖先供祭享。春夏秋冬四季忙，献祭先公与先王。先祖传话祝福您，祝您长寿永无疆。

吊：至，指神灵、祖考降临。诒：通"贻"，赠给。质：质朴，诚实。日用饮食：以日用饮食为事，形容人民质朴之状态。群黎：民众，指普通劳动人民。百姓：贵族，即百官族姓。为：同"讹"，感化。神灵感动来降临，赐您鸿运多福运。您的人民多纯朴，吃饱喝足就满足。黎民百官心一致，个个感激您恩情。

恒：指月到上弦。骞：亏损。或：有。承：继承。以月、日、山、松柏的永恒、生机、长存、茂盛形象地表达了愿君主长寿兴旺的祝颂。您像那新月渐盈，您像那旭日东升。您像南山永长寿，永不亏损不塌崩。您像松柏永繁茂，福寿都由您继承。

【赏析】

诗共六章，每章六句，表达了臣子对君主的忠心和对上天的虔诚。

前三章为第一层，写对君王的祝愿。第一章是祝愿王受天命即位，地位稳固长久："天保定尔，亦孔之固""俾尔单厚"。第二章祝愿王即位后，上天将竭尽所能保佑王室："俾尔戬穀""罄无不宜""降尔遐福"。祝愿王一切顺遂，赐给王众多的福分，还担心不够（"维日不足"）。第三章祝愿王即位后，上天保佑国家百业兴旺。此章作者连用五个"如"字，形象地表达了对王即位后福高运长、蒸蒸日上的美好祝愿。

第四章至第五章为第二层，写祭祀祖先，以长寿赐福。第四章写选择吉利的日子，为王举行祭祀祖先的仪式，以期周之先公先王保佑新王万寿无疆。第五章写祖先受祭而降临，将会带来国泰民安、天下归心的兴国之运。

第六章为第三层，以祝愿作结。以四个"如"字表达祝颂，祝君王长寿，祝国祚绵长。

艺术上，作者巧妙地使用贴切新奇的比喻来表达对国运和君王的美好祝愿，"如山如阜，如冈如陵。如川之方至""如月之恒，如日之升。如南山之寿"等，使全诗在语言风格上产生了融热情奔放于深刻含蓄之中的独特效果。

小雅·蓼萧

蓼（lù）彼萧斯，零露湑（xǔ）兮。既见君子，我心写（xiè）兮。燕笑语兮，是以有誉处兮。

蓼彼萧斯，零露瀼（ráng）瀼。既见君子，为龙（chǒng）为光。其德不爽，寿考不忘。

蓼彼萧斯，零露泥泥。既见君子，孔燕岂弟。宜兄宜弟，令德寿岂（kǎi）。

蓼彼萧斯，零露浓浓。既见君子，鞗（tiáo）革冲冲。和鸾雝雝，万福攸同。

【解题】

《小雅·蓼萧》是一首写诸侯在宴会中祝颂周王的诗。

【释义】

蓼：长而大的样子。萧：艾蒿，一种有香气的植物。斯：语气词。零：滴落。湑：叶子上水珠盈盈的样子。写：舒畅。燕：通"宴"，宴饮。誉处：安乐愉悦。处，安。艾蒿大又长，露水盈盈滴。见到周天子，我心真欢喜。宴饮笑语多，安乐又愉悦。

瀼瀼：露水多的样子。为：被。龙：古"宠"字。爽：差错。不忘：没有止期。忘："止"的假借。

泥泥：露水濡湿的样子。孔燕：非常安详。宜兄宜弟：宜，感情融洽。形容关系和睦，犹如兄弟。令德：美德。岂：快乐。

浓浓：同"瀼瀼"，露水多的样子。鞗：铜制马勒的装饰。革："勒"的借字，即马络头。冲冲：饰物下垂的样子。和鸾：鸾，借为"銮"，和与銮均为铜铃，系在轼上的叫"和"，系在衡上的叫"銮"，皆为诸侯车马之饰。雝雝：和谐的铜铃声。攸：所。同：会聚。

【赏析】

全诗四章，全以萧艾含露起兴。萧艾，一种可供祭祀用的香草。露水，常用来比喻承受的恩泽。故此诗以萧艾承露水润泽起兴，兴起周王恩及四海。

第一章写初见周王的情景及感受。"蓼彼萧斯，零露湑兮"为兴句，兴起有幸见到周王的喜出望外："既见君子，我心写兮。"一个"写"字，形象地描画出诸侯无比兴奋的感受。

第二、第三两章进一步写对周王的祝颂之意。诸侯感谢天子圣宠"为龙为光"，祝周王"寿考不忘"。描绘了周王和乐安详的圣容及与臣下如兄弟般的深情。

第四章借写周王离宴时车马的威仪，进一步展示周王的不凡气度。全诗以"和鸾雍雍，万福攸同"作结：四方车马齐聚，鸾铃叮当悦耳，臣民齐祝君王，万福万寿无疆！

小雅·南山有台

南山有台，北山有莱（lái）。乐只君子，邦家之基。乐只君子，万寿无期！

南山有桑，北山有杨。乐只君子，邦家之光。乐只君子，万寿无疆！

南山有杞，北山有李。乐只君子，民之父母。乐只君子，德音不已。

南山有栲（kǎo），北山有杻（niǔ）。乐只君子，遐（hé）不眉寿？乐只君子，德音是茂。

南山有枸（jǔ），北山有楰（yú）。乐只君子，遐不黄耇（gǒu）？乐只君子，保艾尔后。

【解题】

《小雅·南山有台》是一首祝颂君王的诗。

【释义】

台：通"苔"，莎草，可制蓑衣。莱：藜（lí）草，嫩叶可食。基：根本。乐：指君王乐得君子。只：语气助词，含有"是"意。邦家：国家。

光：荣耀。

杞：树名。父母：意指君王爱民如子，民众则尊之如父母。

栲：树名，山樗（chū）。杻：树名，檍树。遐：通"何"。眉寿：高寿，眉有秀毛，是长寿之相。茂：美盛。

枸：树名，即枳椇（zhǐ jǔ）。楰：树名，也叫苦楸，今名女贞。黄耇：指老人头发白后发黄。艾：养育。

【赏析】

全诗五章，每章六句，每章开头均以"南山有……，北山有……"起兴，兴起"心有……"，但略去了这层意思，直接祝颂"乐只君子，邦家之基。乐只君子，万寿无期"等。诗含蓄而委婉，和谐自然，避免显得突兀和浅有。前三章祝颂君王"邦家之基""邦家之光""民之父母"。第四、第五章用"遐不眉寿""遐不黄耇"两个反诘句表达祝愿：这样的君王怎能不安享长寿？最后，由祝福先辈而连及其后裔："保艾尔后"。

第二节　祝颂宫室落成

《诗经》解读

　　不同的礼仪场合适用不同的祝颂诗。在婚礼仪式上用到的祝颂诗在"婚礼诗"一章中已有涉及，如祝新娘子宜室宜家的《周南·桃夭》，有祝福新郎安享福禄的《周南·樛木》，有祝福人多子多孙的《周南·螽斯》等。《小雅·蓼萧》是在宴饮场合上的祝颂诗，《小雅·斯干》是在宫室落成典礼上的祝颂诗。

小雅·斯干

　　秩（zhì）秩斯干（jiàn），幽幽南山。如竹苞（bāo）矣，如松茂矣。兄及弟矣，式相好矣，无相犹矣。

　　似续妣（bǐ）祖，筑室百堵，西南其户。爰居爰处，爰笑爰语。

　　约之阁阁，椓（zhuó）之橐（tuó）橐。风雨攸除，鸟鼠攸去，君子攸芋（yù）。

　　如跂（qǐ）斯翼，如矢斯棘（hé），如鸟斯革，如翚（huī）斯飞，君子攸跻（jī）。

　　殖（zhí）殖其庭，有觉其楹（yíng）。哙（kuài）哙其正，哕（huì）哕其冥，君子攸宁。

　　下莞（guān）上簟（diàn），乃安斯寝。乃寝乃兴，乃占（zhān）我梦。吉梦维何？维熊维罴（pí），维虺（huǐ）维蛇。

　　大人占之：维熊维罴，男子之祥；维虺维蛇，女子之祥。

　　乃生男子，载寝之床。载衣之裳，载弄之璋。其泣喤（huáng）喤，朱芾（fú）斯皇，室家君王。

　　乃生女子，载寝之地。载衣之裼（tì），载弄之瓦。无非无仪，唯酒食是议，无父母诒罹（lí）。

【解题】

《小雅·斯干》是一首祝颂宫室落成的诗歌。

【释义】

　　秩秩：涧水清清流淌的样子。斯：此，这。干：通"涧"，山间流水。幽幽：深远的样子。南山：指西周镐京南边的终南山。苞：草木丛生。好：友好和睦。犹：欺诈。涧水清清流不停，南山深幽多高耸。茂密竹丛好茂盛，松林茂盛满山恋。兄弟同住在一起，兄友弟恭相友爱，没有欺骗和欺凌。

似：同"嗣"。嗣续，犹言"继承"。妣：古称已死的母亲为妣。堵：一面墙为一堵，百堵言房屋之多。西：指宫室的左右房，边门朝西。南：指宫室的正堂，正门朝南。户：门。祖宗事业得继承，筑下房舍上百栋，厢列东西门朝南。在此生活与相处，说说笑笑真幸福。

约：捆扎。阁阁：捆扎筑板的声音。椓：用杵捣土，犹今之打夯。橐橐：捣土的声音。芋："宇"的借字，居住。绳捆筑板声阁阁，大夯夯土响橐橐。风风雨雨都挡住，野雀老鼠都赶光，真是君子好住所。

跂：踮起脚跟站立。翼：端正的样子。棘：通"急"，发箭急矢出如直线，比喻房屋的正直整齐。革：翅膀。翚：野鸡。跻：登。屋宇严正如人竦立，墙角整齐笔直如飞箭，楼宇高起如鸟展翼，飞檐画栋如锦鸡展翅，君子登堂真是欢喜。

殖殖：平正的样子。庭：庭院。有觉：即"觉觉"，高大而直立的样子。楹：殿堂前大厦下的柱子。哙哙：宽敞明亮的样子。正：指白天。哕哕：深暗的样子。冥：指夜晚。宁：安，指安居。庭院宽广平又平，高大笔直有柱楹。白天光线明又亮，夜晚昏暗真幽静，君子住着真安宁。

莞：蒲草编的席。簟：竹席。兴：起床。占：占卜。维何：是什么。罴：一种野兽，似熊而大。虺：一种毒蛇。下铺蒲席上铺簟，这里睡觉真安恬。安然睡下早早起，来将我梦细解诠。做的好梦是什么？梦见熊罴显吉兆，有虺有蛇好运道。

大人：即太卜，周代掌占卜的官员。祥：吉祥的征兆。古人认为熊罴是阳物，故为生男之兆；虺蛇为阴物，故为生女之兆。太卜占梦说端详："梦见熊罴有名堂，预示生男好运气；梦见长蛇梦见虺，生女吉兆落头上！"

载：则、就。衣：穿衣。裳：下裙，此指衣服。璋：玉制的长条板状礼器。喤喤：哭声洪亮的样子。朱芾：用熟治的兽皮所做的红色蔽膝，为诸侯、天子所穿，此代指礼服。室家君王：指所生男孩非王即侯。如若生了个男孩，就要让他睡床上。给他穿上好衣裳，让他玩耍白玉璋。他的哭声多洪亮，红色蔽膝真鲜亮，不是国君就是王。

裼：婴儿用的褓衣。瓦：陶制的纺线锤。无非：不要违背长辈和丈夫的意见。无仪：仪，通"议"，指女人不要议论家中的是非，说长道短。议：商量、考虑。古人认为女人主内，只负责办理酒食之事，即所谓"主中馈"。罹：忧。若是千金女儿生，让她睡到地板上。小小褵褓身上裹，陶制纺缍让她玩。慎勿多言要柔顺，料理家务安排饭，不给父母添麻烦。

【赏析】

全诗九章，第一、第六、第八、第九章每章七句，第二、第三、第四、第五、第七章每章五句，句式参差错落，自然活脱。全诗可分两大部分。以描述宫室建筑为中心，将叙事、写景、抒情交织在一起。

第一章至第五章为第一层，主要描绘和赞美宫室。第一章先写宫室环境之胜：面山临水，松竹环抱，形势幽雅。第二章说明主人建筑宫室的目的是继承祖先的功业。第三章至第五章或远写，或近写，皆极状宫室之壮美。第三章写宫室建筑的情景，捆扎筑板时，绳索"阁阁"发响；夯实房基时，木杵"橐橐"作声，绘形绘声。第四章连用四个比喻，极写宫室气势的宏大和形势的壮美。"如跂斯翼，如矢斯棘，如鸟斯革，如翚斯飞"运用博喻手法，以四个生动形象的比喻展现宫室的壮美："大势严正，如人之竦立而其恭翼翼也；其廉隅整饬，如矢之急而直也；其栋宇峻起，如鸟之警而革也；其檐阿华采而轩翔，如翚之飞而矫其翼也。"① 第五章描绘宫室本身。由前到后、由室外到室内，逐步推进：室前的庭院平整，前厦下楹柱耸直，白天光线明亮，夜晚昏暗幽静，宜于安居。

第六章至第九章为第二层，主要是对宫室主人的祝愿和歌颂。第六章祝颂主人入居后将会安寝美梦。第七章总写所占美梦的吉兆，预示将有贵男贤女降生。第八章专说喜得贵男，第九章专说幸有贤女，层次井然有序。从第八、第九章可见当时男尊女卑思想严重，对待方式、期望相差较大。

---

① ［宋］朱熹注：《诗经集传》，上海：上海古籍出版社，1987年，第85页。

第二十章　颂美诗

第一节　颂美周王

《诗经》中的颂美对象多种多样。国风中的颂美诗，颂美猎手的就有《周南·兔罝》《召南·驺虞》《郑风·大叔于田》《齐风·还》《齐风·卢令》等。在《大雅》和"三颂"中，收录了许多颂美先祖、先王、先君功业的篇章，这些诗歌主要适用于宗庙祭祀和其他重要仪式。颂美周文王的诗歌较多，如《大雅·文王》《大雅·大明》《大雅·文王有声》，以及《周颂·维天之命》《周颂·维清》《周颂·我将》等。《左传》记载了北宫文子对周文王威仪的解说：

> 《周书》数文王之德，曰："大国畏其力，小国怀其德。"言畏而爱之也。《诗》云："不识不知，顺帝之则。"言则而象之也。纣囚文王七年，诸侯皆从之囚，纣于是乎惧而归之，可谓爱之。文王伐崇，再驾而降为臣，蛮夷帅服，可谓畏之。文王之功，天下诵而歌舞之，可谓则之。文王之行，至今为法，可谓象之。有威仪也。①

大雅·文王

文王在上，於（wū）昭于天。周虽旧邦，其命维新。有周不（pī）显，帝命不时。文王陟降，在帝左右。

亹（wěi）亹文王，令闻不已。陈锡（xī）哉周，侯文王孙子。文王孙子，本支百世，凡周之士，不显亦世。

世之不显，厥犹翼翼。思皇多士，生此王国。王国克生，维周之桢（zhēn）；济济多士，文王以宁。

穆穆文王，於缉熙敬止。假哉天命，有商孙子。商之孙子，其丽不亿。上帝既命，侯于周服。

侯服于周，天命靡常。殷士肤敏，祼（guàn）将于京。厥作祼将，常服

---

① 郭丹等译注：《左传·襄公三十一年》（中册），北京：中华书局，2012年，第1531页。

黼（fǔ）冔（xǔ）。王之荩（jìn）臣，无念尔祖。

无念尔祖，聿（yù）修厥德。永言配命，自求多福。殷之未丧师，克配上帝。宜鉴于殷，骏命不易。

命之不易，无遏（è）尔躬。宣昭义问，有虞殷自天。上天之载，无声无臭（xiù）。仪刑文王，万邦作孚。

【解题】

《大雅·文王》是一首歌颂周文王姬昌的诗作，为《大雅》首篇。朱熹《诗经集传》："周公追述文王之德，明周家所以受命而代殷者，皆由于此，以戒成王。"①文王即周文王姬昌（前1152—前1056年），周朝奠基者。

【释义】

於：叹美词，犹"啊"。昭：光明显耀。旧邦：邦，犹"国"。周从文王的祖父古公亶父由豳迁岐建国，所以称周为旧邦。命：天命。有周：有，词头，无义，指周王朝。不：同"丕"，大。陟降：上行曰陟，下行曰降。文王神灵在天上，光明显耀美名扬。岐周虽是旧邦国，接受天命建新朝。这周朝光辉荣耀，上天意旨全遵照。文王神灵升又降，常在天帝的身旁。

亹亹：勤勉不倦的样子。令闻：美好的名声。陈锡：陈，读为"申"，犹"重""屡"；锡，赏赐。哉："载"的假借，造。士：这里指统治周朝享受世禄的公侯卿士百官。亦世：犹"奕世"，即累世。勤勉不倦的文王，美名传扬遍人间。上天赐他兴周邦，赐分子孙永兴旺。文王的子孙后裔，世世代代都繁衍。周朝卿士承爵禄，累世显贵沾荣光。

厥：其。犹：同"猷"，谋划。翼翼：恭谨勤勉的样子。思皇：即"皇皇"，美盛的样子。桢：支柱、骨干。或为"祯"，吉祥福庆之意，亦通。济济：盛多的样子。累世显贵尊荣显，深谋远虑又辛勤。贤士众多皆人才，此生有幸在周邦。王国得以快成长，都是周朝好栋梁。济济一堂人才多，文王安宁国富强。

穆穆：庄重恭敬的样子。缉熙：光明正大样子。敬止：敬之，严肃谨慎。假：大。其丽不亿：丽，数；不，语气助词；不亿，即"亿亿"，极多的样子，其数极多。侯于周服：为"侯服于周"的倒文。庄重恭敬周文王，光明正大又谨慎。伟大天命所决定，殷商子孙成属臣。殷商子孙后代多，人数众多算不清。上天既已降意旨，顺应天命服周邦。

靡常：无常。殷士肤敏：殷士，归降的殷商贵族；肤，壮美；敏，敏捷；指殷臣壮美又敏捷。裸：古代一种祭礼。将：举行。常：通"尚"，还是。黼：古代有白黑相间花纹的衣服。冔：殷冕。荩臣：进用之臣。殷商子孙服周邦，可见天命会

① ［宋］朱熹注：《诗经集传》，上海：上海古籍出版社，1987年，第119页。

无常。殷人贵族服役勤，在京祭飨作陪伴。看他助祭行裸礼，身穿祭服戴殷冕。为王献身的忠臣，牢记祖德永勿忘。

聿：述。永言：言同"焉"，语气助词，久长。配命：与天命相合。丧师：丧，亡、失；师，众、众庶，指丧失民心。克配上帝：可以与上帝之意相称。骏命：骏，大，大命，即天命。牢记祖德永勿忘，修养自身德行美。长顺天命不相违，求得福分才应当。殷商未失民心时，能称天意把国享。应以殷商为借鉴，国运永昌不寻常。

遏：止、绝。尔躬：你身。宣昭：宣明传布。义问：义，善；问，通"闻"，美好的名声。有：又。虞：审察、推度。载：行事。臭：气味。仪刑：效法。孚：信服。国运永昌不寻常，切勿断送你身上。传布显扬好名声，依据天意务审慎。上天行事总这样，无声无息真渺茫。效法文王好榜样，天下万国都敬仰。

【赏析】

全诗七章，每章八句。

前四章为第一层，歌颂周文王是天之子，具有非凡的人格和智慧，是道德的楷模，天意的化身，赐予人民光明和幸福的恩主。第一章言文王承天命兴国，建立新王朝是天帝的意旨；第二章言文王兴国，福泽子孙宗亲，子孙百代得享福禄荣耀；第三章言王朝人才众多，世代得以继承传统；第四章言周文王因德行而承天命，兴周代殷，天命所系，殷人臣服。

后三章为第二层，强调天命无常，要敬天、法祖、修德，以殷为鉴，效法文王，才能求得周王朝的长治永安。第五章言天命无常，曾拥有天下的殷商贵族已成为服役者；第六章言以殷为鉴、敬天修德，才能天命不变，永保多福；第七章言效法文王的德行和勤勉，就可以得天福佑，长治久安。

贯穿全诗始终的是天命论思想，即"君权神授"，统治者的权力是天帝赐予的，奉行天的旨意在人间实行统治。周王朝推翻殷商的统治，也借用天命作为自己建立统治的理论根据，提出"天命无常""唯德是从"，上天只选择有德的人来统治天下，统治者失德，便会丧失天命，而另以有德者来代替，文王就是以德而代殷兴周的。所以文王的子孙要以殷为鉴，敬畏上天，效法文王的德行，才能永保天命。

全诗七章，章句结构整齐。每章换韵，韵律和谐。诗歌成功地运用了顶真修辞手法：前章与后章的词句相连缀，后章的起句承接前章的末句，或全句相重，或后半句相重，语句蝉联，诗义贯串，宛如一体。除了起到结构紧凑的作用外，还起到换韵的作用。姚际恒《诗经通论》评曰："每四句承上语作转韵，委委属属，连成一片，曹植《赠白马王彪诗》本此。"[1]

---

[1] ［清］姚际恒著，顾颉刚标点：《诗经通论》，北京：中华书局，1958年，第261页。

大雅·卷阿

有卷（quán）者阿，飘风自南。岂弟君子，来游来歌，以矢其音。

伴奂尔游矣，优游尔休矣。岂弟君子，俾尔弥尔性（shēng），似先公酋矣。

尔土宇昄（bǎn）章，亦孔之厚矣。岂弟君子，俾尔弥尔性，百神尔主矣。

尔受命长矣，茀（fú）禄尔康矣。岂弟君子，俾尔弥尔性，纯嘏（gǔ）尔常矣。

有冯（píng）有翼，有孝有德，以引以翼。岂弟君子，四方为则。

颙（yōng）颙卬（áng）卬，如圭如璋，令闻令望。岂弟君子，四方为纲。

凤皇于飞，翙（huì）翙其羽，亦集爰止。蔼蔼王多吉士，维君子使，媚于天子。

凤皇于飞，翙翙其羽，亦傅于天。蔼蔼王多吉人，维君子命，媚于庶人。

凤凰鸣矣，于彼高冈。梧桐生矣，于彼朝阳。菶（běng）菶萋萋，雍（yōng）雍喈（jiē）喈。

君子之车，既庶且多。君子之马，既闲且驰。矢诗不（pī）多，维以遂歌。

【解题】

《大雅·卷阿》是一首颂美周成王的诗篇。周成王姬诵，周武王姬发之子，母邑姜（齐太公吕尚之女），西周王朝第二任君主。周武王去世之时，姬诵被立为成王，由于成王年幼，天下初定，叔父周公惟恐诸侯叛周，于是亲自摄政治理天下。周成王亲政后，营建新都洛邑，大封诸侯，还命周公东征、编写礼乐，加强了西周王朝的统治。公元前 1021 年，周成王驾崩，享年 35 岁。周成王临终时担心太子姬钊胜任不了国事，就命令召公、毕公率领诸侯辅佐太子钊登位，即周康王。成王、康王之际，天下安宁，"刑错四十余年不用"，史称"成康之治"。

【释义】

有卷：即"卷卷"。卷，卷曲。阿：大丘陵。飘风：旋风。矢：陈，此处指发出。

伴奂：无拘无束的样子。优游：从容自得的样子。尔：指周天子。弥：终，尽。性：同"生"，生命。似：通"嗣"，继承。酋：完成，成就。

昄章：版图。孔：很。主：主祭。

祜：通"福"。纯嘏：大福。

冯：辅。翼：助。引：牵挽。则：标准。

颙颙：庄重恭敬。卬卬：气概轩昂。圭、璋：古代玉制礼器。令：美好。

翙翙：众多的样子。蔼蔼：众多的样子。吉士：贤良之士，指群臣。媚：爱戴。

傅：至。庶人：平民。

朝阳：指山的东面，因其早上为太阳所照，故称。萋萋：草木茂盛的样子。雍雍喈喈：凤凰鸣声和谐的样子。

庶：众。闲：娴熟。不多：不，读为"丕"，大。指很多。遂：对、答。

【赏析】

第一章发端总叙周成王游于卷阿之事，以领起全诗。

第二、第三、第四章称颂周室版图广大，疆域辽阔，周王恩泽遍于海内，周王膺受天命，既长且久，福禄安康，样样齐备，因而能够尽情娱游，闲暇自得。这些称颂归结到一点，便是那重复了三次的"俾尔弥尔性"，即祝周王长命百岁。

第五、第六章称颂周王有贤才良士尽心辅佐，因而能够威望卓著，声名远扬，成为天下四方的准则与楷模。第六章"颙颙卬卬，如圭如璋，令闻令望。岂弟君子，四方为纲"，以美玉圭、璋比况君子声望的美好。

第七、第八、第九章以凤凰比周王，以百鸟比贤臣。诗人以凤凰展翅高飞，百鸟紧紧相随，比喻贤臣对周王的拥戴，即"媚于天子"。然后以高冈梧桐郁郁苍苍，朝阳鸣凤宛转悠扬，渲染出君臣相得的和谐气氛。第九章"凤凰鸣矣，于彼高冈。梧桐生矣，于彼朝阳。萋萋萋萋，雍雍喈喈"比兼兴义，整章用比，兼兴起第十章"君子之车，既庶且多。君子之马，既闲且驰。矢诗不多，维以遂歌"。以朝阳下梧桐郁郁苍苍比况明君盛德，以高冈上凤凰鸣声宛转和谐比况民臣和谐，明写梧桐、凤凰，实写明君、贤臣二美相遇合，天下和洽的太平盛世之象，兴起第十章对君子的颂美。方玉润《诗经原始》云："七、八两章，忽题'凤凰'，以颂贤臣。曰'王多吉士''王多吉人'，岂虚誉哉？盖自凤鸣于岐，而周才日盛。即此一游，一时扈从贤臣，无非才德具备，与吉光瑞羽，互相辉映，故物瑞人材，双美并咏，君顾之而君乐，民望之而民喜，有不期然而然者。故又曰'媚于天子'、'媚于庶人'也。然犹未足以形容其盛也。九章复即凤凰之集于梧桐，向朝阳而鸣高者虚写一番。则'萋萋萋萋'、'雍雍喈喈'之象，自足以想见其'跄跄济济'之盛焉。"①

第十一章描写出游时的车马，扣紧君臣相得之意。末二句写群臣献诗，盛况空前。

---

① ［清］方玉润撰，李先耕点校：《诗经原始》，北京：中华书局，1986年，第522页。

第二节　颂美诸侯贤臣

　　颂美和怨刺是两种基本的文学传统。任何时代都需要颂美精神，颂美祖国，颂美社会，颂美历史，颂美明君贤臣，颂美古今学为人师、德为人范的楷模，颂美伟大人物、英雄人物、杰出人物等。颂美诗有助于培养人们对祖国、社会、历史的热爱，培养人们乐观豪迈、昂扬向上、热爱生活、团结族群等优秀的精神品质，能够弘扬社会正能量，推动社会进步，促进社会和谐。《卫风·淇奥》据说颂美的对象是诸侯的楷模卫武公。

卫风·淇奥

　　瞻彼淇奥（yù），绿竹猗（yī）猗。有匪君子，如切如磋，如琢如磨。瑟兮僴（xiàn）兮，赫兮咺（xuān）兮。有匪君子，终不可谖（xuān）兮。

　　瞻彼淇奥，绿竹青（jīng）青。有匪君子，充耳琇（xiù）莹，会（kuài）弁如星。瑟兮僴兮，赫兮咺兮。有匪君子，终不可谖兮。

　　瞻彼淇奥，绿竹如箦（zé）。有匪君子，如金如锡，如圭如璧。宽兮绰兮，猗（yǐ）重较（chóng jué）兮。善戏谑兮，不为虐兮。

【解题】

　　《卫风·淇奥》是一首颂美一位文采风流、修德重仪、卓尔不群的君子的诗作。有人认为这首诗是颂美卫武公的。卫国君主大都昏庸腐化，但卫武公是个例外，卫武公名武和，生于西周末年，曾经担任过周平王的卿士。《毛诗序》："淇奥，美武公之德也。有文章，又能听其规谏，以礼自防，故能入相于周，美而作是诗也。"[①]

【释义】

　　淇：淇水。奥：通"隩"，河岸深曲处。猗猗：美好繁茂的样子。匪：通"斐"。有斐，即"斐斐"，有文采的样子。如切如磋，如琢如磨：这里指君子切磋研究学问，琢磨锻炼德行如同雕琢骨象玉石一样精益求精。《四书集注》中朱熹注云："言治骨角者，既切之而复磋之；治玉石者，既琢之而复磨之：治之已精，而益求其精也。"[②] 瑟：矜持庄严的样子。僴：威武的样子。赫：显明的样子。咺：

　　① ［汉］毛亨传，［汉］郑玄笺，［唐］孔颖达疏：《毛诗正义》卷第三（三之二），李学勤主编：《十三经注疏》，北京：北京大学出版社，1999 年，第 253 页。

　　② ［宋］朱熹注，王华宝整理：《四书集注》之《论语集注》，南京：凤凰出版社，2016 年，第 50 页。

通"煊"或"愃"，心胸坦白开阔的样子。谖：忘记。看那淇水弯曲处，碧绿竹林多茂密。文采斐然的君子，钻研学问切复磋，锻炼德行琢复磨。仪容庄重很威武，卓尔不群很显眼。文采斐然的君子，让人一见永难忘。

青青：茂盛的样子。充耳：挂在冠冕两旁的饰物，下垂至耳，一般用玉石制成。琇莹：宝石光润晶莹。会弁：鹿皮帽。会，鹿皮帽缝合处，缀成排的宝石，闪耀如星。文采斐然的君子，宝石晶莹垂耳边，宝石镶帽如星闪。

箦：同"积"，绿竹密集的样子。金、锡：两种贵重金属。言德行已百炼如金锡一样精粹。圭、璧：两种玉制礼器。言学问已磨砺如圭璧一样浑融天成。宽：胸怀宽广。绰：动作舒缓。猗：通"倚"，依靠。重较：车舆上为便于站立而安装的横木，供人扶靠。有重较的车，为古代卿士所乘。戏谑：开玩笑，言谈风趣。虐：刻薄伤人。看那淇水弯曲处，绿竹葱茏连一片。文采斐然的君子，德行精纯如金锡，学问浑融如圭璧。心胸宽广行从容，手扶横木站车上。言谈风趣真幽默，心怀宽厚不刻薄。

【赏析】

全诗三章，每章九句。

第一章采用触景起情的兴法，以"瞻彼淇奥，绿竹猗猗"起兴，由眼前清波荡漾的淇水、弯曲处青翠茂密的竹林，兴起下文对文采斐然的君子的颂美。起兴的心理活动是相似联想，以挺拔、青翠的竹子比况挺秀清朗、风姿卓然的君子。以竹喻人，竹历四季而不改青翠之色，喻君子坚韧之节；中空外直，喻君子谦虚正直之德。写君子注重内在学问道德的提升，运用了形象的比喻修辞手法。"如切如磋，如琢如磨"，研究学问和锻炼德行精益求精，需要千锤百炼，就像骨和象牙需要切之复磋之，美玉和石头需要琢之复磨之，才能成为精美器物一样。形象生动，语言精辟，妙如天成，传用至今。接着写君子的"瑟兮僩兮，赫兮咺兮"，庄严威武、卓尔不群。诗人不由发出感叹："有匪君子，终不可谖兮。"文采风流的君子，让人见之永难忘。

第二章重章叠唱，反复吟颂君子的外在美好形象。外在仪表是人内在德行的反映。朱熹《诗经集传》："君子动容貌，斯远暴慢；正颜色，斯近信；出辞气，斯远鄙倍。其见于威仪动作之间者，有常度矣。"[①]君子衣饰华贵，"充耳琇莹，会弁如星"的细节描写，突出男子风华出众的形象、高贵优雅的气度。君子外在形象之美与内在学问德行之美相匹配，内外兼修，和谐统一。

第三章歌颂了这位君子的德行精粹如金锡，学问琢磨如圭璧，浑融大器。"如金如锡，如圭如璧"，显示了一种变化，一种过程，表现了君子要经过像骨象一样切磋、像玉石一样琢磨这些后天的努力后，才能达到道德百炼精粹如金锡、学问细

---

① ［宋］朱熹注：《诗经集传》，上海：上海古籍出版社，1987年，第59页。

琢浑融如圭璧的境界。"宽兮绰兮……善戏谑兮，不为虐兮"，则是写君子心胸宽广，举止从容，并且幽默风趣，爱讲笑话，心怀宽厚不刻薄。内外兼修的君子既威严可敬，又高贵优雅、德行精粹、学问大成，还不呆板乏味，充满亲和力和人格魅力，让人见之心生亲近、喜悦之意。动静结合，形神兼具，君子的形象宛若在眼前，可谓神来之笔。诗连用五个"兮"字，拖长了语调，节奏舒缓悠然，语调轻松愉悦，展现了对君子的由衷喜爱。

崇尚威仪之美，是周代礼乐文化的重要属性之一。《卫风·淇奥》通篇都在展现贵族的威仪之美。《左传·襄公三十一年》记载了卫国大臣北宫文子对"威仪"作的解说：

> 有威而可畏谓之威，有仪而可象谓之仪。君有君之威仪，其臣畏而爱之，则而象之，故能有其国家，令闻长世。臣有臣之威仪，其下畏而爱之，故能守其官职，保族宜家。顺是以下皆如是，是以上下能相固也……故君子在位可畏，施舍可爱，进退可度，周旋可则，容止可观，作事可法，德行可象，声气可乐，动作有文，言语有章，以临其下，谓之有威仪也。①

诗歌运用重章叠唱手法，三章的前三句只有"猗猗""青青""如箦"六字不同。君子的形象从重视学问、道德的内在修炼，到外在形象风华出众、高贵优雅，再到学问大成如圭璧，道德精粹如金锡；接着动态展现君子的心胸宽广，举止从容，幽默从容，心怀宽厚。这些描写使君子的形象饱满、生动，形神兼具，让人敬之、爱之、喜之。第一、第二章的后四句"瑟兮僩兮，赫兮咺兮。有匪君子，终不可谖兮"则是叠句，反复咏唱卫武公是一个庄严威武、卓尔不群、文采风流的君子，让人见之难忘。回环往复的吟唱，既起到了一唱三叹、一往情深的抒情效果，也增强了诗歌的音乐性。通过对卫武公令德令仪的赞美，反映了先秦内德与外仪互为表里的审美观念，美的德行与美的仪容是一体的。

诗中的"君子"是古代对贵族男子的尊称，是身份的美称，也是品格的美称。"在先秦人的文化观念里，'君子'不但要有一定的社会地位，还要有高尚的品德，从这个意义上讲，并不是所有周代贵族都可以称得是'君子'，只有在贵族中那些才德出众和有特异节操之人，才算得上真正的君子。"②

《卫风·淇奥》可谓君子的赞歌，也表达了人们对君子人格的热情赞扬与期许。所谓"有匪君子"，就是君子有文章礼义的意思，毛《传》云："匪，有文章貌。"可见，这首诗集中地展现了人们对君子人格的理解。

---

① 郭丹等译注：《左传·襄公三十一年》（中册），北京：中华书局，2012年，第1531页。
② 赵敏俐：《先秦君子风范》，北京：东方出版社，1999年，第6页。

曹植《君子行》列述了君子的行为方式：

> 君子防未然，不处嫌疑间。瓜田不纳履，李下不正冠。嫂叔不亲授，长幼不比肩。劳谦得其柄，和光甚独难。周公下白屋，吐哺不及餐。一沐三握发，后世称圣贤。

《诗经》中的"君子"还常作为女子对爱人的称呼。《小雅·出车》："喓喓草虫，趯趯阜螽。未见君子，忧心忡忡。"《郑风·风雨》："风雨凄凄，鸡鸣喈喈。既见君子，云胡不夷？"《王风·君子于役》："君子于役，不知其期。"在宴饮诗中，"君子"往往是主人对宾客的称呼。如《小雅·鹿鸣》："视民不恌，君子是则是效。"《小雅·湛露》："显允君子，莫不令德。"

召南·甘棠

蔽芾（fèi）甘棠，勿翦勿伐，召伯所茇（bá）。
蔽芾甘棠，勿翦勿败，召伯所憩。
蔽芾甘棠，勿翦勿拜，召伯所说（shuì）。

【解题】
《召南·甘棠》是一首赞美和怀念召伯的诗作。《毛诗序》云："《甘棠》，美召伯也。召伯之教，明于南国。"① 郑《笺》云："召伯听男女之讼，不重烦百姓，止舍小棠之下而听断焉，国人被其德，说其化，思其人，敬其树。"②

【释义】
蔽：可蔽风日。芾：枝叶茂盛的样子。甘棠：棠梨，杜梨。翦：翦其枝叶。伐：砍伐，指伐其条干。召伯：即召公，姬姓名奭。茇：露宿。甘棠树茂密又高大，莫剪枝叶莫砍伐，召伯曾露宿在树下。

败：毁坏。憩：休息。

拜：屈、折。说：通"税"，停留、歇下。

【赏析】
召南是召公治理的地域，相传召公在甘棠树下处理政务、起居休息。这首诗把对召公的崇敬之情，通过对甘棠树的保护抒发了出来。

① ［汉］毛亨传，［汉］郑玄笺，［唐］孔颖达疏：《毛诗正义》卷第一（一之四），李学勤主编：《十三经注疏》，北京：北京大学出版社，1999 年，第 91 页。

② ［汉］毛亨传，［汉］郑玄笺，［唐］孔颖达疏：《毛诗正义》卷第一（一之四），李学勤主编：《十三经注疏》，北京：北京大学出版社，1999 年，第 92 页。

诗共三章，每章三句。三句成章的作品在《诗经》中所占比重不高，是一种古老的诗歌样式。每章第二句开头两字都是"勿翦"，提醒在甘棠树下休息的人不要对它有所侵削。"勿翦"是带有概括性的警示，还没有涉及具体的动作方式。各章第二句后面依次出现的"勿伐""勿败""勿拜"是对具体伤害方式的禁止。伐，是砍伐，对甘棠的伤害最严重，会导致树木死亡。败，指损伤，会使树木遭到摧残，受伤害的程度轻于砍伐。拜，指拉低树枝或使之弯曲，树所受的伤害很轻微。诗歌叙述各种行为对甘棠的伤害程度，按从重到轻的顺序递减排列，而抒发的感情却越来越强烈，表现出递增的趋势。对召伯所依托的甘棠树，不但禁止乘凉的人砍伐，也不能折断枝叶，甚至连拉低树枝都不允许，这组动词的妙处在于逐层深化对召伯怀念、敬仰的主题。

《诗经》解读

曹风·鸤鸠

鸤鸠在桑，其子七兮。淑人君子，其仪一兮。其仪一兮，心如结兮。

鸤鸠在桑，其子在梅。淑人君子，其带伊丝。其带伊丝，其弁（biàn）伊骐（qí）。

鸤鸠在桑，其子在棘。淑人君子，其仪不忒（tè）。其仪不忒，正是四国。

鸤鸠在桑，其子在榛。淑人君子，正是国人。正是国人，胡不万年？

【解题】

《曹风·鸤鸠》是一首颂美曹国先君的诗作。方玉润《诗经原始》以为此诗"追美曹之先君德足正人也"①。"诗词宽博纯厚，有至德感人气象。外虽表其仪容，内实美其心德。"②"回环讽咏，非开国贤君未足当此。"③

【释义】

鸤鸠：布谷鸟，亦作尸鸠。淑人：善人。仪：言行。结：团结，言心之坚定。弁：皮帽。骐：青黑色的马，这里形容帽饰。棘：酸枣树。忒：偏差。正：长官。国人：全国人民。胡：何。

【赏析】

诗共四章，每章六句。各章都以鸤鸠及其子起兴，实包含两层意思。一是鸤鸠即布谷鸟，该鸟仁慈，"布谷处处催春耕"，裨益人间；又喂养众多小鸟，无偏无

---

① ［清］方玉润撰，李先耕点校：《诗经原始》，北京：中华书局，1986年，第300页。

② ［清］方玉润撰，李先耕点校：《诗经原始》，北京：中华书局，1986年，第300页。

③ ［清］方玉润撰，李先耕点校：《诗经原始》，北京：中华书局，1986年，第301页。

私，平均如一。《诗经集传》谓："饲子朝从上下，暮从下上，平均如一也。"① 二是"鸤鸠在桑"，始终如一，操守不变，而"其子"忽而在梅树，忽而在酸枣树，"子自飞去，母常不移也"②。正以兴下文"淑人君子""其仪一兮""其仪不忒"的美德。

第一、第二章歌颂仪容。首章就仪表而言，"如一"谓始终如一地有威仪，包括庄重、整饬等，也赞美了"淑人君子"充实坚贞、稳如磐石的内心世界。次章举"仪"之一端，丝带、缀满五彩珠玉的皮帽，将"仪"之美具体化、形象化，让人举一反三，想象出"淑人君子"的华贵风采。

第三、第四章是颂"仪"之用，即内修外美的"淑人君子"对于安邦治国、佑民睦邻的重要作用。第三章的"其仪不忒"句起到承上启下的转折作用。第四章的末句"胡不万年"，则将整篇的颂扬推至巅峰：这样贤明的君王何不万寿无疆？

大雅·烝民

天生烝民，有物有则。民之秉彝（yí），好是懿（yì）德。天监有周，昭假于下。保兹天子，生仲山甫。

仲山甫之德，柔嘉维则。令仪令色，小心翼翼。古训是式，威仪是力。天子是若，明命使赋（fū）。

王命仲山甫：式是百辟，缵（zuǎn）戎祖考，王躬是保。出纳王命，王之喉舌。赋政于外，四方爰发。

肃肃王命，仲山甫将之。邦国若否（pǐ），仲山甫明之。既明且哲，以保其身。夙夜匪解（xiè），以事一人。

人亦有言：柔则茹之，刚则吐之。维仲山甫，柔亦不茹，刚亦不吐。不侮矜（guān）寡，不畏强御。

人亦有言：德輶（yóu）如毛，民鲜克举之。我仪图之，维仲山甫举之，爱莫助之。衮（gǔn）职有阙，维仲山甫补之。

仲山甫出祖，四牡业业，征夫捷捷，每怀靡及。四牡彭（bāng）彭，八鸾锵锵。王命仲山甫，城彼东方。

四牡骙（kuí）骙，八鸾喈喈。仲山甫徂齐，式遄（chuán）其归。吉甫作诵，穆如清风。仲山甫永怀，以慰其心。

---

① ［宋］朱熹注：《诗经集传》，上海：上海古籍出版社，1987年，第59页。
② ［宋］朱熹注：《诗经集传》，上海：上海古籍出版社，1987年，第59页。

【解题】

《大雅·烝民》是周宣王时代重臣尹吉甫送别"城彼东方"的仲山甫，颂美仲山甫之德才的诗作。"不侮矜寡，不畏强御。"刚柔相济，文武双全。朱熹《诗经集传》认为是"宣王命樊侯仲山甫筑城于齐，而尹吉甫作诗送之"①。

【释义】

烝民：烝，众，庶民，泛指百姓。彝：常理，常性。懿：美。假：至。仲山甫：樊侯，为宣王卿士，字穆仲。天生众民性相合，万物本自有法则。人心自然秉常性，全都喜爱好品德。上帝审视我周朝，向神祈祷心虔诚。保佑当今周天子，生仲山甫辅君侧。

式：用，效法。若：顺。赋：通"敷"，颁布。

辟：君，此指诸侯。缵：继承。戎：你。王躬：指周王。出纳：指受命与传令。喉舌：代言人。爰发：乃执行。

肃肃：严肃。将：行。若否：好坏。解：通"懈"。一人：指周天子。知识渊博明事理，保全节操有美名。早起晚睡不懈怠，对王尽心善侍奉。

茹：吃。矜：同"鳏"，老而无妻。强御：强悍。鳏夫寡妇他不欺，碰着强暴狠打击。

輶：轻。鲜：少。仪图：揣度。衮：绣龙图案的王服，此代指周王。天子龙袍有破缺，独有仲山甫能弥补。此处指仲山甫能匡正周王之过错。

祖：祭路神。业业：高大雄壮的样子。捷捷：举动敏捷的样子。彭彭：雄壮有力的样子。鸾：鸾铃。

骙骙：同"彭彭"。遄：速。吉甫：尹吉甫，宣王大臣。穆：和美。永：长。

【赏析】

全诗的基调是尹吉甫对仲山甫的颂扬与送别。

第一章颂扬仲山甫应天运而生。第二章至第六章赞美仲山甫的德才与政绩。他能继承祖先事业，成为诸侯典范，是天子的忠实代言人；之后说他洞悉国事，明哲忠贞，勤政报效周王；继而说他个性刚直，不畏强暴，不欺弱者；进而说他德高望重，能补朝政之阙。第七、第八两章写仲山甫奉王命赴东方督修齐城，尹吉甫临别作诗相赠，祝愿其功成早归。

此诗是成语"小心翼翼""爱莫能助"的词源，诗中的"既明且哲，以保其身"是成语"明哲保身"的词源。

---

① ［宋］朱熹注：《诗经集传》，上海：上海古籍出版社，1987年，第145页。

郑风·羔裘

羔裘如濡，洵直且侯。彼其之子，舍命不渝。

羔裘豹饰，孔武有力。彼其之子，邦之司直。

羔裘晏兮，三英粲兮。彼其之子，邦之彦（yàn）兮。

【解题】

《郑风·羔裘》是一首赞美优秀官吏的诗作。可能是赞扬郑国名臣子产的。

【释义】

羔裘：羔羊皮裘。濡：润泽。洵：诚然，确实。侯：美。彼其：他那个人。舍命：舍弃生命。渝：改变。

豹饰：用豹皮装饰袖口。羔裘豹饰是当时通行的贵族服制。孔武：特别勇武。司直：负责正人过失的官吏。

晏：鲜艳的样子。三英：指羔裘对襟两边的丝绳，一边三条白色的丝绳，即"素丝"。粲：光耀。彦：美士，指贤能之人。

【赏析】

全诗三章，每章四句。三章叠咏，各章首句写羔裘的外在美，后三句赞美穿此羔裘的人的内在美。羔裘是当时贵族休闲时所穿的服装。《桧风·羔裘》写道："羔裘逍遥，狐裘以朝。""羔裘翱翔，狐裘在堂。"身穿狐裘要在官府处理公务，穿羔裘则是逍遥、翱翔，处于休闲状态。朱熹《诗经集传》："言此羔裘润泽，毛顺而美，彼服此者，当生死之际，又能以身居其所受之理，而不可夺。盖美其大夫之辞。然不知其所指矣。"[1] 从羊羔皮制的朝服的质地、装饰，联想到穿朝服的官员的才能、品德。诗以礼服的高贵华丽衬托君子的美德形象，以服饰的华美象征君子高贵的品德。

首章描写了羊皮袍子的皮毛质地是如何的润泽光滑，借以赞美穿羊皮袍子的官员正直美好、能舍命为公的气节。次章写袍子上的豹皮装饰，从而联想到穿这件衣服的人威武有力，借以赞美穿羊皮袍子的官员能支持正义的品格。末章写袍子是如何的鲜艳漂亮，借以赞美穿羊皮袍子的官员不愧是国家的贤俊。人衣相配，美德毕现，颂美了这位官员才德出众，外在美、气质美和品行美、形象美高度统一。

---

① ［宋］朱熹注：《诗经集传》，上海：上海古籍出版社，1987 年，第 35 页。

第三节　颂美共叔段

郑武公有两子。长子因出生时难产，倒着生出，故名寤生，为其母武姜所恶；次子名段，深受其母宠爱。姬寤生即位为郑庄公。姬段帅气英武，但由于母亲姜氏对他过分宠爱偏袒，滋长了他的野心。姬段和母亲企图谋反，后被平定。"郑伯克段于鄢"之事被列在《春秋》首章。姬段流亡到共地（即今河南卫辉），后称共叔段。其母武姜被囚于城颍，郑庄公发誓说："不及黄泉，无相见也。"后来庄公感到后悔，听从颍考叔的建议，"阙地及泉，隧而相见"，与母亲和好如初。

郑风·叔于田

叔于田，巷无居人。岂无居人？不如叔也，洵美且仁！

叔于狩，巷无饮酒。岂无饮酒？不如叔也，洵美且好！

叔适野，巷无服马。岂无服马？不如叔也，洵美且武！

【解题】

《郑风·叔于田》是一首颂美郑庄公之弟太叔段的诗。太叔是郑庄公之弟，母亲姜氏对他过分宠爱偏袒，导致他成为郑庄公的政敌。最终兄弟兵戎相见，太叔兵败，流亡到共地，即今河南卫辉。

【释义】

叔：古代兄弟次序为伯、仲、叔、季，年岁较小者统称为叔。此指郑庄公之弟太叔段，又称共叔段。于：去，往。田：同"畋"，打猎。洵：确实。仁：仁厚。太叔段去打猎，里巷像是没了人。哪是真的没有人？没人比得上太叔，实在帅气又仁厚。

狩：冬猎。好：指性格和善。适：往。服马：骑马。武：英武。第二、第三章重章叠唱，反复吟唱对太叔段的赞美，实在是又潇洒又和善又英武。

【赏析】

全诗三章，每章五句。善于运用设问、对比、夸张的艺术手法，人物形象生动，呼之欲出。每章第二句否定，第三句反诘，第四句回答，第五句说明原因，自问自答，奇峰突起，余味无穷。清代陈震《读诗识小录》评价说："平说安能警策，突翻突折，簸弄尽致，文笔最奇。"而"巷无居人""巷无饮酒""巷无服马"的夸张描写，写出了对共叔段的颂美之意，将众人"不如叔也"的平庸与共叔段"洵美且仁""洵美且好""洵美且武"的超卓两者间的对比反差强调到极致。

郑风·大叔于田

　　叔于田，乘（chéng）乘（shèng）马。执辔如组，两骖如舞。叔在薮（sǒu），火烈具举。袒裼（tǎn xī）暴虎，献于公所。将（qiāng）叔无狃，戒其伤女。

　　叔于田，乘乘黄。两服上襄，两骖雁行（háng）。叔在薮，火烈具扬。叔善射忌，又良御忌。抑磬（qìng）控忌，抑纵送忌。

　　叔于田，乘乘鸨（bǎo）。两服齐首，两骖如手。叔在薮，火烈具阜。叔马慢忌，叔发罕忌。抑释掤（bīng）忌，抑鬯（chàng）弓忌。

【解题】

《郑风·大叔于田》是一首颂美郑庄公之弟太叔段狩猎场面的诗。

【释义】

　　乘：古时一车四马叫一乘。辔：驾驭牲口的缰绳。组：用丝编成的带子。骖：驾车的四马中外侧两边的马。薮：低湿多草木的沼泽地。火烈：打猎时放火烧草，阻断野兽的逃路。具：同“俱”。举：行动，此指点燃火。袒裼：脱衣袒身。暴：通“搏”，搏斗。公所：君王的宫室。将：请，愿。无狃：不要掉以轻心。女：通“汝”，你，此指太叔。太叔前往去狩猎，驾驭四马拉的车。手持缰绳如丝带，两侧骖马如起舞。太叔在那沼泽地，烈火都已燃烧起。赤膊徒手搏老虎，把它奉献给国君。还请太叔勿疏忽，提防老虎伤害你。

　　乘黄：四匹黄马。两服：在内侧驾车的两匹马。上襄：昂起。雁行：像飞行的大雁那样排列整齐有序。扬：上扬。忌：语气词。良御：擅长驾驭车辆。抑：发语词，含有“忽而”之意。抑磬控忌：磬控，谓控制，能够加以控制。抑纵送忌：纵，放出；送，追逐。指能够向外推进追逐。太叔擅长射弓箭，又精通驾驭车辆。他会收敛能控制，又能驰骋善追逐。

　　鸨：黑白相间的马。齐首：齐头并进。如手：如同人的左右手。指驾驭骖马技术娴熟。阜：旺盛。发：射箭。罕：少。释掤：揭开箭筒的盖子。释：揭开。掤：箭筒的盖子。鬯：指弓套，装弓的袋子。鬯弓：将弓放进弓套里。太叔前往去狩猎，驾车四马黑间白。中间服马齐头进，骖马如手自主行。太叔冲进深草地，四面猎火熊熊烧。太叔控马渐慢行，太叔放箭渐稀少。打开箭筒收起箭，收弓装入弓袋里。

【赏析】

　　全诗三章，每章十句，叙述了狩猎的全过程。第一章节奏急促，徒手搏虎营造了热烈高涨的气氛。第二章有张有弛，缓急相济。第三章则是以慢镜头推出，节奏舒缓。

　　全诗三章都提到以烈火焚烧草木的情节，这是那个时期狩猎的重要方式。通过点燃烈火，把野兽从草木中驱赶出来，以便猎取，这是一种原始的狩猎习俗。

共叔段不但是赤手搏虎的勇士，而且擅长驾驭车辆和射箭。诗歌从两个方面加以描写他的御艺。一是展示太叔本人驾驭车辆的轻松从容，以"执辔如组"进行形容。驾驭车辆时，如果是四匹马拉车，那么，驭手就要握六根缰绳。马匹在行进时靠拉动缰绳加以控制，如果驭艺生疏，就要总是拉紧缰绳；而对于技艺娴熟的驭手来说，则是张弛有度，游刃有余。太叔是驾驭的高手，因此，缰绳在他手中如同柔软的丝带，操作起来轻松自如。类似的描述还见于《邶风·简兮》，诗中描写舞师称："有力如虎，执辔如组。"《小雅·车辖》中的"四牡骒骒，六辔如琴"是指手持缰绳如拨动琴弦。二是通过对驾车马匹的描写——"两骖如舞"，来形容马匹的协调一致。"两骖雁行""两服齐首，两骖如手"，是赞美马匹的整齐有序。"两服上襄"，则是突出马匹有活力，昂首阔步前行。

太叔"袒裼暴虎"，赤膊与猛虎搏斗，是一种风险极大的狩猎方式。《孟子·尽心下》记载另一位赤手搏虎英雄冯妇：

> 晋人有冯妇者，善搏虎，卒为善士则之。野有众逐虎，虎负嵎莫之敢撄。望冯妇，趋而迎之。冯妇攘臂下车，众皆悦之，其为士者笑之。

最后一句"其为士者笑之"，指冯妇面对众人的微笑，表示自己徒手搏虎稳操胜券，具有大将风度。

"暴虎""冯河"成为先秦常用的词语。《小雅·小旻》："不敢暴虎，不敢冯河。人知其一，莫之其他。"采用比喻的方式，叙述自己对现实政治采取谨慎的态度，因而受到别人嘲笑，认为自己胆小怯懦，其实他有自己的苦恼。《论语·述而》写道："暴虎冯河，死而无悔者，吾不与也。必也临事而惧，好谋而成者也。"孔子不与那些赤膊搏虎、徒步涉渡黄河的人为伍，不赞成这种冒险行为。

第二十一章　怨刺诗

第一节　刺征役之苦

　　怨刺诗主要保存在《风》和《小雅》中。政治黑暗，社会礼崩乐坏时，人们作怨刺诗来抒发怨愤之情，表达讽刺之义，这类诗被称为"变风""变雅"。《毛诗大序》说："至于王道衰，礼义废，政教失，国异政，家殊俗，而变风、变雅作矣。国史明乎得失之迹，伤人伦之废，哀刑政之苛，吟咏情性，以风其上，达于事变而怀其旧俗也。"唐孔颖达疏："怨与刺皆自下怨上之辞。怨者，情所恚恨；刺者，责其愆咎，大同小异耳。"① 故而狭义的怨刺诗主要指怨刺上政的政治怨刺诗，直接指向现实政治生活，控诉统治者或残暴，或昏庸，或淫乱，由此导致政治黑暗腐败、国运衰败、民生哀怨。

唐风·鸨羽

　　肃肃鸨（bǎo）羽，集于苞栩（xǔ）。王事靡盬，不能蓺稷黍，父母何怙（hù）？悠悠苍天，曷其有所？

　　肃肃鸨翼，集于苞棘（jí）。王事靡盬，不能蓺黍稷，父母何食？悠悠苍天，曷其有极？

　　肃肃鸨行，集于苞桑。王事靡盬，不能蓺稻粱，父母何尝？悠悠苍天，曷其有常？

【解题】
　　《唐风·鸨羽》是一首反映征役之苦的诗作。农民长期服役，不能耕种养活父母，作诗表示怨愤和抗争。

【释义】
　　鸨：鸟名，似雁而大，背上有黄褐色和黑色斑纹，不善飞而善于走，群栖于草

---

　　① ［汉］毛亨传，［汉］郑玄笺，［唐］孔颖达疏：《毛诗正义》卷第一（一之一），李学勤主编：《十三经注疏》，北京：北京大学出版社，1999年，第16页。

原。肃肃：鸟翅扇动的响声。苞，丛生。栩：柞树。蓺：种植。稷：高粱。黍：黍子，黄米。怙：依靠。所：居处。鸨鸟振翅肃肃响，落在丛生柞树上。君王徭役无休止，不能种植稷黍粮。年迈父母吃什么？高高在上的老天啊，我们何时能安居？

鸨

棘：酸枣树。极：尽头。行：鸟翅。粱：即粟，去壳后称"小米"。尝：吃。常：正常的生活。第二、第三两章重章叠唱，反复倾诉徭役无休止，无法赡养父母的痛心和怨愤，怨愤至极而向老天呼告：这样的日子何时是尽头？何时能过上正常的生活？

【赏析】

西周晚期，王室衰微，戎狄交侵，征战不休。平王东迁之后，诸侯兼并，大国争霸，战争连年不断。征役繁重，父母失养，夫妻离散，人民痛苦不堪，征夫厌战思归。征人终年行役，田地荒芜失种，老弱妇孺饿死沟壑，正是春秋战国时期战乱频仍的现实反映。

诗共三章，每章七句。第一章运用比法，以本应在草原栖息的鸨鸟却栖息在树上的失常现象，比况让农民抛弃务农的本业，常年从事征役而无法劳作的不正常生活。朱熹《诗经集传》："比也。……言鸨之性不树止，而今乃飞集于苞栩之上，如民之性本不便于劳苦，今乃久从征役，而不得耕田以供子职也。"[1] 征役无休止，不能正常种庄稼，父母依靠什么生活？"王事靡盬，不能蓺稷黍，父母何怙？"运用反问，加强语气，激发读者的感情，给读者留下深刻的印象。诗人以极其怨愤的

---

① ［宋］朱熹注：《诗经集传》，上海：上海古籍出版社，1987 年，第 48 页。

口吻对统治者发出强烈的抗议与控诉，甚至悲愤地向老天呼号：什么时候能安居乐业？这样的日子何时能结束？何时能过上正常的生活？陈继揆《读风臆补》卷十评说："一呼父母，再呼苍天，愈质愈悲，读之令人酸痛摧肝。"①

第二、第三两章重章叠唱，反复抒发父母失养无法尽孝的悲痛，抗议征役的繁重。在反复的咏唱中，征人无以赡养父母的悲愤、对长年征役的厌倦、对正常生活的向往，各种感情交织在一起，结合语气强烈的反问和悲愤至极的向天而问，情感喷涌而出，撼人心魄。

小雅·何草不黄

何草不黄？何日不行？何人不将，经营四方？

何草不玄？何人不矜（guān）？哀我征夫，独为匪民。

匪兕（sì）匪虎，率彼旷野。哀我征夫，朝夕不暇。

有芃（péng）者狐，率彼幽草。有栈之车，行彼周道。

【解题】

《小雅·何草不黄》是一首怨刺征役不息的诗，描写了行役在外的征夫生活艰险辛劳，表达了对遭受非人待遇的抗议和控诉。

【释义】

行：出行，指行军。将：出征。什么草儿不枯黄？哪一天不奔忙？哪个人不出征，往来奔走于四方？

玄：红黑色，草枯烂的颜色。矜：通"鳏"，老而无妻。独：偏偏。匪民：不被当人看。什么草儿不黑烂？哪个不是光棍汉？可悲啊我们征夫，偏偏不被当人看。

匪：通"非"。兕：野牛。率：循，沿着。芃：同"蓬"。不是野牛不是虎，天天在旷野出入。可怜啊我们征夫，早晚奔忙没闲暇。

有芃，即"芃芃"，兽毛蓬松的样子。幽：深。有栈：即"栈栈"，役车高高的样子。周道：大道。狐狸身上毛蓬松，出没在深深草丛。高高役车道中行，走在长长大路上。

【赏析】

全诗四章，每章四句，皆以征途所见景物诸如枯草、虎、狐等起兴，渲染岁月迟暮、万物凋零的生存环境。诗人如同火山爆发般抛出一连串愤怒的询问：什么草儿不枯黄？哪个士卒不奔波？哪个国人不当兵？哪个士兵非鳏寡？既描绘了年复一

---

① ［明］戴君恩撰，［清］陈继揆补辑，董露露点校：《读风臆补》，北京：语文出版社，2019 年，第117 页。

年、日复一日征战荒野的凄惨图景，也反映了这种生活对人的残酷摧残，人不如野兽的现实，具体可感。

第一章以"何草不黄"起兴，运用句法相因式的起兴模式，兴起下文的征人"何日不行"。兴句和对句之间没有意义联系，兴句和对句都是相同的句式："何……不……?"否定的反问表肯定，上下相因关系都是逻辑上的"都"，什么草都枯黄，天天都在行役。这首诗写的不是"念吾一身，飘然旷野"（南北朝民歌《陇头歌辞》）的个人悲剧，而是"碛里征人三十万"（唐李益《从军北征》）的天下人人与共的社会悲剧。"何草不黄? 何日不行? 何人不将，经营四方?"三个反问句连用，情感喷薄而出，愤慨之气溢于言表。

第二章以"何草不玄"起兴，兴起征夫自哀生活艰辛。"哀我征夫，独为匪民"，生于乱世，人命如草芥、不被当人看，直接宣泄怨愤之情。

第三章作者发出了久压心底的怨怼：我们不是野牛、老虎，也不是出没在深草丛中的狐狸，为何却像野兽一样常年在旷野、幽草中穿梭?

第四章征夫借眼前景寄心中情，抒发乱世人的悲哀、无奈。方玉润《诗经原始》说："纯是一种阴幽荒凉景象，写来可畏。所谓'亡国之音哀以思'也。诗境至此，穷仄极矣!"① 陈震《读诗识小录》通过比较提出，《何草不黄》气息奄奄，已是末世的气象，是真正的亡国之音："《北山》《鸨羽》诸诗，亦怨行役，然作者犹有生气，读者犹为之生怨心也。至读此诗，但觉其气象直如木落草枯、霜寒日薄。作者之怨，并无生气，读者为之索然意尽耳。文章随乎世运，笔墨发乎性情，信然。"② 不过，怨终归是怨，命如草芥、生同禽兽的征夫无法改变自己作为战争工具的命运。诗末言"有栈之车，行彼周道"，战车仍然行驶在大路上，战争仍然在继续。这种毫无希望、无法改变的痛苦泣诉，深得风诗之旨，最大限度地展示了征人的悲苦。

诗用五个反问句将情感喷发而出，愤慨之气溢于言表。特别是"哀我征夫，独为匪民?"痛彻心肺的呼告，喊出了"宁为太平犬，莫作乱离人"（元代施惠《幽闺记》第十九出）的征夫心语。后世写征役无休止、征夫苦难的诗歌很多。如汉乐府民歌《十五从军征》："十五从军征，八十始得归。"唐代韦应物《观田家》："仓禀无宿储，徭役犹未已。"唐代杜甫《兵车行》："或从十五北防河，便至四十西营田。去时里正与裹头，归来头白还戍边。"杜甫《新婚别》："嫁女与征夫，不如弃路旁。结发为妻子，席不暖君床。"都是讽刺统治者不恤百姓，抒发征夫不幸与怨愤的诗作。

---

① ［清］方玉润撰，李先耕点校：《诗经原始》，北京：中华书局，1986 年，第 472 页。

② ［清］陈震：《读诗识小录》，李永明：《北京师范大学图书馆藏稿抄本丛刊》（第 2 册/第 3 册），北京：国家图书馆出版社，2011 年，第 227 页。

拓展阅读

小雅·祈父

祈父（fǔ）！予王之爪（zhǎo）牙。胡转予于恤？靡所止居！

祈父！予王之爪士。胡转予于恤？靡所厎（zhǐ）止！

祈父！亶不聪。胡转予于恤？有母之尸饔（yōng）。

【解题】

《小雅·祈父》是一首写王都卫士斥责司马将军的诗。方玉润《诗经原始》说："禁旅责司马征调失常也。"① 按古制，保卫王室和都城的武士只负责都城的防务和治安，一般情况下是不外调去征战的。但在这里，掌管王朝军事的祈父（司马）却破例地调遣王都卫队去前线作战，致使卫士们心怀不满。朱熹《诗经集传》："赋也……军士怨于久役，故呼祈父而告之曰：'予乃王之爪牙，汝何能转我于忧恤之地，使我无所止居乎？'"②

【释义】

祈父：周代执掌都城禁卫的高级官员，即司马。予：是。爪牙：保卫国王的虎士，喻指武将。恤：忧，此指可忧的战场。所：住所。止居：居住。

厎止：即"定止"，犹"止息"。

亶：确实。不聪：不闻，不了解下情。尸饔：陈飨以祭祀；饔，熟食。

【赏析】

全诗三章，每章四句，皆以质问的语气直抒内心的怨恨。由于祈父的"不聪"，使征夫们"靡所止居""靡所厎止""有母之尸饔"，可谓字字血、声声泪。朱熹《诗经集传》云："（第三章）言不得奉养而使母反主劳苦之事也。东莱吕氏曰：越勾践伐吴，有父母者，老而无昆弟者，皆遣归。魏公子无忌救赵，亦令独子无兄弟者归养。则古者有亲老而无兄弟，其当免征役，必有成法。故责司马之不聪，其意谓此法，人皆闻之，汝独不闻乎？乃驱吾从戎，使吾亲不免薪水之劳也。责司马者，不敢斥王也。"③

小雅·渐渐之石

渐（chán）渐之石，维其高矣。山川悠远，维其劳矣。武人东征，不皇朝矣。

---

① ［清］方玉润撰，李先耕点校：《诗经原始》，北京：中华书局，1986年，第377页。

② ［宋］朱熹注：《诗经集传》，上海：上海古籍出版社，1987年，第83页。

③ ［宋］朱熹注：《诗经集传》，上海：上海古籍出版社，1987年，第83页。

渐渐之石，维其卒（cuì）矣。山川悠远，曷（hé）其没矣。武人东征，不皇出矣。

有豕白蹢（dí），烝涉波矣。月离于毕，俾滂沱矣。武人东征，不皇他矣。

【解题】

《小雅·渐渐之石》是一首记述军士出征途中劳苦之情的诗作。《毛诗序》："《渐渐之石》，下国刺幽王也。戎狄叛之，荆舒不至，乃命将率东征。役久病于外，故作是诗也。"① 朱熹《诗经集传》："将帅出征，经历险远，不堪劳苦而作此诗也。"②

【释义】

渐渐：借为"巉巉"，险峭的样子。皇：同"遑"，闲暇。

卒：借为"崒"，高峻而危险的样子。曷：何。没：尽。出：出险。

蹢：蹄子。烝：众多。离：借作"丽"，依附，此指靠近。毕：星宿名，二十八宿之一，又叫"天毕"。

【赏析】

《小雅·渐渐之石》反映了战士征战生活的艰辛与苦难。诗采用全景手法，详尽列出征战途中自然景物的不断变化："渐渐之石，维其高矣。""渐渐之石，维其卒矣。"以地形变化渲染山高水长、风雨交加的征行历程，淋漓尽致地表现出征战士卒们戎马倥偬与劳苦困顿的惶悚情状，雄奇而沉郁，慷慨而悲壮。

全诗三章，每章六句。头两句写所见，中间两句写所感，叹惋山川遥远，跋涉攀援，步步维艰，疲劳不堪，十分盼望快点抵达目的地。"武人东征"一句贯穿全诗，三章都有，点明抒情主体与事件。第一章"不皇朝矣"，说明行军紧急，起早摸黑，天未亮就上路。第二章"不皇出矣"写行军不断深入，无暇顾及以后能否脱险，生命已置之度外。第三章诗人笔锋一转，突然转向天空，描写星空气象"月离于毕"，暗示是夜晚行军。方玉润《诗经原始》云："此必当日实事。月离毕而大雨滂沱，虽负涂曳泥之豕，亦烝然涉波而逝，则人民之被水灾而几为鱼鳖者可知，即武人之沾体涂足，冒险东征，而不遑他顾者更可见。四句只须倒说，则文理自顺，情景亦真。诗人造句结体与文家迥异，不可以辞而害意也。"③

① ［汉］毛亨传，［汉］郑玄笺，［唐］孔颖达疏：《毛诗正义》卷第十五（十五之三），李学勤主编：《十三经注疏》，北京：北京大学出版社，1999年，第1099页。

② ［宋］朱熹注：《诗经集传》，上海：上海古籍出版社，1987年，第117页。

③ ［清］方玉润撰，李先耕点校：《诗经原始》，北京：中华书局，1986年，第469页。

第二节　刺劳役不均

　　《诗经》中有不少诗篇描写上层的腐败和下层的怨愤，抒发下层人民的辛劳、痛楚、苦闷和不满，如《小雅·北山》《召南·小星》《曹风·候人》《邶风·北门》等。这种劳逸不均的现象历代都存在，有人安逸而无过，有人辛劳而无功；有人只耍嘴皮子，有人踏实干工作。从两三千年的周代至今，劳逸不均，古今无二。

小雅·北山

　　陟彼北山，言采其杞。偕偕士子，朝夕从事。王事靡盬，忧我父母。

　　溥（pǔ）天之下，莫非王土；率土之滨，莫非王臣。大夫不均，我从事独贤。

　　四牡彭（bāng）彭，王事傍（bēng）傍。嘉我未老，鲜（xiǎn）我方将。旅力方刚，经营四方。

　　或燕燕居息，或尽瘁事国。或息偃在床，或不已于行（háng）。

　　或不知叫号（háo），或惨惨劬劳。或栖迟偃仰，或王事鞅掌（yāng zhǎng）。

　　或湛（dān）乐饮酒，或惨惨畏咎。或出入风议，或靡事不为。

【解题】
　　《小雅·北山》是周朝一位士人因怨恨劳逸不均而发出的不平之鸣。《毛诗序》说："役使不均，已劳于从事，而不得养其父母焉。"①

【释义】
　　杞：枸杞。偕偕：健壮的样子。士：周王朝或诸侯国的低级官员。登上北山采枸杞，健壮士子早晚忙。王家差事无休止，忧心父母无人养。

　　溥：广大。率：自，从。滨：水边。均：公平。贤：繁重。普天之下均王土，四海之内皆王臣。大夫派差不公允，我的差事最繁重。

　　牡：公马。彭彭：雄壮有力的样子。傍傍：忙于奔走不得休息的样子。鲜：少而难得，指称赞。将：强壮。旅：通"膂"，旅力，体力。经营：往来奔走劳作的意思。四匹马驾车奔路上，王事纷乱又繁多。夸奖我还不老，称赞我正强壮。说我

---

　　① ［汉］毛亨传，［汉］郑玄笺，［唐］孔颖达疏：《毛诗正义》卷第十三（十三之一），李学勤主编：《十三经注疏》，北京：北京大学出版社，1999年，第931页。

身体正强壮，营治四方理应当。

燕燕：安闲自得的样子。居息：在家休息。尽瘁：精力耗尽。偃：仰卧。行：道路。有人安安逸逸在家休息，有人殚精竭虑为国效劳。有人舒舒服服躺在床上，有人疲于奔命走在路上。

叫号：呼叫号哭。孔颖达疏："居家用逸，不知上有征发呼召者。"惨惨：忧虑不安的样子。栖迟：游玩休息。偃仰：俯仰自得的样子。鞅掌：职事纷扰繁忙。有人不知民生疾苦，有人忧国勤于政事。有人游玩休息真逍遥，有人公事繁忙累弯腰。

湛乐：过度逸乐。咎：罪责，灾殃。风议：放言高论。有人过度安逸沉迷饮酒，有人战战兢兢怕受责备。有人进进出出高谈阔论，有人忙忙碌碌事事要做。

【赏析】

周代王和诸侯的官员分为卿、大夫、士三等，士是统治阶层中的下层官吏。

诗前三章陈述士的工作繁重、朝夕勤劳、四方奔忙，发出"大夫不均，我从事独贤"的怨愤。"嘉我未老"三句典型地勾画出大夫役使下属的手腕。

后三章运用铺陈和对比手法，十二句接连铺陈十二种现象，每两种现象是一个对比，通过六个对比，描绘出两种鲜明对立的形象，给人以强烈的震撼。有人成天安闲舒适，在家里高枕无忧，饮酒享乐睡大觉，朝廷征召不闻不问，什么事都不干，还挑别人的毛病。而有人殚精竭虑，奔走不息，辛苦劳累，什么事都得干，还提心吊胆，生怕出了差错被上司治罪。这样两种对立的形象，用比较的方式对列出来，揭示了不合理的社会现象。在对比之后全诗戛然而止，没有评论，也没有抒发感慨，让读者自己去体味涵泳，余韵无穷，堪称妙笔。

诗连用十二个"或"字，形成了独特而表现力极强的艺术效果，后世多有承袭。如唐代韩愈《南山诗》连用十八个"或"字，对比鲜明，铺张扬厉："或连若相从，或蹙若相斗；或妥若弭伏，或竦若惊雊（gòu）；或散若瓦解，或赴若辐辏（còu）；或翩若船游，或决若马骤；或背若相恶，或向若相佑；或乱若抽笋，或嵲（niè）若炷灸；或错若绘画，或缭若篆籀（zhòu）；或罗若星离，或蓊（wěng）若云逗；或浮若波涛，或碎若锄耨（nòu）。"又如晋代陆机《文赋》连下八个"或"字："或因枝以振叶，或沿波而讨源。或本隐以之显，或求易而得难。或虎变而兽扰，或龙见而鸟澜。或妥帖而易施，或岨峿（jǔ yǔ）而不安。……笼天地于形内，挫万物于笔端。"

召南·小星

嘒（huì）彼小星，三五在东。肃肃宵征，夙夜在公。寔命不同！

嘒彼小星，维参（shēn）与昴（mǎo）。肃肃宵征，抱衾与裯（chóu）。寔命不犹！

【解题】

《召南·小星》是一首下层小吏自伤劳苦、自叹命不如人的怨诗。

【释义】

嘒：星光微弱的样子。三五：形容星星稀少，或以为指参星和昴星。王引之《经义述闻》：“三五，举其数也。参昴，著其名也。”肃肃：疾行的样子。宵征：夜间赶路。夙：早。寔：是，这。天上小星微微亮，三三五五挂东方。急急忙忙赶夜路，从早到晚公事忙。同人这命不一样。

参、昴：星宿名，二十八宿之二。抱：古“抛”字，一说抱着。衾：被子。裯：床帐。不犹：不如。天上小星闪微光，参星昴星挂天上。急急忙忙赶夜路，无缘被子与床帐。这命不如别人强。

【赏析】

这首诗是小吏行役时所作，写披星戴月、疲于奔命的小吏星夜赶路时即景抒情，抒发同人不同命、劳役不均的怨愤。全诗共二章，每章五句。

第一章“嘒彼小星，三五在东”，忙于公事、星夜赶路的小吏抬头看见三三两两、稀稀落落挂在天上的星星，不由感叹自己起早贪黑、辛苦奔波（而别人却安闲舒适），真是同人不同命。这种感叹和怨言在《小雅·北山》中有更形象鲜明的展示：“或燕燕居息，或尽瘁事国；或息偃在床，或不已于行；或不知叫号，或惨惨劬劳；或栖迟偃仰，或王事鞅掌；……”可见同为“王臣”，工作或忙或闲，天差地别。

第二章重章叠唱，小吏看着天上的参星与昴星，感叹自己星夜赶路，不能和别人一样此刻在家舒舒服服地躺在温暖的被窝里，发出命真是比不上别人的怨叹。

全诗仅有十句，却生动地描绘了一幅星夜赶路图，自然引出辛苦奔波的小吏自伤劳苦，对闲忙不均现实的怨叹。

《毛诗序》从“衾”“裯”二字出发，认为这是一首贱妾进御于君的诗。因此，后世将“小星”一词作为小老婆的代称。

拓展阅读

曹风·候人

彼候人兮，何（hè）戈与祋（duì）。彼其（jì）之子，三百赤芾（fú）。

维鹈（tí）在梁，不濡其翼。彼其之子，不称其服。

维鹈在梁，不濡其咮（zhòu）。彼其之子，不遂其媾（gòu）。

荟兮蔚兮，南山朝隮（jī）。婉兮娈兮，季女斯饥。

【解题】

《曹风·候人》是一首慨叹小人物命运不幸、庸才小人身居高位的不公现状的诗歌。

【释义】

候人：看守边境和道路，掌管迎送宾客的小官。何：即"荷"，扛。祋：即"殳"，一种兵器。其：语气助词。"赤芾"就是红色皮蔽膝，只有大夫级别的大臣才能穿。官职低微的候人，背着长戈和祋棍。那些朝中新贵们，身穿朝服三百人。

鹈：鹈鹕，一种水鸟。称：相称，相配。鹈鹕守在鱼梁上，居然未曾湿翅膀。那些朝中新贵们，哪配身穿贵族装。

咮：鸟嘴。遂：称心。媾：宠爱。言朝中新贵们得宠称心难久长。

荟、蔚：云雾弥漫的样子。朝隮：早上的彩虹。婉、娈：幼小美好的样子。云漫漫啊雾蒙蒙，南山早晨出彩虹。娇小可爱候人女，没有饭吃饿肚子。

【赏析】

首章将"候人"和"彼子"两种人的不同遭际进行了对比。《周礼·夏官》中司马的属官有候人：

> 候人各掌其方之道治，与其禁令，以设候人。若有方治，则帅而致于朝。及归，送之于竟。①

候人隶属于司马，是军队的编制，所以配备了武器。对于候人的编制，《周礼》有如下记载：

> 上士六人，下士十有二人，史六人，徒百有二十人。以道路多，故设官与徒亦多也。②

候人的职位属于下层官吏，但他所辖治的兵徒数量较多。《国语·周语中》在叙述接待使者的礼仪时有"候人为导"之语。可见，候人担当送往迎来的职责，在边境接待来使，把他引导到朝廷，使者返回时送到边境。

第二、第三两章运用比法，委婉地表达作者的意思。明写鹈鹕站在鱼梁上，轻易就可以吃到鱼，连翅膀、嘴巴都不必沾湿，实写"彼子""不称其服"。身服高

① ［汉］郑玄注，［唐］贾公彦疏，赵伯雄整理：《周礼注疏》卷第三十《夏官·司马》，李学勤主编：《十三经注疏》，北京：北京大学出版社，1999年，第800～801页。

② ［汉］郑玄注，［唐］贾公彦疏，赵伯雄整理：《周礼注疏》卷第三十《夏官·司马》，李学勤主编：《十三经注疏》，北京：北京大学出版社，1999年，第800页。

品质赤芾，无功受禄，无劳显荣。以鹈鹕比况有的官员不干正经事，尸位素餐，不配穿那样的服饰，不配拥有现在的待遇。

第四章写这位候人的困境。朱熹《诗经集传》："比也……荟蔚朝隮，言小人众多，而气焰盛也。季女婉娈自保，不妄从人，而反饥困。言贤者守道而反贫贱也。"①

第三节　刺信谗误国

历史上信谗误国之例比比皆是。楚怀王听信谗言疏远放逐屈原，与齐断交，见欺张仪，一代君王最终客死秦国。春秋五霸之一的齐桓公晚年重用易牙、卫开方、竖刁三名小人，一代霸主晚年竟活活饿死。吴王夫差听信伯嚭的谗言杀伍子胥，最终身死国灭。晋献公听信骊姬的谗言杀太子申生，重耳、夷吾逃亡国外，晋国大乱。赵王迁在秦国大军压境之时，听信郭开的谗言杀李牧，导致赵军大败，国破家亡。燕惠王听信谗言罢免乐毅，乐毅逃亡赵国，燕军大败于齐。唐玄宗听信重用奸相李林甫、杨国忠，使贞观之治的大唐盛世走向了安史之乱的乱世……

小雅·巧言

悠悠昊天，曰父母且（jū）。无罪无辜，乱如此幠（hū）。昊天已威，予慎无罪。昊天泰幠，予慎无辜。

乱之初生，僭（jiàn）始既涵。乱之又生，君子信谗。君子如怒，乱庶遄（chuán）沮。君子如祉（zhǐ），乱庶遄已。

君子屡盟，乱是用长。君子信盗，乱是用暴。盗言孔甘，乱是用餤（tán）。匪其止共，维王之邛（qióng）。

奕奕寝庙，君子作之。秩秩大猷（yóu），圣人莫（mó）之。他人有心，予忖度之。跃（tì）跃毚（chán）兔，遇犬获之。

荏（rěn）染柔木，君子树之。往来行言，心焉数之。蛇（yí）蛇硕言，出自口矣。巧言如簧，颜之厚矣。

彼何人斯？居河之麋（méi）。无拳无勇，职为乱阶。既微且尰（zhǒng），尔勇伊何？为犹将多，尔居徒几何？

【解题】

《小雅·巧言》是一首讽刺统治者信谗误国的诗作。小人巧舌如簧，鼓动三寸

---

① ［宋］朱熹注：《诗经集传》，上海：上海古籍出版社，1987年，第59页。

不烂之舌，颠倒黑白，混淆是非。作者应是饱受谗言之苦而又无处申雪，情感激愤。

【释义】

昊天：苍天。且：语尾助词。怃：大。已：甚。威：暴虐。慎：确实。泰：通"太"。怃：怠慢，疏忽。高远老天听我诉，我们把你当父母。我们没罪没错过，为何祸乱要当头。老天施威太可怕，我们确实无罪过。老天疏忽太糊涂，我们确实很无辜。

僭：通"潛"，说人坏话。涵：宽容。怒：怒责谗人。庶：庶几，差不多。遄沮：迅速终止。祉：喜，指喜听贤人之言。当初祸乱刚发生，因对谗言太宽容。祸乱再一次发生，因为君王信谗言。君王若斥责谗人，祸乱很快能消除。君王若喜听忠言，祸乱很快能终止。

盟：结盟，指信任谗人。盗：盗贼，指谗人。暴：厉害，严重。孔甘：很好听，很甜蜜。餤：进食，引申为增加。止：达到。共：通"恭"，忠于职责。维：为。邛：病。君王屡次信谗人，祸乱因此无穷尽。君王轻信窃国盗，祸乱因此更严重。谗言悦耳如蜜甜，祸乱因此更增添。谗人不尽忠尽职，专把君王来坑害。

奕奕：高大的样子。寝：宫室。秩秩：宏伟的样子。大猷：治国的大道，指国家的典章制度等。莫：通"谟"，谋划，制定。他人：指谗人。跃跃：快跳的样子。毚：狡猾。宫室宗庙多巍峨，都是先圣君王建。典章制度多完善，都是先圣君王定。谗人心中怎么想，我能思量猜测中。好比狡兔跑得快，遇到猎狗把它逮。

荏染：柔韧的样子。柔：善。行言：道听途说的话。数：辨别。蛇蛇：浅薄而说大话的样子。巧言如簧：簧，笙类乐器的簧片，花言巧语就像笙簧发音那样好听。柔软坚韧好树木，正是先王所栽种。道听途说的流言，心中能够辨真假。浅薄无知的大话，正是谗人信口说。花言巧语声如簧，脸皮太厚真无耻。

麋：通"湄"，水边。拳：力气。乱阶：祸乱的根源。微：通"癥"，腿生疱。尰：借为"瘇"，脚肿。勇：指信口雌黄的勇气。犹：通"猷"，指诡计。将：很。居：语气助词。徒：党徒，同伙。那是一个什么人？住在河岸像鬼蜮（yù）。既无才能又无勇，祸乱根源无他用。腿上生疮脚肿胀，信口雌黄凭什么？阴谋诡计很是多，多少同伙共作乱？

【赏析】

诗共六章，每章八句。通篇直抒胸臆，情感激愤，语言辛辣，文笔锋利，揭露进谗者的阴贼心性和伎俩，如闻切齿之声。

第一章开篇就是令人痛彻心扉的呼喊："悠悠昊天，曰父母且。无罪无辜，乱如此怃。"老天啊，我无错无罪，为什么遭受这样的大祸。随即是满腔悲愤的控诉："昊天已威，予慎无罪。昊天泰怃，予慎无辜。"小人进谗诬陷，诗人无辜遭受大祸，直指听信谗言、不辨是非的统治者。

第二、第三两章写统治者信谗是误国的根源。诗人对祸乱产生的根源——统治者听信谗言及谗言的迷惑性进行了揭露。进谗者固然可怕、可恶，但谗言乱政的根源在信谗者，信谗者如果不信谗言，就不会造成祸乱。进谗言者口蜜腹剑，甜言蜜语的背后包裹的是祸心，"盗言孔甘，乱是用餤"，为谗言所蛊惑，听信谗言是祸乱之源。

第四、第五两章刻画出进谗者外强中干、阴险、虚伪的丑陋面目。先写先圣烈祖奠定了国家之基，制定了为国家保驾护航的方略，在贤明大臣的眼里，那些进谗言的小人上蹿下跳，就像不断蹦跶的狡猾的兔子，但一遇到猎犬就会被擒住。他们心怀险恶，用浅薄的大话和花言巧语迷惑执政者，或"蛇蛇硕言"，或"巧言如簧"。讥刺进谗言的人"颜之厚矣"，揭露他们厚颜无耻、卑鄙的面目。

第六章直接诅咒进谗者"既微且尰"，可见作者对进谗者的恨之入骨。"居河之麋"使人极易联想到躲在水边"含沙射影"的蜮——一种在水里暗中害人的怪物。然而，无论小人如何猖獗，事实上都是无力无勇的宵小之徒，上蹿下跳祸乱国事，鼠目寸光，最终不会有好结果。作者不仅深刻地揭露了进谗者的丑恶卑鄙，也对进谗者充满了蔑视和鄙弃。

此诗虽是从个人遭谗入手，但并未落入狭窄的个人恩怨之争中，而是上升到谗言误国、谗言惑政的高度加以批判，因此，不仅感情充沛，而且带有普遍的历史意义与价值，这正是此诗能引起后人共鸣的原因。进谗者可恨，"盗言孔甘"，巧言如簧，口蜜腹剑；听信谗言者同样可恨，昏庸无能，不辨是非，信谗误国。

谗言误国的诗歌题材后世多有承袭。汉乐府民歌《梁甫吟》："问是谁家墓，田疆古冶氏。力能排南山，又能绝地纪。一朝被谗言，二桃杀三士。"唐代陆龟蒙《离骚》中说："《天问》复《招魂》，无因彻帝阍。岂知千丽句，不敌一谗言。"唐代李白《答王十二寒夜独酌有怀》中说："一谈一笑失颜色，苍蝇贝锦喧谤声。曾参岂是杀人者？谗言三及慈母惊。"唐代周昙《春秋战国门·夫差》："信听谗言疾不除，忠臣须杀竟何如。会稽既雪夫差死，泉下胡颜见子胥。"

拓展阅读

大雅·瞻卬

瞻卬（yǎng）昊天，则不我惠。孔填不宁，降此大厉。邦靡有定，士民其瘵（zhài）。蟊（máo）贼蟊疾，靡有夷届。罪罟（gǔ）不收，靡有夷瘳（chōu）。

人有土田，女（rǔ）反有之。人有民人，女覆夺之。此宜无罪，女反收之。彼宜有罪，女覆说（tuō）之。

哲夫成城，哲妇倾城。懿厥哲妇，为枭为鸱（chī）。妇有长舌，维厉之阶。乱匪降自天，生自妇人。匪教匪诲，时维妇寺。

　　鞫（jū）人忮（zhì）忒（tè），谮（zèn）始竟背。岂曰不极？伊胡为慝（tè）！如贾（gǔ）三倍，君子是识。妇无公事，休其蚕织。

　　天何以刺？何神不富？舍尔介狄，维予胥忌。不吊不祥，威仪不类。人之云亡，邦国殄（tiǎn）瘁（cuì）。

　　天之降罔（wǎng），维其优矣。人之云亡，心之忧矣。天之降罔，维其几矣。人之云亡，心之悲矣！

　　觱（bì）沸槛泉，维其深矣。心之忧矣，宁自今矣？不自我先，不自我后。藐藐昊天，无不克巩。无忝（tiǎn）皇祖，式救尔后。

【解题】

《大雅·瞻卬》是一首写君王昏昧，群小用事，导致谗言横行、贤能被黜的诗作。

【释义】

卬：通"仰"。昊天：广大的天。惠：爱。填：通"尘"，长久。厉：祸患。士民：士人与平民。瘵：病。蟊：伤害禾稼的虫子。贼、疾：害。夷：平。届：至、极。罪罟：刑罪之法网。罟：网。瘳：病愈。仰望苍天意深沉，苍天对我却无情。天下久久不太平，降下大祸世不宁。国内无处有安定，戕害士人与庶民。病虫为害庄稼毁，长年累月无止境。罪恶法网不收敛，苦难深渊难减轻。

覆：反。说：通"脱"。人家有块好田地，你却侵夺据为己。人家拥有强劳力，你却夺取占便宜。这人原本无罪过，你却反目来拘捕。那人该是罪恶徒，你却赦免又宽恕。

哲：智。懿：通"噫"，叹词。枭：传说长大后食母的恶鸟。鸱：猫头鹰。匪：不可。妇：指褒姒。寺：昵近。聪慧男子建国家，聪慧女子使国亡。可叹此妇太聪明，凶恶犹如猫对鹰。搬弄是非善说谎，造祸生事祸根藏。祸乱不是从天降，出自妇人那一方。没有教唆王为恶，只因听信褒姒言。

鞫：穷尽。忮：害。忒：变。谮：进谗言。竟：终。背：违背，自相矛盾。极：狠。慝：恶、错。贾：商人。三倍：指得到三倍的利润。君子：指在朝执政者。识：通"职"，主持。公事：政事。罗织罪名穷陷害，前言后语相违背。难道她还不狠毒？穷凶极恶又有谁！商人买卖要获利，君子从政是为国。妇人不该预国事，蚕织女工全抛开。

刺：指责、责备。富：福佑。介：大。狄：淫辟。忌：怨恨。吊：慰问、抚恤。类：善。殄瘁：困病。苍天为何责罚我？神灵为何不赐福？舍弃元凶和大恶，对我忠言猜忌多。人们遭灾不体恤，礼节失态不像样。良臣贤士尽逃亡，国家危急将灭亡。

罔：通"网"。几：危殆。苍天无情降灾祸，遭灾之人实在多。良臣贤士皆远走，忧国忧时找谁诉。苍天无情降来灾，国家危难势难挡。良臣贤士全远走，忧国忧时心悲伤。

觱沸：泉水上涌的样子。藐藐：高远的样子。巩：固，指约束、控制。忝：辱没。式：用。泉水喷涌水花喷，汨汨流泉渊源深。忧国忧时心悲伤，难道今日才出现？灾难不降我生前，也不推迟我死后。厚土皇天高莫测，都应敬畏那苍天。切勿辱没你祖先，拯救邦家为子孙。

【赏析】

周幽王宠幸褒姒、荒政灭国的主要史实是：一是自从幽王得到褒姒后，对其宠爱不已，荒淫无度，不理朝政。为求美人一笑而烽火戏诸侯，多次戏弄后失信于诸侯，诸侯看到烽火也不再来勤王。二是重用佞人虢石父，此人"为人佞巧、善谀、好利"，"国人皆怨"①。三是废申后及太子宜曰，而以褒姒为后、以褒姒之子伯服为太子，激怒了申侯，他联合西夷、犬戎攻周，杀幽王而乱西周。

诗共七章，第一、第三、第七章每章十句，余四章每章八句。以"哲妇倾城"为主线，直斥褒姒虽有美貌，却心如枭鸱。国家的败乱不是降自上天，而是生于妇人，她的"长舌"多言，乃是祸患的根由。

第一章写天灾人祸，时局艰危，国不安宁，生灵涂炭。第二章通过两"反"两"覆"的控诉，揭露了周幽王倒行逆施的虐政。第三章认为祸乱的根源是妇人得宠，而其害人的主要手段是进谗言和搬弄是非。第四章提出杜绝"女祸"的有效方法是让"女人"从事女工蚕织、不干预朝政。第五章直诉幽王罪状：不忌戎狄，反怨贤臣，致使人亡国殄。第六章面对天灾人祸，抒发了言辞恳切的忧时忧国之心。第七章自伤生逢乱世，并提出匡时补救的方案以劝诫君王。

诗中列数的周幽王的恶行有：罗织罪名，戕害士人；苛政暴敛，民不聊生；侵占土地，掠夺奴隶；放纵罪人，迫害无辜；政风腐败，纪纲紊乱；妒贤嫉能，使奸人得势；罪罟绵密，令忠臣逃亡。同时对周幽王的所作所为进行了无情的揭露和批判，对贤臣亡故、国运濒危的现实深感惋惜和痛心疾首，表达孤臣孽子的一片赤诚之心。

---

① 〔汉〕司马迁：《史记·周本纪》，北京：中华书局，1982 年，第 149 页。

第四节　刺礼崩乐坏

西周后期以及春秋时期，贵族婚姻家庭关系上的败德现象，是礼崩乐坏的重要表现。如周幽王偏爱褒姒，以妾易妻，废嫡立庶，导致西周为犬戎所灭。贵族阶层好色无德之事也成为诗歌中讽刺的对象。卫国君王卑鄙龌龊的勾当极多，父子反目，兄弟争立，父淫子妻，子烝父妻妾。《邶风·新台》《鄘风·鹑之奔奔》《鄘风·墙有茨》《鄘风·相鼠》等就是对卫国在位者卑劣行径的讽刺揭露。《齐风·南山》《齐风·敝笱》《齐风·载驱》则是齐国民众讽刺齐襄公和异母妹妹文姜乱伦的诗作。《陈风·株林》揭露讽刺了陈灵公君臣与陈国大夫夏御叔之妻夏姬淫乱的丑恶行径。

邶风·新台

新台有泚（cǐ），河水瀰瀰。燕婉之求，蘧篨（qú chú）不鲜（xiǎn）！
新台有洒（cuǐ），河水浼（měi）浼。燕婉之求，蘧篨不殄（tiǎn）！
鱼网之设，鸿则离之。燕婉之求，得此戚施（qī shī）！

【解题】

《邶风·新台》是一首讽刺卫宣公违背天伦，截娶儿媳宣姜的诗作。卫宣公是典型的淫乱之君，上烝父妾，下夺子妻。他与其父卫庄公的姬妾夷姜乱伦，生子名伋。伋长大成人后，卫宣公为他聘娶齐女宣姜，因新娘子是个美人，便把她霸为己有。《左传·桓公十六年》载："初，卫宣公烝于夷姜，生急子，属诸右公子。为之娶于齐，而美，公娶之，生寿及朔。属寿于左公子，夷姜缢。"[1]

【释义】

新台：台名，卫宣公为迎娶新妇所建，故址在今河北临漳县西黄河边。有泚：即"泚泚"，新而鲜明的样子。河：指黄河。瀰瀰：水盛大的样子。燕婉：燕，安；婉，顺。安和美好的样子。蘧篨：癞蛤蟆之类的东西。鲜：善。新台宫殿真辉煌，黄河水浩浩东流。本想嫁个如意郎，谁知嫁个癞蛤蟆！

有洒：即"洒洒"，高峻的样子。浼浼：水盛大的样子。殄：通"腆"，善。

鸿：虾蟆，一说大雁。离：通"罹"，附着。戚施：蟾蜍，蛤蟆，比喻丑恶的东西。

---

① 郭丹等译注：《左传》（上册），北京：中华书局，2012年，第174页。

【赏析】

全诗三章，每章四句。前两章叠咏。叠咏的两章前二句是兴句，诗开篇即夸耀建造的新台是多么的宏伟华丽，其下奔流的淇河之水是多么的丰盈浩瀚。"燕婉之求，得此戚施。"宣姜本想追求青春年华、充满生命力的燕婉之好、恩爱夫君，却嫁了个癞蛤蟆。将卫宣公比作丑陋的蘧篨和戚施，形象地表达了人民对卫宣公人伦废丧、霸占儿媳的厌恶和不齿。第三章以"鱼网之设，鸿则离之"，以想要打鱼却打了只癞蛤蟆，比况宣姜所得非所求的怨愤、失望之情。

鄘风·鹑之奔奔

鹑（chún）之奔奔，鹊之彊（qiáng）彊。人之无良，我以为兄。

鹊之彊彊，鹑之奔奔。人之无良，我以为君。

鹑

【解题】

《鄘风·鹑之奔奔》是一首借卫惠公之口讽刺宣姜与其继子公子顽罔顾人伦的诗作。宣姜给卫宣公生了两个儿子：公子寿和公子朔。宣姜想和公子伋鸳梦重温，被拒后，因爱生恨，密谋杀害公子伋，却连带把儿子公子寿的命也要了，卫宣公气得一命呜呼。《左传·桓公十六年》载："宣姜与公子朔构急子（也叫伋子）。公使诸齐，使盗待诸莘，将杀之。寿子告之，使行。不可，曰：'弃父之命，恶用子矣！有无父之国则可也。'及行，饮以酒，寿子载其旌以先，盗杀之。急子至，曰：'我之求也。此何罪？请杀我乎！'又杀之。"[1]公子朔继位，是为卫惠公。但

---

① 郭丹等译注：《左传》（上册），北京：中华书局，2012年，第174页。

卫惠公德才兼无，几年后就被卫国贵族赶下了台，拥立其同父异母的哥哥公子顽。出于政治的需要，宣姜的哥哥齐襄公逼宣姜嫁给了继子——卫昭伯顽。《左传·闵公二年》载："初，惠公之即位也少，齐人使昭伯烝于宣姜。不可，强之。生齐子、戴公、文公、宋桓夫人、许穆夫人。"①

【释义】

鹑：即鹌鹑。奔奔：飞则相随的样子。鹊：喜鹊。彊彊：义同奔奔，形容鹌鹑居有常匹，飞则相随的样子。无良：不善。喜鹊、鹌鹑都有固定的配偶，飞则相随，此人连鸟鹊都不如，我还把他当兄长。

【赏析】

全诗共两章，每章四句。两章叠咏，形成回环往复的旋律，增强了抒情力度。首章以"鹑之奔奔"与"鹊之彊彊"起兴。朱熹《诗经集传》："卫人刺宣姜与顽非匹耦而相从也，故为惠公之言以刺之曰：人之无良，鹑、鹊之不若，而我反以为兄，何哉？"② 极言鹌鹑和喜鹊尚有固定的配偶，飞翔则相随相伴，身为君主却人伦废丧，枉为"兄""君"，表达对统治者人伦废丧的讽刺与不齿。第二章"鹑之奔奔，鹊之彊彊"颠倒为"鹊之彊彊，鹑之奔奔"，两章兴句颠倒重述，反复歌咏，强化诗人对被视为君王的人的愤恨之情。

齐风·南山

南山崔崔，雄狐绥（suí）绥。鲁道有荡，齐子由归。既曰归止，曷又怀止？

葛屦（jù）五两，冠緌（ruí）双止。鲁道有荡，齐子庸止。既曰庸止，曷又从止？

蓺麻如之何？衡从其亩。取妻如之何？必告父母。既曰告止，曷又鞠止？

析薪如之何？匪斧不克。取妻如之何？匪媒不得。既曰得止，曷又极止？

【解题】

《齐风·南山》是一首讽刺齐襄公和异母妹妹文姜兄妹乱伦的诗作。文姜是齐僖公的女儿，春秋时期著名的美人。文姜先是定给了郑国世子忽，有人传言"齐大非偶"，于是被退婚了。文姜心情抑郁，与对她关怀备至的异母哥哥姜诸儿有了不伦之恋。鲁桓公是杀死自己的哥哥鲁隐公后自立为君的，他害怕诸侯讨伐、国内反叛，所以急于和强大的齐国联姻。齐僖公赶紧把文姜嫁到鲁国，文姜成了鲁桓公的夫人。姜诸儿后继位为齐襄公。周庄王三年（公元前694年）春正月，齐襄公

① 郭丹等译注：《左传》（上册），北京：中华书局，2012年，第306页。
② ［宋］朱熹注：《诗经集传》，上海：上海古籍出版社，1987年，第12～13页。

求婚于周王室，天子允婚，同意王姬下嫁于齐，并命鲁桓公主持婚礼大事。据《左传·桓公十八年》记载，鲁桓公奉周天子之命至齐商议婚娶大事，夫人文姜要求同行。文姜归国之后，和齐襄公旧情复燃。鲁桓公发觉后谴责了文姜，文姜把此事告诉了齐襄公，齐襄公便设宴款待鲁桓公，然后让大力士彭生驾车送鲁桓公回去，在车上杀死鲁桓公。

【释义】

南山：齐国山名。崔崔：山势高峻的样子。绥绥：匹偶相随的样子。有荡：即"荡荡"，平坦的样子。齐子：齐国的女儿，此处指齐襄公的同父异母妹妹文姜。由归：从这条大道出嫁。怀：来。南山高峻真巍峨，雄狐匹偶来追随。鲁国大道真平坦，文姜由此嫁出去。既然已经嫁出去，为何无故又回来？

葛屦：麻、葛等制成的单底鞋。五两：五，通"伍"，指并排摆列。绥：帽带下垂的部分。庸：用，指文姜从这儿嫁与鲁桓公。从：跟从。既然她已嫁鲁侯，为何你又盯上她？

衡从：即横纵。取：通"娶"。鞠：放任无束。农家怎么种大麻，田垄横直有定法。青年怎么娶妻子？必定先要告爹妈。禀明父母娶妻子，为何还要放纵她？

析薪：砍柴。克：能、成功。极：至，此指文姜回到齐国。想劈木柴靠什么？不用斧头没办法。想娶妻子靠什么？没有媒人别想娶她。既然妻子娶到手，为何让她回娘家？

【赏析】

诗共四章，每章六句。

诗歌前两章责备文姜不守妇礼而来齐。首章以"南山崔崔，雄狐绥绥"起兴，兴起文姜嫁给鲁桓公。"南山崔崔"比喻鲁桓公身份尊贵如高大的南山，"雄狐绥绥"比喻鲁桓公来齐国求婚。严粲《诗缉》："'雄狐绥绥'然，迟疑而求其匹，喻鲁桓求昏于齐也。"[1]"既曰归止，曷又怀止"意即既然已经出嫁了，为什么又平白无故回来呢？依礼，在古代，父母已逝的情况下，女子不得回兄弟家省亲。第二章以鞋子、帽带都必须搭配成双，借以兴起文姜与鲁桓公双双去齐国省亲。

第三、第四章借责备鲁桓公不能以礼制止文姜来表现主题，委婉讽刺齐襄公不守礼法，兄妹乱伦。第三章由"蓺麻如之何？衡从其亩"兴起"取妻如之何？必告父母"。鲁桓公娶文姜是告知了父母的，符合礼的规定。但他不听大臣的劝阻，带文姜回齐国是不合礼的。因此，最后二句诘问鲁桓公："既曰告止，曷又鞠止？"为什么放纵文姜回齐国呢？第四章以"析薪如之何？匪斧不克"兴起"取妻如之何？匪媒不得"，说娶妻必有媒妁之言，点出鲁桓公娶文姜是合乎礼法的。接着诘

① ［宋］严粲：《诗缉》，《文渊阁四库全书》本（第75册），台北：台湾商务印书馆，1986年，第129～130页。

问鲁桓公："既曰得止，曷又极止？"既然以礼娶了文姜，为什么又不制止她，而任她胡来呢？

拓展阅读

鄘风·墙有茨

墙有茨（cí），不可埽（sǎo）也。中冓（gòu）之言，不可道也！所可道也，言之丑也！

墙有茨，不可襄（rǎng）也。中冓之言，不可详也！所可详也，言之长也！

墙有茨，不可束也。中冓之言，不可读也！所可读也，言之辱也！

【解题】
《鄘风·墙有茨》是一首揭露和讽刺卫国统治者荒淫无耻的诗。

【释义】
茨：蒺藜。埽：同"扫"，扫除。中冓：宫闱，宫廷内部。丑：丑闻。
襄：通"攘"，除掉。详：细说。
束：打扫干净。读：宣扬。辱：耻辱。

【赏析】
诗共三章，每章六句。三章叠咏。每章前两句为兴句，句式相因起兴，兴句和对句之间是逻辑上的"不可"，以茨不可埽，兴起中冓之言不可道。中间两句起兴含有比意，以宫墙的蒺藜清扫不掉，暗示宫闱中淫乱的丑事是掩盖不住、抹杀不了的。

鄘风·相鼠

相鼠有皮，人而无仪。人而无仪，不死何为？

相鼠有齿，人而无止。人而无止（chǐ），不死何俟（sì）？

相鼠有体，人而无礼。人而无礼，胡不遄（chuán）死？

【解题】
《鄘风·相鼠》是一首痛斥卫国在位者不讲礼仪的诗作。诗人将卫国在位者比作丑陋、狡黠的老鼠，认为那些长着人形而寡廉鲜耻的在位者连老鼠也不如。翻开卫国的史册，在位者卑鄙龌龊的勾当太多。如州吁弑兄桓公自立为卫君；宣公强娶儿子伋的未婚妻为妇；宣公与宣姜合谋杀子伋；惠公与兄黔牟为争位而开战；懿公好鹤淫乐奢侈；昭伯与继母宣姜乱伦……父子反目，兄弟争立，父淫子妻，子奸父妾，这些在位者确是不知礼义廉耻。

【释义】

相鼠：看那老鼠。仪：威仪。何为：为何，为什么。

止：节制，控制嗜欲，使行为合乎礼。俟：等。

礼：礼仪。胡：何。遄：赶快。

【赏析】

诗共三章，每章四句，是《诗经》里骂人最露骨、最直接、最解恨的一首。此篇三章重叠，以鼠起兴，反复类比，意思并列，但各有侧重。第一章"无仪"，无威仪；第二章"无止"，无节止；第三章"无礼"，不守礼。此诗尽情怒斥，通篇感情强烈，语言尖刻；每章四句皆押韵，并且第二、第三句重复，末句又反诘进逼，既一气贯注，又回流激荡，增强了讽刺的力量。

老鼠是人们恶厌的对象。《召南·行露》写道："谁谓鼠无牙？何以穿我墉？"老鼠穿墙盗物，令人厌恶愤恨。《魏风·硕鼠》则把不劳而获的剥削者比作大老鼠。这首诗在批判不讲礼仪的行为时，把人和老鼠进行对比，批判其连老鼠都不如。

齐风·敝笱

敝笱（gǒu）在梁，其鱼鲂（fáng）鳏。齐子归止，其从如云。

敝笱在梁，其鱼鲂鳏（xù）。齐子归止，其从如雨。

敝笱在梁，其鱼唯唯。齐子归止，其从如水。

【解题】

《齐风·敝笱》是一首讽刺文姜与其异母兄长齐襄公淫乱的诗作。《毛诗序》："《敝笱》，刺文姜也。"朱熹《诗经集传》认为是讽刺鲁庄公不能约束其母的诗作："齐人以敝笱不能制大鱼，比鲁庄公不能防闲文姜，故归齐而从之者众也。"[①]

【释义】

敝：破。笱：竹制的鱼篓。在河中筑堤，中留缺口，嵌入笱，使鱼能进不能出。鲂：鳊鱼。鳏：鲲鱼。它喜欢单独游动，所以后来指称无偶的男子为"鳏夫"。齐子：指文姜。归：回齐国。如云：形容随从之多。

鳏：鲢鱼。如雨：形容随从之多。

唯唯：即"逶逶"，形容各种各样的鱼出入自如。如水：形容随从人多，如水流不断。

① ［宋］朱熹注：《诗经集传》，上海：上海古籍出版社，1987 年，第 41 页。

【赏析】

诗共三章，每章四句。三章叠咏。诗用比法。前面两章写河中的敝笱形同虚设，各种各样的鱼在里面随意出入，毫无顾忌。鱼和水在古时候常用来比喻男女关系，所以这几句诗讽刺意味非常明显。

齐风·载驱

载（zài）驱薄（bó）薄，簟（diàn）茀（fú）朱鞹（kuò）。鲁道有荡，齐子发夕。

四骊（lí）济济，垂辔（pèi）濔（mǐ）濔。鲁道有荡，齐子岂弟。

汶（wèn）水汤（shāng）汤，行人彭彭。鲁道有荡，齐子翱翔。

汶水滔滔，行人儦（biāo）儦。鲁道有荡，齐子游敖。

【解题】

《齐风·载驱》是一首讽刺文姜与其同父异母的兄长齐襄公私通的诗歌。鲁桓公死后，其子姬同继位为鲁庄公，派人来接母亲回鲁国。文姜走到齐鲁之间的禚（zhuó）地时，不愿再向前行，要求住在此地。齐襄公姜诸儿听说妹妹长住禚地，也在附近的阜地盖了一座出猎的行宫，两人频频相会。方玉润《诗经原始》认为是刺文姜："此诗以专刺文姜为主，不必牵涉襄公，而襄公之恶自不可掩。夫人之疾驱夕发以如齐者，果谁为乎？为襄公也。夫人为襄公而如齐，则刺夫人即以刺襄公。"① 《毛诗序》认为是刺齐襄公，齐襄公"无礼义故，盛其车服，疾驱于通道大都，与文姜淫，播其恶于万民焉"②。

【释义】

驱：车马疾走。薄薄：象声词，形容马蹄及车轮转动的声音。簟茀：竹席制的车帘。鞹：红漆兽皮制的车盖。有荡：即"荡荡"，平坦的样子。齐子：指文姜。发：旦，早晨。夕：暮，傍晚。发夕即旦夕，朝见暮见，久处之义。

骊：黑色马。济济：美好的样子。垂辔：指马缰绳松弛，弯曲下垂。濔濔：柔软的样子。岂弟：快乐而心不在焉的样子。

汶水：流经齐鲁两国的水名，又名大汶河。汤汤：水势浩大的样子。彭彭：行人众多的样子。翱翔：犹"逍遥"，自由自在、无所忌惮的样子。

滔滔：水流浩荡。儦儦：众多的样子，一说行走的样子。游敖：即"游遨"，嬉戏，游乐，一说形容自得之态。

---

① [清]方玉润撰，李先耕点校：《诗经原始》，北京：中华书局，1986年，第238页。

② [汉]毛亨传，[汉]郑玄笺，[唐]孔颖达疏：《毛诗正义》卷第五（五之二），李学勤主编：《十三经注疏》，北京：北京大学出版社，1999年，第412页。

【赏析】

全诗四章，每章四句，主要描写文姜与齐襄公幽会往来途中的情景。诗多用叠字，如第一章用"薄薄"来写马车在大路上疾驰的声音，写出主人公的急切心情。第二章以"济济"形容四匹纯黑的骏马的雄健的样子，以"濔濔"形象地写出缰绳的柔韧，展现乘车人的趾高气扬，身份高贵。第三、第四两章用河水的"汤汤""滔滔"与行人的"彭彭""儦儦"相呼应，形象地写出汶水波涛滚滚的样子和大路上人潮熙熙攘攘、行人众多的样子，也写出了文姜的肆无忌惮、胆大妄为。这一系列叠字联绵词形象烘托了诗中人与物的形、声、神，也加强了诗歌的节奏美及和谐性。

陈风·株林

胡为乎株林？从夏南；匪适株林，从夏南！

驾我乘（shèng）马，说（shuì）于株野；乘（chéng）我乘（shèng）驹，朝食于株。

【解题】

《陈风·株林》是一首揭露陈灵公君臣与夏姬淫乱行径的诗作。诗中的"夏南"是春秋时期陈国大夫夏御叔之子夏徵舒，字子南。其母夏姬是郑穆公之女，是闻名遐迩的美人，嫁到陈国后，与陈灵公及其大臣孔宁、仪行父私通。据《左传·宣公九年》："陈灵公与孔宁、仪行父通于夏姬，皆衷其衵（rì）服，以戏于朝。"① 衷，即贴身的内衣，此为内穿之意。衵服，即内衣。陈灵公、孔、仪三人均与夏姬私通，甚至穿着她的"衵服"（妇人内衣），在朝廷上互相戏谑。夏姬之子夏徵舒羞怒难忍，终于设伏于厩，将陈灵公射杀，酿成了一场内乱。

【释义】

株：陈国邑名，在今河南西华县西南。林：郊野。一说株林是夏姬之子陈大夫夏徵舒的食邑。胡为：为什么。匪：非，不是。适：往。从：跟。夏南：即夏姬之子夏徵舒，字子南。

乘马：四匹马。古以一车四马为一乘。说：通"税"，停车解马。株野：株邑之郊野。乘我乘驹：驹，马高五尺以上、六尺以下称"驹"，大夫所乘；马高六尺以上称"马"，诸侯国君所乘。此诗中"乘马者"指陈灵公，"乘驹者"指陈灵公之臣孔宁、仪行父。朝食：吃早饭。在当时常用作隐语，暗指男女性爱。

【赏析】

诗共两章，每章四句。首章记叙陈灵公及其大臣孔宁、仪行父出行之际的情

① 郭丹等译注：《左传·宣公九年》（中册），北京：中华书局，2012 年，第776 页。

形。辚辚的车马正欢快地驰向夏姬所居的株林，路边的百姓早就知道陈灵公君臣的隐秘，却故作不知地大声问道："胡为乎株林（他们到株林干什么去）？"另一些百姓则心领神会地应声道："从夏南（那是去找夏南的吧）！"问者即装作尚未领会其中奥妙，又逼问一句："匪适株林（不是到株林去）？"应者煞有介事地回答道："从夏南（只是去找夏南）！"明明知道陈灵公君臣去找的是夏姬，却接连探问，故意回答说是找夏南。

第二章"驾我乘马，说于株野"，是模拟国君的口吻，所以连驾车的四匹马也是颇可夸耀的。"乘我乘驹，朝食于株"，是以孔宁、仪行父的口吻，大夫只能驾驹。两位大夫凑趣陈灵公道："到株野还赶得上朝食解饥呢！"

第五节　刺剥削奴役

《诗经》中的怨刺诗大多出自下级官吏或下层劳动人民之手，其中《魏风·伐檀》《魏风·硕鼠》《魏风·葛屦》三首是刺剥削奴役的诗歌。后世也有讽刺剥削奴役的诗作，如宋代张俞的《蚕妇》："昨日入城市，归来泪满巾。遍身罗绮者，不是养蚕人。"宋代梅尧臣《陶者》："陶尽门前土，屋上无片瓦。十指不沾泥，鳞鳞居大厦。"

魏风·硕鼠

硕鼠硕鼠，无食我黍！三岁贯（huàn）女（rǔ），莫我肯顾。逝将去女（rǔ），适彼乐土。乐土乐土，爰（yuán）得我所。

硕鼠硕鼠，无食我麦！三岁贯女，莫我肯德。逝将去女，适彼乐国。乐国乐国，爰得我直。

硕鼠硕鼠，无食我苗！三岁贯女，莫我肯劳。逝将去女，适彼乐郊。乐郊乐郊，谁之永号（háo）？

【解题】

《魏风·硕鼠》是一首怨刺统治阶层剥削奴役的诗作。《毛诗序》："刺重敛也。国人刺其君重敛，蚕食于民，不修其政，贪而畏人，若大鼠也。"[1]

【释义】

贯："宦"的假借字，侍奉，宦养。女：通"汝"，指统治者。逝：通"誓"。

① ［汉］毛亨传，［汉］郑玄笺，［唐］孔颖达疏：《毛诗正义》卷第五（五之三），李学勤主编：《十三经注疏》，北京：北京大学出版社，1999年，第436页。

适：往。乐土：指想象中无剥削压迫的理想国。爰：用，就。大老鼠啊大老鼠，不要吃我种的黍。多年辛苦养着你，对我一点不顾惜。发誓从此离开你，去那理想的乐土。那乐土啊那乐土，才是安居好去处！

德：感谢恩德。直：通"值"。

劳：慰劳。之：往。永号：即"咏号"，借唱歌抒泄心中的愤懑。

【赏析】

全诗三章，每章八句。三章叠咏，都以"硕鼠硕鼠"开头，将剥削者比作贪婪可憎的大老鼠，表达了诗人的愤恨之情。第三、第四句进一步揭露剥削者贪得无厌且寡恩："三岁贯女，莫我肯顾（德、劳）。"诗中以"汝"与"我"对照："我"多年养活"汝"，"汝"却不肯给"我"照顾，给予恩惠。后四句喊出了他们的心声："逝将去女，适彼乐土。乐土乐土，爰得我所。"一个"逝"字表现了诗人决断的态度和坚定的决心。尽管寻找安居乐业、不受剥削的人间乐土只是一种理想，但却代表着他们对美好生活的憧憬和向往，是人民反抗意识的觉醒。

魏风·伐檀

坎坎伐檀兮，寘之河之干兮，河水清且涟猗。不稼不穑（sè），胡取禾三百廛（chán）兮？不狩不猎，胡瞻尔庭有县（xuán）貆（huán）兮？彼君子兮，不素餐兮！

坎坎伐辐兮，寘之河之侧兮，河水清且直猗。不稼不穑，胡取禾三百亿兮？不狩不猎，胡瞻尔庭有县特兮？彼君子兮，不素食兮！

坎坎伐轮兮，寘之河之漘（chún）兮，河水清且沦猗。不稼不穑，胡取禾三百囷（qūn）兮？不狩不猎，胡瞻尔庭有县鹑兮？彼君子兮，不素飧（sūn）兮！

【解题】

《魏风·伐檀》是一首写劳动者讽刺剥削阶级不劳而获的诗作。

【释义】

坎坎：象声词，伐木声。干：岸。涟：即澜。猗：同"兮"，语气助词。稼：耕种。穑：收获。胡：何，为什么。廛：农民住的房子。狩：冬猎。猎，夜猎。此处皆泛指打猎。县：通"悬"。貆：猪獾。君子：指有地位有权势者。素餐：白吃饭。砍伐檀树声坎坎啊，放在河边两岸上啊，河水清清微波荡啊。不种田来不收割，为何粮仓三百间？不冬狩来不夜猎，为何庭院悬猪獾？那些大人老爷们，不会白白吃闲饭！

辐：车轮上的辐条。直：水流的直波。亿：周代以十万为亿，指禾把的数目。特：四岁大兽。

湄：水边。沦：小波纹。囷：圆形的谷仓。飧：熟食，此指吃饭。

【赏析】

全诗三章，每章九句。三章叠咏，反复咏唱。先写劳动者伐檀造车的艰苦，接着写还要替剥削者种庄稼和打猎，而这些收获都会被占去，愈想愈愤不可抑，便厉声责问："不稼不穑，胡取禾三百廛兮？不狩不猎，胡瞻尔庭有县貆兮？"最后辛辣地讽刺剥削者不劳而获，巧妙地运用反语作结："彼君子兮，不素餐兮！"

魏风·葛屦

纠纠葛屦（jù），可以履霜？掺（xiān）掺女手，可以缝裳？要（yāo）之襋（jí）之，好人服之。

好人提（shí）提，宛然左辟（bì），佩其象揥（tì）。维是褊（biǎn）心，是以为刺。

【解题】

《魏风·葛屦》是一首写缝衣女奴讽刺女主人心胸狭窄的诗作。朱熹《诗经集传》云："魏地陋隘，其俗俭啬而褊急，故以葛屦履霜起兴，而刺其使女缝裳，又使治其要襋而遂服之也。"① 方玉润《诗经原始》云："今不惟啬而又褊矣，故可刺。……夫履霜以葛屦，缝裳以女手，……惟以象揥之好人为而服之，则未免近于趋利。"②

【释义】

纠纠：纠结交错的样子。葛屦：指夏天所穿的葛绳编制的鞋。可："何"的假借字。掺掺：同"纤纤"，形容女子的手柔弱纤细。要：同"褑"，系衣的衣带。襋：衣领，做动词，提领。好人：美人，带有讽刺之意。

提提：同"媞媞"，安舒的样子。宛然：回转的样子。辟：通"避"。揥：古首饰，可以搔头，类似发篦。维：因。褊心：心胸狭窄。

【赏析】

诗共两章，每章六句。首章先着力描写缝衣女之穷困：天气已转寒冷，但她脚上仍然穿着夏天的凉鞋；她双手纤细，瘦弱无力，但还必须为女主人缝制新衣。末章着力描写女主人之富有和傲慢。她穿上了缝衣女辛苦制成的新衣，拿起簪子自顾梳妆打扮起来，与缝衣女形成鲜明的对比。

---

① ［宋］朱熹注：《诗经集传》，上海：上海古籍出版社，1987年，第43页。

② ［清］方玉润撰，李先耕点校：《诗经原始》，北京：中华书局，1986年，第242页。

第六节　刺周王无道

《大雅》中的政治讽喻诗，出于贵族士人之手，以《民劳》《板》《荡》《桑柔》《云汉》为代表。《板》《荡》均是刺周厉王无道之作，诗批判朝政的忠谏精神，形成了中国文学"板荡精神"的优良传统。后世"板荡"成为语词性典故，"以喻之朝，则指政治昏暗，朝纲紊乱，小人用权；以喻之野，则指社会动荡，战乱四起，黔黎罹难"①。南朝宋谢灵运《拟魏太子〈邺中集〉王粲》诗有"幽厉昔崩乱，桓灵今板荡"，唐太宗李世民《赐萧瑀》诗有"疾风知劲草，板荡识诚臣"②。

大雅·荡

荡荡上帝，下民之辟（bì）。疾威上帝，其命多辟。天生烝（zhēng）民，其命匪谌（chén）。靡不有初，鲜（xiǎn）克有终。

文王曰咨（zī），咨女殷商！曾是强御，曾是掊（póu）克。曾是在位，曾是在服。天降滔德，女兴是力。

文王曰咨，咨女殷商！而秉义类，强御多怼（duì）。流言以对，寇攘（rǎng）式内。侯作侯祝，靡届靡究。

文王曰咨，咨女殷商！女炰烋（páo xiāo）于中国，敛怨以为德。不明尔德，时无背无侧。尔德不明，以无陪无卿。

文王曰咨，咨女殷商！天不湎（miǎn）尔以酒，不义从式。既愆（qiān）而止，靡明靡晦。式号式呼，俾昼作夜。

文王曰咨，咨女殷商！如蜩（tiáo）如螗（táng），如沸如羹。小大近丧，人尚乎由行。内奰（bì）于中国，覃（tán）及鬼方。

文王曰咨，咨女殷商！匪上帝不时，殷不用旧。虽无老成人，尚有典刑。曾是莫听，大命以倾。

文王曰咨，咨女殷商！人亦有言："颠沛之揭，枝叶未有害，本实先拨。"殷鉴不远，在夏后之世。

【解题】

《大雅·荡》是一首刺周厉王无道的诗作。《毛诗序》云："召穆公伤周室大坏

---

① 虞万里：《〈诗经〉今古文分什与"板荡"一词溯源》，《文学遗产》2019 年第 5 期。
② 吴兢：《贞观政要》卷五，上海：上海古籍出版社，1978 年，第 156 页。

也。厉王无道，天下荡荡，无纲纪文章，故作是诗也。"① 周厉王姬胡是周夷王之子，西周第十位天子。其在位期间，周王室的实力和地位开始没落，而诸侯势力渐渐上升。此诗以首章"荡荡上帝，下民之辟"之首字命名。

【释义】

荡荡：广大。② 《论语·泰伯》："大哉！尧之为君也。……荡荡乎，民无能名焉。"辟：君王。疾威：非常威严。辟：有法度。《说文》："辟，法也。"烝：众。谌：专一不变、恒常不变。鲜：少。克：能。上帝广大威无边，他是下民的君王。上帝威严无伦比，政令非常有法度。上天生养众百姓，命运不是恒不变。万事开头都很好，很少能有好收场。

咨：感叹声。女：汝。当时厉王暴虐，作者不敢批评他，假托文王批评殷纣来抒发自己的意见。曾是：怎么这样。强御：凶暴，此处指凶暴的臣子。掊克：聚敛，此处指搜括百姓的臣子。服：任。在服和在位对文，在位是有职无权的官，在服是有职有权的官。滔德：滔德，溢出常轨的德象，指凶灾。此句言上天降下了凶灾。兴：助长。力：功效。文王开口叹声长，叹你殷商末代王！任用凶暴强横臣，任用聚敛搜括臣，窃据高位享厚禄，有权有势太猖狂。上天降下了灾难，全是因你用佞臣。

而：通"尔"，你。秉：把持，此处指任用。义类：善类。怼：怨恨。寇攘：像盗寇一样掠取。式内：在朝廷内。侯：有。作：借为诅，诅咒。祝：通"咒"。届：尽。究：穷。你任善人以职位，凶暴奸臣心怨恨。面进谗言来诽谤，强横窃据朝廷上。诅咒贤臣害忠良，祸国害民无穷尽。

女：同"汝"，此处影射厉王。炰然：同"咆哮"。背：背叛。侧：不正。陪：指辅佐之臣。跋扈天下太狂妄，却把恶人当忠良。知人之明你没有，不知叛臣不正当。知人之明你没有，没有贤臣来辅佐。

湎：沉湎，沉迷。从：听从。式：任用。愆：过错。止：容止。式：语气助词。上天未让你酗酒，也未让你用奸佞。礼节举止全不顾，没日没夜纵于酒。狂呼乱叫不像样，日夜颠倒政事荒。

蜩：蝉。螗：又叫螾，一种蝉。小大：指大小事。丧：败亡。由行：学老样。奰：愤怒。覃：延及。鬼方：远方。百姓悲叹如蝉鸣，水深火热如沸汤。大小政事都荒废，你却还是老模样。全国人民都愤怒，怒火波及远方。

时：善。典刑：同"典型"，指旧的典章法规。大命：指国家的命运。不是上

---

① ［汉］毛亨传，［汉］郑玄笺，［唐］孔颖达疏：《毛诗正义》卷第十八（十八之一），李学勤主编：《十三经注疏》，北京：北京大学出版社，1999年，第1356页。

② 参见罗庆云：《〈诗·大雅·荡〉中"荡荡"等词语辨释》，《武汉大学学报（人文科学版）》2009年第1期。与传统注解不同，其他词语注释不再一一标注。

《诗经》解读

天心不好，是你不守旧典章。虽然不用旧臣子，还有成法可依傍。顽固不听人劝告，国家命运将覆亡。

颠沛：跌仆，此处指树木倒下。揭：举，此处指树根翻出。本：根。拨：败。后：君主。古人有话不可忘："大树拔倒根出土，枝叶虽然暂不伤，根本已坏活不长。"殷商为镜并不远，应知夏桀何下场。

【赏析】

诗共八章，每章八句。此诗从第二章起，假托周文王慨叹殷纣王无道之行讽喻周厉王，借古讽今，是最早的咏史诗。

第一章"荡荡上帝，下民之辟"意指广大的上帝是下民的主宰。"疾威上帝，其命多辟"意指非常威严的上帝，他的命令多有法度。对上帝的敬服与《诗经》时代人们敬畏上天的思想相协。"天生烝民，其命匪谌"意思是老天给予人们的命运不会恒常不变。天命之子——君的命运也不是恒常不变的。

第二章明斥殷纣王，暗责周厉王重用贪暴之臣。连用四个"曾是（怎么这样）"，极有谴责的力度。姚际恒《诗经通论》评为责怪纣王之语："'曾是'字，怪之之词，如见。"① 魏源《诗古微·诗序集义》云："厉王所用皆强御掊克刚恶之人。四章'枭然''敛怨'，刺荣夷公（厉王宠信的臣子）专利于内，'掊克'之臣也；六章'内奰''外覃'，刺虢公长父（厉王宠信的臣子）主兵于外，'强御'之臣也。厉恶类纣，故屡托殷商以陈刺。"②

第三章明确任用强御掊克刚恶之人的后果必然是贤良遭摈、祸乱横生。

第四章刺殷纣王刚愎自用，恣意妄为，既无美德，又无识人之明，导致外无良臣，招致国之大难。"不明尔德""尔德不明"，颠倒其词，反复诉说。

第五章刺殷纣王纵酒败德。史载殷纣王作酒池肉林，为长夜之饮，周初鉴于商纣好酒淫乐造成的危害，曾下过禁酒令，这就是《尚书》中的《酒诰》。然而，周厉王没有以史为鉴，沉湎纵酒，日夜颠倒。

第六章痛陈前面所说殷纣王各种败德乱政的行为导致国内形势一片混乱，借古喻今，指出民众对周厉王的怨怒已经由内而外，向外蔓延至荒远之国，国势危急。

第七章借指斥殷纣王实讽刺周厉王既识人不明，又不用熟悉旧章程的老臣——"殷不用旧"。与第四章的"无背无侧"，无贤臣辅佐"无陪无卿"一脉相承。而"虽无老成人，尚有典刑（型）"，是说王既不重用熟悉旧章程的"老成人"，又不遵循行之有效的先王之道，因此国家"大命以倾"的灾难必然降临。公元前841年，国人暴动，周厉王被赶出镐京，在彘地凄凉地死去。

第八章借谚语"颠沛之揭，枝叶未有害，本实先拨"告诫周厉王应当亡羊补

① ［清］姚际恒著，顾颉刚标点：《诗经通论》，北京：中华书局，1958年，第298页。
② ［清］魏源：《诗古微》，长沙：岳麓书社，1989年，第806页。

牢，不要大祸临头还懵懂不觉。章末两句"殷鉴不远，在夏后（王）之世"，明为告诫殷纣王，国家覆亡的教训不远，就在夏纣的下场，实为告诫周厉王："周鉴不远，在殷后（王）之世。"国家覆亡的教训并不远，就在殷纣王的下场。

第二十二章　哲理诗

第一节　托物言理

《小雅·鹤鸣》是《诗经》中主题解读较为多样的一首诗。有人认为这是一首即景说理的哲理诗：只有具有兼容并蓄的开阔胸怀，和而不同，才能使自然万物和谐与蓬勃生机。有人认为此诗是通篇用比的招隐诗。汉郑玄和唐代孔颖达、今人程俊英持此论，认为这是一首阐明招致人才为国所用主张的招隐诗。陈子展则认为这是一首山水田园诗。也有人认为这是一首通篇用比、托物言理的哲理诗。

小雅·鹤鸣

鹤鸣于九皋，声闻于野。鱼潜在渊，或在于渚。乐彼之园，爰（yuán）有树檀，其下维萚（tuò）。他山之石，可以为错。

鹤鸣于九皋，声闻于天。鱼在于渚，或潜在渊。乐彼之园，爰有树檀，其下维榖（gǔ）。他山之石，可以攻玉。

【解题】

《小雅·鹤鸣》是一首托物言理的哲理诗。

【释义】

鹤：古代多用来比喻隐居的贤人。九：虚数，形容数量多。九皋：皋，沼泽，指沼泽广大幽曲。渊：深渊。渚：水中小洲。爰：于是，在这里。树檀：笔直的檀树。萚：枯落的枝叶。错：琢玉的磨石。广大幽曲沼泽中，嘹亮鹤鸣传野外。鱼儿潜在深渊里，有时游到小洲边。在那快乐的园中，檀树高大又挺拔，树下是枯枝落叶。他处山上的坚石，可用来雕琢美玉。

榖：楮树。攻：加工，雕刻。第二章重章叠唱：嘹亮鹤鸣传上天。鱼儿游在小洲边，有时潜入到深渊。那笔直的檀树下，树下楮树丛丛长。

【赏析】

对此诗的解读共有四种观点：

一是即景说理的哲理诗。王夫之赏读这首诗说："全用比体，不道破一句，三百篇中创调也。要以俯仰物理而咏叹之，用见理随物显，惟人所感，皆可类通，而非有所指斥一人一事，不敢明言而姑为隐语也。"①"鹤鸣于九皋"展现的是广袤而曲折的沼泽，回荡的是震动四野、高入云霄的嘹亮鹤唳，意境开阔迥远。继而看到游鱼一会儿潜入深渊，一会儿在小洲边的浅滩嬉游。继而看到一座见之心情豁然开朗的园林，园里长着高大的檀树，檀树之下堆着一层枯枝败叶，或长着丛生的楮树。诗人由眼前景而阐明道理：自然生态要和谐，就需要兼容并蓄，尊重差异，和平共存。只有具有兼容并蓄的开阔胸怀，和而不同，才能使自然万物和谐与蓬勃生机；才能相反相成，运用"他山之石"，雕琢出美玉。诗人从听觉写到视觉，从眼见所见写到心中所思，意脉贯通，结构完整。

日本学者福永光司在阐释老子的无为思想时的一段话与诗中所写之景极符合：

> （无为是）以舍弃一己的一切心思计虑，一依天地自然的理法而行的意思。在天地自然的世界，万物以各种形体而出生，而成长变化为各样的形态，各自有其一份充实的生命之开展；河边的柳树抽发绿色的芽，山中的茶花开放粉红的花蕊，鸟儿在高空上飞翔，鱼儿从深水中跃起。在这个世界，无任何作为性的意志，亦无任何价值意识，一切皆是自尔如是，自然而然，绝无任何造作。（陈冠学译、福永光司著《老子》）

这种展现因任自然的哲学之境的写景诗后世也很多。著名的如陶渊明《饮酒》（其五）："采菊东篱下，悠然见南山。山气日夕佳，飞鸟相与还。"再如王维《辛夷坞》："木末芙蓉花，山中发红萼。涧户寂无人，纷纷开且落。"

后世即景说理诗一般都从此诗承袭了如下特点：善状眼前之景，妙寄物外之理，两者融洽无间，如王安石《登飞来峰》："飞来峰上千寻塔，闻说鸡鸣见日升。不畏浮云遮望眼，只缘身在最高层。"又如苏轼《题西林壁》："横看成岭侧成峰，远近高低各不同。不识庐山真面目，只缘身在此山中。"

二是通篇用比的哲理诗。这是宋代理学家朱熹《诗经集传》的解读，他认为这是一首"陈善纳诲之词"②，起讽喻规谏的作用。他认为此诗通篇用比，并分析第一章说：

> 盖鹤鸣于九皋，而声闻于野，言诚之不可揜（掩）也；鱼潜在渊，而或在于渚，言理之无定在也；园有树檀，而其下维萚，言爱当知其恶也；他山之石，而可以为错，言憎当知其善也。由是四者引而伸之，触类而长之，天下之

① ［清］王夫之著，戴鸿森笺注：《姜斋诗话》卷二，上海：上海古籍出版社，2012年，第129页。
② ［宋］朱熹注：《诗经集传》，上海：上海古籍出版社，1987年，第82页。

理，其庶几乎？①

他将诗中的四个比喻概括为四种观点，试阐释如下：诚不可掩，是金子总会发光；理无定在，事物是发展变化的；"爱当知其恶"；"憎当知其善"。要用辩证的、相对的眼光看待天下万物：喜爱的东西也有不好的地方，不喜欢的东西也有其好的方面。这是具有普适性的真理。

朱熹在阐释第二章时引用程颢的话说："玉之温润，天下之至美也；石之粗厉，天下之至恶也。然两玉相磨，不可以成器；以石磨之，然后玉之为器，得以成焉。犹君子之与小人处也，横逆侵加，然后修省畏避，动心忍性，增益预防，而义理生焉，道理成焉。"② 可见已包含朴素的辩证法思想：美恶相成，君子小人相反却能相互成就。

三是招隐诗。郑《笺》解"鱼潜在渊，或在于渚"为"此言鱼之性寒则逃于渊，温则见于渚，喻贤者世乱则隐，治平则出，在时君也"；孔《疏》解释为："小鱼不能入渊而在渚，良鱼则能逃处于深渊。以兴人有能深隐者，或出于世者。小人不能自隐而处世，君子则能逃遁而隐居。逃遁之人多是贤者，故令王求之。"③郑氏的解释以鱼所处的"渊"与"渚"之环境比况政治环境的清明与混乱，重在强调君主要为诗中的"鱼"，即贤人创造一个良好的环境。孔氏的解释则以处"渊"、处"渚"的不同来区分鱼的不同，以比"君子"与"小人"的不同，进而突出在渊之鱼，即遁世之君子的贤能来说明招贤者隐士的必要。这两种说法虽有出入，但都重在以鱼所处的环境来表达求贤人隐士的主题。方玉润《诗经原始》认为这是一首"讽宣王求贤山林"的诗作，"诗人平居，必有一贤人在其意中，不肯明荐朝廷，故第即所居之园，实赋其景。使王读之，觉其中禽鱼之飞跃，树木之葱蒨，水石之明瑟，在在可以自乐。即园中人令闻之清远，出处之高超，德谊之粹然，亦一一可以并见。则即景以思其人，因人而慕其景，不必更言其贤，而贤已跃然纸上矣"④。今人程俊英认为："这是一首通篇用借喻的手法，抒发招致人才为国所用的主张的诗，亦可称为'招隐诗'。"⑤ 她认为"诗中以鹤比隐居的贤人"，"以鱼在渊在渚，比贤人隐居或出仕"，"园，隐喻国家""檀树，比贤人"，"萚，枯落的枝叶，比小人"，"它山之石，指别国的贤人"。⑥

① ［宋］朱熹注：《诗经集传》，上海：上海古籍出版社，1987年，第82页。
② ［宋］朱熹注：《诗经集传》，上海：上海古籍出版社，1987年，第82页。
③ ［汉］毛亨传，［汉］郑玄笺，［唐］孔颖达疏：《毛诗正义》卷第十一（十一之一），李学勤主编：《十三经注疏》，北京：北京大学出版社，1999年，第782页。
④ ［清］方玉润撰，李先耕点校：《诗经原始》，北京：中华书局，1986年，第375页。
⑤ 程俊英：《诗经译注》，上海：上海古籍出版社，2012年，第194页。
⑥ 程俊英：《诗经译注》，上海：上海古籍出版社，2012年，第194页。

四是山水田园诗。陈子展《诗经直解》认为："《鹤鸣》，似是一篇《小园赋》，为后世田园山水一派诗之滥觞。如此小园位于湖山胜处，园外邻湖，鹤鸣鱼跃。园中檀构成林，落叶满地。其旁有山，山有坚石可以攻错美玉。一气写来、词意贯注。"① "鱼潜在渊，或在于渚"就是描写鱼的悠游自在，时而在深渊，时而在小洲边，写景物的清新自然，进而表现作者的闲情逸致。

自此诗而下，后世往往将鹤和隐士、隐逸联系在一起。鹤雌雄相随，步行规矩，情笃而不淫。古人多用翩翩然有君子之风的白鹤，比喻具有高尚品德的贤能之士，把修身洁行而有时誉的人称为"鹤鸣之士"。宋代隐士林逋隐居西湖孤山，植梅养鹤，终身不娶，人谓"梅妻鹤子"。唐代诗僧贯休《赠信安郑道人》赞誉郑道人："貌古似苍鹤，心清如鼎湖。"姚鹄《玉真观寻赵尊师不遇》写赵尊师的隐逸生活："松阴绕院鹤相对，山色满楼人未归。"白居易《家园三绝》写自己的隐逸生活，也是有鹤相伴："何似家禽双白鹤，闲行一步亦随身。"

《诗经》解读

第二节　借事言理

借事言理是中国古典诗词中的常用创作手法。如陆游《游山西村》："莫笑农家腊酒浑，丰年留客足鸡豚。山重水复疑无路，柳暗花明又一村。"借游赏之事说明困境只是暂时，只要勇敢前行，成功就在前方的人生哲理。王之涣《登鹳雀楼》："白日依山尽，黄河入海流。欲穷千里目，更上一层楼。"借登高观景之事说明站得高才能看得远的哲理。朱熹将《齐风·甫田》也解读为借事言理的诗篇。

齐风·甫田

无田甫田，维莠（yǒu）骄骄。无思远人，劳心忉（dāo）忉。

无田甫田，维莠桀桀。无思远人，劳心怛（dá）怛。

婉兮娈兮，总角丱（guàn）兮。未几见兮，突而弁（biàn）兮。

【解题】

《齐风·甫田》是一首托事言理的诗作，说明做事要由小及大，由近及远，循序渐进，不可急功近利的道理。《毛诗序》将此诗解读为怨刺诗："《甫田》，大夫刺襄公也。无礼义而求大功，不修德而求诸侯，志大心劳，所以求者非其道也。"②

---

① 陈子展：《诗经直解》，上海：复旦大学出版社，1983年，第617页。

② ［汉］毛亨传，［汉］郑玄笺，［唐］孔颖达疏：《毛诗正义》卷第五（五之二），李学勤主编：《十三经注疏》，北京：北京大学出版社，1999年，第404页。

孔颖达疏云："求大功者，欲求为霸主也。"① 《诗经分类诠释》则将其归为婚恋诗，写一个少女和她的恋人，相距很远，时常思念。②

【释义】

甫田：大块的田。无田：田，治理，耕治田地。指不要耕种。莠：杂草；狗尾草。骄骄：犹"乔乔"，高挺的样子。远人：远方的人。忉忉：忧伤的样子。大田宽广不要耕，力有不济野草旺。切莫挂念远方人，徒增惆怅心惶惶。

桀桀：高高挺立的样子，茂盛的样子。怛怛：悲伤的样子。

婉、娈：年少而美好的样子。总角：古代男孩将头发左右分开梳成两个髻。丱：形容总角翘起之状。弁：成人的帽子，古代男子二十而冠。漂亮孩子逗人怜，头上两个小总角。才只不久没见面，忽而戴冠成年。

【赏析】

诗共三章，每章四句。全诗以事为比，借事明理。三章分别以种田、思人和孩子的成长之事为比，说明道理。

第一、第二两章叠咏，反复咏唱不要贪大图远，要量力而为的道理。首先以种田之事为比，说明做事情要量力而行，由小而大，不要不屑做眼前的小事，好高骛远，只想干力所不及的大事。朱熹《诗经集传》："田，谓耕治之地也。甫，大也。……言无田甫田也，曰甫田而力不给，则草盛矣。……以戒时人厌小而务大……将徒劳而无功也。"③ 接着以思人为比，说明要珍惜眼前人，不要徒然思念远不可及的人，想也是白想，只会让人劳心。"忉忉，忧劳也。……无思远人也，思远人而人不至，则心劳矣。以戒时人……忽近而图远，将徒劳而无功也。"④

第三章以孩子的成长为比，孩子不知不觉间就长大成人了。说明循序而进，自然可成，小可以变大，近可以达远。揠苗助长，结果可能是欲速则不达。朱熹《诗经集传》："言总角之童见之未久，而忽然戴弁以出者，非其躐等而强求之也。盖循其序，而势有必至耳。此又以明小之可大，迩之可远，能循其序而修之，则可以忽然而至其极。若躐等而欲速，则反有所不达矣。"⑤

---

① ［汉］毛亨传，［汉］郑玄笺，［唐］孔颖达疏：《毛诗正义》卷第五（五之二），李学勤主编：《十三经注疏》，北京：北京大学出版社，1999 年，第 404 页。

② 王宗石编著：《诗经分类诠释》，长沙：湖南教育出版社，1993 年，第 73 页。

③ ［宋］朱熹注：《诗经集传》，上海：上海古籍出版社，1987 年，第 41 页。

④ ［宋］朱熹注：《诗经集传》，上海：上海古籍出版社，1987 年，第 41 页。

⑤ ［宋］朱熹注：《诗经集传》，上海：上海古籍出版社，1987 年，第 41 页。

第二十三章 农事田园诗

第一节 农人四季

　　《诗经》中的农事田园诗是基于劳动者的视角，写的是劳动者自己体会到的劳动之乐、田园之美、丰收之乐、乡村闲适，也有农人的辛劳和无奈。后世的田园诗词则往往是文人创作，站在欣赏者的角度感受田园的优美、静谧、闲适、自在以及乡村人情的淳朴。当然也有例外，东晋大诗人陶渊明身兼劳动者和文人的双重角色，在他的笔下，既有亲身劳动的感受，也有文人视角的乡村田园之乐。文学史上一般以陶渊明为田园诗的鼻祖，向往他笔下"采菊东篱下，悠然见南山"的田园意境（《饮酒》其五）。

豳风·七月

　　七月流火，九月授衣。一之日觱发（bì bō），二之日栗烈。无衣无褐，何以卒岁？三之日于耜（sì），四之日举趾。同我妇子，馌（yè）彼南亩，田畯至喜。

　　七月流火，九月授衣。春日载阳，有鸣仓庚。女执懿（yì）筐，遵彼微行（háng），爰求柔桑。春日迟迟，采蘩（fán）祁祁。女心伤悲，殆及公子同归。

　　七月流火，八月萑（huán）苇。蚕月条桑，取彼斧斨（qiāng），以伐远扬，猗（yǐ）彼女桑。七月鸣鵙（jú），八月载绩。载玄载黄，我朱孔阳，为公子裳。

　　四月秀葽（yāo），五月鸣蜩。八月其获，十月陨萚（tuò）。一之日于貉（hé），取彼狐狸，为公子裘。二之日其同，载缵（zuǎn）武功。言私其豵（zōng），献豜（jiān）于公。

　　五月斯螽动股，六月莎鸡振羽，七月在野，八月在宇，九月在户，十月蟋蟀入我床下。穹窒熏鼠，塞向墐（jìn）户。嗟我妇子，曰为改岁，入此室处。

　　六月食郁及薁（yù），七月亨葵及菽（shū），八月剥（pū）枣，十月获稻，为此春酒，以介（gài）眉寿。七月食瓜，八月断壶，九月叔苴（jū）。采茶（tú）薪樗（chū），食（sì）我农夫。

九月筑场圃，十月纳禾稼。黍稷重（tóng）穋（lù），禾麻菽麦。嗟我农夫，我稼既同，上入执宫功。昼尔于茅，宵尔索绹（táo）。亟其乘屋，其始播百谷。

二之日凿冰冲冲，三之日纳于凌阴。四之日其蚤，献羔祭韭。九月肃霜，十月涤场。朋酒斯飨，曰杀羔羊。跻彼公堂，称彼兕觥（gōng），万寿无疆！

薁（即野葡萄）

葵（即葵菜，又称冬苋菜）

【解题】

《豳（bīn）风·七月》是写豳地部落一年四季以农桑为主的劳动生活的诗作。豳地在今陕西旬邑、彬县一带，公刘时代周的先民是一个农业部落。《豳风·七月》围绕衣、食两个生存之本，从各个侧面展示了当时社会的男耕女织的田园风俗画：春耕、秋收、冬藏、采桑、染织、缝衣、狩猎、凿冰、酿酒、筑场、修屋、聚会、祭祀等活动。也反映了农夫辛劳终年，自己却衣食无保障的辛酸和无奈。崔述《丰镐考信录》卷一云："读《七月》，如入桃源之中，衣冠朴古，天真烂熳，熙熙乎太古也。"[1] 清代姚际恒《诗经通论》说："鸟语虫鸣，草荣木实，似《月令》；妇子入室，茅、绹、升屋，似《风俗书》；流火、寒风，似《五行志》。养老、慈幼、跻堂称觥，似庠序礼。田官、染织、狩猎、藏冰、祭、献、执功，似国家典制书。其中又有似采桑图、田家乐图、食谱、谷谱、酒经：一诗之中，无不具备，洵天下之至文也！"[2]

【释义】

七月流火：火，星名，即心宿。每年六月心宿当正南方，位置最高，七月以后偏西向下，故称"流火"。九月授衣：九月丝麻等事结束，将裁制冬衣的工作交给女工。一之日：十月以后第一个月，即夏历十一月。觱发：大风触物声。二之日：夏历十二月。栗烈：形容气寒。褐：粗布短衣。三之日：夏历正月。于耜：于，犹"为"。修理耒耜（耕田起土之具）。四之日：夏历二月。举趾：举脚而耕。馌：馈送食物。亩：田耕成若干垄，高处为亩，低处为畎。田垄东西向的叫作"东亩"，南北向的叫作"南亩"。田畯：农官名，又称农正或田大夫。七月火星偏西方，九月叫人作衣裳。十一月北风劲吹，十二月寒气袭人。没有上衣和粗衣，怎么度过这年终？正月开始修锄犁，二月下地去耕种。带着妻儿一同去，把饭送到田里去，田官看到心欢喜。

载阳：开始暖和。懿筐：深筐。微行：小径。柔桑：嫩桑叶。迟迟：天长的样子。蘩：白蒿。祁祁：很多的样子。殆：怕。公子：豳国国君之子。七月火星偏西方，九月叫人做衣裳。春天开始暖洋洋，黄莺在枝头啼唱。采桑姑娘提着深筐，沿着桑间小道，采摘桑叶忙。春日白天漫长，采来的白蒿一筐筐。姑娘感春思嫁心悲伤，秋冬才能嫁情郎。

萑苇：荻草和芦苇。蚕月：指三月。条桑：修剪桑枝。斨：斧柄为方孔的叫斨。猗：牵引。女桑：嫩桑叶。鵙：伯劳鸟。载绩：开始纺织。七月火星偏西方，八月打荻割苇忙。三月修剪桑树枝，用斧头砍伐远扬的桑枝，牵引着桑枝采桑忙。七月伯劳鸟啼唱，八月开始纺织忙。染出黑布或黄布，染的红布最鲜亮，用来给公

① ［清］崔述：《丰镐考信录》，上海：商务印书馆，1937 年，第 68 页。
② ［清］姚际恒著，顾颉刚标点：《诗经通论》，北京：中华书局，1958 年，第 164 页。

子做衣裳。

秀：长穗或结子。蓫：远志，草名，可入药。蜩：蝉。陨萚：落叶。貉：外形像狐，皮很珍贵，俗称狗獾。同：聚合。缵：继续。武功：指田猎。豵：一岁小猪，此代表小兽。豜：三岁的猪，代表大兽。四月远志打籽，五月知了鸣叫。八月收获忙，十月叶子落。十一月猎貉、猎狐狸，送给贵人做皮袄。十二月大家会合，继续忙着去打猎。打到小兽归自己，猎到大兽献公家。

斯螽：蚱蜢。动股：弹腿发声。莎鸡：纺织娘。振羽：振翅发声。穹窒：堵塞空隙。向：朝北的窗户。墐：用泥涂抹。五月蝈蝈摩腿唱，六月纺织娘振翅唱。七月蟋蟀野外鸣，八月来到屋檐下，九月进到屋里面，十月来到床下藏。堵塞鼠洞熏老鼠，堵塞北窗，泥涂柴门。喊来妻儿，眼看就要到新年，我们就住这个屋。

郁：郁李。薁：野葡萄。亨：同"烹"，煮。葵：冬葵。菽：豆子。剥：通"扑"，扑打。介：借为"丐"，祈求。眉寿：长寿。断壶：摘下葫芦。叔：拾取。苴：麻子。食：养活。农夫：指农村聚落的集体奴隶，所进行的都是无偿劳动。[①]六月吃李子和野葡萄，七月吃葵菜和大豆，八月打枣，十月收稻。酿造春酒，举杯祝老人长寿。七月吃瓜，八月摘葫芦，九月拾麻子。苦菜当菜，臭椿作柴，养活我们农夫。

场：打谷的场地。圃：菜园。毛《传》："春夏为圃，秋冬为场。"郑《笺》云："场圃同地，自物生之时耕治之以种菜茹，至物尽成熟，筑坚以为场。"纳：收进谷仓。重：同"穜"，先种后熟的谷。穋：即稑，稑是晚种早熟的谷。宫功：指修缮建筑宫室。索绹：索，搓。打绳子。亟：急。乘：覆盖。九月修打谷场，十月粮食收进仓。黍稷早稻和晚稻，粟麻豆麦品种多。叹我农夫真辛苦，庄稼刚刚忙碌完，又为官家筑宫室。白天要去割茅草，夜里急急搓绳忙。赶紧给房盖屋顶，开春就要播种忙。

冲冲：凿冰声。凌阴：指藏冰的地窖。蚤：通"早"，古代的一种祭祀仪式。献羔祭韭：用羔羊和韭菜祭祖。肃霜：犹"肃爽"，天高气爽。朋酒：两樽酒。公堂：指公共场所。兕觥：古代用兽角做的酒器。万寿：长寿。十二月来凿冰忙，正月藏进地窖中。二月开初祭祖先，献上韭菜和羔羊。九月天高气爽，十月清扫打粮场。两壶美酒来奉上，宰杀羊羔大家享。大家欢聚一堂，高高举起牛角杯，祝福长者寿无疆。

【赏析】

诗共八章，每章十一句。朱熹《诗经集传》说："仰观星日霜露之变，俯察昆虫草木之化，以知天时，以授民事。女服事乎内，男服事乎外，上以诚爱下，下以

---

① 邹芙都、查飞能：《〈豳风·七月〉所见西周农村聚落社会阶层及其特点》，《社会科学战线》2019年第12期。

381

第三部分 《诗经》诗歌分主题解读

忠利上。"①《诗经集传》首章注云："此章前段言衣之始，后段言食之始。二章至五章，终前段之意。六章至八章，终后段之意。"②

首章以鸟瞰式的手法，概括了劳动者全年的生活。十月是一个重要的岁末节点，因为此时农事已毕，人们完成了秋收工作，为即将到来的冬天做好了充足的储备。从十月到来年春耕之前，便是农闲时间。

第二、第三章情调昂扬，色调鲜明。第二章写明媚的春光照耀着田野，莺声呖呖。背着筐儿的女子，结伴沿着田间小路去采桑、采蘩。"女心伤悲，殆及公子同归。"伤悲是少女春思。"女当春阳，闲情无限，又值采桑，倍惹春愁。无端而念及终身，无端而感动目前。"③ 第三章写农家养蚕、纺织、染色、做衣，忙碌而有条不紊，有劳动的踏实感。

第四章重点写聚落庶民农闲时狩猎练兵的场景。《周礼·夏官·大司马》载："中冬，教大阅。前期群吏戒众庶修战法……遂以狩田。"④《国语·周语上》："三时务农，而一时讲武，故征则有威，守则有财。"⑤ 猎取貉、狐狸，为豳公及其子女做裘，猎取大的猎物献给豳公，小的猎物自己留着。

第五章通过细致观察蟋蟀所待场所的变迁来写季节的变迁，笔墨工细，绘影绘声，饶有诗意。

第六章好像一组连续的写实性的电影镜头，表现了农家秋收时节安恬而富有田园之乐的生活，生动而情趣盎然，真实而全面，同时流露出农夫生活艰辛的淡淡哀伤。

第七章写人们在忙完秋收之后就要忙着给公室盖房子，急忙营建好房子，又得在春初忙播种子。一年到头，忙碌无闲暇。

第八章用较愉快的笔调描写了这个村落在祭祀之余和农闲结束之时，村人欢聚、举杯相庆的场面。

《豳风·七月》一诗中的农村聚落是一个整体性明确的生产集团，可见构成基层农村聚落的社会阶层是贵族、庶民与农夫。贵族阶层包括公与公子，驾驭于聚落成员之上，控制聚落；庶民阶层主要是身份相对独立的公室同族之人，处于从属地位，以聚族而居的方式集体劳作。首章"同我妇子，馌彼南亩"的是庶民阶层，是农村聚落的主要成员，有家室且身份近于平民。庶民可以参加公室贵族在公堂举

① ［宋］朱熹注：《诗经集传》，上海：上海古籍出版社，1987年，第62页。

② ［宋］朱熹注：《诗经集传》，上海：上海古籍出版社，1987年，第60页。

③ ［清］方玉润撰，李先耕点校：《诗经原始》，北京：中华书局，1986年，第312页。

④ ［汉］郑玄注，［唐］贾公彦疏，赵伯雄整理：《周礼注疏》卷二十九《夏官》，李学勤主编：《十三经注疏》，北京：北京大学出版社，1999年，第774～775页。

⑤ ［三国吴］韦昭著，徐元诰集解，王树民、沈长云点校：《国语集解》，北京：中华书局，2019年，第2页。

行的庆祝与祭祀宴会："朋酒斯飨，曰杀羔羊。跻彼公堂，称彼兕觥，万寿无疆！"农夫阶层隶属于庶民，处于控制之下，从事无偿劳作。[①]

第二节　田园之乐

中国传统诗歌中的田园诗词以描绘田园风光，展示宁静平和、悠闲自在的乡村田园生活为主。宋代词人秦观有一首田园词《行香子》写出了田园风光之美和生活的悠闲自在：

树绕村庄，水满陂塘。倚东风，豪兴徜徉。小园几许，收尽春光。有桃花红，李花白，菜花黄。

远远围墙，隐隐茅堂。飏青旗，流水桥旁。偶然乘兴，步过东冈。正莺儿啼，燕儿舞，蝶儿忙。

周南·芣苢

采采芣苢，薄言采之。采采芣苢，薄言有之。
采采芣苢，薄言掇之。采采芣苢，薄言捋之。
采采芣苢，薄言袺之。采采芣苢，薄言襭之。

【解题】

《周南·芣苢》是一曲劳动欢歌，写的是一群女子采摘车前子的劳动过程。

【释义】

采采：叠词，采呀采，形象地写出了动作的重复。[②] 芣苢：车前草，古人认为其所结之子可治妇人不孕。薄言：急急忙忙的样子。高亨《诗经今注》："薄：急急忙忙；言：读为焉或然。"[③] 闻一多先生也认为"薄"与"迫"通，"薄言"即"薄薄然"，意为"急急忙忙的""赶忙的""快快的"[④]。有：取得。车前子呀采呀采，采呀快快采起来。车前子呀采呀采，采呀快快采起来。

掇：拾取。捋：顺着茎滑动成把地采取。袺：一手提着衣襟兜着。襭：把衣襟扎在衣带间来盛东西。重章叠句，反复咏唱采车前子的欢欣。一颗一颗拾起来，一

---

①　参见邹芙都、查飞能：《〈豳风·七月〉所见西周农村聚落社会阶层及其特点》，《社会科学战线》2019 年第 12 期。

②　闻一多撰，李定凯编校：《诗经研究·匡斋尺牍》，成都：巴蜀书社，2002 年，第 41 页。

③　高亨：《诗经今注》，上海：上海古籍出版社，1980 年，第 10 页。

④　闻一多撰，李定凯编校：《诗经研究·匡斋尺牍》，成都：巴蜀书社，2002 年，第 45 页。

把一把捋下来。手提衣襟兜起来，掖起衣襟兜回来。

【赏析】

诗共三章，每章四句。三章叠咏，反复写采摘车前子的过程。诗歌运用赋法，用六个动词——采、有、掇、捋、袺、襭，形象地铺叙了妇女们采摘车前子的劳动情景。通过采摘动作的不断变化和收获成果的迅速增加，表现了姑娘们娴熟的采摘技能和欢快的劳动心情，也在三章的重复中产生了简单明快、往复回环的音乐美。同时，诗中六个动词的变化表现了越采越多直到满载而归的情景。

方玉润《诗经原始》评价此诗说："此诗之妙，正在其无所指实而愈佳也。夫佳诗不必尽皆征实，自鸣天籁，一片好音，尤足令人低回无限。若实而按之，兴会索然矣。读者试平心静气，涵咏此诗，恍听田家妇女，三三五五，于平原绣野、风和日丽中群歌互答，余音袅袅，若远若近，忽断忽续，不知其情之何以怡而神之何以旷。则此可不必细绎而自得其妙焉。唐人《竹枝》《柳枝》《櫂歌》等词，类多以方言入韵语，自觉其愈俗愈雅，愈无故实而愈可以咏歌。即《汉乐府·江南曲》首'鱼戏莲叶'数语，初读之亦毫无意义，然不害其为千古绝唱，情真景真故也。"①

有的学者认为采芣苢是一种祈求子孙繁盛的宗教活动。公木、赵雨《名家讲解〈诗经〉》认为："这是一首歌颂夏氏族的图腾歌。王充《论衡》：'禹母吞薏苡而生禹，故夏姓曰姒。'王充所说'薏苡'即'芣苢'，应为夏氏族图腾。樊树云《诗经宗教文化探微》认为：全诗通过妇女对采摘芣苢的反复咏唱，以祈求夏氏族子孙繁盛，兴旺发达。"②

魏风·十亩之间

十亩之间兮，桑者闲闲兮。行与子还兮。
十亩之外兮，桑者泄（yì）泄兮。行与子逝兮。

【解题】

《魏风·十亩之间》是一首描写劳动结束后采桑女结伴而归的诗歌。诗勾画出一派恬静安适的田园风貌，抒写了采桑女轻松愉快的劳动心情。蒋立甫说："这是采桑女歇工时邀伴回家唱的歌……字里行间跳动着她们劳动后的轻松愉快的情绪，确实能给人以美的享受。"③ 陈继揆《读风臆补》评此诗："雅淡似陶，《归去来

---

① ［清］方玉润撰，李先耕点校：《诗经原始》，北京：中华书局，1986年，第85页。
② 公木、赵雨：《名家讲解〈诗经〉》，长春：长春出版社，2007年，第12页。
③ 蒋立甫：《诗经选注》，北京：北京出版社，1981年，第117页。

分》亦以此为粉本。"① 朱熹则认为是归隐诗："政乱国危,贤者不乐仕于其朝,而思与其友归于农圃。故其辞如此。"②

【释义】

十亩:宅旁的桑田多被看作"十亩",根据《庄子·让王》"郭内之田十亩,足以为丝麻"可知。明代杨基《寄题水西草堂》："他年得遂归田计,多种墙阴十亩桑。"桑者:采桑的人。闲闲:悠闲的样子。一块桑地十亩大,(天晚了,)采桑的人悠闲地相互招呼:走啊,一起回家了。

泄泄:人多的样子。逝:返回。桑园之外还是桑园,(天晚了,忙碌了一天的)采桑姑娘结成群:走啊,咱们一块儿回家去。

【赏析】

诗共两章,每章三句。两章叠咏。内容上,诗章表现的是紧张劳动结束后的放松状态,描绘了姑娘们呼伴唤友相偕回家时的情景。夕阳斜晖,透过碧绿的桑叶照进一片宽阔的桑园。忙碌了一天的采桑女准备回家了,桑园里响起一片呼伴唤友的声音。

两章复沓,变换了三组词语:第一组是表方位的名词"间"和"外",提示着场景的转换。第一章写人们散在桑园,而第二章由散而聚,"十亩之外",暗示劳动已经结束,人们开始陆续走出桑园回家。第二组是形容词,意义相近,描写桑者轻松自得的情态。不过"桑者闲闲"是个人的情态,"泄泄"描写多人之貌。第三组是动词,"还",归也,"逝",往也,都是抒情主人公与"子"的相期相约,两个字的变化中包含了一种不加掩饰的喜悦与渴望。通过几组词语的变换,在桑园的背景上,叠字"闲闲""泄泄"写出了主人公"往来固自得也"的心情,舒缓的节奏,轻松的旋律,充分表达了愉悦的心情,勾勒出一幅动态的暮归图,表现了与"子"相约而归的愉悦。③ "兮"字是舒缓的阳平调,语气词"兮"的恰当运用,拖长了语调,更好地表现了舒缓而轻松的心情。

田园有一种治愈的作用。身在田园,春耕秋收,与脚下宽厚的大地为伴。田园能给人以踏实、厚重和包容、接纳的感觉,最能抚慰心灵,让心安适。田园往往和家、家人、温暖、安心密不可分,正如周杰伦《稻香》中所唱:"乡间的歌谣,永远的依靠。回家吧,回到最初的美好。"自古以来,田园和归隐不可分。这是为什么不愿为五斗米折腰的陶渊明会选择归去来,回归田园,躬耕田园,让劳动的踏实感唤醒心中本真、质朴、自在的快乐。"久在樊笼里,复得返自然。"(《归园田居》其一)

---

① [明] 戴君恩撰,[清] 陈继揆补辑,董露露点校:《读风臆补》,北京:语文出版社,2019 年,第107 页。

② [宋] 朱熹注:《诗经集传》,上海:上海古籍出版社,1987 年,第 44 页。

③ 黄冬珍、赵敏俐:《〈周南·芣苢〉艺术解读——兼谈〈国风〉的艺术特质与研究方法》,《文艺研究》2006 年第 11 期。

第二十四章　周民族史诗

第一节　周先祖事迹史诗

　　《诗经》中的周民族史诗共五首,包括《大雅·生民》《大雅·公刘》《大雅·绵》《大雅·皇矣》《大雅·大明》。大致分为周先祖事迹史诗和周王朝开国史诗,其中周先祖事迹史诗为前三首。周先族原是游牧民族,居于今陕西、甘肃接境一带。传说周始祖后稷做了帝尧的农师,因功被封邰(今陕西武功境内)。《大雅·生民》叙述周始祖后稷的诞生及种种神奇事迹,及在邰从事农业生产的事迹,是周民族以农业为本的农耕生活的反映。《大雅·公刘》以周第四世先祖公刘的事迹为中心,写公刘率众族人自邰迁豳(今陕西旬邑和彬县一带)、开拓疆土、发展农业、建立邦国、组织防卫的事迹,歌颂了公刘勇于开拓创业的精神,深谋远虑、刚毅勤劳及善于组织的才能和性格。公刘之后,经九世传位,第十三代为古公亶父(即周太王),《大雅·绵》以古公亶父(太王)为中心,写他受戎狄侵袭逼迫,率领族人越过漆、沮,梁山,自豳迁岐(今陕西岐山、扶风二县),开荒垦田,营建宫室,修造城郭,建庙立社,使周国日益强大的经过。

大雅·生民

　　厥初生民?时维姜嫄。生民如何?克禋(yīn)克祀,以弗无子。履帝武敏歆(xīn),攸介攸止。载震(shēn)载夙(sù),载生载育,时维后稷(jì)。

　　诞弥厥月,先生如达。不坼(chè)不副(pì),无菑(zāi)无害,以赫厥灵。上帝不宁,不康禋祀,居然生子。

　　诞寘(zhì)之隘巷,牛羊腓(féi)字之。诞寘之平林,会伐平林。诞寘之寒冰,鸟覆翼之。鸟乃去矣,后稷呱(gū)矣。实覃(tán)实讦(xū),厥声载路。

　　诞实匍匐,克岐克嶷(nì),以就口食。蓺(yì)之荏(rěn)菽(shū),荏菽旆(pèi)旆。禾役穟(suì)穟,麻麦幪(méng)幪,瓜瓞(dié)唪(fěng)唪。

诞后稷之穑，有相之道。茀（fú）厥丰草，种之黄茂。实方实苞（bāo），实种实褎（yòu），实发实秀，实坚实好，实颖实栗。即有邰（tái）家室。

诞降嘉种：维秬（jù）维秠（pī），维穈（mén）维芑（qǐ）。恒之秬秠，是获是亩；恒之穈芑，是任是负，以归肇祀。

诞我祀如何？或舂（chōng）或揄（yú），或簸或蹂（róu）。释之叟叟，烝（zhēng）之浮浮。载谋载惟，取萧祭脂。取羝（dī）以軷（bá），载燔（fán）载烈。以兴嗣岁。

卬盛于豆，于豆于登，其香始升。上帝居歆（xīn），胡臭（xiù）亶时。后稷肇祀，庶无罪悔，以迄于今。

【解题】

《大雅·生民》是一首叙述周始祖后稷的诞生和种种神奇事迹，以及其善稼穑的本领的诗作。

【释义】

厥初：起初。时：是。姜嫄：传说中有邰氏之女，帝喾之妃，周始祖后稷之母。禋祀：祭天神的一种礼仪，先烧柴升烟，再加牲体及玉帛于柴上焚烧。弗："祓"的假借，用祭祀来祛除灾难。履：践踏。帝：上帝。武：足迹。敏：通"拇"，大拇趾。歆：心有所感的样子。攸：语气助词。介：通"祄"，神保佑。止：通"祉"，神降福。震：通"娠"，怀孕。夙：通"肃"，严肃，此处指不再和男子交往。周氏祖先谁所生，姜嫄娘娘是其母。如何生下周先祖？祷告神灵祭天帝，祈求生子免无嗣。踩了天帝拇趾印，神灵佑护赐吉祥。十月怀胎行端庄，一朝生子勤养育，就是后稷周先王。

诞：发语词。弥：满。先生：第一胎。如：而。达：滑利。坼：裂开。副：破裂。菑：同"灾"。不康：不安。居然：徒然。怀胎十月产期满，头胎分娩很顺当。产门不破也不裂，安全无患体健康，显示灵异不平凡。唯恐上帝心不安，赶忙祭祀求吉祥，虽生儿子不敢养。

寘：弃置。腓：庇护。字：哺育。平林：平原上的树林。会：恰好。鸟覆翼之：大鸟张翼覆盖他。呱：小儿哭声。实：是。覃：长。訏：大。载：充满。新生婴儿弃小巷，牛羊爱护喂养他。再将婴儿扔林中，恰巧有人来砍树。又置婴儿寒冰上，鸟儿展翅将他护。大鸟终于飞走了，后稷啼哭声哇哇，哭声又长又洪亮，声满道路人驻足。

匍匐：伏地爬行。岐：知意。嶷：识。就：趋往。荏菽：大豆。旆旆：草木茂盛的样子。役："颖"的假借字。禾颖，即禾穗。穟穟：禾穗丰硕下垂的样子。幪幪：茂密的样子。瓞：小瓜。唪唪：果实累累的样子。后稷刚会四处爬，又懂事来又聪明，觅食吃饱有本领。稍长就能种大豆，大豆一片茁壮生。种出谷穗沉甸甸，麻麦长得多旺盛，瓜儿累累果实多。

　　稷：种植五谷。相：助。茀：拂，拔除。黄茂：嘉谷，指优良品种。方：同"放"。萌芽始出地面。苞：谷种吐芽。种：谷种生出小苗。褎：禾苗渐渐长高。发：发茎拔节。秀：结穗。坚：谷粒灌浆饱满。颖：禾穗末梢下垂。栗：即"栗栗"，形容收获众多的样子。有邰：其地在陕西武功县，传说帝尧因为后稷对农业生产有贡献而封他于邰。后稷他会种庄稼，他有种地好法道。茂密杂草全除去，挑选嘉禾播种好。不久吐芽出新苗，禾苗窜出往上冒。拔节抽穗渐结实，谷粒饱满成色好，谷穗丰硕弯了腰，因功封邰乐陶陶。

　　降：赐予。秬：黑黍。秠：黍的一种。穈：谷的一种。芑：一种白苗高粱。恒：通"亘"，遍。亩：堆在田里。任：挑起。负：背起。肇：开始。上天赐予好良种，秬子秠子是良黍，穈子高粱植株粗。秬子秠子遍地生，收割堆垛忙得欢。穈子高粱种满地，扛着背着运回仓，归来开始忙祭祀。

　　揄：舀，从臼中取出春好之米。簸：筛去糠皮。蹂：用手搓余剩的谷皮。释：淘米。叟叟：淘米的声音。烝：同"蒸"。浮浮：热气上升的样子。惟：考虑。萧：香蒿，今名艾。脂：牛油。羝：公羊。较：即剥去羊皮。燔：将肉放在火里烧炙。烈：将肉串起来架在火上烤。嗣岁：来年。祭祀场面什么样？有的春谷有舀粮，有的簸粮有搓皮。沙沙淘米声音响，蒸饭热气喷喷香。筹备祭祀共商量，香蒿牛脂燃芬芳。大肥公羊剥了皮，又烧又烤供神享，祈求来年更丰穰。

　　卬：我。豆：古代一种高脚容器，盛肉用。登：瓦制容器，盛汤用。居：语气助词。歆：享受。胡：大。臭：香气。亶：诚然，确实。时：善，好。庶：幸。我把祭品装碗盘，木碗瓦盆派用场，香气四溢满厅堂。上帝降临来品尝，饭菜滋味实在香。后稷始创祭享礼，祈神佑护祸莫降，至今流传好风尚。

【赏析】

　　诗共八章，每章或十句，或八句，按十字句章与八字句章前后交替的方式构成全篇，除首尾两章外，各章皆以"诞"字领起，格式严谨。从内容上看，前面几章写后稷的身世，充满神奇荒幻色彩；后面几章写后稷从事农业生产，富有浓郁的生活气息。

　　第一章为第一层，写后稷的神奇出生。帝喾的元妃姜嫄神奇地受孕，"履帝武敏歆。"《史记·周本纪》说："姜嫄为帝喾元妃。姜嫄出野，见巨人迹，心忻然说，欲践之，践之而身动如孕者。居期而生子。"[1] 毛《传》释曰："去无子，求有子，古者必立郊禖焉，玄鸟至之日，以大牢祠于郊禖，天子亲往，后妃率九嫔

　　① ［汉］司马迁：《史记·周本纪》，北京：中华书局，1982年，第111页。

御，乃礼天子所御，带以弓韣（dú），授以弓矢，于郊禖（méi）之前。"① 郑《笺》进一步阐释："因当祀郊禖之时，有上帝大神之迹。姜嫄因祭见之，遂履此帝迹拇指之处，而足不能满，时即心体歆歆，如有物所在身之左右，所止住于身中，如有人道精气之感己者也，于是则震动而有身。"② 也就是说，高辛氏之帝率领其妃姜嫄向生殖之神祈子，姜嫄踩着高辛氏的足印，亦步亦趋，施行了一道传统仪式，便感觉怀了孕，求子而得子。闻一多采纳了毛《传》、郑《笺》关于高禖仪式的说法，并对之做了文化人类学的解释："上云禋祀，下云履迹，是履迹乃祭祀仪式之一部分，疑即一种象征的舞蹈。所谓'帝'，实即代表上帝之神尸。神尸舞于前，姜嫄尾随其后，践神尸之迹而舞，其事可乐，故曰'履帝武敏歆'，犹言与尸伴舞而心甚悦喜也。'攸介攸止'，'介'，林义光读为'愒（qì）'，息也，至确。盖舞毕而相携止息于幽闭之处，因而有孕也。"③ 这则神话反映的事实真相是："只是耕时与人野合而有身，后人讳言野合，则曰履人之迹，更欲神异其事，乃曰履帝迹耳。"④

第二、第三章为第二层，写后稷的诞生与屡弃不死的神迹。后稷被弃之事，《史记·周本纪》载其被弃的原因是"以为不祥"⑤。一说被弃的原因是"先生如达"，"达"同"羍"，小羊，意即谓后稷"初生如同小羊羔，浑身上下赤而毛"⑥。一说"帝喾崩后十月而后稷生，盖遗腹子也。虽为天所安，然寡居而生子，为众所疑，不可申说"⑦。诗中对他三次遭弃又三次获救的经过情形叙述十分细致。第一次，他被弃置在狭隘的无人之巷，牛羊来了，却避而不踩，反倒用乳汁喂养他。第二次，他被扔进了大树林，却正逢有樵夫来砍柴而拾起他。第三次他被扔在寒冰之上，有鸟儿飞来用双翼温暖他。鸟飞走后，后稷呱呱地哭了。母亲跑向冰上的襁褓，后稷被接受了。这苦难与神奇构成的亲情，是这周民族的源头！"姜原以为神，遂收养之。"⑧ 后稷名弃，得名的原因是"初欲弃之，因名曰弃"⑨。

第四章至第六章为第三层，写后稷有开发农业生产技术的特殊禀赋。他自幼就

① ［汉］毛亨传，［汉］郑玄笺，［唐］孔颖达疏：《毛诗正义》卷第十七（十七之一），李学勤主编：《十三经注疏》，北京：北京大学出版社，1999年，第1239页。

② ［汉］毛亨传，［汉］郑玄笺，［唐］孔颖达疏：《毛诗正义》卷第十七（十七之一），李学勤主编：《十三经注疏》，北京：北京大学出版社，1999年，第1240页。

③ 闻一多撰，李定凯编校：《神话研究·姜嫄履大人迹考》，成都：巴蜀书社，2002年，第40～41页。

④ 闻一多撰，李定凯编校：《神话研究·姜嫄履大人迹考》，成都：巴蜀书社，2002年，第44页。

⑤ ［汉］司马迁：《史记·周本纪》，北京：中华书局，1982年，第111页。

⑥ 程水金：《〈大雅·生民〉后稷弃因旁证》，《武汉大学学报（人文社会科学版）》2000年第2期，第253页。

⑦ ［汉］毛亨传，［汉］郑玄笺，［唐］孔颖达疏：《毛诗正义》卷第十七（十七之一），李学勤主编：《十三经注疏》，北京：北京大学出版社，1999年，第1249页。

⑧ ［汉］司马迁：《史记·周本纪》，北京：中华书局，1982年，第111页。

⑨ ［汉］司马迁：《史记·周本纪》，北京：中华书局，1982年，第111页。

表现出这种超卓不凡的才能，他因有功于农业而受封于邰，他种的农作物品种多、产量高、质量好。弃因善于经营农业，被帝尧举为农师，帝舜时他又被封到邰地。《史记·周本纪》载："其游戏，好种树麻、菽，麻、菽美。及为成人，遂好耕农，相地之宜，宜穀者稼穑焉，民皆法则之。帝尧闻之，举弃为农师，天下得其利，有功。……封弃于邰，号曰后稷，别姓姬氏。"① 弃号后稷，后是君王的意思，稷是农作物名。周人以后稷为始祖，以稷为谷神，以"社""稷"并称作为国家的象征。

《诗经》解读

　　第七、第八两章为第四层，写后稷创立祀典祭祀天神，祈求上天永远赐福，而上天感念其德行业绩，保佑他并将福泽延及子孙。第七章写后稷捣米舀米，簸米扬糠，揉搓米粒。淘米的声音籁籁地响，蒸米的热气噗噗地腾。思考商议祭祀之事，拿来脂油和香艾，牵来公羊又烧又烤，祈求来年兴旺。第八章写丰收后准备郊祭，以报今年岁熟，而祈来年丰收。后稷把祭品盛于木豆和瓦登，祭祀的场面生动热烈，最后祭物的馨香气味上升，上帝安然歆享。末尾感叹后稷开创祭祀之仪，使得天帝永远佑护汉民族，平安至今。这两章在叙述祭祀场面的热烈和隆重中，将人们的虔诚和神灵的感应糅合在一起，惟妙惟肖。

　　后稷父亲的缺失也说明当时还处在母系氏族社会阶段，只知有母不知有父。商始祖契的出生也很神异。《史记·殷本纪》开篇云："殷契，母曰简狄，有娀氏之女，为帝喾次妃。三人行浴，见玄鸟堕其卵，简狄取吞之，因孕生契。契长而佐禹治水有功……封于商，赐姓子氏。"② "感生神话"指人感应于外物因而有所孕生的神话。其他如华胥氏踏巨人迹而生伏羲、安登感神龙而生神农、附宝见大电绕北斗而生黄帝、庆都遇赤龙而生尧、握登见大虹而生舜、修己吞神珠薏苡而生大禹、扶都见白气贯月而生汤。耶稣的降生也很神异。母亲马利亚已经许配了约瑟，还没有迎娶，马利亚就从圣灵怀了孕。

　　英雄幼时蒙难是世界性的传说故事母题。所有的弃子神话传说一般遵循的原型模式为：一是婴幼期被遗弃，二是被援救并成长为杰出人物，三是被弃和获救都有神异性。

---

① ［汉］司马迁：《史记·周本纪》，北京：中华书局，1982年，第111页。
② ［汉］司马迁：《史记·殷本纪》，北京：中华书局，1982年，第91页。

第二节　周王朝开国史诗

太王古公亶父之子王季攻打西北的戎狄，因功被封为西伯，是西北的诸侯之长。后被商王文丁猜忌，借封赏之名将其骗到殷都杀死。王季死后，其子姬昌继位，是为西伯侯，史称周文王。帝辛（商纣王）害怕周人威胁商的统治，便囚禁周文王七年。周文王继承先祖遗业，敬天尊地，以农业立国，积极进取；筚路蓝缕，开疆拓土，肇国西方，威震天下。他笃行仁义，敬老爱小，礼贤下士，天下归心。既定其武，使之威；又明其文，使之昭：将武烈精神与文治精神完美地融合在一起。

大雅·大明

明明在下，赫赫在上。天难忱（chén）斯，不易维王。天位殷适（dí），使不挟四方。

挚仲氏任，自彼殷商，来嫁于周，曰嫔（pín）于京。乃及王季，维德之行。

大任有身，生此文王。维此文王，小心翼翼。昭事上帝，聿怀多福。厥德不回，以受方国。

天监在下，有命既集。文王初载，天作之合。在洽（hé）之阳，在渭之涘。文王嘉止，大邦有子。

大邦有子，伣（qiàn）天之妹。文定厥祥，亲迎于渭。造舟为梁，不显其光。

有命自天，命此文王，于周于京。缵（zuǎn）女维莘（shēn），长子维行，笃生武王。保右命尔，燮（xiè）伐大商。

殷商之旅，其会（kuài）如林。矢于牧野："维予侯兴，上帝临女，无贰尔心！"

牧野洋洋，檀车煌煌，驷（sì）騵（yuán）彭彭。维师尚父，时维鹰扬。凉彼武王，肆伐大商，会朝（zhāo）清明。

【解题】
《大雅·大明》是一首写周朝从开国到灭商历史的诗作。

【释义】
明明：光明的样子。在下：指人间。赫赫：显盛的样子。在上：指天上。忱：与"谌"通，相信。易：轻率怠慢。维：犹"为"。位：同"立"。适：借作

"嫡",嫡子。殷嫡指纣王。挟:控制、占有。四方:天下。文王明德四海扬,赫赫神灵显天上。天命确实难相信,国君不能轻易当。天命本属殷纣王,终又让他失四方。

挚:殷的属国名。仲氏:次女。任:姓。嫔:嫁。京:周京。乃:就。及:与。维德之行:犹曰"维德是行",只做有德行的事情。挚国任家二姑娘,从那遥远的殷商,嫁到我们周国来,来到京都做新娘。她和王季配成双,专做好事美名扬。

大任:大,同"太",即王季之妻。有身:有孕。文王:姬昌,殷纣时为西伯(西方诸侯),又称西伯昌,为周武王姬发之父,父子共举灭纣大业。翼翼:恭敬谨慎的样子。昭:明。事:服事、侍奉。聿:同"曰",语气助词。怀:徕,招来。厥:犹"其",他、他的。回:邪僻。方国:商代、周初对周围诸侯国的称呼。太任怀孕生文王,文王恭谨事上帝,招来福运不限量。德行光明受爱戴,承受祖业做国君。

监:视。在下:指文王的德业。有命:指天命。初载:指文王在位的初年。作:成。合:婚配。洽:水名,源出陕西合阳县,东南流入黄河,现称金水河。阳:河北面。渭:水名,黄河最大的支流,源于甘肃渭源县,经陕西,于潼关流入黄河。涘:水边。嘉止:美之,以之为美。止:同"之",指太任。大邦:大国,指莘国。子:指莘国国君的女儿。上天明察人间事,文王身上承天命。文王即位初年间,老天赐他好姻缘。新娘住在洽水北,就在渭水岸边上。文王爱慕新嫁娘,赞美大国好姑娘。

俔:如,好比。天之妹:天上的美女。文:礼,指"纳币"之礼。定:订婚。梁:桥,此指连船为浮桥,以便渡渭水迎亲。不:通"丕",大。光:荣光,荣耀。大国这位好姑娘,姑娘美如天仙样。下了聘礼订了婚,文王亲迎渭水旁。造船相连作桥梁,大显光彩真荣光。

缵:"赞"的假借字,美好。莘:国名,在今陕西合阳县一带,姒姓。长子:即长女,指太姒。行:出嫁。保右:即"保佑"。燮伐:即联合讨伐。上天有命降文王,命令这位周文王,周原之地建家邦。莘国有位好姑娘,长女大姒嫁文王,天降厚恩生武王。命你保佑周武王,联合诸侯伐殷商。

旅:军队。会:借作"旝",军旗。矢:同"誓",誓师。牧野:地名,在今河南淇县一带。侯:乃。兴:强盛。临:监临。女:同"汝",指参加誓师的军队。殷商纠集大部队,殷军众盛旗如林。武王誓师在牧野:"唯我周军最强盛,上帝在天看尔等,休怀二心要争光!"

洋洋:广大的样子。檀车:用檀木造的兵车。煌煌:鲜明的样子。驷騵:四匹赤毛白腹的驾辕骏马。彭彭:强壮有力的样子。师:官名,又称太师。尚父:指姜太公。姜太公,周朝东海人,本姓姜,其先封于吕,因姓吕。名尚,字子牙。年老隐钓于渭水之上，文王访得，载与俱归，立为师，又号太公望，辅佐文王、武王灭纣。时：是。鹰扬：如雄鹰展翅飞翔，言其奋发勇猛。凉：辅佐。肆伐：进击。会朝：会战的早晨。清明：战争结束天下太平。广阔牧野作战场，檀木战车亮堂堂，驾车驷马真健壮。太师尚父姜太公，好像雄鹰展翅翔。辅佐武王打胜仗，穷追猛打伐殷商，清明世界一朝创！

【赏析】

全诗八章。第一、第二、第四、第七章每章六句，第三、第五、第六、第八章每章八句，参差错落。

内容上，全诗分为三层，以王季、文王、武王三代相继为基本线索，时序井然，层次清楚，是周部族三代祖先的发展史。其中武王灭商是此诗重点要表现的历史事件。

前三章为第一层，写王季受天命、娶太任、生文王。首章先从赞叹皇天伟大、天命难测说起，引出殷命将亡、周命将兴，是全诗的总纲。第一章即歌颂王季娶了太任，推行德政。第三章写文王降生，承受天命，因而"以受方国"。

第四、第五、第六章为第二层，写文王娶太姒、生武王。第四章说文王"天作之合"，得配佳偶。第五章即写他于渭水之滨迎娶殷商帝乙之妹。第六章说文王又娶太姒，生下武王。武王受天命而"燮伐大商"。周文王姬昌长子伯邑考被商纣王残杀，次子姬发继位，即周武王。武王对内积极发展生产，在军事上任用太公望为军师，任用弟弟周公旦处理政务，任用召公奭等人为助手，周国日益强盛。对外举行孟津观兵，大会八百诸侯。

后两章为第三层，写武王在姜太公的辅佐下讨伐商纣、牧野之战一举灭殷的史实。第七章写武王伐纣的牧野之战，敌军虽盛，而武王斗志更坚。第八章写牧野之战的盛大，武王在姜太公的辅佐之下一举灭殷。商纣王伐东夷惨胜，周武王趁着商实力大损，誓师正式伐商，在牧野和商大战。由于商军大多都是商纣王刚从东夷俘虏的奴隶，因此他们临阵倒戈，反引周军攻入朝歌，商纣王逃回朝歌之后在鹿台引火自焚。殷商自此灭亡，周王朝建立，定都镐京（今陕西西安西南）。

思想上，诗以"天命所佑"为中心思想，诗中历述婚媾，皆天作之合，圣德相配。武王克商，也是上应天命、中承祖德、下合四方。

艺术上，文王两次迎亲的描述，生动具体；描绘牧野之战的宏大场面："牧野洋洋，檀车煌煌，驷騵彭彭"，一连三个排比句子，把战争严峻、紧迫的气势烘托出来。"殷商之旅，其会如林"虽然写出了敌军之盛，但相比之下，武王的三句誓师更显得坚强和有力。"维师尚父，时维鹰扬"，一句比喻性描写，似乎让人看到了姜太公老当益壮的雄武英姿。全诗整饬和谐、详略得当、前呼后应的表现手法，使诗篇避免了平直、呆板和单调，给人以跌宕起伏之感。成语"小心翼翼""天作之合"等源自此诗，丰富了汉语词汇。

大雅·皇矣

皇矣上帝，临下有赫。监观四方，求民之莫。维此二国，其政不获。维彼四国，爰究爰度（duó）？上帝耆（jī）之，憎其式廓。乃眷西顾：此维与宅！

作之屏（bǐng）之，其菑（zì）其翳。修之平之，其灌其栵（lì）。启之辟之，其柽（chēng）其椐（jū）。攘之剔之，其檿（yǎn）其柘（zhè）。帝迁明德，串夷载路。天立厥配，受命既固。

帝省（xǐng）其山，柞（zuò）棫（yù）斯拔，松柏斯兑（duì）。帝作邦作对，自大伯王季。维此王季，因心则友，则友其兄，则笃其庆。载锡之光，受禄无丧，奄有四方。

维此王季，帝度其心，貊（mò）其德音。其德克明，克明克类，克长克君。王（wàng）此大邦，克顺克比。比于文王，其德靡悔。既受帝祉，施（yì）于孙子。

帝谓文王：无然畔援，无然歆羡，诞先登于岸。密人不恭，敢距大邦，侵阮徂共（gōng）。王赫斯怒，爰整其旅，以按徂旅，以笃于周祜（hù），以对于天下。

依其在京，侵自阮疆。陟我高冈：无矢我陵，我陵我阿；无饮我泉，我泉我池。度其鲜原，居岐之阳，在渭之将。万邦之方，下民之王。

帝谓文王：予怀明德，不大声以色，不长夏以革。不识不知，顺帝之则。帝谓文王：询尔仇方，同尔弟兄。以尔钩援，与尔临冲，以伐崇墉。

临冲闲闲，崇墉言言。执讯连连，攸馘（guó）安安。是类是祃（mà），是致是附，四方以无侮。临冲茀茀，崇墉仡（yì）仡。是伐是肆，是绝是忽。四方以无拂。

【解题】

《大雅·皇矣》是一首周部族的开国史诗。

【释义】

皇：光辉、伟大。临：监视。有赫：即"赫赫"，明亮的样子。莫：通"瘼"，疾苦。二国：指夏、商。不获：不得民心。四国：四方的国家，指殷商时各诸侯国。度：估计。耆：作"指"，意向。式廓：犹言"规模"。眷：念，关心。西：指岐周之地。此：指周王。宅：安居。上帝与周王同住，即福佑周王之意。天帝伟大又英明，在天洞察人间事。监察天地四方事，了解民间疾与灾。殷商曾统治天下，政治昏暗失民望。再看天下四方国，天下重任谁担当。天帝旨意在周国，并要增大他封疆。于是回头向西望，就把岐山赐周王。

作：通"斫"，砍伐树木。屏：除去。菑：指直立而死的树木。翳：通"殪"（yì），指死而仆倒的树木。灌：丛生的树木。栵：斩而复生的枝杈。辟：开辟。

柽：柽柳，俗名西河柳。椐：俗名灵寿木。檿：俗名山桑。柘：俗名黄桑。明德：明德之人，指太王古公亶父。太王原居豳，因犬戎侵扰，迁于岐。串夷：即昆夷，亦即犬戎。路：通"露"，失败。配：立君配天。古人认为帝王是接受上天的命令而当天子的。砍伐树木清杂草，去掉枯枝与朽木。修齐乱枝与散条，还有灌木新出条。开山林来辟出道，柽柳椐木都除掉。剔除坏树留好树，山桑黄桑长得好。天帝保佑明德君，彻底打败那犬戎。皇天立他当君王，受命于天国稳固。

省：察看。山：指岐山，在今陕西省。柞、棫：两种树名。兑：直立。作：兴建。邦：国。对：配，指配天的君主。大伯：即太伯，太王长子。因心：姚际恒《诗经通论》云，"王季因太王之心也，故受太伯之让而不辞，则是能友矣"①。则：犹"能"。笃：厚益，增益。庆：福庆。锡：同"赐"。奄：覆盖、包括。天帝巡视这岐山，柞树棫树都砍完，苍松翠柏道路畅。天建周邦选贤王，太伯王季始建功。就是伟大的王季，顺从父亲友兄长。友爱兄长不辞让，福禄笃厚幸福长。天赐王位真荣光，承受福禄永不丧，拥有四方疆域广。

貊：通"漠"，广大。明：明察是非。类：分辨善恶。克长：能当人民的师长。克君：能当人民的君主。王：称王，统治。顺：使民顺从。比：使民亲附。比于：及至。靡悔：无遗恨。施：延续。就是英明的王季，天帝审度他心胸，清静美德传四方。品德清明人端正，是非类别分清明，师长国君一身兼。统领这泱泱大国，百姓顺从民心向。到了文王即王位，他的德行美无双。天帝赐予他福祉，延及子孙万代长。

畔援：跋扈，专横暴虐。先登于岸：喻占据有利形势。密：密须，古国名，在今甘肃灵台一带。距：通"拒"，抗拒。阮：古国名，在今甘肃泾川一带，当时为周之属国。共：古国名，在今甘肃泾川北，亦为周之属国。赫斯怒：勃然大怒的样子。旅：军队。按：通"遏"，遏止。旅：通"莒"，古国名。笃：厚益、巩固。祜：福。对：通"遂"，安。天帝教诲周文王，不要动摇无主张，不要去非分妄想，先登上岸胜在望。密国对周不恭顺，对抗大国实在狂，侵阮伐共气焰张。文王勃然动了怒，整顿军队去进剿，遏制密人侵邻邦。国祚巩固周更强，显扬天下国运昌。

京：周京。侵："寝"的假借字，指息兵，停战。矢：陈，陈兵。阿：大的丘陵。鲜：犹"巘"，小山。阳：山的南边。将：旁边。方：准则，榜样。怀：归向，趋向。文王在军驻在京，此前息兵在阮疆。登临我国高山上，不要陈兵那丘陵，那是我国山和冈；不要饮用那泉水，那是我国泉和塘。规划鲜原的土地，徙居岐山之南方，就在那渭水之旁。成为万国的榜样，人民的优秀君王。

怀：归向，趋向。明德：美德的人，指文王。不大声以色：言不以大声与怒色

---

① ［清］姚际恒著，顾颉刚标点：《诗经通论》，北京：中华书局，1958年，第272页。

对待人民。"大声以色"，犹言"声色俱厉"。不长夏以革：夏，用夏木制作的打人工具。革，鞭革。不用刑具对待人民。顺：遵循。仇方：仇，匹。指邻国。弟兄：指同姓国家。钩：古兵器，似剑而曲。援：古兵器。戈上的横刃。临、冲：两种军车名，临车为可居高临下地攻城的战车，冲车为可冲破城墙的战车。崇：古国名，在今陕西西安沣水西。墉：城墙。天帝告知周文王，你的德行我欣赏。没有疾言和厉色，不用刑具不依兵。你要不声也不响，天帝意旨遵莫忘。天帝明确示文王，有事咨询你友国，联合同姓兄弟邦。用你那爬城钩援，和你那攻城车辆，攻伐崇国的城墙。

闲闲：强盛的样子。言言：高大的样子。讯：俘虏。连连：接连不断的样子。攸：所。馘：古代战争时将所杀之敌割取左耳以计数献功。安安：安闲从容的样子。类：通"禷"（lèi），出征时祭天。祃：师祭，出师后军中祭天。附：安抚。茀茀：强盛的样子。仡仡：同"屹屹"，高崇的样子。肆：突袭。忽：灭绝。临车冲车已出动，崇国城墙高高耸。俘虏成群又结队，割取敌耳态安详。祭祀天神求胜利，招降崇国安民众，四方不敢侵我国。临车冲车多强盛，崇国城墙真坚固。坚决进攻敌难挡，把那顽敌全斩杀，四方不敢抗我威。

【赏析】

全诗八章，每章十二句，分为两层。

诗的前四章为第一层，写夏、商两国不得民心，失去上天的福佑。歌颂了太王古公亶父开辟岐山，打退昆夷，以及太伯、王季友好相让的事迹。

第一章先写英明的上帝临视下界，监察众国，谋求人民之安定。从周太王古公亶父得天眷顾、迁岐立国写起。

第二章具体描述了太王在周原开辟与经营的情景。其时周部族所处地区荒凉险隘，多杂木阻路。太王率民众屏除树木，拔除丛生的灌木。连用四组排比语句，选用八个动词，罗列了八种植物，极其生动形象地表现了太王创业的艰辛和气魄的豪迈。

第三章写太王立业，王季继承，既合天命，又扩大了周部族的福祉，并进一步奄有四方。上帝省察周国的山，见柞树、棫树等杂木已除，松柏挺拔直立其中。特别强调"帝作邦作对，自大伯王季"。太王有三子：太伯、仲雍和季历。太王爱季历，太伯、虞仲相让，因此王季的继立是应天命、顺父心、友兄弟的表现。

第四章描述了王季的德音。上帝度量王季品行端正，乃赐以其洪福。说他"克明克类，克长克君。王此大邦，克顺克比"，充分表现了他的圣明睿智，为王至宜。其中，"帝度其心，貊其德音"，突出了其尊贵的地位和煊赫的名声。

第五章至第八章为第二层，写周文王"肇国在西土"的勋业。歌颂了文王伐密、伐崇两场战争，颂扬了王季、文王父子二人领导周部族通过战争不断扩张领土，逐渐发展强大，为灭商奠定基础的历史过程。

第五章讲文王伐密的过程。先写上帝对文王的教导，即要文王勇往直前，面对现实，先占据有利的形势。接着指出"密人不恭，敢距大邦"，密人"侵阮徂共"，意欲侵略周国，文王当机立断，"爰整其旅，以按徂旅"。

第六章讲文王伐密胜利之后，在岐山以南渭水之旁立国，号令万邦，为下民之王。密人"侵自阮疆。陟我高冈"，已经进入境内，情况十分严峻。文王对密人发出了严重的警告，并在"岐之阳""渭之将"安扎营寨，严正对敌。

第七章写战前的准备措施，前六句是上帝赞赏文王之语，称赞他"不大声以色，不长夏以革"，不用疾言厉色对待人民，不用刑具对待人民，从而得到民众的拥护。同时"顺帝之则""询尔仇方，同尔弟兄"，即按照上帝意志，联合起同盟和兄弟之国，然后再"以尔钩援，与尔临冲"，去进攻崇国的城池。

第八章写文王伐密灭崇战争的具体情景。前四句主要是描述攻打崇国时的情景。周国用它"闲闲""茀茀"的临车、冲车，攻破了崇国"言言""仡仡"的城墙，"是伐是肆"，"执讯""攸馘"，"是致是附""是绝是忽"，取得了彻底的胜利，从而"四方以无拂"，四方邦国不敢再违抗周国。叙述了周从一个小部族通过不断的武力征伐，扩张疆域，逐渐发展壮大，获得灭商的实力的过程。

诗中强调了周人"敬天保民"的思想，这是周成功的关键，也是全诗的主旨。周太王、王季、周文王都是周王朝的"开国元勋"，对周部族的发展和周王朝的建立做出了卓越的贡献，作者极力地赞美他们，歌颂他们。诗歌既有历史过程的叙述，又有历史人物的塑造，还有战争场面的描绘，内容繁富，规模宏阔，笔力遒劲，条理分明。所叙述的内容，虽然时间的跨度很大，但由于作者精心的结构和安排，却又显得非常紧密和完整。夸张、叠词、排比的交错使用，语气的自然舒缓，增强了诗歌的生动性、形象性和艺术感染力。

参考文献

一、专著

[1] 朱熹. 诗经集传［M］. 上海：上海古籍出版社，1987.

[2] 方玉润. 诗经原始［M］. 北京：中华书局，1986.

[3] 王先谦. 诗三家义集疏［M］. 北京：中华书局，1987.

[4] 钱钟书. 管锥编：毛诗正义［M］. 北京：生活·读书·新知三联书店，2011.

[5] 陈子展. 诗经直解［M］. 上海：复旦大学出版社，1983.

[6] 姚际恒. 诗经通论［M］. 顾颉刚，标点. 北京：中华书局，1958.

[7] 马瑞辰. 毛诗传笺通释［M］. 北京：中华书局，1989.

[8] 毛亨传，郑玄笺，孔颖达疏. 毛诗正义［M］//李学勤主编. 十三经注疏. 北京：北京大学出版社，2000.

[9] 闻一多. 诗经研究［M］. 李定凯，编校. 成都：巴蜀书社，2002.

[10] 朱自清. 诗言志辨［M］. 上海：开明书店，民国三十六年（1948）.

[11] 陈继揆. 读风臆补［M］. 董露露，点校. 北京：语文出版社，2019.

[12] 胡承珙. 毛诗后笺［M］. 郭全芝，校点. 合肥：黄山书社，1999.

[13] 魏源. 诗古微［M］. 长沙：岳麓书社，1989 年.

[14] 严粲. 诗缉［M］//文渊阁四库全书：第 75 册. 台北：商务印书馆，1986.

[15] 吴闿生. 诗义会通［M］. 蒋天枢，章培恒，校点. 上海：中西书局，2012.

[16] 姜亮夫，等. 先秦诗鉴赏辞典［M］. 上海：上海辞书出版社，2016.

[17] 陈震. 读诗识小录［M］//李永明. 北京师范大学图书馆藏稿抄本丛刊：第 2 册/第 3 册. 北京：国家图书馆出版社，2011.

[18] 王季思. 说比兴［M］//郭万金. 诗经二十讲. 北京：华夏出版社，2009.

[19] 顾颉刚. 古史辨：第 3 册［M］. 上海：朴社，1931.

[20] 谢无量. 诗经研究［M］. 上海：商务印书馆，1923.

［21］傅斯年. 诗经讲义稿［M］. 上海：上海古籍出版社，2012.

［22］程俊英，蒋见元. 诗经注析［M］. 北京：中华书局，2017.

［23］程俊英. 诗经译注［M］. 上海：上海古籍出版社，2012.

［24］王秀梅. 诗经［M］. 北京：中华书局，2015.

［25］高亨. 诗经今注［M］. 上海：上海古籍出版社，1980.

［26］公木，赵雨. 名家讲解《诗经》［M］. 长春：长春出版社，2007.

［27］蒋立甫. 诗经选注［M］. 北京：北京出版社，1981.

［28］王小盾. 诗六义原始［M］//中国早期艺术与宗教. 北京：东方出版中心，1998.

［29］夏传才. 诗经语言艺术新编［M］. 北京：语文出版社，1998.

［30］黄焯. 毛诗郑笺平议［M］. 上海：上海古籍出版社，1985.

［31］李山解读. 诗经［M］. 北京：国家图书馆出版社，2017.

［32］李炳海. 诗经解读［M］. 北京：中国人民大学出版社，2008.

［33］钟嵘. 诗品［M］. 徐正英，注译. 郑州：中州古籍出版社，2017.

［34］刘勰. 文心雕龙［M］，黄叔琳，注，纪昀，评，李详，补注，刘咸炘，阐说，戚良德，辑校. 上海：上海古籍出版社，2015.

［35］陆机. 文赋集释［M］. 张少康集释. 北京：人民文学出版社，2002.

［36］杨载. 诗法家数［M］//何文焕辑. 历代诗话. 北京：中华书局，1981.

［37］刘熙载. 艺概［M］//清末民初文献丛刊. 北京：朝华出版社，2018.

［38］班固，撰，颜师古，注. 汉书［M］. 北京：中华书局，1999.

［39］韦昭. 国语集解［M］. 徐元诰，集解，王树民，沈长云，点校. 北京：中华书局，2019.

［40］何休，等，注，邢昺，疏. 春秋公羊传注疏［M］. 北京：北京大学出版社，1999.

［41］郭丹，等. 左传［M］. 北京：中华书局，2012.

［42］郑樵. 通志二十略［M］. 北京：中华书局，1995.

［43］刘向，集录. 战国策［M］. 王华宝，注译. 郑州：中州古籍出版社，2007.

［44］姜正成. 一次阅读知周朝［M］. 北京：当代世界出版社，2015.

［45］王世舜，王翠叶，译注. 尚书［M］. 北京：中华书局，2012.

［46］刘义庆，著，刘孝标，注. 世说新语笺疏［M］. 余嘉锡，笺疏. 北京：中华书局，2011.

［47］杨伯峻. 论语译注［M］. 北京：中华书局，2015.

［48］朱熹. 四书集注［M］. 王华宝，整理. 南京：凤凰出版社，2016.

［49］王先谦. 荀子集解［M］. 北京：中华书局，1988.

［50］孙奭. 孟子注疏［M］//十三经注疏. 北京：中华书局，1980.

［51］郑玄注，孔颖达正义. 礼记正义［M］. 吕友仁，整理. 上海：上海古籍出版社，2008.

［52］郑玄，注，贾公彦，疏. 周礼注疏［M］//十三经注疏. 赵伯雄，整理. 北京：北京大学出版社，1999.

［53］郑玄. 仪礼［M］. 张尔岐，句读. 郎文行，校点. 上海：上海古籍出版社，2016.

［54］阮元. 周易正义［M］//十三经注疏. 北京：中华书局，1987.

［55］焦延寿. 易林［M］. 南京：凤凰出版社，2018.

［56］陈士珂. 孔子家语疏证［M］. 南京：凤凰出版社，2017.

［57］逯钦立. 先秦汉魏晋南北朝诗［M］. 北京：中华书局，1983.

［58］司马迁. 史记［M］. 北京：中华书局，1982.

［59］胡寅. 斐然集［M］//文渊阁四库全书：第 1137 册，台北：商务印书馆，1986.

［60］苏轼词集［M］. 上海：上海古籍出版社，2014.

［61］辛弃疾词集［M］. 上海：上海古籍出版社，2013.

［62］全唐诗［M］. 上海：上海古籍出版社，1986.

［63］冯浩. 玉溪生诗集笺注［M］. 上海：上海古籍出版社，1979.

［64］夏承焘，吴熊和. 放翁词编年笺注［M］. 上海：上海古籍出版社，1981.

［65］袁枚. 袁枚全集新编：第 10 册［M］. 杭州：浙江古籍出版社，2015.

［66］白居易. 白居易文集校注［M］. 谢思炜，校注. 北京：中华书局，2011.

［67］白居易. 白居易诗集校注［M］. 谢思炜，校注. 北京：中华书局，2017.

［68］朱彝尊. 曝书亭集［M］. 清康熙原刻本.

［69］祝穆. 古今事文类聚［M］. 文渊阁四库全书.

［70］黎靖德. 朱子语类［M］. 北京：中华书局，1986.

［71］王士禛. 分甘余话［M］. 张世林，点校. 北京：中华书局，1989.

［72］王夫之. 姜斋诗话笺注［M］. 戴鸿森，笺注. 上海：上海古籍出版社，2012.

［73］王国维. 人间词话［M］. 滕咸惠，译评. 长春：吉林文史出版社，2007.

［74］闻一多. 神话研究［M］. 李定凯，编校. 成都：巴蜀书社，2002.

［75］朱自清．经典常谈［M］．桂林：广西人民出版社，2017．

［76］王逸．楚辞章句［M］．黄灵庚，点校．上海：上海古籍出版社，2017．

［77］常森．屈原及其诗歌研究［M］．北京：北京大学出版社，2012．

［78］杜荣芳．漫瀚调艺术研究［M］．呼和浩特：内蒙古人民出版社，2006．

［79］包俊臣，王立庄．鄂尔多斯民歌集萃（下）［M］．呼和浩特：内蒙古人民出版社，1990．

［80］邰科祥．陕南孝歌文化考察［M］．西安：陕西师范大学出版总社，2016．

［81］钱志熙．唐前生命观和文学生命主题［M］．北京：东方出版社，1997．

［82］周振甫．诗词例话［M］．北京：中国青年出版社，1980．

［83］邓乔彬．唐宋词美学［M］．济南：齐鲁书社，2004．

［84］修海林，李吉提．中国音乐的历史与审美［M］．北京：中国人民大学出版社，1999．

［85］郑晓霞．列女传汇编［M］．北京：北京图书馆出版社，2007．

［86］黑格尔．美学：第1卷［M］．朱光潜，译．北京：商务印书馆，2011．

［87］崔述．丰镐考信录［M］．上海：商务印书馆，1937．

［88］宗白华．美学散步［M］．上海：上海人民出版社，2005．

［89］袁燮．絜斋毛诗经筵讲义［M］//文渊阁四库全书．台北：商务印书馆，1986．

［90］陈丽虹．赋比兴的现代阐释［M］．北京：中国美术学院出版社，2007．

［91］何晏，注，邢昺，疏．论语注疏［M］．北京：中国致公出版社，2016．

［92］王文生．论情境［M］．上海：上海文艺出版社，2001．

［93］刘瑾．诗传通释［M］//文渊阁四库全书：第76册．台北：商务印书馆，1986．

二、论文

［1］张崇琛．"薇"与《诗经》中的"采薇"诗［J］．齐鲁学刊，2002（4）．

［2］葛晓音．论《诗经》比兴的联想方式及其与四言体式的关系［J］．文学评论，2014（4）．

［3］赵立生．《诗经·小雅·采薇》末章四句"以乐景写哀"说质疑［J］．清华大学学报（哲学社会科学版），1989（3、4）．

［4］吴寒：《诗经》里的岁时画卷［J］．美术观察，2023（4）．

［5］黄冬珍、赵敏俐．《周南·芣苢》艺术解读：兼谈《国风》的艺术特质与研究方法［J］．文艺研究，2006（11）．

［6］叶嘉莹. 谈作诗的三种方法：赋、比、兴［J］. 语文学习，2011（10）.

［7］张宝林.《诗经》声音视觉修辞研究［J］. 出版广角，2019（10）.

［8］孙立."兴皆兼比"论：兼及日本学者论"兴"［J］. 复旦学报（社会科学版），2015（5）.

［9］苏伟民.《诗经·国风》爱情诗解读［J］. 孔子研究，2010（5）.

［10］李辉.《诗经》重章叠调的兴起与乐歌功能新论［J］. 文学遗产，2017（6）.

［11］李湘. 也谈"赋比兴"［J］. 河南师大学报，1980（6）.

［12］李湘. 从"赋、比、兴"看诗经创作的虚实结构法则［J］. 河南大学学报，1986（5）.

［13］章太炎. 六诗说［J］. 国粹民报，1909（52）.

［14］张震泽.《诗经》赋、比、兴本义的新探［J］. 文学遗产，1983（3）.

［15］汤化."六诗"本义辨［J］. 福建师范大学学报，1988（3）.

［16］吴家煦. 毛诗赋比兴之研究［J］. 中日文化，1942（6、7）.

［17］朱自清. 赋比兴说［J］. 清华学报，1937（3）.

［18］张万民. 从朱熹论"比"重新考察其赋比兴体系［J］. 复旦学报，2014（1）.

［19］尚永亮.《离骚》与早期弃逐诗之关联及承接转换［J］. 社会科学辑刊，2013（2）.

［20］尚永亮.《诗经》弃妇诗与逐臣诗的文化关联［J］. 北京大学学报（哲学社会科学版），2013（3）.

［21］郑志强.《诗经》"六诗"新考［J］. 中州学刊，2006（6）.

［22］刘佳慧. 别开生面的诗学探寻：朱自清《赋比兴说》略论［J］. 文学评论，2019（6）.

［23］刘晓明，孙向荣. 昧式之"兴"：一种发生诗学理论［J］. 文艺理论研究，2018（5）.

［24］赵辉，徐柏青. 从《诗经》的"兴"看"兴"的起源：兼评"兴"起源于原始宗教说［J］. 中南民族大学学报（人文社会科学版），2004（5）.

［25］鲁洪生. 民国时期的赋、比、兴研究［J］. 文学遗产，2016（5）.

［26］王文生. 释"志"："诗言志"诠之一［J］. 文艺理论研究，2009（3）.

［27］陈晓强.《诗经·君子偕老》解：兼论假发与祭祀的关系［J］. 甘肃联合大学学报（社会科学版），2008（6）.

［28］杨允，黄丽.《君子偕老》"副笄六珈"及诗旨考辨［J］. 北方论丛，2022（4）.

［29］陆栋梁. 壮族《九我恩歌》与诗经《小雅·蓼莪》之比较［J］. 民族

《诗经》解读

文学研究，2011（2）．

［30］张淞华．穿青人孝歌概况及其传承研究：以织金县大沟村为例［J］．开封教育学院学报，2016（9）．

［31］张思齐．《宾之初筵》的神性可比素与《诗经》的史诗基本格［J］．社会科学战线，2011（5）．

［32］印志远．《豳风·七月》岁时观念钩沉：兼论文学史上的"岁暮"为秋［J］．文学评论，2019（2）．

［33］虞万里．《诗经》今古文分什与"板荡"一词溯源［J］．文学遗产，2019（5）．

［34］罗庆云．《诗·大雅·荡》中"荡荡"等词语辨释［J］．武汉大学学报（人文科学版），2009（1）．

［35］邹芙都，查飞能．《豳风·七月》所见西周农村聚落社会阶层及其特点［J］．社会科学战线，2019（12）．

［36］王馨鑫．《诗经·豳风·七月》"殆及公子同归"补笺［J］．中国韵文学刊，2020（3）．

［37］程水金．《大雅·生民》后稷弃因旁证［J］．武汉大学学报（人文社会科学版），2000（2）．

［38］刘挺颂．《诗经·王风》审美意象论析：以《黍离》《君子于役》《大车》《丘中有麻》为例［J］．平顶山学院学报，2021（3）．

［39］祁志祥．贵"人"轻"天"：《诗经》思想史价值的重新发现［J］．学习与探索，2022（9）．

［40］钱志熙．论《诗经》"君子"称谓的时代内涵及价值［J］．中国高校社会科学，2022（4）．

［41］石明庆．理学通向诗学的一个中介：宋代理学家的《诗经》研究［J］．盐城师范学院学报（人文社会科学版），2022（4）．

［42］叶嘉莹．中西文论视域中的"赋、比、兴"［J］．河北学刊，2004（3）．

［43］刘丽文．《周礼》"六诗"本义探［J］．北方论丛，1998（6）．

［44］鲁洪生．《诗经》婚恋诗创作的文化背景［J］．河北师范大学学报（哲学社会科学版），2006（6）．

［45］辛智慧．《四库全书总目》纠弹"以诗法解《诗经》"发微：兼及经典与时代的互动关系［J］．北京社会科学，2023（6）．

［46］鲁洪生．《诗经》的价值［J］．齐鲁学刊，1998（2）．

［47］李菅菅．《诗经》在中华伦理精神建构中的重要价值［J］．人文杂志，2022（4）．

［48］吕华亮，王洲明．《诗经》名物研究的价值与意义［J］．甘肃社会科学，

2010 (6).

　　[49] 谷红丽. 《诗经·国风·邶鄘卫》考论 [D]. 北京：首都师范大学，
2012.

　　[50] 李明慧. 汉阴孝歌研究 [D]. 昆明：云南大学，2020.

　　[51] 李营营.《诗经》的伦理性 [N]. 光明日报，2019－04－20 (11).

《诗经》解读